本書由澳門基金會贊助部分出版經費

施議對論詞四種

施議對 著

詞學科目述要

圖書在版編目(CIP)數據

詞學科目述要 / 施議對著. —上海：上海古籍出版社，2020.4
（施議對論詞四種）
ISBN 978-7-5325-9493-1

Ⅰ.①詞… Ⅱ.①施… Ⅲ.①詞(文學)—詩詞研究—中國 Ⅳ.①I207.23

中國版本圖書館CIP數據核字(2020)第034240號

施議對論詞四種
詞學科目述要
施議對 著
上海古籍出版社出版發行
（上海瑞金二路272號 郵政編碼200020）
(1) 網址：www.guji.com.cn
(2) E-mail：guji1@guji.com.cn
(3) 易文網網址：www.ewen.co
常熟人民印刷有限公司印刷
開本850×1168 1/32 印張17.5 插頁6 字數328,000
2020年4月第1版 2020年4月第1次印刷
ISBN 978-7-5325-9493-1
I·3461 定價：78.00元

第二屆中華詞學國際學術研討會

（二〇〇九年十二月，澳門）

第二屆中華詞學國際學術研討會
（二〇〇九年十二月，澳門）

引言

學科的創立是文學自覺的體現，也是一種文體由不定型到定型、由古典到現代轉型的標志。而學科的創立，同樣也有一定的標志。不同的文體，有不同的標志。

唐、宋以來用以合樂應歌的樂府歌詞，經過長時間的發展、演變，詞學學科創立的標志是龍榆生對於千年詞學所總結出來的「詞學八事」。龍榆生的總結，意味著從多到一的提升，體現出一種自覺的學科意識。故此，我在《民國四大詞人》一書，將其推舉爲中國詞學學的奠基人。

在龍榆生的基礎之上，中國詞學學的建造，尚需在學科定義、學科對象、學科的構成原理以及方法運用等方面，對於詞學學這一嶄新學科作出規範。

本書所輯録，大致依據自己對於「中國詞學學」的設想進行分類與編排。緒論從倚聲與倚聲之學，其不定中之有定與有定中之不定所體現造型、定格以及立體、設科的過程，叙説文體因革以及科目創置問題，乃對於詞學學科確立的整體描述。緒論以外，分別以四個篇章加以佈局。包括以下幾個方面的問題：學科的依據及構成原理，學科的形態及存在標志，以及學科的建造及發展前景。總叙與分論初步構成一完整之體系。

第一章，文體的自覺與學科的確立。就詞體特質説學科構成的原理。謂理論的創造，源自文體自身。文體構成的原理，依文體特質而定。四篇文章，從歷史發展角度，詞體的構成，對倚聲與倚聲之學作宏觀論定。同源與分途，從詞體的發生、發展看中國詩歌的古今演變。體現一種史觀與史識。史觀，説其來歷；史識，辨其源流。合而觀之，看其什麽時候與詩同科，什麽時候與詩分途，獨立成科。聲與音，樂曲構成的基本元素。聲成文，謂之音。倚聲填詞中的音律與聲律。詞爲聲學在形式格律上的體現。易理與詞法，以排列組合與數位解碼，分析詞體的結構原理。《易》曰：「一陰一陽之謂道。」宇宙間事物之張設佈列以及排列組合，無常、有常，變動不居；兩個互相對立的單元，加上中介物，組成一個互相矛盾而又互相依賴的統一體。大易如此，詞體亦然。二元對立關係（Binary Opposition）的運用，中國式的表述。恰到好處。此外，有關形上之思與形上之詞問題，表示從詩歌到哲學的提升。「究天人之際，通古今之變，成一家之言。」以太史公所云，作爲詞學學科建造的最高目標。

第二章，批評模式與里程標志。謂學科的存在，體現於批評模式。中國詞學史上，三大理論建樹，三座里程標志，傳統詞學本色論、現代詞學境界説、新變詞體結構論，表示中國詞學學的確實存在。五篇文章，《詞體結構論簡説》及《關於批評模式的思考》二文，爲詞體結構理論創造的初步嘗試；《以批評模式看中國當代詞學——兼説史才三長中的「識」》及《以批評模式看宋代文學研究》二文，爲結構理論的運用；《中國詞學史上的三座里程碑》一文，首次推舉中國詞學史上三座里程碑——李清照的「别是一家」説，王國維的境界説以及吴世昌的詞體結構論，爲中國詞學學的建造樹立標志。

第三章，詞學學科的建造與規劃。關於學科自身問題。兩篇文章，對於三種批評模式作理論説明。《詞學的自覺與自覺的詞學》一文，將中國詞學學的科目範圍確定爲三個方面：論述之學，考訂之學，倚聲之學。並爲斷定義界，謂中國詞學學是研究詞學自身存在及其形式體現的一門學科。《傳統文化的現代化與現代化的傳統文化》一文，在詞史、詞學史發展、演變過程，對詞學學的存在及存在的形式體現進行總體把握，將詞學史上三大理論建樹——傳統詞學本色論、現代詞學境界説以及新變詞體結構論，作爲建造中國詞學學的基礎。

第四章，詞學學科的現狀及前景。五篇文章，對於百年詞學及千年詞學發展演變過程中的人物和事件作歷史的論定。《百年詞學通論》及《二十世紀詞學傳人》二文，將一九〇八年王國維發表《人間詞話》，倡導境界説，作爲古今詞學的分界綫，謂中國今詞學自王國維開始；並將世紀詞學傳人，劃分爲五代，對其地位及職責分别加以確立及論定。《立足文本，走出誤區——新世紀詞學研究之我見》及《二十一世紀詞學的「前世」與「今生」》二文，一以三個時期，兩次過渡，對於舊世紀詞學作一概括描述，以否定之否定，展示新世紀詞學的走向；另一以文化上的身份認同，由「今生」追溯「前世」，以「前世」見證「今生」，即以過去一百年的人和事，展示當下及今後。《千年詞學通論——中國倚聲填詞的「前世」與「今生」》一文，以温庭筠爲標志，見證中國倚聲填詞的「前世」因緣及「今生」際遇，同時也揭示中國倚聲填詞的當下急務及來世願景。這是對於千年詞史、千年詞學史，包括詞學學的總的分析與綜合。

全編輯録文章計十七篇，最早一篇《詞體結構論簡説》，撰寫於一九八九年春夏之交，爲一九九〇年六月美國緬因國際詞學討論會而作；最後一篇《千年詞學通論——中國倚聲填詞的「前世」與「今生」》，原爲廣州中山大學詩校三期所作課件，自二〇一七年春夏之交動筆，至二〇一九年仲春之月，始成全稿。每一篇文章的撰寫都有一定緣故，但對於「中國詞學學」的建造，有意無意，究竟如何貫穿，自己也説不準。將其當作個規劃，彙集成編，權當一部《中國詞學學論綱》，算是對自己的一個交代。由於所輯篇章並非成於一時，當中個别片段，包括圖表，或有相重之處，爲保持各自相對的完整性，今暫未作整理。

丁酉小寒後三日（二〇一八年一月八日）於濠上之赤豹書屋

己亥驚蟄後五日（二〇一九年三月十二日）二稿

目録

緒論　倚聲與倚聲之學

——關於文體因革以及科目創置問題

倚聲與倚聲之學，這是由日刊新書《宋代の詞論》所生發的話題。謂門内或者門外，有用或者無用，須看其是否從根本上著手。這是文體自身的「本」。因革以及創置，既有外部動力，更重要的還在於自身的構造，内部的排列與組合。因葉以振枝，沿波而討源。本文三個部分，嘗試對其進行一番考察。首先，揭示現狀，説明根本的失落；其次，探尋源流，展現根本之所在；最後，援古證今，標榜門徑與真傳。所謂倚聲與倚聲之學，其不定中之有定與有定中之不定所體現造型、定格以及立體、設科的過程，亦即其成爲一種獨立文體的過程，相信將爲中國古代文體史之因革、創置，提供一典型事證。

最近一些日子，與内地攻讀文學博士學位及碩士學位的朋友論學，曾説及治學門徑及詞學真傳問題。我以爲：二十世紀後半葉，進入蜕變期的中國詞學，基本上處在誤區當中，混沌未鑿；大量著述，究竟在門内或者在門外，有用或者無用，似乎都須要冷静地進行一番檢討。月前接讀日本宋詞研究會（詞源研究會）朋友寄贈新刊著作《宋代の詞論》，更加認定自己的這一觀感。這是張炎《詞源》日文版的一種注譯讀本，旨在探尋填詞之「源」。彼邦新著，值得慶幸，亦多感觸。因撰爲此文，以與好此道者共探研。

一　天上飛、地上爬以及空中走

世紀之末，撰寫《兩岸四地及日本韻文讀寫狀況》一文，我曾以天上飛、地上爬以及空中走三種狀況，對於中國大陸、臺灣以及日本韻文讀寫之方法及步驟進行描述。提出，不同地區於義理、考據、詞章三個方面，各有不同表現：中國大陸偏向義理而崇尚高論；中國臺灣著眼考據而拘泥字面；日本則爲其折衷，曰「理」曰「據」，兼而有之。當時對於三種狀況，實在都不太看好，故多揭示，以提請注意。

我們的國家素來以詩國著稱，唐詩與宋詞，更加成爲國人的驕傲。宋代填詞，或稱倚聲，而況周頤則認爲，此事當始自劉禹錫。《新唐書・劉禹錫傳》：「禹錫謂，屈原居沅湘間作《九歌》，使楚人以迎送神，仍倚其聲，作《竹枝辭》十餘篇，於是武陵夷俚悉歌之。」日本將中國文學看作第二國文學，於倚聲填詞亦開始得相當早。神田喜一郎稱：日本填詞開山祖師嵯峨天皇於弘仁十四年（八二三年）所作《漁歌子》五闋，乃張志和於大曆九年（七七四年）所作《漁歌子》五闋的仿效之作；前後相距不過四十九年（《日本における中國文學》）。倚聲填詞在日本及其發祥地中國，同樣都有千年以上歷史。長期以來，兩國聲家（況周頤謂「宋人工詞曲者稱聲家」）交流頻繁，而且世代相傳，爲詞壇留下一段又一段佳話。遠的且不説，衹就我所知，我的兩位詞學導師——夏承燾與吴世昌，即曾爲兩國填詞做了許多工作。夏氏收輯日本填詞爲《域外詞選》，命弟子作森槐南、高野竹隱、森川竹磎三家箋注另出專書並爲題簽；吴氏遠赴東瀛講演中國詞學，宣稱「北宋根本没有豪放派」，極力反對以豪放、婉約「二分法」論詞。東瀛聲家，自田中謙二、清水茂，以至於村上哲見，亦時相往來。二十世紀八十年代初，吴世昌在北京宴請到訪的村上哲見，我與劉揚忠有幸得忝座末。席間答問，頗能啓發思智。記得當時，村上問：《欽定詞譜》何以將一些並非歌詞的作品採入編中？這問題可能想考考兩名小門生，而吴則搶先作答，曰：這是編纂者故意做錯，好讓聖上提出以見其英明。一問一答，也許都藏有玄機，未可等閒視之。這種交流，對於兩國倚聲填詞相信都曾産生一定推進作用。兩國倚聲填詞，既有共同的「源」，又有不同的「流」，相互之間的關係，錯綜複雜，許多問題甚是值得探研。

先説中國詞界，著重於中國大陸。二十世紀之前半葉及後半葉，情況確有些不一樣。後半葉，這是中國填詞的蜕變期。如果説，歷史的演進，經由唐、宋、元、明、清，到達二十世紀之前半葉，中國填詞仍然遵循著一條固有的規律向前發展，那麼，此後蜕變，也就不是原來那個樣子了。五十年時間，我將其劃分爲三個階段：批判繼承階段（一九四九—一九六五），再評價階段（一九七六—一九八四）以及反思探索階段（一九八五—一九九五）。三個階段，詞界所作大致可歸納爲三個方面：詞學論述，詞學考訂以及倚聲填詞。我說天上飛，主要針對論述。這是脱離本體的一種論述。從第一個階段開始，因特殊政治環境所決定，詞的論述，已經由内部導向外部；第二階段，反其道而行之，仍然在詞外；而第三階段，由鑒賞熱到闡釋熱，則走得更加遥遠。所謂知人論世或者以意逆志，都祇是普通社會學理論的一種簡單圖解；而「入門須正，立志須高」，則往往被提升爲政治上的無限上綱。這一切，可以一個公式加以概括：社會背景介紹＋思想藝術分析＝歷史地位評定。這一公式，具有很大的適應性。詞界以外，詩文各界，乃至於整體文學研究，幾乎都曾採用，堪稱蜕變期文學三段論。三個階段，一個公式，無往而不勝。例如辛棄疾，經過内查外調，從祖父辛贊對其進行愛國主義教育，一直到臨終高呼殺賊，充分顯示其根正苗紅，再以若干具英雄氣派的作品進行渲染，於是乎，兩頂桂冠——愛國詞人以及豪放派領袖，往頭上一戴，其光輝形象也就屹立於目前。但是，作爲一位詞人，其爲歷代聲家所稱道的稼軒體以及稼軒佳處，卻總是被淹没。這是一般作家論，乃蜕變期文學三段論的一個典型。至於通論，五十年所見，與脱離本體的論述相比，情況亦相差不多。所不同的主要是其中若干論著，尚能有所承繼，於聲學立論；但此類論著大都並非蛻變期所産，而是從抽屜底下翻將出來的稿本，乃二十世紀前半葉所結撰。蛻變期著述，由美學、哲學，而文化學，玄之又玄，多數依上述公式製作，並不太著意於倚聲填詞自身的問題。整個後半葉，所謂天上飛，就是這麽一種狀況。這是此岸，而彼岸，所謂地上爬，則另一狀況。

再説東瀛詞界。我所説折衷，乃相對於天上飛與地上爬兩種狀況而言。天上飛，已如上述；地上爬，指考據，主要是一種數字遊戲，如語彙出現次數的統計及比較。前陣子，這種考據於彼岸頗時興，這陣子此岸亦漸流行。拙文《兩岸四地及日本韻文讀寫狀況》一文説之甚詳，此不贅。關於空中走，我曾以某一專著爲例進行剖析。這部專著論證柳永詞的構築法，但祇是檢索歌詞所使用材料（語彙）以及材料（語彙）的來歷，對於這些材料（語彙）之如何變成歌詞並未涉及。既無構與築，又無所謂法。這麽一種論證方法，其「理」與「據」，基本上將兩岸短處都集中到一處。這就是所謂折衷者也。今再以有關柳詞多用「對——」句的問題對其論證加以補充説明。這部專著將出現「對」字的句子稱作「對——」句型，以爲這是柳永善用虚字的一種方法。並且通過檢索，提出：柳永之前及其大體同時代詞人，使用「對——」句型的頻率，以柳永爲最高；柳詞二百一十三首，使用「對——」句型的有三十二首。而《全宋詞》中排在柳永之前的十七位作者四十五首詞中，無一「對——」句型。依此數據，論者進一步以前代作品所見，包括唐五代詞中所見，與柳詞所見進行比較，從而得出這麽一個結論：「對——」句型，這是詩史上具有悠久傳統的作法。柳永最早將這一手法真正用於詞作，並大量使用之。以爲這是以極端内省的姿勢面對詞的創作。以下爲所開列例句：

（一）**對**嘉景，觸目傷懷，盡成感舊。（《笛家弄》）
（二）**對**風臨月，空憑無眠耿耿，暗想舊日牽情處。（《女冠子》）
（三）空**對**江天凝咽。（《應天長》）
（四）見岸花啼露，**對**堤柳愁煙。（《臨江仙引》）
（五）更**對**剪香雲，須要深心同寫。（《洞仙歌》）
（六）**對**滿目亂花狂絮，直恐好風光，盡隨伊去。（《晝夜樂》）
（七）**對**晚景，傷懷念遠，新愁舊恨相繼。（《卜算子》）
（八）**對**景傷懷，度日無言誰表。（《留客住》）
（九）**對**綠蟻翠蛾，怎忍輕捨。（《拋球樂》）
（十）**對**閒窗畔，停燈向曉，抱影無眠。（《戚氏》）
（十一）**對**千里寒光，念幽期阻，當殘景。（《傾杯》）

這是三十二例中的十一例，乃其立論的主要依據。但此十一例，組合方式各不相同，以一種句法類型加以概括，並不恰當，何況又是「對——」句型。就韻文講，如果論句型，應當衹有這麽二種，律式句與非律式句。律式句，乃詩中所有，尤其是格律詩；而非律式句，詩中則不能有，衹在詞曲中出現。這是中國韻文兩種最基本的句式或句型。此十一例，充其量衹能稱之爲其中有「對」字的句子，而非「對——」句型。十一例中，「對堤柳愁煙」、「對緑蟻翠蛾」、「對千里寒光」，爲一種句型，上一下四句型；「對閒窗畔」，中間二字爲聯語詞，乃另一句型，「一二一」句型。這是比較值得留意的句型。「更對剪香雲」，亦屬於上一下四句型，但其組合，關鍵在「更」，與「對」無關。其餘皆一般律式句，如「對風臨月」以及「對景傷懷」，與「對酒當歌」一樣，並無什麽特别之處。著者將問題看得太嚴重，以爲《詞旨》「單字集虚」中三十三個虚字，未收「對」字，當大有可爲。其實，大量使用其中有「對」字的句子，除了從詞性包括所謂字的附帶觀念進行推測，假設其具有「精神緊張」的附帶意味之外，實在不知道還有什麽用處，而這種推測和假設，又僅僅停留在語文的層面之上。在這一層面上，著者並以幾個章節的篇幅，進一步探討柳永如何以這種姿勢創作内省境界。其所謂「理」和「據」，儘管聯繫得起來，在某種情況下，其所創立似乎也能自圓其説，但其所説是否即爲柳詞獨特之處，即如其「結語」所説，乃其個性所在，是一種新成果，看來則有待商榷。這一問題，是我抽查得到的一個樣本，有機會將另加探討。

二　弦吹之音與側艷之詞

我說天上飛、地上爬以及空中走三種狀況，衹是一種比喻，主要爲著揭示因脱離本體所出現問題。脱離本體，不知道自己究竟正在做些什麽，或者人家（主要是出版商）讓做什麽就做什麽，這是二十世紀後半葉的狀況。步入新世紀，由蜕變期轉入新的開拓期，重新來過，從頭説起，這就有個正本清源問題。

正本清源，回歸本位。就有關載籍看，這個「源」最遲也應當追溯至温庭筠時代。這是倚聲填詞之由協調弦管金石到應合喉舌唇齒推移轉换的一個重要階段。但温庭筠之前及稍後，亦即唐五代這麽一段時間，情況相當複雜。主要是觀念問題。對於發生、發展中的倚聲填詞，究竟應當怎麽看待？曲、曲子，還是曲子詞？那個時候含混不清，孫光憲《北夢瑣言》記述薛昭緯及和凝，所有名目都已用上；而今有唐曲與唐詞以及歌辭與歌詞之爭，亦爲增添許多困擾。問題究竟出在哪裏，應當如何著手解决，須要進行一番檢討。這裏衹説推移轉换，希望能够從中理出點頭緒來。

推移轉换，這是倚聲填詞自一般樂歌樣式向特殊樂歌樣式演變的一個過程；而協調弦管金石以及應合喉舌唇齒，即特殊樂歌樣式由樂以定詞的兩種偏向。前者主要在於運用，後者於運用中兼顧正體。劉禹錫之「依《憶江南》曲拍爲句」，屬於前者；元稹《樂府古題序》所謂「在音聲者，因聲以度詞，審調以節唱，句度長短之數，聲韻平上之差，莫不由之準度」，屬於後者。偏向運用，以曲拍爲準度，主要於弦管金石求和諧；偏向正體，以音聲爲準度，主要於喉舌唇齒求和諧。偏向運用，不太注重文詞，一般樂歌樣式與特殊樂歌樣式並無明確分界；偏向正體，於文詞多所講究，一般樂歌樣式與特殊樂歌樣式已有明確分界。李白承詔賦詞，其《清平調》三章，「以律詩手爲之」，乃七言絶句之體，卻不妨礙其作爲新製樂歌進獻。其間，所考慮的主要是運用。這種狀況，持續了一段時間，而體的演變，也在逐步進行當中。温庭筠出場，推移轉換，方纔告一段落。

對此，夏承燾曾有精闢論述。其《唐宋詞字聲之演變》有云：

> 詞之初起，若劉、白之《竹枝》《望江南》，王建之《三臺》《調笑》，本蛻自唐絶，與詩同科。至飛卿以側艷之體，逐弦吹之音，始多爲拗句，嚴於依聲。往往有同調數首，字字從同；凡在詩句中可不拘平仄者，温詞皆一律謹守不渝。

從文體因革看科目創置問題，頗能中其肯綮。因而，運用與正體，也就有了結果：

①從樂律到聲律，由不定聲到定聲；

②從律式句到非律式句，由一般到個別；

③從無邪到邪（側艷），由同科到不同科。

這是就夏氏論述所作推斷。計三事，乃結果，亦過程，樂歌形式推移轉換過程；倚聲與倚聲之學，種種奧秘，或可從中探知一二。以下試逐一加以列述。

樂律與聲律，同出一源，而記録符號各異。古人辨宮位、審律度，以製腔造譜；倚聲填詞或者按譜填詞，皆以之爲憑藉。樂壇上，歌詞與歌腔一起傳播。張志和於大曆九年（七七四年）所作《漁歌子》傳播日本，當時帶有歌腔。這就是用作度詞以及節唱準度的聲與調。由於「聲音出口，旋即消滅」，許多聲與調行之未遠，經時亦不長久，張志和《漁歌子》歌腔至宋已不傳，未能歌，因此，蘇軾、黄庭堅輩，另衍之爲《鷓鴣天》及《浣溪沙》，而後歌之。聲與調之腔或者譜傳播，情況不同，或存或亡，各有不同遭遇。腔或者譜之存者，所以能歌；否則未能。這是樂壇的一種發展趨勢。

不定聲，謂何字爲宮，何字爲商，皆無一定；而定聲，比如「七音中合四爲下，宜陽聲字隸之，六五爲高，宜陰聲字隸之」（吴梅《詞源疏證・序》），則不容任意移易。逐弦吹之音，乃未成詞之時對於絲竹的追逐，亦詞成之後對於所填字詞的檢驗。事前、事後，雖未曾廢棄樂律，但祇是將其當作一種工具而已。一般情況是，述詞之人循天籟所得，依自然之音填製，成詞後，先歌以審之，再管笛以參之，不合者改字以協之（《詞學集成》）。張炎《詞源》所列舉，如「瑣窗深」，即其典型事例。張炎以爲：「雅詞協音，雖一字亦不放過。」（《詞源・音譜》）這是由不定聲到定聲的一種轉換。至於多爲拗句，嚴於依聲，主要是審音用字，其目的在於變換字聲以調和樂律。夏承燾以温庭筠《定西番》三首爲例，進行辨析。謂每首八句，而拗句占其四。而且，凡拗處皆一一相對；三首共一百五十字，亦無一字平仄不合。並謂：「凡其拗處堅守不苟者，當皆有關於，管弦音度。」以爲，凡拗處，多在音律吃緊處。乃樂律之所須，問題皆集中於字與音的配置上。這是由不定聲到定聲轉換的另一種表現形式。由不定聲到定聲，兩種不同的轉換形式，令倚聲填詞進入造型、定格以及立體、設科的過程。這是倚聲填詞轉換成爲一種獨立文體的一個重要過程。但是，這一過程，經由温庭筠，通過兩個「化」——格律化與程式化，又令得之前之兩種偏向，變而成爲另外兩種偏向：應合樂律，變成爲應合聲律；詞與音樂關係，變成爲詞與音律關係。故此，運用與正體，二者之間，其相互關係、限制之處，也就另有問題出現。這就是不變中的變。

不變，由不定到定所產生結果；不變中的變，由定返回不定所出現問題。但是，此所謂不定，已非原先之不定，乃有定之不定。在運用層面上講，這一變化，在於外力的推動，諸如合樂的需求以及歌者的協調等等，而在正體層面上講，則爲歌詞自身的一種調整，乃對於樂曲適應性的體現，其内力就在字格自身的變化當中。由不定到定，再由定到不定，在聲律應合樂律的過程中，乃同步進行。定與不定，兩個方向的變化，令體與用二者關係，變得愈來愈複雜。其間，許多問題，都曾爲後來者造成困惑，諸如腔平字側以及字聲演變等問題，宜細加辨析。

腔平字側，這是張炎於《謳曲旨要》中所提出問題。旨要五則，説歌者協調要領。其一有云：「腔平字側莫參商，先須道字後還腔。字少聲多難過去，助以餘音始繞梁。」張炎以爲，字與腔之間之應合、配搭，須通過道字（吐字）、還腔（作腔）以及字與音多與少之宛轉遷就加以協調。乃體會有得之言，亦樂壇一種現象的揭示，著眼點在於運用。蔡楨爲《詞源・謳曲旨要》疏證，指出鄭文焯《詞源斠律》所釋「語極含混」，因借南曲《明珠記・畫眉序》首尾二句爲證其説。謂其首尾句韻應是平聲，而「金盞泛蒲緑」及「可惜明朝又初六」之「緑」與「六」，均係側聲，乃所謂「腔平字側」者也。提出：歌時當以入聲吐字，而微以平聲作腔；若逕用本音，而不以平聲作腔或逕改作平聲，不以側聲吐字，皆與歌法大背。借曲説詞，以今證古，將問題歸結於歌法，語不含混，但缺乏倚聲填詞之自身事證，而且，所說亦衹是停留於歌者協調層面，未能將體與用結合在一起進行綜合考察。體與用，音理與字格，關係弄清楚，纔能有較爲切實的理解。

有關字聲演變問題，夏承燾早歲撰《唐宋詞字聲之演變》，曾指出：温飛卿已分平仄；晏同叔漸辨去聲，嚴於結句；柳三變分上去，尤謹於入聲；周清真用四聲，益多變化；南宋方、楊諸家拘泥四聲；宋季詞家辨五音分陰陽（《唐宋詞論叢》）。夏氏對於方、楊諸家之拘泥、辨分，已帶有貶意；晚年撰《瞿髯論詞絕句》，對於万俟雅言（詠），謂其「字字宫商費苦辛，一篇春草變荆榛」，則更持批評態度。夏氏以爲，這麽一種做法，愈分愈嚴，似乎不利於用（填詞），走的是一條荆棘小路。但所持論並非衹是著眼於用，而能兼顧及體。如謂：「詞之樂律，雖非字聲所能盡，而字聲和諧，亦必能助樂律美聽。即四聲之分愈嚴，則合樂之功愈顯。」（轉引自盛配《詞調詞律大典·前言》）並兼顧於體，較爲注重字格，故其所論，大致已將字聲演變的實際情況勾畫出來。字格問題，衹就字與腔的應合、配搭而言，主要是字聲的變化及替代。這是内在音樂與外在音樂的協調問題。亦即，文字聲音變化與歌詞樂律變化的應合問題。例如：古時宫、商、角、變徵、徵、羽、變宫，今時 1(do)、2(re)、3(mi)、4(fa)、5(sol)、6(la)、7(si)，樂音之由低到高，七個階級（音階），而文字則衹有平、上、去、入四個階級（四聲），二者之間究竟應當怎麽協調？一個字，多種變化，多種用途，怎麽以之適應繁複的樂律？這是文字自身所具備的功能。這一功能之發揮，或出自天籟，或有意識的遷就，填詞史上，凡是精於此道者，大多十分注重這種變化及替代，衹是這一變化及替代，在一般情況下，作者不自知，讀者亦不曾察覺，容易被忽視罷了。不過，前賢於此，實際已曾揭示。蔡楨爲《詞源・音譜》疏證，所引劉熙載《藝概・詞曲概》三段話，即將字聲的這一變化及替代，歸結爲三條原則：（一）平可以代上入，而上入或轉有不可以互代者；（二）上入雖可代平，然亦有必不可代之處；（三）平去不可相代。由此可見，内在音樂對於外在音樂本來就具有較爲廣泛的適應性。夏氏論陽上作去及入派三聲，曾徵引萬樹語，以證實入之作平，先詞而後曲，並證實用韻句亦可以入爲叶（《唐宋詞論叢》）。經此證實，上述「緑」與「六」之變化、替代，也就有了字格上的依據。這就是一聲變多聲的例證。一種通變，乃定與不定變化、替代的一個重要關節。夏氏關於唐宋詞字聲演變的一系列辨析，皆頗能見其眼力，但是，在通變問題上，其視角則尚未觸及於飛卿。如謂《菩薩蠻》十五首之兩結，四聲錯出，未能一律。謂「結句本聲律吃緊處，使飛卿而已嚴上去之别，不應嚴於拗句平仄若彼，而寬於結句若此」。説明，尚未從通變這一關節上立論。

盛配以爲，唐宋詞字聲，除入可分派平上去三聲外，尚有可通變處。因據前賢經驗，將通變原則歸結爲七條（見附録），以爲詞調訂律，並爲温庭筠《菩薩蠻》十五首，釐定四聲。謂十五首前後結尾句，爲「去平平去平」句式。指出温詞已顧及四聲。這是在夏説基礎上重新進行的考察與判斷。

温庭筠《菩薩蠻》十五首前後結尾句云：

弄妝梳**洗**遲。**雙**雙金**鷓**鴣。
雁飛殘**月**天。**玉**釵頭**上**風。
暫來還**别**離。**月**明花**滿**枝。
雨晴花**滿**枝。**玉**關音**信**稀。
送君聞**馬**嘶。**緑**窗殘**夢**迷。
覺來聞**曉**鶯。**鏡**中殘**鬢**輕。
鬢輕雙**臉**長。**社**前雙**燕**迴。
背窗燈**半**明。**燕**飛春**又**殘。
淚痕沾**繡**衣。**燕**歸君**不**歸。
驛橋春**雨**時。**此**情誰**得**知。

杏花零**落**香。**無**憀獨**倚**門。
卧時留**薄**妝。**錦**衣知**曉**寒。
滿庭萱**草**長。**憑**欄魂**欲**消。
緑檀金**鳳**凰。**畫**樓殘**點**聲。
秋波浸**晚**霞。**羅**衣無**此**痕。

據盛配所標識，前後兩結尾句中，六十個用去聲處（以黑體字顯示），二十四處爲去聲，如弄、鷓、雁、上、暫、信、送、夢、鏡、鬢、鬢、社、燕、背、半、燕、又、淚、繡、燕、杏、卧、鳳、畫；二十七處用以通變，如月（作去）、玉（作去）、别（作陽平轉去）、月（作去）、滿（陽上作去）、雨（陽上作去）、滿（陽上作去）、玉（作去）、馬（陽上作去）、緑（作去）、覺（作去）、臉（陽上作去）、不（作去）、驛（作去）、雨（陽上作去）、得（作陽平轉去）、落（作去）、無（陽平作去）、倚（陽上作去）、薄（作陽平轉去）、滿（陽上作去）、憑（陽平作去）、欲（作去）、緑（作去）、點（陽上作去）、晚（陽上作去）、羅（陽平作去）。僅九處非去聲，即洗、雙、曉、此、錦、曉、草、秋、此。用去聲處，包括通變，二十四加二十七，得百分之八十五。盛配以之爲嚴調，謂已達四聲一律的標準。

由不定聲到定聲，再由定聲到不定聲，填詞史上變化及替代的三種形式體現——不定聲、定聲、不定聲，至此已得到清楚判斷。

變化、替代的形式轉換，因倚聲填詞之格律化與程式化所促成。轉换過程所呈現兩個方面事證，審音填字以及依曲拍爲句，構成千年詞史的全部内容。前者有關音譜，已如上文所述；後者樂句，主要是節奏與旋律的協調問題。這一轉换——從樂律到聲律，由不定聲到定聲以及從律式句到非律式句，由一般到個别，在字聲與句式上，其配搭及組合，乃倚聲填詞這一特殊樂歌樣式演變成爲一種獨立文體的重要環節。

曲拍之事，今日看來，似乎並不易於體認，旋律運轉，其蹤迹亦不易追尋。但是，如果將音律與詞章、音理與字格以及作法與讀法聯繫在一起進行綜合考察，既由上往下看，又由下往上看，字聲、句式之如何組成音節，構成旋律，構成篇章，其中消息或可探知一二。因此，這一體認、追尋過程，我將其劃分爲兩個階段：想像、描述階段以及驗證、落實階段。

先説第一個階段，想像、描述階段。這是整體的經驗，須要從宋代歌詞體制及體制之構成説起。

張炎《詞源》「音譜」及「拍眼」二章，將宋代歌詞體制（種類）劃分九種，由短以及長，分别爲：令、引近、慢曲、三臺、序子、法曲、大曲、纏令、諸宮調。其中，令、引近、慢曲、三臺、序子，論者以爲純粹之詞體，即尋常散詞（蔡楨《詞源疏證》卷下）。純粹之詞體，計五類，引、近合而爲一。所謂「一曲有一曲之譜，一均有一均之拍」（張炎《詞源・拍眼》），各自不同的譜與拍，構成各種各樣的體或者類。體認、追尋，應當以之爲出發點。這是就整體而言，而對於個別事例，如法曲、大曲，張炎《詞源・拍眼》並曰：

> 法曲之拍，與大曲相類，每片不同，其聲字急徐，拍以應之。如大曲降黄龍花十六，當用十六拍。前衮中衮，六字一拍，要停聲待拍，取氣輕巧。煞衮則三字一拍，蓋其曲將終也。至曲尾數句，使聲字悠揚，有不忍絶響之意，似餘音繞梁爲佳。

謂曲尾的三字句，宜於曼聲長引；衮遍的六字句，要停聲待拍。因爲衮遍的音樂急促，歌詞亦宜急唱，儘管一句亦有六字，可能還不到一拍時間，故須停聲待拍。所説雖仍未盡周詳，某些問題，諸如音樂家之如何驅駕虚聲，縱弄宮調，另外翻出新的花式，因有花拍、慢拍、急拍、打前拍、打後拍等各種名詞，其實際意義，亦未能於歌詞中獲知；而其有關節拍之行與止以及節度效用的描述，卻爲提供一定的啓示，包括想像的憑藉，這對於進一步的體認及追尋，尤其是對於歌詞之如何與曲拍應合之體認及追尋，必有助益。所以，施蟄存以爲：由此亦約略可見詞句長短與歌唱的關係（此段參見《詞學名詞釋義》）。

再説第二個階段，驗證、落實階段。這是個體的經驗，著重於作法與讀法。

王灼謂：「音節皆有轄束，而一字一拍，不敢輒增損。」（《碧雞漫志》卷一）乃字與拍的應合問題。楊守齋（纘）有作詞五要，其謂：「第三要填詞按譜。自古作詞，能依句者已少，依譜用字者百無一二。」（張炎《詞源》附録）亦有關應合問題，以爲依字以及依句，依字似更加艱難。二氏皆由作者角度提出問題。而張炎之説法，在某種意義上講，則爲初學以及一般不諳音律者揭示捷徑。其謂「音律所當參究，詞章先宜精思。俟語句妥溜，然後正之音譜。二者得兼，則可造極玄之域」（《詞源・雜論》）。説作法，以爲可由詞章追尋音律，既已將樂律與聲律的隔閡打通，從此，作者與讀者也就可於兩個不同方向，内在音樂與外在音樂，互相關照，或因聲以求氣，或按字以尋聲，以創造極玄之境。

兩個階段的體認及追尋，詞章與音律並舉，曲拍落實到句式，於是，音節之抗墜抑揚以及旋律之起訖轉折，其脉絡已漸趨明晰，約略可見。這是借助字聲與句式這一中間媒介進行想像、描述以及驗證、落實所獲結果。同樣，通過字聲與句式這一中間媒介，看其發生、發展，倚聲填詞這一特殊樂歌樣式之如何演變成爲一種獨立文體，其軌迹亦將逐漸呈現。以下是幾個相關事例。

劉禹錫和樂天(白居易)春詞之「依《憶江南》曲拍爲句」，由曲拍到句式，轉移、推進，乃詞史上之一創舉。其詞云：

春去也，多謝洛城人。弱柳從風疑舉袂，叢蘭裛露似沾巾。獨坐亦含顰。

詞章五句，依據「三五七七五」句式組成。三叶韻。龍榆生謂：「以長短參差之句，入抑揚抗墜之曲」(《詞體之演進》)。其具體做法是：解散五、七言律、絶的整齊句式，而又運用其平仄安排，變化其韻位，因以成之。龍氏稱其爲後來倚聲填詞打開無數法門(《唐代民間詞和詩人的嘗試寫作》)。這就是當時詩人依照新興曲調，亦即民歌曲拍填寫長短句歌詞的有力證據(龍榆生《唐宋歌詞的特殊形式和發展規律》)。

草創時期樂歌創作之依曲拍爲句，白居易、劉禹錫以外，就至今仍然流傳的敦煌曲子詞，亦可想見其情狀。其中，無名氏所作《菩薩蠻》云：

枕前發盡千般願。要休且待青山爛。水面上秤錘浮。直待黄河徹底枯。白日參辰見。北斗回南面。休即未能休。且待三更見日頭。

歌詞於原有句式添加襯字：「上」、「直待」以及末句的「且待」。草創時期歌詞合樂痕迹，明顯可見。這是字與聲的配搭，亦即文句與樂句的配搭。其間，聲多字少，幾個字够不上一拍，須待拍停聲，宛轉遷就，以爲協調，乃其中一法；而所添加，以應其拍，則另一法。皆著眼於句法，主要爲著美聽。這是經常遇見的問題。至於上下片的安排，乃篇法，當時尚未進入程式。上片與下片，正與反，尚未見有何必然聯繫。因此，歌詞所說休與未能休的矛盾衝突，由於篇法上的隨意性（或者錯綜），即爲所掩蓋。字面上看雖十分淺白，但千般願與六件事（休與未能休的六條件），混淆不清，亦致使後來者的解讀，時見偏差。這是草創時期曲子詞的代表作品。

至温庭筠，兩個偏向的出現，在一定程度上，促使歌詞樂曲形式的規範化。如其所作《菩薩蠻》：

小山重疊金明滅。鬢雲欲度香顋雪。懶起畫蛾眉。弄妝梳洗遲。照花前後鏡。花面交相應。新貼繡羅襦。雙雙金鷓鴣。

歌詞句式一定，無添加。不僅聲多字少的矛盾得到解決，而且表現方法亦已進入程式。尤其是上片與下片，二者組合，已有一定規則。「或前景後情，或前情後景，或情景齊到，相間相融，各有其妙（劉熙載《藝概·詞曲概》）。」篇法、句法，有了一定之數。句與拍，文句與樂句，其配搭、應合，已達至完全諧和的程度。外在行動，内心活動，單單與雙雙，其間種種，均已明白展現。這是詩客曲子詞的典範。

以上三例，標志著樂歌形式創造之由不定型到定型的轉换。這一轉换，有格、有型。不僅形式上的美觀、美聽，得以充分體現，藝術上的美感，也有所展示。轉换中的倚聲填詞，並非衹是爲著「用」，爲著合樂應歌，其自身建設，亦即「體」的確立，已被擺在重要的位置之上。因此，衹就「體」的確立而言，似可進一步加以推斷：所謂曲拍之事，實際就是篇法與句法二事。

篇法問題，乃全體佈局問題。其關鍵在於融會章法，按脉理節拍而出之。就音律與詞章的關係看，樂曲分遍（段），歌詞分片；一遍（段）就是一片。表示音樂已奏過一遍（段）。乃暫時的休止，而非終了。樂歌創造，其起訖轉折，抗墜抑揚以及對於樂音的配搭與節度，有關種種，詞界已摸索出一套法則，包括起拍、歇拍、過拍以及諸多曲拍的承轉貫通。合而觀之，即爲旋律片段的變化法則，也就是篇法。

宋詞五種（五種體制或種類），尤其令、引、近、慢，最是講求篇法。沈義父《樂府指迷》云：「作大詞先須立間架，將事與意分定了。第一要起得好，中間祇鋪叙，過處要清新，最要緊是末句，須是有一好出場方妙。小詞祇要些新意，不可太高遠，卻易得古人句，同一要煉句。」這段話，總論作法。謂大詞，在宋代包括慢曲及序子、三臺等，小詞則令曲及引、近等。以爲作大詞須講章法、句法及字法。先立間架，即所謂佈局也。事與意須分定主從；起句末句過變，乃詞之肯綮所在，造句下字，均須不落平凡。小詞雖無多結構，但亦未可全無章法（參見蔡嵩雲《樂府指迷箋釋》）。諸般講求，皆圍繞著全體佈局。

以下乃諸家説法，屬於分論。有關上下片劃分，尤其起調、畢曲，以及過片，皆肯綮所在，所論亦非同一般。如曰：「最是過片不要斷了曲意，須要承上接下。如姜白石詞云：『曲曲屏山，夜涼獨自甚情緒。』於過片則云：『西窗又吹暗雨。』此則曲之意脉不斷矣。」（張炎《詞源·製曲》）又曰：「大抵起句非漸引即頓入，其妙在筆未到而氣已吞；收句非繞回即宕開，其妙在言雖止而意無盡；對句非四字六字即五字七字，其妙在不類於賦與詩。」（劉熙載《藝概·詞曲概》）又曰：「吞吐之妙，全在換頭煞尾。古人名換頭爲過變。或藕斷絲連，或異軍突起，皆須令讀者耳目振動，方成佳製。」（周濟《宋四家詞選叙》）

柳永《八聲甘州》云：

對瀟瀟暮雨灑江天，一番洗清秋。漸霜風淒緊，關河冷落，殘照當樓。是處紅衰翠減，苒苒物華休。唯有長江水，無語東流。　不忍登高臨遠，望故鄉渺邈，歸思難收。嘆年來蹤迹，何事苦淹留。想佳人妝樓顒望，誤幾回天際識歸舟。爭知我，倚闌干處，正恁凝愁。

上片佈景——江天、關河、物華、江水；下片説情——歸思、淹留、佳人念我、我念佳人。宋初體的典型模式。一法、百法，構造全部宋詞。

句法問題，乃順與拗問題。近體詩之聲律，以不依常格、不諧平仄者爲拗，於詞亦然。所謂常格，依龍榆生所説，就是按照「奇偶相生，輕重相權」八字法則所組成的格式。句式變換，乃多爲拗句的一種表現形式。多爲拗句，除了字聲，主要是律式句向非律式句的轉換。非律式句，詞中常見，而又往往被忽略。此等句式，一般謂之爲特殊句式。吴世昌劃分慢詞句法爲二類——領下或托上的散句以及內向或平行的對句，並將前一類句子歸納爲二十三項，皆特殊句式。拙著《詞與音樂關係研究》已爲轉録，可供參考。龍榆生比勘音節，於各種特殊句法，亦頗有心得，以爲一種矛盾的統一，並曾揭示數例，爲之示範。因特爲轉録，以饗讀者。

（一）四字句有上一下一，中兩字相連者，如：

對**長亭**晚。（柳永《雨霖鈴》）

依**闌干**處。（柳永《八聲甘州》）

引**胡笳**怨。（柳永《迷神引》）

揾**英雄**淚。（辛棄疾《水龍吟》）

（二）五字句有上一下四者，如：

登孤壘荒涼。（柳永《竹馬子》）

隔溪山不斷。（周邦彦《拜星月慢》）

（三）有一字領七字句者，如：

怕梨花落盡成秋色。(姜夔《淡黄柳》)

縱芭蕉不雨也颼颼。(吴文英《唐多令》)

(四)有一字領三字偶句者,如:

覺客程勞,年光晚。(柳永《迷神引》)

對宿煙收,春禽静。(周邦彦《大酺》)

(五)有一字領四字偶句者,如:

愛停歌駐拍,勸酒持觴。(周邦彦《意難忘》)

仗酒祓清愁,花銷英氣。(姜夔《翠樓吟》)

(六)有一字領五字偶句者,如:

觀露濕縷金衣，葉映如簧語。（柳永《黄鶯兒》）

（七）有一字領六字偶句者，如：

念柳外青驄别後，水邊紅袂分時。（秦觀《八六子》）

嘆事逐孤鴻盡去，心與蒲塘共遠。（周邦彦《西平樂》）

（八）有一字領八字偶句者，如：

羡金屋去來，舊時巢燕，土花繚繞，前度莓墻。（周邦彦《風流子》）

念渚蒲汀柳，空歸閒夢，風輪雨檝，終孤前約。（周邦彦《一寸金》）

唤厨人斫就，東溟鯨膾，圉人呈罷，西極龍媒。（劉克莊《沁園春》）

（九）有兩字領六字偶句者，如：

那堪片片飛花弄晚，濛濛殘雨籠晴。（秦觀《八六子》）

似覺瓊枝玉樹相倚，暖日明霞光爛。（周邦彦《拜星月慢》）

龍氏指出：「此等關係於節拍者重大，又諸家詞譜之所未留意及之者也。」（以上參見《論詞譜》）有志於此道者，理應倍加留意。

但是，律式句與非律式句，往往也並非一律。有時候，未可以律詩手爲之；有時候卻未必，不能膠柱鼓瑟。知其一，尚須知其二。例如，吴文英《鶯啼序》：

殘寒正欺病酒，**掩**沈香繡户。燕來晚，飛入西城，似説春事遲暮。畫船載，清明過卻，晴煙冉冉吴宫樹。念羈情，遊蕩隨風，化爲輕絮。　十載西湖，傍柳繫馬，**趁**嬌塵軟霧。溯紅漸，招入仙溪，錦兒偷寄幽素。倚銀屏，春寬夢窄，斷紅濕，歌紈金縷。暝堤空，輕把斜陽，總還鷗鷺。　幽蘭旋老，杜若還生，水鄉尚寄旅。別後訪，六橋無信，事往花委，瘞玉埋香，幾番風雨。長波妒盼，遥山羞黛，漁燈分影春江宿，記當時，短楫桃根渡。青樓仿佛臨分，敗壁題詩，淚墨慘淡塵土。　危亭望極，草色天涯，**嘆**鬢侵半苧。暗點檢、離痕歡唾，尚染鮫綃，嚲鳳迷歸，破鸞慵舞。殷勤待寫，書中長恨，藍霞遼海沈過雁，漫相思，彈入哀箏柱。傷心千里江南，怨曲重招，斷魂在否。

這是較難考訂的詞調。而其所謂難者，就在於此調有較多特殊句式，尤其是上一下四的五字句，上三下四的七字句，以及上五下六、上六下五，或者三四四所組成的十一字句。此等句式，似皆不易斷定。萬樹校律，曾以「作詞須從其多者，須從其全者，尤須從其前後相同者」爲原則，進行勘定。而對於上一下四句式所作判斷，卻未可盡依。其謂：第三段换頭之「水鄉尚寄旅」，「若作『尚水鄉寄旅』，則與前段合。觀他作『嘆幾縈夢寐』可見。黄作『飛蓋蹴鰲背』，亦不合，不必從也」。黄，即黄在軒。所作《鶯啼序》，與吴作比較，萬樹以爲「其中句法，多有不一」（以上見《詞律》卷二十）。所指乃前後之兩個五字句——「水鄉尚寄旅」以及「嘆鬢侵半苧」，萬氏以爲，前後皆準以上一下四句式，方爲合律。這就值得斟酌。朱祖謀（彊村）校夢窗，不依萬樹，仍作「水鄉尚寄旅」（見《夢窗詞集》，《彊村叢書》第五册，頁四二七四）。黄侃和夢窗，作「至今尚寄旅」，周岸登和夢窗，作「虎貔静萬旅」，皆不依萬氏（見盛配《詞調詞律大典》）。説明：一般中有特殊，特殊中亦有非特殊（一般）。未能强求一律。萬氏所説，多、全、同，就整體上看並不錯，但對於個别詞調，卻未必完全適用，尚須視具體情況而定，未可輕易依從。

篇法與句法，這是依曲拍爲句在字格上的體現。兩個「化」——格律化與程式化，既推動特殊樂歌樣式的確立，科目創置亦即夏承燾所説由同科到不同科的轉换，也於其間同步進行。

「逐弦吹之音，爲側艷之詞」——《舊唐書·文苑傳》評温庭筠語。兩句話代表對於倚聲填詞的看法。弦吹之音與側艷之詞，二者相提並論，説明這是一個問題的兩個方面。兩個方面，爲聲學，亦爲艷科。聲學與艷科，兩個名稱，當時儘管尚未正式提出，但兩個方面，合而觀之，卻是一種詞學觀的體現。這裏，清楚表明：其所謂側者，除了用作仄，與平對應，此外，尚可作不正解，與正對應。而就艷而言，正與不正，即無邪與邪，亦兩相對應。因而，所謂側艷，即可當邪艷解。但是，無論如何，其所謂側或者平與正之與聲學實際都已被擺在一個位置之上。不偏不倚，同等看待。這是弦吹之音與側艷之詞相提並論的意義。立足於此，可見初起之詞之與詩同科，最少具有兩個原因：一個是初起之詞在體式上尚未完全突破原有聲詩之五、七言句式，例如劉、白之《竹枝》《望江南》以及王建之《三臺》《調笑》；另一個是初起之詞之與原有聲詩創作，基本上仍然奉行傳統詩教所推尊的「思無邪」原則。同樣，立足於此，亦可見倚聲填詞之至温庭筠，其側艷之體之所以與詩不同科，最少亦具有兩個原因：一個是體式上的突破，例如多爲拗句，嚴於依聲；另一個是打正旗號，作側艷詞。正與不正，無邪與邪，同科與不同科，這是一個重要轉變。倚聲填詞這一新興樂歌樣式，經歷造型、定格以及立體、設科，至此已獨立成體，走上自己的發展道路。

科目創置，這當中自然也包含著認同問題。不僅其自身在型格上的體現證實已自成一科，而且也牽涉到外部觀感。五代時，追悔少作，已是另眼相看；入宋後，戴著面具，明顯將其當另一科對待。但畢竟已成爲事實。這是倚聲史上一件大事。温庭筠之後，宋人之所以能於唐詩以外創造另一輝煌，關鍵就在於此。當然，外部的這種觀感往往也並非絶對。比如艷科二字，當時就未必衹作一種解釋。《花間集叙》所云：「鏤玉雕瓊，擬化工而迥巧；裁花剪葉，奪春艷以争鮮。」可知，這一個艷字，除邪艷外，還有鮮艷的意思。與春天比鮮艷，一部《花間集》就以此爲標榜。至宋，戴上面具與卸下面具，固然有所不同，但對於聲學與艷科，宋人仍舊善於作兩面觀，曾有所偏重，而無所偏廢。因此，終宋一代，倚聲填詞儘管亦曾被看作詩之裔，卻還是以「别是一家」的身份出現，未曾與傳統詩文合爲一科。這應是一代文學確立與發展的基本保證。

夏論三段，既精確地展現倚聲填詞自身在型格上推移轉換的過程，又明白揭示其科目創置的事實，當頗具劃時代意義。

今日詞界，對此尚缺乏認識。自二十世紀後半葉以來，大多不善作兩面觀，祇是著眼於艷科，於意識形態上綱上綫，將其往顯學方向推，而不重視聲學。例如，祇是在思想內容、社會背景之所謂知人論世的層面上進行評判。對於以往，不是將其打倒在地下，就是將其擡高至天上；一切以今日世界觀行事。至於聲學，因不重視或者有意無意的誤判，則將其變成爲絕學。顯學與絕學，兩個極端，令温庭筠之後倚聲填詞的兩種偏向變而成爲另外兩種偏向：或者不重視文字，脱離文本，憑空構想；或者雖重視文字，但將韻文當語文看待，令其走上一條荆棘小道。這就是本文開篇所揭示天上飛與地上爬兩種狀況。詞界因之面臨著許多困惑。故此，所謂正本清源，今日看來還是十分必要的。這是因温庭筠時之科目創置以及夏論三段所想到的。

三 門徑與真傳

千餘年間，倚聲填詞之發展、演變，兩種偏向不斷轉換，不斷以新的形式出現；而所謂偏者，即過了頭之謂也。説明須要具備一定的度：求之太過，步入荆棘；善加把握，走向康莊。温庭筠及温庭筠以後的倚聲家在實踐中獲得共識，並爲之積累了豐富的經驗。這就是歷史。

今日詞界，兩個極端，乃兩種偏向的一種形式體現。其中，所謂顯學，儘管越做越不著邊際，卻越做越顯赫，其奧秘之所在，有待認真加以探測。以下，著重説絶學問題。

倚聲史上聲學之變而成爲絶學，其所謂誤判，就是不恰當地將韻文當語文看待。將韻文當語文看待以及將韻文當語文看待，二者雖然都離不開文字，但是，著眼點各不相同，結果也不一樣。一個注重於韻，一個注重於文。注重於韻，看文字，亦看韻文；注重於文，祇是看文字，而不考慮韻文。看文字，亦看韻文，考慮的主要是韻文創作之一般規則及特殊規則在文字上的體現，而祇是看文字者，卻不曾理會這些規則。

二十世紀上半葉，吴梅著《詞學通論》，曾指出：

> 詞之爲道，本合長短句而成。一切平仄，宜各依本調成式。五季兩宋，創造各調，定具深心。蓋宫調管色之高下，雖立定程，而字音之開齊撮合，别有妙用。倘宜平而仄，或宜仄而平，非特不協於歌喉，抑且不成爲句讀。昔人製腔造譜，八音克諧。今雖音理失傳，而字格具在。學者但宜依仿舊作，字字恪遵，庶不失此中矩矱。凡古人成作，讀之格格不上口，拗澀不順者，皆音律最妙處。

這是從韻文創作角度所進行的論斷。以爲字格與音理相通，乃樂音所留下印記。後世聲家，可於字格，追求音理，以舊作爲依仿，探尋其規則。並以爲前人所創造，定具深心。宜平宜仄，別有妙用；其拗與順，皆與音理相關。既體現樂歌創作的共同規律，亦可看作是個人的一種經驗之談。韻文創作之一般規則及特殊規則，可藉此得以檢示。

爲了印證這一論斷，吴梅從正反兩個方面，進一步提供事證。其謂《詩餘圖譜》作者張綖，凡遇拗句即改爲順適，因爲萬樹所譏評。屬於反面事證。具體事例，下文另述。而正面事證，則有如下諸項：

（一）歸騎晚、纖纖池塘飛雨。（周邦彦《瑞龍吟》）

（二）東風竟日吹露桃。（周邦彦《憶舊遊》）

（三）今年對花太（或作最）匆匆。（周邦彦《花犯》）

（四）快展曠眼。（吴文英《鶯啼序》「殘寒正欺病酒」）傍柳繫馬。（吴文英《鶯啼序》「天吴駕雲閬海」）

（五）一箭流光，又趁寒食去。（吴文英《西子妝》）

（六）病懷强寬（上片）。更移畫船（下片）。（吴文英《霜花腴》）

（七）正一望、千頃翠瀾。（姜夔《滿江紅》）

（八）江國。正寂寂。（姜夔《暗香》）

（九）怕匆匆，不肯寄與誤後約。（姜夔《淒涼犯》）

（十）今夕何夕恨未了。（姜夔《秋宵吟》）

以上諸項，採自清真（周邦彦）、夢窗（吴文英）、白石（姜夔）三家。吴梅謂其，多見拗調澀體。其所作於字聲組合，往往不依循常規，平仄拗口；但又不得輕易改順（以上參見《詞學通論》第二章《論平仄四聲》）。其中，《憶舊遊》末句，周邦彦之「東風竟日吹露桃」作「平平去入平去平」句式，其餘作者，或爲「殘陽草色歸思賒」（吴文英）、或爲「重尋當日千樹桃」（方千里）、或爲「瀟湘近日風捲湖」（劉應幾）、或爲「黄昏細雨（上入通用）人閉門」（劉將孫），皆一一依遵。近代聲家之作此調者，此處亦多採用周詞句式，如「相思鎮日懷絳桃」（朱師轍）、「憑高縱目唯暮鴉」（汪東）、「横堤夜色涼上鐙」（沈軼劉）、「江鄉歷（作去）歷青夢蘇」（龍榆生），等等。説明對於古人成作，尤其周邦彦之所創造，後世皆亦步亦趨，奉若神明，未敢稍有偏差。《憶舊遊》以外，其餘各項，亦可見此類現象。這是一種處理辦法，乃正面之事證。

另一種處理辦法，即《詩餘圖譜》作者張綖，其謂周邦彦《憶舊遊》末句可作「仄平平仄仄平平」句式，乃遇拗句即改爲順適的典型事證，萬樹以爲可笑之極（《詞律》卷十七）；又謂吴文英《暗香》之「花隊簇、輕軒銀蠟」（「平去入、平平平仄」），其中「花隊簇輕軒」五字，可用「仄平平仄仄」句式，亦拗改順事證，萬樹指稱，其見太廣，其説太玄，非愚之淺鄙所識矣（《詞律》卷十五）。此皆反面事證。那麽，拗既不得輕易改順，自然，順亦不得輕易改拗。如萬樹自身，其將「水鄉尚寄旅」改作「尚水鄉寄旅」（見上文所引），即順改拗例。此事吴梅《詞學通論》未曾提及。我以爲：改順改拗，形式不一樣，而其所考慮，亦即對於順與拗的理解，卻未必不一樣，因將其列歸反面事證，以爲吴説之補充。

正面與反面，兩種不同做法，兩相對照，其深具之用心也許探測得到。尤其是正面事證，其字字恪遵，不失矩矱，究竟是有意識的步趨，還是盲目追隨，儘管不能説得太絶對，但有一點可以肯定的是，所有須要嚴格遵守的地方，大都具備「一定之格」（《詞律》卷十七），是個關鍵部位。例如，上文所引《憶舊遊》，其結句句式，各家所作都一樣；「不宜草草亂填」（《詞律》卷十四）。就是作者用心之所在。《圖譜》不知，故爲所譏。萬樹所説「樂府之調板如鐵，古賢之心細如髮也。」（《詞律》卷二十），正揭示出這一事實。説明，這是歌詞音律吃緊之處。韻文創作中之所謂一般及特殊，其規則即體現於此。

兩個方面的例證，表現出兩種不同的取向。這對於區别究竟當行不當行，將韻文當韻文看待或者將韻文當語文看待，頗具參照價值。當然，韻文與語文，隔行如隔山；而且，非祇一山之隔，有時候，乃在數山之外。兩種不同的做法，體現出兩種不同的門徑（或路徑）。

二十世紀下半葉，中國韻文界及語文界，龍榆生、王力都是大師級人物。龍撰《唐宋詞格律》，王著《漢語詩律學》；二者都爲專門家著作。雖各有側重，一個韻文，一個語文，但二氏對於韻文，尤其是對於韻文中特殊的樣式——倚聲填詞諸多特性在字格與音理上的體現，都有較爲切實的認識及探研。龍榆生作爲傳統詞學本色論傳人，自是出色當行。其對於自己所推舉的一百五十餘詞調，大都體貼入微，全面把握。自篇法、句法、字聲、韻叶，乃至聲與情之配置、應合，都能給以明確的提示。其謂：「八十八字，前片三平韻，後片五平韻。要注意轉折處，有駘蕩生姿之感，乃稱合作。」（《八六子》説明）其謂：「此種慢曲，必須選用入聲韻部。所有拗句與領格字，不但要遵守平仄，更得注意四聲，方能符合曲體。」（《浪淘沙慢》附注）其謂：「第一段『正』字，第三段『遇』、『念』、『漸』、『對』等字皆領格，宜用去聲。又『當年少日』與『對閒窗畔』二句，皆上一下三句式。在長調慢詞中，此等處最宜注意，須於慢聲長吟之際，細加玩味，方能有所領悟，掌握節奏聲容。」（《戚氏》附注）皆體會有得之言，非凡輩可比。王力對於韻文儘管並非專攻，而其到底乃大方之家，做起學問來，照樣並無太大隔閡。不僅對於詩詞中各種語言現象，包括字聲、韻叶以及對仗諸方面的羅列及分析皆極其細緻，而且對於韻文創作之一般規則與特殊規則，也能較爲精確地予以展現。在目前所見譜書、韻書中，龍、王二著最具權威，而且最爲廣泛流通，乃倚聲填詞必不可少的工具書。

當然，作爲韻文著作及語文著作，二者各有不同的標準及要求，當行與不當行，隔與不隔，各有各的判斷，未可一概而論；而且，衹就韻文講，其深淺程度亦有不同，又無有止境，有時候，即使行家裏手，也有欠周至處，仍須細加辨析。不過，大致説來，目標還是比較明確的。那就是，看其能否通過字格與音理探測古人深具之用心？能者，當行，或者不隔；否則，非也。這是一種衡量依據。説明字格與音理，二者相通，韻文創作之一般規則及特殊規則就有著落；反之，韻文歸韻文，語文歸語文，衹是一般現象的堆砌，便難以有所創獲。因此，上文有關正與反的對照，都是爲著闡述這一道理。

比如《賀新郎》，這是個比較特别的詞調。始見《東坡樂府》。傳爲蘇軾在一次宴會上因歌妓秀蘭而作，名「賀新涼」。風流太守，隨聲點定，經過多番協調，終於形成固定格式。原有一百十五字，增添爲一百十六字。兩段中之七字四句，或順或拗，未盡一律，而其中之連用四平者，則非少見。這是個重要特徵。辛棄疾《賀新郎》二十三首，九十二個七字句中，連用四平者凡四十九例，占一半以上；兩段四句全部連用四平者計三首。亦非絕無僅有。又，前後段居中第四韻，單句用韻，自成一句，爲全首筋節，梁啓超謂之最可學（梁令嫺《藝蘅館詞選》丙卷）。兩結三字，用「仄平仄」句式，萬樹以爲定格（《詞律》卷二十）。這一切，構成其一整套特定的格式及規則（詳參拙著《詞與音樂關係研究》第十四章）。後來所作，如出一吻。倚聲填詞，應當就是這麽個狀況。

就字格看，《賀新郎》之所以特別，主要體現於齊整與不齊整當中。表面上句式參差，二言、三言、四言、五言、六言、七言、八言，應有盡有，實際上除第一句外，上下兩片各句之平仄、韻位、字數則完全相同。於變中有不變，不變又變。乃對立統一之藝術整體。既適宜於陶寫繁複多變之情感活動，又適宜於檢驗才能與技法。凡是聲家，似乎都想一試，甚而將其當作最爲合適的入門途徑（詳參拙文《周采泉〈金縷百詠〉序》）。

一般講，作爲工具書，最起碼的要求是提供事證，著重將各種現象，尤其是特別的現象，揭示出來，而後纔是進一步的分析與判斷。於此，龍榆生、王力都做得十分認真，足資參考。而對於《賀新郎》這一詞調，我則特別欣賞王力。其曰：「前後段共有四個(仄)仄(平)平平平仄，都可變爲仄仄平平平仄仄。前者是拗句，後者是律句。詞人於此等處有全用拗句者，如《詞律》所舉毛幵的一首；有全用律句者，如《詞律》所舉高觀國的一首；有拗句與律句並用者，如《白香詞譜》所舉李玉一首。」祇是一番列舉，卻展示出律式句（律句）與非律式句（拗句）的區別，表明已看到連用四平這一特徵。這是須要特別加以稱述的。因爲作爲當行作者，龍榆生反倒給忽略了。此中四個七字句，龍氏皆以「＋｜＋——＋—」（「(仄)仄(平)平平(仄)仄」）格式標識，說明仍將其當一般律式句（律句）看待。萬樹亦如此（《詞律》卷二十）。這是不應有的一種忽略。

由此可見，所謂衡量依據，說得具體一點，就看其能否掌握詞調的特別之處，並通過此特別之處，體察其音律之最妙處。這是倚聲填詞的一種基本功夫。歷來聲家，於此都有自己的體驗及心得。今日詞界之所以出現兩個極端，出現天上飛、地上爬以及空中走三種狀況，就因爲欠缺這一功夫。

本文說倚聲與倚聲之學，一方面由溫庭筠之「逐弦吹之音，爲側艷之詞」到夏論三段，追溯、引申，以見證其造型、定格以及立體、設科的過程，另一方面由吳梅字格、音理相通與張炎音律、詞章兼得（《詞源·雜論》）之銜接、指引，以探測其深具之用心。兩個方面，正本清源，回歸本位，目的在於貫通古今，掌握根本。總的看來，幾個環節，都相當重要。

張炎《詞源》二卷，聲學與艷科，二者並重，乃宋代詞學集成之作。聲家謂其窮聲律之窅妙，啓來學之準範（許邁孫語）。上卷詳論五音十二律、律呂相生以及宫調管色諸事。釐析精允，間繫以圖。與姜白石歌詞九歌琴曲所記用字紀聲之法，大略相同。下卷歷論音譜、拍眼、製曲、句法、字面、虛字、清空、意趣、用事、詠物、節序、賦情、離情、令曲、雜論、五要十六篇。（參見《四庫未收書提要·詞源提要》）近世以來，在中國本土，鄭文焯、蔡嵩雲、夏承燾諸輩，其箋注本相繼問世。鄭氏《詞源斠律》爲導先路，蔡氏《詞源疏證》進而加以條理，至夏所作《詞源注》，歷經數代，已有相當積累。夏注於中國詞學蜕變期出現，亦甚不易。衹可惜，當時衹爲下卷作注解，獨缺上卷，並將下卷音譜、拍眼以及作詞五要删除，爲之留下遺憾。嗣後，詞界忙於顯學，顧此失彼，難以爲繼，遂令其淪爲絶學。

爲此，十分高興見到日刊新書——《宋代の詞論》。中國書店（日本福岡）二〇〇四年三月發行，三百七十八頁。這是張炎《詞源》的一種注譯讀本。由明木茂夫、玄幸子、澤崎久和、萩原正樹、保苅佳昭、松尾肇子合作編纂而成。上下兩卷，取下而捨上。上卷十四篇（則），論詞樂，未予取録，而於卷首「解題」標舉條目，並作扼要説明。下卷十六篇（則），包括序文，論作法，則依例進行輯繹，計原文、原文訓讀（漢譯日）、校記、譯（譯釋）、注（注釋）五部分。卷末並附「《詞源》引用表」、「《詞源》諸本異同表」、「《詞源》引用詞索引」以及「《詞源》語彙索引」。辛勤積蓄，精致綿密；複雜怪奇，籠括包舉。村上哲見以爲：遠遠超出以前研究成果，足以令彼邦（中國）專家爲之瞠目（《宋代の詞論・序文》）。其對於誤區中的詞學，或將產生一定救補作用。

就整體上看，日刊《詞源》讀本，綜合比勘，做得相當紮實，而專家獨斷，則稍留餘地。至於上下卷的取捨，除了在豔科與聲學的關係上有所偏廢，在易難問題上，應當亦有所趨避。須知，這並非一件孤立的事情。既有關資源的發掘與調配，亦離不開倚聲與倚聲之學創立的大背景。必欲進取，還有個門徑（或路徑）問題。

門徑與門類，密切相關；二者都講究方法。門有正、側之分以及高、低之別。徑亦有遠有近。門內、門外，內行、外行，有用、無用，皆顯示這一分別。「入門須正，立志須高。」詩如此，詞亦如此。而詞之與詩，門類不同，則不能不另加細考。科學道路，崎嶇曲折，捷足先登，未必不合原理。對於追求者來說，這是種方法，也是個結果。

黃壽祺《論易學之門庭》，曾轉引江永《近思録集注》（卷三）有關朱熹與其門人的一段對話，就此加以標榜。曰：

程頤嘗言：學者要自得。六經浩渺，乍來難盡曉，且見得路徑後，各自立得一個門庭，歸而求之，可矣。朱子門人問：門庭豈容各立耶。朱子曰：此是説讀六經，是要從師講問，且識得如何下功夫，便是立得門庭，卻歸去依此實下功夫，便是歸而求之。朱子門人又有問：如何是門庭。朱子曰：是讀書之法。如讀此一書，須知此書當如何讀。伊川教人看易，以王輔嗣、胡翼之、王介甫三人易解看。此便是讀書之門庭。

從師講問，歸而求之，就在於善抉擇；門徑與真傳，目標必須看準。登高一呼，希望就寄托在新世紀新一代身上。

甲申立冬前二日（二〇〇四年十一月五日）於濠上之赤豹書屋

附録：

盛配依據前賢經驗，將通變原則歸納成七條：

一、上入通用。凡宜用上者，均可改用任何入聲。照理應以入聲之可作上者代上，但不能有如此細緻。

二、入聲作平。爲所有入聲，均可偶借作平聲用。亦不能細緻地僅以原可以作平者代平。是爲宋詞中所習見。

三、上聲代平。萬氏云：「上之爲音，輕柔而退遜，故近於平。」又云：「本宜平聲，而古詞偶有用上者，近似於拗，乃藉以代平，無害於腔。」（《詞律・發凡》）

四、平聲代上。上、平音近，當可互代。前人詞於上去、上去平，每作平去、平去平，時且認爲音美。

五、陽上作去。此點變通，吴梅早已提出。夏承燾撰《唐宋詞字聲之演變》，乃爲證實之。實則《詞林正韻》與夫標準國音已將不少正濁上聲字，直列作去聲，大異於《廣韻》矣。世人對次濁上聲作去，有尚置疑。余爲從周柳詞中搜取例證近三十餘條，一再證明次濁上聲，亦可以作去。

六、陰去作上。所作者爲陰上，亦若陽上作去，所作者爲陽去也。其音理一同陽上作去。在前人詞篇中，偶或見之，余亦爲搜證十餘條。

七、陽平作去與入作陽平轉去。謝元淮所云「陽平宜搭去聲」一語，已可作爲初步佐證。理由爲凡是陽聲，均屬聲調激揚，均得融化之爲去。余亦爲從周柳詞中搜取例證，各六、七條。

盛配著《詞調訂律》（即《詞調詞律大典》），爲四聲譜。這在中國填詞史上是一大創舉。承襲之中而有較大的突破與發展。自此，倚聲填詞有希望走向康莊。

第一章　文體的自覺與學科的確立

第一節　同源與分途

——從詞體的發生、發展看中國詩歌的古今演變

一部中國詩歌發展史，就是一部中國詩歌形式變革史。古今演變，詩歌發展過程中的正與變。創造與變革，傳舊與創始，爲詩歌發展不斷提供合適的形式。不同形式的詩歌品種，既來自同一個源頭，又有各自不同的發生、發展途徑。科目的出現，歌詩歌詞的分途，正與變交替的必然結果。舊世紀的歌詞，生、住、異、滅；進入新世紀，必將在烈火中重生。土反其宅，水歸其壑。歌詩與歌詞，其形式與内容，意象與符號，各有不同的經歷及創造。居今稽古，當前的創作及研究，仍然須要依循這一變换軌迹逐步向前推進。

中國詩歌，五千年歷史。古今演變，無非正與變二字。正與變的交替變换，正聲與別調的交替出現，形成中國詩歌兩種不同的生成狀態。歌詩與歌詞，來自同一個源頭，科目的出現，不同詩歌品種的分道揚鑣，這是正與變交替的必然結果。正與變，詩歌創作在内容與形

式上的拓展與變革。正，一般所謂大雅正聲，用現在的話講就是時代的主旋律；變，相對於正的一種別調。就詩歌創作而言，相對於正的概念是合，相對於變的概念是分。合，爲著維護其正統的地位，往往是一種保守的行爲；分，是對其正統地位的挑戰。合與分，表示守舊與始創。世間人和事如此，詩詞亦如此。居今稽古，繼往開來。研討會主題，中國詩歌的古今演變。這是個很有意義的話題。願借此機會，將自己的思考、不成熟的意見提出，以供研討。

一　與天地同源，與山水同音

魏徵論政有云：「求木之長者，必固其根本；欲流之遠者，必浚其泉源。」①謂根本牢固，樹木就生長得好；泉源疏通，水流方纔長遠。爲政如此，爲學亦然。有關中國詩歌的古今演變問題，仍須從源頭說起。

（一）詩詞同源的歷史敘述

文學的源頭，諸說紛繁。一般教科書所云，不外勞動起源說、宗教發生說、遊戲發生說以及心靈表現說等幾種說法。魯迅於《門外文談》有云：「我們的祖先的原始人，原是連話也不會說的，爲了共同勞作，必需發表意見，纔漸漸地練出複雜的聲音來。假如那時大家抬木頭，都覺得吃力了，卻想不到發表，其中有一個叫道杭育杭育，那麽，這就是創作。」這段話說原始人的創造，相對於文藝理論書上所指勞動起源說。大致以爲文學起源於人類的生產勞動。或者以爲魯迅此說乃從蘇聯那裏搬將而來。而中土載籍，已早有記録。饒宗頤說：文學起源於神明。起源於先民的占卜活動。與宗教起源說相合。幾種起源說，都在社會學的層面對於各種可能出現的情況進行推測。幾種推測，至今已爲定論。沈德潛編纂《古詩源》將唐詩比作大海，將唐以前詩歌比作山川河流。謂：中國詩歌發展，乃由積石以至昆侖之源，由昆侖之源而孟津，而洚水，而九河，而大海；觀水者，未能止觀於大海，正如《禮記》所云，祭川者，先河後海，乃重其源也[2]。沈德潛對於詩歌來源的演繹，是一種文學語言的描述。其謂積石，可指積石山（阿尼瑪卿山），大禹導河，從此開始；亦可指積聚在一起的石塊，山中泉水都從石頭縫裏流出。故沈氏此說，似當頗切事理。依循這一思路，原始要終，應能探尋得到歌詩與歌詞的本原。

（二）紋理與歌詠及其形式創造

原始要終，有以始，有以終，孟子稱贊孔子，其所謂集大成者也。至聖先師，講究社會倫理，但對於一般社會活動，包括歌詩創作，卻往往顧及於天。尤其是對於發自於心的歌與詠，以爲能够感鬼神、動天地。在這一點上，與主張齊物、齊論乃至於齊天的莊子似乎並無太大的差異。正如《詩大序》所云：「詩者，志之所之也。在心爲志，發言爲詩。情動於中而形於言。言之不足，故嗟嘆之，嗟嘆之不足，故永歌之。永歌之不足，不知手之舞之足之蹈之也。情發於聲，聲成文，謂之音。治世之音安以樂，其政和。亂世之音怨以怒，其政乖。亡國之音哀以思，其民困。故正得失，動天地，感鬼神，莫近於詩。」③這段話從聲與音的構成，說明歌詩的生成及創造。其始與終說得十分透徹。

1. 内與外以及表與裏

《詩大序》既曰「在心爲志，發言爲詩」，以爲志在内，言在外，又云「情動於中而形於言」，以爲情在裏（中）而言在表（形），即其所謂志與情，雖二實一。亦即其志與情，均在心、在己，須發爲言或者形於言，方纔成其爲詩。就内與外以及表與裏的方位看，同在於内或者裏的志與情，並無位置上的區分，亦無互相節制的關係。至於《詩大序》之所謂「發乎情，止乎禮義」，以爲「發乎情，民之性也；止乎禮義，先王之澤也」。性，性情；澤，恩澤，或洗濯。既說性情，又說對於性情的節制。此所謂節制，乃先王恩澤之所及，或經先王的洗濯。屬於一種人倫教化。統稱禮義。《詩大序》的表述，包括兩個方面。一爲詩的發生，謂來自於詩人的志與情；一爲詩的功用，謂須符合先王之禮義。前者就詩自身探尋詩的問題；後者則以詩設教，牽涉到詩之外的許多問題。後世論者，各取所需，或將志與情同等看待，以爲皆出自於内心的一種意志與情感；或將志與情分列，以爲情要爲志所節制，並將志外化，由先王的恩澤，或洗濯，引申爲某些人的一種意志。兩種不同取向，一種著眼於詩之内，爲詩之學；一種著眼於詩之外，爲詩之教。我取前者。

2. 歌與詠以及舞與蹈

歌詩的創造，詩人的志與情，如何得以呈現？《詩大序》有云：「情發於聲。聲成文，謂之音。」以爲聲之爲聲，乃情之所觸發；文之爲文，則聲所構成。這是應合天地萬物發展、變化的一種聲和音，亦天地萬物的一種紋理或文理。樂歌生成，發自於内心的聲與音，這是由一定紋理或文理所構成的聲與音，爲天籟之音。樂歌的創造，以求合於音（韶、武、雅、頌之音）爲終極目標。這就是説，樂歌的創造，即使來源於各自的内心，亦與天通。必須運用多種方式、方法，或者手段，方纔達至目標。即於發言而外，仍須嗟嘆、永歌，乃至於手之、足之，舞之、蹈之，無所不用其極，方纔達至目標。《詩大序》的表述，從個人的情與志，到聲與音，到天地萬物的紋理或文理，生動呈現出詩樂舞三位一體，詩樂舞創造直通於天的狀況。

3. 舉重勸力與合聚索饗

詩樂舞三位一體，中國最古老的樂歌形式，究竟是怎麼出現的呢？大致而言，應是結合社會生産活動及祭祀活動而出現。正如《淮南子》（道應訓）所載：「今夫舉大木者，前呼邪許，後亦應之。此舉重勸力之歌也。」邪許，舉重之時，衆人的一種呼喚聲。《吕氏春秋》（淫辭）云「前乎輿謣，後亦應之。」高誘注：「輿謣或作邪謣。前人倡，後人和。舉重勸力之歌聲也。」説明乃勞動中所出現的歌詠。魯迅所説創作即此指。又，《禮記》（郊特牲）載：「伊耆氏始爲蜡。蜡者，索也。歲十二月，合聚萬物而索饗之也。」鄭玄注：「索，謂求索也。」陳澔集説：「索，求索其神也。」索饗，指求索所有的神而盡祭之。這是部落蜡祭的一種儀式。蜡祭，十二月祭萬物之有功於民者。鄭玄注：「所祭有八神也。」伊耆氏，或指神農氏、堯或周代設置的職官。其祭辭云：「土反其宅。水歸其壑。昆蟲勿作。草木歸其澤。」似乃向天帝祈求，抵禦水旱蟲災。歌辭四句，每句四字。句句用韻。早於詩三百的一首樂歌。饒宗頤叙説文學與神明，亦以之爲事證。

（三）樂歌創造及創造經驗

1. 高山流水，出自天籟

列禦寇《列子》（湯問）載：「伯牙鼓琴，志在高山，鍾子期曰：善哉，峨峨兮若泰山。志在流水，鍾子期曰：善哉，洋洋兮若江河。」山水知音，伯牙與鍾子期，共同創造《高山流水》。這是中國歷史上最古老的樂曲。與天地同源，與山水同音。其聲與音，皆出自於天籟。這支樂曲之所以能够成爲千古絶唱，其原因即在於此。

2. 搖盪性情，形諸舞詠

天地、山水，通過人物的活動，如何構成樂歌。鍾嶸《詩品序》的表述，爲展開清晰的路徑。其曰：「氣之動物，物之感人，故搖盪性情，形諸舞詠。」以爲氣是最早的來源。此事可以曹丕《燕歌行》的描述試加描述。其曰：

秋風蕭瑟天氣涼。草木搖落露爲霜。群燕辭歸雁南翔。念君客遊多思腸。慊慊思歸戀故鄉。君何淹留寄他方。賤妾煢煢守空房。憂來思君不敢忘。不覺淚下沾衣裳。援琴鳴弦發清商。短歌微吟不能長。明月皎皎照我床。星漢西流夜未央。牽牛織女遥相望。爾獨何辜限河梁。

歌行從蕭瑟秋風説起，謂秋風起，天氣涼；草木搖落，群燕辭歸。此乃氣之動物也。謂念君客游，平添掛念；大雁南翔，當歸未歸。此物之感人也。謂君既思歸，又何淹留；空房獨守，憂思不忘。此性情之被搖動也。謂不覺淚下，援琴鳴弦；短歌微吟，引發清商。此舞詠之所謂成也。歌行描繪了舞詠産生的全過程。而「明月」以下四句，終將性情搖動所産生的歌詩陳列出來。

3. 風雅頌以及賦比興

詩三百，中國最早的一部樂歌總集。三百篇的創造，既形成了一整套以風、雅、頌爲範本的樂歌題材系列，又總結出一整套以賦、比、興爲典型的樂歌體裁以及樂歌表現方法。這就是通常所説詩六義：風、雅、頌以及賦、比、興。詩六義的歸納與提升，是中國詩學的最初表述。此後，中國歌詩以及歌詞的成立與分列，其形式的創造及變革或者變革及創造，都以此爲基準。

二　歌詩成立：形式的創造及變革

以上説來源，這是個開端，也是個過程。萬事萬物皆如此。而斷定其存在，則必須看形式。其古今演變，也須看形式。一部中國詩歌發展史，就是一部中國詩歌形式變革史。我在自己所寫文章中，曾一再强調這一論斷。中國詩歌的古今演變，詩歌發展過程中的正與變，體現在詩歌形式的創造與變革以及變革與創造的過程中。創造、變革，變革、創造。這並不是一種遊戲文字。這是在傳舊與創始交替進行的過程中，所出現的狀況。以下説一説歌詩成立的狀況。

上文説三位一體的詩樂舞創造，直通於天。籠統地講就是對於天的文理（紋理）的一種呈現。所謂「言之不足，故嗟嘆之，嗟嘆之不足，故永歌之。永歌之不足，不知手之舞之足之蹈之也」，説明構成文理（紋理）的手段並非祇有言語一種。不過，無論是歌詠，或者是舞蹈，也都還是一種表述的語言。古來如此，今亦皆然。因此，叙説詩歌的形式創造，仍須從言語説起。

（一）節奏與格律

三百篇的删定，歷來推尊孔子。但孔子的删定，相對於三百篇的創造，二者之間，諒必經歷了一個較長的歷史時段。而這一歷史時段，應當也是古歌、古諺謡出現的時段。就來源講，古歌、古諺謡和三百篇一樣，都是初起的詩。初起的詩，就其發生的背景看，無論借助於口頭的傳唱，還是文字的記録，亦無論是否經過删定，都具備兩種功能。表意與表聲。而且，每一組成部分，都有一定的節奏與格律。

《吕氏春秋》載：「禹行功，見塗山氏之女。禹未之遇，而巡省南土。塗山氏之女，乃令其妾候禹於塗。女乃作歌。歌曰：候人猗兮。」④這是有關大禹與塗山氏之女的一段愛情故事。所載塗山氏之女所唱歌詞僅「候人猗兮」四字，後人稱之爲《候人歌》。其中，候人二字，表達意願；兮猗二字，表聲音。兮猗有如邪許，表示一種有節奏的聲音。這是勞動與愛情活動中所出現一種有節奏的聲音，也是最初的詩歌節奏。

聲音的節奏，重、輕，徐、急，遵循一定規則，形成格律，構成詩歌的節奏。這是最初的形式創造。

（二）句法與句式

與節奏、格律相對應，句法與句式，也是詩歌創造過程所當面對的一個問題。句法，節奏或者韻律所體現的法度，亦即節奏、韻律的組合方法。句式，節奏或者韻律所組成的方式，亦即節奏、韻律的結構模式。句法千變萬化，有一千種、一萬種，句式衹有律式句和非律式句二種。句法，作爲詞句的組合方法，隨著句子長短的變化而變化，没有一定的規則。句式，作爲體式的區分標志，隨著體式的確立而確立，其組合規則，既一定又不一定。句法與句式，就其自身的組合看，都在一個演進的過程中。以下試一一加以辨析。

1. 字數的增減與句法的變化

詩歌的創造，落實到字詞與文句，其增添與減少，往往令得句法跟隨著變化。怎麼個變化呢？各種不同的説法，需要作一比較，加以取捨。

《吴越春秋》所載《彈歌》云：「斷竹。續竹。飛土。逐宍（肉）。」全篇八個字。計四句，句各二字。既整齊，又合韻。論者以爲中國詩歌史上最早的二言詩。以爲如增添節奏，對於二字節拍進行各種排列組合或改造，可將其添加爲四言詩、五言詩，或者七言詩。大致説來，應不錯，但也並非想像中那麼一種添加。例如由四言樂歌體式的三百篇句法如何轉换爲七言楚歌體式的楚辭呢？這就當仔細加以裁斷。

有人以爲：詩三百之四言體式，其構成爲二二句式，七言體式之《離騷》即爲四三句式；其後七言，亦爲四三句式所構成。並稱：這是中國詩歌很值得注意的一個體式。這一説法，雖並無什麽大問題，但容易産生誤解，即將之與後來的唐律混淆。那麽，由詩到騷的演進，即由四言之樂歌體式，向七言之楚歌體式的轉换，究竟是怎麽個狀況呢？持四三節奏論者，往往認定這種轉换，乃爲「4＋3＝7」，與後來的唐律無異。唐律的四三句式，可作二二三看待，乃一般律式句，而楚歌體式則不同。例如《九歌·山鬼》之「若有人兮山之阿」，就不宜讀作「若有—人兮—山之阿」，而當讀作「若有人—兮—山之阿」。依據句式組合的節奏或者韻律判斷，這句話應是「〔2＋1〕＋1（兮）＋〔2＋1〕＝7」這麽一種格式。這就是一種不同的裁斷。

爲著説明以上這一裁斷，有必要來個還原，將「〔2＋1〕＋1（兮）＋〔2＋1〕＝7」當中的三個「1」抽離，即「7－1－1－1＝4」，令七言楚歌體式還原爲四言樂歌體式。如下文所示：

有人山阿，薜荔女羅。含睇宜笑，慕予窈窕。

赤豹文狸，辛夷桂旗。石蘭杜衡，芳馨所思。
幽篁不見，險難後來。獨立山上，容容在下。
冥冥晝晦，東風神靈。靈倏亡歸，歲晏孰予。
三秀山間，磊磊蔓蔓。公子忘歸，思我得閒。
山中杜若，石泉松柏。□□□□，思我疑作。
填填冥冥，啾啾夜鳴。颯颯蕭蕭，公子徒憂。

經此還原，以上裁斷，似可得以驗證。亦即，將「〔2＋1〕＋1（兮）＋〔2＋1〕＝7」看作七言楚歌體式其中一種組合方式，應當是可行的。反之，如果是四三組合，謂「7－3＝4」那就無法還原。這一小小試驗，既有助證實七言楚歌體式之形成，亦有助辨別七言楚歌體式與後來唐律在體式構成上的不同。說明：楚歌體式與後來的唐律，雖一樣是七言句式，但其節奏與唐律並不一樣。

2. 句法的變化及句式的形成

從詩三百，到楚辭；從楚辭，到唐律。句法的變化，從不一定到一定，終於形成固定模式，也就是唐律。這一過程，持續一段很長時間，直至六朝，方纔告一段落。這就是准唐律的出現。以下是謝朓的三首五言古詩。其一,《送江兵曹檀主簿朱孝廉還上國》云:「方舟汎春渚,携手趨上京。安知慕歸客,詎憶山中情。香風蕊上發,好鳥葉間鳴。揮袂送君已,獨此夜琴聲。」其二,《和王中丞聞琴》云:「涼風吹月露,圓景動清陰。蕙風入懷抱,聞君此夜琴。蕭颯滿林聽,輕鳴響澗音。無爲澹容與,蹉跎江海心。」其三,《離夜》云:「玉繩隱高樹,斜漢耿層臺。離堂華燭盡,別幌清琴哀。翻潮尚知恨,客思渺難裁。山川不可盡,況乃故人懷。」以上詩篇,五言八句,隔句用韻;中間二聯,講究對偶。大致接近唐律作法。衹是其中平仄組合,不及唐律嚴謹。比如一、三二句及六、七二句起頭二字平仄並不一致。此在唐律謂爲失黏。其餘則與唐律無異。因稱之爲准唐律。謝氏此作,其體制以及體制的構成,已與唐律相當接近。

3. 唐律的形成及唐詩的繁榮

聞一多論唐詩有云:「宮體詩在盧、駱手裏是由宮廷走到市井,五律到王、楊的時代是從臺閣移至江山與塞漠。」⑤究竟唐詩是怎麽走出來的呢?就内容而言,主要看題材,而其形式,則主要看句式的變化。六朝時代,准唐律的出現,加上宮體詩人的創作實踐,已爲後來的唐律積累豐富的經驗。律式化過程,抽象與提升的過程。形式上,就是由一般到個別以及由個別到一般的轉換過程。在句法、句式的演變過程中,對於四言樂歌體式的三百篇而言,七言楚歌體式的「〔2＋1〕＋1(兮)＋〔2＋1〕＝7」句式，是一種特殊句式。由四言樂歌體式到七言楚歌體式的轉換，是由一般到個别的轉换；之後，唐律的形成，由七言楚歌體式到唐律(七言或五言)的轉換，是由特殊到一般的轉换，亦即由古體到今體的轉换。

詩歌發展、演變過程，律式化的出現，中國詩歌創作步入現代化進程的一種體現。現代化，整齊劃一，便於大量生産。詩歌發展的普遍規律。唐律的形成，唐詩繁榮最根本的原因之一。

(三) 樂歌以及樂歌的組成及搬演

現代化的進程，詩歌形式的創造，其節奏與格律的構成，既涉及以文詞及文句爲單位的句法、句式問題，亦與樂歌的組成及搬演相關。古今演變，於此可見蹤迹。

1. 樂歌組成舉例

《吕氏春秋》載：「昔葛天氏之樂，三人操牛尾，投足以歌八闋。一曰載民，二曰玄鳥，三曰遂草木，四曰奮五穀，五曰敬天常，六曰達帝功，七曰依地德，八曰總禽獸之極。」⑥葛天氏，上古時代傳説中的聖皇之一，與燧人氏、伏羲氏齊名。所傳葛天氏之樂，爲中國最早的一支大型歌舞樂曲。操牛尾，投足以歌。載歌載舞。八部名稱，八種樂曲，八個方面的内容。敬天常，依地德，總禽獸之極。「千人唱，萬人和」(司馬遷語)，是爲一代樂歌。後世大曲搬演及多種體裁與樣式的樂歌創造，均溯源於此。

2. 樂歌搬演舉例

上古時代，貞卜以斷志；在甲骨之上留下了占卜吉凶禍福的卜辭。郭沫若《卜辭通纂》載有一則占卜今日雨的卜辭。其云：「癸卯卜，今日雨。其自西來雨。其自東來雨。其自北來雨。其自南來雨。」卜辭由兩個部分組成：一爲占卜的時間及事件，二爲事件内容。卜辭計六句。首二句總叙。謂癸卯日，占卜今日來雨的狀況。包括時間及事件。次四句，列述事件内容。謂今日雨，究竟從哪一個方位過來的呢？西方？東方？北方？南方？四個方位，一一詢問。這是求卜人所占卜的問題。隨後，巫覡根據火灼龜甲出現的裂紋形狀作出回答。一次占卜，即告完成。卜辭的兩個組成部分，總叙及分列，分别由兩個三言句及四個五言句所組成。五言四句，一種句式，每一句衹表示方位的詞語不同，其餘無不同。齊整、協和。從格式上看，已是一首有一定格式規範的叙事詩。

卜辭記載，無意爲詩。而其内容表述及形式創造，卻爲後來的爲詩者，打開無數法門。例如，樂府民歌《採蓮曲》，場面開展，場景佈置，大致於此模式進行。其曰：「江南可採蓮。蓮葉何田田。魚戲蓮葉間。魚戲蓮葉東，魚戲蓮葉西。魚戲蓮葉南，魚戲蓮葉北。」歌詞計七句，前三句總叙，後四句分列。總叙曰：蓮葉田田，正是採蓮（憐）的好季節。魚兒在蓮葉間嬉戲遊動。分列云：魚兒在蓮葉間怎麽個嬉戲遊動呢？魚在蓮葉東、蓮葉西、蓮葉南、蓮葉北嬉戲活動。前三句叙事，相當於上列卜辭的首二句；後四句場景分列，相當於上列卜辭的次四句。合而觀之，歌詞的内容表述及形式創造，和上列卜辭同一模式。與上列卜辭所不同的是，卜辭尚未爲詩，歌詞則已是一首完整的五言叙事詩。而且，如配以歌樂，前一部分的一男一女分唱和男女合唱以及後一部分東西南北的各部分唱，即將其場面展開，並生動地呈現於眼前。

三　歌詞成立：形式的變革及創造

以上就形式的創造及變革，説歌詩的成立。以下説歌詞。中國詩歌發生、發展史上，歌詩與歌詞，不同形式的兩個詩歌品種。既來自同一個源頭，又有各自不同的發生、發展途徑。歌詩與歌詞的分途，正與變交替的必然結果。但交替過程，歌詞之如何與歌詩分途並獨立發展成科，其分途及獨立成科的關鍵在何處？在形式或者在内容？以下試逐一加以説明。

（一）詞之初起，面目模糊

1. 倚聲起源説與詩餘起源説的再認識

千百年來，詞源問題，衆説紛紜。以下擬就其中最具代表性的倚聲起源説及詩餘起源説，説説個人的體驗。

先說倚聲起源說。所謂倚聲，既指一種創作方法，亦說明其來歷。謂爲方法，乃因樂府之詞，大抵倚聲而爲之⑦。指其來歷，説明所倚之聲，本土而外，還包括外來樂曲。

王灼《碧雞漫志》云：「蓋自隋以來，今之所謂曲子者漸興，至唐稍盛。今則繁聲淫奏，殆不可數。古歌變爲古樂府，古樂府變爲今曲子，其本一也。」⑧謂今之所謂曲子，或曰樂府之詞，自隋漸興，至唐稍盛，到了本朝，繁聲淫奏，殆不可數，用現在的話語講，就是已發展爲一代之勝。王灼以爲，當時的所謂曲子，乃自古歌、古樂府變化而來。

蘇鶚《杜陽雜編》載：「大中初，女蠻國入貢。危髻金冠，纓絡被體。號菩薩蠻隊。當時倡優遂製《菩薩蠻》曲，文士亦往往聲其詞。」⑨菩薩蠻隊，由女蠻國所入貢；菩薩蠻曲，當時倡優所製。其聲與詞是否均來自西域，未敢斷定。就以上記録看，似可作兩種推測：一則，這是由域外帶來的一種新樂曲。既有歌譜，又有歌詞。二則，這是樂工歌伎據菩薩蠻隊《菩薩蠻》曲所進行的再創造。兩種推測都與外來音樂有關。而樂曲的出現，配樂的曲子詞隨之産生。這就是當時的曲子，我們今天之所説的詞。

再說詩餘起源説。所謂詩餘，一曰詩之後裔，一曰詩之羸餘。前者揭示其來歷，謂之乃詩人之餘事⑩；後者爲指示其創造門徑，謂非詩之賸義⑪，乃詩之進一步拓展。兩種解釋大致均以一定的立場、觀點立論，如從歌詞合樂的角度看，則此餘字似當另作别論。

沈括《夢溪筆談》云：「詩之外，又有和聲，則所謂曲也。古樂府皆有聲有詞，連屬書之。如曰賀賀賀、何何何之類，皆和聲也。今管弦之中纏聲，亦其遺法也。唐人乃以詞填入曲中，不復用和聲。」[12]朱熹《語類》云：「古樂府衹是詩，中間添做許多泛聲。後人怕失了那泛聲，逐一添個實字，遂成長短句，今曲子便是。」[13]和聲、泛聲，均在詩之外。有聲而無詞，没有實際意義。其作用主要在於填補詩之餘。即在聲多字少的情況下，爲填補配樂詩句的不足。由於樂譜曲折變换，看似無有一定規則，如配以整齊的五七言詩，不能盡其聲音之美妙，亦即尚有空間，因此，須要有所添加，令得五七言詩的文詞與樂曲的聲音相應合。這便産生了和聲與泛聲。就合樂的角度看，這一個餘字，非詩之餘，而乃曲之餘。其所添加部分，非爲詩之組成部分，而乃曲之組成部分。至於此後之逐一添一個實字，既爲著不失其泛聲，亦令得長短句歌詞的出現。這就是今天之所説的詞。

兩種起源説，有關初起之詞所進行的描述，儘管衹是對於遥遠過去的一種集體記憶，依稀如夢，仍然看不清其真正的面目，但其有關古樂府與今樂府之如何銜接以及詩餘之餘與樂曲之餘的辨别，對於今日的詞源探索仍可提供可靠的憑藉，而且，就其對於古樂府與今樂府在由樂定詞，或選詞配樂所出現區别以及入樂歌詩之如何填補贏餘所進行的考察，亦有助對於這一階段所出現的變革的認識。這就是詞與樂關係的調整。即由古歌、古樂府的由樂以定詞，調整爲倚聲填詞的選詞以配樂。這一調整，也成爲詞體發生的一股内在動力。

2. 劉、白依曲拍爲句的再認識

上述詞體起源説，猶如在雲霧當中，看不清楚面目。到了劉禹錫、白居易時代，面目已漸清晰。

劉禹錫《憶江南》二首，於題下自注：「和樂天春詞，依《憶江南》曲拍爲句。」其詞云：

春去也，多謝洛城人。弱柳從風疑舉袂，叢蘭裛露似沾巾。獨坐亦含顰。

春去也，共惜艷陽年。猶有桃花流水上，無辭竹葉醉尊前。惟待見青天。

謂依曲拍爲句，説明依照節拍來填製歌詞。曲拍，樂曲的節拍。以曲拍爲句，即以歌詞的文句應合樂曲的樂句。劉、白的具體做法，即爲：解散五、七言律、絶的整齊形式，運用其平仄安排，變化其韻位，令文字上的音樂性和音樂曲調上的節奏緊密結合⑭。此處有關歌詞配合樂曲，已落實到具體的作家作品。

劉、白填製歌詞，依曲拍爲句，具有劃時代的意義。劉、白之前的倚聲填詞，其所倚之聲，並無定準，很難落到實處。其和聲與泛聲，也祇是一種記憶，一種想像。劉、白此時，運用五、七言律、絶的句式。自三言、至五言、至七言，皆現成律式句。平仄、韻叶（協），依據固有規則進行安排。具可操作性。在詞體發展、演變過程，這是一個里程標志。就倚聲填詞過程詞與樂的關係看，此時的依曲拍爲句，仍在近體律、絶的規範當中，尚未獨立成科。劉、白之後，大約半個世紀，中國詩歌史上，詞之爲詞，方纔獨立成科。

（二）歌詞獨立成科的劃分及標志

1. 學科的劃分與確立

歷史上，最早進行學科劃分這項工作的是孔子。孔子廣收門徒，有教無類，率先將所教授的科目劃分爲四大門類，並將幾名得意門生分別開列於四科門下。曰：「德行，顏淵、閔子騫、冉伯牛、仲弓；言語，宰我、子貢；政事，冉有、季路；文學，子游、子夏。」⑮自此而後，科目的劃分越來越細緻。

至唐代，元稹由科目的劃分，延伸到文體的劃分。其《樂府古題序》所列文體，自詩三百之後，計二十四名。其中，歌、曲、詞、調，包括在由操而下的八名之内。謂此八名，總謂之歌、曲、詞、調。斯皆由樂以定詞，非選詞以配樂也。而將詩、行、詠、吟、題、怨、嘆、章、篇九名，悉謂之爲詩，謂其皆選詞以配樂，非由樂以定詞也。王灼持不同意見，謂：「微之分詩與樂府作兩科，固不知事始，又不知後世俗變。凡十七名，皆詩也。詩即可歌、可被之筦弦也。元以八名者近樂府，故謂由樂以定詞；九名者本諸詩，故謂選詞以配樂。今樂府古題具在，當時或由樂定詞，或選詞配樂，初無常法。習俗之變，安能齊一。」⑯說明這個時候，此所謂歌、曲、詞、調者，均尚未獨立成科。而且，其用由樂以定詞，或者選詞以配樂這一合樂的方法作爲區分詩與樂府的標志也不成立。

2. 學科的劃分及標志

詞與詩，歌詞與聲詩，其同科與不同科，其間所進行的轉換，經歷了一定過程。夏承燾《唐宋詞字聲之演變》一文，對此曾作描述。其曰：

> 詞之初起，若劉、白之《竹枝》《望江南》，王建之《三臺》《調笑》，本蜕自唐絶，與詩同科。至飛卿以側艷之體，逐弦吹之音，始多爲拗句，嚴於依聲。往往有同調數首，字字從同；凡在詩句中可不拘平仄者，温詞皆一律謹守不渝。⑰

這段話的意思是：初起之詞，由唐代流行的五、七言絶句蜕變而成。此時，仍看不出詞與詩的區别。直至温庭筠，以側艷之體，逐弦吹之音，用文詞的聲律以應合樂曲的音律，並且採用拗句，嚴於依聲，此所謂詞方纔與詩分列，並獨立成科。在《倚聲與倚聲之詞》一文，我曾將夏承燾的這段話推尊爲夏氏三段。三段包括：從樂律到聲律，由不定聲到定聲；從律式句到非律式句，由一般到個別；從無邪到邪（側艷），由同科到不同科。三段三層意思，三層意思表明歌詞獨立成科的三個步驟。

三段當中，爲了説明同科與不同科問題，加深對於詞體的認識，夏承燾特别揭示歌詞獨立成科的兩個標志：字聲標志和句式標志。

（1）字聲的標志：以側艷之體，逐弦吹之音

初起的詞，本自唐絶蜕變而成，與詩同科。例如，劉、白之《竹枝》《望江南》，王建之《三臺》《調笑》，其文句大多自唐絶而來，有關字聲安排，已有固定規則，以之譜入樂曲，由於樂音多變，以一定配搭不一定，往往難以協調。温庭筠以文詞的字聲追逐樂曲的樂音（弦吹之音），一個字一個音，以文詞的聲律以應合樂曲的音律，將樂曲的樂音以文詞的字聲固定下來。字聲的應合，構成有别於唐絶的平仄組合規則，既表示詞與詩的分途，亦表示詞之所謂填者，自此開始。這是歌詞獨立成科的一個標志。

（2）句式的標志：多爲拗句，嚴於依聲

一般講，句法多種多樣，句式衹是律式句和非律式句二種。律式句，詩詞共用；非律式

句，詞用詩不宜用。這是詩與詞在格式上的一個重要區別。至於拗句，則在該用平聲字的地方用了仄聲字，或者該用仄聲字的地方用了平聲字，是爲拗句。律詩中用拗，往往爲著救補。如前面該用平聲的地方用了仄聲，後面通常要在適當的位置上補償一個平聲。反之，亦然。但詞中用拗，情況稍有不同。例如温庭筠，所作《菩薩蠻》用拗，就爲著在格式上顯示詩和詞區别。其曰：

小山重疊金明滅。鬢雲欲度香腮雪。懶起畫蛾眉。弄妝梳洗遲。照花前後鏡。花面交相映。新帖繡羅襦。雙雙金鷓鴣。

歌詞採用五、七言句式，就格式上看，與唐律並無不同，所不同的衹是韻字的變换。上下片各二仄韻、二平韻，平仄遞轉。龍榆生稱之爲平仄韻轉换格[18]。但這並非歌詞的特别之處。於關鍵部位上下兩結處用拗，纔是温庭筠的特别創造。夏承燾所説「多爲拗句，嚴於依聲」，指的就是這一特别創造。如「弄妝梳洗遲」（去平平去平）及「雙雙金鷓鴣」（平平平去平），都爲拗句。上下兩結句，以「去平平去平」的句式出現，其中，兩個去聲字最爲緊要。這是《菩薩蠻》最爲重要的格式特點。温庭筠對此特别留意。所作十五首，上下兩結中，六十個用去聲處，二十四處爲去聲，包括通變二十七例，得百分之八十五⑲。夏承燾所説「皆一律謹守不渝」，大致與事實相符。與劉、白採用詩中現成的律式句，現成的平仄安排相比，可見温庭筠的用拗，即於歌詞上下兩結句特别的字聲安排，乃有所爲而作。這是歌詞獨立成科的另一標志。

3. 科目的劃分和設置

倚聲填詞科目概念之確立，自温庭筠起。《舊唐書》（温庭筠傳）謂其「能逐弦吹之音，爲側豔之詞」。説明：詞爲豔科，亦爲聲學。一個問題的兩個方面。五代時已如此看待。入宋之後，這一觀念亦未曾改變。因爲社會思想文化背景之所限制，宋代文士未敢直面作爲艷科的小歌詞，倚聲填詞儘管亦曾被看作詩之裔，但終宋一代，倚聲填詞卻還是以「别是一家」的身份出現，未曾與傳統詩文合爲一科。這是合樂歌詞處於鼎盛時期的狀況。

（三）同源與分途，中國詩歌發展的必然

中國詩歌史上，不同品種的合與分，每一品種的正與變，推進詩歌的演變與發展。從歌詩到歌詞的演變，倚聲填詞科目的創置，詞與詩的分途，正與變交替的必然結果。正與變的交替，合之後的分，方纔有新品種的出現。過去一個世紀的詩詞，生、住、異、滅，已經歷了一個歷史性的生死輪回；進入新世紀，必將在烈火中重生。土反其宅，水歸其壑。歌詩與歌詞，其形式與内容，意象與符號，必將另有一番經歷及創造。

1. 分合與正變，史上幾回變革與創造

（1）温庭筠的變革與創造

中國詩歌的古今演變，其間的正與變，合與分，尤其是從歌詩到歌詞的轉換，温庭筠是一位標志性的人物。温庭筠之前一百年，出現過李白，史稱「百代詞曲之祖」（黄昇《花庵詞選》）；之前五十年，出現過劉禹錫和白居易，所謂依曲拍爲句，爲倚聲填詞樹立第一個里程標志。温庭筠出現，於字聲與句式兩個方面，爲詞之與詩分途，並且獨立成科，確立標志，是爲倚聲填詞之第二個里程標志。温庭筠之後一百年，柳永出現，爲宋詞的創作創建一基本模式，倚聲填詞的變革與創造，是爲倚聲填詞之第三個里程標志。柳永的創造，由温庭筠及温庭筠之前的依曲拍爲句及逐管弦之音，進而到達樂曲的段和歌詞的片。同時，温庭筠之以側艷之體，逐弦吹之音，以及《舊唐書》（温庭筠傳）有關豔科與聲學兩個方面的表述，亦爲此後有關詞學理論的建造奠定基礎。

（2）柳永與蘇軾的變革與創造

詞至柳永，經歷由樂句到樂音的配搭與追逐，進入另一變革與創造的階段，即歌詞的片與樂曲的段相應合的階段。這就是宋初體的創立。宋初體，上片佈景，下片説情，上片A、下片B，雖並非柳永所始創，卻因柳永的反復實踐而確立。形式的變革，創造方法的程式化，爲宋詞製作找到一個基本的結構模式，往後填詞，均可依此如法炮製。這是柳永的貢獻。柳永之於詞，是一種變革，也是一種創造，是變當中的正。就歌詞創作而言，稱得上是一名本色而當行的作家。

蘇軾小柳永四十歲，生活年代與柳相當。柳、蘇二人於歌詞創作，各有不同的取向。柳永「變舊聲作新聲」，「大得聲稱於世」（李清照語），集中多宋代始見調；蘇軾於應歌，態度較趨保守，集中多唐、五代以來熟調。於詩和詞，持合的立場。其曰：「清詩絶俗，甚典而麗。搜研物情，刮發幽翳。微詞宛轉，蓋詩之裔。」（《祭張子野文》）將詞和詩同等看待，做到「無意不可入，無事不可言」[20]的境地。蘇軾的貢獻，在於内容的增添與變革。在宋詞中，是一名非本色而當行的作家。

（3）王國維與胡適的變革與創造

二十世紀，中國詩歌的合與分，王國維與胡適，兩名關鍵人物，皆立足在合。其變革與創造，於詞與詩的合以及舊與新的合，發揮舉足輕重的作用。

王國維拈出境界二字，作爲批評標準，將似與非似，變作有與無有。一部《人間詞話》，關鍵三句話：「詞以境界爲最上」，「詩之境闊，詞之言長」以及「詞之爲體，要眇宜修」。一句話説批評標準，一句話説詩與詞的區别，一句話專門説詞。前兩句詩詞皆適用，比較容易理解；後一句說詞，易引起錯解。後一句話所說，詞之爲體，乃詞之作爲一種文體，而非詞體，非指詞體要眇宜修。要眇宜修衹是個修飾語，是個易於産生多種聯想的修飾語。這句話可看作是第二句話的補充。因此，三句話其實衹是講闊與長二字。這也是境界二字之所以能够構造成「説」的原因所在。就境界説的創立看，王國維論詩與詞的區别，實際乃爲著詩，爲著將詞提高到詩的位置上來。這就是王國維的合。

緊接著王國維，胡適以盤古開天的氣魄和方法，評判詩與詞的問題。其所謂合，乃舊詩與新詩的合。留美期間，見陳衡哲《詠月》詩：「初月曳輕雲，笑隱寒林裏。不知好容光，已印清溪底。」胡適贊嘆不已，以爲「絶非吾輩尋常蹊徑」（致任叔永書）。因以半闋《生查子》，嘗試寫作新詩。其中，《希望》三首云：

我從山中來，帶得蘭花草。種在小園中，希望開花好。

一日望三回，望到花時過。急壞種花人，苞也無一個。

眼見秋天到，移花供在家。明年春風回，祝汝滿盆花。

以上三首，皆由半闋《生查子》所構成。三個半闋，構成一組聯章。胡適頗以爲得意。這就是用填詞方法作新詩的實驗。對此，胡適早經躊躇滿志。很想提示新詩界的朋友，留意他的這一實驗，但他又不肯一下子將底牌暴露出來。衹是來個小小的賣弄。說：「葫蘆裏，也有些微物，試與君猜。」（《沁園春》）不過，胡適畢竟缺乏陳衡哲的才氣，也缺少靈感，即使有了一百首，也抵不過人家一首。而且，他的用心以及他在葫蘆裏究竟有些什麼物事，新詩界的朋友至今似乎仍然猜不出來，或者根本就不曾猜過。

2. 大雅不作，正聲微茫，今日的適應與提升

中國詩歌的古今演變，所謂同源與分途，牽涉到詩歌源流的正與變、分與合以及同與異一系列問題。其中，歌詞的發生及其獨立成科，乃正與變交替的必然結果。居今之世，無論以今論古，或者以古證今，都須要面對傳舊與創始以及適應與提升諸問題。以下試逐一加以探討。

(1) 傳舊與創始

傳舊與創始，依照孔夫子的說法，就是「述而不作」的意思。「述而不作」，朱熹注曰：「述，傳舊而已；作，則創始也。」[21]對於中國詩歌，包括歌詩與歌詞，從正與變的轉換看，二者都曾居於正的位置。正如李漁所云：「填詞非末技，乃與史傳詩文同源而異派者也。」[22]歌詩與歌詞，就其發生、發展看，所謂傳舊，就是追溯本原，把握其正的位置；就其發展、演變看，

有其正亦有其變，有其合亦有其分，有其同亦有其異，所謂創始，就是一種變革，一種新的創造，但並非「刻意争奇求勝」㉓。這是一個問題的兩個方面。既必須把握其正，推尊其體，亦必須把握其變，促使其變，令其於異與滅當中重生。而就目前的狀況看，所謂大雅不作，正聲微茫，似乎仍須將尊體擺在首位。

（2）内容與形式

從詩歌題材的分配看，風、雅、頌的排列，形式因内容而決定；從詩歌體裁的構建看，賦、比、興的組合，内容因形式而決定。這是詩三百所提供的啓示。中國詩歌的古今演變，内容與形式相互適應的一種調整。一直遵循這一規則。「大雅久不作，吾衰竟誰陳」，各個時代的代表人物，都曾這麽呼唤。希望通過删與述，在題材的分配上進行刊定，以垂輝千春㉔。但題材的分配，大雅正聲的重振，均具較爲濃重的時代色彩，其所牽涉問題亦往往隨著時代變化而變化，在形式上没有相對固定的標志，難以在詩歌的古今演變中留下印記。而體裁的變革，科目的確立，卻首先體現在詩歌形式的創造上。因此，今日看中國詩歌的古今演變，仍須於形式導入。

（3）意象與符号

「在心爲志，發言爲詩。」社會生活中，意象與符號，也是藉以爲詩的一種語言。和通常所説語言相比，所不同的是，意象與符號，是經過歸納、概括，以至於抽象、提升，所出現的語言。

在中國詩歌當中，意象與符號，其作爲一種寓意深刻或者經過運思而構成的形象，大多用以表達某種意念。如追溯其本原，這一意念就是與天地同源、與山水同音的一種意願和觀念。乃於天人之際思考之所得。例如，李白《清平調》三首：

雲想衣裳花想容，春風拂檻露華濃。若非群玉山頭見，會向瑤臺月下逢。
一枝紅豔露凝香，雲雨巫山枉斷腸。借問漢宮誰得似，可憐飛燕倚新妝。
名花傾國兩相歡，長得君王帶笑看。解釋春風無限恨，沉香亭北倚闌干。

從體裁上看，此《清平調》或作爲歌詩而輯入有關詩的載籍，亦作爲歌詞而輯入有關詞的載籍。職責並不怎麼分明。而就題材看，將其納入頌的範圍，應當没有什麼可質疑的。但是，作爲一名歌德派詩人，應召、應命，李白卻並非祇是看主人的顔色行事，所謂「頌者，美聖德之形容，以其成功告於神明也」[25]，亦並非盲目崇拜。當時，李白曾以一個「恨」字，謂「春風解釋無限恨」，爲揭示出一條不僅可以放諸四海而皆准，而且可以達致千古不變的定律。那就是「花不常開，月不常圓，人不常好」這一定律。在當時的語境下，這條定律，已成爲一個符號。由諸多意象，比如名花、傾國，所抽象出來的一個符號。這一符號，既以警示自己，也以警示君王，警示古往今來所有的人。不要因爲一時得計，就忘乎所以。當時，詩人對於外部世界的審視點，在一定程度上，已超越時空的極限。其所揭示和思考的問題，既有一定的普遍性，又具有永久的價值。用吴宓的話講，已達致從詩歌到哲學的提升。

古詩人中，如李白這般，善於獨立思考，並善於將思考所得，通過意象與符號加以呈現的，似乎並不多見，但其由具象到抽象、由個别到一般的提升過程，卻爲詩歌創作如何直達於天提供示範。今之有志於此道者，若能從中發掘得到寶貴的資源，並在實際生活中加以體驗，用作借鏡，必將有助於自己的創作及研究。願共勉之。

乙未芒種前六日於濠上之赤豹書屋

第二節　聲成文，謂之音

——倚聲填詞中的音律與聲律問題

聲音之道與政相通，與天地萬物亦相連接。聲音的安樂與怨怒，爲治世與亂世的不同體現；天地萬物的種種音響，構成大自然的紋理（文理）。樂歌創造，文學語言與音樂語言的相互應合。倚聲填詞，既倚樂歌之聲，亦倚歌詞之聲。音律與聲律，各有所司，各盡其職，二者未能混淆。永明四聲的發現及運用，自沈約起。脣齒喉舌鼻與宮商角徵羽兩相對應，爲樂歌脱離音樂創造條件。倚聲填詞之所謂填者，自温庭筠起。逐弦吹之音，爲側艷之詞；以文詞的聲律追逐（應合）樂歌的音律，爲樂府歌詞創作脱離音樂創造條件。沈約與温庭筠，兩個標志性的人物，兩個標志性的階段，兩座里程碑。這是本文立論的大背景。準此，本文擬分别闡發以下三個問題：一，音律與聲律，兩個不同的概念；二，音律與聲律，近世詞界的一個盲點；三，音律與聲律，登上藝術殿堂的階梯。

一

音律與聲律，兩個不同的概念。一個規範樂音的組成，一個規範文詞的組成。一個爲樂音的律，一個爲文詞的律。乃規範其節拍及節奏的法則或法律。樂音和文詞，遵循一定的法則或法律構成樂歌。自上古時代的詩三百以至於唐宋時代的樂府歌詞，都由樂音和文詞這兩個不同的因素所構成。這就是音樂的因素和文學的因素。唐宋時代的樂府歌詞，也就是今天所説的詞，當時稱爲曲、曲子，或者曲子詞，李清照將其與另一合樂歌詞聲詩並舉，稱之爲樂府。依據李清照的論斷，在相關文章中，我曾將今天所説的詞，正名爲樂府。這是樂歌中的一個品種。今天所説的詞，亦即李清照所説的樂府，和所有樂歌品種一樣，都由音樂和文學兩個方面的因素所構成。而音律與聲律，就是對於這兩個方面因素所進行的規範。本文所謂倚聲填詞，乃今天所説詞的又一别稱，簡稱爲倚聲，或者填詞；其作者號稱倚聲家，或者聲家。將音律與聲律問題，限定在倚聲填詞這一命題的意義之上進行討論，目的在於立足聲與音，回歸聲學本位，從創作角度，體驗音律與聲律的確實所指及其對於樂府歌詞創作的規範。

《詩大序》云：

詩者，志之所之也。在心爲志，發言爲詩。情動於中而形於言。言之不足，故嗟嘆之，嗟嘆之不足，故永歌之。永歌之不足，不知手之舞之足之蹈之也。情發於聲，聲成文，謂之音。治世之音安以樂，其政和。亂世之音怨以怒，其政乖。亡國之音哀以思，其民困。故正得失，動天地，感鬼神，莫近於詩。㉖

這段話從聲與音説起，是對於詩三百這一傳統樂歌的早期論斷，也是最爲徹底、最爲基本的論斷。所謂聲成文，謂之音，説明聲與音必須分開表述，二者並非一回事。其中的文，乃文章、文采，或者文理。文章、文采，爲紋理；文理即爲構成紋的規律，或者原理。謂聲經過一番藝術創造而成爲音，這就不是原來的聲。原來的聲尚未構成文章，沒有文采，因而也沒有文理，而經過藝術創造的聲，因爲有了文章、文采，或者文理，也就成其爲音。以爲情發於聲，聲成文，謂之音。所説乃樂歌的生成過程。謂其爲心聲，即發自於内心的聲與音。如進一步講，就是應合天地萬物發展、變化的一種聲音。亦天地萬物之所發生。乃一種藝術創造。於天地萬物而言，由一定紋理或文理所構成的聲音，爲天籟之音。這是天地間聲音創造的最高境界。於詩三百而言，所謂「誦詩三百，弦詩三百，歌詩三百，舞詩三百」（《墨子・公孟篇》），以求合於韶、武、雅、頌之音，則爲樂歌創造的終極目標。樂歌創造，追尋紋理及文理，就聲與音的關係看，其所謂文，既包括聲律，也包括音律。樂歌創造以求合於音（韶、武、雅、頌之音）爲終極目標，一個合字，須運用多種方式、方法，或者手段，得以實現。發言而外，嗟嘆、永歌，乃至於手之、足之，舞之、蹈之，無所不用其極。多種方式、方法，或者手段，最終都必須落實到音律和聲律的問題上面來。但此時，音律與聲律，尚未單獨立論，而以一個「文」字概而括之。這是上古時代的狀況。

隨著構成樂歌的兩個因素，音樂因素和文學因素的不斷發展、變化，創造過程中，對於「文」的把握，亦即對於紋理及文理的追尋，逐步得以量化，並且以自身的經驗，對於外物加以體認。即「近取諸身，遠取諸物」，由此及彼，由近而遠，進行模仿與探尋。例如，以自身之唇、齒、喉、舌、鼻五個發音部位所發出的聲調，應合宮、商、角、徵、羽五個不同音級的聲調。五個音級宮、商、角、徵、羽，近似於現代簡譜中的1(do)2(re)3(mi)5(sol)6(la)。二者的應合及指代，實現由天籟向人籟的轉換。這是以量化了的音律與聲律追尋紋理及文理的一個重要步驟。這一步驟對於聲與音的協調，發揮巨大作用。乃樂歌創造史上的一件大事。除此以外，樂歌創造過程中的這一追尋，亦體現在文字與聲音的協調上。例如，在文字上，以字聲的變換與組合，應合樂音的變化，令無形而不定的樂音，通過字聲固定下來。這是由音樂語言向文學語言的轉換。乃樂歌創造史上的另一件大事。這件事，經過幾代人的努力，直到沈約，方纔大功告成。這就是說，直到沈約，樂歌創作中的音律與聲律這兩個不同概念的意涵，方纔得以較爲清晰的呈現。

沈約《宋書·謝靈運傳論》有云：「夫五色相宣，八音協暢，由乎玄黃律呂，各適物宜。欲使宮羽相變，低昂舛(互)節，若前有浮聲，後有切響。一簡之內，音韻盡殊。兩句之中，輕重悉異。妙達此旨，始可言文。」[27]這段話將上述樂理上五個音級和人體器官五個發音部位發出聲調所構成對應關係的體認，運用於樂歌創造實踐。浮聲，平聲；切響，仄聲。樂理上的五音，應合文字上之四聲：宮，上平；商，下平；徵，上聲；羽，去聲；角，入聲。乃依靠人體器官及樂器，從現象到法則，進行歸納概括，令得樂音規則轉换爲文字聲音規則。從無形到有形，無定到有定，以固定的字聲，將對應的樂音固定下來。亦即以浮聲與切響的組合，平聲與仄聲的配搭，應合樂音上音級的組合，將(欲使)樂音上的宫羽相變，低昂互節，轉换爲語言文字上的輕重徐急。因此，樂歌創作之由紋理及文理的追尋，最後落實到音律和聲律上面來。這就是永明四聲的發明及運用。

中國樂歌創造史上，對於文的把握，兩個步驟，兩道工序，前者以絲竹與歌喉爲過渡，實現與大自然紋理(文理)的協調；後者以文字爲中介，將音樂的元素，轉换到語言文字上。經過以上兩道工序，用語言文字上的四聲，描繪樂曲的樂音流動；憑藉文字上的聲律，追尋樂音上的音律。文學家不一定是音樂家，依靠人體器官及相關樂器，體認音理，同樣能够進入創作過程。

進入倚聲填詞階段，温庭筠出現，以文詞應合樂音，將浮聲、切響的變换與組合，運用到樂府歌詞的創作實踐當中，永明四聲派上了用場。

《舊唐書·温庭筠傳》載：「(温庭筠)士行塵雜，不修邊幅。能逐弦吹之音，爲側豔之詞。多與公卿家無賴子弟裴誠、令狐縞之徒，相與蒱飲，酣醉終日，由是累年，應舉不第。」㉘這段話，弦吹與側豔相對，樂音與文詞並舉。説明，文辭的詞，能够追逐樂曲的音。文辭的詞，就是語言文字的字，或者詞彙。以之追逐弦吹之音，將音樂轉移到語言文字上，令音律與聲律聯繫在一起。這是倚聲填詞史上的一個重大轉變。温庭筠之前，依曲拍爲句。樂曲的句拍，相對於樂曲的樂音，變换的幅度較大，較難加以規範。温庭筠之後，由樂句而樂音，並將樂音轉换爲字聲，相對而言，樂曲的樂音與文詞的字聲，均較容易找到各自相應的位置。這一轉换，將音理的追逐運用到倚聲填詞當中，令樂歌創作實現由音樂向文學的過渡。歌詞與音樂，二者之間的關係問題，亦由音律上的宫調、律吕，轉换爲聲律上的平聲與仄聲。音樂方面的事，可借助文學手段，加以解決。倚聲家能够專注於填詞，專注於譜寫心聲，創造自己心中的樂章。這當也是倚聲填詞之所以能够發展成爲一代之勝的原因之一。

由沈約到温庭筠，兩個階段，兩個標志性的轉换，其所出現的結果是樂歌創作之與外部音樂的脱離。但並非因此而改變其作爲音樂文學的特性。就樂歌自身看，其應合樂曲的歌詞雖已不必依賴於外部音樂，因外部音樂的存在而存在，或者説與之應合的樂曲已於傳播過程失傳，令其失去外部的依賴，但並非不要音樂。脱離外部音樂，樂歌創造包括倚聲填詞仍須以相關的方式、方法及手段，進行其對於「文」的追尋，對於音理的追尋。外部音樂多變化，流動性大，比較難以把握。創造過程中，將音樂因素轉换爲文學因素，以一定替代不一定，既便於體認，亦便於把握。兩個標志性的階段，與之前相比較，其對於「文」，對於音理，同樣須孜孜不倦地追尋，所不同的，衹是之後的追尋將更加縝密，因而，也更加有迹可循。

二

入宋之後，倚聲填詞所追尋的「文」，紋理及文理，已逐漸由音樂轉向於文學。而歌詞作者仍然以聲家自居，以樂章、樂府爲標榜，展開自己的創作活動。其所追尋，大致包括兩個方面：一於樂曲樂音上律呂長短分寸之數求和諧，另一於語言文字間聲音輕重徐疾之度求和諧。合樂應歌，多方探索，但都離不開這兩個方面的追尋。一爲音律，另一爲聲律。其間，對於這兩個方面的問題，亦曾引起討論。例如，蘇軾所作歌詞，究竟合不合律？其相關問題，論者對之，似乎多持否定態度。或謂其「非醉心於音律」（胡仔語）、「於音律小不協」（黄庭堅語），或謂其「往往不協音律」（李清照語）。等等。不過，其律之所指，大多爲音律，而非聲律。例如，李清照《詞論》云：「至晏元獻、歐陽永叔、蘇子瞻，學際天人，作爲小歌詞，直如酌蠡水於大海，然皆句讀不葺之詩爾，又往往不協音律者。何耶？蓋詩文分平側，而歌詞分五音，又分五聲，又分六律，又分清濁輕重。」㉙李清照批評蘇軾，謂其所作「皆句讀不葺之詩」，乃爲詩而非詞，這究竟是音律問題，還是聲律問題？李清照的《詞論》已爲提供答案。謂之乃音律問題。爲什麼呢？因爲歌詞與詩文有別。除了平仄（側）四聲，其餘都涉及音律上的問題。這就說，李清照批評蘇軾，並非謂其違反一般的平仄組合規則，謂其不協聲律。有關音律與聲律問題，李清照分辨得非常清楚。而且，東坡集中，真正在聲律上，與常規稍有不同者，目前所見，可能也衹有《八聲甘州》一闋。其詞云：

有情風、萬里捲潮來，無情送潮歸。**問**錢塘江上，西興浦口，幾度斜暉。不用思量今古，俯仰昔人非。誰似東坡老，白首忘機。　記取西湖西畔，**正**春山好處，空翠煙霏。**算**詩人相得，如我與君稀。約他年、東還海道，願謝公、雅志莫相違。西州路，**不應回首**，爲我沾衣。

這是蘇軾以詩爲詞的代表作，也是李清照所說「皆句讀不葺之詩」的一個例證。謂句讀不葺，指的是合樂問題，亦即合不合樂曲的音理問題。如果以一般格律詩的標準衡量，蘇軾所作並無違反規則。但作爲合樂歌詞，尚有可斟酌之處。同是《八聲甘州》，看看柳永所作，就能發現問題之所在。柳永詞云：

對瀟瀟暮雨灑江天，一番洗清秋。漸霜風淒緊，關河冷落，殘照當樓。是處紅衰翠減，苒苒物華休。唯有長江水，無語東流。

不忍登高臨遠，望故鄉渺邈，歸思難收。嘆年來蹤迹，何事苦淹留。想佳人、妝樓顒望，誤幾回、天際識歸舟。爭知我，倚闌干處，正恁凝愁。

兩相對照，可見蘇詞與柳詞的不同之處在於：柳於歌詞的幾個關鍵部位用拗句，蘇改拗爲順，將柳詞中的非律式句改爲律式句。例如，柳詞中的「對、瀟瀟暮雨灑江天」，原爲一、七句式，蘇將其改爲一般律式句，「有情風、萬里捲潮來」，成爲三、五句式。又如，柳詞中的「倚闌干處」，二二一句式，中間二字爲聯語詞，蘇亦將其改爲一般律式句，「不應回首」，成爲二二句式。兩處改動，一爲開篇，一爲煞尾；一起調，一畢曲。皆爲關鍵部位，亦即樂音的吃緊之處。可爲樂曲定調。柳詞用拗，令八韻、八聲的情感流動，出現起伏，增添波瀾。例如，「倚闌干處」這一句式，本身既已有點拗怒，再加上「正恁凝愁」（去去平平），連續兩個去聲，令聲調遽然下降，於平中增添不平，則更加不平。置之歌詞特殊部位（煞拍），則如鄭文焯所言，「如畫龍點睛，其神觀飛躍，祇在此一、二筆，便爾破壁飛去也」（《大鶴山人詞論》）。蘇將其改順，但並非逢拗必改。開篇、煞尾以外，柳詞所用非律式句，蘇皆照填不誤。例如，「問、錢塘江上，西興浦口，幾度斜暉」，以一領格字「問」提起三個四言句，與柳之「漸、霜風淒緊，關河冷落，殘照當樓」同一句式。又如，「正、春山好處，空翠煙霏」及「算、詩人相得，如我與君稀」與柳之「望、故鄉渺邈，歸思難收」及「嘆、年來蹤迹，何事苦淹留」，其句式亦無不同。說明蘇軾的改動，或者說對於既有規則的違反，自有一定限度。如没有這個度，也就不成其爲《八聲甘州》。所以，改順以後的東坡詞，其八韻、八聲的情感流動仍然像錢塘江上的潮水一般奔騰到海，勢不可擋。這就是以詩爲詞，即以作詩的態度和方法作詞所達致的效果。

以上對於柳永、蘇軾兩首《八聲甘州》所作比較，主要是字聲及句式方面的問題，屬於聲律範圍。和李清照論斷相比，同樣是律，是一種有關樂歌創造的法則，或者法律問題，但著眼點不同。我所作柳、蘇的比較，著重在聲律；李清照的論斷著重在音律。

就相關文獻看，宋人批評蘇軾，大多於音律上立論。無論謂其不能爲，或者不喜爲，都祇是從音律的角度提出問題。但陸游《老學庵筆記》中的一段話，所説爲聲律，而非音律，不知何故。其曰：「世言東坡不能歌，故所作樂府，多不協律。晁以道謂：紹聖初，與東坡別於汴上，東坡酒酣，自歌古陽關。則公非不能歌，但豪放不喜剪裁以就聲律耳。試取東坡諸詞歌之，曲終，覺天風海雨逼人。」㉚這段話的用意在於爲蘇軾辯誣，謂其所作之不合律（不協律），並非不能爲，而乃不喜爲。其中聲律二字，我懷疑其爲音律之誤。提請詞界友人幫忙核實，以爲就是聲律二字㉛。大致上看，對於音律與聲律，宋人的理解並不錯，兩個概念，都不曾混淆。但陸游這段話，爲何稱聲律，而非音律，尚待進一步查考。

進入二十世紀，今人理解之出現偏差，主要是將兩個概念，當作一個概念。兩個概念，音律與聲律，未曾分辨清楚，不經意就那麼變換著講，自己並不覺得；有時候，亦將兩個概念都當作形式格律講。今人的這種混淆，集中表現在對於蘇軾的評價上。

二十世紀二十年代，胡適編纂《詞選》，標榜白話詞，爲「文章革命」（胡氏《沁園春》詞語）張目，曾將蘇軾推尊爲詞中的解放派。其序曰：

到了十一世紀的晚年，蘇東坡一班人以絶頂天才，採用這新起的詞體，來作他們的「新詩」。從此以後，詞便大變了。東坡作詞，並不希望拿給十五六歲的女郎在紅氍毹上裊裊婷婷地去歌唱。他衹是用一種新的詩體來作他的「新體詩」。

這種「新體詩」，胡適稱之爲「詩人的詞」。其主要特徵是：內容太複雜了，詞人的個性出來了。就蘇軾其詞看，這種「新體詩」，除了題材變革，在形式上有何變化，序文未曾説明。但論及「詩人的詞」的整個群體時，序文有云：「這些作者都是天才的詩人。他們不管能歌不能歌，也不管協律不協律；他們衹是用詞體作新詩。」[32]序文中的這段話説協律與不協律問題，屬於形式上的問題，但所協爲音律，或者是聲律，仍未説明。序文以外，胡適於《詞選》第三編《蘇軾小傳》云：

詞起於樂歌，正和詩起於歌謠一樣。詩可以脱離音樂而獨立，詞也可以脱離音樂而獨立。蘇軾以前，詞的範圍很小，詞的限制很多；到蘇軾出來不受詞的嚴格限制，衹當詞是詩的一體；不必兒女離别，不必鴛衾雁字，凡是情感，凡是思想，都可以做詩，就都可以做詞。從此以後，詞可以詠史，可以弔古，可以説理，可以談禪，可以用象徵寄幽妙之思，可以借音節述悲壯或怨抑之懷。這是詞的一大解放。

小傳稱，蘇軾出來，不受詞的嚴格限制，既包括題材的限制，也已涉及形式的限制。緊接著，胡適以黄庭堅及陸游的兩段話，説明其所謂限制，指的是曲子的限制。但究竟是音律的限制，或者是聲律的限制，仍未弄明白㉝。

胡雲翼早年編纂《宋詞研究》㉞，在胡適編纂《詞選》之前；於胡適稍後，並著《詞學ABC》及《中國詞史略》。其曰：「因爲蘇軾的詞奔放不可拘束，所以人家都説他以詩爲詞，説是『曲子中縛不住者』。」㉟又曰：「蘇軾寫詞是拿來表現自己的，不是寫給樂工歌伎們唱的，所以衹求寫得好，不問合不合音律。於是一變音樂底詞爲文學底詞。許多人爲傳統觀念所蔽，以爲詞決不可以離音樂而獨立。因此否認蘇軾這一派的詞是正宗，説是别派，謂其『雖極天下之工，要非本色』。其實，詞失卻音樂性的時候，不過没有音樂上的價值。衹要寫得好，我們決不能否認其文學（上）的價值。」㊱以爲「衹求寫得好，不問合不合音律」，將胡適所説限制，落實到音律上，謂「變音樂底詞爲文學底詞」，立論似仍穩當，但音律之爲何物，乃爲音樂之律，抑或文學之律，卻無明確所指。

二十世紀六十年代初，胡雲翼《宋詞選》前言稱：

蘇軾不顧一切文人的責難與訕笑，毅然打破了詞在音律方面過於嚴格的束縛，也是和詞的革新完全相應的、有意義的創舉。陸游《老學庵筆記》説：「世言東坡不能歌，故所作樂府，多不協律。晁以道謂：『紹聖初，與東坡别於汴上。東坡酒酣，自歌《陽關曲》。則公非不能歌，但豪放不喜剪裁以就聲律耳。試取東坡諸詞歌之，曲終，覺天風海雨逼人。』」這個音律問題，涉及詞，以形式還是以内容爲主、以音樂還是以文學爲主的問題。詆毀蘇軾的人説他不懂音律，這是近乎污蔑之詞。蘇軾愛好音樂，他的詞可以歌唱的並不少，他唱過自己作的《陽關曲》、《哨遍》（「爲米折腰」），其他如《臨江仙》（「夜飲東坡醒復醉」)、《永遇樂》(「明月如霜」)等詞也都是諧音協律的歌詞。他的某些詞確有不協音律的地方,問題不是他不懂音律,而是不願以内容遷就音律。這説明蘇軾特別重視詞的文學方面的意義,不把它作爲音樂的附庸,不讓思想内容和藝術表達受到損害,不讓自由奔放的風格受到拘束。遵循這個創作原則是完全正確的。陸游説他「豪放,不喜剪裁以就聲律」,可謂知音。㊲

胡雲翼前言所述,牽涉到幾個關鍵詞,包括音律、聲律以及形式與内容,但其所説,既將音律與聲律兩個概念混淆(引文爲聲律,説明文字爲音律),又將音律作爲形式的代名詞,謂「音律問題,涉及詞以形式還是以内容爲主、以音樂還是以文學爲主的問題」,因令得兩個概念,更加無法明白其所指。

前言以外,胡雲翼於蘇軾小傳稱:

作者既然用詞來反映自己生活的各個方面,以充分地表達思想感情爲主,就必然在一定的程度上突破了音律的束縛,而不是以協樂爲主。他的詞「間有不入腔處」,並不是不懂歌曲,而是「不喜剪裁以就聲律」,不願意讓作品的内容受到損害。㊳

和前言一樣，小傳仍謂其不協音律，並且强調其對於協調音律，乃不喜，或不願，而非不懂。但對於音律與聲律，仍然無法明白其所指。

綜上所述，可見胡雲翼論蘇軾之「突破了音律的束縛」，完全是胡適有關詞體「大解放」的翻版。胡適、胡雲翼之所持論，究竟是否恰切，另當别論，但謹就所討論問題看，即協律不協律問題，胡適、胡雲翼所説，皆爲事件的結果，並且皆出於同樣的幾個本本。胡適説「不受詞的嚴格限制」，對於題材的限制，説得頭頭是道，對於形式則含混不清；胡雲翼説協不協音律問題，謂諧音協律，有詞爲證，謂確有不協，則缺少事證。二胡論斷，一脉相承。同樣從本本到本本，從詞話到詞話，本本上怎麽説，就怎麽説。未曾經過查證，没有自己的減少或者增添。這種文風與學風，於二十世紀詞界，影響深刻。自民國四大詞人以後，詞界論詞，大多以二胡學説相鼓吹。關於音律與聲律問題，同樣倒果爲因，不問究竟，並未超出二胡所討論的範圍。

三

以上從聲與音，説及「文」，以爲一種紋理或文理。這是一種完美的藝術創造。由於這種藝術創造，根源於聲和音，也就導引出音律與聲律問題。這是樂音與文詞組成的規律，或者原理。一個是音樂的節拍，一個是文詞的節拍。音樂的節拍，依一定的宫調和律吕加以描述；文詞的節拍，依一定的平仄組合規則加以體現。樂歌創造，需要音樂語言與文學語言的配合。倚聲填詞亦然。

二十世紀詞界，由於音律與聲律的混淆，造成了聲學與艷科的失衡。尤其是一九四九年之後，中國詞學進入蜕變期，這種失衡現象進一步加劇。一方面是對於聲學的偏廢，既不講音律，也不講聲律，令得聲學成爲後繼無人的絶學；一方面是對於艷科的偏重，既大張旗鼓地進行批判，又在批判中繼承，令其成爲一門顯學。蜕變期詞界這一局面的出現，既是時代風氣之使然，胡適、胡雲翼的誤導，亦曾産生一定影響。

聲學與艷科，這是一個問題的兩個方面。詞爲聲學以及詞爲艷科，這是千年填詞與詞學發生、發展所形成的共識；而音律與聲律，則爲體認詞的特質，掌握詞體創造及發展法則及規律的方法與途徑。在填詞與詞學發生、發展的歷史進程中，對於音樂語言與文學語言的配合，歷代倚聲家已爲積累了豐富的經驗；樂曲散佚，經過對於音律與聲律及其相關問題的探研，近世倚聲家亦總結出一條經驗。

（一）音理失傳，字格具在：吴梅論詞八字要訣

「音理失傳，字格具在。」吴梅在《詞學通論》中所提出，可稱之爲填詞與詞學的八字要訣。其曰：

五季兩宋，創造各調，定具深心。蓋宫調管色之高下，雖立定程；而字音之開齊撮合，别有妙用。倘宜平而仄，或宜仄而平，非特不協於歌喉，抑且不成爲句讀。昔人製腔造譜，八音克諧。今雖音理失傳，而字格具在。學者但宜依仿舊作，字字恪遵，庶不失此中矩矱。㊴

這段話提出：前人製腔造譜，别具匠心。儘管音理已經失傳，仍然可以依仿舊作，掌握其規則。亦即通過字格，尋求音理。如用現在的話講就是，倚聲填詞發展至今日，什麽都没有了，譜没有，唱法也没有，衹剩下文詞，但作爲音樂文學的歌詞，音理仍然存在於文詞的字格當中。字格構成内在音樂。依靠文字的聲音（字格），一樣不會喪失其規矩與法度。因爲漢字具備特異功能，本身已有聲音的紋理，詞與外在音樂脱離關係之後，音理仍然存在於字格當中。今日學詞或詞學，借聲律而追尋音律，透過聲與音，仍然有機會得窺門徑。這就是説，以前人作品爲樣板，字字恪遵，雖未能恢復舊觀，還原樂歌的旋律，但仍可以透過此中矩矱，領會其聲情與詞情。從而尋求得到文詞的節拍與音樂的節拍相配合的效果。

（二）龍榆生、夏承燾的聲調之學

民國四大詞人之一龍榆生，於二十世紀詞壇，我將其定位爲中國詞學學的奠基人。三十年代，龍榆生發表《研究詞學之商榷》一文，界定填詞與詞學的内涵，並提出於諸家圖譜之學外，别爲聲調之學。其曰：

詞爲聲學，而大晟遺譜，早已蕩爲雲煙。即《白石道人歌曲》旁綴音譜，經近代學者之鈎稽考索，亦不能規復宋人歌詞之舊，重被管弦。則吾人今日研究唐、宋歌詞，仍不得不以諸大家之製作爲標準。詞雖脱離音樂，而要不能不承認其爲最富於音樂性之文學。即其句度之參差長短，與語調之疾徐輕重，叶韻之疏密清濁，比類而推求之，其曲中所表之聲情，必猶可覩。吾人不妨於諸家「圖譜之學」外，别爲「聲調之學」。㊵

龍榆生論填詞與詞學，爲詞學學科的創建奠定基礎。他將前人所説詞學五事，增添爲八事。計爲圖譜之學、詞樂之學、詞韻之學、詞史之學、校勘之學以及聲調之學、批評之學與目録之學。後三事爲其所添加。其中，聲調之學，針對圖譜之學而提出，較多創意。而此八事，乃八個方面的學問，八個項目，非八個學科。所謂圖譜之學，爲萬樹所創建。謂其「舉明、清以來，張綖、程明善、賴以邠諸家之説，摧陷而廓清之」（龍榆生語），説明乃經過一番駁繆糾訛，發明補充，排比而成。圖譜所講究的是字聲的平仄問題，所製定的是一種有關詞調填製的法則，或者法律，乃字聲的律，而非律吕的律。龍榆生説聲調之學，著重從表情入手。其謂

「詞本倚聲，則詞中所表之情，必與曲中所表之情相合」，指的就是詞情與聲情問題。龍榆生以爲：「自曲譜散亡，歌聲絶於後人之耳，馴至各曲調所表之情緒，爲喜爲悲，爲婉轉纏綿，抑爲激昂慷慨，若但依其句度長短，殊未足以盡曲中之情。依譜填詞者，亦復無所準則。」這就是説，祇是依賴圖譜，排比其平、仄之出入，斟酌其字句之分合，而又嚴上、去之區别，仍未能將曲中之情表達出來。所以，龍榆生主張，於諸家圖譜之學外，别爲聲調之學。前人依據圖譜，體認詞情，仍然在聲律的範圍之内；龍則依據聲調，由詞情而聲情，力圖以字格追尋音理，已涉及音律問題。這是龍氏對於前人的增添，或者補充。

與龍榆生生活在同一個年代，業師夏承燾先生之作爲民國四大詞人之首，其論温庭筠之用拗句，於文章體制的創立揭示其劃時代的意義。所撰《唐宋詞字聲之演變》云：

詞之初起，若劉、白之《竹枝》《望江南》，王建之《三臺》《調笑》，本蜕自唐絶，與詩同科。至飛卿以側艶之體，逐弦吹之音，始多爲拗句，嚴於依聲。往往有同調數首，字字從同；凡在詩句中可不拘平仄者，温詞皆一律謹守不渝。㊶

這段話從詞之初起，説到温庭筠的追逐，所出現變化，夏先生將其歸結爲嚴於依聲及多爲拗句二事。嚴於依聲，說明他所依循的是字聲，以字聲應合樂音，不一定直接合樂。探尋樂音，温庭筠創作歌詞，已完成由音律到聲律的過渡。多爲拗句，屬於句式上的變化。劉、白創作歌詞，依曲拍爲句，所用爲一般五、七言律、絕句式，皆律式句，温多拗句，則爲非律式句。比如《菩薩蠻》的上下二結句，温詞十五首，多採「去平平去平」句式。基本已達四聲一律的標準（盛配語）。温詞句式，與一般律式句，「平平仄仄平」，已有明顯區别。這就是温庭筠歌詞創作所出現的變化。倚聲填詞發展至此，已形成固定字格，並已獨立成科。所謂詞爲艷科，以及詞爲聲學，地位已確立。這是夏氏詞體發展、變化的三段論。即謂倚聲填詞到了温庭筠，已經完成三個方面的過渡。從樂律到聲律，由不定聲到定聲；從律式句到非律式句，由一般到個别；從無邪到邪（側艷），由同科到不同科。三個方面的過渡，我稱之爲夏氏三段論[42]。其論字聲與句式，同在字格的範圍之内，同樣與音理相關。由此追尋及文章體制的變化，即倚聲填詞獨立成科的過程，從而，將聲調之學建造在更高的層面之上。這是夏氏於聲學研究中的一項重大發明[43]。

（三）真傳與門徑

吴梅的八字要訣，説明外部音樂喪失了，歌腔失傳，唱法找不到，可從字格中找。「音理失傳」，「字格具在」，八個字將歌詞與音樂的關係落到實處。龍榆生以及夏承燾的聲調之學，或因詞中之情，追尋曲中之情，或於歌詩與歌詞之間，探究其順與拗的異同，皆以字格追尋音理，將倚聲填詞這一學科的基本建設，推向更加紮實的層面。作爲後來者，有破有立，對於前輩所提供的經驗，仍須逐一加以檢驗，看看是否與前賢名作相符，方纔尋覓得到真正的入門途徑。

例如，柳永《西江月》：

> 鳳額繡簾高捲，獸鐶朱户頻摇。兩竿紅日上花梢。春睡厭厭難覺。　好夢狂隨飛絮，閒愁濃勝香醪。不成雨暮與雲朝。又是韶光過了。

此詞第一句不用韻，第二句押平聲韻（摇）。爲起頭之韻。第三句叶平韻（梢）。第四句就平聲切去，押側（仄）聲韻（覺）。上下片同。龍榆生《唐宋詞格律》，曾將柳永此詞歸之於平仄通叶格，説其格式特點，指出：「五十字，上下片各兩平韻，結句各叶一仄韻。」並以沈義父《樂府指迷》中的一段話加以説明：「《西江月》起頭押平聲韻，第二、第四句就平聲切去，押側聲韻。如平韻押『東』字，側聲須押『董』字、『凍』字方可。」以爲《西江月》此調應以柳詞爲準。對於龍榆生的闡釋，我在《建國以來新刊詞籍彙評》（北京《文學遺産》一九八四年第三期）一文，曾作評述。指出：龍榆生所説《西江月》格式，謂此調多少字，上下片各多少韻，祇是倚聲填詞的一般規則，未能説明此調的特别之處。其所徵引沈義父語，以爲結句（第四句）就平聲切去，所押側（仄）聲韻，可以董（上聲）、凍（去聲）取叶。沈説無誤，但龍氏以之爲準的柳永《西江月》，並不盡合沈説。因柳詞的「覺」與「了」，一入聲，一上聲，皆可作平，上口吟唱，常易走了聲調，以與同部平聲韻字（摇、梢）取叶，未能突出此調平仄韻通叶格的特點。針對龍氏的這一忽略，文中並指出：縱觀宋人所作《西江月》詞，其第四句所叶之仄聲韻字，如起頭平聲押「東」字，則此仄聲韻，多數都押「凍」字（去聲）韻，而少押「董」字（上聲）韻。亦即，上下兩仄韻，當押去聲韻爲宜。這是我在《建國以來新刊詞籍彙評》文章中所總結的一條經驗。以蘇軾、辛棄疾所作進行驗證，情況相符。例如，蘇軾《西江月》：

玉骨那愁瘴霧，冰姿自有仙風。海仙時遣探芳叢。倒挂緑毛么鳳。　素面翻嫌粉涴，洗粧不褪唇紅。高情已逐曉雲空。不與梨花同夢。

又，辛棄疾《西江月》：

明月别枝驚鵲，清風半夜鳴蟬。稻花香裏説豐年。聽取蛙聲一片。　七八個星天外，兩三點雨山前。舊時茅店社林邊。路轉溪頭忽見。

蘇軾此詞上下兩結韻「鳳」、「夢」皆去聲，辛棄疾上下兩結韻「片」、「見」，亦去聲。蘇軾所作《西江月》，計十三首，兩結韻全押去聲的有十首；辛棄疾所作《西江月》十七首，兩結韻全押去聲的有十二首。皆占多數。

故此，我以爲，龍榆生《唐宋詞格律》介紹《西江月》這一詞調，取沈義父成説，以爲上下兩結韻可以上聲（董）取叶，也可以去聲（凍）取叶。這就不一定是宋人的真傳。

二十世紀五代傳人，對於聲學與艷科，認識上存在許多差別。第一代，以清季五大詞人爲代表。王鵬運、文廷式、鄭文焯、朱孝臧、況周頤諸輩，恪遵本色論傳統，爲古代詞的終結。第二代，以王國維爲代表。自一九〇八年《人間詞話》發表，即於傳統本色論以外，别創現代境界説。胡適登場，偏重艷科，廢棄聲學，令現代境界説向左傾斜。因同志太少，並非主流。以吴梅爲代表的傳統本色論傳人，仍然占居領導地位。這是過渡的一代。由清過渡到民國，由古過渡到今。第三代，以民國四大詞人爲代表。夏承燾、唐圭璋、龍榆生、詹安泰，聲學與艷科並重，成爲詞學創造的中堅力量。胡雲翼出現，承襲胡適學説，未曾引起注視。第四代，以邱世友、葉嘉瑩爲代表。由民國過渡到共和，是正與變的交替與轉換。五十年間，祇講艷科，不講聲學，導致詞學的蜕變。邱世友、陶爾夫、吴熊和、謝桃坊諸輩於研究艷科的同時，間或涉及聲學問題，此外，對於聲學則少有問津者。葉嘉瑩於這一時期的後半期歸國，意內、言外，感發、聯想，仍未能挽回既倒之狂瀾。第五代，共和國的新一代。政治標準第一，藝術標準第二。聲學、艷科，豪放、婉約，對於二胡（胡適、胡雲翼）學説之是耶？非耶？仍然未能識別。繼續在正與變的交替與轉换當中。總的來講，二十世紀五代詞學傳人的歷史使命，直至一九九五年，方纔終止。

步入新世紀，對待聲學與艷科問題，正、反兩個方面的經驗、教訓，尚未得以歸納與總結，亦尚未加以檢驗。倚聲填詞，循聲音而入。研習詞學，懂得聲和音的關係，這是最基本的問題。而就目前詞界看，仍然很少有人肯在這方面下功夫。

癸巳大雪前五日於濠上之赤豹書屋

第三節　易學與詞學

——排列組合與數位解碼

「一陰一陽之謂道。」「盈乎天地之間，無非一陰一陽之理。」一陽⚊，一陰⚋。各一畫，或連、或斷。兩種原始符號。其張設佈列，喻示天地間之道和理。詞爲小道，填詞乃餘事之餘事，而其排列組合，同樣表示一種道和理（聲和情）。詞之道和理與易之道和理，相通、相合。此相通、相合處，集中體現在張設佈列以及排列組合的對立、對等關係和共同規矩準則上。張設佈列以及排列組合，無常、有常，變動不居；兩個互相對立的單元，加上中介物，組成一個互相矛盾而又互相依賴的統一體。易如此，詞亦然。這是易學與詞學的一種内在聯繫。易學與詞學，既有其相合處，又有其不相合處。二者之間存在著一種可比性。故此，由周易而宋詞，由易學而詞學，進行比較研究，相信能有意想不到的收穫。本文因業師黄壽祺教授誕辰九十週年而作，希望以演易的經驗治詞，爲二十一世紀詞學新的開拓提供一參照系。

一

霞浦黄之六（壽祺），畢生演易，並擅長詞章。於南北各高等學府，執教五十餘年。盡忠職守，不遺餘力。爲師、爲人，教書、治學，各方面皆堪稱楷模。乃一位備受尊重的儒者。我生有幸，自入師門，以至於先生病逝，三十年間，不僅獲其督教，完成課業，而且有機會於實際工作中隨侍左右，經見世面。先生之學，雖未曾得其萬一，先生道德文章，對我來説，卻永遠是個鞭策與鼓舞。

（一）尊師與重道

作爲一位儒者，之六先生極爲重視淵源與師承。六齡入塾，而在這之前，祖母畢氏已爲啓蒙。既由《詩經》之「壽考維祺」，獲知自己名字的來歷，又由乾、嘉間福州陳壽祺，瞭解到父親的期待。當時賜以嘉名，乃希望將來能够成爲名揚天下的一名學者。天才加上勤奮。十七歲時，先生已「斐然有述作之志」（中學國文教師林宗炎語）。十八歲赴北平，投考大學預科，入讀中國大學。六年時間，名師指點，更加突飛猛進。大學畢業，投筆從戎。幾經周轉後，入主高校講席。時，還不到而立之年，而其所學則已名聞遐邇。日本橋川時雄編纂並於一九四〇年十月印行之《中國文化界人物總鑒》所載黄壽祺傳記稱：「他在中國大學師事尚秉和教授，研究易説，是一位精苦刻銘的學生。」

之六先生學成之後，獨當一面，仍舊不忘恩師。尤其對於吴承仕、尚秉和以及高步瀛，其高情厚誼則更可感人。三位前輩學者，皆之六先生入讀大學本科之授業導師。吴爲國學系主任，精通四部之學，撰述甚勤。尚專易説，又擅詩畫。高則致力於文選學。先生之學識以及勤奮精神，頗得贊賞。吴曾爲推介文章於《文藝捃華》《中大學報》等刊物發表，尚與論易，並將往來書信數通並列刊行於學報，高則命其幫寫詩、文舉要注釋。皆與結切磋之誼。一九三八年，續修四庫全書提要。這是第一次世界大戰後，日本退還庚子賠款的一項計劃，由「東方文化事業委員會」主持。據劉蕙孫回憶，應邀爲撰寫提要者，舊文人須舉人以上功名，新人物要有講師以上學銜。尚秉和進士出身，獲邀修纂。之六先生爲尚氏高足，但開初祇能代筆，當上講師，方纔自己署名。在撰稿人中，之六先生最爲年輕，十分獲器重。業師栽培，之六先生深深銘記於心。爲著發明師説，自己努力述作，亦辛勤奉獻。一九三九年九月，吴承仕在天津病逝。吴氏遺著，之六先生曾爲細加整理，編成目録及提要計四十七種，合稱《先師歙吴先生之著述》。之六先生並親自將其抄成四份，分别保存。祇可惜四份經已散失。一九八三年，應北京師範大學邀請，晉京整理吴氏著述。其時，之六先生雖已年屆古稀，卻還是像初入師門那樣，畢恭畢敬，兢兢業業地工作，令先師學説，不至於被掩没。

（二）路徑與門庭

之六先生《論易學之門庭》，一九四〇年（夏曆庚辰年）大暑日，在北平中國大學研究室的講演稿。當時寫初稿，至一九八〇年（夏曆庚申年）清明節後十日，在福建師範大學中文系研究生班講演，寫再稿。發表於《福建師大學報》一九八〇年第三期。從師講問，皆體會有得之言。先生生前，我較爲注重於詞章，對易學始終未敢問津。今番重温教誨，獲益良多。

路徑與門庭，程頤、朱熹都曾有過説法。之六先生於闡明先賢之「論」與「釋」之後，清晰表述自己的理解。以爲：「所謂門庭者，便是從師講問如何下工夫，如何讀書。再申暢其説，便是凡治某一種學問，必須求師指導一了當之途徑，使不至迷罔眩惑，若不知要領，勞而無功也。」意即，必從師問講，方纔知所承繼。這是就學者一方立論，而對於師者，同樣必須考究來歷，説明「果當何自」，纔不致誤人子弟。

在這兩個方面，之六先生對於自己的要求都十分嚴格。課徒授業，首論門庭，先從易本身之時代及作者説起，而後説宗派。由西都而東都（六師云：西漢易學之派别，大抵可分爲四派；東漢易學派别亦有四），由漢易而宋易（六師云：陳搏、劉牧、邵雍之徒出，易學之途，爲之一變；及朱熹、蔡元定引申其説，遂有宋易之名與漢易相對峙），頭頭是道，有關淵源以及發展歷史，已説得一清二楚。這是從縱的方向所進行的考察，主要在辨認源與流。分宗别派、辨認源流之後，説易道。從天文、地理、樂律、韻學、兵法、算術乃至方外之爐火，歸納概括，謂易學之所涵，附有術數、玄言、科學三種實質。這是從横的方向所進行的考察，主要在於分别主幹與枝附。

經過縱横兩個方向的考察，路徑既已摸索清楚，門庭也就可得而知。依其所得，蓋有二端：一曰，從源溯流。以爲必須熟讀經傳本文，考明春秋内外傳諸占筮，而後觀漢魏古注，觀六朝隋唐諸家疏，並參考宋、元以來各家之經説，纔能探知本源。二曰，强幹弱枝。以爲周易源本象數，發爲義理，故當以象數、義理爲主幹，其餘種種，皆爲枝附。大體説來，就是追溯源流以及分别主次。這是先生所開示的門庭。

(三) 有所依傍與無所依傍

由於從師講問,識得如何下功夫,如何讀書,因立得門徑,便歸而求之。這是一種方法,也是個過程。乃從有所依傍到無所依傍的一個探求過程。

朱熹當時爲門生解釋疑惑,謂:「伊川教人看易,以王輔嗣、胡翼之、王介甫三人『易解』看。」這是依傍。之六先生進而加以發明,由三家而百家,由博學到約守,也是一種依傍。以爲初階者必經之途。但是,先生並不局限於此。告知門徑之後,先生以這麽一段話,作爲講演的結語:「至若大雅君子,窮天人之際,通古今之變,揮斥百家,包掃一切,冥思獨運,卓然自樹,而成一家之言,上既無所依傍於前賢,而下且足以梯航乎後學,此乃所以論於成德達材,慮非鄙陋如余者,所能措意也。」從有所依傍到無所依傍,這應是做學問的一種理想境界,而之六先生之所追求以及寄望於後學者,應當就是這麽一種境界。

二

之六先生天資英邁,博學强記,兼有名師指點,很早就有卓越建樹。一九四二年夏曆壬午年九月,上杭包樹棠爲撰《六庵叢纂序》,謂其有志欲爲《周易通考》《周易集解義疏》《周易正義》三書,而先成者已有《六庵讀易》前録四卷續録一卷續補録一卷、《漢儒説易條例》五卷、

《周易要略》十卷、《嵩雲草堂易話》二卷、《尚氏易要義》二卷、《歷代易家考》五卷以及《喪服淺説》四卷、《六庵讀禮録》二卷、《左氏傳要略》一卷。此外尚有《宋學綱要》十六卷、《明儒學説講稿》七卷、《世説新語注引書考》一卷、《閩東風俗記》一卷、《阿比西尼亞王國記》六卷、《六庵别録》一卷、詩文札記若干卷。這是遊學北平期間及其後四年教書、著述所獲成果。略爲展示，已是十分可觀。

一九四二年二月，之六先生到南平福建省立師範專科學校文史地科擔任副教授。此後，一直在八閩執教。由於環境改變，尤其是五十年代以後，專注於教學行政工作，易學著述有所減少。而且，叢纂諸稿，南旋之時，亦已散失殆盡。這是非常可惜的一件事。不過，僅僅七十年代臺灣所出版《續修四庫全書提要》（易類）以及大陸於八十年代所出版《易學群書平議》及二千年所出版《群經要略》，便足以奠定其易學宗師地位。這卻是一件值得驕傲的事。而這一切，都是三十歲前後所下的工夫，實在令人欽佩。

（一）易道至大，無所不賅

> 最多者易解，總五經之注，不如易一經之多。而最雜者易解，鄉僻之士，據有明以來高頭講章，著爲空泛之説，栩栩自得，輒刊行以淆亂耳目，其間求一能見漢魏古注以資商

榷者已稀如星鳳。

這是行唐尚秉和先生爲之六先生《易學群書平議》所撰叙開頭的一段話。既可見鄉僻之士之譾陋，亦説明高頭講章之誤人。之六先生所得於易學者，路徑與門庭，已如上述，似乎並不怎麽複雜，而歸而求之之功，卻並非一班妄圖以魚目相淆亂者之所能夢見。

以下試以《易學群書平議》中若干事例，看看之六先生對於易學的理解與把握。《易學群書平議》七卷，凡一百三十四篇。乃之六先生讀易筆記的第一次結集。時，民國三十五年（一九四六年）。三十五歲。主要就四庫未收之易學著作，一一加以評判。「揚榷其是非，釐訂其得失」（尚秉和叙），頗能體現其真知灼見。

例如，天道與人事問題。《易·繫辭下傳》有云：「古者包犧氏之王天下也，仰則觀象於天，俯則觀法於地，觀鳥獸之文，與地之宜，近取諸身，遠取諸物，於是始作八卦，以通神明之德，以類萬物之情。」對於這一原始的闡釋，歷來理解皆不盡相同。如用現代話語加以表述，那就是反映論與本體論的區别。或者著眼於「類」，將八卦製作，看作是一種被動的行爲；或者著眼於「通」，以爲一種呈現或者表達。這是兩種不同的宇宙觀。二十世紀學界，尤其是五十年代以後之中國學界，流行反映論，之六先生也不例外。其與張善文合撰《「觀物取象」是藝術思維的濫觴》一文，謂「仰觀俯察」、「近取諸身，遠取諸物」，即是擬取自然界或人類社會生活中的種種現象，概括於八卦之中，以體現當時人們對宇宙間事物的認識，就是一個例證。這當與時代風氣有關，而之六先生之真正見解，似乎並不局限於此。

例如，評判徐繼恩《逸亭易論》，之六先生曾指出：「蓋聖人作易，仰觀俯察，近取遠取，極深研幾，幽贊神明，而後作卦爻，垂象數，河圖、洛書亦其取則之一耳。至其所以取則之方，殆不可知，後儒必欲紛紛推測，要之非誣則妄，如徐氏者亦其一也。」這裏，同樣就八卦製作表明觀感，但並非人云亦云，隨著紛紛推測而進行推測，而是將思路拓展至「不可知」領域，爲繼續探討開闢新的天地。

（二）提撮得要，信心自立

不可知與可知，這是一個問題的兩個方面。不可知，不等於無知。相反，在某種情況下，可知，也許就是真正的無知。實在不易説清。尤其對於易，更加須要認真商訂與解剖（尚秉和語）。這一點，之六先生是狠下一番功夫的。

例如，引史證經問題。《左傳》《國語》所載占事或論事記録，乃春秋時期易説典型。論者稱左氏爲最古之易師（尚秉和叙）。漢以後，二千年易家，於此多所發明，但也有牽强傅會者。對其來龍去脉，之六先生曾經系統考辨，頗有所得。因而，於評判胡翔瀛《易經徵實解》時曾指出：「夫易之爲書，天道之事，古往今來一切萬事萬物之理，無所不賅，無所不包，故能成其大。若徒以史事證之，則易辭與史例無異，而易小矣。」所謂大與小以及可知與不可知，看起來都有一定牽連。可見，對於易學的理解與把握，並不是一件容易的事情。但是，這當不至於讓人感到無所適從。因爲之六先生不僅在《論易學之門庭》一文，而且在對於易學著作進行商訂與解剖的過程中，曾再三標榜「源本象數，發爲義理」八個字。這是治易的方法與途徑，同時也是治易的目標。明乎此，相信也就知道應當怎麼進取。

依據之六先生的闡釋，「源本象數，發爲義理」八個字，大致包括以下三層意思：

1. 易之本在乎象。這是對於繫辭所謂「易者，象也」的說明。以爲：「言易者必本象數以發爲義理，必原天道以推人事。」以爲：「言義理而捨象數，則爲無本；推人事而遺天道，則爲一偏。是二者皆未得也。」因特別推尊朱子論斷，斷定「易別是一個道理」(歐陽厚均《易鑒》平議)。

2. 易之理原於象。這是對於繫辭的說明，並進一步加以發揮。以爲：象乃原於數之象，而非一般圖象；理亦易之理，而非一般義理。曾慨嘆：「蓋自王弼掃象以空談演易，至唐而揚其波，至宋而極其弊，宋元以後學者漸不識易爲何物。」(《劉子易屬》平議)

3. 欲治象數、義理二者於一爐，以救漢、宋二家偏勝之失(朱兆熊《周易後傳》平議)。

「源本象數，發爲義理」八個字，乃之六先生治易經驗之談，宜認真研習，細加推究，方纔有成。

三

江天一色無纖塵，皎皎空中孤月輪。江畔何人初見月，江月何年初照人。人生代代無窮已，江月年年祇相似。不知江月待何人，但見長江送流水。

這是張若虛《春江花月夜》中的句子。謂：江月久長，人生亦久長。人生久長，關鍵在哪裏呢？在代代相傳，無有窮盡。道理很平常，卻甚是發人深省。論者以爲，「夐絶的宇宙意識，一個更深沉、更寥寂的境界」（聞一多語）。做學問同樣必須明白這一道理。

（一）述而不作與立説立學

二〇〇二年十一月，福建師範大學文學院舉辦紀念黄壽祺教授誕辰九十週年暨中國易學研討會。開幕式上，有學者提及，建造東南易學重鎮這一問題。謂之六先生後繼有人，福建師範大學易學研究所，成績卓著，將是個「重鎮」。這是值得慶幸的。會議期間，我也曾思考這一問題。一個人做學問，以有涯隨無涯，畢竟有所局限。而且，做了學問，存在大腦，能够拿將出來，傳之於世，亦有所局限。記得十幾年前，我的一位詞學導師夏承燾教授逝世，與夏氏早年弟子謝孝苹説及做學問一事。以爲：「瞿禪師著作等身，而所做學問，應當還有許多未及拿將出來。」謝默然。謂：「已經拿出來的，可能有半數以上。」謝摇頭。曰：「非也。恐怕衹有百分三十。」瞿禪師如此，之六師大概亦如此。説明其真傳，未必全在書本上面，未必都有形迹可循。這是個十分玄妙的問題。

施蟄存曰：「現代有録音機、録像機，就是没有録想機，不能够把思想記録下來。」但是，一經記録，著了形迹，卻恐怕已非本真。因爲中國人做學問，與外國人相比，其思維方式，似有所不同。例如：外國人重認知，講究邏輯的歸納和推演，中國人則無需，拿根棍子在地上敲幾下，就解決問題。這是一種感悟式的理解。所謂「不立文字，别求他傳」，這種感悟或理解，當無從記録。所以即使有了録想機，相信亦無濟於事。

那麽，於文字以外求之，也就顯得更加重要，尤其是易學。文字以外，範圍相當廣泛。衹就求索功夫而言，主要體現於述作過程。能否得其真傳，將百分三十，延伸至六十、八十乃至一百，就看這一過程之如何進行。即述與作，究竟如何把握。當然，如果衹看結果，所謂述與作應無太大區别。述，也就是作；作，也就是述。無須分而别之。而就過程看，其把握與進行卻有某些講究。例如，述而不作。先儒訓示，對於主次重輕、緩急後先，其抉擇或取向，就是一種講究。這是有一定道理的。在這一點上，我相信，之六先生的理解，應特別深刻。爲此，研討會結束，我曾與之六先生哲嗣黃高憲以及之六先生高弟張善文探討過這一問題。以爲：建造東南易學重鎮，首先必須創立「周易黃氏學」。這是代代相傳的一個重要環節。

（二）操斧伐柯與分期分類

之六先生對於先儒訓示的理解，體現在述作上，主要是：將發明師説擺在第一位，率先考慮延伸問題。這是做學問的根本。自十七歲立下述作之志，至七十八歲之演易他邦，六十年間求索，黃氏易學已達至無所依傍這一崇高境界，這應是從師講問的一種回報。

周易黃氏學，包涵著夐絕的宇宙意識，非於文字以外求之不可。譬如天道與人事，見諸述作者，衹是那麼片言隻語，而其平常生活，包括言語、行動，有一些，或許隱含著天機，若細加體驗，當有所收穫。這是一項艱巨的工作。但是，文字上的求索，仍然十分要緊。這是從傳世著述入手，所做另一項工作。兩項工作，互爲表裏，互相印證，應可探知其中消息。而僅就做學問的方法看，之六先生的功夫，可能就用在分期、分類上。這是操斧伐柯的大本事，看起來很簡單，實際卻是大胸襟、大識見的一種體現。於文字以外求之，必定可從中得到啓示。

《詩經・豳風・伐柯》有云：「伐柯如何，匪斧不克。取妻如何，匪媒不得。」由伐柯（一解薪）聯想到娶妻，這是一種比喻，説明須要砍伐之具。陸機著《文賦》，將其用於作文。謂：「操斧伐柯，雖取則不遠，若夫隨手之變，良難以辭逮。」説明作文難，難在達意，須講究砍伐，以曲盡其妙。其所謂砍伐，説得直接一點，就是一種分期、分類。這是作文之道之進一步推廣。説明，做學問也當運用好這把斧頭。憑藉這把斧頭，方纔希望有所開闢。例如易學，頭緒繁多，之六先生將其分爲兩段——漢易與宋易，就是一種開闢。其於《論易學之門庭》有云：

> 故學易者，當以漢易還之漢易，以宋易還之宋易。而就漢易之中，亦當以孟、京者還之孟、京，鄭、虞者還之鄭、虞。宋易之中，亦當以陳、邵者還之陳、邵，程、朱者還之程、朱，李、楊者還之李、楊。其餘衆家，亦莫不就其家法師承，爲之爬羅剔抉，刮垢磨光，以明其本來之面目。夫如是，則家法可明，而條理必清。

以爲，弄清楚漢易與宋易，全部易學就在把握當中。因爲漢代與宋代，易家治易，各有偏重。或者主象數，或者主義理，旗幟十分鮮明。這是易學發展的兩個重要階段。兩個段階各家面目清楚，其餘衆家，也就有了依歸。這是按照「源本象數，發爲義理」原則所進行的劃分與判斷。既是分期，又是分類；既是方法，又是目的；既爲學易者提示門徑，又爲黄氏易學之達致無所依傍境界顯示標志。所謂操斧伐柯大本事，就體現在這上面。

(三) 宗師地位與東南重鎮

之六先生作爲一代宗師，其地位之奠定，非一朝一夕之事，乃六十年不斷求索的結果。上文所述，一方面表明其爲學之所本，一方面肯定其開闢之功。爲學所本，無有門户限制；開闢之功，貫通於天人之際及古今之變。承前啓後，繼往開來，所謂代代相傳，無窮無盡，就是這一意思。其真傳，應當就在這一過程當中。當然，這僅僅是個人觀感，未能包括所有。「周易黄氏學」，深沉、寥寂(借用聞一多語)，欲登堂入室，到達其境界，非付出代價不可；建造重鎮，亦當作如是觀。

四

周易的兩個部分——經和傳，包括六十四卦卦形符號、卦爻辭以及闡釋經文之十篇專論(十翼)。符號與文辭，互相印證，互爲發明，構成一部獨特的經典。而僅就符號而言，這部經典之與其他載籍相比，既有其獨特之處即特殊性，又具一定普遍性。例如，排列組合，易稱張設佈列（鄭玄《易緯・乾鑿度》），二者之間就存在著一種可比性。這一可比性，就是二者之間的一種相合與不相合之處。相合與不相合，這是周易與宋詞、易學與詞學二者進行比較研究的出發點。

（一）易之道與理及詞之道與理

《周易・繫辭上傳》云：「一陰一陽之謂道。」朱熹曰：「盈乎天地之間，無非一陰一陽之理。」（《朱子語類》）一陽⚊，一陰⚋；或連或斷，各一畫。皆呈綫條形狀。這是兩種原始符號。據此，以三畫疊成一卦，爲八卦；以八卦兩兩相重，疊爲六十四卦。每卦六爻，合三百八十四爻（乾卦用九及坤卦用六另計）。六爻排列，初、三、五爻爲奇數，稱陽爻；二、四、六爻爲偶數，稱陰爻。每卦列有卦形、卦名、卦辭。每爻列有爻題、爻辭。卦與爻之張設佈列，就是一種排列與組合。這種張設佈列或者排列組合，分別喻示天地間之道和理，諸如天地、男女、君臣、夫妻以及動靜、語默等物象及狀態所表達對立、對等的規矩或準則。天地間之道和理，皆包括在這一張設佈列及排列組合當中；而易之普遍性，就在這一道和理中得以體現。詞爲小道，填詞乃餘事之餘事，而其排列組合，同樣表示一種道和理，就是聲和情。詞之道和理，與易之道和理，相通、相合。這種相通、相合處，集中體現在張設佈列以及排列組合所構成對立、對等關係及其所依循的規矩準則上。

大體上説來，詞與易的這種對立、對等關係及規矩準則，可於排列組合或者張設佈列的方式、方法及其所構成的體式得以體認和驗證。

1. 單調。衹一片。句數或單、或雙，或奇、或偶，均可看作一個「☰」字，有如八卦中每一卦的三爻。因而，每首詞均可當爲一卦來解讀。

例如，白居易《憶江南》：

江南好，風景舊曾諳。日出江花紅勝火，春來江水緑如藍。能不憶江南。

首二句成雙，爲一爻（⚋）；中間二句對仗，爲一爻（⚋）；末了單句，爲一爻（⚊）。三爻構成一卦——☳（震）。

這是三畫疊成的一卦，爲單調。入宋之後，兩兩相疊，震下震上，合爲震卦（䷲）。單調變爲雙調。

2. 雙調。二片（段），上片與下片。上下格式相同，或不相同，均可看作八卦兩兩相疊所構成六十四卦之一卦。因而，每首詞亦可當爲一卦來解讀。

例如，晏幾道《臨江仙》：

夢後樓臺高鎖，酒醒簾幕低垂。去年春恨卻來時。落花人獨立，微雨燕雙飛。

記得小蘋初見，兩重心字羅衣。琵琶弦上説相思。當時明月在，曾照彩雲歸。

上片首二句對仗，爲一爻（⚋）；居中一句單獨成句，爲一爻（⚊）；末了二句對仗，爲一爻（⚋）。三爻構成一卦——☵（坎）卦。下片亦然。上下相疊，坎下坎上，合爲䷜（坎）卦。這是上下格式相同的例證。格式不相同，同樣亦可加以解畫。

例如，蘇軾《浣溪沙》：

照日深紅暖見魚。連溪綠暗晚藏烏。黄童白叟聚睢盱。　麋鹿逢人雖未慣，猿猱聞鼓不須呼。歸家説與採桑姑。

上片三個單句，三陽爻，構成乾卦（☰）。下片一對句，一單句，二陰一陽，構成震卦（☳）。上下相疊，震下乾上，合爲无妄卦（䷘）。這是上下不同例。

單調、雙調，兩種模式，代表詞體構成的大多數。除此之外，三段、四段，依據對立、對等的規矩或準則，應可同樣加以解畫，此處暫不論列。

(二)對立、對等與相關、相對的規矩或準則

兩種體式,單調與雙調,乃外在形式體現。這一外在形式,上片與下片,其排列與組合,與易之卦象,一陽、一陰之張設佈列,其相通、相合處,以上已嘗試加以解畫。這是由體型到卦形的一種聯想。兩相比對,詞之與易的這一相通、相合之處,究竟是偶然事例,還是必然結果?詞之與易,二者之間究竟有無一種内在聯繫?對於這一問題,以下擬從詞與易二者排列組合以及張設佈列所構成對立、對等關係及其所依循的規矩或準則,進一步加以探尋。

1. 静動逆順:從卦與卦之間關係看詞的上下劃分

八卦中每一卦由三條爻畫組成,爲單卦。正如詞中單調一般。兩個單卦相疊,爲重卦(别卦)。如詞中雙調。六十四卦皆重卦。重卦之下卦稱内卦、貞卦,上卦稱外卦、悔卦。貞卦主動,悔卦主静。六爻中之下三、上三,相摩、相盪,構成一對立、對等的地與天。詞之上片、下片,相關、相對,和易之重卦相比,同屬於一種格局。

例如,蘇軾《浣溪沙》,兩種物類——魚、烏及麋鹿與猿猱,各逞其技,或憑藉雙翅,或依賴四條腿,於水中游、空中飛,或於地上跑、樹上爬。各以不同形態出現,各自居於不同位置。其上與下,皆混淆不得。而黄童、白叟及採桑姑,姿態亦各有異趣,同樣不能不加以區别。

又,辛棄疾《菩薩蠻》云:

青山欲共高人語。聯翩萬馬來無數。煙雨卻低回，望來終不來。 人言頭上髮。總向愁中白。拍手笑沙鷗。渾身都是愁。

青山、煙雨，白髮、沙鷗。來與不來，愁與不愁。對比鮮明。天道、人事，交相感應，其所謂三極之道，或災、或祥，或險、或易，或順、或逆，各依一定次序呈現。佈景、造理，部伍整嚴（陳廷焯《雲韶集》評辛語）。上下脉絡，井井可尋。

總而言之，詞中上片、下片的這一對應關係，有如易之一陰一陽，其「剛柔遠近、喜怒逆順」（借用蘇轍語），一樣將天、地、人三者籠括其中。這是詞之與易的排列組合或者張設佈列，因具共同規矩或準則所形成的一種必然聯繫。

2. 得正應回：從爻與爻之間關係看詞的位置承接

易之陽爻與陰爻，分别以九及六標識。九爲陽數最高數，六爲二、四以及八、十幾個數字的中位數。凡陽爻，初九第一爻，九二第二爻。由下向上，依次推移，上九成爲六爻中之最高爻位。凡陰爻，初六第一爻，六二第二爻。依此類推，上六成爲上爻。如此所構成的卦，或陰或陽，即以九或者六加以貫穿。

易之説爻位以及爻與爻之間的關係，既强調時中，又强調承、乘、比、應。前者乃位置。

謂時而行中道，以爲關鍵部位，如九或者六，以之貫穿，可達致得正效果。其所謂「居中得正」（孔穎達語），象數外，並兼義理。後者説關係。如曰：

初對二，二對三，三對四，四對五曰承。二對初，三對二，四對三，五對四曰乘。初二，二三，三四，四五曰比。初四，二五，三上曰應。

承與乘，或下爻緊依上爻，或上爻淩據下爻。一順一逆，互相對照。比與應，或逐爻相連並列，或上下交相感應。有應、無應，相得、不相得。皆有一定之數。這是之六先生早年授業學生鄭光儀課堂筆記中的一段。這段話，將卦中各爻相互間的承接關係，交代得一清二楚。

易理通詞理，易法通詞法。詞之起、結（或接）、换、煞，猶如易之承、乘、比、應，皆頗注重其關鍵部位。起調、畢曲，開頭一句及最後一句，乃音律之吃緊處。歷來詞家多所講究。此暫不論，而著重説居中句。乃有關「居中得正」問題。

晏幾道《臨江仙》，謂：夢回（後）、酒醒，落花、微雨；高鎖、低垂，獨立、雙飛。此時此刻，主人公究竟正在想些甚麼？做些甚麼？或曰「好色而不淫」（楊萬里《誠齋詩話》），或曰「純是華嚴境界」（梁啓超語，《藝蘅館詞選》乙卷引），似有點不知所云。論者稱其：「既閒婉，又沉著。」（陳廷焯《白雨齋詞話》）明顯有不讓獲知其心事的意思。但上下居中一句——「去年春恨卻來時」以及「琵琶弦上説相思」，卻將其所有，都揭露出來。兩句話，由今年想到去年，由去年想到當初。表明：這是一次深刻的印象，即第一印象，亦一次難忘的經歷。期間之人和事，一點也不能隱瞞。這就是居中句承接作用所給予的啓示。

又，辛棄疾《賀新郎》云：

> 緑樹聽鵜鴂。更那堪、鷓鴣聲住，杜鵑聲切。啼到春歸無尋處，苦恨芳菲都歇。算未抵，人間離別。馬上琵琶關塞黑，更長門翠輦辭金闕。看燕燕，送歸妾。將軍百戰身名裂。向河梁、回頭萬里，故人長絕。易水蕭蕭西風冷，滿座衣冠似雪。正壯士，悲歌未徹。啼鳥還知如許恨，料不啼清淚長啼血。誰共我，醉明月。

歌詞送別，爲茂嘉十二弟而作。集盡許多怨事。有啼鳥的怨，人間的怨；有婦人的怨，男子的怨。錯綜複雜。「先從聽鵜鴂説起，又聽到杜鵑、鷓鴣，直到春歸無啼處，芳菲都歇」。「到此已有『山窮水盡疑無路』之感。」（張伯駒《叢碧詞話》）而上片居中一句，「算未抵，人間離別」，將啼鳥的怨和人間的怨，聯繫在一起進行比較，謂未抵，一句話，將二者（啼鳥的怨與人間的怨）分開，心中的許多「辛苦」（《古今詞統》評辛語），也就一下子奔瀉出來。從王昭君、陳皇后、燕燕，到李陵、荊軻，隨筆而下，無法阻擋。上下銜接得很好。下片居中一句，「正壯士，悲歌未徹」，雖稍爲遜色，衹是承上而未能啓下，但「歸到啼鳥，以離别作結，章法奇絶」（張伯駒語）。相對於上片的分，這是合。兩個居中句，皆十分要緊。梁啓超謂此調「以第四韻之單句爲全首筋節，如此句最可學」（《藝蘅館詞選》丙卷引），所指就是兩個居中句這種承上啓下的關聯作用。有此關聯作用，所集許多怨事，纔貫穿得起來。這就是居中句之所以值得重視的一個原因。

從整體上看，易氣從下生，畫卦自下而上；下卦、上卦，陽爻、陰爻，各就各位。卦之下與上以及爻之陽與陰，相互勾連，以得正應回，其位置及關係，皆有一定。同樣，詞之於易，道與理相合，其上下片之間以及句與句之間的位置及關係，亦有一定。此一定之數，亦即二者相通、相合之處。這是詞之與易的排列組合或者張設佈列，因具共同組合規矩或準則所形成的另一必然聯繫。

（三）出位之思與超時之想

《易·繫辭下傳》謂：觀象於天，觀法於地。並謂：始作八卦，以通神明之德，以類萬物之情。這是有關八卦製作的方法問題。正如上文所述，對於象與法以及通與類，歷來都有不同理解。但是，祇就外在形式看，其所謂排列而成象，實際上就是一種呈現或者表達。《周易·繫辭上傳》曰：「是故易有太極，是生兩儀，兩儀生四象，四象生八卦，八卦定吉凶，吉凶生大業。」這種由一到二，由二到四，由四到八，乃至由八到六十四的排列，就是一種呈現或者表達。老子曰：「道生一，一生二，二生三，三生萬物。」也是這麽一種呈現或者表達。

這一呈現或者表達，其張設佈列或者排列組合，具備無有窮盡的想像空間。蘇轍《易説》稱：「所謂一陰一陽者，猶曰一喜一怒云爾。言陰陽喜怒皆自是出也。散而爲天地，斂而爲人。」並稱：「得之於心，近自四肢百骸，遠至天地萬物，皆吾有也。一陰一陽，自其遠者言之耳。」以爲，一陰一陽，其所包含，乃不可道之道。而近取、遠取，一來一往，一斂一散，即可將一切據爲所有。這就是一種想像。這一想像，超越時空，將天地人界限打通。是一種出位之思與超時之想。據此推斷，繫辭所説象天、法地以及本隱而以之顯（通與類），其具體方法及步驟，即可推衍爲另外四個字——近、遠及斂、散。由象、法、通、類，到近、遠、斂、散，乃呈現或者表達的過程，亦爲其結果。這就是易的一種創造方法。

至於詞，論者稱，意内而言外謂之詞。其製作，講究意内言外（或曰音内言外），言近而旨遠；講究窮天人之際，通古今之變。這也是一種出位之思與超時之想。而就方法論，其所謂出與超者，則主要體現在由彼物到此物以及由諸往到來者的一種聯想上。兩個方向，橫向與縱向，空間與時間；由遠及近，從内到外，同樣包含著近、遠、斂、散的意思，同樣可將天地人界限打通。這就是詞。

由此可見，詞之與易在創造方法上的這一相通、相合之處，乃詞與易之間相互聯繫的一種必然結果。這一必然結果，也是我將周易與宋詞，易學與詞學，合在一起進行比較研究的一種依據。

五

《周易·繫辭上傳》曰：「在天成象，在地成形，變化見矣。」六十四卦，三百八十四爻。「剛柔相推，變在其中矣」（《易·繫辭下傳》）；同樣，百千詞調，各有定準，亦顯示出一種變化。易之象與數，其張設佈列，有一定規矩或準則；詞之調與聲，其排列組合，亦有一定規矩或準則。對於易，所謂源本象數，發爲義理，須看卦象；對於詞，所謂玄黄律吕，各適物宜，亦須看聲調。易學與詞學，其張設佈列以及排列組合，既是一種外在形式體現，又包含著無常與有常的道理。變或者易，乃易之道和理以及詞之道和理的基本存在形式。無論易學或者詞學，均須藉此以探尋其奥秘。

（一）上下無常，唯變所適

伏羲畫八卦，八種卦象（卦形符號），乾（☰）、坤（☷）、震（☳）、巽（☴）、坎（☵）、離（☲）、艮（☶）、兌（☱），代表天、地、雷、風、水、火、山、澤八種物象以及健、順、動、入、陷、麗、止、說八種心相。表示宇宙間萬事萬物，各有自己的位置；互相矛盾，互相對抗，互相依賴。誰也離不開誰。其張設佈列以及排列組合，體現出一種變化的道和理。《易·繫辭下傳》曰：「上下無常，剛柔相易。不可爲典要，唯變所適。」鄭疏：「此言從時而變，出入移動者也。」説明，萬事萬物，變動不居，須隨時處中，令終止於一種相對穩定狀態。如曰：「以有定之理，著無定之象，變化而通於中」（劉沅語）。這一相對穩定狀態，就是通乎中庸的狀態（馬振彪語）。這就是變化的道和理。

易的變化有其道和理；同樣，倚聲填詞於發展過程中，也有其變化的道和理。就張設佈列以及排列組合看，其道和理，就是變化過程中所形成一套共同的規矩或準則。這是一種處於相對穩定狀態的規矩或準則。倚聲填詞史上，柳永與蘇軾並舉。柳與蘇，深諳變化的道和理。其天才創造以及有意識的挑戰，標志著詞學發展的兩個重要階段。

柳永之前，倚聲填詞狀態不穩定，無有固定體式，尚未完全定型。經過反復實踐，到柳永時，排列組合有了共同的規矩或準則，成型立體，出現宋初體。上片佈景，下片説情；對立、對等。構成一個相對固定的格式。這一格式，創建於宋初，但一錘定音，卻成爲有宋一代共同依循的格式，這就是宋詞的基本結構模式。就整體上看，柳永是宋初體的代表作家，爲宋初體的確立奠定基礎；而就個體上看，柳永屯田體，亦宋初體的變化與革新。柳永屯田體：過去、現在、將來；我方及對方。變換推移，無有窮盡，進一步爲宋初體增添姿彩。宋初體，以一體對百體；屯田體，百體中之一體。宋初體，規範一代樂章，造就一代文學。屯田體，令對立、對等的規矩或準則，於實踐中逐步程式化，並且逐步演進爲一種定律，倚聲填詞有關表現方法之可操作性因之而提高。這一定律，就是屯田家法。就程式上看，其家法可以兩個公式加以展示——從現在設想將來談到現在和由我方設想對方思念我方。這是柳永的天才創造，亦程式化的結果。具體地説，這是一種縱與横的陳列。乃暨叙法與横列法。這一陳列方法，大致表現爲時間順序以及空間位置的推移與變换。程式化，現代化的必然進程。倚聲填詞之由無定到有定，必須有此進程。這是柳永爲倚聲填詞所留下的業績。但因柳的這一陳列，衹是在一個平面上，鋪叙展演，不無平直之嫌，用子臧先生（吴世昌教授）的話講，就是情景並列如單葉畫幅，其於内與外以及上與下的進一步開拓，尚有待於來者。

當然，在一定程度上，柳詞陳列所展示的場面，已是十分闊大；蘇軾登場，將其當作競争對象，「自是一家」，衹能在深長上另闢蹊徑。因而，蘇軾於排列與組合，也就有所變化。主要是第三因素的介入(子臧先生以爲一種補救辦法)。即於兩個互相對立的單元,加入個中介物,於上下内外,巧妙地加以貫通。例如《臨江仙》(「夜飲東坡醒復醉」)之醒與醉以及此身與江海,其中所隱含的進與退以及有限與無限,皆呈現出一種對立關係。由這種對立關係所構成的兩個單元,相距遥遠,難以調和。但是,加上中介物——杖及小舟,即將距離拉近。内宇宙與外宇宙,界限打通。人間、天上,一瞬、永恒。乾升坤降,陰陽進退。一切都在自己的把握之中。獨特的排列與組合,獨特的境界。「瓊樓玉宇,高處不勝寒。」絶非恒流所能夢見。應當説,在創造方法上,蘇與柳相比,蘇對於「類」(類萬物之情)與「通」(通神明之德)的追求,似乎更加執著於「通」(通神明之德)。這就是一種貫通。因此,在一個平面上,蘇軾儘管不及柳永那麽多姿多彩,但他卻比柳更進一層。所謂善入與善出(龔自珍語),亦即入乎其内,又出乎其外(王國維語),指出向上一路,令人一新耳目,這就是蘇軾的挑戰及進一步的開拓。

詞的排列組合,由柳到蘇,既有前後左右的開展,又有内外上下的貫通,已漸趨嚴謹。及至於辛,進一步加以變化,由嚴謹到不嚴謹,再由不嚴謹到嚴謹,幾經反復,亦即所謂極其工與極其變,乃總其成。辛棄疾的稼軒體,多個對立統一單元的多重組合體。多個單元,兩兩對應。既互不相干,而又互相牽連。内外兩個世界所包含之種種矛盾衝突,諸如大與小、正與反、壯與悲等等一系列物象或者心相,均於對立、對等的關係中得以呈現。辛氏稼軒體,乃排列組合之大觀。至此，倚聲填詞進入柳、蘇後的另一重要階段。朱彝尊曰：「世人言詞，必稱北宋。然詞至南宋始極其工，至宋季始極其變。姜堯章氏，最爲傑出。」（《詞綜·發凡》）工與變的問題，各有所指。而就排列組合看，其最爲傑出者，應是辛稼軒，並非姜堯章。與蘇軾相比較，辛棄疾應當更加執著於人間，矛盾衝突，許多時須要借助於外力，方纔得以解決；歸與未歸，平戎策與種樹書，往往看君恩之許與未許，方纔得以協調。中介物，大多操控在他人手上。但是，辛棄疾畢竟乃一世之豪，現實生活中無法施展才能，於詞的世界造就另一番事業。其稼軒體，寫胸中事，心上願，正與反之對舉，包羅萬有，頗爲極其能事。遠、近、斂、散，四字規則，運用自如。所謂「麾之即去，招亦須來」（《沁園春》句），「肝腸如火，色笑如花」（瞿禪師評辛語），自另有其佳妙之處。其筆下，千軍萬馬，排列組合，呈現出天下奇觀。辛之創造，已爲排列組合具體規矩或準則之進一步提升爲一般定律提供充足事證。

（二）二元對立，四海皆準

從無定到有定，從無常到有常。亦即，從具體的規矩準則到一般的法則或定律。這是排列組合規矩準則的一種提升。所謂放諸四海而皆準，就符號層面上講，這一提升，對於易學及詞學之有效地與現代科技、文化接軌，意義重大。

二十世紀中國，學界兩位海寧——王海寧（王國維）和吳海寧（吳世昌），對於排列組合規矩準則的提升，皆有所述作，而取向則不盡相同。王推尊蘇軾，鼓吹形上詞，並爲創立新説——境界説；吴崇尚辛棄疾，倡導結構分析法，爲詞體結構論之建造奠定基礎。倚聲與倚聲之學的建設及發展，二氏均起了一定推動作用。

形上詞，其所涉及問題，實際上是境外之境的創造問題。蘇軾之前，李煜、晏殊已爲開先。尤其是李煜。王國維稱：「詞至李後主而眼界始大，感慨遂深，遂變伶工之詞而爲士大夫之詞。」此所謂眼界，乃對於境外的一種透視。

如曰：

尼采謂：「一切文學，余愛以血書者」。後主之詞，真所謂以血書者也。宋道君皇帝《燕山亭》詞亦略似之。然道君不過自道身世之戚，後主則儼有釋迦、基督擔荷人類罪惡之意，其大小固不同矣。

又曰：

「君王枉把平陳業，換得雷塘數畝田。」政治家之言也。「長陵亦是閒邱隴，異日誰知與仲多。」詩人之言也。政治家之眼，域於一人一事。詩人之眼，則通古今而觀之。詞人觀物，須用詩人之眼，不可用政治家之眼。故感事、懷古等作，當與壽詞同爲詞家所禁也。

王國維以道君皇帝（趙佶）比李後主（李煜）。以爲：一個自道身世之戚，一個擔荷人類罪惡；一個爲衆生中之一分子，一個乃普濟衆生之釋迦牟尼及基督。地卑天尊，未能同日而語。可見，其所謂「詞以境界爲最上」之境界云者，並非一般所理解的衹是停留在人世間層面上的疆界或者意境，而是將天、地、人三者合而爲一的一種境界，亦即超出於人世間的一種境外之境。那麽，如何達至這一境外之境？其方法與步驟，王氏亦曾明白揭示。曰：詩人之眼。亦即用詩人之眼，通古今而觀之。具體地説，就是入乎其内與出乎其外，將内宇宙與外宇宙界限打通。一方面以詩人之眼看宇宙，天道、地道、人道，三才之道，廣大悉備；一方面以詩人之眼看自我，有我無我，内外出入，都無掛礙。這麽一來，即將詞之境與易之境連接在一起。兩個單元，相關、相對，與一陽⚊，一陰⚋之對立、對等，其排列組合以及張設佈列，也就同處於一個層面，須同等看待。這是觀念的提升，也是一種理想的境界。所謂形而上，因此有了著落。這就是王國維之所提供。一九〇八年，《人間詞話》手訂本發表。易有六十四卦,《人間詞話》手訂本亦六十四則。這一安排,究竟有心,或者無意?似當加以留意。《人間詞話》境界説之創立,既爲倚聲填詞史上的形上詞張目,亦於傳統詞學本色論之外,樹立另一座里程碑。中華詞學爲之打開了新的一頁。步入二十一世紀,觀物、觀我,進行新的開拓,王氏學説相信仍具重要的參考價值。

子臧先生早歲對於新文化運動以及當時的領袖人物胡適皆頗寄厚望。胡四十生日,爲賀壽,曾提出:一種政治運動,縱是「涵蓋一世」的功業,也不過涵蓋一世而已,祇有文化運動是百世的㊹。時,二十歲。追求真理,潛心問學。發前人之未曾發,言前人之未敢言。凡所考量,和王國維一樣,極其著重詩人之眼。曾撰《辛棄疾傳記》,以天安門前的石獅子比辛帥,爲寫心志。中歲治詞,有感於某些精於此道的老輩之不願或不善傳授,論詞文字之少見能够沾溉後學者,因而倡導結構分析法,標榜兩個基本結構類型——人面桃花型及西窗剪燭型,著重在言傳形式上,爲揭示門徑。但其所説,並非祇是停留在章法上,祇是起承轉合,而是由章法而篇法,由局部而整體,乃經過概括、提升的一種表現方法。對此,子臧先生晚年所作《周邦彦及其被錯解的詞》一文,曾有精闢的闡述。比如,論及柳詞不足之處,情景並列如單葉畫幅,即指出:「救之之道,即在抒情寫景之際,滲入一個第三因素,即述事。」以爲,這是「使得萬象列皆活」的一個好辦法。滲入第三因素,這是結構分析的一個重要環節，也是建造詞體結構論的關鍵。文中，子臧先生對此亦曾有過進一步的説明。其曰：「必有故事，則所寫之景有所附麗，所抒之情有其來源。使這三者重新配合，造成另一境界。」並曰：「滲入故事，使無生者變爲有生，有生者另有新境。」

第三因素，乃一中間媒介。佈景、説情，兩個相關、相對的單元，加入一中間媒介。從無生到有生，因有生而另造新境，構成矛盾統一的共同體。這就是子臧先生爲結構分析法所確立的法則或定律。

滲入一個第三因素，此事儘管明顯地針對著柳永，卻並非衹是限定於柳永。上文所説蘇軾，其於排列組合，因第三因素的介入而創造新境，已爲提供證據。而周邦彥之「以小詞説故事」，令無生變爲有生，從而另外構造新境，即爲範例。如《蘭陵王》之客中送客，頭緒繁多，難以分清主次；前情、後景，存在著一定隔閡。但是，加入第三因素——述事，以「閒尋舊蹤迹」及（又）「酒趁哀弦，燈照離席」兩件事，將「長亭路，年去歲來，應折柔條過千尺」這一看來十分遥遠的情事，亦即古時一般離别之情事，拉到眼前，令其與今日特殊離别之情以及因離别而預想的别後之景諸如縈回之别浦以及岑寂之津堠聯繫在一起，使得景與情，各有附麗，各有來源，其所表述之另一結構複雜的故事，亦即主人公於「離會」進行期間懷念伊人的故事，也就非常明晰地得以呈現。

這是以結構分析方法解讀作品的事例。作爲解讀對象，周邦彦「以小詞説故事」，於境外另造新境，其方法及手段（周濟稱「清真長技」），乃柳永、蘇軾以至北宋諸多作家排列組合正反兩方面經驗之所集成；而作爲解讀者，子臧先生這一結構分析法，亦排列組合規矩或準則之從柳、蘇到周，再從周到辛各種經驗之一總歸納。

相對於具體的規矩或準則，子臧先生這一分析方法，已是一種理論上的提升。這一分析方法，如用中國傳統話語表述，就是一種勾勒——子臧先生稱，「即述事以事爲勾，勒住前情後景，則新境界自然湧現」，是爲勾勒；而其所確立法則或定律，如用現代話語表述，就是西方結構主義所謂二元對立關係（Binary Opposition）或二元對立定律。子臧先生結構分析法，從解讀實踐中來，既得力於「讀原料書」（子臧先生語），又爲其敢發、敢言之所造就。這一分析方法之由一般解讀方法，上升成爲一種批評模式——詞體結構論，已在其實施及運用過程中構成既定的事實。這是繼王國維之後，中國詞學史上另一重大理論建樹。

（三）普世的意義，寶貴的資源

《易・繫辭下傳》曰：「是故易者象也，象也者像也。」孔疏：「易卦者，寓萬物之形象。故曰：易者，象也。」其張設佈列，依據各種方式、方法，變幻出許多卦象來。是以卦爻統名曰象。這是易學的基礎。排列組合，依據各種方式、方法，轉換出許多聲調來。是以填詞亦稱倚聲。這是詞學的基礎。易學與詞學，其張設佈列以及排列組合所構成的模式：一陰一陽，對立、對等；兩個單元，相關、相對，矛盾統一。這一模式，已是帶有普世意義的一種符號。當今世界，科技、文化全球化。在社會生活的各個領域，以數碼對話，以數碼接軌。一切數碼化。小自人類基因(GENE)，大至宇宙萬物，都在其排列組合當中。時時處處皆不能免。易學與詞學，其所具普世意義，普世價值，必將爲各種創造提供寶貴資源。透過易理、易法瞭解詞理、詞法，亦由詞理、詞法探討易理、易法。易學與詞學，二者結合一起，進行比較研究，希望能爲人類資源的發掘，爲二十一世紀詞學新的開拓提供一參照系。

附記：

本文一、二、三部分，原刊香港《鏡報》二〇〇二年十二月號及二〇〇三年二至三月號。其間，中斷多年。四、五部分，近期所增補。

乙酉端陽前一日(二〇〇五年六月十日)於濠上之赤豹書屋

第四節　形上詞的文學價值及其文學史意義

形上詞是用詞體原型以再現形而上旨意的新詞體。作爲詞體的一種稱號，形上詞的名謂是饒宗頤所提出的。但文學史上這一體裁和體式的創造並非始自今日。太史公所云「究天人之際，通古今之變，成一家之言」，既已成爲古今作者藝術創造的最高追尋目標，負載形上旨意的作品，自然不至尋找不到，衹是未曾以形上詞這一稱號明確標榜而已。鑒於目前學界對於形上詞尚缺乏瞭解，本文擬就形上詞創作的方法與模式、形上詞創作的來源與依據以及形上詞創作的文學價值與文學史意義等問題作一推介，以供參考。

形上詞，這是饒宗頤所提出的一個學術名詞。用於文學創作，即成爲詩歌園地衆多品種中的一個品種。有如詠物詞、詠懷詞、叙事詞一般，同樣是歌詞中一種體裁和體式的代表。但在中國文學史上，並無形上詞這一名謂。有關形上詞的定義以及形上詞的創作，是二十世紀九十年代，在與饒宗頤的訪談中所帶出來的話題。對於什麽是形上詞這一問題，當時的訪談，曾借用饒宗頤的話，給予明確的回答。其曰：

西洋形上詩(Meta physical),代表形而上。這是與形而下相對立的。Meta Physical在上面,帶有物以上的意思。這是看不見的。對此,中國人謂之爲道,而形而下,則謂之爲器。我所作形上詞(Meta physical Tzu),就是從這裏來的。重視道,重視講道理,這是形上詩的特徵,也是形上詞的特徵。如果爲形上詞立定義,是否可以説,所謂形上詞,就是用詞體原型以再現形而上旨意的新詞體。㊺

這段話交代了形上詞的來源,並從形而上與形而下兩個不同層面爲形上詞確立義界。説明:形上詞是在形之上用以講道理的一種歌詞。

二十年來,學界對於形上詞雖已引起關注,也曾載文展開討論,但正如某研究者所説,多數文章僅停留於對形上詞作一般的推介,尚未曾在理論層面上展開深入一步的探研。爲此,本文擬就形上詞創作的方法與模式、形上詞創作的來源與依據以及形上詞創作的文學價值與文學史意義等問題略陳己見,以求教於大方之家。

一　形上詞創作的方法與模式

(一)形上之思與向上之意:形上詞創作的立意與主旨

中國文學由聲文、情文及理文所組成,不同時期、不同作家對於這三個方面的書寫往往有所側重。就情文與理文看，中國詩歌向來似乎較爲重視情文，而忽略理文。饒宗頤兼修文史各科，尤注重人類精神史探究。他想在理文的創作上有所造就，曾於和清真的過程中進行形上詞創作。在他的《晞周集》中有一組詞《六醜》《蕙蘭芳引》及《玉燭新》，分别以睡、影、神立題，創造人生的三種境界：詩人之境、學人之境、真人之境。組詞三首，頗能代表饒宗頤形上詞創作的主張及成就。以下試逐一加以驗證。

其一《六醜》：

漸宵深夢穩，恨過隙、年光抛擲。夢難再留，春風回燕翼。往返無迹。依樣心頭占，闌珊情緒，似絮飄蕪國。蘭襟沁處餘香澤。繫馬金猴，停車綺陌。玲瓏更誰堪惜。但鵑啼意亂，方寸仍隔。　閒庭人寂。接天芳草碧。燈火綢繆際，如瞬息。都門冷落詞客。漫芳菲獨賞，覓歡何極。思重整、霧巾煙幘。凝望裏、自製離愁宛轉，酒邊花側。琴心悄、付與流汐。祇睡鄉兩地懸心遠，如何换得。

其二《蕙蘭芳引》：

清吹峭煙，拂明鏡、恥隨雞鶩。看夕陽西斜，林隙照人更緑。水準雁散，又鎮日相隨金屋。自憩陰別後，悄倚無言修竹。火日相屯，陰宵互代（莊子寓言），可異涼燠。況露雹飛花，難寫暫乖款曲。江山寥落，白雲滿目。但永秋遥夜，伴余幽獨。

其三《玉燭新》：

中宵人醒後。似幾點梅花，嫩苞新就。一時悟徹，靈明處、渾把春心催漏。紅蔫尚佇，有浩蕩光風相候。紺縷在、香送閬風，餘芬滿携羅袖。從知大塊無私，盡幻化同歸，惟神知否。好花似舊。應祇惜、玉蕊未諳人瘦。瓊枝乍秀。又轉眼、飛蓬盈首。信理亂難道無憑，春簫又奏。

大致而言，《六醜》詠睡，乃人物的活動，謂其「漫芳菲獨賞，覓歡何極」，爲第一種境界，詩人之境；《蕙蘭芳引》詠影，乃人物的身影，謂其「看夕照西斜，林隙照人更緑」，屬於人與非人之影，已漸脱離了人的形象，爲第二種境界，學人之境；《玉燭新》詠神，人物的精神，謂「紅蔫尚佇，有浩蕩光風相候」，則完全無人，爲第三種境界，真人之境。三種境界，體現了作者對於人生的三種不同解脱形式。三種境界之所展現，既可從詞章序文所敘直接獲知，亦可通過詞章之所謂演其意、喻其説而具體地加以體驗。

例如《六醜》，調下題稱：睡。題下附有小序：「濟慈云：祛睡使其不來，思之又思之，以養我慧焰。（見 Sleep and Poetry）夫詩人瑋篇，每成於無眠之際，人類文明，消耗美睡者，殆居其半；而心心不易相印，亦因睡有以間隔之；惟詩人補其缺而通其意焉。」據詞題可知，乃一詠睡的作品。又據小序可知，作者將以歌詞這一特殊詩歌樣式，演繹一番道理。這就是序中所説：美睡消耗文明，無眠成其瑋篇；詩人可以補其缺而通其意，創造人類文明。這是詩人對待睡的態度。又如《蕙蘭芳引》之詠影，所附小序云：「尼采論避紛之義，謂此際人正如影，日愈西下，則其影愈大，惟其謙下如日之食，而能守黑，蓋懼光之擾之也（The Genealogy of Morals VIII）。與莊子葆光之説略近，兹演其意。」演説守黑與葆光，乃從尼采、莊子學説中來。守黑目的在於避紛，回避光的干擾；葆光或「藏其光而不露」，是一種韜蔽的辦法。這是光對於影的作用。

又如《玉燭新》之詠神，所附小序云：「陶公神釋之作，暫遣悲悦，但涉眼前，鬥酒消憂，行權而已。夫能量永存，塞乎天地，腐草爲螢，事僅暫化。故神之去形，將復有托，非猶光之在燭，燭盡而光窮也；光離此燭，復燃彼燭。（此《北齊書》杜弼語）神爲形帥，而與物相刃相劘於無窮，如是行盡如馳，而人莫之能悟，不亦哀乎！以詞喻之。」說能量不滅，神亦不滅。神與能量永遠共存於天地之間。這是作者對於神的認識。

以上三段序文演説人生境界，體現形上之思與向上之意，是歌詞創作的指導思想，亦歌詞的立意與主旨。所謂主題先行，這對於打正旗號要在詞中説道理的形上詞作者，似乎無須顧忌。這是形上詞創作的一個重要特徵。

（二）落想、設色與定型：形上詞創作的步驟與途徑

形上詞創作，如何體現形上之思與向上之意？饒宗頤將其歸結爲三個步驟：落想、設色與定型。三個步驟，既包括形上詞的構成，亦展示形上詞創作的方法與途徑。具體地説，所謂落想，乃爲立意；所謂設色，乃爲佈景與用典；所謂造型，乃爲結構與定型。對於三個步驟，尤其是設色與落想，饒教授曾有進一步的説明。他説：沒有色，就沒有詩，也就沒有詞。無可奈何加上花落去，似曾相識加上燕歸來，纔能成爲名句。並説：至於立意，關鍵在於確立未曾立過之意。落想須向上，不要庸濫就能向上。而且，既要超脱，不沾滯，又要能够聯想到當前。如此落想，纔算真有本事㊻。當然，所謂三個步驟，三者皆至關緊要，不可或缺，又不能相互分割，不能單獨行進。這是創作形上詞首先必須明確的問題。

饒宗頤組詞三首，就其三個步驟的藝術創造看，當以《六醜》之詠睡表現得最爲出色，而

《蕙蘭芳引》之詠影及《玉燭新》之詠神則稍次之。就歌詞的整體結構看，饒宗頤的《六醜》，乃將一個意思分作兩個層面，從兩個不同角度加以表述。一個層面是睡，這是作品的表層意思；一個層面是夢，這是作品的深層意思。兩個層面的表述，用以展現其落想。有關睡的層面，僅於開篇所謂「宵深夢穩」、「年光拋擲」一韻說及，即自「夢難再留」以下，至「付與流汐」，所說皆夢中之境，一直到歌詞末尾「衹睡鄉兩地懸心遠」，纔回到題目上面來。這是對於睡的書寫。再就歌詞對於夢的書寫看，作者可謂下了重筆。歌詞上片，說留夢、夢留不住及對於夢境的追惜。留夢及夢留不住，借比喻以設色，使得原本較爲抽象的意識，顯示出具體狀態來。至於追惜，不再用比，衹是直說。歌詞下片，說人物活動，仍在夢境當中。這就是都門詞客。謂其閒寂，既通過接天芳草加以渲染，並以綢繆燈火互相對照。接著是人物活動，謂其於酒邊花側，重整巾幘，獨賞芳菲，獨覓歡娛，亦於鋪陳之中，注重修飾，增添其設色成分。歌詞中兩個層面的書寫，目的在於展現其形而上的思考：從表層意義上看，其所謂睡，乃一種消極解脫辦法，於人類文明建設不利；從深層意義上看，其所謂夢，乃一種積極解脫辦法，爲詩人之特別貢獻。因此，歌詞的落想也就自然呈現。

（三）周詞與周律：形上詞創作的格式規範問題

中國文學發展、演變，到了歌詞，其所謂型，已達到最嚴謹、最完備的地步。不僅每一詞調都有固定形式，包括固定句式、固定韻式、固定調式等等，而且每一詞調亦形成一定的聲情配搭關係，具一定聲情特點。這就是聲文的規範化。兩宋詞人中，周邦彥不失爲第一流作者，王國維儘管不太贊賞其創意之才，但對其創調之才，還是十分欽佩的。這就是周律。

饒宗頤和清真之組詞《六醜》《蕙蘭芳引》及《玉燭新》三首，乃利用周詞定律，以周邦彥清真詞的聲文譜寫新篇。清真詞的聲文，聲音的文理，相對於情文和理文，是爲周律在聲音上的體現。在一定意義上講，所謂周律，大致包括兩個方面：一爲詞調自身所構成的律，一爲填詞過程所遵循的法。詞調自身的律，指合轍歸韻的規則；填詞遵循的法，指下字運意的法度[47]。饒宗頤的形上詞創作，即借助周律所構成的律和法，以進行形上旨意的創造。

以下，先説詞調自身所構成的律，再説填詞所遵循的法。詞調自身所構成的律，主要是韻叶問題。這是對於原唱固有型格及其韻律與節奏的認識及運用。例如，周邦彥《六醜》（薔薇謝後作）：

正單衣試酒，悵客裏、光陰虛擲。願春暫留，春歸如過翼。一去無迹。爲問花何在，夜來風雨，葬楚宮傾國。釵鈿墮處遺香澤。亂點桃蹊，輕翻柳陌。多情爲誰追惜。但蜂媒蝶使，時叩窗槅。東園岑寂。漸蒙籠暗碧。静繞珍叢底，成嘆息。長條故惹行客。似牽衣待話，别情無極。殘英小、强簪巾幘。終不似、一朵釵頭顫嫋，向人欹側。漂流處、莫趁潮汐。恐斷紅、尚有相思字，何由見得。

《六醜》這一詞調，周邦彦所自創。周曾謂：「此犯六調，皆聲之美者，然絶難歌。昔高陽氏有子六人，才而醜，故以比之。」⑱犯，即侵也(《説文》)。表示轉調。説明乃一沖犯六個具聲調之美而又很難歌唱的曲調，並將六調最精彩的一段合成這一個曲調。上片八仄韻，下片九仄韻。以入聲部韻字押韻。十七個韻脚，參差錯落，令人眼花繚亂，和作仍須以原唱韻脚爲韻脚，並且按其次序，亦步亦趨，逐一應和。例如，饒宗頤以拋擲應和虚擲、以燕翼應和過翼、以蕪國應和傾國、以堪惜應和追惜、以人寂應和岑寂、以草碧應和暗碧、以瞬息應和嘆息、以詞客應和行客、以何極應和無極、以煙幘應和巾幘、以花側應和欹側、以流汐應和潮汐、以换得應和見得。十七韻例，有十三例，既次其韻，又和其聲。遣詞用字，極其能事。祇其餘四例，以無迹應和無迹、以香澤應和香澤、以綺陌應和柳陌、以仍隔應和窗隔，韻脚之上一個字，字面與原唱相重。這是詞調自身所構成的律，也是形上詞合轍歸韻之所規範。

以上説韻叶，屬於詞調自身在格式上的規範問題。以下説填詞所遵循的法，主要是比興之法。周邦彦借花起興，運用比興這一傳統技法以書寫其不可方物之落寞意境㊾。饒宗頤的形上詞創作，亦用此法，但有所變化。一爲歌詠背景的變化，另一爲彼物的變化。這是下字運意法度於創作實踐中所出現的變化。以下看具體事證。

首先，關於歌詠背景的變化。周邦彦與饒宗頤，或者「悵客裏、光陰虚擲」，或者「恨過隙、年光拋擲」，其悵和恨，表示一種情緒，是爲所詠之詞。原唱與和作，籠統地看，都表示光陰飛逝，其所詠之詞似無太大差别。但從悵和恨所出現的背景看，原唱與和作之所歌詠，卻有層面上的區别。原唱的悵，局限在客裏，所説衹是一般男女相思别離情緒；和作的恨，除了客裏，還有客外，所説是人生的全部，即於相思離别之外，還有文明創造。就和作而言，從客裏到客外，背景得以推廣，其所詠之詞，即恨的意涵，也就得以推廣。即由個别的形下層面，推廣至一般的形上層面。這是由於歌詠背景變化所出現所詠之詞的變化。

其次，關於彼物的變化。在一定意義上講，彼物之作爲一種媒介，對於歌詞旨意創造，有著直接的影響。周邦彦與饒宗頤，説悵和恨，説相思别離情緒，二者都用比，但用以作比的事物不同，其所創造旨意也不同。一個以花比，歌詠謝後薔薇，説留春與尋春，追逐傾國魂與相思字；一個以夢比，歌詠宵深的睡，説留夢與追夢，創造「芳菲獨賞，覓歡何極」的詩人之境。同爲相思而作，但其層面有所不同。一個在紅葉上，屬於形之下；一個在精神上，處於形之上。就和作而言，這就是彼物變化，對於形上詞旨意創造的影響。

二　形上詞創作的來源與依據

形上詞的創作，相當於理文的構造。中國詩歌由物景、情思、事理三大題材要素所組成。形上詞之所歌詠爲其中的事理。中國詩歌的表現手法包括佈景、説情、叙事及造理。形上詞的創造爲其中的造理。在一定意義上講，形上詞的創作是從詩歌到哲學的一種提升。形上詞的來源與依據，取決於形上之思。形上詞的創作，淵源有自，而非今日之始創。就傳統哲理詩詞的創作看，形上詞的創作，既始自於王國維，亦與晏殊和蘇軾，有著密切的關聯；而西學的借鑒，包括哲思的中國化以及現代主義表現方法的引進，亦有一定促進作用。

（一）形上之思與形上之詞：形上詞創作的最初嘗試

二十世紀詞壇，對於理文創造感興趣並且有意進行相關嘗試的作者並不多見，但王國維的歌詞創作卻頗當引起重視。王國維曾説：「余之於詞，雖所作尚不及百闋，然自南宋以後，除一二人外，尚未有能及余者，則平日所自信也。雖比之五代、北宋之大詞人，余愧有所不如，然此等詞人，亦未始無不及余之處。」[50]王國維自以爲他所作詞，不僅南宋以後人有所不及，而且即使是五代、北宋，亦有人所不及之處。此外，在署名樊志厚所作《人間詞》乙稿序中，亦曾以「以意境勝」，推舉王國維的歌詞創作。樊氏序文稱：

靜安之爲詞，真能以意境勝。夫古今人詞之以意勝者，莫若歐陽公。以境勝者，莫若秦少遊。至意境兩渾，則惟太白、後主、正中數人足以當之。靜安之詞，大抵意深於歐，而境次於秦。

這段話説意境創造，既將意和境合而觀之，以説古今人之詞，如歐陽公、秦少游以及太白、後主及正中，又將意和境分而察之，以説王國維的獨勝之處，謂其意深於歐，而境次於秦。不過，對於王國維創作歌詞能有人所不及之處，即其所創立的意，究竟爲何物？序文並未加以説明。

王國維之後，繆鉞探研王靜安與叔本華，對於王國維之如何以境勝者，頗有心得。曾曰：「吾國古人詩詞含政治與倫理之意味者多，而含哲學之意者少，此亦中西詩不同之一點。近人喜言新詩，詩之新不僅在形式，而尤重内容。王靜安以歐西哲理融入詩詞，得良好之成績，不啻爲新詩試驗開一康莊。」[51]所謂歐西哲理，即叔本華哲理，這是王國維藉以取勝的意。對此，繆鉞曾以王國維的兩首歌詞加以驗證。

其一，《浣溪沙》：

掩卷平生有百端。飽更憂患轉冥頑。偶聽啼鴂怨春殘。　坐覺無何消白日，更緣隨例弄丹鉛。閒愁無份況清歡。

說人生哲理。以爲人生爲痛苦，其解脱辦法有久暫二種。暫時之解脱爲藝術之欣賞，能暫忘其生活之欲；永久之解脱則爲滅絶意欲，與佛道所謂寂滅者相近。這首詞説暫時之解脱。

其二，《蝶戀花》：

辛苦錢塘江上水。日日西流，日日東趨海。終古越山澒洞裏。可能消得英雄氣。

説與江潮應不至。潮落潮生，幾换人間世。千載荒臺麋鹿死。靈胥抱憤終何是。

仍然説人生哲理。謂内心衝突，就像日日西流、日日趨東海的錢塘江水一般，永久無有休止，無法解脱。這首詞説的就是這麼一種衝突。

以上二詞，表現人生哲理，或將叔本華對於人生的觀點直接寫入歌詞；或以象徵手法將自己的意識呈現出來。這是繆鉞爲王國維以意取勝所揭示實證。除此以外，樊志厚序中所列舉《浣溪沙》(「天末同雲黯四垂」)、《蝶戀花》(「昨夜夢中多少恨」及「百尺朱樓臨大道」)諸詞，應當亦可作王國維以意取勝的實證。序文稱其：「意境兩忘，物我一體」；「高蹈乎八荒之表，而抗心於千秋之間」。説明其所作歌詞之所以爲人所不及者，不僅僅因其鋭進秉性，得天獨厚，還因其致力於意境創造所成就。故之，證實其所創立的意，乃超越於八荒之外，橫貫於古今之間。如用太史公的話來表述，那就是：「究天人之際，通古今之變，成一家之言。」這就是王國維所作歌詞之所以爲人所不及之處。王國維具有「獨立之精神，自由之思想」（陳寅恪語），執著地追求，但仍未能於其所造之境獲得真正的解脱。如其畢生惟書册爲伴，終日沉潛於書卷之中，追求於丹鉛之上，仍然難以成爲遣愁之方、忘憂之地，而所謂永久解脱辦法，則永遠找不到，其所面對的真實人生，仍然像錢江潮一樣，或落或生，其矛盾與衝突，永遠無有了結的時候。因而，這一切，人間之種種痛苦，衹能以死而求得永久解脱。這既是王國維對於人生思考、探討的最後結論，又是其痛苦人生的必然結局。

王國維引進歐西哲理，思考人生之苦及解脱方法。他的哲理詞創作，爲二十世紀形上詞創作積纍豐富經驗，産生直接影響。

（二）晏殊與蘇軾：哲理詞創作的先行作者

晏殊與蘇軾，一被稱爲北宋倚聲家初祖（馮煦《六十一家詞選·例言》），一被稱爲指出向上一路作者（王灼《碧雞漫志》卷二），二人在詞史上均有舉足輕重的地位，而於哲理詞創造則更具開闢之功。以下是晏、蘇二人的兩首小歌詞。

其一，晏殊《浣溪沙》：

一曲新詞酒一杯。去年天氣舊亭臺。夕陽西下幾時回。無可奈何花落去，似曾相似燕歸來。小園香徑獨徘徊。

這首詞從字面上看，像是説聽歌飲酒，實際上是一首叙説哲理思考的歌詞。怎麼進行思考呢？我用兩個倒立的等腰三角形加以圖解。其中一個三角形，上頭兩個角，一邊是歌（新詞）和酒，表示歌聽不完，酒也喝不完；另一邊天氣和亭臺，表示天氣不變，亭臺也不變。兩邊所説，同爲正方向，意思較爲近。而「夕陽西下幾時回」，説夕陽，既有來來回回之意，亦有回圈旋轉之意。對於夕陽來講是來回的回，對於讀者來講是回圈旋轉的回。方向是相反的。第三句的意思和前兩句的意思離得較遠。這是兩個倒立等腰三角形中的其中一個，説歌酒無限，亭臺依舊，衹是今日西下的夕

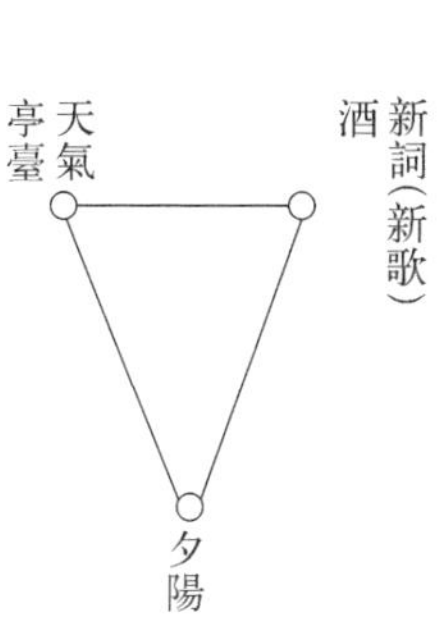

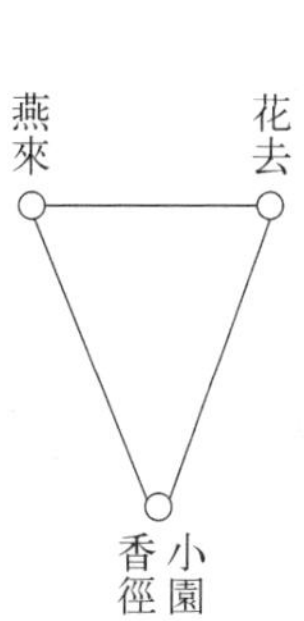

陽已非昨日西下的夕陽。另一個三角形，在形式上，與前一個不同。前一個三角形的一、二三句（起拍）不對仗，後一個的一、二三句（換拍）對仗；在內容上，後一個的一、二三句（換拍）寫來和去，一正一反。這是需要留意的。最後一句（煞拍）收束全詞，爲全篇的總歸納。至此，明顯可見，這首詞前面五句全是虛寫，衹有最後一句「小園香徑獨徘徊」纔是實寫。主人翁於徘徊當中所思考的就是前面所有的內容。概括起來就是：來去得失，並從來去得失思考永恒與瞬間問題。這是宋詞中少數具哲理思考的作品之一。

其二，蘇軾《臨江仙》：

夜飲東坡醒復醉，歸來彷彿三更。家童鼻息已雷鳴。敲門都不應，倚杖聽江聲。　長恨此身非我有，何時忘卻營營。夜闌風靜縠紋平。小舟從此逝，江海寄餘生。

歌詞題稱：夜歸臨皋。説的是夜飲歸來的情事。謂敲門都不應，衹好於門外「倚杖聽江聲」。就這麼簡潔明了。但一

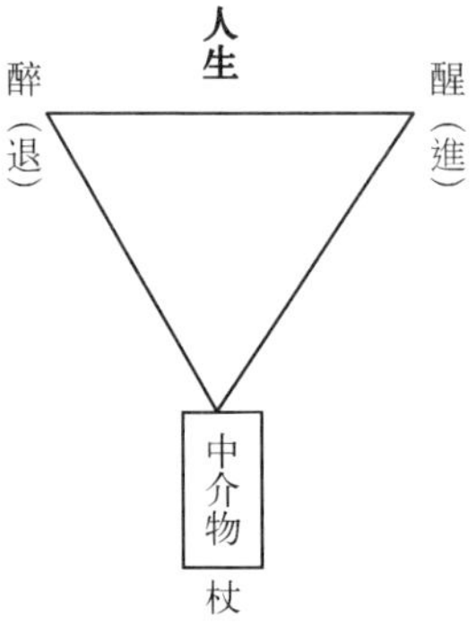

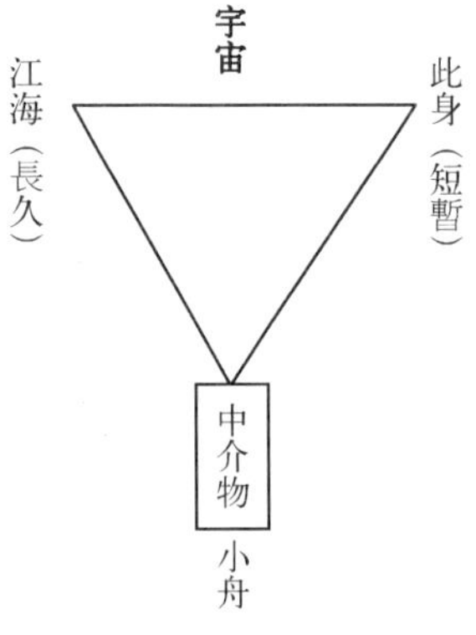

個「聽」字，卻帶出一系列問題，那就是當時的思考。下面以兩個倒立的等邊三角形爲示其意。兩個等邊三角形，兩組相互對立而又相互依賴的單元，分别表示社會人生及宇宙空間。其中一個三角形，以醒（進）和醉（退）對立，表示現實生活中不可回避的矛盾與衝突；另一個三角形，以此身（短暫）與江海（長久）對立，表示人生（内宇宙）與大自然（外宇宙）的矛盾與衝突。兩組相互對立而又相互依賴的單元，借助於中介物——杖以及小舟，分别將内與外以及上與下的界限打通。於是，由醒到醉，從此身到江海；心聲應合江聲，人境（世俗社會）融入物境（大自然），營營此身，隨著輕快的小舟，漂流江海。兩組相互對立而又相互依賴的單元，經過重新組合，由有限到無限，從瞬間到永恒，構造出另一境界。這是一種超越時空的思考，也就是出位之思，與晏殊一樣，同爲形上詞創作導乎先路。

（三）傳統哲理詩詞創作的模式規範及西方現代主義方法的引進及運用

以上由王國維的哲理詞，追溯至晏殊、蘇軾的哲理詞，形上詞創作的近源及遠源，其承接蹤迹應已逐漸呈現。以下嘗試説明形上詞創作在方法及模式上的來源及依據。這一問題，著重説陶淵明形、影、神的模式規範及二元對立定律的運用。陶淵明有組詩三首，分别以《形贈影》《影答形》及《神釋》立題，代表形、影、神，表達對於人生的態度。既通過形與影的贈答，極陳人生之苦，表達對於生死和名利的困惑，又以神辨自然以釋之，表示縱浪大化，不喜、不懼的人生之樂。饒宗頤以學術研究方法填詞，藉填詞負載學術研究成果。其和清真，於組詞《六醜》《蕙蘭芳引》及《玉燭新》，歌詠睡、影、神，表達其對於人類精神史探索的追求與夢想，即依陶淵明的這一模式構建。這是中華文化傳統自身的承傳。至於西學的藉鑒，就饒宗頤的實踐看，主要是藉助意識流文學描繪人物意識流動狀態的現代主義手法，以表現其精神活動狀態。例如《六醜》之詠睡，乃由睡入夢，經歷留夢、夢留不住及對於夢境的追惜三種意識流動狀態，至最後之「兩地懸心」，纔重新回到開篇所説睡的題目上面來。這種不一定依循事理，即事件發展之必然過程，而按照人物意識流動所進行的書寫方法，就是現代主義表現方法。饒宗頤用以表現其探索精神，爲形上詞創作提供一寶貴經驗。

三　形上詞創作的文學價值與文學史意義

二十世紀有意識地進行形上詞創作的作者，當推王國維與饒宗頤。王國維於世紀之初，倡導境界説，創造哲理詞，開創中國今詞學；饒宗頤於世紀之末，爲形上詞確立義界，並以自己的實驗作出典範，乃中國今詞學的殿軍。王、饒二人的開闢之功及創造之業，必將載入史册。此外，例如胡適《希望》三首，收録於《嘗試集》，名之爲詩（新體白話詩），實則乃詞，因其第一、二兩首，均由半首《生查子》所構成。《希望》三首歌詠蘭花，就是一個夢，一個偉大的夢想。又如毛澤東《採桑子》(重陽)、《卜算子》(詠梅)、《念奴嬌》(昆侖),詠菊、詠梅、詠倚天寶劍,同樣也是一個夢,一個偉大的夢想。以小歌詞承載大題材,敘説大道理,抒寫大感慨,其所謂形而上旨意,重且大矣,這類作品,都應當歸附於形上詞之列。

中國二十世紀形上詞創作,既是傳統哲理詩、哲理詞創作的承續及推廣,又可看作是中西詩學融合的結果。目前學界對其認識仍未足够。因此,對於形上詞創作的文學價值及其文學史意義,仍有必要進一步加以探測。

(二) 内容的添加及體質的增强

自温庭筠起,所謂「能逐弦吹之音,爲側豔之詞」,兩句話,爲中國倚聲填詞確定性質。説明温庭筠的創造包括兩個方面——聲學與艷科;也説明倚聲填詞乃由體現格律形式的聲學與體現思想内容的艷科所構成。但兩個方面,均有一定的先天局限,尤其在思想内容方面。王國維以尼采所説「一切文學余愛以血書者」説李煜,稱其所作「有釋迦、基督擔荷人類罪惡之意」。表示李煜的出現,對於倚聲填詞内容的添加,即詞境的開拓,是對於歌詞自身性質的改造與體質的增强,屬於一種後天的追補。此後,晏殊及蘇軾,將對於人生及宇宙的思考寫入歌詞,乃是對於詞境的一種提升。

對於倚聲填詞之如何添加内容及增强體質,夏承燾早年日記曾記下這麽一段話:

思中國詞中風花雪月、滴粉搓酥之辭太多，以外國文學相比，其真有内容者，亦不過若法蘭西人之小説。求若拜倫哀希臘等偉大精神，中國詩中當難其匹，詞更卑靡塵下矣。東坡之大，白石之高，稼軒之豪，舉不足以語此。以後作詞，試從此闢一新途徑。王静安謂李後主詞「有釋迦、基督代人負擔罪惡意氣」。此語於重光爲過譽。中國詞正少此一境也。

這段話説明，對於具備弱德之美的小歌詞，夏承燾既有改造的意願，而且通過中外文學的對比，對於王國維評李煜詞語亦有自己的判斷。夏承燾以爲，以釋迦、基督代人負擔罪惡的精神説李煜，於李煜爲過譽，但中國的填詞，正少此一境。這是文學作品所創造的一種偉大精神。夏承燾稱，以後作詞，將試以另闢一新途徑。

就文體生成及詞體的變革以及提升看，形上詞創作正是詞體内容添加及體質增强之一重要途徑。

（二）情與景的添加及比興方法的運用

傳統詩言志，對於景與情二項及賦、比、興三義，堅守不渝，而形上詞創作則不盡然。爲體現其形而上之旨意，形上詞創作每於情與景之外，添加個理，或者事，並在賦的手法上多所變化，將内與外、上與下以及近與遠，全方位地加以展示與貫通。例如王國維，其對於自己所作之所以如此自信，除了善於「以意境勝」，還在其對於宇宙人生，既能夠入乎其内，又能夠出乎其外，所謂寫之、觀之，皆做得十分到位。這是對於中華文化傳統中的「言近旨遠」要義的最佳注脚。

總而言之，形上詞創作在繼承傳統方面，著重於一個變字，即太史公所説「通古今之變」的變，無論以古證今，還是以今律古，都能堅守本位，爲我所用；在中西融合方面，對於西方結構主義所謂二元對立定律的引進及運用，著重在對於中介物催化作用的理解及運用。例如，蘇軾詞中的杖與小舟，一爲打通人生進（醒）與退（醉）的界限，另一爲打通此身與江海的界限。所謂分解，或者化合，其相互對立而又相互依賴的兩個單元，即進與退以及短暫與久長，其相互「關係限制之處」（借用王國維《人間詞話》中語），也就更加明顯地得以呈現。又如王國維詞中的錢塘江上水，其生與落，同樣也是引發思考的中介。中與西的融合，對於情與景的添加及比興方法的運用，都將更加達至其「言近旨遠」的效果。這是表達形而上旨意，提升詞境所取得經驗。

（三）形上詞：中國填詞史上不可或缺之一體

以上説形上詞創作在思想内容及形式表現兩個方面的價值，以下説形上詞創作的文學史意義。大概兩個方面的意思：就詞體自身而言，形上詞創作所展現的形而上旨意，表示從詩歌到哲學的提升；就中國填詞史而言，形上詞所構成模式規範，表示從傳統到現代的轉型。形上詞創作，既爲中國詩歌園地增添新品種，必將爲新世紀填詞與詞學另闢康莊。

戊戌大寒前六日（二〇一九年一月十四日）於濠上之赤豹書屋

注釋：

①魏徵《諫太宗十思疏》，出自《旧唐书·魏徵傳》。

②沈德潛《古詩源序》。（上海）中華書局，一九三六年。《四部備要》本。

③《詩大序》。載《毛詩正義》，阮元輯刻《十三經注疏》，中華書局影印本，一九八〇年，頁二六九—二七〇。

④《呂氏春秋·音初篇》。《四部叢刊》（初編）影上海涵芬樓藏明刊本。

⑤聞一多《唐詩雜論·四傑》。中華書局，二〇〇三年。

⑥《呂氏春秋·古樂篇》。《四部叢刊》（初編）本。

⑦張耒《東山詞序》云：「余友賀方回博學業文，而樂府之詞，高絶一世，携一編示余，大抵倚聲而爲

之，詞皆可歌也。」

⑧ 王灼《碧雞漫志》卷一。《知不足齋叢書》本。

⑨ 蘇鶚《杜陽雜編》卷下。《學津討原》本及一九五八年中華書局上海編輯所排印本。

⑩ 秦士奇《草堂詩餘》（四集）序：「自三百而後，凡詩皆餘也。即謂騷賦爲詩之餘，樂府爲騷賦之餘，填詞爲樂府之餘，聲歌爲填詞之餘。遞屬而下，至聲歌亦詩之餘；轉屬而上，亦詩而餘聲歌。即以聲歌、填詞、樂府，謂凡餘皆詩可也。」

⑪ 況周頤《蕙風詞話》卷一云：「詩餘之餘，作贏餘之餘解。唐人朝成一詩，夕付管弦，往往聲希節促，則加入和聲。凡和聲皆以實字填之，遂成爲詞。詞之情文節奏，並皆有餘於詩，故曰詩餘。世俗之説，若以詞爲詩之剩義，則誤解此餘字矣。」唐圭璋《詞話叢編》本。

⑫ 沈括《夢溪筆談·樂律一》。中華書局，一九五九年。

⑬《朱子語類》卷一百四十。中華書局，一九八六年。

⑭ 參見龍榆生《詞曲概論》第一章《唐代民間詞和詩人的嘗試寫作》。上海古籍出版社，一九八〇年。頁一七。

⑮《論語·先進》。《論語注疏》。《武英殿十三經注疏》本。

⑯ 王灼《碧雞漫志》卷一。《知不足齋叢書》本。

⑰ 夏承燾《唐宋詞字聲之演變》。《唐宋詞論叢》。古典文學出版社，一九五六年。

⑱龍榆生《唐宋詞格律》。上海古籍出版社，一九七八年，頁一五九—一六〇。
⑲參見盛配《詞調詞律大典》。中國華僑出版社，一九九八年。
⑳劉熙載《藝概》卷四。上海古籍出版社，一九七八年。
㉑朱熹《論語集注》卷四《述而第七》。中華書局，一九八三年。
㉒李漁《閒情偶寄》（詞曲上結構）。中華書局，二〇〇八年。
㉓陳廷焯《白雨齋詞話》卷三：「遺山詞刻意爭奇求勝，亦有可觀。然縱橫超逸，既不能爲蘇、辛；騷雅清虚，復不能爲姜、史。於此道可稱别調，非正聲也。」唐圭璋《詞話叢編》本。
㉔參見李白《古風》五十九首之一。王琦注《李太白全集》本，中華書局，一九七七年。
㉕見《詩大序》。
㉖《詩大序》，載《毛詩正義》，阮元輯刻《十三經注疏》，中華書局影印本，一九八〇年，頁二六九—二七〇。
㉗沈約《宋書・謝靈運傳》，中華書局，一九七四年點校本，頁一七七九。
㉘劉昫等《舊唐書・温庭筠傳》，中華書局，一九七五年點校本，頁五〇七九。
㉙李清照《詞論》，載胡仔《苕溪漁隱叢話・後集》卷第三十三，人民文學出版社，一九六二年，頁二五四。
㉚陸游《老學庵筆記》卷五，中華書局，一九七九年點校本，頁六六。

㉛ 參見王昊《與施議對先生論詞書》。其曰：遵囑查證《老學庵筆記》卷五一段表述，兹匯禀如下。限於資料條件，這兩天晚僅查證了《四庫全書》本、《説郛》節編本（上海古籍《説郛三種》）和中華書局點校本，均作「但豪放不喜裁剪以就聲律耳」，無異文。中華點校本行世較早，雖點逗多有疏誤（今人鍾振振等專文曾論及），而據其《前言》，底本是老商務印書館刊入《宋元人説部書》中的校本，此校本以明穴研齋抄本爲底本，校以明毛晉《津逮秘書》本、明吴江周元度刻本和清何焯校本。

㉜ 胡適《詞選》（上海）商務印書館，一九二七年，頁七—八。

㉝ 胡適《詞選》（上海）商務印書館，一九二七年，頁九九—一〇〇。

㉞ 胡雲翼《宋詞研究》，（上海）中華書局，一九二五年。

㉟ 胡雲翼《詞學 ABC》，（上海）世界書局，一九三〇年，頁四四。

㊱ 胡雲翼《中國詞史略》，（上海）大陸書局，一九三三年，頁六三。

㊲ 胡雲翼《宋詞選》，中華書局上海編輯所，一九六二年，頁一〇—一一。

㊳ 胡雲翼《宋詞選》，中華書局上海編輯所，一九六二年，頁五六—五七。

㊴ 吴梅《詞學通論》（上海）商務印書館，一九三三年，頁一〇。

㊵ 龍榆生《研究詞學之商榷》，《詞學季刊》第一卷第四號（一九三四年四月），頁三。

㊶ 夏承燾《唐宋詞字聲之演變》，載《唐宋詞論叢》中華書局，一九六二年，頁五四。

㊷施議對《倚聲與倚聲之學》，《詞學》第十六輯（二〇〇六年一月），頁二一四—二一六。

㊸龍榆生、夏承燾的聲調之學，都在於以字格追尋音理，講究詞情（詞中所表情）與聲情（曲中所表之情）的配合。在這一意義上講，龍、夏二氏，並無太大區別。這是於倚聲層面所展開的討論。但夏氏於倚聲（依聲）以外，另增加一項。曰：多爲拗句。並將其用於體制建造，以爲歌詩與歌詞分科的標志。其所推斷，就不僅僅是字聲問題。論字聲，謂何者爲平，何者爲仄，既適用於樂府，亦適用於聲詩；論句式，謂之何處爲拗，並且「詞皆一律，謹守不渝」，則爲樂府歌詞之所獨有。龍、夏二氏，對於聲調之學，或作一般論述，對於樂府與聲詩的疆界，尚未嚴格劃分；或著眼於同科與不同科的轉换，爲樂府歌詞之獨立成科提供依據。二人論斷，其所謂層面區别者，就在於此。

㊹此借吴其昌語。其昌、世昌兄弟早歲筆迹相近似，故有此誤。此處將誤就誤，作吴世昌語。詳本書第三章注釋⑧。

㊺施議對《爲二十一世紀開拓新詞境，創造新詞體——饒宗頤形上詞訪談録》。《文學遺産》一九九九年第五期。

㊻施議對《落想、設色、定型——饒宗頤「形而上」詞法試解》。《詞學》第十三輯。華東師範大學出版社，二〇〇一年十一月。

㊼沈義父《樂府指迷》：「下字運意，皆有法度。」據唐圭璋《詞話叢編》本。

㊽周密《浩然齋雅談》卷下。武英殿聚珍版本。

㊾黄氏《蓼園詞選》：「自嘆年老遠宦，意境落漠，借花起興。以下是花是自己，比興無端。指與物化，奇情四溢，不可方物。人巧極而天工生矣。結處意致尤纏綿無已，耐人尋繹。」據唐圭璋《詞話叢編》本。

㊿施議對《人間詞話譯注》卷四「人間詞話補録」第一四則。廣西教育出版社，一九九〇年。

(51)繆鉞《王静安與叔本華》。原載《思想與時代》第二十六期，一九四三年九月。據《詩詞散論》頁一〇三—一一二。上海古籍出版社，一九八二年。

第二章　批評模式與里程標志

第一節　詞體結構論簡説

本文提倡以結構方法論詞，並對詞學史上若干主要論詞標準（批評模式）加以評判。認爲：傳統本色論注重詞的特質研究，而取徑較爲偏窄，不利於詞體發展；王國維的境界説爲詞學研究拓展視野，而尚未能解決詞的個性問題，並非詞的本體理論；胡適、胡雲翼的風格論將境界説加以發揚光大，而立論往往太籠統，易於從内部引向外部，使研究工作喪失自身所應有的主體地位；近年來所謂宏觀研究及有關系統方法研究，皆較多偏差，尚未能爲詞學研究開闢新境。

本文提出詞體結構論，並就詞學史上有關例證加以歸納總結，詳細介紹一般結構方法及特殊結構方法。認爲：以結構方法論詞，在結構方法上探尋其成體的規律，纔能擺脱困境，真正探知詞學研究的入門途徑。認爲：詞體結構論是建立詞的本體理論的基礎。

王國維著《人間詞話》，倡導境界說，開創了中國的新詞學，其歷史功績應予充分肯定。但是，由於社會思想文化等因素的影響以及王國維學說自身的局限性，他的理論也爲近代詞學研究留下了後遺癥。例如，一九四九年後，大陸詞界用豪放、婉約「二分法」論詞所出現的偏頗以及大陸當前詩詞「鑒賞熱」中所出現的弊病，都與王氏學說有著直接或間接的聯繫。對此，筆者頗有所感。本文擬就詞學研究的方法選擇問題，對詞學史上若干主要論詞標準，包括本色論、境界說、風格論以及所謂系統方法論等，略加評判，進而闡明詞體結構論及其對於詞學理論建設的意義，希望大家能有興趣。

一　從本色論到境界說，詞的視野大爲擴展，但境界說並非詞的本體理論

王國維對其所創境界說頗爲自信，曾經宣稱：「嚴滄浪詩話謂：『盛唐諸公惟在興趣。羚羊掛角，無迹可求。故其妙處，透澈玲瓏，不可湊拍。如空中之音、相中之色、水中之影、鏡中之象，言有盡而意無窮。』余謂：北宋以前之詞，亦復如是。然滄浪所謂興趣，阮亭所謂神韻，猶不過道其面目，不若鄙人拈出『境界』二字，爲探其本也。」①與前代詩歌批評中的興趣說、神韻說相比較，王國維的境界說究竟有何高明之處，拙著《人間詞話譯注》已作闡述，這裏

著重探討境界説對於前代詞學批評理論的繼承與超越問題。

前代詞學批評名目繁多，但其中仍有個中心議題。這個中心議題就是詞的本色論。這是歷代詞家、詞論家所共同關心的問題。詞學史上有關這一問題的争論由來已久。李清照的「别是一家」説就是本色論的一面鮮明旗幟。李清照的學説，既有明確的理論主張，又有具體的批評標準②。這是中國詞學史上的一座里程碑。但是，有關本色論這一概念的内涵與外延及其作爲詞學批評標準的依據，至今仍未見有人給予明確的界定及系統的論證。就有關争議看，人們論本色，其思維構架大致朝著兩個不同方向展開：一是重意會而不重言傳，强調寓於言語之外的性情與韻味；一是重形式與格律，講究從具體字面尋繹其箇中消息。兩種不同方向體現兩種不同的審美興趣，形成兩種不同的批評模式。例如，對於蘇軾及其歌詞創作，向來就有兩種意見：或謂其不諧音律，不可歌，「皆句讀不葺之詩」③；或謂其「非不能歌，但豪放，不喜裁剪以就聲律耳」④。争論的焦點看似叶律與不叶律問題，實際又不止於此，而是有關本色與非本色問題。但是，人們對於這一問題的判斷仍十分模糊。至清代，經過浙、常二派的闡發，即將本色論的具體要求明確地落實到立意與叶律上，並對立意與叶律，何者爲本何者爲末的問題，展開了一系列論辯，所謂本色論，其意義纔逐漸明朗化。立意與叶律，這是一個問題的兩個方面，以此作爲論詞的標準，當也是可行的，衹是由於論者提倡立意與叶律往往易於極端化，以此論詞也就難免失誤。例如：由追尋「意内言外」之旨到「寄托」説，過份强調於詞外求詞，往往出現牽强附會、深文羅織的偏向；由推崇南宋詞的「工」與「變」到家白石而户玉田，過份强調典雅清麗，往往出現空疏浮滑的偏向。這兩種偏向的出現使得傳統的本色論一再墜入魔道。清季五大家——王鵬運、文廷式、鄭文焯、朱祖謀、況周頤，以立意爲體、叶律爲用進行調和折中。即：「本張皋文意内言外之旨，參與凌次仲、戈順卿審音持律之説，而益發揮光大之。」五大家糾正了浙、常二派的偏頗，形成了新的宗派——桂派⑤。四大家將中國舊詞學推向一個新的高峰。但由於他們的終極目標是吴文英，同時又將舊詞學的弊端，諸如立意過於晦澀、守律過於拘謹等承襲下來。因此，四大家始終未能使傳統本色論擺脱困境。

王國維的境界説繼承了傳統詩論中有關「思無疆」，也即「意無窮」的思想精粹，並將西方哲學中所謂「世界是我的表象」（叔本華語）的思想精粹融入其中，不僅對於興趣説及神韻説有著救弊補偏的作用，而且對於傳統的本色論也是個重大的突破。這種突破主要體現以下三個方面：

第一，本色論説詞，以似與非似爲界限，諸如「上不類詩，下不入曲」等説法，往往將所謂本色，即詞的特質説得神乎其神，讓人摸不著頭腦；境界説論詞，以闊大與修長相比較，謂

「詩之境闊，詞之言長」，並將詞的特質概括爲「要眇宜修」四個字，可謂一語破的。

第二，本色論説詞，或主立意或主叶律，取徑皆甚爲狹窄，易於受到宗派門户的約束，立論多有所偏向；境界説論詞，將境界看作是「我」的體現，以「真」爲標準判斷其高下優劣，視野較爲開闊，立論也甚通達。

第三，本色論説詞，既有較大的不確定性，一經落到實處，又往往帶有較大的片面性。因此，人們治詞容易産生避難就易的偏向。比如：「近人祖南宋而祧北宋，以南宋之詞可學，北宋不可學也。學南宋者，不祖白石，則祖夢窗，以白石、夢窗可學，幼安不可學也。學幼安者率祖其粗獷、滑稽，以其粗獷、滑稽處可學，佳處不可學也。」（王國維《人間詞話》本編第四二則）這是對於詞的本色片面理解所出現的弊病。而境界説論詞，强調「第一義」，要求從氣象入手，旨在開闢新境，往往能够得其「佳處」。例如辛棄疾，王國維指出：「幼安之佳處，有性情，有境界。即以氣象論，亦有『横素波，干青雲』之概，寧後世齷齪小生所可擬耶？」（同上）此説真正爲治詞者指明了「向上一路」。

因此，在境界説的指導下，王國維所作雖不甚多，但在造境方面，卻仍有超越前人之處。正如王國維自己所説：「余之於詞，雖所作尚不及百餘闋，然自南宋以後，除一二人外，尚未有能及余者，則平日之所自信也。雖比之五代、北宋之大詞人，余愧有所不如，然此等詞人，亦未始無不及余之處。」⑥王國維超越前人之處，亦即前人不及處，就在於「真能以意境勝」（《人間詞》乙稿序）。這就是境界説獲得成功的實證。

王國維的境界説及其《人間詞》，爲近代詞壇帶來了新氣象，中國詞學史因此打開了新的一頁。這是值得大書特書的。但是，必須看到，王國維的境界説還是有著嚴重的缺陷的。拙著《人間詞話譯注・前言》曾指出：「王國維以境界説詞，往往將思路引向詞的外部，在詞外求取『解脱』辦法。這一點，使王國維自覺不自覺地走向自己的反面，在新的分道口上，與自己的對手會合。這就是説，王國維倡導境界説，本意在糾正比興説、寄托説所出現的偏向，結果自己在某些題上也不可避免地出現爲塡詞諸公所不許的現象，即難免牽强附會。」並指出：「王國維反對比興説、寄托説，片面强調藝術上的『不隔』，反對『隔』，對於傳統藝術表現方法進行全面否定，這也是違背藝術創作自身的發展規律的。」這是境界説自身的一大局限。同時，還必須看到，王國維的境界説仍然屬於一般的詩歌批評理論，而並非詞的本體理論。境界説關於有無境界的標準以及創造境界的方法等重要論述，衹是涉及一般詩歌創作及批評的共同性問題，對於詞所特有的問題，諸如詞的入門途徑、詞的結構方法等有關詞體自身的問題，或者根本不曾涉及，或者已涉及而説了外行話，仍然未能幫助解決詞的有關個性問題。因此，王國維境界説對近代詞學所産生的負作用，也是不可忽視的。

二　從境界説到風格論，祇是注重詞體外部特徵的鑒賞與批評，或者僅是對於某一詞學現象的審美判斷，仍然未能走出迷津

王國維的《人間詞》甲、乙稿及《人間詞話》手定稿六十四則，均刊行於清朝末年。清末至民初，這是中國社會歷史發展的一個重要轉折時期，而詞壇上仍以復舊勢力占主導地位。因此，王國維創立境界説，創作哲理詞，其影響在此時期尚未産生實質性的效果。王國維在詞學上的影響乃是「五四」新文化運動以後纔逐漸明顯的。

拙作《百年詞通論》⑦曾將「五四」新文化運動至抗日戰争時期大約四十年間的詞業隊伍劃分爲三派：解放派、尊體派及舊瓶新酒派。三派各有不同的理論依據及其不同的詞業建樹。三派中，積極推行王國維學説的要算解放派，其次是舊瓶新酒派。

二十年代，胡適編撰《詞選》⑧，鼓吹詞史上的解放派。謂：「這些作者（指王安石、蘇軾及辛棄疾等人——筆者）都是有天才的詩人；他們不管能歌不能歌，也不管協律不協律；他們祇是用詞體作新詩。」（《詞選・序》）同時貶斥「詞匠」，謂：「他們（指史達祖、吴文英、張炎等人——筆者）不惜犧牲詞的内容，來牵就音律上的和諧。」並謂：「這種單有音律而没有意境與情感的詞，全没有文學上的價值。」（同上）胡適論詞，重内容、輕音律，其主導思想與王國

維「詞以境界爲最上」(《人間詞話》本編第一則)的論詞宗旨頗爲相近,而對於若干具體問題的看法,諸如詠物與用典等等,二者幾乎同出一轍。不管有意無意,胡適的理論與實踐,都可看作是王國維境界説的進一步推廣。

三十年代,胡雲翼著《中國詞史略》⑨和《中國詞史大綱》⑩,具體發揮胡適學説並進一步將其推衍爲風格論。胡雲翼論「詞風之變」,曰:「自詞的起源至柳永,中經二百餘年,詞的風格雖有小變,但大體是一致的。這二百餘年的詞壇祇有『詞爲艷科』的觀念,祇有『詞以婉約爲宗』的觀念。詞人作詞,寫的祇是男女之情,旖旎之態。雖李後主有哀思之作,然詞風亦止於淒婉綽約。雖柳永展拓小令爲慢詞,而所抒寫的内容亦無非閨情相思一類。因爲詞的題材限於描寫情愛一科,故兩百多年的詞都不需要甚麽題目,都是無題的情詞。至歐陽修時始有題詠之作,然仍舊是清切婉麗,不失五代風格。至蘇軾詞風始一大變,所作詞輒豪放悲壯,蒼涼飄逸。」⑪並曰:「蘇軾以前二百多年的詞都是病態的、温柔的、女性的詞;直到蘇軾起來,始創爲健康的、壯美的、男性的詞。這般新穎的詞風,當世詞人没有看慣,自不免訕笑他,視其詞爲『别派』,謂其『雖極天下之工,要非本色』。其實蘇軾的詞,纔是最自然的本色詞。」⑫

二三十年代,從胡適到胡雲翼,詞的風格論已經確立。二胡的理論,其根源當遠溯自宋代胡寅，這是他們的遠祖⑬，而近祖就是王國維。但是，二胡的理論在當時仍不甚風行，衹是幾十年後直至當今，纔被某些人奉爲經典。

抗日戰争期間的舊瓶新酒派，提倡以舊形式表現新内容、新思想，同樣也吸取了王國維學説中某些有益的成分。至於尊體派，因爲隊伍龐大，情況也較爲複雜，但就總的趨勢看，他們所推尊的仍爲傳統的本色論。

有關解放派、尊體派及舊瓶新酒派的詞業建樹，拙作《百年詞通論》已闡明，此不贅。

一九四九年以後四十年，在特定的社會歷史背景下，王國維的境界説以及胡適、胡雲翼的詞學理論得到了充分發展的機會，並且步步升級，不斷興起熱潮，有些情況是四十年前所難以料想的。後一個四十年與前一個四十年相比，可謂碩果纍纍，繁榮昌盛，這是有目共睹的。但是，由於社會上各種思潮的衝擊，後一個四十年的詞學研究也産生一些問題。例如：「文革」以前十七年，因爲重思想、輕藝術以及重豪放、輕婉約，曾出現以政治批判代替藝術批評的偏向，「文革」以後的「再評價」階段翻轉過來，一一進行平反，在某種意義上説，仍然是以政治批判代替藝術批評，同樣受到政治鬥争的制約，同樣偏離了詞學本位。

從前一個四十年到後一個四十年，詞學研究中的境界説已爲風格論所取代。以風格論詞，實際上也未嘗不可。所謂「風格就是人格」，風格二字，比起本色或境界，就其所包含的内容看，似乎更加具體、可感，以之説詞，也頗能將其特質形象地體現出來。前代詞學批評已在這方面積纍了豐富的經驗。應當承認，風格論本身是無可非議的，問題在於，人們將它作爲惟一的批評標準，往往出現偏頗。例如：三十年代，胡雲翼説風格，將詞分作女性與男性二種。六十年代，胡雲翼編輯《宋詞選》⑭，將宋詞作家分爲二派——以蘇軾、辛棄疾爲首的豪放派和以晏、歐及周、姜等人爲首的婉約派。這種「二分法」一時頗爲流行，很快成爲一九四九年以來詞學研究中固定的一種批評模式。這是風格論在具體運用中所出現的一大偏頗，上文所説以政治批判代替藝術批評的偏向就是從這裏派生出來的。同時，由於套用固定模式，不動腦筋、不讀詞，不作深入細緻的調查研究，所謂風格，往往祇從外部立論，即祇在作家、作品的外圍打轉，有關社會背景、生平事迹説了老半天，而仍未能接觸詞本身的問題。這是風格論在具體運用中所出現的另一偏頗，所謂庸俗社會學的研究方法就是從這裏引伸出來的。

八十年代，隨著反思與探索的不斷深入發展，逐漸糾正了「文革」以前十七年以及「再評價」階段所出現的偏向，逐漸肅清庸俗社會學研究方法對於詞學研究的影響，所謂風格論已從「二分法」發展爲「多元論」，詞史上各種不同風格、不同流派的詞作均得到應有的重視，而且論者還從美學的角度對於各種風格類型進行比較研究，這期間的風格論已不同於以往的風格論。這是新時期詞學研究的重大收穫。但是,由於風格論往往祇注重詞體外部特徵的鑒賞與批評,或者僅是對於某種詞學現象進行審美判斷,尚未能由其深層結構探尋其創造美的全過程及具體作法,因此所謂風格論,和境界説一樣,仍然未能幫助人們走出迷津。

最近幾年出現了「鑒賞熱」,大量鑒賞辭典占領了圖書市場,這是件大好事。而且不少鑒賞辭典,經過作者與編者精心編撰,其中不乏佳作妙文,深受讀者歡迎,這也是對於詞業普及的一大貢獻。但是多數鑒賞文章以風格論詞,並未超越一般「閱讀與欣賞」的水平。有的從鑒賞到鑒賞,海闊天空,總未落到實處;有的從本本到本本,陳陳相因,難得新的見解。此類「鑒賞」,連篇纍牘,令人生厭,因而也在一定程度上損壞了風格論的聲譽。

三　結構論是建立詞的本體理論的基礎

「文革」以後大陸詞學研究經歷了「再評價」階段,進入「反思、探索」階段,目前正醞釀著新的突破與發展。研究詞學,究竟應當如何入門?這原是個古老的問題,但在更新觀念、更新方法的論争中,似乎仍有進一步探討的必要。上文已就詞學史上幾種不同的方法選擇,即本色論、境界説與風格論,作了粗略的描述,其得失利弊不難判斷。這裏著重探討另外幾種不同的方法選擇:

第一　關於宏觀研究問題

在大陸興起「方法熱」的一九八五年，古典文學界，人們比較感興趣的問題是宏觀研究問題。諸如將詞學科學和作爲參照系的其他有關學科進行交叉研究、比較研究等等，這一系列有益的嘗試已逐漸爲人們所理解，並已取得一定成效。這是新時期詞學研究的可喜成果。但是，人們對於宏觀研究的看法及具體做法仍有不妥之處：有的人以爲研究的題目越大越宏觀，喜歡以高空攝影的方法對全部研究對象及其發展歷史進行「鳥瞰」，結果像是給學生上一堂期末總複習課一樣，祇是羅列現象、描述過程，並無新的見解；有的人過份强調參照系，以爲古今中外、天文地理，聯繫得越多越宏觀，越有當代意識，結果洋洋數萬言，仍未解決一個半個實際問題。這是宏觀研究中所出現的兩種偏向。這兩種偏向，前者「宏」而不「觀」，後者喧賓奪主，重蹈以外部研究替代内部研究之故轍。兩種偏向均不利於研究工作的深入與發展。實際上，所謂宏觀研究並非「方法年」之後纔出現的，它是與微觀研究相對而言的；而且所謂宏觀與微觀，也僅僅是觀察問題、處理問題的角度不同而已，二者並無新舊之分及高下之别。這是在思維方法、研究方法選擇中所當留意的一個問題。

第二　關於系統論研究方法

自然科學中的「三論」，尤其是系統論的引進，這是新時期詞學研究的另一有益嘗試。但有關文章仍甚少見，而且如何運用好這一方法也存在不少問題。例如：有的文章以母系統套子系統對作家作品加以「系統化」，卻將某些本來一看就明白的作品説得玄而又玄，難測高深，如果將其用以唬人的大帽子、闊衣裳拿掉，就可發現其中所講的不過一些盡人皆知的「普通話」。這是若干以新方法標榜的文章所以不受歡迎的一個原因。又如：有的文章運用語言符號系統，抛出一系列數據，用以探測作家的内心世界及思維模式，這當也是一種行之有效的方法，祇是因爲有關研究者似乎過份依賴電腦，致使這種探測（或所謂對於「密碼」的破譯）僅僅停留在字詞意義的解釋上，很難深入内部；有關研究者或者進一步將此一系列聯繫媒介與許多參照系掛上鈎，試圖以之把握作品的全部奧秘及其深層的文化意義，同樣祇是在外圍盤旋。這也是若干探測文章所以缺乏應有説服力的一個原因。因此，我認爲，在思維方法、研究方法選擇上還當注意充分發揮人腦的作用。當然，「反思、探索」階段的種種嘗試，乃是新時期詞學創新與發展的希望之所在，無論其成功與否，都當積極加以提倡，上文所説僅是存在問題的一面，並非其整體，人們仍可於不斷探索中尋求其最佳選擇。

第三　關於詞體結構方法論

以下著重探討「詞體結構方法論」，即結構論。這也是諸多嘗試中的一種嘗試。

所謂結構論，就是對於詞體結構方法的研究，也即將詞這一特殊文學樣式看是一種文體

(或文類),從而對其兩項最基本的構成因素——外形式與内形式進行結構分析,以探尋其構造方法及作家的審美意向與思維模式。這是對於詞體本身的研究,立足點在詞内,而不在詞外,但也不遺棄各參照系對於詞學本體問題的「關係、限制之處」。這是我對詞體結構論的初步認識。

詞學史上以結構方法論詞的例子並不少見,人們也曾積纍下豐富的經驗。清季四大家中的朱祖謀及況周頤,一個精校訂,被推尊爲「律博士」,一個善説法,被推尊爲「廣大教主」,都曾對詞的外形式與内形式有過深入的探研。朱、況論詞,基本恪守傳統的本色論,但又有所發展。「五四」新文化運動以後的尊體派,或者繼承朱氏審音斠字衣鉢,進一步於考訂校讎上下功夫;或者弘揚況氏重、拙、大旨趣,發微探幽,從詞體的構造上,探究治詞門徑。尊體派馳騁詞壇三十餘年,其詞業建樹除了詞籍校勘外,還有詞論。三十年代上海所創《詞學季刊》及四十年代南京所創《同聲》月刊,成爲尊體派的兩大重要陣地。五十年代,尊體派已是不適時宜,詞學研究包括全部古典文學研究,經常受到各種衝擊。既有來自極「左」方面的所謂大批判,又有西方所謂新學的挑戰,研究者往往被搞得昏頭轉向,很難確保藝術自身所應有的主體地位。但是,在詞學研究領域裏仍有人堅持獨立思考,堅持進行獨闢蹊徑的研究工作。例如夏承燾、龍榆生、唐圭璋、繆鉞、吴世昌、萬雲駿諸前輩,幾十年來十分注重詞的藝術研究，包括結構方法研究，爲詞的本體理論建設打下了良好的基礎；近年來，若干年輕學者在結構理論研究上所進行的探討，也頗能啓發思考。認真總結有關詞體結構方法的研究成果，對於詞學理論建設無疑將產生一定的促進作用。以下僅就唐宋詞的一般結構方法和特殊結構方法，分别試加闡釋。

(一) 一般結構方法

唐宋時代，詞是一種配合音樂可以歌唱的新興抒情詩體。詞之成爲一種詩體，即文體(或文類)，必須包括兩個組成部分：歌譜與歌詞。詞的兩個組成部分如何構造成體，這在詞體初起之時已引起人們的注視。元稹所謂「因聲以度詞，審調以節唱，句度長短之數，聲韻平上之差，莫不由之準度」[15]，就是將歌譜與歌詞構造成體的基本法則。這就是説，作爲詞體的一個組成部分——歌詞，其創作必須以樂曲(歌譜)的聲與調爲準度。即：歌詞的句度(句法)和聲韻必須與樂曲(歌譜)的節拍以及音律相諧合。這就是初起之時詞體的一般結構方法。詞體初起之時，歌詞作者往往就是擅長於「因聲以度詞，審調以節唱」的歌者，或者就是通曉聲音的樂工和文人學士。如何構造詞體，這在他們看來乃是不成問題的問題。當時歌壇，人們構造詞體主要依據歌腔，即歌譜。具有不同體式的歌腔，有著各種不同準度，由此所構成的詞體，一開始就呈現各種不同面目及姿態。就詞體的不同表現形式看，其構造似乎十分複雜，但就其實際創作看卻很簡單：祇要有歌腔，就能依其句拍而填詞。這是詞體初起之時的情況。此後，隨著歌壇分工，社會上出現了專業歌詞作者，歌詞創作逐漸被納入純文學創作的軌道，加上歌腔失傳，人們構造詞體的方法也就發生了變化。例如唐大曆九年（七七四年）張志和所作《漁父》詞五首，乃既有歌詞又有歌腔，其歌詞與歌腔曾經一起流傳日本，日本填詞開山祖師嵯峨天皇於弘仁四十年（八二三年）所作《漁歌子》五首就是以張志和原作爲藍本的，前後相距四十九年[16]。到了北宋，因《漁父》詞其曲（即歌腔）已不傳，蘇軾、黃庭堅等人祇好進行再創造，將其推衍爲《鷓鴣天》及《浣溪沙》而歌之[17]。歌腔失傳，不僅使歌詞創作造成一定困難，而且人們對於詞體構造法則的理解也隨即產生種種歧義。例如字與音以及句與拍的應合問題，究竟是否一音一字、一拍一句，向來就有不同意見。但是，經過無數作者的反覆實踐以及歷代詞家、詞論家的歸納總結，所謂依曲拍填詞，其一般結構方法卻逐漸形成一定的程式。這是歌腔散佚、歌詞創作專業化所出現的情況。以下試舉例加以説明：

1.《詞譜·序》稱：「詞寄於調，字之多寡有定數，句之長短有定式，韻之平仄有定聲，杪忽無差，始能諧合。否則音節乖舛，體制混淆。」[18]這段話將元稹所謂「句度長短之數，聲韻平上之差」的填詞法則進一步加以落實，也即將其準度加以格律化與程式化，使之成爲固定模式——定數、定式與定聲。這是後世對於依曲拍填詞的總要求，也即構造詞體的基本方法。

合樂應歌，歌詞創作有歌腔可依。詞樂失傳，歌腔散佚，惟一能够體現樂曲準度的祇有詞調（詞牌）及詞的作品本身。各類譜書所歸納總結的所有固定模式——詞譜，將每個詞調（詞牌）及其各個不同體式之有關字數、字聲、韻腳及句式等格式規定一一作了具體的説明。這一切雖然未必盡合原來的樂曲聲調，但卻體現了樂曲所留下來的音樂印記。以之爲準度，還是有一定依據的。

詞史上，人們從各種固定模式入手以構造詞體，也稱作按譜填詞。目前，所謂按譜填詞仍被看作是一種簡便可行的辦法。

2. 李漁《窺詞管見》稱：「大約前段佈景，後半説情居多，即毛詩之興比二體。若首尾皆述情事，則賦體也。」[19]這裏所説是詞中的分片（或段），即構造詞體的一種具體辦法。

每一首詞分數片，表示它是由幾個樂段組成的一個完整的樂曲。詞的分片，就是樂曲的分段。一片結束，表示音樂上的暫時休止，而並非全曲終了。片與片之間，需要有音樂的過渡，稱爲過片、過遍或過變。按譜填詞，如何依據樂曲的段進行分片，尤其是雙調的分片，同樣在反覆實踐中逐漸趨於程式化。李漁所説前段（片）佈景，後半（片）説情模式，在詞體初起之時就已通行，但反覆運用，使之形成固定模式的作者當推柳永。後來作者構造詞體，大多採用這一模式而略加變化。拙著《詞與音樂關係研究》對此模式已作闡述[20]。拙著並指出：

這種模式是詩歌中賦、比、興傳統表現手法的運用。這就是說，以分片的方法結構詞體，實際上已在表現手法上將詞與詩的界限打通，這也就是詞的創作「詩化」，也即純文學化的結果。

3. 除了遵循詞譜所提供的模式以及分片的模式構造詞體，歷來詞家、詞論家還特別注重各詞調的關鍵部位，也即各詞調所謂音律吃緊之處，注重這些部位的作法，體現各詞調的聲情特徵。這是構造詞體所不可忽視的另一具體方法。

所謂詞調的關鍵部位，一般指起、結及換頭等部位，各詞調對於這些部位的字聲安排、句式設計及作法，都有特別的講究。拙著《詞與音樂關係研究》第八章已經論述，此不贅。除此之外，如何確定其關鍵部位，還需依據各詞調的具體格式要求而定。例如《賀新郎》，其關鍵部位不僅包括起、結及換頭，而且包括上下片處於居中位置的第六句第四韻。這一句必須單句用韻並有特殊的作法[21]。這是前代作者創作經驗的總結。一般説來，各類譜書所提供的填詞模式，對於各詞調關鍵部位的作法都甚爲考究，但是也常見疏漏或誤差。例如《漁父》詞，張志和原作，每闋都以結句第五字用「不」（入作去）字爲其奇處，嵯峨天皇仿效之作，每闋結句第五字全用「帶」（去聲）字，二者同一手法，這當也是順應歌腔準度的作法[22]。對此，張志和、嵯峨天皇二家作品可以見證，而所見譜書均未曾道及。又例如《西江月》，其結處歸韻宜用去聲，所謂「煞字定格」，這是本調平仄通叶體的突出體現，而有關詞論家及有關譜書作者往往作了錯誤的抉擇[23]。我認爲，在詞樂失傳、歌腔散佚的情況下，通過詞中各有關關鍵部位的特殊格式規定以追尋其聲音效果，是構造詞體，也即探索各詞調最佳結構方法的一種重要途徑；所謂「生今日而求樂之似，不得不有取於詞矣」[24]，正説明了這一道理。

以上所述，偏重於詞體的格律，即外形式，多半屬於填詞的基本常識，但卻是結構詞體的最基本的方法，今日填詞、治詞者仍不可不知。

（二）特殊結構方法

所謂特殊結構方法是與一般結構方法相對而言的。探討特殊結構方法偏重於内形式，也即能够充分體現作者個性的深層思維格式與方法。以這種格式與方法所構造的詞體，已不僅僅是一種純粹外在性的語言模式，即詞譜，而是具有包括能够體現「整個的人」的一種「有意味的形式」，即獨創的詞體。正如别林斯基所説：「可以算作語言優點，衹有正確、簡練、流暢，這是縱然一個最庸碌的庸才，也可以從按部就班的艱苦錘煉中取得的。可是文體——這是才能本身、思想本身。文體是思想的浮雕性、可感性；在文體裏表現整個的人；文體和個性、性格一樣，永遠是獨創的。」[25]本文所探討的也就是構造這種獨創性文體，即詞體的特殊結構方法。這是在熟練掌握與運用一般結構方法基礎上的藝術的提高與發展。别林斯基又説：「世界有多少偉大的或至少才能卓著的作家，就有多少文體。」這句話同樣適合於唐宋詞壇。以下以柳永、周邦彦及辛棄疾三家的歌詞創作爲例略加説明。

1. 屯田家法與屯田體

吴世昌曾以「西窗剪燭型」及「人面桃花型」這兩種結構類型論柳、周詞，我看很有見地。這裏先説「西窗剪燭型」，這是柳永結構詞體的一種特殊模式。這種結構模式的構成包括兩個方面，即：時間的推移及空間的變換。其具體結構方法是：「從現在設想將來談到現在」或「推想將來回憶到此時的情景」㉖。這是時間的推移。而空間的變換，指的就是由我方設想對方的一種表現方式。因此，柳永在詞中言情，儘管曲折委婉，看似頭緒繁複，如將其時空關係搞清楚，則顯得簡單明了。例如《引駕行》（「紅塵紫陌」），開頭所寫在長安道上「摇鞭時過長亭」的情景，這是現在、我方的情景；「傷鳳城仙子」至「濕蓮臉盈盈」，由現在追寫過去，回憶臨别之時執手相看的情景；换頭以後由我方設想對方，謂離别之後，她必定分外感到冷落並且耿耿無眠，日夜盼望我早日歸返；最後假設將來相見之時，「向繡幃、深處並枕」，在一起回味現在這段互相相思（「如此牽情」）的情景。這是柳永所謂「西窗剪燭型」的代表作。這種結構方法與李商隱的《夜雨寄北》乃同一機杼。柳永言情詞基本上以這種模式構造成體。當然其中也略有側重，即：有的側重於時間推移，主要顯示現在、過去及將來的種種情形；有的側重於空間變换，主要顯示我方及對方的種種姿態。但是，總的看來，柳永言情詞的這種構造方法已經形成一定的程式[27],用這種方法所構成的詞體也已經形成模式,這就是屯田家法與屯田體。

詞史上屯田家法及屯田體的出現並非偶然,這是社會發展及詞體演變的必然結果。這就是説,由唐、五代至北宋中期,原來的歌詞,無論其體制或結構方法,都已適應不了反映複雜多樣現實社會生活的需要。柳永在官場上流落不偶,在情場上有著豐富的經驗和真切的體驗。他的言情詞,既能在時間上體現相思之情之無有窮盡,又能在空間上體現相思之情之深度與厚度,頗能極其能事。因此可以説,所謂屯田家法及屯田體,是柳永這位「蕩子詞客」整個人格的體現。後世詞家,凡以歌詞言情者,無不效法柳氏。例如周邦彦的《瑞龍吟》,吴世昌將其作爲「人面桃花型」的範本,它所描繪的人物故事之所以達到出神入化的境界,同樣得力於柳永的時空組合法則[28]。當然,所謂「西窗剪燭型」與「人面桃花型」,其具體構造方法及體式是有所區别的。但是,所謂「周詞淵源,全自柳出,其寫情用賦筆,純是屯田家法」[29],這也説明了二者的聯繫。

2. 清真長技與清真體

關於周邦彦對柳永歌詞創作的繼承與發展,在寫情用賦筆,也即鋪叙這點上的繼承與發展,拙作《鋪叙與鈎勒》已經闡述[30]。這裏側重探討周邦彦構造清真體的特殊技法,即所謂清真長技㉛。

前人論清真詞，已甚是注重其法度（或技法），但所謂法度大多側重其「下字運意」功夫，對其結構方法仍甚少涉及㉜。周濟將周邦彥推尊爲詞中最高典範，對其法度也衹是點到即止。周濟曰：「鈎勒之妙，無如清真，他人一鈎勒便薄，清真愈鈎勒愈渾厚。」㉝以鈎勒論清真，頗爲中肯，祇可惜未曾結合具體作品將意思講清楚。就周邦彥創作實際看，我認爲：所謂鈎勒，除了指鋪叙方法中的「提掇句（鈎）勒」之外㉞，所指就是構造詞體的特殊技法。具體的説，就是在詞中講故事。即：在佈景、説情的過程中，滲入個「第三者」——人物事件，以構造獨創的詞體——清真體。對此吴世昌有生動而精闢的闡述。吴世昌説：周邦彥在情景之外，滲入故事；使無生者變爲有生，有生者另有新境。這種手段，周濟稱之爲鈎勒。所謂鈎勒，即述事：以事爲鈎，勒住前情後景，則新境界自然湧現。既湧現矣，再加鈎勒，則媚嫵畢露，毫髮可見。故曰：「愈鈎勒愈渾厚。」這就是周邦彥構造詞體的特殊技巧㉟。

在詞中講故事，詞史上已有先例。例如孫光憲的八首《浣溪沙》及五首《菩薩蠻》，其中都有故事㊱。但是，有意識地將其作爲一種技法，用以構造詞體，卻是從周邦彥開始的。周邦彥有一首《少年遊》，巧妙地在佈景與説情的過程中叙述一個曲折的戀愛故事，就是運用鈎勒技法的代表作。詞曰：

朝雲漠漠散輕絲。樓閣淡春姿。柳泣花啼，九街泥重，門外燕飛遲。　而今麗日明金屋，春色在桃枝。不如當時，小樓衝雨，幽恨兩人知。

這首詞上片佈景，所記乃過去之景，而非眼前之景。下片將現在與當時（過去）相比較，以叙説内心體驗。從時空安排上看，仍不出柳七家數。但這首詞在景與情的鋪叙中，穿插故事，其所創詞境的渾厚程度及意味卻大不一般。這就是説，周邦彦以前的言情詞，包括柳永所作，一般衹是在佈景、説情上做文章，甚少鈎勒故事，偶而雖在詞中點了當事人的名字如娘娘、蟲蟲等，也不説具體情節與事實。這類言情詞内容往往比較單薄，所構成的畫幅也有一種平面感。周邦彦鈎勒故事則不同，如這首《少年遊》，講故事不僅表現其過程，而且表現其體驗。謂而今麗日金屋，正式同居，反倒不如當時，柳泣花啼，幽恨兩人知，意味更加深長。這類言情詞便具有一定的浮雕性與可感性㊲。這是對於柳永詞以及唐五代、北宋詞的重大突破與提高。

當然，這裏仍須指出，周邦彦在詞中講故事，並非都是親身經歷，有的乃從前人詩詞甚至前代史書中來，不可不信也不能全信。例如《瑞龍吟》，謂其尋訪舊時情侶，時間、地點、人物、事件，樣樣齊全，看似非常實在；如與崔護《題都城南莊》詩對讀，就可獲知，未必真有其事[38]。又如《解連環》，將一個戀愛故事説得像玉連環一樣，難解難分。有人以爲這是寫一個「負心女子癡心漢」的小小悲劇[39]；實際上詞中故事卻是從《戰國策》中有關解連環故事敷衍出來的，同樣未必真有其事。周邦彦是一位博學多才的大作家，所謂「徵辭引類，推古誇今，或借字用意，言言皆有來歷」[40]，他的這類講故事的言情詞，很可能就是一種遊戲文字。但是周邦彦在詞中講故事，不論其真實程度如何，都能夠鈎勒得渾然天成，無懈可擊。這是清真詞所以達到渾化境界的標志，也是「愈鈎勒愈渾厚」的體現。讀清真詞不能不注意這一點。

3. 稼軒佳處與稼軒體

辛棄疾是宋詞中的一大家，不僅其作品數量在宋詞作家中居首位，而且其作品姿態萬千、富於變化，也是宋詞作家中善以「奇險」取勝的一家。有關辛棄疾的當行處，也即稼軒佳處，確實較難把握，歷來詞家、詞論家均頗爲所苦。但是，如果從結構方法入手，探尋其構造成體的規則，對其當行處也即稼軒佳處，還是不難獲得較爲透徹的瞭解的。拙作《論稼軒體》[41]曾將全部辛詞概括爲英雄語、嫵媚語、閒適語三種，並對其構造方法一一作了初步的剖析。我認爲，所謂稼軒體，它在結構上的變化並非「無首無尾，不主故常」[42]，而是有一定規則可循的。這一規則就是：善於將多組包含著兩個互相矛盾的對立面構造成一個「奇險」的統一體。例如《鷓鴣天》（「壯歲旌旗擁萬夫」），詞作追思少年時事，訴説胸中感慨，偏將平戎策與種樹書這兩件互不相容的事，一者極其大，一者極其小，二者集中在一個人物身上。兩件事相對照，人物的遭遇顯得極爲不平，但又是實實在在的結局。這種矛盾的統一，將人物胸中悲壯激烈的感慨硬硬壓制住，而又很難壓制得住，於是，詞作所體現的情思活動，頗爲跳躍動宕。又例如《念奴嬌》（「少年橫槊」），詞作説現實社會中的爭鬥及天下興亡大事，這原是非常嚴肅的問題，但作者卻比之爲戲雙陸（賭博）；一者極其正經，一者極其滑稽，二者巧妙地統一在一個棋盤上。這種組合方式，同樣也是爲了更加突出地抒寫這位上馬橫槊、下馬談論的英雄人物的不平之感。辛詞中，這類詞例仍不甚少。大致説來，辛棄疾的這種組合，包括大與小、正與反、嚴肅與滑稽以及剛與柔、動與静等矛盾著的對立面的組合，令得他的所有作品都成爲一個充滿矛盾的「奇險」的統一體。這是辛棄疾的當行處，亦即稼軒佳處，這也是辛棄疾所以在宋詞中獨樹一幟的突出表現。

辛棄疾運用這種特殊結構方法，構造稼軒體，和柳永、周邦彦一樣，都是有一定社會現實依據和詞史發展依據的。就作者的遭遇看，辛棄疾生當弱宋末造，而負管、樂之才，所謂「不能盡展其用，一腔忠憤，無處發泄」[43]，這本身就是充滿著矛盾；再加上因爲是歸正官員，得不到信任，所謂「恐言未脱口而禍不旋踵」[44]，也逼得他不能不採用特殊的方式發泄其「抑鬱無聊之氣」。這是辛詞構造成體的一個重要原因。同時，就詞體演變情況看，南渡以後，原來主要用以言情的小歌詞，無論其體式，或其表現方法，都逐漸適應不了時代的需求，變革詞體，更新表現方法，已成爲南宋詞家面臨著的新課題；辛棄疾以其雄大的氣魄及其非恒流所能夢見的學問與才情，以詩爲詞，以文爲詞，以論爲詞，衹有運用多重組合方式，創造新詞體，纔能盡其能事。這是辛詞構造成體的另一重要原因。因此，以爲辛棄疾的創作體現了宋詞的最高成就，這是有一定道理的。

以上是柳永、周邦彦及辛棄疾三家特殊結構方法示例。這是宋詞中最有代表性的三大家。三家創作實踐證明：所謂特殊結構方法並非一般的純粹外在性的技巧與方法，而是與作家的個性、氣魄、視野及思維方式等内在結構因素密切相關的構詞法；考察歌詞成體的規律，必須由此入門。

總而言之，對於詞學研究中的種種方法選擇，各有各的不同體驗，不可强求一律。就筆者的主觀願望看，本文寫作，目的乃在於：（一）通過結構方法的探研，將研究工作由詞外引向詞内，加强詞學本體理論建設；（二）通過結構方法的探討，將研究工作由虚處引向實處，增强研究工作的浮雕性與可感性，爲填詞、論詞者探尋入門途徑提供參考。但是，限於水平，本文所述大多僅是示例而已。如何進一步加以歸納總結，實現理論上的升華，也即如何進一步在結構方法上探尋其成體的現律，將有關程式及方法加以系統化，使之更加完備、更加具有一定的科學性，那是還要做大量的探研工作的。本文所有錯漏之處，尚希學界同仁批評指正。

一九八九年六月十五日初稿於北京

第二節　關於批評模式的思考

去年六月，我在美國緬因所舉行的國際詞學研討會上，提交了一篇題爲《詞體結構論簡説》的論文。這篇論文對於中國詞學史上幾種批評模式，諸如本色論、境界説以及風格論等等，進行了一番評判，並對另一種批評模式——結構論，作了簡略的論説。論文指出：

傳統的本色論注重詞的特質研究，而取徑較爲偏窄，不利於詞體發展；王國維的境界説爲詞學研究拓展視野，而尚未能解決詞的個性問題，並非詞的本體理論；胡適、胡雲翼的風格論將境界説加以發揚光大，而立論往往太籠統，易於從内部引向外部，使研究工作喪失其自身所應有的主體地位；近幾年來所謂宏觀研究及有關系統方法研究，皆較多偏差，尚未能爲詞學研究開闢新境。

我在文中提出詞體結構論，並就詞學史上的有關例證加以歸納概括，對一般結構方法及特殊結構方法作了簡略的闡述。認爲：以結構方法論詞，在結構方法上探尋其成體的規律，纔能擺脱困境，真正探知治詞的入門途徑。認爲：詞體結構論是建立詞學本體理論的基礎。

與會學者對於這一問題頗感興趣，曾進行熱烈的論辯。歸國後，詞學界也很注意這一問題，不少同志曾來信，表示希望看看我的論文。由於這篇論文的英文本即將在美結集出版，中文本的發表，尚未徵得詞會組織者的同意，一時不能滿足要求，祇好借此機會談談自己的有關想法。

我認爲：王國維著《人間詞話》，倡導境界説，開創了中國的新詞學。以境界論詞，確是批評模式的一次大革命。詞學史上的一些重要問題，諸如本色與非本色，詩、詞、曲的界限等問題，歷來總是糾纏不清；王國維用境界的闊大與狹小以及境界的深長與淺短爲標準進行論説，兩語三言，就將這類問題弄清楚了。這是王國維極其聰明的一面。但是，王國維的境界説也有其極其胡塗的另一面。拙著《人間詞話譯注·前言》曾對這另一面進行探討，並指出其誤人、誤世的表現。王國維以後，經過胡適、胡雲翼的推衍，境界説已逐漸演化爲風格論。例如，胡適編撰《詞選》，大刀闊斧，將唐宋詞分爲三種：歌者的詞，詩人的詞，詞匠的詞。其論詞標準是作者的天才與情感，而其具體方法則看其如何處理意境與音律的關係。胡適贊揚蘇、辛，謂其不管能歌不能歌，也不管協律不協律，衹是用詞體作新詩；同時貶斥史達祖、吴文英、張炎等人，謂其不惜犧牲詞的内容，來遷就音律上的和諧。十分明顯，胡適的批評模式與王國維「詞以境界爲最上」的批評模式有著許多共通之處。胡雲翼著《中國詞史略》和《中國詞史大綱》，將蘇軾以前及以後的詞分爲女性的詞及男性的詞二種，並將詞風分爲淒婉綽約與豪放悲壯二類。這是胡適理論的進一步發揮及明確化。至此，中國詞學史上的境界説正式演化爲風格論。這是二十年代、三十年代的事情。

一九四九年以後，經過歷次政治運動，詞學界和文學研究領域的其他各界一樣，發生了許多變化。諸如「文革」前十七年整理文化遺産中的「批判地繼承」和教育改革中的「革命的批判」以及「文革」後撥亂反正的「重新評價」，由肯定到否定，再由否定到肯定，變化可謂大矣。但是，變來變去，衹有一樣東西未變，即批評模式未變。例如，十七年中的繼承與批判，以豪放、婉約「二分法」論詞，重豪放而輕婉約，重思想而輕藝術，以政治鑒定代替藝術評判，其批評模式是胡適、胡雲翼的風格論；重新評價階段，反其道而行之，一一進行翻案，一一進行平反，詞史上的婉約派打出了冷宫，詞體藝術得到了重視，而其批評模式仍舊也還是胡適、胡雲翼的風格論。當然，這四十幾年來，還是有一批腳踏實地，不願意隨風倒的詞家、詞論家，爲詞學基本建設做了大量的工作。尤其是七十年代末至八十年代以後，中國的詞學界更是呈現出蓬勃發展的新局面。這是應予充分肯定的。七十年代末至八十年代以後，不僅産生了大量新人新作，而且有關風格論這一批評模式也在一定程度上得到了改造。這期間的中國詞學界，有兩位勇於衝鋒陷陣的猛將值得一提：一位是葉嘉瑩教授，跨洋過海而來，重新標舉王國維的境界説，感發聯想，賦予風格論以新的内容，並引進西方文論（詮釋學與符號學），對於内地詞學研究起了一定的推動作用；一位是先師吴世昌教授，知難而進，堅決反對以豪放、婉約「二分法」論詞，謂「此宋的詞人根本没有形成甚麽派，也没有區別他們的作品爲『婉約』、『豪放』兩派」，對於獨立思考、進行别開生面的研究工作，起了一定的啓發作用。不過，就總的發展趨勢看，四十幾年來，中國詞學界的主要批評模式還是風格論。而且，到了最近幾年，隨著古典文學領域裏「鑒賞熱」的出現，詞學界的風格論可以説已發展到自己的頂峰。

以上是境界説到風格論全部發展過程中的一個側面。我的這一番描述，並非爲著全盤否定風格論，而是爲著説明，以風格論詞，衹注重詞體外部特徵的鑒賞與批評，或者僅僅是從風格的角度對於某一詞學現象進行審美判斷，忽略了内部結構，實在很難探尋得到登堂入室的門徑。

比如柳永，他是宋詞的奠基人，他的歌詞創作不僅在詞的疆界上多所拓展，爲蘇軾之「無意不可入，無事不可言」開了先河，而且他的「屯田家法」也爲宋詞的發展打開了無數法門。但是，四十幾年來，除了將柳永這一才子詞人翻過來倒過去進行批判與再批判（重新評價）以外，所謂風格論者，或者注重於評賞其「楊柳岸、殘風殘月」與「大江東去」的不同意趣，或者進一步將俗與雅等評判標準納入風格範疇，對於他的「以俗爲美」的詞風進行評賞，而對於他在宋詞發展過程中的奠基作用，包括他的特殊構詞法——「屯田家法」，則甚是缺乏探研。這就是説，所謂風格論者對於柳詞藝術殿堂，似乎僅僅是站在門外贊嘆其如何如何的美，而對有關這座殿堂是怎樣建造起來的則可以不管。這大概就是風格論需要革新的地方。

從美國參加詞學會議回來，收到一位年輕朋友寄來的一部專著——《柳永和他的詞》，其中有一章題爲「柳永以賦爲詞論」，讀後令我十分興奮。賦，就是鋪叙。柳永填詞的結構方法，他的屯田家法，也就在一個賦字上。柳永以賦爲詞，前人已提及，而未曾自覺地將其作爲一種結構方法加以探研。著者從柳永的創作實際出發，並依據前人的提示，將柳永以賦爲詞的方法歸納爲四種：横向鋪叙，縱向鋪叙，逆向鋪叙，交叉鋪叙。所謂開卷有益，讀了這一章，對於探尋柳詞藝術殿堂的構造，我看是很有幫助的。應該説，這是一部已經入了門的專著。祇是因爲這部專著並非專論詞體結構，僅此一個片斷，顯然難以盡興；而且，如果以一種批評模式來衡量，我以爲，著者所論列還僅僅屬於一般結構方法，即以賦爲詞的一般結構方法，並非柳永所獨有的方法。柳永所以能够對於宋詞這「一代之文學」發揮其奠基作用，在構詞法上是有其非凡的創造的。我在《詞體結構論簡説》中指出，柳詞結構模式的組成包括兩個方面，即時間的推移及空間的變換；而這兩個方面的推移、變換與組合卻是與衆不同的。簡而言之，其不同之處大致有以下三點。第一，柳永善於在「一先一後」的順序上增添層次，使一般的竪叙法（縱向鋪叙）變爲比較特殊的表現程式——「立足現在，由現在追憶過去，再由過去回到現在，並由現在設想將來」的表現程式（如《駐馬聽》）和「從現在設想將來談到現在」的表現程式（如《浪淘沙慢》）。後一種，吴世昌先生稱之爲「西窗剪燭型」。這是柳詞鋪叙的一種特殊模式。第二，柳永善於在「一左一右」的位置上變換角度，使一般的横列法（横向鋪叙）變爲比較特殊的表現程式——由我方設想對方思念我方的表現程式。例如《八聲甘州》，在叙説了我方的左右情狀之後，至「想佳人、妝樓顒望」，則來個前後觀照——設想對方思念我方情狀。梁啓超所謂「照花前後鏡，花面交相映」（温庭筠詞句），指的就是這一構詞法[45]。這也是柳詞鋪叙的一種特殊模式。第三，是以上兩種表現程式的綜合運用，即：既在時間上延伸其深與長的程度，又在空間上展現其闊與大的程度。這一構詞法，同樣也甚爲出衆。例如《引駕行》(「紅塵紫陌」)，上片開頭兩個二十五字，是句式相同的排句，花開兩枝，一左一右，爲主人公之「傷鳳城仙子」作鋪墊。這是現在的情景。而「又記得」以下，即插入回憶，是過去的情事。上片所説，已由現在説到過去，但均爲我方之情景。下片轉換角度，既由我方述説對方，由我方設想對方思念我方的情景(「想媚容、耿耿無眠，屈指已算回程」)，又進一步由現在設想將來談到現在的情景(「向繡幃、深處並枕，説如此牽情」)。這一變换就更爲複雜多樣。這是柳永特殊構詞法的另一個典型。乍一看，柳永構詞，詭計多端，似很難探知其奥秘，但細按之，則可發現，不過兩種基本程式：「從現在設想將來談到現在」和「由我方設想對方思念我方」。因此，我認爲，掌握了這兩種基本程式，就有希望敲開柳詞藝術殿堂的大門。這是我嘗試以詞體結構論的標準與方法探研柳永詞的初步體會。

柳永以外，我還嘗試以這一標準與方法探討過李清照的易安體及辛棄疾的稼軒體。希望學界同仁能有興趣，予以批評指正。

一九九一年六月二十九日於香港

第三節　以批評模式看中國當代詞學

——兼説史才三長中的「識」

本文提倡史才三長中的「識」，提倡以文學的標準研究文學，並以批評模式的角度，對中國當代詞學進行一番歷史的考察。

筆者認爲中國當代詞學是從王國維開始的。王國維著《人間詞話》，倡導境界説，乃中國詞學史上當代與古代的分界綫。王國維堪稱中國當代詞學之父。但王國維之後，其境界説被胡適、胡雲翼推衍爲風格論，中國當代詞學因而經歷了由開拓、創造到蜕變三個發展演變時期。而此三個時期的劃分，則以批評模式的運用與變换爲依據。認爲，以批評模式看中國當代詞學，乃一種識見之體現。

唐代史學家劉知幾稱：「史才須有三長，世無其人，故史才少也。」所謂三長，即才、學、識三者㊻。——後世對此，皆十分重視，惟具體運用，則很難兼而得之，尤其是對於三長中的「識」。五十年前，吴世昌讀吴梅《詞學通論》，對其評説周邦彦《瑞龍吟》的一段話，頗爲贊賞。説：「這一段分析相當精到而明暢，老輩論詞的文字中是僅見的。」不過馬上指出：「但在一本《詞學通論》，也衹有這段可説能霑溉後學，其他論人脱不了『點鬼簿』習氣，論詞簡直是衙門中的公文『摘由』。」㊼所謂點鬼與摘由，自然難於體現出一個「識」字來。五十年來，所見幾部中國文學史，包括詩史、詞史，其所謂作家作品論模式，實際上大多成爲以時間先後，主要以朝代更換爲序所進行的點鬼與摘由。這當是修史者所應正視的問題。

由此看來，探研中國當代詞學，同樣未可忽視一個「識」字。儘管目前尚未見《中國當代詞學史》出版，但有關論著對於中國當代詞學或新時期詞學，實際上已有所論列，若干專論，也曾對當代詞學問題進行評説。中國當代詞學已成爲學界一個重要課題。如果缺乏一個「識」字，那麽，對於中國當代詞學的有關描述或論證，就很容易構成依照時間推移順序所進行的有關人和事（詞論家和詞學論著）的羅列或堆砌。這與所謂點鬼與摘由，當不至相差太遠。

有感於此，本文擬以批評模式的角度，進行考察，希望對於中國當代詞學能有較爲切實的認識。

第一　正名

究竟何謂中國當代詞學？爲其正名，首先必須將與當代有關的問題弄清楚。就大陸學界所通行的觀念看，所謂當代，指的就是中華人民共和國成立以來四十多年所包含的時間範圍。大陸學界曾將一八四〇年鴉片戰爭後的歷史劃分爲三段：近代（一八四〇—一九一八）、現代（一九一九—一九四八）與當代（一九四九—今天）。這是依據政治鬥争模式所進行的判斷。多年來，幾乎所有文學史家都按照這一判斷對自己的研究對象進行判斷。因而也就有了所謂「近代文學」、「現代文學」及「當代文學」的劃分及確立。詞學史研究，同樣未曾背離這一判斷。例如，目前涉及中國當代詞學之有關專著，包括有關論文，其所謂現代，包括當代詞學研究，即從一九一九年新文化運動説起，雖截止於一九七八年，並將此後十年，劃歸「新時期」，似與一般文學史的判斷略有「小異」，但從大的方面看，其判斷依據與一般文學史家相比，並無不同。據我所知，大陸學界這種以政治爲依據的判斷方法，至今仍未改變。至於臺、港、澳三地學界，既因能够得風氣之先，引進新學，對内地産生一定的衝擊作用，又往往貪圖方便，照搬樣板，其對於百餘年來的中國文學，包括詞學，所進行的歷史判斷，仍然還是大陸模式。這是客觀事實。

但是，我所説「當代」與大陸學界及臺、港、澳三地學界的説法是有所區别的。不僅其所包含的時間範圍有别，更重要的是判斷依據不一樣。我之所謂「當代」，即今代，是與「古代」相對而言的。其時間上限，我將其追溯自一九〇八年，比學界所説「現代」早十一年，至下限則延伸至今日。一九〇八年，這是王國維《人間詞話》最初刊行時間，我將其當作詞學史上

「當代」與「古代」的分界綫。這一判斷，並非祇是考慮政治因素及政治鬥爭模式，而是著重考處文學因素及文學批評模式，因爲後者纔是詞學史判斷的可靠依據。這一意見，我在《人間詞話譯注》香港版「導讀」中經已申明。「導讀」稱：「千年詞學史，其發展演變可以王國維爲分界綫。王國維之前，詞的批評標準是本色論，屬於舊詞學；王國維之後，推行境界説，以有無境界衡量作品高下，是爲新詞學。」並稱：「對中國詞學所進行的新舊之分，其依據除了觀念上的含義之外，更主要的還在於模式，即批評的標準與方法。具體地説，以本色論詞，著重看其似與不似，不一定都要落到實處，諸如『上不類詩，下不入曲』等説法，實際並無明確界限，這和祇重意會、不重言傳的傳統批評方法是完全一致的，所以爲『舊』；而境界説，不僅因其注入了西人哲思，而且祇就境界而言，起碼也有個空間範圍在，所謂闊大深長、高下厚薄等等，似乎都可借助現代科學方法加以測定，所以爲『新』。」㊽這是我對於中國詞學史的總觀感，也是對於詞學史上「當代」二字的初步把握。因此，我認爲：所謂中國當代詞學，即今詞學，就是王國維所開創的中國新詞學。

第二　究變

如上所述，詞學史上的「當代」與政治鬥爭史上的「現代」，其時間上限，相距僅十一年，差别似乎并不太大。但因依據不同，立足點不同，其對詞學史所進行的描述，或論證，也就很不一樣。以政治鬥争史上的「現代」看詞學史，必定首先推重胡適，以爲其引入新觀點、新方法，爲詞學研究開闢了一個新時代。但是，以詞學史上的「當代」看詞學史，其所謂「第一個」就不是胡適，而當是王國維。因爲作爲中國新文化運動的先驅者胡適，其對於詞體的見解以及對於詞的發展演變所作的判斷，雖頗具胸襟與氣魄，頗能給人以「新」的感覺，但其所建樹的「理論」，所採用的批評標準與方法，實際並未超越王國維的境界説。這一點，拙文《中國當代詞壇解放派首領胡適》已予揭示。拙文稱：「胡適將宋詞分爲三種：歌者的詞，詩人的詞和詞匠的詞。其劃分標準是作者的天才與情感，而其具體劃分方法則看作者之如何處理意境與音律的關係。胡適贊揚蘇、辛，謂其不管能歌不能歌，也不管協律不協律，衹是用詞體作新詩；同時貶斥史達祖、吴文英、張炎等人，謂其不惜犧牲詞的内容，來遷就音律上的和諧。十分明顯，胡適的批評模式與王國維『詞以境界爲最上』的批評模式基本上是一致的。」由此可見，如果論所謂「新」的話，諸如新觀點、新方法等等，胡適這位詞壇解放派首領，實在並未曾新過王國維。衹不過是由於胡適思想激進，過份突出境界説中忽視詞體特性的一面，使之向左傾斜罷了。這是下文所要闡述的問題。

總的看來，所謂詞學研究新時代的開山祖師（或「第一個」），衹有王國維纔承擔得起。所以，拙著《人間詞話譯注》香港版「導讀」曾明確提出：王國維堪稱爲中國當代詞學之父。——這是新舊詞學發展演變過程中首先應當辨明的一個問題。

辨明以上這一問題之後，接下來對於中國當代詞學之發展演變進行具體描述或論證，也就比較好辦了。一般説來，如將文學附屬於政治，必定跟著政治轉，或者與政治同步發展，依據政治鬥争模式，按照時間先後順序，將政治鬥争中的人和事换上文學發展中的人和事——作家與作品，或詞論家與詞學論著，此等描述或論證，大致相當於本文開頭所説的點鬼與摘由。有關事例，圖書市場上，不少樣板在，當無須多加説明。這裏，擬以文學批評模式的運用及變换，對中國當代詞學的發展演變，進行一番考察，以供讀者評判。

八十年代編撰《當代詞綜》，在前言《百年詞通論》中，我曾將近百年來詞的發展史劃分爲三個時期：（一）清朝末年至民國初期；（二）「五四」新文化運動至抗日戰争時期；（三）中華人民共和國成立至開放、改革時期[49]。我認爲，當代詞學活動，大致也可如此劃分。但這三個時期的推進與劃分，並非衹是考慮政治鬥争中朝代的推進與劃分，而主要依據文學批評模式的運用及變换進行劃分。這三個時期大致體現了中國當代詞學由開拓、創造到蜕變的全過程。

（一）開拓期（一九〇八—一九一八）：王國維著《人間詞話》，倡導境界説，標志著中國新詞學的開始

從一般政治鬥爭模式看，這一時期僅十年，仍屬於舊時代（舊民主主義革命時代）。而且，當時詞壇，以復舊勢力占主導地位，舊的批評模式——本色論依然盛行。但是，由於新的批評模式——境界説的出現，有了新的批評標準與方法，這一時期已屬於詞學新時代。講説新詞學——當代詞學，不能割斷這段歷史。不過，必須指出的是：這一時期，新一代詞人雖已產生，但詞壇新勢力十分微弱，尚未能與舊勢力相抗衡；新的批評模式——境界説，尚缺乏理論説明，也未能取代舊批評模式——本色論，王國維的開拓之功，當時尚未見實質性的效應。

（二）創造期（一九一九—一九四八）：詞學研究领域，左、中、右三翼的不同建樹

這是中國當代詞學的一個重要建設時期。對於兩種批評模式——本色論與境界説，左、中、右三翼詞學家各自有所承繼與創造，爲中國當代詞學奠定堅實的基礎。就具體運用及變換情況看，兩種批評模式——本色論與境界説，乃朝著兩個不同方向發展。以下試分別加以説明：

1. 境界説的改造與充實

由於種種原因，即有文學原因，也當有政治原因，王國維境界説，行之未遠，或仍未真正實行，至二三十年代，即被胡適、胡雲翼推衍、改造爲風格論。即：胡適既承襲王氏學説，將

「詞以境界爲最上」作爲對於兩宋詞家進行贊揚與貶斥的依據，又將其絶對化，有意誇大内容與音律的對立關係，因而使其忽視詞體特性——音樂性的一面顯得更加突出。例如：《詞選》序中，胡適在贊揚「詩人的詞」之後，極力貶斥「詞匠的詞」。認爲：「向音律上去做工夫」，「詞便轉到音律的專門技術上去」；「『詞匠』的風氣已成，音律與古典壓死了天才與情感，詞的末運已不可挽救」[50]。這就是上文所説使得王氏學説向左傾斜的實證。至此，即爲境界説演變爲風格論，在理論上做好了準備。三十年代，胡雲翼著《中國詞史略》和《中國詞史大綱》，將胡適理論進一步發揚光大。例如：胡雲翼論「詞風之變」，即將蘇軾以前及以後的詞分爲女性的詞及男性的詞二種，因而也將詞風分爲凄婉綽約與豪放悲壯二類[51]。自此，中國詞學史上的境界説，即演變爲風格論。

這是問題的一個方面，表示境界説之經過推衍、改造，已産生蜕變，幾乎變得面目全非。但是，另一方面，王氏學説也並非就此銷聲匿迹。自一九二六年北京樸社印行《人間詞話》重刊本（俞平伯序）以後，並有靳德峻、許文雨、徐調孚等數種《人間詞話》注本出版。有關詞論家，如顧隨和繆鉞，即對王氏學説深入加以探討，並有所發明。

顧隨著蘇辛兩家詞説——《倦駝庵東坡詞説》[52]及《倦駝庵稼軒詞説》[53]，既説「境界」，又説「高致」，試圖以「高致」充實境界説，使之更加完善。這就是説，王氏境界説衹言境界，似有不够嚴謹之處，因爲有境界未必即爲佳作，加上「高致」，即於境界中進一步追求「高情遠志」[54]，此境界即爲「對詞人詞作之第一而最後之要求」[55]。這是對於境界説的有益補充。繆鉞著《王静安與叔本華》一文，對王氏學説加以理論説明。謂：王氏《人間詞話》之論詞，精瑩澄澈，世多喜之，其見解似亦相當受叔本華哲學之濬發。這是從對於「我」與「物」關係的論辯中所得出的結論。所謂「我」與「物」的關係，也就是「意」與「境」的關係，這是境界説所以創立的一個核心問題。繆鉞對此頗有體驗，曾指出：「叔氏之意，以爲人之觀物，如能内忘其生活之慾，而爲一純粹觀察之主體，外忘物之一切關係，而領略其永恒，物我爲一，如鏡照形，是即臻於藝術之境界，此種觀察，非天才不能。」並指出：「《人間詞話》曰：『自然中之物，互相關係，互相限制，然其寫之於文學及美術中也，必遺其關係限制之處。』又曰：『無我之境，以物觀物，故不知何者爲我，何者爲物。』皆與叔氏之説有通貫之處。」[56]因而，這就從哲學的高度上，爲王氏學説找到了理論依據，使得王氏學説更加周密，更加嚴謹，即更加富於科學性。這是對於境界説的另一有益補充。因此，經過幾番周折，王國維所倡導的境界説仍未完全爲風格論所取代。

2. 本色論的充實與改造

境界説的出現，對於本色論是個有力的挑戰，但尚未構成威脅。在開拓期如此，進入創造期，亦仍然如此。因爲境界説提出後，很快遭受推衍、改造，實際影響不大，而本色論，根深蒂固，難以動摇，所以，三四十年間，作爲新詞學的標志——境界説，始終未能占據主導地位。這期間，詞界既有境界説、風格論，也有本色論；但從總的趨勢看，詞界所廣泛運用的還是傳統本色論。

在這一時期所出現的三位詞學大師——夏承燾、龍榆生和唐圭璋，都是本色論的推崇者。從師承關係看，龍榆生爲朱祖謀的傳硯弟子，唐圭璋爲吴梅的入室弟子，夏承燾自學成材，亦曾問業於朱氏，並且受知於吴氏。三位大師與第一時期詞壇復舊派，關係十分密切。均以尊體自命。對於王國維所創新説，一般乃較爲生疏，或持有異議。例如：王氏論詞，首標「境界」二字，唐圭璋則不以爲然。在《評〈人間詞話〉》一文中，直接提出：「予謂境界固爲詞中緊要之事，然不可捨情韻而專倡此二字。境界亦自人心中體會得來，不能截然獨立。五代、北宋之所以獨絶者，並不專在境界上，而祇是一二名句，亦不足包括境界，且不足以盡全詞之美妙。」[57]等等。因此，三位大師乃著力對於傳統本色論進行充實與建設。

簡單地説，龍榆生的成就主要在於詞論，而夏、唐二氏的成就則偏重於詞學考訂。龍榆生對於詞的特質有著真切的體認，大至於「詞體的演進」，包括詞的發展史，小至於每一詞調的聲情應合，都有獨特的研究心得。其論詞主本色，而不贊同由境界説演變而成的風格論。

曾説：「兩宋詞風轉變之由，各有其時代與環境關係，南北宋亦自因時因地而異其作風，必執南北二期强爲劃界，或以豪放、婉約判爲兩支，皆囫圇吞棗之談，不足與言詞學進展之程序。」[58]但其説本色，也與前輩本色論者有所不同。即：前輩重意會，强調一個「悟」字，龍氏不僅重意會，並重言傳、重説法，諸如《今日學詞應取之途徑》[59]、《論平仄四聲》[60]及《令詞之聲韻組織》[61]等，都是極好的説法例證。至於夏承燾與唐圭璋，其詞學考訂，又略有分工：夏氏著力於譜牒考訂、聲學考訂及詞法考訂[62]，所撰《唐宋詞人年譜》《姜白石詞編年箋校》及《詞例》（待刊稿），均爲傳世名著；唐氏著力於詞籍考訂，所輯《全宋詞》《全金元詞》及《詞話叢編》，均爲詞苑巨構。三位大師成績各異，但爲詞學史上的本色論建造不朽功業，其目標卻是一致的。這是對於傳統本色論的充實與提高。

此外，另一位詞學宗匠吴世昌，有感於「以前精於此道的老輩」——多數爲本色論者，因「不願或不善傳授」所造成的困惑，曾著《論詞的讀法》五章[63]，在感悟、意會的基礎上，嘗試結構分析。尤其在第三章——《論詞的章法》，吴氏首創以「人面桃花型」和「西窗剪燭型」兩種結構類型對宋詞作品進行結構分析，並從中推導出一個重要公式——「從現在設想將來談到現在」或「推想將來回憶到此時的情景」。這是一種别開生面的結構分析法，也是詞體結構論創立的依據。這一分析法，將感悟、意會之所得，通過有形的結構方式表現出來，使之更加具體化,因而也更加切實、可感。這是「以前精於此道的老輩」所難以做到的。例如周邦彦的《瑞龍吟》,依照本色論者——吴梅的體認,其佳處似可概括爲「沈鬱」、「頓挫」、「纏綿」、「空靈」八個字,而此八個字「卻是些概念模糊的抽象字眼,衹是論者的主觀印象」(吴世昌語),實在很難説出個所以然來。這當是所謂衹重意會、不重言傳所造成的結果。但是,如用「人面桃花型」這一結構模式,對其所寫故事之過去、現在情景的錯綜與反覆,進行梳理與分析,卻得出另一結果:「這首詞的優點正是寫得事事具體,語語真實,一點也不『空靈』,所以讀來分外親切。」[64]吴氏結構分析法,即從本色論者所提倡的感悟、意會中産生,又是對於傳統本色論的改造與超越。這是中國當代詞學史上值得稱述的一件事。

以上所述兩種批評模式——本色論與境界説,其升退與消漲,即「改造與充實」或「充實與改造」,貫穿著整個創造期。由於各翼詞論家的精心創造,三十年間,中國當代詞學之各領域,諸如詞學論述,(包括「詞史之學」及「批評之學」之論述)、詞學考訂(包括聲學考訂、詞法考訂及詞籍考訂)等領域,其基本建設已初具規模。這是中國當代詞學發展史的一個重要時期。

(三) 蜕變期(一九四九—一九九五):從附屬政治到返歸本位

這裏所述,側重於大陸詞界。依據文學批評模式運用變换情況,可將這一時期的詞學發展演變經過,劃分爲以下三個階段:

1. 批判斷承階段(一九四九—一九六五)

這段時間,大約十七年。在詞界,前一時期的詞家、詞論家,至此大部分成爲骨幹分子。從總的趨勢看,詞界以至整個古典文學界,在「批判地繼承」及「古爲今用」原則支配下,幾乎所有作家作品論,都按照同一樣模式製作,即:社會背景介紹+思想藝術分析=歷史地位評定。這一模式姑且可稱爲批判繼承三段式。至於其具體做法,有關學者曾依據自己的經驗,將它歸納爲這樣一個公式:「以資料作底子,以舊時詩話、詞話鑲邊」,再加「從今天的社會要求和思想高度揭示其局限」[65]。前一時期通行的兩種批評模式——本色論與境界説(主要是由境界説演變而成的風格論),重新受到檢驗與抉擇。詞界各翼——此時骨幹,爲推行其各自不同的詞學觀及批評模式,進行了一番較量。

二三十年代,由胡適、胡雲翼據境界説推衍出來的風格論,至此被進一步向左推衍。五十年代末,中國科學院文學研究所編《中國文學史》,將胡雲翼所説二類詞風推衍爲二派。稱:「宋初以來的詞壇基本上沿襲唐五代的婉約派詞風,代表人物有晏殊、歐陽修、晏幾道等」(頁五七一);「(蘇軾)創立了與傳統的婉約派相對立的豪放派」(頁五九一)。並稱:「蘇軾所創立的豪放詞風,把詞引向健康、廣闊的道路。南宋偉大的愛國詞人辛棄疾就直接受到他的啓示,而在詞的思想内容上有了更高的發展,形成了蘇辛詞派。張元幹、張孝祥、陳亮、劉過等人的詞，和蘇軾也是一脈相承的。」（頁五九八）這一典型的豪放、婉約「二分法」，就是以風格論詞的具體方法。六十年代初，胡雲翼編輯《宋詞選》，不僅由論詞風到論詞派，明確地將宋詞作家劃分爲二派——以蘇軾、辛棄疾爲首的豪放派和以晏、歐及周、姜等爲首的婉約派，而且宣稱：「這個選本是以蘇軾、辛棄疾爲首的豪放派作爲骨幹，重點選録南宋愛國詞人的優秀作品，同時也照顧到其他風格流派的代表作，藉以窺見宋詞豐富多彩的全貌。」⑯經此論斷，中國當代詞學史上所出現的風格論也就完全蜕變爲豪放、婉約「二分法」。

這是詞界較量的一個方面；另一個方面，若干本色論者，仍然堅持詞的本體研究，或藝術特徵研究，堅持演説詞的各種法，不以風格差別對詞家進行劃綫、站隊，不贊同因「二分法」所導致的重豪放、輕婉約偏向。例如：龍榆生既公開著文，從詞的音樂性和藝術性入手，論説其所以産生風格差别的根本原因⑰，又現身説法，爲上海戲劇學院創作研究班諸生開設專題講座，傳授《倚聲學》⑱。萬雲駿發表《詞話論詞的藝術性》一文，對豪放、婉約「二分法」提出異議，謂「前人所稱豪放派與婉約派，就是詞的兩個最主要的流派；而歷代絶大多數的詞人及其作品，卻可説是屬於婉約一派的」。並謂「北宋的蘇軾，南宋的辛棄疾，固然屬於豪放一派，但他們也不是不受婉約派的影響」。因而提出：「不要低估婉約派詞人在文學史、詩歌史上的地位和作用。」並提出，參照前人詞話中有關詞的藝術性的論述，從各個方面，諸如情景結合、結構層次、比興寄托以及語言運用等方面，全面探討詞的藝術本色，等等[69]。

但是，因大勢所趨，詞界之較量結果乃以風格論占上風。即：十七年間，由胡適、胡雲翼推衍而成的風格論，已成爲詞界「批判地繼承」及「古爲今用」的有力武器。前一時期詞壇三派（包括詞論家三翼），解放派及舊瓶新酒派完全遵照豪放、婉約「二分法」進行立論，原爲尊體派的詞家、詞論家，也紛紛向解放派靠攏；「二分法」進一步向左推衍，重豪放、輕婉約進一步發展爲以政治批判替代藝術研究。因此，十七年業績，除了詞學考訂曾有若干名著出版外，有關詞學論著，則難有佳篇傳世。而且，應該説明的是，若干考訂名著，大多爲前一時期舊作。

2. 再評價階段（一九七六—一九八四）

從批評模式的運用情況看，這是上一個階段的反動，或者否定與批判。上一個階段，以風格論詞蜕變爲以豪放、婉約「二分法」論詞，詞界出現重豪放、輕婉約，以政治批判替代藝術研究的偏向。這一個階段，和社會上所有平反昭雪、推翻冤假錯案的做法一樣，詞界也進行一番再評價工作。即：將上一個階段的褒揚與貶斥掉轉過來，爲原來被輕視的婉約派翻案，替那些曾經受批判的婉約派詞人及詞論家平反，並對「二分法」所出現的偏向加以否定與批判。所謂撥亂反正，還以歷史真面目，即爲這類論述所打出的旗號。祇可惜，「换湯不换藥」，儘管宗旨不同，其所用批評模式卻仍舊是自己所否定與批判的「二分法」。

例如：有一篇再評價論文，曾聲稱，上一個階段的詞學研究存在一些問題，其中比較突出的是：重思想、輕藝術。即，在「政治標準第一、藝術標準第二」變成政治標準惟一的情況，形成重思想、輕藝術傾向。此一傾向形成，也就出現重視豪放派、忽視婉約派的偏向。這是對豪放、婉約「二分法」的否定與批判。因而，該文提出：「評價作家、作品衹注重思想，忽視藝術，就不是科學的評價，就不可能得出正確的結論。」並提出：對豪放派中的辛棄疾談得最多，對其他詞人研究太少；談辛棄疾衹大談他的「抗金」、「愛國主義精神」，往往不及其他；談辛詞，連篇纍牘，大談《水龍吟》（「登建康賞心亭」）、《破陣子》（「爲陳同甫賦壯詞以寄」）、《永遇樂》（「京口北固亭懷古」）、《摸魚兒》（「更能消幾番風雨」），至於《唐河傳》（「效花間體」）、《粉蝶兒》（「賦落花」）、《西江月》（「人道偏宜歌舞」）、《昭君怨》（「人面不如桃花」）等婉約、穠艷的作品就很少提及。這不是實事求是的作法[70]。——這就是說，對於思想和藝術以及豪放與婉約兩方面，都要顧及。顯然，這當比上一個階段的做法更加全面、正確，因而也更富科學性。這是應予肯定的。但是，其所用批評模式，卻並未跳出「二分法」的圈套，衹不過是變換方向，反其道而行之而已。這就是再評價階段，詞界所出現的一種有趣現象。

對此，詞界各翼各有不同觀感，因而也各自以不同態度與作法對待這一現象。例如：有學者認爲，風格多種多樣，不衹豪放、婉約二格，想以「多元論」代替「二分法」，因有所謂「主體風格」、「總體風格」以及其他甚麼風格等説法；而且，還曾以美學角度對於各種風格類型進行比較研究，試圖因風格論而建造風格學。這是對於風格論的修正與裝飾。又例如：有學者或重新標舉王國維的境界説，通過感發聯想，賦予風格論以新的生命，或引進西方文論（如詮釋學、符號學），以壯大風格論的聲威。這是對於風格論的改造與提高。此二例所體現對風格論的理解與運用，一時間，頗爲詞界所認同；有關論述，層出不窮。尤其至下一個階段，因「鑒賞熱」出現，風格論的發展，則更加到達登峰造極的地步。

這是問題的一個方面，而另一個方面，若干詞家、詞論家則另有一種態度與作法。例如施蟄存與萬雲駿，二氏雖亦承認詞學史上兩派（或兩種風格）並立的事實，而且其用以否定與批判豪放、婉約「二分法」模式的模式，尚未有新的發明——如謂：「如果要把詞人截然分爲兩派，而以豪放爲正宗，此即極『左』之論；如以婉約爲正宗，即不許壯烈意志闌入文學。此二者，皆一隅之見也。」[71]或謂：「對豪放派和婉約派，都應該作兩點論，不能厚此薄彼。」[72]但是，施、萬二氏立論，除了在糾正豪放、婉約「二分法」所出現的偏頗以外，重要的仍在於藉批評風格論以推行本色論。即在否定與批判的過程，將其對於詞體「本色」的感悟及意會，有效地加以言傳。——萬氏闡發「賦兼比興」説，謂「詞中比興，不僅限於詠物，即使是一般寫景、抒情之作，也大都以閨房花草爲比興。」[73]此所謂一般寫景、抒情手法，即爲賦，而賦之中，又有比興。這是萬氏對於中國古典詩歌傳統表現手法的一個重要發明。萬氏以此批駁胡適、胡雲翼對姜夔《暗香》《疏影》二詞的錯解。二胡以爲姜詞過份雕琢字句、用典隱晦，致使詞意難明，或因音節而犧牲内容，不可取[74]。而萬氏則以爲不然，謂二詞詠梅，思想、境界都比較高，祇是用了比興，好像難以索解[75]。二胡與萬氏對於姜詞評價，一反一正，體現了風格論者與本色論者立論之不同準則：一爲豪放派詞人一般皆好，婉約派詞人一般皆不好[76]；另一則爲中國詩歌的傳統表現手法——賦、比、興。這是風格論與本色論的一個重要區别，也是論者於否定與批判過程中推行本色論的例證。

此外，曾於四十年代倡導結構分析法的詞學宗匠吴世昌，對於豪放、婉約「二分法」的否定與批判，乃最爲徹底。吴氏根本不承認宋詞中兩派的存在。謂：「北宋根本没有豪放派。」「即使把蘇詞中的『大江東去』、『明月幾時有』、『老夫聊發少年狂』一類作品算作『豪放』詞，我們至多也祇能説北宋有幾首豪放詞，怎麼能説有一個『派』？如果真有這一派，試問有多少人組成？以誰爲派主？寫出了多少『豪放』詞？收印在甚麼集子裏？」這是一九八二年九、十月間，吴氏赴日講學，在一次演説中所提出的觀點[77]。此次演説，曾轟動日本學術界。日報《朝日新聞晚報》稱：吴世昌創立新説，向傳統詞論觀挑戰。此後，吴氏又在《宋詞中的「豪放派」與「婉約派」》一文，就宋人創作情況，對「豪放」、「婉約」的具體含義進一步加以闡發。指出：

「北宋的詞人根本没有形成甚麽派，也没有區别他們的作品爲『婉約』、『豪放』兩派。」並指出：論者「這種機械的劃分法並不符合北宋詞壇的實際，很難自圓其説」⑱。這是從宋人創作實際對豪放、婉約「二分法」的否定。不僅如此，吴氏還尋根究底，指出：近代以來論詞者，從胡適直到胡雲翼等，以豪放、婉約劃綫，「言必稱蘇、辛，論必批柳、周」，其根源就在他們的老祖宗胡寅那裏。並且對其老祖宗進行批評，謂「胡寅根本不懂詞」⑲。

吴氏對豪放、婉約「二分法」的否定與批判，在當時詞界頗有些反響——主要是若干風格論者的否定及反批判。時至今日，其否定與批判，雖仍未得到詞界的普遍認同，或所謂反對者多，擁護者少，但其對於打破風格論一統天下的局面，畢竟産生了相當大的作用，而且也爲風格論以外其他批評模式，包括結構論的建設，鋪平了道路。這是吴氏對於本階段詞界建設所做的特殊貢獻。

大致説來，八、九年間，所謂再評價，詞界建設於詞學論述方面所取得的成績是較爲突出的，這主要體現在下一階段所出版的論著上。

3. 反思探索階段（一九八五—一九九五）

一九八五年，大陸學界興起「方法熱」。這一年，曾被稱爲「方法年」。所謂「春江水暖鴨先知」⑳，若干學者或因所處地理位置占優勢，或因有了某些特殊條件，在文學研究領域引進自然科學有關方法論原則，即「三論」——系統論、信息論、控制論，一時間，追隨者衆，即在全國掀起熱潮。這對於古典文學界，包括詞學界，無疑是個有力的衝擊。但是，從内心講，可以説，學界對此多不以爲然。有一位聞名中外的學者，當其著作被推尊爲「三論」樣板時，頗有些不滿意，曾在給友人的一封信中説：「劣厨愛下胡椒，庸官多出告示，不重實際的理論家好發空論。甚麽三論、四論、五論，我看還有六論、七論、八論。……」不過，某些不甘寂寞者，還是不斷有新的花樣推出。就詞學界而言，此等花樣主要是所謂宏觀研究和系統論。對此二者，至今仍有人視之爲新觀念和新方法，以爲「爲古老的學科開闢了新的途徑」。有關此等論調，不能一概持之以否定態度。此二者的運用，可能也産生過好文章，但其所出現的問題卻不能不引起注視。我於一九九〇年六月爲美國緬因國際詞學研討會所提交論文——《詞體結構論簡説》中曾指出：「有的人以爲研究的題目越大越宏觀，喜歡以高空攝影的方法對全部研究對象及其發展歷史進行『鳥瞰』，結果像是給學生上一堂期末總複習課一樣，衹是羅列現象、描述過程，並無新的見解；有的人過份强調參照系，以爲古今中外、天文地理，聯繫得越多越宏觀，越有當代意識，結果洋洋數萬言，仍未解決一個半個實際問題。這是宏觀研究中所出現的兩種偏向。這兩種偏向，前者『宏』而不『觀』，後者喧賓奪主，重蹈以外部研究替代内部研究之故轍，兩種偏向均不利於研究工作的深入與發展。」並指出：「所謂宏觀研究並非『方法年』之後纔出現的，它是與微觀研究相對而言的；而且所謂宏觀與微觀，也僅僅是觀察問題、處理問題的角度不同而已，二者並無新舊之分及高下之別。」[81]這是我對於古典文學界，包括詞學界開展所謂宏觀研究的總觀感。一九八六年秋，在《文學遺產》編輯部舉辦的一次座談會上，我已闡明這一觀感。至於系統論，上述拙文曾指出：「有的文章以母系統套子系統對作家作品加以『系統化』，卻將某些本來一看就明白的作品說得玄而又玄，難測高深，如果將其用以唬人的大帽子、闊衣裳拿掉，就可發現其中所講的不過一些盡人皆知的『普通話』。這是若干以新方法標榜的文章所以不受歡迎的一個原因。」並指出：「有的文章運用語言符號系統，拋出一系列數據，用以探測作家的內心世界及思維模式，這當也是一種行之有效的方法，祇是因爲有關研究者似乎過份依賴電腦，致使這種探測（或所謂對『密碼』的破譯）僅僅停留在字詞意義的解釋上，很難深入內部；有關研究者或者進一步將此一系列聯繫媒介與許多參照系掛上鈎，試圖以之把握作家作品全部奧秘及其深層的文化意義，同樣祇是在外圍盤旋。這也是若干探測文章所以缺乏應有說服力的一個原因。」這是系統論在具體運用中所出現的問題，也是引進所謂「現代新觀念和新方法」所遇到的困惑。可知，在反思探索階段所謂開闢新路，並非一件容易的事情。

但是，古典文學界，包括詞學界，熱衷於趨時、趨新的「弄潮兒」，畢竟極爲少數；而甘心受冷落，即無意將自己的研究課題當作「新顯學」，祇是默默無聞地在一片「白薯地」（借用葛曉音語）埋頭耕耘的研究者，仍占絶大多數。

一九九〇年八月間，我撰《詞學現狀及前景：關於詞學觀念及批評方法的思考》（未刊稿）一文，認爲：「（詞學研究）無論是人材，或者是成果，都是相當可觀的。就目前情況看，南京、上海、天津，頗有發展成爲全國詞學重鎮的趨勢。在南京，老一輩詞學家唐圭璋坐鎮，金啓華、曹濟平、潘金昭爲其帳前大將；唐老『文革』後所培養的第一批研究生楊海明、鍾振振，分别在詞學論述與考訂兩個方面，取得了突出的成績；如今仍在帳下的幾員小將——王兆鵬、蕭鵬等博士生，也在論述與考訂方面顯示非凡的才能，其發展前景不可估量。在上海，由施蟄存掛帥主編的《詞學》，繼三十年代《詞學季刊》之後，爲全國惟一的詞學研究專刊；萬雲駿、馬興榮以及鄧喬彬、高建中、趙山林、周聖偉、方智範等，在詞學領域多所開拓，尤其是聲調之學及批評之學，其業績已爲衆所矚目。在天津，由已故詞家、詞論家寇泰逢（夢碧）所倡導，曾開辦訓練班，出版《學詩詞》刊物（内部發行），廣收門徒，進行創作與研究的基礎教育，培養詩詞人材；全國各地不少青壯年詞家、詞論家，均以寇氏論詞宗旨——『情真、意新、辭美、律嚴』四條標準相標榜，進行交流、探討，一支既能創作又能論述的詞學隊伍正在逐漸形成。此外，在各大專院校及有關研究機構，還有一批研治詞學的教授、副教授以及研究員、副研究員，四十年來，在詞學研究的各個領域均有所建樹。一九八七年端午節，中華詩詞學會在北京成立，詞學工作進一步推向社會各階層，新刊《中華詩詞》（第一輯），創作與研究並重，印行七千册，很快銷售一空。全國詩詞事業，包括詞學研究，已漸呈現蓬勃發展的新局面。」時間過去五年多，我離開大陸也有一些時日，詞界情況（主要詞學研究）當有所變化，包括老成凋零、新果少見增添等等，看起來，所謂「蓬勃」云者，恐很難再落到實處。這是我對於這一階段詞學研究的粗略評估及所具憂慮。

至於批評模式的運用，這一階段與前兩個階段相比，則有明顯不同：前兩個階段，由境界說演變而成的風格論，尤其是豪放、婉約「二分法」，基本上占居統治地位；這階段無論是風格論，或者是本色論、境界説以及結構論，都各有其滋生與發展的天地。論者各施各法，各有其獨立思考與建樹。這大概就是所謂反思探索的標志。這裏説其中兩部著作——錢鴻瑛《詞的藝術世界》及曾大興《柳永和他的詞》。

錢鴻瑛所著《詞的藝術世界》是一部以現代文學創作及文學批評的基本原理，對詞家、詞作進行藝術評判的專著。其立論依據爲文學主體論。即：將詞家當作創作主體，將詞作當作對象主體，將鑒賞者當作接受主體，從而進行逐一探討。著者開宗明義，於「引言」之第一句話即宣稱：「萌發於隋唐、經五代至北宋蔚爲大宗的詞，是中国古典詩歌中最不符合封建詩教傳統而又最富有抒情主體的一朵奇葩。」著者將詞當作「纯粹抒情的藝術世界」進行剖析，認爲詞家寫詞，主要爲表達自我，體現「人的價值」，「詞中所選擇的審美意象取決詩人心理定勢」。因而，由此而産生的藝術形象——詞的本體，便是一種「審美主體（詞家心靈）與客體（多半是自然景物）的交融」。而鑒賞者的鑒賞（或鑒賞想像），則爲完成詞的意境的一個重要部分。即：「它（詞的意境）必須具備創作主體的構思、作品本體的形成以及鑒賞主體對作品進行想像的再創造這樣三個部分纔能産生。」論著共四章，分别就此三個部分——創造主體、對象主體、接受主體，逐一加以分析闡發，頗能給人以一新耳目之感。所謂「詩人的敏感與痛苦，當以歷史家的胸懷和哲學家的頭腦解脱之」（論著扉頁題辭），總的看來，其所預期的效果還是能够得到説明的。這是這部論著的成功之處。對此，著者頗有自信，並且以爲其所論述，對王國維境界説乃有所突破。但是，如看其批評模式，無論闡發所謂審美主體（一定的社會人群，主要指詞作家）與審美客體（一定的社會存在現象）的交融，或者闡發鑒賞過程中所謂「虚」（詞作家以語言符號作載體所創造的象）與「虚」（讀者對詞作家創造的象進行鑒定所産生的境）的統一，包括「境生於象外」等道理，我認爲，其所用批評標準與方法與王氏所謂「詞以境界爲最上」的批評標準與方法，實際上並無甚麽不同。因爲二者都把各自標舉的「境界」或「意境」作爲審視標準，以有無「境界」或意與境是否交融，包括有無象外之深層内涵，作爲評判作品優劣的方法。不過，應該承認，錢鴻瑛所著，乃王國維之後，中國當代詞學史上難得的一部有自己思考與建樹的理論專著。這是反思探索階段，詞界所出現一項重要成果。

另一部專著——曾大興《柳永和他的詞》，某些章節所進行的論述，儘管尚未突破一般作家作品論，尤其是風格論批評模式的局限，如論柳永所謂主體風格及對其所作美學評價，雖不再以豪放、婉約兩種風格類型加以簡單地劃綫、站隊，但換之以俗與雅，其論斷仍然爲「二分法」模式，這是前一、二階段詞界所慣用的模式；但是，書中有一章，題爲「柳永以賦爲詞論」，將柳詞所用賦法——鋪叙方法，歸納爲四種：橫向鋪叙、縱向鋪叙、逆向鋪叙、交叉鋪叙，並且結合具體作品，參照前人提示，一一加以詳細論述，這是值得贊賞的。因爲從批評模式看，其論述方法已是結構論中的一般結構分析法。這是對於風格論的突破與超越。所以，我在一篇小文中曾説：讀此章，令我十分興奮。並指出：「這是一部已經入了門的專著。」[82]在反思探索階段，這當也是一項值得注視的成果。

經過十年時間，所謂反思探索，詞界確實發生了較大的變化。這一變化，主要體現在批評模式的運用上，即由豪放、婉約「二分法」之一統天下，變而爲多種批評模式競相發展的自由世界。因而，這一變化，也大大推進詞學本位返歸的過程。這既是中國當代詞學蛻變期的終結，也應是中國當代詞學另一開拓期的起點。

第三　餘論

上文究變，已以批評模式爲依據，對於中國當代詞學發展演變的三個時期——開拓期、創造期、蜕變期，進行一番描述或論證。這裏，回過頭來，繼續探討史才三長中的所謂「識」。

照我的理解，此所謂「識」，便是一般意義上所説的見識，或見解，似無須對之進行複雜的科學界定。例如：七十年前胡適編纂《詞選》，將詞的歷史劃分爲三個大時期——第一時期：自晚唐到元初（八五〇——一二五〇），爲詞的自然演變時期；第二時期：自元到明清之際（一二五〇——一六五〇），爲曲子時期；第三時期：自清初到今日（一六二〇——一九〇〇），爲模倣填詞的時期。胡適説：「第一個時期是詞的『本身』的歷史。第二個時期是詞的『替身』的歷史，也可説是他『投胎再世』的歷史。第三時期是詞的『鬼』的歷史。」[83]這一劃分法，既代表胡適對於詞的歷史的一種見解，又代表胡適對於詞的一種歷史的見解。這便是「識」。儘管其劃分三個大時期所用標準與方法和上文所説劃分第一個大時期之三個段落所用標準與方法，仍然是王國維「詞以境界爲最上」的批評標準與方法，即仍以是否自然地表現天才與感情，作爲判斷其爲詞「本身」或爲詞之「鬼」的依據，而且，其所劃分至今仍然未必得到詞界之普遍認同，但是，此一劃分，畢竟代表著一種「識」，一種作爲一個具有歷史癖的人的大見識。胡適之後，有如此胸襟與氣魄的詞論家及詞學論著，實在極爲罕見。這就是本文説詞所以特別强調「識」的原因之所在。

詞學界以外，近年有人推出所謂《二十世紀中國文學大師文庫》，對於入選的四十七位「文學大師」，以排座次的方法進行歷史定位，頗能體現其識見，衹是其所依據的「審美標準」無有定準，引起了一些非議。但是，這與某些文學史家包括詞學家對其研究對象，衹是依照朝代更换順序或一般時間推移順序）逐個謳歌（或評説）一番的做法顯然是不同的。即前者有所側重，有所取捨，體現一定的眼力，一定的識見，而後者則純屬於一般點鬼與摘由。這是有「識」與無「識」的區别。今日論詞，不可忽視這一區别。

當然，上文所説依據政治鬥爭模式對於中國當代詞學之發展演變所進行的判斷與劃分，當也是「識」的一種表現。但是，文學的判斷與劃分，畢竟有自己的標準，不完全附屬於政治。所以，本文以批評模式的運用及變换，論證中國當代詞學，乃嘗試以文學的標準進行判斷與劃分。限於水平，錯誤之處難以避免，尚請有識之士批評指正。

一九九五年十一月二日於澳門大學

第四節　以批評模式看宋代文學研究

二十世紀，尤其是二十世紀之後半葉，中國文學研究，包括宋代文學研究，發生了許多變化。步入新世紀，相信與會專家、學者都有某些新的考慮與安排。我衹是研究宋詞，對於詞以外之其他文學樣式，尚未有深入研究。但是，與宋詞相關之其他問題，卻經常有所思考。

我十分重視前輩研究成果，也十分重視同輩著述。這對於及時端正觀念、改進方法，頗有助益；而且可以從中獲取動力。除了我兩位詞學導師夏承燾、吴世昌以外，二十世紀，我最崇拜兩位大學問家即：王國維與胡適。我以爲：兩位大學問家值得崇拜之處，主要是開闢之功。從大的範圍看，有功於全部中國文學研究；從小的範圍看，有功於詞學研究。二十世紀七十年代末期，有機會重操舊業，我即受其吸引。二十幾年來，經過初步探討，曾有《人間詞話譯注》及《胡適詞點評》二書出版。我十分欣賞其所創立觀念及其所運用之方法與模式。因藉此機會，説説有關批評模式問題，以求正於大方之家。

一

二十世紀最後一日，香港《大公報》藝林副刊以「百年回顧，邁向新世紀」爲題，刊登程千帆、饒宗頤、王伯敏、葛路、朱金城等十四名學者文章，以表達觀感。應主事者之邀，對於二十一世紀詩壇，我亦嘗試作了兩項預測。

第一，出版讀物：從經典讀本到經典讀本。

第二，領袖人物：1. 從胡適之到胡適之。2. 從王海寧到吴海寧。

兩項預測，一項在於回顧以往，一項説批評模式之運用。在《古代韻文讀與寫》系列文章中，我曾以下列程式，描述以往狀況。

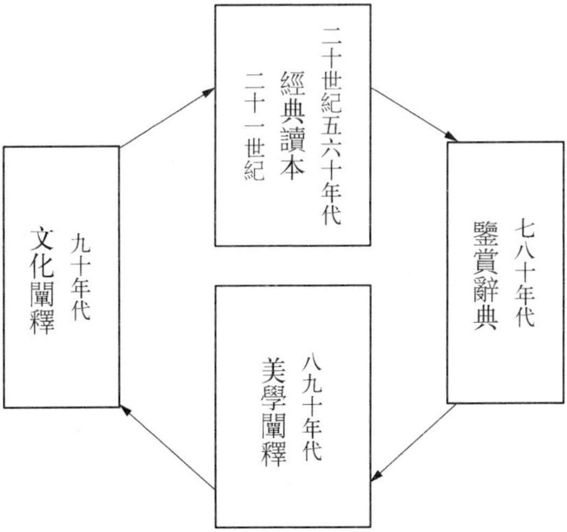

我以爲：二十世紀五十年代及六十年代初期，出版界以刊發各種經典讀本爲主。例如人民文學出版社所推出一套古典文學讀本叢書，包括余冠英《詩經選注》、《漢魏六朝詩選注》，馮至、浦江清等《杜甫

詩選》，錢鍾書《宋詩選注》等，皆堪稱典範。七八十年代，鑒賞熱興起。原有作品解讀，變成詩學辭典。九十年代以後，美學闡釋、文化闡釋流行。詩學發明，换上玄學包裝。最近幾年，白文本出現。不僅五六十年代讀本大量重新印行，而且若干前清讀本也被搬將出來。五十年之出版，轉了一個大圈，最後似乎都將重新來過。這就是從經典讀本到經典讀本意思。

以上乃出版讀物之預測。領袖人物，主要説王國維與胡適。這是二十世紀兩位大學問家。王國維留待下文細敘，這裏先説胡適。就文學史上所占位置看，胡適之半部《白話文學史》，似乎不怎麽够得上份量，亦幾乎已經被後來者所取代，而其開闢之功，卻未見有人能取代。這就是雙綫平衡發展模式之運用。即藉助表現工具——白話或文言，將漢以後之中國文學，一刀斷成二段，一爲生動之活文學，一爲僵化之死文學，從而進行文學史之重構。胡氏開闢，不僅打破此前按朝代或文體討論文學演進之慣例（陳平原《胡適的文學史研究》），而且亦爲「胡適之體」提供歷史憑證。但是，由於種種錯解及誤導，幾十年來，胡適「新貢獻」，亦即其開闢之功，既未嘗發揮其應有效用，又在文學研究及創作上製造出許多不應有之麻煩。

例如：活文學與死文學。胡適當時所作判斷，祇是著眼於表現工具。即以爲：「一部中國文學史祇是一部文字形式（工具）新陳代謝的歷史，祇是『活文學』隨時起來替代了『死文學』的歷史。」（胡適《逼上梁山》）這一判斷以及所得白話正宗結論，儘管帶有某種成見，但對於兩千年中國文學發展之大趨勢，卻完全在把握當中。這當是胡氏開闢之本意。而經過「五四」新文化運動，活文學變爲新文學，死文學變爲舊文學。用以判斷之依據，亦由表現工具變爲意識形態。這麽一來，事情就越變越複雜。致使治文學史者，萬般爲難。如武俠小說大師金庸，就不知應當歸哪一邊。是新文學，還是舊文學？似不易講清楚。一九九五年八月，在美國科羅拉多大學舉辦「金庸小說與二十世紀中國文學」國際研討會上，劉再復曾指出，二十世紀初中國文學已逐步分裂爲兩種不同流向：「一種是占據舞臺中心位置『五四』文學革命催生的『新文學』；一種是保留中國文學傳統形式但富有新質的本土文學。」以爲：兩種文學「一起構成二十世紀中國文學的兩大實在」。這是又一種二分法，以價值觀念及文體創造爲依據，頗有創新之意，值得注視。衹是較爲强調奴婢思想與自由思想以及單維現象與多維現象等論題，實際並未真正消除意識形態之統制。以此論金庸，並將劃歸傳統本土文學，亦不易講清楚。這恐怕是不應有之一表現形式。

又例如：「胡適之體的新路」。胡適雖曾宣稱，「我近年衹做我自己的詩，也不妄想别人喜歡我的詩」，卻依然希望别人，能够瞭解「胡適之至今還在嘗試」甚麽小玩意兒。這就是嘗試爲新體詩創作尋求生路。而幾十年來，胡適之所付出，似乎有點徒勞。一方面，治新文學者，不把胡適當一回事，以爲幾首白話詩，乃「小腳放大」（嚴家炎《五四文學革命的性質問題》），枉費其苦心；另一方面，治舊文學者，避重就輕，避難就易，乃借機「解放」，亦誤會其用心。於是，當今詩壇，新體白話詩苦於尋覓不到生路，「白話舊體詩」——大量不講格律之「格律詩」，泛濫成災。亦即，舊文學被當作死文學，白白挨了一刀，新文學之作爲活文學，活得並不怎麽精彩。這恐怕也是不應有麻煩之一表現形式。

因此，我所預測，主要在於説明：胡適領導文學革命，在二十世紀，遭遇種種錯解與誤導，進入二十一世紀，或許終將重新來過。這也就是從「胡適之到胡適之」這一意思。

以下説，「從王海寧到吴海寧」。這是一九九八年十一月，我在海寧舉辦「吴世昌學術思想研討會」上所提出話題。王海寧，即王國維。吴海寧，即吴世昌。這是中國詞學史上兩個海寧。一九〇八年，王海寧發表了《人間詞話》，倡導境界説。中國詞學史翻開了新一頁，而吴海寧亦生於這一年。這是一個重要年份。就詞學發展史看，此前所用批評模式爲本色論，此後爲境界説。這是新舊詞學之分界綫。亦即：以本色論詞，著重看其似與非似。似，即爲本色；非似，即非本色。所謂衹可意會，不可言傳，不一定要落到實處。是爲舊詞學。以境界説詞，有一個實際範圍在。其大小、深淺、厚薄，可以科學方法進行測量，亦可以科學語言進行表述。是爲新詞學。因此，我以爲，海寧王國維堪稱中國新詞學之父。十幾年來，撰寫有關詞學文章，我曾極力推揚這一論斷。這是一個海寧。另一個海寧，提倡以結構分析方法研究詞學，爲詞體結構論之創立奠定基礎。這是另一種批評模式。這一模式，嘗試推行於二十世紀四十年代。經歷半個世紀，至今尚未得到認同。不過，我相信，拙文《吴世昌與詞體結構論》所提出「二十世紀爲王海寧時代，二十一世紀將爲吴海寧時代」，這一論斷定非虚擬。

二

這是有關領袖人物之預測。出版讀物，領袖人物，兩項預測準確與否，有待驗證。但是，以往狀況，尤其是以往運用批評模式之狀況，乃有迹可循，以上問題，似頗有進一步探討之必要。

首先探討，因胡適之開闢之不應有麻煩所引發問題。這一問題包括兩個方面：一方面，乃觀念失落問題；另一方面，即形式失落問題。觀念，乃一種 idea。即通常所説指導思想，或靈魂。有關問題，胡適當時似乎已經解決。如將中國文學史看成是一部文學形式（工具）新陳代謝史，是一種屬於文學自身之嶄新觀念。就當時而言，這一嶄新觀念，「給全國讀文學史的人們戴上一幅新的眼鏡，使他們忽然看見那平時看不見的瓊樓玉宇，奇葩瑶草，使他們忽然驚嘆天地之大，歷史之全。」（胡適《中國新文學大系・建設理論集導言》）似已見初步效用。但是，因爲意識形態判斷升級爲政治鬥爭模式判斷，文學自身觀念也就喪失了。例如：有關近代文學、現代文學、當代文學之界定及劃分，即將一八四〇年以來文學稱爲近代文學，將一九一九年以來文學稱爲現代文學，而將一九四九年以來文學稱爲當代文學，這一界定及劃分，就是一種政治判斷，即以政治鬥爭觀念替代文學觀念所進行之判斷。這就是觀念失落之一事證。與之相關，由於觀念失落，文學研究之其他問題，論如模式（model）、方法（method）以及語彙系統（vocabulary of system），亦相繼失落。因此，喪失觀念之文學研究，也就產生種種困惑。不僅新、舊文學問題不易講清楚，而且如何尋找大師問題，也顯得十分混亂。有關狀況，將另撰專文列述，此不贅。這是不應有麻煩於觀念整合交替所引發問題之一方面。另一方面，乃形式問題。這是不應有麻煩於形式創造所引發問題。就胡氏所提供看，其所謂「胡適之體」，應該説，主要爲著新體詩創作。例如《飛行小贊》：

> 看盡柳州山，看遍桂林山水。天上不須半日，地上五千年。　古人辛苦學神仙，要守百千戒。看我不修不煉，也騰空無礙。

這是胡氏得意之作，曾被看作「胡適之體」例證。實際上，卻是一首故意不掛詞牌之小詞。形式格律，基本與《好事近》相合，而略有變動。胡適説明：「我向來喜歡這個調子，偶然用它的格局做我的小詩組織的架子，平仄也不拘，韻腳也可換可不換，句子長短也有時不拘，所以我覺得自由的很。」(《談談「胡適之體」的詩》)可知,目的乃在於,爲新體詩創作提供樣板。這就是以倚聲填詞方法創作新體詩之樣板。所有樣品,據我統計,至少一百篇。如果將其逐一還原,胡適所有長短歌詞,就有一百篇之多。對於新體詩創作,胡適乃一位開山祖師;而對於舊體詩創作,胡適卻是解放派之一首領。應該説,胡適當時,已爲新體詩創作提供了一種行之有效之形式。但是,正如上文所説,胡氏所提供,於新體與舊體,兩邊皆不討好。或者該學不學,至今尚未找到一種「正確的形式」;或者不該學拼命學,原有好端端之形式遭到破壞。這就是一種失落。這一失落,同樣令得新體與舊體,産生種種困惑。兩個方面問題,皆因胡氏開闢所引發,亦錯解及誤導之所招致;其中有關經驗與教訓,應認真吸取。

其次探討兩個海寧——王海寧與吴海寧之間批評模式轉換問題。這期間,經歷了將近一個世紀。依據批評模式之轉換,我撰《中國當代詞學史論綱》,曾將王海寧以後之詞學史劃分爲三個時期:開拓期、創造期與蜕變期。所轉换批評模式,大致四種:本色論、境界説、風格論及詞體結構論。本色論通行時間最早,歷史最悠久。境界説本出自王國維。二者乃中國詞學史中重要批評模式。

風格論與詞體結構均後此産生。前者乃胡適、胡雲翼就境界説推衍而成,後者出自吴世昌;其運作情況及實際效果,各不相同。大致説來,風格論之發生、發展,包括三個階段:

（一）衍生階段。自二十世紀二三十年代至四十年代。將近三十年。由以境界定高下，轉換爲以風格論褒貶。胡適與胡雲翼，一個從理論上加以轉換，將「詞以境界爲最上」，變爲以天才與感情爲最上，令境界説向左傾斜；一個進一步發揚光大，將詞分爲女性及男性兩種，並將詞風分爲淒婉綽約及豪放悲壯二類。因而，中國詞學史上之境界説，即演變爲風格論。（二）發展階段。自五十年代至八十年代中期。三十餘年。由兩派優劣説發展爲豪放、婉約「二分法」。文化革命前，詞界出現重豪放、輕婉約，以政治鑒定替代藝術批評偏向；文化革命後，所謂撥亂反正，爲婉約派以及婉約派之推尊者平反昭雪，實際上乃反其道而行之，宗旨不同，所用模式仍舊爲自己所否定與批判之「二分法」。（三）修正階段。自八十年代中期至世紀之末。不到二十年。風格論者多方尋求出路：或者分解開來，另加組合，將「二分法」擴展爲「多元論」，以兼顧其他派別；或者藉助西方新學，於其中進行添加，諸如美學闡釋或文化闡釋，令其重返境界説。

三個階段之推進及轉換，對於研究對象而言，似已産生「漸行漸遠」之實際效果。某些論著，從本本到本本，不斷徵引。無論中外古今，麾之即去，招亦須來。第一，第二，第三，首先、其次、最後。演繹、引伸，歸納、概括。地厚、天高，山長、水遠。辛辛苦苦，花費許多功夫；到頭來，仍然是「徵引」。這是風格論之代表作品。而詞體結構論，顯然與之不同。我在《吴世昌與詞體結構論》一文中，曾指出：這是土生土長而又能够貫通中外之一批評模式。這一批評模式，既强調「讀原料書」（吴世昌語），將詞作品當作第一依據，又注重言傳，對本色論進行充實與改造。這是可以落到實處之一批評模式（具體事證，下文另叙）。祇可惜，半個世紀以來，總是受到忽略，致使如何走出誤區，亦即失去一個重要憑藉。與上文所説觀念失落、形式失落一樣，這當也是一種失落，即正確模式之失落。這就是兩個海寧之間，批評模式轉换所出現問題。

三

以上説以往狀況，主要從前輩以及同輩經驗中尋取參照系。相信對於正確批評模式之建造，具有一定參考價值。以下著重説詞體結構論。這是依據吴世昌結構分析方法所建造之一批評模式。在理論上，諸如標準及基本原理、方法及具體運用以及業績及里程標志等問題。拙文《吴世昌與詞體結構論》已加以説明。這裏，試以若干事證，檢驗其實際效果。由於這一模式所依據之二元對立定律，或二元對立關係（Binary Opposition），乃人類心靈之基本運作模式。既適用於長短句歌詞，亦適用於歌詞以外之有關文學樣式。因此，本文所檢驗，也就並非僅僅局限於歌詞。

事證一：此中有真意，欲辨已忘言。

陶淵明《飲酒》（其五）詩云：「結廬人在境，而無車馬喧。問君何能爾，心遠地自偏。採菊東籬下，悠然見南山。山氣日夕佳，飛鳥相與還。此中有真意，欲辨已忘言。」這首詩説人、説鳥、説真意，對於人與鳥之具體活動情形，包括其内外特徵，都説得十分明白，而對於真意之究竟爲何，則未道明。因此，令得讀此詩者，不斷産生困惑。某些人强不知以爲知，其所説，亦往往不得要領。如曰：「境既閒寂，景物復佳，然非『心遠』則不能領略其真意味」（方東樹《昭昧詹言》）；又曰：「『意』字從上文『心』字生出，又加上『真』字，更跨進一層，則『心遠』爲一篇之骨，『真意』爲一篇之髓」（吴淇《六朝選詩定論》）。説了大半天，衹是强調真意之重要，對其真實所指，並未曾獲知。這是前人所説。今代學者，除了徵引前人所説以外，大多在「言」字上做文章。但説來説去，衹是將欲辨忘言與莊子之所謂「得魚而忘荃」，或「得意而忘言」（《莊子・外物》）聯繫在一起，並無任何新發現。這是有關《飲酒》詩之一般解讀情況。因而，似可得出這樣一個結論：古往今來，讀者對於此中真意，仍然不求甚解。

不過，正如陶淵明所説，此中真意，並非不可言，衹是不願意言而已。這與所謂「詩無達詁」並無關係。前幾年撰寫論《「意＋境＝意境」》一文，我曾憑藉王國維境界説試加解讀。以爲，詩篇由兩個互相關聯而又各不相同之「意＋境」單元所構成；兩個單元，同時並置，達致一種「不知何者爲我，何者爲物」（王國維語）之境界，即「物化」境界。所謂「物化」，就是將人變成鳥。但當時，我亦不願意揭穿。這是從立意、造境所進行分析。説境界，而已經涉及結構。以下以詞體結構論之二元對立定律，對於兩個「意＋境」單元之構成，嘗試加以描述。

二元對立定律，或二元對立關係，原爲二十世紀六十年代西方結構主義(Structuralism)倡導者所提出的。作爲人類心靈之基本運作模式，正與詞體結構論原理相合；以之解讀陶詩，亦甚爲恰當。就兩個單元看，人與人境以及人與南山(鳥境)，就是互相對立之二元，依據其與二元之間另一折衷元素(中介物)心與鳥分別構成三角關係所展現之新境界，明顯可體會其真意。因爲兩個中介物——心與鳥，在互相對立之二元之間，既體現出一種調和作用，令得結廬人境，無車馬喧，又體現出一種催化作用，令得採菊東籬，相與南山。這是兩個單元與兩個中介物構成三角關係所表示意義。一個三角的人(我)，因心遠而不爲車馬喧鬧所干擾；另一個三角的人(我)，亦因轉化爲鳥而完全與美好之山氣日夕融合在一起。因此，兩個三角，互相比對，其真意則明顯可見。

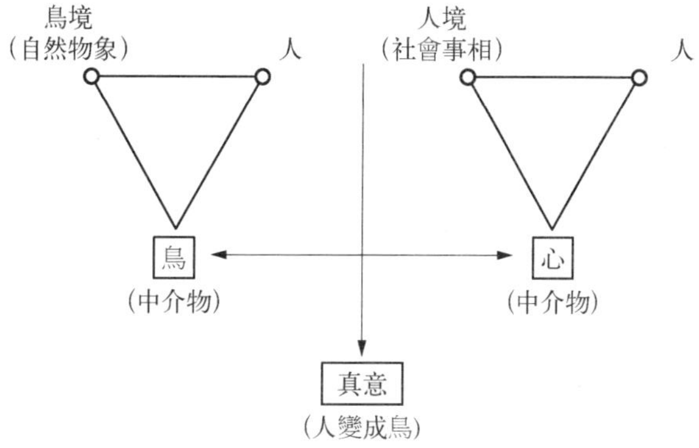

以上所説真意，既由詩篇自身結構所展現，又可以詩人一系列有關鳥之比喻相印證。諸如

「久在樊籠裏，復得返自然」（《歸園田居五首》其一）；「棲棲失群鳥，日暮猶獨飛」（《飲酒二十首》其四）；「衆鳥欣有托，吾亦愛吾廬」（《讀〈山海經〉十三首》其一）等等，都包涵著將人變成鳥之用意。所以，我曾設想撰寫一文，説陶淵明詩中之酒與鳥，以檢驗結構分析方法之實際效果。

事證二：名花傾國兩相歡，長得君王帶笑看。

李白《清平調》三首：

雲想衣裳花想容，春風拂檻露華濃。若非群玉山頭見，會向瑶臺月下逢。

一枝紅豔露凝香，雲雨巫山枉斷腸。借問漢宫誰得似，可憐飛燕倚新妝。

名花傾國兩相歡，長得君王帶笑看。解釋春風無限恨，沈香亭北倚闌干。

《清平調》三首，爲聲詩，亦作歌詞看待。乃奉詔而作。寫名花、寫妃子、寫君王，相當得體。歷來讀此作者，皆極爲贊賞，而對於辭外之旨，則存有異議。例如，蕭士贇及王琦。或以爲刺明皇之聚麀，譏貴妃之微賤；或以爲白係新進之士，未必欲托無益之空言而期君一悟。有寓意，無寓意。兩種意見，針鋒相對。劉永濟編撰《唐人絶句精華》，對二者均持批評態度。謂：「一則失之太淺，一則失之過深，皆難使人信服。」卻以爲：「用巫山神女、漢宫飛燕兩故事，而楚襄、漢武淫荒逸樂之戒，即在其中，故高力士得摘其句爲進讒之階，明皇雖愛才亦不能不動心，故終有放還之舉。」並以爲，李白所以一生落拓江湖，不得翱翔雲霄，亦即因此。看來，還是傾向其有。究竟是有，或者是無，千載之下，實在難以説得清楚。但是，如果以詞體結構論之二元對立定律加以剖析，有關問題，應當可以説得清楚。以下請看三個互相對立單元之組合與構造：

圖一：

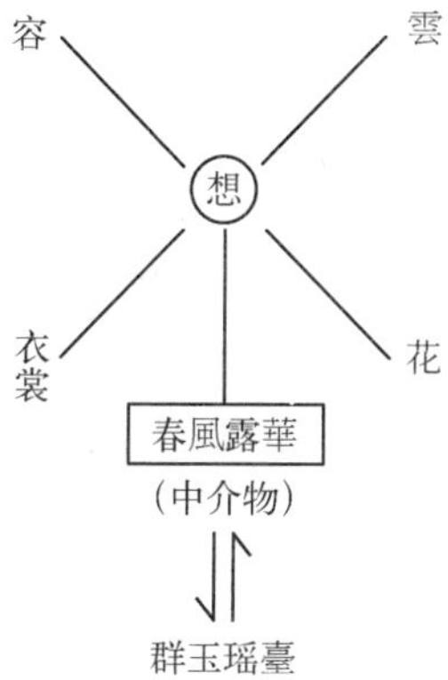

圖二：

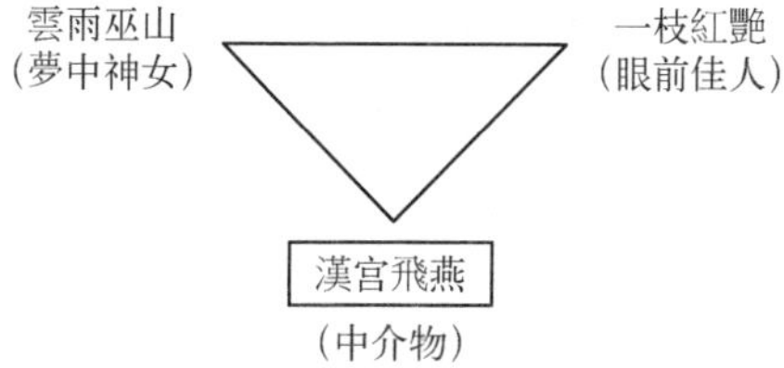

圖三：

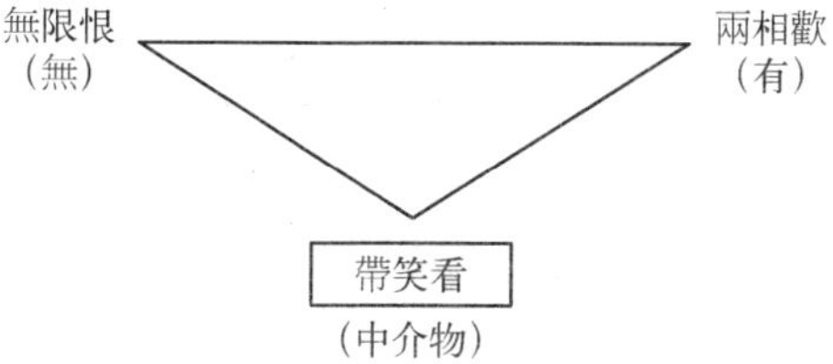

圖一：將兩組意象——雲與衣裳以及花與容，上下交叉分列，又著一「想」字，使之構成一個既體現互相聯繫，又表示互相對立之單元。一方面因爲聯想或者料想，似以花喻人，亦以人喻花，花與人互比、互動，難分彼此；一方面花與人相對，又明顯造成一種挑戰。這就是一種對立關係。所謂賞名花、對妃子，明皇當時。命龜年持金花箋，宣賜翰林學士李白，立進詞三章，目的乃在於助興，而李白之援筆賦之，猶若宿醒，亦未曾令其掃興。亦即，在互相對立之二元之間，用一折衷元素（中介物）——春風露華加以協調，並通過兩個假設——若非與會向，使之進一步升華，成爲神仙中物。可見，乃十分「識做」。絲毫亦無勸誡之意。

圖二：這是另外一個相互對立單元。一方乃眼前所見天香國色、艷麗非凡之絕世佳人，一方即傳説中旦爲行雲、暮爲行雨之巫山神女。二者都曾令得君王陶醉，而一實一虛，相互比對，卻爲讀者展現出無比廣闊之想像空間。所以，在二元之間，所出現種種推測，應當可以理解。例如：有人由此聯想到壽王，以爲「使壽王而未能忘情」，是『枉斷腸』矣（蕭士贇語）。並非毫無依據。但是，如果從結構上加以分析，即以中介物進行判斷，卻明顯可見，詩人對於眼前佳人，絶非取譏刺態度。因其以爲：如此絶世佳人，不僅巫山神女無法相比，即使漢宮飛燕亦得在其換上新裝之時，纔可與之相提並論。此中介物——漢宮飛燕，於二元之間，明

確體現其價值取向、一枝紅艷。這是對於花之頌揚，亦對於人之贊嘆。進一步説明：詩人非不「識做」、不知趣者也。

圖三：這是以上兩個單元之小結，叙説常與不常這一普通道理。兩相歡，眼前好景；無限恨，好景不常。怎麽辨？就互相對立之兩種物象與事相看，詩人對於外部世界之審視點，已從個别轉向一般。即從眼前之名花、傾國，轉向廣泛之社會人生。從而揭示出這麽一種普遍現象：好花不常開，青春不常在，淡蕩春風，往往給人帶來許多煩惱。這就是無限恨。相信誰也不能免。但最後，又返回眼前，説沉香亭北之人與事，於帶笑看及倚闌干兩個特寫鏡頭，表現其觀感及贊嘆。因而，所有一切，盡在不言之中。三組互相對立單元之合成與構造，剖析至此，對於李白立進歌詞，究竟想幹些甚麽，相信已十分清楚。上文所謂「識做」或者知趣，應當不難理解。不必爲尊者諱，亦不必因此而感到惋惜。李白祇不過是一位等候供奉之新進之士而已。但是，如與其他讀書人相比，李白當亦有其過人之處。那就是對於當時具體人與事之超越與思考。例如由個别到一般之推廣以及由具象到抽象之升華等等。而所謂辭外之旨，即超越與思考之結果。這是以結構方法分析所得啓示。

事證三：休即未能休，且待三更見日頭。

敦煌曲子詞所存《菩薩蠻》云：

枕前發盡千般願。要休且待青山爛。水面上秤錘浮。直待黄河徹底枯。白日參辰現。北斗回南面。休即未能休。且待三更見日頭。

這是出自民間之一絶妙好詞。眼下通行各種有關歌詞選本、讀本，包括大大小小之鑒賞辭典，幾乎無一將其遺漏。但所作賞析，除了黄墨谷等幾位前輩學者，幾乎無一未産生錯解。即將其看作是一首「自誓詞」，將「千般願」誤讀爲「千般誓」或以爲：「『枕前發盡千般願』，點明了主題，貫穿全篇。」「詞的上片，連説了三件自然界斷不能成爲現實的事情，作爲誓詞以表明主人公海枯石爛永不變心的堅貞愛情。」「詞的下片將喻體從地面移到了天空。作者在連用兩個比喻之後，略加頓挫，又提出『且待三更出（當作見——引者）日頭』的新假設。」「最後的比喻與前五個比喻意思完全相同。六個比喻，皆爲反喻。氣勢連貫。情真意切」。（《唐五代詞鑒賞辭典》）或以爲：「詞用六種不可能出現的現象來發誓願，表明對愛情的忠貞不貳。這種手法，與『文人詞』大異其趣。」（楊光治《歷代好詞評析》）這是一種錯解，明顯將「千般願」誤讀爲「千般誓」。另一種解讀，似與之不同，如以爲，此詞以六件不可能之事爲喻，並非表明愛情之堅貞不渝，而是已經負了心，但以爲，此乃反説（或反喻），好像對於枕前願之嘲弄，實際乃從反面立誓，同樣將「千般願」誤讀爲「千般誓」。因而，這也是一種錯解（參見黄進德《唐五代詞選集》)。

以上解讀之所謂錯誤，主要在於，將六件不可能之事看作「千般願」中之六願。其實，這是性質完全不同之兩回事：一爲負心前之山盟海誓，猶如樂府詩中之「我欲與君相知，長命無絶衰」，乃天長地久之意；一爲負心後之討價還價或「講數」，猶如樂府詩中之「聞君有兩意，故來相決絶」，乃天崩地裂之意。二者不宜混淆。這就是説，歌詞主題，非發願或發誓，所謂「休」與「未能休」之争。這一問題，如果衹是從意象或意項之分析入手，衹看立意與造境，也許仍然弄不清楚。但是，如果從結構入手，進行結構分析，所謂「休」與「未能休」之二元對立關係，就看得十分清楚。以下是詞章所構成之圖式：

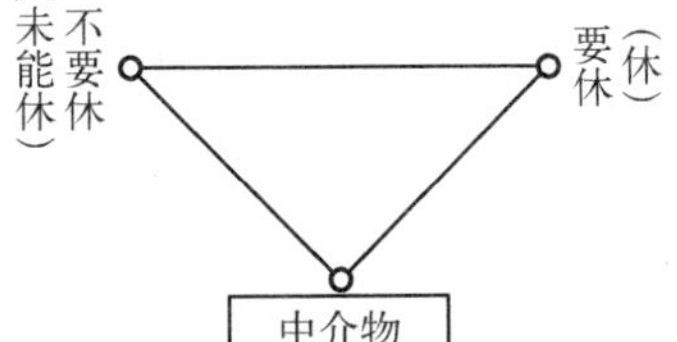

就「休」與「未能休」，或者「要休」與「不要休」所構成之二元對立關係看，這是一方與另一方之對立。即：「要休」這是一方所提出，「不要休」或「未能休」，這是另一方所堅持。明顯互相對立。因此，從結構方法入手，可在「要休」二字底下劃一條綫。綫以上爲一方，綫以下爲另一方。而枕前誓願，乃雙方以前所發生情事。這是一對難以調和之二元組合。六件事，乃「休」之六條件。既對於二元之調和發揮中介作用，又對於二元之不可調和提供依據。其所以非「千般願」中之六願，已完全可以肯定。

論者以爲：「雖發盡千般願，畢竟負了心，卻是不曾説破。」（俞平伯《唐宋詞選釋》）謂其負了心，非常要緊。但謂不曾説破，卻未必。因雙方「休」與「未能休」之爭，已擺到桌面上來。這當也是結構分析方法之啓示。

事證四：柳陰直，煙裏絲絲弄碧。

周邦彦《蘭陵王》云：

柳陰直。煙裏絲絲弄碧。隋堤上，曾見幾番，拂水飄綿送行色。登臨望故國。誰識。京華倦客。長亭路，年去歲來，應折柔條過千尺。　閒尋舊蹤迹。又酒趁哀弦，燈照離席。梨花榆火催寒食。愁一箭風快，半篙波暖，回頭迢遞便數驛。望人在天北。　悽惻。恨堆積。漸別浦縈回，津堠岑寂。斜陽冉冉春無極。念月榭攜手，露橋聞笛。沉思前事，似夢裏，淚暗滴。

這是吴世昌用以描述鈎勒手段之一典型事例，亦結構分析方法之一事證。何謂鈎勒？

自從周濟提出「鈎勒之妙，無如清真。他人一鈎勒便薄，清真愈鈎勒愈渾厚。」（《介存齋論詞雜著》)詞家說詞,大多著眼於此。衹是,對於這一問題,不僅周濟本人説不清楚,而且至今仍然少見有人説得清楚。如曰:山水畫中之疊石分山,在周邊一筆,即爲鈎勒。衹説繪畫筆法,未及詞法。又曰:「詞論家所謂提掇鈎勒,亦提亦掇,即爲鈎勒。」以提掇釋鈎勒,説了提掇,仍然未及鈎勒。因爲二者,根本不是一碼事。可見,説清鈎勒二字,實在並非易事。一九九八年八月,在鏡泊湖參加「二十世紀中國古典文學研究回顧與前瞻國際研討會」,我曾提及此事。並提出:何以爲鈎,何以爲勒,如何鈎勒?他人説不清楚,業師吳世昌教授卻説得清楚。

以下乃吳世昌對於清真鈎勒之精闢論述。吳氏以爲:周邦彦於情景之外,滲入故事,「使無生者變爲有生,有生者另有新境」。這種手段,即爲周濟所稱鈎勒。並以爲:所謂鈎勒,「即述事以事爲鈎,勒住前情後景,則新境界自然湧現。既湧現矣,再加鈎勒,則眉嫵畢露,毫髮可見,故曰『愈鈎勒愈渾厚』」(據《周邦彦及其被錯解的詞》)。這是吳世昌之一重要發明。以之讀清真,許多問題,都能迎刃而解。

例如《蘭陵王》究竟是「客中送客」(周濟《宋四家詞選》),還是「留别汴京故舊之作」(羅忼烈《周邦彦清真集箋》),似乎頗難論定。但是,以鈎勒入手進行分析,卻不難得出明確結論。爲了證實這一點,我曾依據吳世昌所論述,試作一番探研。

吴世昌指出：「『閒尋』以下十四字是全詞結構中樞紐。一『愁』字又是十四字樞紐。」此十四字即：「閒尋舊蹤迹。又酒趁哀弦，燈照離席。」其中包含兩件事——尋舊蹤迹與離席哀弦，這是情與景之外所滲入故事。以之爲鈎，勒住前情後景，既使得第一段所寫舊時一般别離之情，與今日特殊别離之情聯繫在一起，又使得第三段所寫已經逐斷淡化之從前景重新湧現。而一個「愁」字，則進一步加以演繹，由今日别離帶出從前種種，從而推出另一世界。這就是詞章之基本脉絡，亦探知清真詞鈎勒奥秘之關鍵。因此。我會將詞章所叙説故事，試加還原。

我以爲：這是「離會」送别故事。時間，清明前一日。地點，京郊長亭路之某驛站。人物，包括被送者與送者，還有歌者，當是個群衆場面。而詞章之抒情主人公，即僅僅是送者中之一員。詞章乃於送别故事中結構另一複雜故事。這就是抒情主人公懷念伊人故事。但是，故事中人物，一方固然可能是作者自身，一方卻絶非有關「詞話」或「本事」所編造故事中之李師師。因爲這場「離會」中之被送者不是周邦彦，周氏亦並未自此被「押出國門」。主人公與伊人，一方出席「離會」而心不在「離會」，一方未曾登場，卻成爲中心人物及歌詠對象。這是從鈎勒中所得結論，亦結構分析結果。

有關事證表示：依據吴世昌結構分析方法所創建之詞體結構論，因其構造原理所決定，在具體運用過程中，既具有較爲一般之適應性，又具有較爲特殊之適應性。這是本文以之觀照宋代文學研究乃至全部中國文學研究之一重要憑藉。

就一般意義上講，所謂二元對立關係，用以進行結構分析，確能解決某些疑難問題。上述事證，衹是示例而已。但是，就特殊意義上講，其對於長短句歌詞這一詩歌樣式，似乎顯得更爲重要。這一點，可從以下三個方面加以説明：（一）文本體會。由於著眼於結構，包括外結構與内結構，外形式與内形式，表層意義與深層意義，乃一種真真正正之貼近解讀，因此，所有鑒賞與研究，似乎都應當以此爲出發點。（二）入門途徑。相對於因不讀詞或讀不懂詞所造成之困惑以及因不斷徵引、不斷拔高所建成之空中樓閣，能够落到實處之結構分析，似乎更加有希望看到目標與方向。（三）理論基礎。這裏所説，乃屬於歌詞自身之理論建設，所謂詞學本體理論，而非由其他學科搬用之理論，諸如美學闡釋與文化闡釋所搬用理論。

王國維之後，境界説被推衍爲風格論。幾十年來，所謂漸行漸遠，所指就是理論與本體之脱離。而結構分析，將研究工作由詞外引向詞内，對於本體理論建設，相信將産生較好實際效用。這就是本文所以特別推舉詞體結構論之緣故。

當然，這僅僅是一種推舉，並無排斥其他之意。衹是想，爲新世紀之宋代文學研究包括中國文學研究，多提供一種選擇。許多問題，尚待進一步思考與探討，希望大方之家有以教之。

庚辰谷雨前一日定稿於濠上之赤豹書屋

第五節　中國詞學史上的三座里程碑

這是一份演講稿，依據録音整理而成。演講首次推舉中國詞學史上三座里程碑：李清照的「别是一家」説，王國維的境界説以及吴世昌的詞體結構論。演講包括三個部分：第一部分，關於做學問的方法問題。以爲分期與分類，是一種了不起的砍伐與開闢；而三座里程碑的推舉，則爲砍伐與開闢的一種嘗試。第二部分，從正名與言傳兩個角度，就詞爲艷科問題以及似與不似、有與無有、生與無生三種言傳形式所生發的問題，進行分析、論辯，説明三座里程碑的建造對於詞學傳承所産生的效用。第三部分，從對象及對象接受者兩個角度，論述適應性與自覺性，對三座里程碑的建造進行整體評估並就數碼時代乃至後數碼時代的詞學研究發表意見。以爲，三種批評模式各有長短利弊，並無高下優劣之分。不同的批評模式，不存在相互取代的問題。三種批評模式共同構成對於全部詞學史的一種宏觀把握。

里程碑，就是里程標志。一個階段，一段里程，一個標志。一百年、一千年，到了一個段落，作一個歸納，就是一座里程碑。文學研究，包括詞學研究，對於個别作家，也許已經有人提出過，謂某氏、某氏爲某某里程碑云云，而對於整體，如全部中國詞學史，則未見有人這麽提出過。

我所説中國詞學史上的三座里程碑，指的是李清照、王國維和吴世昌所創建的，可以用作里程標志的三種批評模式——「别是一家」説、境界説和詞體結構論。三種批評模式，三個里程標志，三段里程。第一段，一千年，屬於李清照地段；第二段，一百年，屬於王國維地段；第三段，吴世昌地段，可能是今後的一千年。這就是中國詞學史。

上個月在南京，出席「第二届宋代文學國際學術研討會」，我曾提出這一問題。當時，主要爲著問路。投塊石頭試一試，看看有何動静。今天在這裏，亦講這一問題，則爲著引玉。抛出塊磚頭，希望引起注視，對我提出寶貴的批評意見。

總而言之，講演這一題目的目的有兩個：一是通過這一問題的探討，體驗一下做學問的方法；二是通過對於這一問題的探討，嘗試解决詞學研究過程中所出現的疑惑。而後，在這一基礎之上，對三座里程碑作出評價。

下面試就三個問題分别説明我的論題：

（一）從三座里程碑的推舉，看做學問的方法問題；

（二）從三座里程碑的建造，看詞學研究過程中若干存在問題；

（三）對三座里程碑的評價問題。

第一個問題，關於做學問的方法問題。

首先講個現象，看看中國人到底是怎麽做學問的。這就是由述而不作到著書立説，乃至於著書立學轉變這一現象。這是二十世紀所出現的現象。因爲二十世紀之前，在很長的一段時間內，中國讀書人大都述而不作，衹是到了二十世紀，爲著拿學位，爲著寫論文，纔都「作」了起來。尤其是八十年代以後，立説、立學，蔚爲風氣，「説」與「學」到處都是，則更加令人應接不暇。然而，其所謂「説」與「學」者，又不知道究竟是怎麽一回事。這是須要引起注意的現象。

比如，現在的中國，除了紅學，有金學（金庸的金），有錢學（錢鍾書的錢）以及其他各種學。這麽多「學」，究竟在哪裏呢？前陣子，人家講金學，金庸自己不願意接受。一方面以劉夢溪的話爲依據，謂除了紅學，其他都不宜稱學，如杜甫稱杜學，李白稱李學，等等；一方面表示，現在有時間做學問了，想封筆，不再寫武俠小説。就金庸自己的意思看，其所謂「學」者，好像另有所指，不一定就是人家所講的那麽一回事。其間種種，似有某些不曾爲外人道者，頗難弄得清楚。至於金學、錢學以外的其他各種學，花樣繁多，究竟能不能拿將出來，看一看是個甚麼物事，恐怕也還是個問題。這一切，都須要引起注意。

中國的讀書人，秉承古訓，述而不作，對於著書立説、著書立學，向來考慮得並不太多。好像鍾敬文老先生，他是到了九十三歲纔立説、立學的。那就是「民俗文化學」。他活得長，纔來得及創立。如果不能活到一百歲，想著書立説、著書立學就不那麼容易。時常聽到這麼兩句話：「衹顧耕耘，不管收穫。」以前讀大學，四年或者五年，老師叫讀甚麼就讀甚麼。成績好的留下當助教，分配哪個教研組就到哪個教研組。跟著一位導師，叫幹甚麼就幹甚麼。這已經形成一種傳統。就個體而言，應帶有一定盲目性。而群體，我以爲情況也差不多。比如近代文學、現代文學、當代文學，三段劃分，其中就有問題。三個階段，究竟以甚麼爲依據進行劃分呢？是文學的依據，或者其他甚麼依據？對於這類問題，大多不太計較，反正已經劃分好了。近代文學，從一八四〇年算起，以鴉片戰爭爲分界綫；現代文學，從一九一九年算起，以「五四」新文化運動爲分界綫；當代文學，從一九四九年算起，以中華人民共和國成立爲分界綫。如此劃分，看起來很有道理，仔細想想，卻有不少問題。因爲其劃分，所依據的是幾個重大歷史事件，屬於政治問題，而非文學問題。亦即以政治鬥爭模式進行劃分，而非以文學發展模式進行劃分。是政治的、或者是歷史的，而不是文學的。可是，長期以來，誰也不理會這一些。你怎麽劃分，我跟著怎麽劃分。這就是一種盲目性。總的來看，無論個體，或者群體，都是一種盲目的追隨。當然，祇就承傳關係看，兩種追隨，也還是有所不同的。個體的追隨，一代傳一代，代代相傳，大都有個目標，知道將怎麽行進，並非完全不自覺；而群體則祇是追隨而已，如借用一句時髦的話講，那就是一種「集體無意識」。八十年代以前的狀況，大致如此。八十年代，尤其是一九八五所謂方法年之後，開宗立派，述而且作，學界各領域，則出現另一狀況。有關「説」與「學」，一天一個花樣，有如雨後蘑菇般，大量湧現。但祇是名稱變換，實質並無太大區别。比如某些所謂「學」者，既可稱爲 ABCD 學（社會文化學），翻過來又可稱爲 CDAB 學（文化社會學）。這是盲目性的另一種表現。

兩種狀況，體現一代學風與文風。實在令人憂慮。

這是就二十世紀出現現象所引伸出來的問題。説明：經過一百年，述而不作既已存在一定的盲目性，述而且作同樣缺乏自覺的意識。文學始終没有自己的位置。所謂「説」與「學」者，還是不知道應當到哪裏去找。這確實是須要引起注意的。

我今天的議論，就是針對這一現象而發的。但是，我並不一般地反對著書立説，反對著書立學。揭示這一現象，主要爲著强調：著書立説與著書立學，是一項十分艱巨的工作，並非想著就著，想立就立；所謂「説」與「學」者，是有一定標準的，可以科學方法加以測定。換句話說，那就是：「說」與「學」，既有方法測定，也就有方法創立。這就是我所要講的做學問的方法問題。

做學問究竟有没有甚麽方法呢？亦即怎樣做學問？這類問題，好像不大好回答，但也不一定。陸機《文賦》論作文，就曾提出個方法來，叫「操斧伐柯」。以爲作文之難，難在達意，希望操斧者，注重取則，講究方法，以曲盡其妙。這是從《詩經》那裏得到的啓示。《詩經·豳風·伐柯》有云：「伐柯如何，匪斧不克。取妻如何，匪媒不得。伐柯伐柯，其則不遠。我覯之子，籩豆有踐。」以爲伐柯要有斧頭，娶妻要有媒人；經過砍伐，方纔有所創獲。這是先民的一個重要發現。陸機取材於此；後世所謂「班門弄斧」者，與此亦當有所牽連。如用之於做學問，我看就是這麽一種砍伐與開闢。故《文賦》稱：「操斧伐柯，雖取則不遠，若夫隨手之變，良難以辭逮。」謂砍與伐要有個法則，不能隨意爲之。做學問亦同此道理，須遵守法則。這就是說，要有一定分寸。依照前人的説法，這分寸必取則於柯。柯，就是斧頭柄。以其大小長短爲標準，進行砍伐。這就是「操斧伐柯」。「操斧伐柯」，説起來似有點文皺皺的，如拆除包裝，此砍與伐就是開與闢，是依照斧頭柄的大小長短爲法則所進行的一種開與闢。説得明確一點，此砍伐與開闢，就是一種分期與分類。十分簡單。但是，反過來，如再將其包裝起來，這便成爲一種砍伐之功或開闢之功。非常了不起。我所要講的做學問的方法，就是這麽一種砍伐與開闢。

分期與分類，確實了不起。這是體現大胸襟、大氣象的一種砍伐與開闢，未可等閒視之。以此爲標準，看看過去一個世紀所做的學問，許多學問家，我以爲，其中兩位是不能不提及的。一位王國維，一位胡適。兩位大學問家，在方法上，已爲我們樹立了榜樣。那就是分期與分類。這是十分寶貴的資源。比如胡適，他的半部哲學史和半部文學史，現在可能已經被取代，但他的方法——「大膽的假設，小心的求證」，卻無人取代得了。

胡適「大膽的假設，小心的求證」，一句等於一萬句。所謂分期與分類，就是這麽進行的。譬如，對於中國文學史的劃分，胡適將漢以後中國文學，一刀劈爲兩段：一爲死的文學，一爲活的文學。謂：「古文在漢武帝時已死了。」「從此以後，中國的文學便分出了兩條路子：一條是那模仿的，沿襲的，没有生氣的古文文學；一條是那自然的，活潑潑的，表現人生的白話文學。」（胡適《白話文學史》上卷）這是分類，也是分期，因爲有以後及以前。而對於中國詞史，胡適則將其劈爲三段，三個大時期：第一時期，自晚唐到元初（八五〇——一二五〇），爲詞的自然演變時期；第二時期，自元到明清之際（一二五〇——一六五〇），爲曲子時期；第三時期，自清初到今日（一六二〇——一九〇〇），爲模仿填詞時期。以爲：「第一個時期是詞的『本身』的歷史。第二個時期是詞的『替身』的歷史，也可説是他『投胎再世』的歷史。第三個時期是詞的『鬼』的歷史。」並將第一個大時期，劃分爲三個階段：歌者的詞，詩人的詞，詞匠的詞（以上見胡適《詞選·序》）。這是分期，也是分類，因爲有各種不同類別的歷史。

對於胡適的這一劃分，你也許並不完全贊同，但因其所用以劃分的依據，前者爲文字——文言文或白話文，是一種表達工具，後者爲一種見解，一種對於詞的發展、演變歷史的見解，是對於詞的整體把握，皆屬於文學，而非别的甚麽東西。我想，你應不會否認，這是一種文學的劃分。而且，如就學科建設角度看，胡適的這一劃分，對於立説、立學，無疑已産生一種開山效應。此後凡欲構造中國文學史與中國詞史者，都必須面對胡適所占據的山頭。因此，你當不能否認，這是一種劃時代的砍伐與開闢。這就是胡適對於中國文學史、中國詞史研究所做的貢獻。

至於王國維，他提出「詞以境界爲最上」，將詞劃分爲二類：有境界之最上詞與無境界之最下詞。這種有與無有的劃分，相對於此前通行之本色論，以似與非似論詞，明顯具有一種里程標志。即此前與此後，一個爲古詞學或舊詞學，一個爲今詞學或新詞學。其間，以境界説爲分界綫。王氏劃分，是分類，也是分期。這同樣是一種劃時代的砍伐與開闢。王國維對於中國詞學所做貢獻，主要就是境界説的創立。詳情下文將繼續加以闡發，這裏就不多講了。

王國維、胡適所具有的識見及其在砍伐、開闢上所體現的胸襟與氣象，甚是令人欽佩。這是一種開天闢地的創立。二十世紀學界，恐怕很少有人可與之相比。我說三座里程碑，對千年詞史、詞學史進行分期與分類，既是一種實驗，更重要的還在於推廣，希望王胡二氏之所創立，能够進一步得以發揚光大。這是第一個問題。

第二個問題，關於詞學研究中所出現問題。

以上講方法，這裏講問題。主要爲著顯示實際效用，看看中國詞學史上三座里程碑的建造，對於詞學研究有何幫助？對於詞學學科建設起了甚麼作用？爲此，著重講兩個問題：正名問題與言傳問題。

（一）正名問題——對於艷科與聲學的理解及判斷

爲詞正名，看看詞這玩意兒究竟是個甚麼東西。詞學研究，經過許多年月，進行了老半天，還弄不清楚這一問題，似乎有些好笑，但也没有辦法，因長期以來，詞界對於這一問題，實際上並不曾認真討論過。譬如，詞爲艷科問題。詞爲艷科，大家都這麼說，究竟是怎麼一回事，誰也不加追究。所以，宋人以詞爲艷科，或者過去的人將詞當艷科看待，此等説法也就成了一副標簽，哪裏需要就往哪裏貼。到現在爲止，似乎任何一本論詞的書，衹要涉及到這一問題，大都這麼説，而且不必注明出處。這就是個問題。

詞爲艷科與宋人以詞爲艷科，或者過去的人將詞當艷科看待，兩個命題，究竟出自何典？是否都爲今人所杜撰？目前似已有了定論。

謝桃坊先生《宋詞辨》指出：「其實它並非古人説的一句話，從詞學文獻可以證實是現代詞學家胡雲翼先生於一九二六年出版的《宋詞研究》中關於宋詞基本内容所作的理論概括。」並且，十分肯定地説：「這是中國詞學史上第一次出現『詞爲艷科』的觀念。」因而，可以推斷，衆多論著之所以振振有詞，謂宋人如何如何，過去的人如何如何，恐怕都根源於此。但是，作爲一種觀念，其來龍去脉，前因後果，似乎仍有可探研之處。

《舊唐書・文苑傳》稱温庭筠：「士行塵雜，不修邊幅。能逐弦吹之音，爲側艷之詞。」將「弦吹之音」與「側艷之詞」相提並論，實際上，已涉及聲學與艷科問題。其中，詞之所謂「側」者，乃不正也。側艷，可當邪艷解。這是對於温詞的觀感，亦某種觀念的體現。趙崇祚輯《花間集》，推舉温爲領銜作者，歐陽炯爲撰叙，開篇二句云：「鏤玉雕瓊，擬化工而迥巧；裁花剪葉，奪春艷以争鮮。」同樣亦涉及艷科問題，衹是對於所謂「艷」者，另有解説罷了。因爲「奪春艷以争鮮」，乃與春天比鮮艷，世間萬事萬物，以春天爲最鮮艷，最富生命力，這是與邪艷不同的另一種艷，這種艷，乃無邪之艷，或可稱作正艷。這是對花間詞的觀感，同樣亦爲某種觀念的體現。兩種觀感，兩種觀念，雖未曾稱之爲科，未見「艷科」二字出現，但已有艷科意思在。

這是宋前狀況，大致從邪與正(無邪)兩個不同角度立論。入宋之後，繼往開來，對於歌詞創作，同樣以此爲標準進行褒貶。例如：柳永詞之「詞語塵下」(李清照語)以及王安石、蘇軾等人詞之爲詩之裔，就有明顯的邪正(無邪)之分或者俗雅之別。這種分別，就觀感或觀念的意義上看，與宋前並無不同。宋前、宋後，一脉相承，都以「思無邪」這一傳統詩教原則爲依歸。這是一種大趨勢。這就是説，宋人或者過去的人，並非不曾將詞當作艷科看待，祇是未見明確標榜而已。

李清照著《詞論》，盡管亦曾受到傳統詩教的制約，有點看不起柳永，但其批評晏殊以及歐、蘇，謂其作爲小歌詞，皆句讀不葺之詩，又往往不協音律，卻頗有點反潮流的意味。亦即，並非人云亦云，跟著將詞當艷科看待，或不願將詞當艷科看待，而大作其句讀不葺之詩，以表示改邪歸正，而是勇於以樂府名家，無所顧忌地進行創作，並且以其所擅長，於詞壇別樹一幟。這就是「别是一家」説的創立。「别是一家」，説明至少兩家。正如《詞論》開篇所云：「樂府、聲詩並著，最盛於唐。開元、天寶間，有李八郎者，能歌擅天下。」其兩家，即樂府與聲詩，而李清照乃取樂府一家。這是有别於聲詩的另一家。所謂樂府，用現代人的話講，是一種音樂文學；用前人的話講，就是聲學。劉熙載《藝概・詞曲概》謂：「樂歌，古以詩，近代以詞。如《關雎》《鹿鳴》，皆聲出於言也；詞則言出於聲矣。故詞，聲學也。」將詞當聲學看待，相信李清照也是這一用意。所以,即有「别是一家」説問世。

在中國詞學史上,「别是一家」説之作爲一個里程標志,除了方法上的意義,這一點下文將另叙,此外,對於詞體演進,亦具重要意義。主要是對於聲學的確認。這是有關言與聲的問題。主艷科者(包括將詞當艷科看待而不願以之爲艷科者),重言而輕聲。一班名公巨卿所以「若作一小歌詞,則人必絶倒,不可讀也」(李清照語),大多如此。李清照主聲學,一一加以指摘,《詞論》中之所羅列,都具一定針對性。李清照的創立,既在於糾偏,亦在於正名。爲一代樂歌的生存與發展,提供實踐及理論的依據,這是第一座里程碑所産生的實際效用。

論説至此,似可進行如下推斷:宋人或者過去的人,不僅以詞爲艷科(不願以詞爲艷科,實際亦將詞當艷科看待),而且以詞爲聲學。艷科與聲學,這是一個問題的兩個方面。可有所偏重而不可有所偏廢。這就是因第一座里程碑的建造,爲詞所作正名。

長期以來,因爲用今人觀念替代古人觀念,以今逆古,艷科問題一直弄不清楚,詞學研究不斷出現問題。譬如李清照,你説詞爲艷科,就是邪艷之艷,就要像柳永一樣,去寫一些尋花問柳的事。那麽,李清照當怎麽辦呢?没有理由謂柳永所寫爲艷科,而李清照則不然。於是,北京大學有位老先生,讀李清照詞,就讀出這麽個結果來。李清照《如夢令》曰:

昨夜雨疏風驟。濃睡不消殘酒。試問捲帘人，卻道海棠依舊。知否。知否。應是綠肥紅瘦。

這首詞衹是把當時的狀態寫出來，是一種感受，因春之歸去所産生的一種失落感受，不一定含有更深的意思。這位老先生卻以爲，其中另有文章。謂其所寫，非衹晨早情事，而乃昨天晚上一夜經歷。謂晨早倦卧未起，妻子便問正在捲帘的丈夫：「外面的春光怎麽樣了？」答語是海棠依舊盛開，並未被風雨摧損。但妻子卻説：「不見得吧，應該是綠肥紅瘦，葉茂花殘，衹怕青春即將消逝了。」老先生指出，詞中所寫悉爲閨房昵語。於是，這首詞就變成爲抒寫穠麗艷冶之情的一首邪艷之詞。有一位年紀比較大的女學者見此，感到十分憤怒。一位年紀不太大的女學者則以爲須要三思、再三思。因作爲女性去研究女性，似應更加當行。這位年紀不太大的女學者説「趙君無嗣」，歷史上講李清照的丈夫没有兒子，可能連女兒都没有。而且，明誠入仕後，納妾、冶遊，他們可能有性愛之名而無性愛之實。兩個人睡在一起，不一定像老先生解釋的那樣，一夜風雨。這位女學者甚麽都知道，就像周邦彦曾經躲在李師師與宋徽宗床底下一般。這是另一種解釋。似乎很有點新意思，但説來説去，還是以詞爲艷科，硬將一個邪字往李清照頭上栽。這麽做之是否恰當，似乎更加值得三思、再三思。

所謂名之不正，則言不順，這是須要解決的問題之一。

（二）言傳問題——對於方法與模式的運用及承傳

以上正名，側重從「破」的角度説明問題，以下説言傳，則希望有所建立。

中國詞學史上，三段里程，三座里程碑，主要標志是批評模式。三段里程，三種批評模式，其區別體現於言傳。這是手段，同時也是一種目的。弄清楚這一問題，不僅在理論建設上，有助於對三座里程碑的體認，而且，在實踐過程中，對許多具體問題的解決，相信也將提供有益的借鑒。這就是我所説的一種建立。

爲此，我曾以三種形式體現——似與非似、有與無有以及生與無生，描繪三種批評模式。

1. 似與非似，這是以本色論詞的標準及方法

似，本色；非似，非本色。就這麽簡單。例如，陳師道《後山詩話》云：「退之以文爲詩，子瞻以詩爲詞，如教坊雷大使之舞，雖極天下之工，要非本色。今代詞人唯秦七、黄九爾，唐諸人不迨也。」雷大使，教坊舞蹈教練。天下所有本領、技巧，都集其一身。蘇氏似之，卻非本色。乃詞之本色，而非舞之本色。判斷標準，似與非似。如此而已，並不須要説出多少道理來。這就是以本色論詞的一個典型。

以本色論詞，衹須意會，不必言傳。草創時期，大致如此。説明尚未有一定標準。

李清照著《詞論》，重意會，並重言傳。如云「詩文分平側，而歌詞分五音，又分五聲，又分六律，又分清濁輕重」，以及尚故實、主情致，强調典重、高雅、鋪叙、渾成，等等，既説出一代樂歌——樂府與聲詩的區别，亦爲似與非似的分析與判斷，提供較爲切實的依據。

這是有意識的標榜。而作爲一位知音作者，李清照不僅注重言傳，有《詞論》一篇行世，而且注重身教，以一卷「漱玉」，顯現其本色。因此，體認似與非似這一標準及方法，尚須讀其作品。將言傳與身教，合而觀之，纔能得其神髓。這就是説，一首詞之似與非似，本色非本色，可以漱玉詞爲標準進行檢驗。看看所謂當行本色，或者當行出色，究竟是怎麽一回事。當行本色，或者當行出色，這是前人贊揚李清照的話，但大多不曾説出個所以然來。是不是因爲是女性寫的，所以像詞呢？因而也就當行本色，或者當行出色，我看不能這麽下結論。而從具體作品看，我以爲，這應當就是一種白描功夫。王維《山居秋暝》之前半云：「空山新雨後，天氣晚來秋。明月松間照，清泉石上流。」這就是白描。詩六藝中，屬於賦，而不是比興。就這麽寫下來，毫無凴借。李清照就喜歡這樣。如《一剪梅》下半：「花自飄零水自流。一種相思，兩處閒愁。此情無計可消除，纔下眉頭，卻上心頭。」如果説「花自飄零水自流」，用的是比興，那麽以下説愁，即純是白描。因爲白描，勿須假借，衹是直説，所以能寫出本色來。因而，所謂當行本色，或者當行出色，奥秘就在這裏。

從陳師道到李清照，以本色論詞經歷了一個重要過程，乃無有定準到有了定準的過程。於是，以本色論詞，似與非似，也就有了依據。中國詞學史上之第一座里程碑，就是這樣建造起來的。

2. 有與無有，這是以境界説詞的標準及方法

王國維《人間詞話》手訂稿六十四則先後於一九〇八—一九〇九年間發表，詞界出現另一批評模式——境界説。以境界説詞，謂「詞以境界爲最上」，有最上者，就有最下，一切以境界爲標準。有，就是好詞；無有，就不是好的詞。以前説似與非似，除了通過一定標準進行判斷，尚須依賴於感悟，因而具有較大的不確定性；現在説有與無有，則可以某種手段加以測量，相對較爲確定。因爲有境界，就有一個空間在那裏，有長、高、寬，有深淺與厚薄，可以用現代科學的方法加以測量，用現代科學語言進行表述。例如「詩之境闊，詞之言長」，其闊大與深長就可以測量。再闊大、再深長都量得出來。即使是恒星，都能知道跟我們的距離有多遠。比起似與非似，以境界説詞，應更有了定準。這是第二座里程碑。同時，王國維亦十分自信，必欲憑藉爲數並不太多的哲理詞，爲其學説張目，並與古之詞人相抗衡。

但是，到了二三十年代，境界説被胡適、胡雲翼推衍爲風格論，「詞以境界爲最上」，變成以意境爲最上，以豪放爲最上。這就並非夫子之本意了。

五十年代，中國詞學史進入蜕變期。境界説主要在美學界與哲學界通行，詞界講風格。哲學、美學以意境替代境界，强調主觀與客觀的統一。講風格者亦以此爲理論基礎，鼓吹以蘇、辛爲主幹的豪放詞。六十年代初，豪放與婉約之二派説，發展、演變爲豪放、婉約「二分法」；以意境爲最上，以豪放爲最上，變成爲以愛國主義爲最上。

文化革命結束，撥亂反正，一切翻轉過來。重豪放、輕婉約，變成爲重婉約、輕豪放。所奉行的也還是風格論。

八十年代以後，風格論面臨著絶境。人們改弦易轍，大搞美學闡釋、文化闡釋，算是對於境界説的回歸。幾十年過去，境界説被異化，現在又返回原來的位置。

在中國詞學史上，境界被用作一把可以當法則、法律運用的尺子，而加以標榜，這是王國維的一種創立。運用過程中，情況起變化，應當非其所願，即非其意料中事。但這一過程，有位人物，卻值得一提。那就是胡適。在政治上，胡適曾被當作反動派，但他的學術觀點卻非常革命。三十年代，胡雲翼演繹風格論，承襲胡氏衣鉢。五六十年代，直至改革、開放以後，大陸學界，許多「左」的觀點都是從胡適那裏來的。現在依然如此。這可能是境界説之被異化，在理論上的一個重要原因。

有感於境界説之被異化，我曾撰寫《論「意＋境＝意境」》一文（載北京《文學遺産》一九九七年第五期），大膽進行判斷。謂：人與事合爲意，時與地（空）合爲境，二者相加，就是意境。我將境當作負載意的一種容器或載體，試圖以最簡單的公式，概括較爲複雜的理論問題，從而在哲學層面上，重新解讀境界説。我以爲，祗有正確解讀，端正觀念，有與無有，纔能把握得好。

3. 生與無生，或者無生與生，這是以結構論詞的標準及方法

以結構論詞，指的是吴世昌先生的結構分析法以及由此所創立的詞體結構論。所具代表性的著述有，四十年代所刊發系列文章——「論詞的讀法」四章以及八十年代所刊發《周邦彦及其被錯解的詞》一文。吴世昌先生以「以小詞説故事」，通過故事所構成有句、有篇的詞章爲典型事例，進行結構分析，歸納、概括出這麽一條法則：「在情景之外，滲入故事：使無生變爲有生，有生者另有新境。」這是吴世昌先生「讀原料書」、直接與作者交涉的一個重要發明。讀書、交涉過程，吴世昌先生將北宋詞的發展演變，劃分爲三個階段：第一階段，直接説情，爲「花間」與「尊前」的繼續；第二階段，説情、佈景，互相配合，柳永與張先的開拓；第三階段，在情景之外，滲入故事，周邦彦的特别貢獻。

吴世昌先生指出：柳永、張先分筆寫江山之勝、遊宦之情，真能雙管齊下，但其缺點是，情景二者之間無「事」可以聯繫，情景並列如單頁畫幅。未能寓情於景，情景交融，使得萬象

皆活。故此，吴世昌先生説：「救之之道，即在抒情寫景之際，滲入一個第三因素，即述事。必有故事，則所寫之景有所附麗，所抒之情有其來源。使這三者重新組合，造成另一境，以達到美學上的最高要求。」這就是從無生到有生的轉變。吴世昌先生的結構分析法，就以此爲出發點。

我將吴世昌先生的結構分析法，當作一種批評模式，一種里程標志，主要看其效用，即生與無生這一言傳形式對於詞學傳承所産生的效用。在這一點上，我以爲，吴世昌先生的發明，是值得推廣的。至於理論建造，亦即詞體結構論的創立，我看亦當實事求是地給個説法。固然，吴世昌先生讀書著文，並不特别標榜甚麽「論」，但這並不等於説，吴世昌先生就没有理論。從結構分析法到詞體結構論，二者之間確實有著一段距離，但在結構分析過程中，吴世昌先生對於詞體結構論所當具備諸要素（條件），包括標準、方法及具體運用，都曾作過精闢論斷。結構分析法與詞體結構論，二者之間，實際上衹剩下個包裝問題，也就是理論説明問題，要不，就没有太大區别。

包裝，或者理論説明，吴世昌先生去世之後，我十分注重這一工作。

一九九〇年，赴緬因出席「國際詞學研討會」，我提交了一篇論文——《詞體結構論簡説》（載臺北《中國文哲研究通訊》第三卷第二期），首次將其當作一種理論，或者學説，提供研討。

一九九三年，在臺北參加「第一屆詞學國際研討會」，演説「屯田家法」，再次引申吴氏學説（文載「中研院」中國文哲研究所編委會主編《第一屆詞學國際研討會論文集》）。一九九八年，吴世昌先生九十周年誕辰紀念，撰寫《吴世昌與詞體結構論》一文（載北京《文學遺産》二〇〇二年第一期），對於吴氏發明進行全面闡發。在紀念會上，演説兩個海寧，我曾將吴海寧（吴世昌）與王海寧（王國維）並提。以爲：「繼王國維之後，二十一世紀之中國詞學，將是吴世昌時代。」

依據吴世昌先生的論斷，「以小詞説故事」，關鍵在於第三因素的滲入。這是「情」和「景」之外的「事」。吴世昌先生以爲，滲入此因素，即萬象皆活。這是其結構分析定律。如在一般層面上，將其加以推演，這一定律也就是二元對立定律，或者二元對立關係（Binary Opposition）。結構分析，講究第三因素；二元對立，講究中介。第三因素就是中介。有此中介或因素，兩個互相對立、互相依賴的單元，可以化合，也可以分解；有此中介或因素，原來没有聯繫（無生）的「情」和「景」，將另出「新境」（有生）。這一中介或因素，可以看作是種催化劑，至關緊要。二元對立關係，乃人類心靈的基本運作模式，吴世昌先生的結構分析法，當亦依此模式運作。因此，這就是我所説的吴世昌與詞體結構論。

以下，我想以一二具體事例，證實其效用。

先看李煜《虞美人》：

春花秋月何時了。往事知多少。小樓昨夜又東風。故國不堪回首月明中。　雕闌玉砌今猶在。祇是朱顔改。問君能有幾多愁。恰似一江春水向東流。

這首詞所説「往事」，一般被理解爲「故國」，或者「雕闌玉砌」，大多將李煜和道君皇帝（趙佶）同等看待，以爲不過自道身世之戚而已。實際並非如此。因此刻作者將人間、天上界限打通，其所思想，已超出一己私利，成爲一種大承擔；用王國維的話講，就是「儼有釋迦、基督擔荷人類罪惡之意」。解讀這首詞，不能停留在人間，而應當著眼於東風與明月，並以之爲中介，升華至天上。因此，其所謂「往事」，就不單祇是宫廷中的人和事，而是春花秋月一般美好的人和事。這是因中介的聯繫，由無生到有生所引發的聯想，即第三因素——「小樓昨夜」有關情事，滲入之效用。如此解讀，相信較能切合作者之作爲釋迦、基督的身份。

再看蘇軾《臨江仙》（夜歸臨皋）：

夜飲東坡醒復醉，歸來仿佛三更。家童鼻息已雷鳴。敲門都不應，倚杖聽江聲。

常恨此身非我有，何時忘卻營營。夜闌風静縠紋平。小舟從此逝，江海寄餘生。

這首詞説一次醉酒的經歷，將此身與江海，聯繫在一起，頗富哲理意味。以本色論衡量，看其似與非似，李清照可能不太認同，以爲是一首詩；用境界説解讀，看其有與無有，不知道該怎麽測量。不過，如果用結構論分析，也許可以説出一點道道來。結構論講究二元對立，兩個互相對立、互相依賴的單元，中間必有個「事」聯繫。這首詞，就上下片題材的分配及組合看，其用以聯繫的「事」，就是「倚杖聽江聲」。以此爲中介，對於進（醒）與退（醉）以及短暫（此身）與久長（江海）、有限（人生）與無限（宇宙）一類問題進行思考，因有「小舟從此逝」之奇想。這就是另出之新境。我想，作者所説的應當就是這麽一種體驗。

三種言傳形式，三種里程標志，千年詞史、詞學史，百年詞史、詞學史，就是這麽寫下來的。

第三個問題，關於三座里程碑的評價問題。

這是一種歷史的考察，準備以過去、現在、將來三個時段，對之進行評估。

（一）歷史功績：三種形式體現，三個里程標志

批評模式之作爲一種言傳形式，無論似與非似之言傳與意會，或者有與無有之深淺與厚

薄，以及生與無生之化合與分解，説到底，都是個形式問題，其流行與不流行，主要看其對於内容究竟適應或者不適應，亦即看其對於詞學傳承所起的作用。具有較大的適應性，能够促進承傳，自然行之久遠；否則，自然被淘汰。這是一般道理，也是普通規則。中國詞學史上三種批評模式之所以能够成爲三個里程標志，就是由這種適應性所決定的。

就批評模式自身看，流行過程是對其適應性的一個調節過程。不斷調節、不斷適應、不斷完善。歷代詞家、詞論家，都爲此做了許多工作。而就不同批評模式看，流行過程也是個互補互救的過程。不同批評模式，各有不同的長短利弊，並無有高下之分與優劣之别。批評模式與批評模式之間，不存在互相取代的問題。這就是説，三種批評模式對於詞學傳承的適應性是各不相同的。比如説，用現代的觀點看，本色論比起境界説來，似乎較爲朦朧。既缺乏清晰性、系統性、科學性，學習、掌握和運用，亦比較困難；而境界説則有一定之數，似乎具備了某種準確性和科學性。照理説，本色論這一傳統批評模式，似當被境界説所取代，而實際卻不然。三段里程，三種模式，各依循一定的路向，改造、充實，以臻於完善；三段里程、三種模式，各有自己的地盤，各有自己的建樹，不必要刻意進行褒貶。在某種意義上講，這就是同中之異。

但是，隨著社會發展、詞業發展以及觀念、方法的不斷變换與更新，模式問題也面臨著一個變換與更新問題。批評模式與批評模式之間，存在著舊與新之分以及古與今之別，不能不分別看待。這一變換與更新，應當就是異中之同。

這是對於三座里程碑的基本評估。

（二）目前狀況：詞學的誤區及誤區的詞學

目前狀況，主要看詞界對於三種批評模式的認同程度，屬於接受者的狀況。上文所説境界説之被異化，體現一種認同程度；異化之繼續以及由異化而回歸，也是認同程度的一種體現。認同不認同，自覺或者不自覺，於是乎，詞界有所謂誤區出現。這是從另一角度對三座里程碑所進行的評估。

異化，也就是變種，與詞界長期流行的一種錯解密切相關。這種錯解，就是對於概念與模式的混淆。比如，衹是將境界説當境界看待，而非當一種批評模式看待。褒之者謂其融匯、注入西方的新觀念，令舊概念耳目一新；貶之者以爲境界一詞（概念），古已有之，並非甚麽新鮮貨色。這一錯解，致使境界説這一批評模式遲遲未能充分發揮效用，而其變種——風格論，則大行其道。我所説的誤區，是有一定針對性的。

數年前，結撰「吴世昌與詞體結構論」，我曾揭示這一現象。謂：此「區」之所謂「誤」者，可歸結爲兩個方面問題：「詞學」與「學詞」問題以及批評模式問題。前者説學風，後者説方法。當時所指，主要是風格論。以爲：以風格論詞，强調意而忽視境，祇是注重於豪放或婉約之風格評賞，於外部進行感發聯想，造成許多困惑。而就目前狀況看，種種困惑，其所造成，除了風格論外，可能還與詞界普遍存在自覺性的欠缺相關。祇知道做甚麽，不知道爲甚麽這麽做；或者既有意無意接受某種觀念、方法與模式的規範，卻仍然不自知。種種困惑之所呈現，構成誤區中的詞學。這一切，在另一意義上，證實了作爲里程標志的三種批評模式的存在價值。這就是另一角度的評估。

（三）發展前景：有法之法與無法之法

在中國詞學史上，三座里程碑的建造，並非偶然。就承傳關係看，三座里程碑的建造，既是幾代人的經驗積累，亦影響一代或幾代人的研究思路和學術思想，乃一寶貴的資源。

隨著現代科技的迅猛發展，人類已進入數碼時代。無論宇宙空間，或者人體基因，一切都已經數碼化。未來世界，詞學研究相信亦不能免。如何迎接挑戰，將數位解碼列入課題，已不是十分遥遠的事情。

數位解碼，説複雜就複雜，説簡單就簡單。因爲世間萬事萬物，其存在形式，都是一種排列與組合。太極、兩儀、四象、八卦、六十四卦，以及數學中的二進制，恐怕都是由「一與多」這一公式衍生出來的。數碼世界，程式繁多，變化無窮，祇要按下鍵盤，就甚麽問題都解決；詞的世界，似亦如此。無非上片、下片，二元對立，一樣依照人類心靈運作模式運作。在新的歷史條件下，適應性和自覺性都將有較大幅度的調整，作爲里程標志的三種批評模式——本色論、境界説、詞體結構論，必將各自顯示出各自特有的效用。尤其是詞體結構論，化合、分解，生與無生，似當更加有其用武之地。上文所説吴世昌地段，正是寄望於此。當然，所謂無法至法，在某種情況下，往往無有一定之法比有一定之法爲好。未來世界，智能化之推進，其趨勢，應是取消數碼。人類社會必將從數碼時代，進入不要數碼的時代，一種理想的混沌狀態。這一點，相信現代人已經越來越清楚地感覺到了。不過，到了那個時候，大徹大悟，説不定本色論之所謂似與非似的批評方法，反倒大派用場。這是後話。謝謝大家。

（何愛蓮、李飛、何曉敏整理）

注釋：

① 王國維《人間詞話》本編第九則。據《蕙風詞話·人間詞話》合刊本，人民文學出版社，一九六〇年，頁一九四。

② 參見拙作《李清照的〈詞論〉及其「易安體」》，載《中國古典文學論叢》第四輯。人民文學出版社，一

九八六年。

③李清照《詞論》，據胡仔《苕溪漁隱叢話》後集卷第三十三。

④晁以道語，《歷代詩餘》卷一七五引。上海書店，一九八五年。

⑤參見蔡嵩雲《柯亭詞論》。據《柯亭長短句》附録。

⑥據《海寧王静安先生遺書》第十五册。商務印書館，一九四〇年，頁二一。

⑦原載北京《文學評論》一九八九年第五期。

⑧商務印書館，民國十六年（一九二七年）。

⑨大陸書局，民國二十二年（一九三三年）。

⑩北新書局，一九三三年。

⑪《中國詞史大綱》，頁一三九—一四〇。

⑫同上，頁一四。

⑬業師吴子臧論詞中「胡説派」稱：近代以來論詞者，從胡適直到胡雲翼等人，以豪放、婉約劃綫，「言必稱蘇、辛，論必批柳、周」，尋根究底，其根源就在他們的老祖宗胡寅那裏。參見拙文《吴世昌傳略》，載太原《晉陽學刊》一九八五年第五期。

⑭中華書局，一九六二年。

⑮元稹《樂府古題序》，《元氏長慶集》卷二十三，《四部叢刊》本。

⑯ 參見神田喜一郎《日本にゎけて中國文學》(日本東京二玄社，一九六七年)第一卷《日本填詞史話》上册《填詞の濫觴》一節。

⑰ 張德瀛《詞徵》卷五曰：「《樂府雅詞》謂是調至宋時已不歌，故黄魯直衍之爲《鷓鴣天》，蘇子瞻、徐師川復衍之爲《浣溪沙》。」據唐圭璋《詞話叢編》本。又，蘇軾《浣溪沙》，詞序稱：「玄真子《漁父》詞極清麗，恨其曲不傳，故加數語，令以《浣溪沙》歌之。」據《東坡樂府箋》(商務印書館，民國二十五年)。

⑱ 據《欽定詞譜》。中國書店，一九八三年。

⑲ 據《詞話叢編》本。

⑳ 參見「表現手法的程式化」一段，《詞與音樂關係研究》。中國社會科學出版社，一九八五年，頁二三六—二三七。

㉑ 詳參拙著《詞與音樂關係研究》第十四章第二節。

㉒ 參見《填詞の濫觴》。

㉓ 沈義父《樂府指迷》謂：「《西江月》起頭押平聲韻，第二、第四句就平聲切去，押側聲韻。如平聲押『東』字，側聲須押『董』字、『凍』字方可。」龍榆生《唐宋詞格律》以此爲依據並以柳永叶之以「覺」、「了」(皆上聲)者爲定格。二者均欠妥。詳參拙作《建國以來新刊詞籍彙評》，北京《文學遺產》一九八四年第三期。

㉔ 譚獻《復堂詞話》語，《詞話叢編》本。
㉕《別林斯基論文學》。新文藝出版社，一九五八年，頁二三三。下同。
㉖ 詳參吴世昌《論詞的章法》，載《羅音室學術論著》第二卷《詞學論叢》。
㉗ 許昂霄曾指出，柳詞中《玉蝴蝶》與《雪梅香》《八聲甘州》數首，蹊徑彷彿。説可參。據《詞綜偶評》。《詞話叢編》本。
㉘ 子臧師指出：「第一段叙目前所見景物，第二段追憶過去情況，末段再回到悄然回去，寄以哀感。」（《論詞的章法》）可見此詞亦以時間推移方式叙説相思情緒。
㉙ 蔡嵩雲《柯亭詞論》。
㉚ 載香港《大公報》一九八七年五月十八日及五月二十五日藝林副刊。
㉛ 周濟評周邦彦《浪淘沙慢》（「曉陰重」）一語。據《宋四家詞選》。
㉜ 沈義父《樂府指迷》：「作詞當以清真爲主，下字運意，皆有法度，往往自唐、宋諸賢詩中來，而不用經史生硬字面，此所以爲冠絶也。」
㉝《介存齊論詞雜著》，《詞話叢編》本。
㉞ 詳參拙作《鋪叙與鈎勒》。
㉟ 詳參《周邦彦和他被錯解的詞》，載北京《文史知識》一九八六年第十一期。
㊱ 前者所述故事有插曲，可説是兩個故事，後者合説一個連續的故事。詳參吴世昌《論讀詞須有想

像》，載北京《文史知識》一九八三年第八期。

㊲ 詳參吴世昌《論讀詞須有想像》。

㊳ 吴世昌曾以崔詩比附周詞，謂首句即「劉郎重到，訪鄰尋里」。次句即「褪粉梅梢，試花桃樹。個人癡小，盈盈笑語」。三句即「知誰伴，名園露飲，東城閒步」。末句即周詞起首三句。據《論詞的章法》。案：如此看來，周詞所述，正是「用唐人詩櫽括入律」（陳振孫語）的例證。

㊴ 參見沈祖棻《宋詞賞析》。上海古籍出版社，一九八〇年，頁一二〇。

㊵ 劉肅《片玉集序》。據朱祖謀《彊村叢書》本。

㊶ 載北京《中國社會科學》，一九八七年第五期。

㊷ 范開《稼軒詞序》，據涵芬樓影汲古閣鈔本《稼軒詞》。

㊸ 黄梨莊評辛語，《詞苑叢談》引，據《詞話叢編》本。

㊹ 辛棄疾《淳熙己亥論盜賊劄子》，據鄧廣銘輯校《辛稼軒詩文鈔存》。

㊺ 梁啓超評柳永《八聲甘州》云：「飛卿詞『照花前後鏡，花面交相映』。此詞境頗似之。」據梁令嫻《藝蘅館詞選》乙卷轉引。

㊻ 《舊唐書·劉子玄傳》。

㊼ 《論詞的章法》。《羅音室學術論著》第二卷《詞學論叢》，頁五五。

㊽ 載一九九四年八月十九日及二十六日香港《大公報》藝林副刊。

㊾載北京《文學評論》一九八九年第五期。

㊿據《詞選》。商務印書館，民國十六年（一九二七年）。

51《中國詞史大綱》頁一三九—一四〇。北新書局，一九三三年。

52載一九四七年十二月八日—一九四八年四月一日天津《民國日報》。《顧隨文集》，題稱《東坡詞説》。上海古籍出版社，一九八六年。

53載上海《詞學》第六輯。華東師範大學出版社，一九八八年。《顧隨文集》題稱《稼軒詞説》。

54《倦駝庵稼軒詞説》卷下《清平樂》析辭。

55借用周汝昌論「高致」語。據《〈蘇辛詞説〉小引》。《詩詞賞會》頁二四三。廣東人民出版社，一九八七年。

56據《詩詞散論》。開明書店，一九四八年。

57載南京《斯文》一九三八年三月。

58《兩宋詞風轉變論》。載上海《詞學季刊》二卷一號（一九三四年十月）。

59上海《詞學季刊》二卷二號（一九三五年一月）。

60上海《詞學季刊》三卷三號（一九三六年六月）。

61蘇州《制言》三十七、三十八期合刊（一九三七年四月）。

62詳參拙作《夏承燾與中國當代詞學》。載北京《文學遺産》一九九二年第四期。

⑥③ 據一九四六年九月二十四日、十月一日、十二月三十一日及一九四七年一月十四日南京《中央日報》文史週刊。

⑥④ 詳參《論詞的章法》。

⑥⑤ 夏承燾《月輪山詞論集·前言》。中華書局，一九七九年。

⑥⑥ 據《宋詞選·前言》。中華書局上海編輯所，一九六二年。

⑥⑦ 據《談談詞的藝術特徵》。北京《語文教學》一九五七年六月號。

⑥⑧ 此稿後整理爲《詞學十講》，由福建人民出版社於一九八八年七月出版。臺北里仁書局一九九六年一月出版，題稱《倚聲學》，副題「詞學十講」。

⑥⑨ 載上海《學術月刊》一九六二年二月號。

⑦⓪ 馬興榮《建國三十年來的詞學研究》。《詞學》第一輯。華東師範大學出版社，一九八一年。

⑦① 施蟄存《施蟄存致周楞伽》。西安《西北大學學報》一九八〇年第三期。

⑦② 萬雲駿《試論宋詞的豪放派與婉約派的評價問題——兼評胡雲翼的〈宋詞選〉》。上海《學術月刊》一九七九年第四期。

⑦③ 《再評胡雲翼〈宋詞選〉》。據《詩詞曲欣賞論稿》，中國社會科學出版社，一九八六年，頁三三一。

⑦④ 參見胡適《詞選》姜夔小傳及胡雲翼《宋詞選》評二詞語。

⑦⑤ 據《詩詞曲欣賞論稿》，頁三三一。

⑯ 萬雲駿評胡雲翼語。見《試論宋詞的豪放派與婉約派的評價問題——兼評胡雲翼的〈宋詞選〉》。

⑰ 據《有關蘇詞的若干問題》。載北京《文學遺産》一九八三年第三期。

⑱ 北京《文史知識》一九八三年第九期。

⑲ 據拙作《吴世昌傳略》。《中國當代社會科學家》第八輯，書目文獻出版社，一九八六年，頁一一一。

⑳ 蘇軾《惠崇春江晚景》其一：「竹外桃花三兩枝，春江水暖鴨先知。蔞蒿滿地蘆芽短，正是河豚欲上時。」《蘇軾詩集》卷二十六。王文誥輯注本。

㉑ 載臺北《中國文哲研究通訊》第三卷第二期，一九九三年六月。

㉒ 《關於批評模式的思考》。載南京《中國詩學》一九九一年第一輯。

㉓ 據《詞選》自序。

第三章　詞學學科的建造與規劃

第一節　詞學的自覺與自覺的詞學

——關於建造中國詞學學的設想

本文從文學自覺的角度，提出中國詞學學的建造問題。第一、二部分，分期與人物，著重説今詞與今詞學。從一九〇八年王國維發表《人間詞話》説起，以爲今詞學的開始。今詞學的三個時期以及第三個時期的三個階段，七位代表人物，包含百年歷史。這是建造詞學學的大背景。第三部分，現狀問題。著重以詞學觀念及詞學批評模式二事，論述詞學學的建造基礎。明確指出：這是研究詞學自身存在及其形式體現的一門學科。所謂研究之研究，這就是詞學學。建造設想，既針對現狀，爲著補偏；亦面向未來，爲著學科建設。以爲：祇有端正觀念，完善倚聲之學，講究方法，注重探本模式，詞中六藝——詞集、詞譜、詞韻、詞評、詞史、詞樂，方纔能够全面得以發揚光大，自覺的詞學，也纔能够因此而確立。

今詞、今詞學，與古詞、古詞學，乃相對而言；而詞學學，即對於詞學，尤其是今詞學的發展、演變所進行的一種歸納與概括，或者經驗總結。這是關係到學術史的問題，因可將其看作一門有關研究之研究的科目。這一科目所包括範圍，即詞中六藝。這裏，我將其合併爲三個方面：論述之學，考訂之學，倚聲之學。這是今詞學的主要組成部分，亦詞學學的建造依據。因此，如爲斷定義界，可以説，這是研究詞學自身存在及其形式體現的一門學科。

本文著重以詞學觀念及詞學批評模式二事進行探討，希望爲詞學學的確立打下初步的基礎。

一　關於分期問題

建造詞學學，必須從今詞、今詞學説起。今詞問題，拙文《百年詞通論》已曾論列①，這裏著重説今詞學問題。

我説今詞、今詞學，而不説當代詞、當代詞學或者現代詞、現代詞學，有如時下所稱當代文學或者現代文學，自有一定用意。就對象本身而言，這是學科自覺的一種體現，而就對象的研究者而言，則爲一種觀念的標榜，也是某種自覺性的體現。

二十世紀，在文學方面，有資格稱得上自覺治史的大學問家，似乎祇是胡適一人。胡適憑藉表現工具——白話或文言，將漢以後的中國文學，一刀劈成二段，一爲生動的活文學，一爲僵化的死文學，從而進行史的重構②。我十分欽佩這種胸襟及膽略。這是將文學當作文學研治的一種自覺。但是，胡適之後治文學史者，大都缺乏這種自覺。不是按照朝代更替進行判斷與確立，就是按照政治鬥争模式之變换進行判斷與確立。例如：有關近代文學、現代文學、當代文學的界定及劃分，即將一八四〇年鴉片戰争以來文學稱爲近代文學，將一九一九年「五四」新文化運動以來文學稱爲現代文學，而將一九四九年中華人民共和國成立以來文學稱爲當代文學。這一界定及劃分，就是缺乏文學自覺的一個典型事例。

我不贊成這種界定及劃分。因而，説今詞，注重分期問題；説今詞學，亦有意在分期問題上做文章。我以爲，就對象本身而言，三個年份——一八四〇、一九一九以及一九四九，都並非十分要緊，而一九〇八，纔最緊要。因爲正是在這一年，王國維發表《人間詞話》，倡導境界説，爲中華詞學打開了新的一頁③。所謂今詞學，就從這一年開始。亦即：一九〇八年以前的中華詞學，爲古詞學或舊詞學；一九〇八年以後的中華詞學，爲今詞學或新詞學。所謂分期問題，關鍵就在於此。

以一九〇八年爲分界綫，將中華詞學一刀劈成二段：一段爲古，一段爲今；一段爲舊，一段爲新。如此判斷與確立，並非無所依歸，隨意爲之，而乃有根有據，切合實際。其所根據，就是作爲對象本身自覺存在的主要標志——詞學批評模式。以此爲根據，進行判斷與確立，對象本身的存在及存在形式，自然能够切實把握。例如：斷定一九〇八年以前的中華詞學爲古詞學或舊詞學，根據本色論。依本色立論，以似與非似爲標準進行判斷。似，本色；非似，非本色。而判斷過程，所謂似與非似，衹可意會，不可言傳，衹是强調一個悟字。這就是前一段詞學的存在及存在形式。斷定一九〇八年以後的中華詞學爲今詞學或新詞學，根據境界説。依境界立説，以有無境界爲標準進行判斷。有境界，所以爲最上；無境界，等而下之，或者最下。而判斷過程，所謂闊大與深長，或者高下與厚薄，既可以現代科學方法測量，又可以現代科學語言表述，似乎都可以落到實處。這就是後一段詞學的存在及存在形式。前後對照，何者爲古、何者爲今，何者爲舊、何者爲新，也就可以斷定得十分清楚。這是我對於中華詞學的總觀感。

以上大段落的劃分，既爲確立界限，亦爲著正名。兩個段落包括全部詞學史。前一個段落已經千年，後一個段落尚不足百年。千年歷史，暫且勿論。本文著重論述一百年。數年前撰寫《中國當代詞學史論綱》，曾將此百年歷史劃分爲三個時期：開拓期、創造期、蛻變期。這是段中之段。爲著評説此中七家，今擬再作一番扼要描述。

（一）開拓期。這段時間並不太長。從一九〇八年算起，大約十年。新的批評模式境界說剛剛出現，舊的批評模式本色論仍然盛行。這是今詞學發展的準備時期，雖未見有何特別造就，卻是開天闢地的第一板斧，不能不加以稱述。

（二）創造期。這段時間大約三十年，包括二十世紀二十年代、三十年代及四十年代。新舊批評模式，各自朝著不同方向發展，左、中、右三翼各自有所承繼，有所創造，今詞學的基業已初步奠定。與開拓期相比，新舊兩種批評模式，經過改造與充實，或者充實與改造，都曾產生較大變化。例如境界說，於開拓期尚未見實質性的效應。之後，由於胡適、胡雲翼相繼推衍，逐步向左傾斜，以至演化爲風格論。這是一種改造。而顧隨、繆鉞，進一步給予添加及説明，則爲一種補充。改造與補充，令境界説這一新興批評模式於詞林占居一席地位。又如本色論，所謂充實與改造，功夫主要用在言傳上面。幾位代表人物——夏承燾、唐圭璋、龍榆生以及吴世昌，分别從詞學考訂、詞學論述、詞體結構諸多方面，現身説法，以證實其自覺存在。尤其是吴世昌，推行結構分析法，不僅爲本色論的言傳，提供事實依據，而且亦爲詞體結構論的創立打下堅實基礎。因而，作爲傳統批評模式——本色論，由開拓期進入創造期，其主導地位則更加穩固。詞家三翼，若將胡適、胡雲翼劃歸左翼，夏氏諸輩則爲右翼。左、右二翼各持己見，各自表述，皆有可觀的業績出現。這是今詞學發展的一重要時期。詞學各領域的建設，至此已初具規模。

（三）蜕變期。這段時間長達五十年，一直到新舊世紀之交。所謂蟬蜕龍變，自然與創造期的發展變化有所不同。在某種意義上講，應是異化的一種體現。五十年時間，大致可劃分爲三個階段。

1. 批判繼承階段。這是「文化大革命」前十七年間所經歷階段。左翼詞學家當時得令。右翼詞學家除了將創造期舊作推出印行或加以翻新之外，暫且無有太大作爲。這一階段，由境界説推衍而成的風格論，逐漸占居主導地位；而且以風格論詞，逐漸升級爲以豪放、婉約「二分法」論詞。所謂重豪放、輕婉約及至以政治批判替代藝術研究，已是極其明顯的異化，乃文學異化爲政治。

2. 再評價階段。這是「文化大革命」後七、八年間所經歷階段。乃上一階段之反動，否定之否定，或者批判之批判。左翼詞學家逐漸失勢。與社會上所有平反昭雪、推翻冤假錯案做法一樣，右翼詞學家將過去一切推倒重來。表面上看褒揚與貶斥，互相掉换，一切都朝著相反方向發展；實際上换湯不换藥，所用批評模式仍舊是自己所否定與批判的「二分法」。這是文學異化爲政治的另一表現形式。

3. 反思探索階段。這是一九八五年後所經歷階段。與以上兩個階段有所不同：以上所説，側重於大陸詞界；這一階段，除了大陸，還包括大陸以外詞界。這是一九八五所謂「方法年」後所出現的狀況。詞家三翼，進行重新組合；詞學批評模式亦經過一番調整與變换。三翼人馬，形成三支隊伍：以胡適、胡雲翼爲代表的左翼詞學家，變豪放、婉約「二分法」爲各種風格並存共榮的「多元論」，爲瀕臨絶境的風格論尋求生路；以繆鉞、葉嘉瑩爲代表的中翼詞學家，竭力引進、添加，爲重返境界説帶來生機；以吴世昌、萬雲駿爲代表的右翼詞學家，提倡結構論，爲本色論的繼續發展指示門徑。三翼人馬，各有開闢。但是，蟬蜕龍變，實際並未終止。

三個時期，以及第三個時期的三個階段，已將今詞學發展的百年歷史粗略勾畫出來。作爲詞學學，其自身的存在及存在形式，相信已不難把握。這是我以分期爲標榜的用意。

二　關於人物問題

拙著《今詞達變》列舉王國維、胡適、夏承燾、繆鉞、吴世昌、沈祖棻以及饒宗頤，以爲今詞七家[④]，乃本文所將論説的主要部分。本文將詞史、詞學史合而爲一，目的在於檢閲三個時期發展、演變的蹤迹，從而進一步確立今詞學的地位。

（一）王國維。作爲中國當代詞學之父，其主要功績，在於創立新的批評模式，即其第一個用境界作標準創立模式，並且運用於詞學批評。就詞學發展看，這確實是開天闢地的大功業。自此以後，原先盛行的批評模式——本色論，儘管並未爲新出現的境界説所取代，而境界説行之未遠，又被推衍爲風格論，但是，在左、右二翼不斷較量的過程中，占居上鋒者，最終還是王國維。這一點，可以境界説發生、發展的三個階段加以證實。

第一個階段，境界説之出現，乃滋生階段。主要在開拓期。因爲欠缺理論説明，暫未獲得詞界認同。所以，我曾指出，「王國維的開拓之功，當時尚未見實質性的效應」。

第二個階段，境界説之演變，乃異化階段。從創造期到蛻變期的第一個階段。憑藉左翼力量推動，由境界説推衍而成的風格論，經過五十年發展，逐漸上升至最高峰；而王國維的追隨者，仍爲境界説之再造，辛勤勞作。

第三階段，境界説之回歸，乃再造階段。這是二十世紀最後一二十年所發生的事情。與風格論的自我調整同時，論者於王國維既定框架中引進、添加，令其重返境界説。當今詞界，諸如美學闡釋或文化闡釋等等，玄之又玄，都未曾超越王氏既定框架。

三個階段的演變、再造，或隱或現，都離不開王國維影響。因此，可以這麼説：中華詞學發展至二十世紀，乃王國維世紀。

（二）胡適。作爲文化運動先驅以及文學革命領袖，其功業自然比王國維更加顯得偉大；而就詞學而論，卻永遠在王國維之下。一九一六年，胡氏爲《詞選》所作序，曾將詞的歷史劃分爲三個大時期：第一時期，自晚唐到元初（八五〇年—一二五〇年），爲詞的自然演變時期；第二時期，自元到明清之際（一二五〇年—一六五〇年），爲曲子時期；第三時期，自清初到今日（一六二〇年—一九〇〇年），爲模仿填詞時期。序文還將第一個大時期劃分爲三個段落：歌者的詞，詩人的詞，詞匠的詞。胡適希望以此標榜自己「對於詞的歷史的見解」⑤。這可以視爲一種胸襟和膽略的體現。古詞學一千多年歷史，完全在其把握當中。本文論今詞學，亦於此得到啓示。不過應當指出，胡適所謂見解，並非完全屬於「個人的見解」。即其用以劃分時期及段落的依據，諸如意境與情感，或者天才與情感，實際上仍然是王國維「詞以境界爲最上」那一套。這是一個方面，主要看見解來源，説明未曾超越；而另一個方面，其見解效應，在相當長的一段時間内，卻幾乎籠括所有，無敵於天下。例如：當風格論盛行之時，詞界衹知豪放、婉約，而不知有境界與無境界，因爲境界説已被趕往哲學、美學那邊去了。這就是一種效應。但是，「胡記」所經營，始終都並非自家貨色。説穿了，不過「代理」而已。所以，仍然應當置之於王國維之下。

（三）夏承燾。他對於胡適等一班新學鉅子十分嚮往，也曾準備做大學問。一九二〇年，南京高等師範開辦暑期學校，邀請胡適講授古代哲學史，二十一歲的夏氏即前往旁聽。此後北遊，讀書、訪古，著力於倚聲之學，而苦無名師指點。一九二九年，經龍榆生介紹，結識尊體派大宗師——朱祖謀，並於第二年三次前往拜謁。從此詞境大進。四十歲後，蜚聲詞壇。至花甲之年，即有「一代詞宗」之譽。其治詞功業，大致包括三個方面：倚聲填詞，詞學考訂，詞學論述。拙著《今詞達變》稱：「一、二兩項。爲其看家本領，甚是出色當行；第三項，非所擅長，但也不作泛泛之論。」三個方面功業，爲今詞學奠定堅實的基礎。不僅得到同時代或者時代稍後詞家、詞論家的普遍認同，而且受到其後二代、三代詞家、詞論家的頂禮膜拜。就個體師承關係看，因其建立之始，既將清季五大詞人——王鵬運、文廷式、鄭文焯、朱祖謀、況周頤所創造王國當作追尋目標，又與詞壇尊體派有著密切聯繫，其畢生成就，必然受到一定規限。但是，就整體詞學事業看，因其才華、性情、襟抱，非同恒流，往往不抗不争、兼收並蓄，以至於「轉益多師是汝師」，其所成就之絶代功業，卻無可估量。這就是說，夏氏不僅爲尊體派傳人，而且爲今詞學典型；不僅爲「一代詞宗」，而且爲一代詞之綜合。夏承燾三個字，將永遠成爲今詞學的標記。

（四）繆鉞。家學淵源深厚，自曾祖以下世代皆有文名。入讀北京大學，受業於碩彦通人。兼治文史，融貫古今。二十世紀四十年代，著《詩詞散論》。有《王静安與叔本華》一文，對王國維境界説加以理論説明。謂：《人間詞話》的論詞，精瑩澄澈，其見解似亦相當受叔本華哲學之浚發。叔氏之意，以爲人之觀物，如能内忘其生活之欲，而爲一純粹觀察的主體，外忘物的一切關係，而領略其永恒，物我爲一，如鏡照形，是即臻於藝術的境界，此種觀察，非天才不能。《人間詞話》曰：「自然中之物，互相關係，互相限制，然其寫之於文學及美術中也，必遺其關係限制之處。」又曰：「無我之境，以物觀物，故不知何者爲我，何者爲物。」繆鉞指出，此皆與叔氏之説有其通貫之處。這是學説來源，亦即立論依據。至於學説内涵，則就其哲理詩詞加以剖析。以爲所謂有境界，乃意深者也。即將叔本華哲思寫入詩詞，遂深刻清新，别開境界。但指出：王氏乃詩人兼學者，而非哲學家，其喜叔本華之説，對於叔氏整個哲學源流本末，並非精研深解，洞悉其長短精粗之所在，不過僅取性之所近者欣賞玩味受用之而已⑥。這是對於境界説所進行一次初步闡釋與發明。至八十年代，撰寫《王静安詩詞述評》，專門論述哲理詩與哲理詞。指出：「王静安詩詞中多發抒哲理，而能融化於幽美的形象之中，清邃淵永，耐人尋味，這是自古以來詩人所不易做到的。」將哲理與形象對舉，以爲二者之相互融化或運化，所謂「觀物之微，托興之深」（樊志厚《人間詞序》），乃静安詩詞的特色，亦境界説論詞的標準⑦。因而，達致理論升華。繆鉞之論，不僅有功於静安，而且對於今詞學也是一大貢獻。

（五）吴世昌。他早歲對於新文化運動以及胡適頗寄厚望，以爲一種政治運動，縱是涵蓋一世的功業，也不過涵蓋一世而已，祇有文化運動是百世的⑧。中年以後潛心治學並且多所建樹。所著《論詞的讀法》四章，自一九四六年九月二十四日起，於南京《中央日報》文史週刊連載。乃計劃中《詞學導論》之首四章。論讀法，除句讀外，著重説章法。以爲：「小令太短，章法也簡單，可是慢詞就不同了。不論寫景、抒情、叙事、議論，第一流的作品都有謹嚴的章法。」並指出：「這些章法有的平鋪直叙，次序分明的。這是比較容易看出來的。有的卻回環曲折，前後錯綜。不僅粗心的讀者看不出來，甚至許多選家也莫名其妙，因此在他們的選集中往往『網漏吞舟』。」故此，特地以詞史上公推其章法謹嚴作家周邦彦代表作《瑞龍吟》爲例，仔細加以剖析。指出：這首詞描寫具體故事，大體情調與崔護《題都城南莊》差不多。若以周詞比附：首句即「劉郎重到，訪鄰尋里」。次句即「褪粉梅梢，試花桃樹」；「個人癡小」，「盈盈笑語」。三句即「知誰伴名園露飲，東城閒步」。末句即周詞起首三句。並指出：「不過崔詩順次平叙，周詞錯綜反復，遂顯得章法謹嚴，結構精密。」這是一種既古老而又未曾明白得到確認的重要結構類型，吴氏稱之爲「人面桃花型」[9]。經此剖析，論者所謂「清真最爲知音，且下字運意，皆有法度」[10]，就有了著落。此外，有關「西窗剪燭型」，吴氏也以具體事例，仔細加以剖析[11]。這是論讀法所倡導的結構分析法。就詞學發展的承傳關係看，吴氏結構分析法，既爲本色論的感悟、意會乃至言傳指示門徑，又爲詞體結構論的創立奠定了基礎。詞體結構論，這是土生土長而又能够貫通中外的一種批評模式。對此，當今詞界儘管仍然缺少認同，但我相信，這一批評模式，將於未來充分發揮其領導作用。

（六）沈祖棻。作爲本色詞傳人，其「涉江詞」可分爲二類：一類有關大小政事，相當於大雅、小雅者，約占七分之一；一類無有專指，相當於風者，占七分之六。而後者又可分爲三個方面：故國家山之思，相思别離之情，羈旅行役之感。籠統地看，「男女有所怨恨，相從而歌。飢者歌其食，勞者歌其事」⑫。「涉江詞」之所歌詠，似乎並未超出這一範圍。但是，讀「涉江詞」者，往往隨意加以發揮，以爲當代李易安。實則並非妥當。無論從創作主體，或者從作品自身，都可證實，「涉江詞」淵源，非李易安，乃晏小山。因其不僅明白宣稱「别有傷心人未會，一生低首小山詞」（《望江南》），將小山引爲知己，戲云「情願給晏叔原當丫頭」，而且所走也是小山路數。諸如「從别後，憶行蹤。孤帆潮落暮江空」（《鷓鴣天》）「多病年來廢酒鍾」）以及「夢裏銷魂能幾度。夢回忍説銷魂誤」（《蝶戀花》「暖日烘春江上路」）等等，對於相思景況與感受的描摹體驗，均頗得小山神韻。具體地説，就是一種印象與感覺。尤其是第一印象與第一感覺，而非經過再三比較過的思想與感情。在這一點上，同是傷心人，子苾與小山自有其共通之處。所以，我向千帆教授報告學習心得，以爲讀「涉江」，祇是到幼安、到易安，仍未知子苾；必須到小山，纔能領悟其詞心。千帆教授曰：「尊論亡室詞，真能抉其微旨淵源，欽佩之至。」探討本色詞，似當從此入手。

（七）饒宗頤。一位百科全書式學者，今詞殿軍。將中華文化精神乃至人類文明，當作研究對象。學問做得很大，而且經常處於領先地位。以治學態度與方法治詞。追求幽敻之境。曾謂：「詞異乎詩，非曲折無以致其幽，非高渾無以極其敻。幽敻之境，心嚮往之；而詞心醞釀，情非得已。」⑬以爲王觀堂取境界論詞，雖有得易簡之趣，而不免傷於質直，與意內言外之旨，輒復相乖⑭。並指出：「王氏（觀堂）做人、做學問，乃至論詞、填詞，都衹能局限於人間，困在人間，永遠未能打開心中之死結。」⑮提倡形上詞，試圖利用詞的形式、體制，將自己對於宇宙人生的思考寫出來，爲詞的發展開闢一條新路。講究落想、設色與定型，所作頗能「指出向上一路」，令人耳目一新。尤其是和清真中的一組詞——《六醜》、《蕙蘭芳引》、《玉燭新》，以睡、影、神立題，借助現代主義的各種表現手段或技巧，創造出三種境界——詩人之境、學人之境、真人之境。既標志其閱歷，爲心靈寫照，更爲形上詞創作提供典範。這是饒氏以學術雄天下，用其餘力，爲倚聲之學所作貢獻⑯。就詞境創造看，這是對於蘇軾、王國維所作哲理詞的突破與超越，而就批評模式的運用看，這又是對於境界說的改造與充實。饒氏於一九四九年移居香港，在一個「破了的 model 的世界」做學問，研治詞學，「始終不沾政治」，不爲蛻變期之「異化」所干擾。其所治詞，可看作是二十世紀四十年代詞學創造的繼續與發展。

以上七家，從王國維到饒宗頤，其治詞生涯，整整經歷了一個世紀。乃詞史以及詞學史上舉足輕重人物。拙著《今詞達變》特地以之爲標榜。以爲詞至七家，無論本色或者非本色，尊體或者非尊體，均已得到長足發展；而詞學，無論詞集、詞譜、詞韻，或者詞評、詞史、詞樂，所謂「六藝」齊備，六個方面幾乎均有所創立[17]。詞與詞學，在過去一個世紀的發展、演變，各呈姿彩，真有點讓人眼花繚亂。但是，論批評模式，不管有意無意，今詞七家之所問途，其實十分簡單。不是本色論，就是境界說。這是毫無疑義的。七家如此，七家以外之有關詞家、詞論家，亦莫不如此。例如，饒宗頤以前及稍後的二名飛將——黃墨谷與葉嘉瑩。前者批評王國維，謂其對境界所作詮釋實爲泛指，而非專對詞學立論。因以喬曾劬所説「合時與地遂成『境界』」予糾正，以爲這種合時與地創造境界的方法，乃傳統創作方法之一[18]。後者推尊王國維，謂其嘗試將某些西方思想中的重要概念融會到中國舊有的傳統批評中來[19]，「境界」一辭雖也含有泛指詩歌中興發感動作用的普遍含意，其重點乃專指具有引人感發與聯想這一要眇特質之一類歌辭之詞[20]。並且將中國傳統詞學與西方近代文論加以比照，指出夢窗詞中，「這種時空錯綜的叙述方法，在中國舊文學中，當然是極爲新異背棄傳統的」[21]。二氏持論，似頗爲針鋒相對，實際上，其所探索與追尋，乃一共同目標，那就是境界説。這是一種確實存在。本文所説詞學之自覺，即著眼於此。

三　關於現狀問題

說現狀，不僅僅在於破，更重要的，乃爲著立。這是有關詞學學的建造問題。本文提出自覺的詞學，其用意亦在於此。一九九〇年六月，赴美國緬因參加國際詞學研討會。歸國後，撰寫《詞學現狀及前景——關於詞學觀念及批評方法的思考》一稿，曾對此進行探討。此稿所說屬今詞學。第一部分，今詞學之過去及現在。有關内容及框架，拙文《以批評模式看中國當代詞學——兼說史才三長中的「識」》（又題《中國當代詞學史論綱》）已予採納，並且進一步加以擴充。第二、三兩部分，說觀念、方法與模式問題。某些提法或見解，至今儘管仍然覺得有一定意思，但是，時過境遷，所有一切，似乎都應當重新來過。

先說破與立問題，而後著重說立，亦即建造問題。

就承傳關係看，今詞學發展、演變的三個時期——開拓期、創造期、蛻變期，一百年時間，已經歷過三代，並出現第四代與第五代。對於詞學的理解，也有一些變化。二十世紀三十年代，龍榆生撰寫《研究詞學之商榷》，列舉八事，以概括之。曰：圖譜之學、音律之學、詞韻之學、詞史之學、校勘之學以及聲調之學、批評之學、目録之學[22]。八十年代，唐圭璋、金啓華合撰《歷代詞學研究述略》，於八事外，又增添二事：詞集箋注與詞學輯佚[23]。上文所說「六藝」，乃趙尊嶽於饒宗頤《詞籍考》序所揭示，如將詞與詞學或者詞史與詞學史合而觀之，我以爲，有關種種，似可歸結爲三個方面：考訂之學、論述之學以及倚聲之學（側重倚聲填詞）。所謂詞學學，正是著眼於此。

那麼，諸事至今，究竟有何成效？所謂破與立，我看必須首先將情況弄清楚。無論對象本身，或者是對於對象之所把握，都要有個清楚認識。尤其是後者。這就是自覺不自覺，有意與無意問題。而時下的詞家、詞論家，對此似乎不甚留意。二〇〇〇年七月澳門大學中文學院舉辦「中華詞學國際研討會」，與友人説及把握對象之是否自覺問題，答案雖十分肯定，卻説不出個所以然來。如曰，正進行詞學文化學研究。説的是正在做些甚麽，屬於對象自身，並不表示自覺或者不自覺。而且，爲甚麽這樣做，似乎也並不怎麽明白。牽涉面那麽廣，頭緒也多，除了在文化層面上爲詞與詞學增添一種解釋以外，不知道還有什麽實際用途。因爲拆除包裝，所剩即爲舊材料與老話題。繼鑒賞熱之後出現的這一闡釋熱——美學闡釋與文化闡釋，就種種迹象看，當帶有一定盲目性。這是因詞會所引起的感發與聯想，也是我對於現狀之憂慮。這種憂慮，主要體現於詞學論述。詞學學的三個方面，這一方面問題最爲嚴重。

至於另外兩個方面——考訂之學與倚聲之學所出現問題，同樣也應當引以爲戒。

世紀之末，筆者撰寫《古代韻文讀與寫》，於「開場白」中曾就兩岸四地以及日本學界有關狀況發表意見。以爲在讀與寫中確實存在問題，並曾以「天上飛」、「地上爬」、「空中走」三種狀態對其加以描述㉔。所説爲韻文之學，自然也包括詞學。其中，所謂天上飛，指論述。乃鑒賞熱之後的闡釋熱。其主要特徵，除了腳不著地之外，就是不讓腳著地，硬扯起自己的頭髮，妄圖離開地球。前者的闡釋屬於一種利用，並非爲著詞學；後者的闡釋，屬於一種搬弄，祇是爲著裝點。憑藉著雙飛之翼——美學與文化，二者均志在升天——爲詞學創立新説。用心良苦，但結果卻未必盡如人意。因爲著眼於美學或文化之闡釋者，對於美學與文化的瞭解實際並不太多，故其闡釋，往往不得要領。這是蛻變期蟬蛻龍變的繼續。就鑒賞熱中風格論盛行所産生的異化現象而言，這也是一種異化。表現形式不同，而遠離本體的實質卻無不同。這是論述中的問題，以一九八五年所謂「方法年」之後的大陸詞界表現得最爲顯著。所謂地上爬，指考訂；但又並非一般考訂之學。因爲既無考，又無訂，祇是簡單計數。在讀與寫之「開場白」中，曾揭示一例。謂：有人比較研究五代詩詞，從語言入手進行分析歸納。既將五代全部詩詞作品分爲天文、地理、人事以及稼穡、蟲魚、器用、采色諸類别，又對韋莊、張泌、和凝、李煜、歐陽炯、孫光憲、牛嶠、牛希濟、李珣、顧敻諸作家所用詞語進行規劃。最後展示結果：詩詞之間語言，可分爲詩用詞不用、詞用詩不用及詩詞皆用三部分；並通過表達方式及出現次數，説明詩詞皆用，亦有異同。以爲這一結果可證實「詩莊詞媚」以及「詩之境闊、詞之言長」這一論斷。目標明確，視野開闊，加上統計周全，似當堅信不移。衹可惜，論者並未將韻文當韻文看待，而是將韻文當語文看待。這是某一碩士論文於網上所公佈事證。產地在彼岸。原以爲衹是在彼岸，實際上此岸亦頗有同好。數年前，一位學者提出：「撰寫詞史似應給長吉歌詩留有一席之地」。爲證實這一論斷，曾用此法，對李賀今存二百四十餘首詩中所用兩千四百九十四個不同的字，進行統計。指出：冷、凝、咽、啼、垂、寒、幽、死、淚、老，出現頻率較高，「花間」亦然。因而説明：長吉歌詩已明顯地具有詞境。這是一例。又有一例，某闡釋者爲了對於唐宋詞選擇感情符號進行美學觀照，也曾統計一批辭彙在唐宋詞中所出現頻率。諸如斜陽、殘照；暮靄、煙樹；落紅、殘英；細雨、絲雨；蠟淚、柳絲；繡幃、羅帳；畫屏、玉爐；雙燕、鴛鴦，等等。但不説辭彙，而稱之爲符號。觀照之後證實，詞人選擇感情符號有著一定趨同性。因而説明：這些符號共同感情特徵，形成了唐宋詞較爲柔婉之主體風格。二例通過辭彙或符號，以見證詞境與詞風，看起來似乎不無道理，但其專注於詞性——辭彙或符號所具感情特徵分析，以及辭彙或符號使用次數統計，與上文揭示事例，似乎出自同一手筆。彼岸與此岸，都衹是將韻文當語文看待。這是另一種方式。相對於天上飛，此爲地上爬。我在「開場白」中聲明，這是一種不甚恰當的比喻，相信並無惡意。至於第三種狀態——空中走，兼顧論述與考訂，乃二者之折衷。就實際效果看，這一折衷方式，究竟能否揚長避短，至今仍然不易説清楚。但我見到一部關於柳永的專著，似可作爲兼收其短的例證。這部專著於第一章研究序説，論述柳詞構築法。與數十年研究狀況相比，不能不承認其視角之新穎。在這一點上，我與本專著之中文譯者，有著同樣觀感。但對於構築法之論證，卻未敢苟同。因爲祇是檢索與羅列，雖有助把握所使用材料（語彙）以及材料（語彙）來源，有關這些材料（語彙）之如何變成爲詞，卻未曾涉及。亦即既無構與築，又無所謂法。高遠的義理，包括對於古典主義手法與詞的文體從本質上結合的追尋，既落不到實處；而乾嘉功夫，也僅僅停留在對於來源的説明。這是由東瀛紹介而來的專著㉕。作爲一名域外論者，肯於下此功夫，如此有心，實在難得。但因爲是域外，畢竟隔了一層，似不宜予超出實際的評價。三種狀態，三個比喻，用以描述狀況，儘管不甚恰當，或者可能主觀、片面，但我相信，通過此番描述，對於兩岸四地以及日本詞學研究中所出現問題，將加深印象並且進一步引起重視。所謂破與立，有關種種，相信也已包括在内。

詞學學諸多事項，三個方面，著重説論述之學與考訂之學，倚聲之學（側重倚聲填詞）暫時未能涉及。

這是現狀問題，也關係到未來。乃本文所説建造問題的出發點。

建造問題，這是我經常思考的問題。以下擬著重説明二事。

第一，端正詞學觀念，完善倚聲之學（包括倚聲填詞）。

究竟將詞當甚麼看待？當豔科，或者當聲學，這就是一個觀念問題。例如，胡適論「詩人的詞」，曰：「這些作者都是有天才的詩人；他們不管能歌不能歌，也不管協律不協律；他們衹是用詞體作新詩。」[26]並非將詞當聲學看待。又如，胡雲翼論蘇軾，曰：「詞雖起源於樂歌，但早已離開音樂的立場，而獨立爲文學之一體了；衹是，束縛詞的聲律還仍舊的保存著，爲詞人作詞的障礙。蘇軾是第一個用力來打破束縛詞的無謂的聲律的人，他大刀闊斧的作詞，儘量的發抒自己的情感意境，絶不求聲律的適合與否。」[27]同樣並非將詞當聲學看待。那麼，不當聲學看待，是否就當豔科看待？就二氏倡導「革命」或「解放」的目的看，我以爲答案是肯定的。這就是説，二氏之所以竭力推舉蘇軾，稱之爲「天才的詩人」，或者「歌詞的革命者」，乃因其認定此前兩百多年來，詞被看作豔科，「詞的題材限於描寫情愛一科」[28]。故此，即大張旗鼓，爲「要寫甚麼就寫甚麼，無思不遠，無情不抒」[29]的革命者樹碑立傳。這就是以詞爲豔科的例證。所謂觀念問題，即體現於此。

照理説，詞爲聲學，或者爲豔科，應是不成問題的問題。因爲弦吹之音與側豔之詞，一開始就曾相提並論。入宋之後，宋人對於詞，是否將其當豔科看待，須細加考察。二十世紀，論者提出,「宋人以詞爲豔科」,恐怕缺乏依據。然而幾十年來,尤其是進入蜕變期以來,詞界説詞,大多憑藉於此。其後果,除促進境界説異化以外,還造成五十年之蟬蜕龍變,影響極其深遠。例如,聲家而不能倚聲以及聲學之成爲絶學,便直接間接、或多或少地與此都有所牽連。

前一個問題,聲家而不能倚聲,這是一位老前輩對現狀所發出的贊嘆。謂:「聲家不能倚聲,亦奇談也。」情況的確如此。正如七十年前,胡雲翼於《詞學ABC》「主旨」所宣稱:「我這本書是『詞學』,而不是『學詞』,所以也不會告訴讀者怎樣去學習填詞。」[30]五十年來,對於倚聲填詞所出現教授不授、學生不學現象,也一樣天經地義,見怪不怪。胡雲翼祇説不做,主要爲著不當遺老,不與豔科沾邊,乃不爲也,非不能也。今之聲家究竟如何,不爲也,或不能也,則須自家判斷。有關種種,似乎祇是局限於内地。因爲「不宜提倡」,加上不斷大批判,内地高校,倚聲之學一直被打入冷宫。一九八七年端午節,中華詩詞學會在北京成立。作詩填詞,於民間興起熱潮。波及校園,前景如何,尚未可知。但是如不説將來,祇説現在,情況的確可堪憂慮。

後一個問題,聲學與絶學。主要是詞學論述,亦祇限於内地。由於以詞爲豔科,而且爲側豔之一科,無論尊詞體或者不尊詞體,都將注意力放在題材上,祇是重視思想内容批判,這就致使論述出現偏頗。再加上「要批判其思想内容比較容易,要肯定其藝術技巧比較困難」㉛，這種偏頗也就長久得不到糾正。一方面，某些於二十世紀三四十年代詞學創造期致力倚聲學並且卓有成效的詞家、詞論家，進入蛻變期以後，不再深入研究，有關聲學理論與知識，逐漸變成爲絕學；另一方面，一部部什麽史，或者什麽論，厚厚一大册，卻寫得那麽快，出得亦那麽快，根本不必理會什麽聲學不聲學。因而，五十年來許多出版物，亦即所謂詞學者也，大都徒有虛名，或者殘缺不全。創造期所創立詞中六藝架構，至今已難以尋見其蹤影。出版物中，除了若干創造期所撰寫，此時由抽屜底下覓將出來印行者，如劉永濟、夏承燾、唐圭璋、龍榆生、詹安泰諸輩有關著作，不知道還有哪幾部新出論著堪稱聲學典籍。

這當就是重豔科而不重聲學的後果。因此，建造詞學學，就當從端正觀念入手。

第二，運用合適方法，樹立探本模式。

這是個批評模式問題，上文以之作爲一種標志或依據。和觀念一樣，其對於詞學學之建造，亦十分重要。觀念未端正，全局受影響；模式不合用，也會出偏差。今詞學之確立，自境界説起，又隨著境界説之異化而異化。其間，誤區出現，就是異化的結果。而論其緣由，則應歸結於境界説的變種——風格論。幾十年來，尤其是一九四九年以後的四五十年，以風格論詞，因豪放、婉約定優劣。凡豪放一切皆好，凡婉約一切皆不好。或者掉轉頭來，做出相反的評判。所謂誤區，即因此而造成。這就是以風格論詞所産生的弊端。所以，對於批評模式，就有個抉擇問題。

千年詞史、詞學史，百年詞史、詞學史，三種批評模式——本色論、境界説、結構論，可以視爲三個里程標志。如何抉擇，當細加考慮。此前，在一系列説及今詞學的文章中，我曾提出，三種批評模式，相比之下，衹有結構論，纔是建立詞的本體理論的基礎[32]。相對於今詞學異化所出現的謬誤，我以爲這是比較正確的抉擇。

結構論，或稱詞體結構論。這是在實際運用中所樹立的一種批評模式。其基業，由吳世昌所奠定；又可看作是前人經驗的歸納。因此，對於本色論和境界説，並没有採取排斥態度。例如：善入與善出。吳世昌關於遊阿房之宮的論斷，與王國維所説「詩人對於宇宙人生，須入乎其内，又須出乎其外」[33]，二者相信頗有某些共通之處。

作爲一個里程標志，結構論對於詞學學之建造，具有劃時代意義。由於缺少認同，更當大力推揚。以下試以若干事證，檢驗其實際效用。

事證一：春花秋月何時了。往事知多少。

李煜《虞美人》：

春花秋月何時了。往事知多少。小樓昨夜又東風。故國不堪回首月明中。　雕闌玉砌應猶在。祇是朱顏改。問君能有幾多愁。恰似一江春水向東流。

這首詞歷來備受推崇，堪稱千古絶唱。而對其解讀，方法、模式不同，理解也不一樣。一般論者著眼於人間，祇是就一個層面進行評賞，或者進一步加以感發和聯想，大多將其當作一首懷念故國的詞。如曰：從眼前的花月，勾起了往事的回憶，表示對囚徒生活的厭煩[34]。或曰：「『往事』者何？當然是他在南唐時的皇帝宫廷生活」[35]。因而據此加以評判：謂之爲「亡國之君」，或者「詞中之帝」。如此而已。至風格論者，往往在這一基礎之上，再爲加上若干套語，以示區别。如淒婉感愴，表示婉約[36]；悲壯剛健，表示豪放[37]。除此之外，也就甚麽都不表示了。這就是蜕變期所通行的方法與模式。但結構論則不一樣，不僅著眼於人間，更加著眼於天上。將雕闌玉砌與春花秋月，看成一組相互關聯、相互依賴的二元對立單位；而小樓和風月，則爲二者之間之中介。以爲：藉此仲介，將人間與天上，緊緊聯繫在一起。並且因爲這一聯繫，進而推知：所謂往事，並非不堪回首之故國，亦非依然存在的雕闌玉砌；而乃春花秋月，亦即有如春花秋月一般美好的事物。這就是結構論的理解。王國維所説「儼有釋迦、基督擔荷人類罪惡之意」[38]，就是這一意思。相對而言，這一理解，比一般論者包括風格論者的理解，與作者的「意」，作詞原意，應當更加貼近。

其方法與模式，可用下列圖式展現：

事證二：長恨此身非我有，何時忘卻營營。

蘇軾《臨江仙》（夜歸臨臯）：

> 夜飲東坡醒復醉，歸來彷彿三更。家童鼻息已雷鳴。敲門都不應，倚杖聽江聲。長恨此身非我有，何時忘卻營營。夜闌風靜縠紋平。小舟從此逝，江海寄餘生。

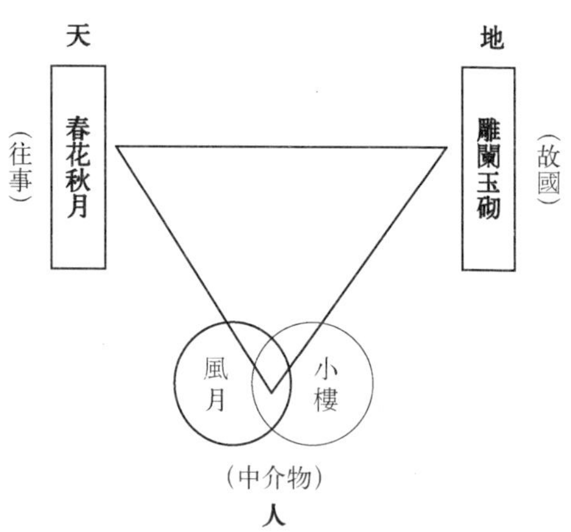

這首詞乃蘇軾編管黃州時所作。帶罪之身，非我所有。一般論者皆著眼於此。如以爲仕途坎坷，倍多磨難，常懷恐懼之心；企圖逃避現實，而對於當時的上層統治者卻是一種抗議[39]。其所考慮，乃在於作者的處境。或以爲，對自由的憧憬和追求，僅僅是幻想而已。這條「小舟是無法駛出作者所處身的現實世界的」[40]。其所考慮，亦在於處境。風格論者突顯其退隱之志，出世之想，將其列歸豪放行列[41]，同樣也祇是考慮處境。這就是說，祇是就一個層面進行評賞，主要是人生層面。但結構論之所謂善入與善出，卻由人生到宇宙，將其「志」與「想」，進一步加以升華。即將醒與醉以及此身與江海，看成兩組相互關聯、相互依賴的二元對立單位，從人生與宇宙兩個層面進行考察。在人生層面，醒與醉，既爲夜飲時之實際情景，又包含著進與退的意思。醒了又醉，醉了又醒，一直到半夜三更。進後又退，退後又進，一直到遭受編管。矛盾衝突，甚是難以開解。夜飲歸來，敲門不應，倚杖聽江聲。算是得到一個機會。夜闌風靜，認認真真地思考。包括大節出處，全都有了著落。在宇宙層面，此身與江海，短暫與長久，有限與無限，衝突矛盾，同樣讓人煩惱。一葉扁舟，在嚴密監視下，未能負載其形體逃脫，卻是個重要憑藉，由一瞬到無盡之憑藉。浪靜風平，誰也阻止不了。而這一切，都在聽的過程中進行。這就是一種升華。見下圖所示：

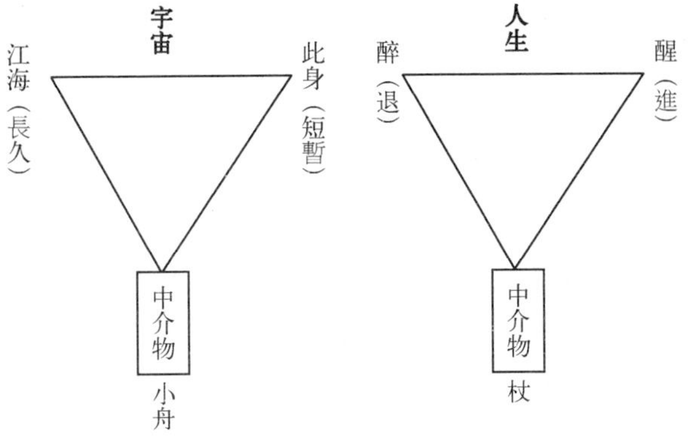

經過排列組合，聯想貫通，相信更加能够體現作者意願，包括「志」與「想」。這就是一種效用。

以上所論二事，詞學觀念與詞學批評模式，主要針對現狀，帶有糾弊補偏意思，但也爲著未來，希望提供參考。至於單獨設科之如何發凡立例，演繹推理，種種問題，則有待進一步加以探討。我的設想，也未必十分妥當。作爲一種意見，頗願引起關注。

二〇〇〇年七月未完稿
二〇〇二年四月第一稿
二〇〇三年三月第二稿

第二節　傳統文化的現代化與現代化的傳統文化

——關於二十一世紀中國詞學學的建造問題

本文依據一次演講整理而成。「演講」說傳統文化與現代化，旨在通過跨文化的思考，在較大範圍内，從哲學、文化學的角度，爲中國詞學學的建造，提供必要的理論説明。亦即，在詞史、詞學史發展、演變的具體過程中，對其存在及存在的形式體現，嘗試進行總體把握，並借助相關語境，將詞學史上三大理論建樹——傳統詞學本色論、現代詞學境界説以及新變詞體結構論，用哲學語言確定下來，以之作爲建造中國詞學學的基礎。凡所論列，大致包括三個部分：一、破題，開放的體系，超時空的視野；二、立題，表象世界與意志世界；三、餘論，學科與科學。

第一個問題。破題：開放的體系，超時空的視野。

這是對於論題的破解，著重於思維的方法及方式問題，大體上包括三組各有區別而又互相關聯的命題。

（一）結果與過程

「傳統文化的現代化與現代化的傳統文化」，題目比較大，又似乎没有什麼特別之處。與之相類似的題目，諸如「中學爲體與西學爲用」以及「中西交匯與現代文明」等等，經常可以看到。但是，仔細琢磨，我以爲：我的這一命題與通常所見，應當還是有所區別的。這種區別，主要體現在注重結果或者講究過程這一問題之上。

注重結果與講究過程，著眼點不同，其所呈現，亦不相同。就思維形式看，注重結果，當其進行表述，大多出現這樣的句式：傳統是什麼，現代是什麼；東方是什麼，西方是什麼。而過程，則衹是説怎麼樣，不説是什麼。方法不同，方式也不同。

注重結果，講究過程，或者希望天長地久，或者衹在乎曾經擁有。日常生活中，這種區別是很容易察覺得到的，而對於日常生活以外某些問題的思考，結果與過程，同樣亦有不同的取向。例如，對於世界是什麼這一問題的回答，中國人與外國人，答案就不一樣。一個説，世界是道或者氣；一個則説，世界是我的表象。以爲道或者氣，就是一種結果；而表象之作爲真理，仍然須要另一真理——世界是我的意志加以補充，所説卻是一種過程。一個説到了頂，已經將話説死；一個則仍然處在發展、變化當中。一般説來，中國人似乎比較注重結果，外國則講究過程；但也並非絶對，有時候亦曾反轉過來。

注重結果，著眼於判斷，功利目標十分明確，因具有一定的制約或局限。例如「中學爲體與西學爲用」，由於衹是考慮形而下層面的「用」，忽視形而上層面的「體」，主要是看得見的短期效用，而非效用實現的保證及過程，因此，凡所判斷，往往出現互相對立的兩端。一個優，一個劣；一個好，一個壞。這就有一種制約或局限。利益集團的制約或局限，國家、民族的制約或局限。因此制約或局限，有用則取，無用則捨，生搬硬套，教條機械，這也就不能夠正確地面對整個變化著的世界。洋務運動以及「五四」新文化運動的引進，盡皆如此。至於「中西交匯與現代文明」，由於注重於如何將許多東西分拆開來，從而加以挑選，加以合併，亦即所謂交匯，同樣衹是考慮形而下層面的「用」，其與上述命題，並無太大區別。故此，中共一位資深理論家曾指出：要求生產力的一定發展，解決經濟變革問題（即或是很小範圍的），同時必須解決與之相應的政治制度和意識形態問題，光靠引進是遠遠不夠的。並指出：這也是洋務運動失敗的一個致命原因(李一氓《洋務運動·戊戌政變·辛亥革命》)。其間,要求什麼,引進什麼,無論堅船利炮,或者科學與民主,都衹是注重結果。洋務運動及「五四」新文化運動,其所謂「體」與「用」,就是這麼一回事。二十世紀,日日講,月月講,年年講,大多走不出這個圈子。有人稱,這是一個怪圈。

講究過程,著眼於描述或者排列,不講功利,没有制約或局限。在一般情況下,傳統與現代或者東方與西方,彼此之間,儘管亦有時間上的次序之分以及空間上的方位之别,卻没有優與劣或者好與壞的分别。傳統文化與現代化之間,你中有我,我中有你,已經没有明顯的界限。亦即,先進與落後或者文明與野蠻,並非兩個孤立的概念,静止的概念。所謂優、劣,好、壞,都不是絶對的。其所描述或排列,具有較爲寬闊的天地,不受任何制約或局限。這是一個方面的意思。再説,結果之成爲結果也是在一定過程中實現的。以上所説的不能光靠引進,須要與之相應的變革,包括經濟以及政治制度和意識形態的變革,就是爲著推進這一實現的過程。二十世紀三十年代,魯迅在一次演講中説及中國的現代化問題,曾有個比喻。謂:當時的現代化,猶如駕駛外國高級轎車,奔跑在大西北高低不平的黄土高原上。這次演講,由吴世昌記録,原件現藏紹興魯迅紀念館。明顯揭示:引進國外先進技術,實現現代化,須要其他因素加以配合。這就是一個實現的過程。魯迅早年留學日本之棄醫從文,「覺得在中國醫好幾個人也無用，還應有較爲廣大的運動——先提倡新文藝」（《魯迅先生自傳》），同樣以爲不能光看結果，須要一個實現的過程。這是另一方面的意思。

兩個方面，分別展示講究過程之不受制約或局限以及結果實現之須要過程。合而觀之，則表明：開放的體系，超時空的視野——這是兩個方面於具體進程中所顯示的特徵。觀察、思考問題，若能立足於此，即將永遠立於不敗之地。這是我設立這一命題的意願。

（二）接軌與斷流

說了正題，再說副題，關於二十一世紀中國詞學學的建造問題。這是我所將辯證的論題。

中國詞學學，於學之上再加個學，可見是一種研究之研究。謂爲研究之研究，也可以說，就是一種學術史。作爲一門獨立的學科，中國詞學學或者中國詞學學術史，時至今日應該說還不見有人這麼明確地提出過。最近一段時間，本人曾有二文專門論述這一問題。一爲《自覺的詞學與詞學的自覺——關於建造詞學學的設想》，著重說二事，詞學觀念以及詞學批評模式問題；另一爲《中國詞學史上的三座里程碑》，是一篇演講稿，著重說批評模式問題。這裏，擬於哲學、文化學層面，對於上述論題作些必要的說明，亦即對於詞學自身的存在及其形式體現嘗試加以論證。這是原有設想之設想，故稱之爲再設想。

我在原有設想中説過，中國詞學學是一門研究詞學自身的存在及其形式體現的專門學科。謂爲自身的存在及其形式體現，説明並非一個空洞的概念，而且也並非静止的、不變的存在及形式。衹就批評模式而言，其運用過程就是一個不斷變换、更新的過程。其間，一千年及一百年，或者一百年及一千年，既牽涉到傳統文化的現代化問題，亦牽涉到現代化的傳統文化問題。所以，有關研究須以一種開放的態度，超越的態度，體現其發展及變化。

我將建造中國詞學學這一論題，放在傳統文化與現代化這一大背景下進行觀察與思考，這是對於視野與識見的一種驗證。一方面就力所能及，由自己研究的領域生發開去，於小中見大；另一方面，借助於傳統文化與現代化所拓展的視野，從大的範圍看自己的研究課題，於大中見小。兩個方面，既是由多到一的綜合或者抽象，也是由一到多的分析或者推演。從而，在兩個不同方向——傳統文化的現代化與現代化的傳統文化之發展、演變過程當中，令所論説得以充分的展現。既將所提出的概念或者命題，用哲學語言加以表述，又可以哲學、文化學的方法與模式，説明所將解決的問題。這是一種跨文化的思考，或者説哲學、文化學的闡釋與建造，乃文學與哲學、文化學的接軌。同時，就當前全球科技、文化一體化的大勢看，這當也是傳統文化與現代化的一種接軌。明白這一點，其所建造，纔有生存、發展的空間。而我之所以將正題與副題合在一起進行論述，就希望實現這一接軌。這是我爲自己設立命題所選擇的途徑。

（三）話語與語境

我的命題，介乎文學與哲學、文學與文化學之間，有一定難度。乃命題表述之難，亦表述命題之難。一方面因爲言不一定能够達意，在某種情況下，言本身對於達意可能就是一種障礙；另一方面因爲哲學、文化學一類學科，皆非我所專長，我的表述並不那麽容易盡如人意。兩個方面，皆頗能見其難度。此外，加上長期浸染，習慣以文學角度看問題，用文學語言思考，我的表述，很可能是片面的，或者缺乏邏輯，也令得自己難上加難。這一切，都説明接軌之難。因此，需要營造一種語境，一種有利於展開話題的語言環境，便於以特定的方法與方式，令我方進入對方的話題，同時，亦令對方進入我方的話題。這種語境，是一種氛圍，一種話語場，乃溝通的需要。

記得有一回，與某學者論學，説及正在做些什麽一類話題。某學者稱，正在研究禪學與唐詩問題，果真是個大題目。我因此也作了回應，給説，正在研究易學與詞學。兩個方面，旗鼓相當。我問，什麽是禪學？學者簡要作了回答。我也説了説易學。接著，説哲學、美學與文學，並説自然科學。不同立場，不同觀點。各自表述，互不相干。因爲並非同一語境。於是，我提出，哲學的基本命題是什麽？並自己作答。謂：有與無，有限與無限以及瞬間與永恒。接著問文學與科學的區别，同樣自己作答。以爲文學講假，科學講真；文學將時空推遠，科學將時空拉近。等等。正待進一步將論題展開，學者説：照此類推，美學的基本命題，就是美和醜的問題。因而，這似乎也就掌握了我所説的那一套。但我説：非也，乃横與豎問題。爲什麽呢？因爲美和醜是相對的，不能確定的，衹有横與豎排列、組合所構成的美和醜，纔永遠是絶對的。學者稱，有一定道理。這麽一來，答問雙方，也就走到一起來了。這就是一種語境。

一定的語境，共通的話語場，以達至溝通的目的。今天的講話，不知能否獲取這一效果。以上所説三組命題，其於思維方法及方式的相同之處與不同之處，對於詞學學的建造必有啓示。這是第一個問題。

第二個問題。立題：表象世界與意志世界。

這是今天講話的核心部分，主要説三大理論建樹以及詞學學建造基礎。以下，我將嘗試以哲學、文化學的原理及方法對其進行察看與表述。

（一）表象與意志

叔本華將世界一分爲二：作爲我的表象的世界以及作爲我的意志的世界。這是一而二、二而一的一種玩意兒。用我們今天所熟識的話講，就是現象與本質問題。看似没有什麽特別之處，實則對於各個領域、各種學科的開闢，叔本華的這一劃分，都可爲提供借鏡。未可等閒視之。

就詞的世界看，雖並非混沌未開，但許多問題還是不容易分得開，講得清楚。在中國，詞史、詞學史同步産生及發展。歷史上，自從有了詞，也就有了關於詞的介紹、評論以及有關本事的附會及考索等等。這一切，就是今天意義上的詞學。詞史、詞學史，發展、演變，及至於最近一百年，經過幾代人的推進，各個方面皆有所增添，有所拓展，但由於摸不到門徑，或者摸錯了門徑，有些人仍然不無困惑，不知道眼前的路該怎麽走。究其原因，我看正缺乏叔本華的那種胸襟與識見。所以，這也就談不上開闢新天地。

我在有關文學學術研討會上，一再推舉王國維與胡適，以爲二十世紀開天闢地的二位大學問家，即將其與叔本華聯繫在一起。而且，我所説乃二位，而非三位、四位，比如大家所稱道的陳寅恪與錢鍾書，皆不在論列當中。這是有一定用意的。因爲我曾經這麽想過，陳寅恪與錢鍾書，儘管亦曾著書立説，爲提供新的東西，尤其是錢，不僅立説，而且立學，其學問之大自是毋庸置疑，但如與王國維、胡適相比，錢以及陳，似乎仍然缺少點什麽。這也就是説，王國維與胡適，其所創立，主要體現爲一種開闢之功，這是别人所難以辦到的，所以特别加以標榜。但是，這種開闢之功，就治史者而言，我以爲，就是一種分期與分類。

分期與分類，看起來容易，乃卸下包裝的結果。實際上，這是一種大本領，開天闢地的大本領。名曰，「操斧伐柯」。乃出自《詩經》的一個典故。説的是伐薪與娶妻。謂娶妻須要媒人，正如伐薪須要斧頭一般。後來，陸機著《文賦》，將其用到作文上面來。以爲：伐柯必取法於柯，依據其柯之大小長短進行砍伐。這就是屬文的一種法則。於此類推，由屬文到治史，這一取則原理之具體運用，我以爲就是一種分期與分類。這是治史者必備功夫。祇可惜，現在許多人都不太注重這一功夫。例如，「二十世紀的某某學」。祇是一個時間範圍，缺乏必要法則，什麽都套得進去，没有實際意義。但是，大家都這麽做，一點辦法也没有。這就是説，時至今日，於文學領域，仍未見有此大本領的學問家出現。我之所以特别推舉王國維與胡適，原因就在於此。

王國維提出：「詞以境界爲最上。」以爲有境界的詞就是好詞，没有境界的詞就是不好的詞。有與無，最上與最下，既是分類，又是分期。胡適將漢以後的中國文學劃分爲兩段：死文學和活文學。將整個中國詞史劃分爲三個大時期：詞本身歷史，唐到宋末元初；詞替身歷史，宋末元初到明；詞鬼歷史，明以後到一九〇〇年。並將第一個大時期劃分爲三個階段：歌者的詞，詩人的詞，詞匠的詞。同樣既分期又分類。

和叔本華對於世界的判斷一樣，分期與分類，同樣體現一種大襟抱、大見識。一般學者頗難企及。王國維以治哲學的眼光治文學，胡適以史家氣度治文學，皆頗堪稱道。尤其是胡適。今天看來，其所撰著之半部哲學史及半部文學史，或許已經隨著時間的流逝而風光不再，但其治學之十字法則——「大膽的假設，小心的求證」，卻永遠不會被淘汰。而分期與分類，乃其十字法則的實踐，同樣可爲後世樹立典範。

二〇〇二年九月，我在以《中國詞學史上的三座里程碑》爲題所作演講中，提出：中國千年詞學史，經歷三段路程；三段路程，三個標志，三座里程碑。

1. 以李清照別是一家爲標志的本色論；
2. 以王國維境界創造爲標志的境界說；
3. 以吳世昌結構分析爲標志的結構論。

我的劃分，乃王國維、胡適分期與分類的一種嘗試。而三座里程碑，依其所標志，就是我將特別提出的三大理論建樹：傳統詞學本色論；現代詞學境界說；新變詞體結構論。三座里程碑，三大理論建樹，用叔本華的話講，這就是我所感知的詞的世界，作爲表象而存在的詞的世界以及作爲意志而存在的詞的世界。

叔本華稱，「世界是我的表象」。以爲：作爲表象者，不認識什麼太陽，什麼地球，而永遠祇是眼睛，是眼睛看見太陽；永遠祇是手，是手感觸著地球。一切都是作爲表象而存在著的（叔本華《世界是我的表象》)。叔本華又稱,「世界是我的意志」。以爲僅僅就作爲表象的一面來考察世界,雖無損其爲真理,卻究竟是片面的,須由另一真理得以補充(《世界是我的意志》)。

我所感知的詞的世界,既是個動的過程,又有一定之數。中國詞學史上,本色論、境界說、詞體結構論三種批評模式,其承傳及革新,皆有迹可循,皆可以眼睛、以手感觸得到;三大理論建樹,傳統詞學本色論、現代詞學境界說、新變詞體結構論,一次又一次推演,亦皆有定準,不同時期、不同階段,凡所創作與批評,都能於此找到自己的位置。但是,這僅僅是個體的一種體驗。試圖加以推廣,將其看作詞的歷史以及詞學史發展、演變形式與規律的集中體現,看作建造中國詞學學的路標或基石,亦即將其概括歷史,究竟能否得到認同,還將由歷史自身加以驗證。

因此,對於三大理論的確立,尚須下一番功夫進行必要的補充。這一功夫,就是叔本華所說更爲艱難的抽象和別異綜同的功夫(同上)。

下文所說體認及進程,將嘗試用這種功夫加以補充。

(二) 兩個方向的體認及進程

1. 從本色論到境界說,傳統文化的現代化

兩個方向的體認,既包括從本色論到境界說,亦即傳統文化現代化的體認,又包括從境

界説到結構論，亦即現代文化傳統化的體認。都牽涉到跨文化問題。因此，在展開論證之前，有必要就東、西兩方在認識上對待傳統文化與現代化所出現問題以及表述上所存在差異，略加探討。

(1) 傳統與現代，東方與西方

正如以上所説，注重結果或講究過程，因著眼點各不相同，在對待傳統與現代之有關事情上，時常有問題出現。不僅東方，西方亦如此。

一般以爲，「傳統文化是一個死的，是過去已經完成了的那些東西」（龐樸《文化的民族性與時代性》）；而現代化之最爲普遍認可的是，知識的積累以及獲得它的理性解釋方法（布萊特語）。實際上，二者都處在一個發展、變化的過程當中，並非互相隔絶或者對抗。其間，所謂反轉過來的事例，亦時常發生。兩岸當代兩位大儒吴大猷和季羡林，都曾説過自己的體驗。吴曰：「我們有發明，有技術，而没有科學。」（《吴大猷科學哲學文集》）季曰：「把中西雙方稍一比較就能够發現，西方的美偏重精神，而最原始的美偏重物質。這同平常所説的：西方是物質文明，而東方則是精神文明，適得其反。」（《美學的根本轉型》）二氏所論説，皆頗能揭示其奥秘。

實際生活中，諸如中裝與西裝、中醫與西醫以及土炮與洋槍，這一切，本來就是相互對應的，但因理解上的偏差，往往將其看得太絶對，刻意加以取捨，難免也就出現問題。前一段對抗沙士，香港衹認西醫，不認中醫。大家依照醫管局的指引行事。一是下藥，施以利巴韋林與類固醇；二是不下藥，看其抵抗力如何。兩種辦法，都是一種試驗。死亡率特别高。至於打仗，古時兩軍對壘，兵對兵，將對將，旗幟鮮明；現代聯軍與敵軍，彼此之間，衹是個符號，甲與乙或者A與B，並不須考慮其實質存在。因此，古時少見自己人打自己人的現象，現代聯軍打聯軍，已是司空見慣。二例説明，種種問題，除了人腦與電腦的配合外，大致都因衹看結果不看過程所造成。這也就是不同理解所致。上文所説反轉過來，以爲西方也有衹看結果不看過程的偏頗，這就是證據。實際生活中，此類事例仍甚多，未可一一羅列。

哲思上，由於對有關表象者以及作爲表象者的表象的世界，理解不同，東方與西方對於不同理解的表述，在方法、方式上，亦有所不同。例如，對於生與死、瞬間與永恒或者有限與無限的表述，中國與外國就不一樣。

以下，請看張若虚《春江花月夜》的一個片段：

江天一色無纖塵，皎皎空中孤月輪。江畔何人初見月，江月何年初照人。人生代代無窮已，江月年年衹相似。不知江月待何人，但見長江送流水。

詩篇就春、江、花、月、夜，分别佈置一番之後，著重就江月和人生，進一步加以體驗，並提出江月和人生孰先孰後、孰長孰短的問題。在體驗過程中，對於這一切，抒發感慨。以前讀此，或將其理解爲宇宙長久、人生不長久的意思，現代亦作如是解。如曰：

江面上青天萬里無纖塵，天空中一輪明月春色朗。是誰頭一個江邊見明月，江月哪一年將人間照亮。人生一代代變換不久長，唯獨江月年年總一個樣。不知你在江邊把誰盼望，祇見長江送走碧波緑浪。

不過，同樣的詩句，似乎亦可作不同解釋。如曰：江月長久，人生亦長久；人生代代，無窮無盡，和江月一樣，亦没有窮盡。論者以爲：這是與天地相始終的一種生命意識。而體驗到這一層面的讀者，似乎仍甚少見，一般多持舊説。

同樣一個問題，不同的理解，其中有許多不定之數，並非黑白分明，一清二楚。這是中國人的表述方式。

與東方相比，西方表述方式則有所不同。如對於有限與無限一類問題的解讀，就非同中國人一般，一個問題，往往出現兩種或兩種以上不同的解釋。記得叔本華曾説過這麽一個故事。德國肖像畫家蒂斯拜恩有一幅水彩畫，畫中兩個人物，兒子背著年邁的父親正在逃避湧向海洋的灼人的岩漿。當這兩個行將毀滅的生靈眼前祇剩下一條僅能供一人踩踏的小路時，父親咬了兒子一口，示意將其放下，以逃離險境。兒子聽命於父親，又回過頭來，報以最後一瞥，而後堅定地走了過去（《論倫理》）。說明：父親認爲兒子是其生命的延續，兒子的存在就意味著父親的存在；而兒子也領會了父親的用意。這是西方的表述方式。咬一口，看一眼，信息傳達到位，所有都那麼明確，沒有第二種解釋。

兩種不同的認識，兩種不同的表述方式，代表著兩個不同的體認過程，兩種不同的世界觀與認識論。但這也並非絶對，不能將問題說死。

當今世界，一方面是全球一體化，一方面是對於一體化的抵禦。整個世界錯綜複雜，變化不居，人們有許多煩惱。作爲文化人，主要是擔心找不到自己的位置，與世界接不上軌。或者說唯恐失去安身立命處所。其實，這種情勢亦並不可怕。其間，祇是個銜接問題。乃傳統與現代，東方與西方，或者舊、新之間的一種銜接。並非完全無可企及。如就受象者與表象者的立場看，我的所謂體認，簡單地說，其銜接點就是物與我兩個字。本色論與境界說之立論，皆著眼於此。

（2）本色論與境界說

首先，關於本色論。這是最古老的一種批評模式，中國詞學史上一大理論建樹——傳統詞學本色論。

以本色立論，其體認對象乃作爲表象者的我以及我以外的其他事物。即物與我，亦即宇宙與人生。就中國情況看，古時候，哲學與詩學並無明確分野。中國人將天人合一當作自己的宇宙觀和人生觀，在詩學上，同樣以此立論。物我一體，天人一體，人與自然一體。這是中國人的最高理想。物與我之間，主體與客體，哲學上没有區分，於詩學，基本上亦並未將其分割開來。我爲主體，我以外的其他事物，包括整個世界（自然物象及社會事相）亦非死寂的客體，而乃賦有生命的主體。我之與物，其關係乃自我主體與世界主體之關係。表象者與受象者皆以此作爲自己的絶對信念。

這一絶對信念，於傳統詩論已有較爲充分的展示。傳統詩論，年深月久，尤其是近代，在理論研究以及其他許多方面，都已形成自己的體系，而詞則未也。近代以來，詞界對於詞學考訂、詞學論述以及倚聲填詞三事，雖頗爲注重論述，著作亦多，但其中比較具有建設性的著述卻甚少見。邱世友著《詞論史論稿》，從李清照到況周頤，對於各家言論，每於創作實踐中切入，頗多新創之見。論者以爲：「分析同異，抉擇精粗，尤爲原委清晰，系統分明」；「所見雖不能無偏，亦可謂卓然自樹者矣」（黄海章語）。至於此，傳統詞學本色論已有較爲清楚的眉目呈現，極爲難得。至其所謂「偏」者，除了某些見解不爲論者所認同外，應是側重於點的深入，而缺少綫的貫穿。說明，詞學史上，傳統詞學本色論之作爲一大理論建樹，仍須從縱的方向進一步加以論證。

下文擬將傳統詞學本色論建造所經歷千年歷史這麼一個大階段，劃分爲三個小階段，對其發展、演變的蹤迹及規律，進一步試加追尋。

第一個小階段，從陳師道、李清照，到沈義父、張炎，爲本色論奠基階段。

詞體興起，詞學隨之產生。詞學史上，本色論的確立，以李清照「別是一家」說爲標志。但是，在此之前大約二三百年，樂府、聲詩並舉，其發展、演變，已爲李清照的理論建樹作好準備。

陳師道《後山詩話》論蘇軾有云：「退之以文爲詩，子瞻以詩爲詞，如教坊雷大使之舞，雖極天下之工，要非本色。今代詞人唯秦七、黃九爾，唐諸人不迨也。」雷大使，或謂雷中慶，教坊舞蹈教練。以爲如（似）雷大使之舞，所以非本色，這是一面，非似的一面，陳師道謂之以詩爲詞；而另一面，似的一面，本色的一面，亦即非如（似）雷大使之舞的另一面，則以秦七（觀）、黃九（庭堅）爲榜樣，陳以爲他人所不能及者，可稱作以詞爲詞。兩個方面之本色或非本色都以似與非似進行區分。依其思路，如與蘇門六君子中另外兩位成員晁補之、張耒所說「少游詩似小詞，先生（蘇軾）小詞似詩」（《王直方詩話》），聯繫在一起，即可推導出這麼兩個公式。曰：似B，非本色；不似B，本色。似A，本色；不似A，非本色。B和A，一個表示以詩爲詞，一個表示以詞爲詞。合而觀之，所謂似與非似，也就成爲判斷本色與非本色的一個準則。似，本色；不似，非本色。如此而已。一切憑藉自己的感覺而定。陳師道這段話，或以爲别人所僞托，今暫不予追究，因其終究代表一種見解，體現一種準則。爲方便叙述，姑且稱之爲陳師道定律。而其創立年代，最遲亦應與李清照同時或稍前。

陳師道定律：似與非似。四個字，雖具有較大的不確定性，但作爲一種批評模式，其要點，諸如批評標準、批評方法以及言傳形式等等，大體上卻已具備。至其運用，則主要在於一面及另一面的判斷及劃分，亦即本色與非本色的判斷及劃分。這是中國詞學史上的一個重大創立。

李清照著《詞論》，標舉「别是一家」説，將似與非似四個字增添爲八個字——「别是一家，知之者少」，亦善作兩面觀，持兩點論，同樣注重一面及另一面的判斷及劃分。

其謂「别是一家」，説明起碼兩家。而究竟哪兩家呢？論者一般不太留意。其實，《詞論》開篇已經明白揭示，乃樂府、聲詩兩家。這是其主要辨别對象。兩面、兩家，各不相同。一個「别」字，道出其中奥秘，不可不知。

其謂「知之者少」，説明有知之者，亦有不知者，或知之又不盡知之者。知與不知，兩相對照，即可見其當行或者不當行，本色或者非本色，亦不能不辨。

爲此，李清照對於當朝作者，自柳屯田（永），以至秦七（觀）、黄九（庭堅），皆逐一加以論定。如云：

逮至本朝，禮樂文武大備，又涵養百餘年，始有柳屯田永者，變舊聲，作新聲，出《樂章集》，大得聲稱於世。雖協音律，而詞語塵下。又有張子野、宋子京兄弟、沈唐、元絳、晁次膺輩繼出，雖時時有妙語，而破碎何足名家。至晏元獻、歐陽永叔、蘇子瞻，學際天人，作爲小歌詞，直如酌蠡水於大海，然皆句讀不葺之詩爾，又往往不協音律者，何耶。

又云：

王介甫、曾子固文章似西漢，若作一小歌詞，則人必絶倒，不可讀也。乃知别是一家，知之者少。後晏叔原、賀方回、秦少游、黄魯直出，始能知之。又晏苦無鋪叙。賀苦少典重。秦即專主情致，而少故實；譬如貧家女，雖極妍麗丰逸，而終乏富貴態。黄即尚故實，而多疵病；譬如良玉有瑕，價自减半矣。

經此論定，不僅於一家以及一家之外之另一家，樂府與聲詩，其區別清楚劃分，而且於每一家兩個方面的優劣高下，亦明白揭示。於是，似與非似，一面及另一面，也就得到較爲充分的展現。

李清照的兩面觀、兩點論，與陳師道相比，顯然更加容易觸摸，更加有了定準。即其於兩面——樂府與聲詩，以及每一家兩個方面知與不知之情狀説明，並非衹是一種比喻，看其似與非似雷大使之舞，而是以較具確定性的言語進行描述。諸如「詩文分平側，而歌詞分五音，又分五聲，又分六律，又分清濁輕重」以及尚故實、主情致，典重、高雅、鋪叙、渾成等等，大多可憑藉視覺、聽覺以及心靈的感悟漸次加以觸摸。

依所論定，其用以判斷、劃分的八個字——「別是一家，知之者少」，説得具體一點，就是：識音理與知辨別兩件事。這是從每一家實踐中歸納出來的經驗，亦自身體會有得之言。有此兩條，似與非似的批評標準及方法，其落脚點，即可轉移到聲音、文字以及情致上面來。有影有形，可以觸摸得到。於是，本色論的確立也就有了標志。

沈義父與張炎，生當宋元之交，較之李清照所處時代，兩宋填詞於理論與實踐都有了更爲豐富的積累，但二氏述作仍然以本色論爲依歸。從總體上看，二氏立論，仍於聲音、文字以及情致，作兩面觀，持兩點論。和李清照一樣，都在一個「別」字上下功夫，力圖將似與非似的兩個方面，亦即本色與非本色的兩個方面，進一步判斷、劃分清楚。

沈義父自幼好吟詩，結識翁時可（元龍）、吴君特（文英）昆季之後，率多填詞。所著《樂府指迷》，除總論外，計二十八則。有四標準，爲子弟輩立法。云：「音律欲其協，不協則成長短之詩；下字欲其雅，不雅則近乎纏令之體；用字不可太露，露則直突而無深長之味；發意不可太高，高則狂怪而失柔婉之意。」四個標準，四座路標，用以警示：不能踩過界。其中，協與不協以及雅與不雅，一個對上，一個對下。强調上不能與詩混淆，下不能與曲混淆。著重從聲音、文字上進行判斷及劃分；而深長之味及柔婉之意，相當於情致，則須於聲音與文字之外求之。四個標準令李清照的識音理與知辨别，目標更加明確。

張炎生平好詞章，用功四十年。實踐所得，著《詞源》上下二卷。論音律，論作法，乃中國詞學史上第一部專門著作。凡所立論，用其自身所説，就是這麽兩句話：「音律所當參究，詞章先要精思。」（《詞源·雜論》）兩句話，兩條原則，揭示本色詞創造的準則，與李清照識音理與知辨别同一用意。

此外，張炎最爲著名的論斷，還有關於清空與質實的兩句話：「詞要清空，不要質實。清空則古雅峭拔，質實則凝澀晦昧。」論者大多著眼於此，但各有各的闡釋。或以爲「不占實位」、「不犯正位」之意（沈祥龍《論詞隨筆》）；或以爲「空中蕩漾」、「傳神寫照」之意（劉熙載

《藝概・詞曲概》）。而夏承燾則以取神遺貌進行概括（《詞源注》）。諸如此類，都在似與非似之間。可見，張氏論斷，亦力圖於聲音與文字之外另有所悟。在這一點上，對於李清照似有所超越，而實際上亦離不開情致。

從陳師道、李清照，到沈義父與張炎，由似與非似的四字定律，知與不知的八字方針，到論詞的四個標準、兩條原則，以本色論詞，即其作爲一種批評模式，已逐步具備確定性的標準。這一階段，經歷二三百年，詞學史上一大理論建樹，於此奠定了基礎。

第二個小階段，從浙西派到常州派，爲本色論充實、發展階段。

宋以後，樂府、歌詞歷經元、明兩代，至於清之所謂復興，爲本色論的創造發明提供了有利條件。二百八十年間，以本色論詞，依據似與非似進行創作，既多流弊，亦富姿彩。論者各執一端，各有褒貶。對於歷史及現狀，不同見解，各自加以表述。反對什麽，提倡什麽，皆充滿自信。因之，正與反亦即似與非似的兩個方面，各家的闡發，也就越來越趨於明晰。

清初近百年間，浙西派盛極一時。作爲代表人物朱彝尊，自稱「老去填詞」，而體驗仍極其深刻，對於歌詞的觀念已較爲成熟。朱沒有關於詞的專門著作行世，其相關題辭或序跋，亦頗能體現其觀感。至於與汪森合纂《詞綜》，則更加自覺地爲其論説張目。

其於《秋屏詞題辭》有云：

花間、尊前而後，言詞者多主曾端伯所録《樂府雅詞》。今江淮以北稱倚聲者輒曰雅詞，甚矣，詞之當合乎雅矣。自草堂選本行，不善學者流而俗不可醫。讀《秋屏詞》，盡洗鉛華，獨有本色，居然高竹屋、范石湖遺音，此有井水飲處所必歌也。

以爲詞當合乎雅的要求。本色與非本色，就在雅與不雅（俗）之間。這是古今對照，正反參證，所得結論。乃其詞學觀念的集中體現。

至於如何達至這一雅的目標，讀者似可從以下兩段話找到答案。其《詞綜·發凡》曰：「世人言詞，必稱北宋。然詞至南宋始極其工，至宋季始極其變。姜堯章氏，最爲傑出。」又其《陳緯雲〈紅鹽詞〉序》曰：「詞雖小技，昔之通儒鉅公，往往爲之。蓋有詩之所難言者，委曲倚之於聲，其辭愈微，而其旨益遠。善言詞者，假閨房兒女之言，通之於離騷、變雅之義。此尤不得志於時者所宜寄情焉耳。」

先説最爲傑出問題。這是雅的最高典範。從總體上看，比如兩宋詞，朱彝尊直接道明，須由南宋人所作入手；而從個別作家看，南宋人中，則當以姜夔（堯章）最爲傑出。這是依據善言詞者的經驗所作判斷，其理由則爲：善於假閨房兒女之言，以通之於離騷、變雅之義。離騷、變雅之義，就是朱氏所標榜的雅的最高典範。

再說內外遠近問題。這是個言傳形式問題，也就是達至雅的最高典範的具體途徑。兩宋歌詞，由北而南，極其指事類情之能事，所謂極其工與極其變，主要是言傳形式的複雜化。其間，從言辭到意旨，當中有一大段距離。一個微小或者淺近，一個巨大或者深遠，頗有點不可企及。如何打通界限，縮短距離，做到辭（言）愈微，而旨（意）益遠？朱彝尊將其歸結爲「假閨房兒女之言，以通之於離騷、變雅之義」這麽一句話。這是一個目標，也是達至目標的方法及途徑。即謂：從內到外，由遠及近，進行觀照，有盡、無窮的創造，也就有了方向。這是朱氏所給予的啓示。

朱彝尊所啓示，既爲昔之通儒鉅公之善言詞者的經驗總結，亦爲自身體會有得之言。不僅告訴讀者，追求什麽，而且告訴讀者，如何追求。

相對於李清照之識音理與知辨別，即音符與意旨（意符），朱氏似乎較爲側重於意旨（意符）。當然，其對於音理（音符），亦不曾偏廢。這裏所說音符，指形聲字結構中表示讀音的部分；所說意符，指形聲字中表示意義類別的部分。這是對於第一個小階段的重要充實及發展。

張惠言、周濟，主意內言外，對於微辭創造，別有會心。張惠言編纂《詞選》，其序云：

> 詞者，蓋出於唐之詩人，採樂府之音以製新律，因繫其詞，故曰詞。傳曰：意內而言

外謂之詞。其言情造端，興於微言，以相感動。極命風謡里巷，男女哀樂，以道賢人君子幽約怨悱不能自言之情，低徊要眇，以喻其致。蓋詩之比興變風之義，騷人之歌，則近之矣。然以其文小，其聲哀，放者爲之，或跌蕩靡麗，雜以昌狂俳優。然要其至者，莫不惻隱盱愉，感物而發，出類條鬯，各有所歸，非苟爲雕琢曼辭而已。

張氏有意將音與詞分割開來，爲詞正名。意内而言外，或者音内言外，兩層意思，似頗費心機，而其所説本色與非本色，在有寄托與無寄托之間，卻更加注重於意。

周濟「推明張氏之旨而廣大之」（譚獻《復堂詞話》），謂「非寄托不入，專寄托不出」（同上），以入與出，將内與外及遠與近打通。

浙西派主醇雅，宗白石，尊南宋。常州派倡比興，祖清真，崇北宋。後者看似前者的反動，其實不然。就其體驗過程看，二者之由遠及近，從内到外以及入與出，都從似與非似而來。既爲著救弊補偏，亦旨在樹立。殊途而同歸，各從不同角度充實本色論。

第三個小階段，從後常州派到晚清四大家，爲本色論集成階段。

張惠言、周濟之後，常州派人馬，大致遵循這麽兩條路綫行進：一條承接對於聲音與文字的體認，經由萬樹、淩廷堪、戈載，於律典、樂事、韻學諸多方面，討論、審定，勉力「爲詞宗護法」（吴衡照評萬樹語，《蓮子居詞話》卷一），以至劉熙載，始將其正式命名爲聲學（《藝概·詞曲概》）；一條承接對於情致的體認，經由謝章鋌、譚獻、馮煦，於修辭立誠、托志睠懷以及謬悠顯晦諸多方面，説法現身，爲倚聲家度以金針（借用謝章鋌評張惠言語，《賭棋山莊詞話》續編卷一），以至陳廷焯，所謂「意在筆先，神餘言外」（《白雨齋詞話》卷一），即將其推向極致。兩支隊伍，各有側重，各有偏頗，至清末五大家之況周頤，其有關重、拙、大要求，則從詞内、詞外，天資、學力，粗率、蘊藉，以及大氣真力與時流小慧諸多方面，進行綜合考察，以爲救與補。

清末五大家當中，較爲人所稱述者，應是朱祖謀及況周頤。朱號稱「律博士」，論者以爲古詞學之一大結穴；況則被推尊爲「廣大教主」，其詞論，論者以爲細入毫芒，發前人所未發（陳乃乾《清名家詞》）。況氏以詞心論詞境，又以詞境論詞心，似已涉及境界創造，但其立論，和朱氏一樣，都祇是局限於傳統本色論的範圍之内，尚未能與王國維所創立的境界説相提並論。

一千年歷史，三個小階段。其所體認，主要是對於似與非似的把握及判斷。這種把握及判斷，經歷三個步驟：於聲音、文字以及情致之種種限制、裁量以及正反兩個方面的比對褒貶，辨識其「别是一家」的特質；就言和意這兩個歌詞構成要素所具性能，由外到内，並由内到外，考察作爲歌詞之詞的題中無窮包藴及題外遥遠寄意；最後，歸納總結，令趨完善。

就實際運用看，傳統本色論的要點，可概括爲以下二項：

第一，批評標準，以似與非似爲最高準則。

最高準則，或者終極目標，傳統本色論者的共同追求。隨著上述三個步驟的漸次推進，這一準則或目標已漸次落到實處。即由似或者非似雷大使之舞，到達近或者非近變風之義、騷人之歌，乃至於有了一個正式的名分。但是，就在這落實過程中，此似與非似之準則或目標，亦漸次被推向虛静之處。有如況周頤對於詞心與詞境的體驗，所謂「萬緣俱寂」，或者「一切景物全失」（《香東漫筆》卷一，《蕙風叢書本》），就是這麽一種狀態。因此，對其詮釋，兩個方面都應當顧及。這就是説，這一準則或目標——似與非似，對於追求者而言，既絶對，又非絶對。二者之間，可望而不可即，永遠保持著一段距離。

第二，批評方法，由衹可意會、不可言傳，到聯想與貫通。

方法的運用，是一個過程，也是一種實現，準則或目標的實現。

傳統詞學本色論，當其創立之初，對於本色非本色的判斷及劃分，在很大程度上，完全憑藉著悟。這是一種主觀感覺，或可稱作興。憑藉著悟或者興，覺得本色就本色，非就非，不須任何理由，任何説明，或者説不須立有文字，留下蹤迹。但其實現過程，所謂内、外、遠、近，於物我之間，實際上卻已留下了蹤迹。這一蹤迹，於時間及空間，即以如下兩種形式出現：

①由此物到彼物的聯想與貫通；②由諸往而來者的聯想與貫通。

由此物到彼物的聯想與貫通，這是詩六義中的比與興。朱熹所云「比者，以彼物比此物也」以及「興者，先言他物以引起所詠之詞也」（《詩集傳》卷一），即此之謂也。張惠言所云「感物而發，出類條鬯」，也是這一意思。

由以往而來者的聯想與貫通，這是對於有無資格言詩的一種判斷。見《論語·學而篇》：

子貢曰：「貧而無諂，富而無驕，何如？」子曰：「可也。未若貧而樂，富而好禮者也。」子貢曰：「詩云：『如切如磋，如琢如磨。』其斯之謂與？」子曰：「賜也，始可與言詩已矣。告諸往而知來者。」

從貧與富之諂與驕，聯想到樂與禮即禮樂；又從樂與禮，聯想到切磋與琢磨。以爲告諸往而知來者，所以說，可與言詩已矣。李澤厚稱之爲「比類聯想」，謂非同於邏輯推理。說甚是。而禮樂分開，將「貧而樂」翻爲「雖貧窮但快樂」，則未妥。見《論語今讀》。

兩種形式，聯想與貫通。一縱一横，超越時間與空間，將萬有展現於目前。

這種聯想與貫通，也是一種思考，但這種思考，不同於一般思考。一般的聯想與思考，可涉及有與無問題。這是哲學的基本命題。比如説，究竟有大還是無大？可以這麽回答：無比有大。但更進一步，問比無更大的是什麽？這一問題就不大好回答。究竟有没有比無更加大的東西呢？這就是更高層面的思考，亦即我這裏所特别標榜的非一般的聯想與貫通。

記得開放改革之初，以宦鄉爲團長的中國社會科學家代表團將訪英，業師吴世昌以及錢鍾書等爲團員。正在興頭之上，突然間，因團長宦鄉於中央有會，訪英須改期，弄得對方很有意見。對方許多朋友來信，説已經發了請柬，準備派對，歡迎到訪，臨時變卦，説不來了，就一句話，讓人家造成許多麻煩。吴先生説：中國人説話不算數。祇有一句算數，那就是不算數纔算數。這就是無無。

無無，既是追求的目標，又是追求的方法。就物與我的關係看，這是一種延伸，一種融合，也是我的一種物化。這可以下列三例加以説明。

例如，李白《菩薩蠻》：

平林漠漠煙如織。寒山一帶傷心碧。暝色入高樓。有人樓上愁。玉階空佇立。宿鳥歸飛急。何處是回程。長亭接短亭。

歌詞所説遠客思歸，乃一種莫名愁思。自平林而高樓，由宿鳥而回程；從看得見的寒山，到數不清的長亭與短亭。於是，其愁思亦隨之而延伸，直至於無法計數。因之，我之與物，亦隨即被推向永遠。

又如，歐陽修《踏莎行》：

候館梅殘，溪橋柳細。草薰風暖摇征轡。離愁漸遠漸無窮，迢迢不斷如春水。寸寸柔腸，盈盈粉淚。樓高莫近危闌倚。平蕪盡處是春山，行人更在春山外。

上片行人，下片居人。所説乃一種愁思之兩種不同表現形式。一爲春水，一爲春山。春水流不斷，離愁亦不斷；春山有盡頭，人在春山外，卻看不到盡頭。行人、居人，離愁之形式體現不同，但都被推向永遠。

又如，蘇軾《西江月》：

照野瀰瀰淺浪，横空隱隱層霄。障泥未解玉驄驕。我欲醉眠芳草。可惜一溪明月，莫教踏碎瓊瑶。解鞍欹枕緑楊橋。杜宇一聲春曉。

淺浪、層霄，芳草、瓊瑶，於一覺溪橋，完全與我融合在一起。人間、天上，今夕、何夕，已渾然不知。此即東坡所説「不謂塵世」者也。不僅自己有此感覺，别人看了，也覺得突兀。仿佛置身於人世之外。亦即：一切已在滁餘靄山乃至微霄曖宇當中消失；直至於一聲杜宇，方纔醒覺到自己。

這一延伸、融合過程，「思與境偕」（司空圖《與王駕評詩書》），「神與物遊」（劉勰《文心雕龍·神思》）；天地、沙鷗，已不能分辨彼此。

滄浪論詩，提倡本色妙悟。曰：「大抵禪道惟在妙悟，詩道亦在妙悟。……惟悟乃爲當行，乃爲本色。」其所追求，當也是一種延伸及融合。正如禪宗所謂：佛在天地萬物之中，亦在我心中。悟道即能成佛。亦即：佛在我心，心即是佛。心與佛，或者我與佛，同樣也已分辨不出彼此。

這就是本色論的思考及追求。目標與方法，都已包括在内。

其次，關於境界説。這是步入現代化進程的一種批評模式，中國詞學史上一大理論建樹——現代詞學境界説。

就其對於外在世界的認識看，境界説是在本色論的基礎上發生、發展而來的一種現代批評模式。本色論與境界説，二者之間相同與不相同之處，都體現在對於物與我關係的把握當中。

由本色論到境界説，物之作爲表象世界，其中亦包含著我。本色論之物我一體，這在境界説原來也是分不開的。王國維《人間詞話》所云，「境非獨謂景物也，喜怒哀樂，亦人心中之一境界」，就是這一意思。單就這一點看，本色論與境界説並無不同。不過，作爲一種批評模式，隨著運用實踐，其區别也就逐漸顯露出來。

本色論視物我爲一體，物與我對等。物爲神，我亦爲神。二者都具至高無上地位。境界説既將自身融化進去，又能够將其分解開來。以爲人衹是半神。以之論文學，本色論與境界説也就有著一定差距。對於物與我，本色論往往難以分辨彼此，而境界説則有内與外之分以及抒己與感人之别。境界説所謂有我之境與無我之境，壯美與優美以及隔與不隔，大都帶有雙重意思，須從兩個不同角度進行詮釋。

但是，内與外，己與人，以及有我與無我，在許多情況下，實際都不能分。這就是説，分與合一樣，都是要有條件的。用叔本華的話講，物與我或者我與物，乃表象者及與之相對的其他事物。可以將其看作是，我與世界，或者我與作爲我的表象的世界。如果將其分解，謂爲主體與客體，其條件，在叔本華看來，就是一種認識實踐。叔謂：作爲表象世界的表象者，當其認識著的時候，是認識一切而不爲任何事物所認識的主體，而當其被認識的時候，自身亦即成爲客體，乃諸多客體中之一客體。物之所以爲物，我之所以爲我，既可以説，我之爲我，我以外的世界皆爲物，又可以説，我以外的世界爲物，我亦爲物。所以，叔本華稱：凡是存在著的，就衹是對於主體的存在。這就是當其認識著的時候所出現的情形，而且，衹有在這個時候，主體纔成爲其主體，否則，就都是客體。叔氏這一道理，説明：此所謂分與合，都並非絶對。

王國維學説，雖於叔氏多所借鏡，但已經中國化。和本色論一樣，其分分合合，亦有個過程。對其理論創造，王國維曾有一段概括的描述。曰：

嚴滄浪《詩話》謂：盛唐諸公唯在興趣。羚羊掛角，無迹可求。故其妙處，透徹玲瓏，不可湊拍。如空中之音、相中之色、水中之影、鏡中之象，言有盡而意無窮。余謂北宋以前之詞，亦復如是。然滄浪所謂興趣，阮亭所謂神韻，猶不過道其面目；不若鄙人拈出「境界」二字，爲探其本也。

謂探其本，而非面目。既非同於興趣、神韻一般批評模式，又非同於北宋以前有盡及無窮之言與意的創造。那麽，其所探求者，究竟是個什麽物事呢？這段話尚未提供明確答案。

但就其有關言論逐步加以剖析，卻可發現，其所探求，並不衹是内與外、遠與近之一般分析與判斷，而是「層」的問題。乃「更上一層樓」的「層」。屬於一種理論創造。

葉嘉瑩著《王國維及其文學批評》之後有《論王國維詞：從我對王氏境界説的一點新理解談王詞之評賞》一文，曾對王國維所標舉「境界」之説，進行周密的探測，以爲三層義界。曰：① 泛指詩詞之内容意境而言之辭；② 兼指詩與詞的一般衡量準則而言之辭；③ 專指評詞之一種特殊標準而言之詞。

從橫的方向看，著重説其效用，亦即結果。頗有創意。但是，如果换個角度，從縱的方向看，説其過程，我以爲，王國維的理論創造，亦可以下列三個層面加以表述：① 拈出疆界，以「借殼上市」，爲新説立本；② 引進改造，將意境並列，使之「中國化」；③ 聯想貫通，於境外造「境」，爲新説示範。三層意思，三個步驟，展現出一個過程。對其所探求的認識，也當逐層、逐步細加推斷。

第一步，拈出以立本。

境，本字作竟。《説文》音部曰：「竟，樂曲盡爲竟，從音從人。」又土部曰：「境，疆也。經典通用竟。」而田部則曰：「界，竟也。」有學者稱，依據互文相訓原則，境作竟，界爲竟；竟或者境，亦即爲界（參見邱世友《詞論史論稿》）。我贊同這一推斷。我以爲，就其本來意義看，境界應是用以表示一定範圍的概念，如疆土。劉向《新序・雜事》曰：「守封疆，謹境界。」班昭《東征賦》曰：「到長垣之境界，察農野之牧民。」皆此意。而疆土之範圍，則以時間與空間加以規劃。王國維所拈出者，無論其出自於何典，佛典或者其他什麽典，都未曾超越這一義界。故此，似可如此斷言，王氏之所拈出者，亦即其所謂境界，實際上就是疆界。

這是第一個層面的意思，借疆界以爲立説之本。

第二步，引進與改造。

在第一步之第一個層面上，王國維的創造，目的在於提供載體。這是一個廣闊的天與地，在某種意義上講，這也是可以延伸的天與地。此天與地之所承載，包括表象者以及作爲表象的世界。這是繼續進行理論創造的根本。立足於此，王國維乃以一己之態度看世界，將萬有一分爲二，包括其自身，正如叔本華將世界劃分爲表象世界與意志世界一般。

其《文學小言》曰：「文學中有二原質焉：曰景，曰情。前者以描寫自然及人生之事實爲主，後者則吾人對此種事實之精神態度也。」其《人間詞乙稿》序又曰：「文學之事，其内足以抒己，而外足以感人者，意與境二者而已。上焉者意與境渾，其次或以境勝，或以意勝。苟缺其一，不足於言文學。」這是一種分解，也是一種概括及升華。曰景、曰情，將描寫事實與對此事實的精神態度分開，曰意、曰境，將抒己與感人分開，而以一「渾」字，又將其合在一起。由合到分，由分到合，令其向上提升到另一個層面。在這一個層面上，此所謂情與景以及意與境，已賦有新的意義。這是分與合所產生的變化。關係的變化以及意義的變化。亦即，經此分與合，物與我之間，角色變換，關係重組。對於此情與景以及意與境，王國維雖曾指出，前者（景，包括境）客觀的，後者（情，包括意）主觀的，清楚爲之劃綫，但經過分、合，此情與景以及意與境，已不僅僅是一種主客關係，除此以外，其承載與被承載關係，亦明顯占居主導地位。因而，此情與景以及意與境，其内涵也就隨著產生變化。數年前撰寫《論「意＋境＝意境」》一文，提出人和事合爲意，時和地（空）合爲境。乃將意與境分開，從承載與被承載的角度進行詮釋，以體現這一變化。而此意與境，當其由分到合之時，其所構成境界，對於疆界而言，自然也就有了更高一層的意義。這就是説，王氏所説境界，已由疆界上升爲意境，乃意與境相加所得的意境。

王國維的分解，既爲著引進，亦爲著改造。引進、改造，都並非泛泛之談，而是可以落到實處的行爲。有關引進，一般祇是説，將西方某些重要概念，重要思想，融會到中國傳統文化當中來。如此而已，不一定都須要指實。而王國維則不同。其所引進西方哲思，可以明確地説，就是叔本華的「欲」。乃人生之欲。就承載與被承載的關係看，「欲」的引進，既是對於原有承載物——意的一種改造；而與此同時，作爲載體，則未曾變，仍然是由時和地（空）合成的境。因而，在這一層面上，引進、改造，如用中國人的話講，這就是舊瓶裝新酒。但是，從疆界到意境的提升，卻在這一過程中得以實現。

王國維《蝶戀花》有云：

> 辛苦錢塘江上水。日日西流，日日東趨海。終古越山澒洞裏。可能消得英雄氣。說與江潮應不至。潮落潮生，幾换人間世。千載荒臺麋鹿死。靈胥抱憤終何是。

歌詞所詠之物，已不單單是我以外的景物，具有視覺形象的景物，而是包含我在內的物景。亦即，錢塘江水，由於欲的輸入，此時已著上我的色彩，代表著我的意願。日日西流，日日東趨海。其生與落，已不單單是一種自然現象。此時，物與我完全融合在一起，這是意與境渾的一個典範。

人生之欲，各不相同。這種「欲」，在其體認過程，往往表現爲一種内在推動力量。傳統詩論，對於這種推動力量，未曾説清。多種解釋，皆不能確定。王國維從叔本華那裏引進，明確稱之爲欲望，乃表象者的欲望。叔將意志當作世界的本質，以爲自然社會發展的動力，以之貫穿物與我，或者將其分隔開來。因此，這就出現兩個世界，現實世界與超現實世界。王國維的引進，目的就在於體現一種超越。超越各種相，各種衆生相，亦即超越「意志」的「我」（「我之自身，意志也」），以達至永恒。

這是第二個步驟，第二層面上的意思，乃境界説創造的重要一環。王國維新説之成功或者失敗，都與此密切相關。

第三步，聯想與貫通。

王國維提出：「詞以境界爲最上。」最上，或者最下，以有無境界進行劃分與判斷。此有與無，已成爲一種標準。將境界提高到文學批評的層面進行論斷，這是一種創造。是在第一、二兩個層面的基礎上所進行的論斷，而非第一、二層面的論斷。王國維對於詞學理論創造所具開闢之功，就體現在這裏。

那麼，作爲批評標準的境界，其與第一、第二兩個層面所説疆界和意境，究竟有何不同？這是必須弄清楚的一個重要問題。這一問題，王國維的論述似乎仍比較含混。尤其是意境，《人間詞話》中幾處所提及者，更加可與境界互相替換。但是，如從整體上看，二者還是有所區別的。大致説來，前者所説乃境中境，而後者則爲境外境。於境外造「境」，纔是王國維最終追求目標。

如何實現這一目標？在《人間詞話》中，王國維曾就隔與不隔以及入乎其内與出乎其外兩個問題進行探討。其間種種，或許可爲提供答案。

王國維指出：

美成《青玉案》（當作《蘇幕遮》）詞：「葉上初陽乾宿雨。水面清圓，一一風荷舉。」此真能得荷之神理者。覺白石《念奴嬌》《惜紅衣》二詞，猶有隔霧看花之恨。

周、姜詠荷詞之隔與不隔，如果衹是看藝術形象，以鮮明性或者模糊性亦即顯與隱而加以比對，亦未嘗不可；但這似乎較爲側重於言，主要考慮是否「語語如在目前」。而從境界創造角度看，隔與不隔，卻不衹是個鮮明不鮮明或者模糊不模糊問題。因其説神理者，乃於整體立論。而且，形之與神相比較，似乎更加注重於神。所以，王國維謂隔與不隔，實際應當包括兩個方面的意思：言之隔與境之隔。創造境外之「境」，既須打破言在達意上所出現的隔閡，又須打破物與我以及我與我之間所出現的隔閡。前者爲境界有無之表徵，後者則帶有一定的超越性，主要是對於「意志」的「我」的一種超越。王氏所説，似當作如是解。

至於如何打破隔閡，王國維亦曾指出：

詩人對宇宙人生，須入乎其內，又須出乎其外。入乎其內，故能寫之。出乎其外，故能觀之。入乎其內，故有生氣。出乎其外，故有高致。美成能入而不出。白石以降，於此二事皆未夢見。

能入、能出，這是打破各種隔閡的基本要求，亦即打通內、外，實現超越的基本要求。入內、出外，這就是對於內宇宙以及外宇宙的一種超越。爲了達至這一目標，王國維曾提出這麽一個具體方法：不域於一人一事及通古今而觀之：

「君王枉把平陳業，换得雷塘數畝田。」政治家之言也。「長陵亦是閒丘隴，異日誰知與仲多。」詩人之言也。政治家之眼，域於一人一事。詩人之眼，則通古今而觀之。詞人觀物，須用詩人之眼，不可用政治家之眼。故感事、懷古等作，當與壽詞同爲詞家所禁也。

政治家與詩人，對於世界的不同觀感，令眼界大開。其内與外之入與出，寫之與觀之，即不受制限。物與我以及我與我之間，得以互相關照。詞人觀物，當著眼於此。

經過第三個步驟，由外到内（入乎其内），又由内到外（出乎其外），聯想、貫通，所造就者，即爲境外之「境」。因此，所謂有生氣、有高致者，都當於此求之。

三個步驟，從疆界到意境，到境界；由借用、引進，到再造。合而後分，分而後合，境界説之作爲一種現代批評模式，終於建造完工。三個步驟，三個層面，這是對於境界説創造過程所進行的一種概括描述。至此，對於境界説的義界，相信已有較爲明晰的印象。

以境界説詞，其運用過程之有上下之别以及高低之分，這是有與無的進一步推斷。上文所説由抒己到感人的推斷，亦當作如是觀。和本色論一樣，其用以論詞，也有兩個標準：最低標準與最高標準。這是在哲學層面上所進行的判斷與劃分。以爲所謂有與無，大致兩種詮釋：個别意義上的有與無以及一般意義上的有與無。因而，兩個標準之具體體現，也就具有兩種不同的取向。最低標準，體現於言之有物。此即疆界以内之物，言中之意。乃可想見之有。一種擁有某種確定性意義之有。而最高標準，達至無無，乃物與我以外的體驗。不在外界（物），也不在自身（我）。這是哲學意義上的信仰體驗，亦有與無之外的終極體驗。最低與最高，二者之間，雖有一定區别，但也並非絶對。因此，於具體運用，也就較爲靈活機動，聯想與貫通，具有較大空間。

例如，晏殊《浣溪沙》：

一曲新詞酒一杯。去年天氣舊亭臺。夕陽西下幾時回。無可奈何花落去，似曾相識燕歸來。小園香徑獨徘徊。

現實生活中，聽歌與飲酒，以及天氣、亭臺，這一切都是具有某種確定性意義的有。謂夕陽西下，幾時返回？於小園香徑，獨自徘徊的過程中，回思種種。一去一來，一來一去；若無若有，若有若無。永遠没有休止。這種富有哲理意味的體驗，異想天開，已遠遠超出於現實之外。

又如，張孝祥《念奴嬌》：

洞庭青草，近中秋、更無一點風色。玉鑒瓊田三萬頃，著我扁舟一葉。素月分輝，明河共影，表裏俱澄澈。悠然心會，妙處難與君説。應念嶺表經年，孤光自照，肝膽皆冰雪。短髮蕭騷襟袖冷，穩泛滄浪空闊。盡吸西江，細斟北斗，萬象爲賓客。扣舷獨笑，不知今夕何夕。

洞庭青草，玉鑒瓊田；空闊滄浪，扁舟一葉。由現實世界，到超現實世界；由境中，到境外。「表裏俱澄澈。」而且，由中秋今夕，到「不知今夕何夕」。空間與時間的距離，逐漸被拉開。直到物我融合爲一，人天融合爲一。完全進入無無之境。論者以爲「飄飄有淩雲之氣，覺東坡水調猶有塵心」（王闓運《湘綺樓詞選》），這一富有哲理意味的體驗，同樣亦顯得非常遥遠。借助聯想與貫通，到達超現實世界。這是以境界説之三個層面説詞所達至效果。從認識上看，這就是一種終極的體驗。以之説詞，最低與最高，兩種標準，都將産生一定效用。

2. 從境界説到結構論，現代化的傳統文化

這是另一個方向的體認，由現代化到傳統文化。這一過程，包括兩個方面：異化與重寫。

(1) 境界説的異化

王國維於一九〇八年發表《人間詞話》，提出境界説。從本色論到境界説，乃傳統文化到現代化的轉型。就詞學理論創造看，毫無疑問，這是一件開天闢地的大事。

王國維境界説之步入現代化進程，主要體現在以下兩個方面：①批評標準的變換；②批評方法的更新。從傳統文化到現代化，其所採用的批評模式，就是一個重要標志。從本色論到境界説，由似與非似到有與無，從衹重意會，不重言傳，到有與無都有一定定準。標準與方法的變換及更新，就是從傳統文化到現代化的一種形式體現。

作爲詞學史上所通行的批評模式，本色論與境界説之不同處乃在於：本色論不重言傳，境界説注重言的功用。以本色論詞，儘管亦有一種有盡、無窮的追求，但其説似與非似，有時則不用言語傳達，而衹用符號或動作。其謂意内言外，乃意在内言在外之意。言之作爲一種外在形式體現，永遠被擺在第二位。以境界説詞，强調「言近旨遠」。所説儘管已由本色論之言在外變成爲在言外，而其用以達意之言，卻仍然未被排斥在外。因所謂境界，其一定之數之測量與表述，都有賴於言。這也就是説，在物與我之間，言總擔當著十分重要的角色。對於物與我，言是個載體，也是種媒介，乃溝通物與我的媒介，亦即進入表象世界與意志世界的媒介。因之，王國維於物與我之外加上個言。這是境界説之成爲現代詞學批評模式的一個重要因素，也是王國維對於詞學理論建造的一大貢獻。

相對於本色論，境界説之作爲現代化的一種批評模式，已經有了更大的可操作性。這是境界説優勝於本色論的地方。但是，由於王國維學説自身所産生的誤導以及讀者理解上的問題，在很短時間内，境界説即被異化。先由境界異化爲意境，再異化爲風格論。這是由兩個方面的原因所造成的。一方面，王所説意境，在三個步驟，三個層面之間，原來就是一種過渡，其與此前之疆界以及此後之境界，並無明確分野，易於給人造成誤會；另一方面，由於大家的理解，衹到第一、第二兩個層面，未到第三層面，衹是將境界二字當名詞看待，就概念及其內涵大做文章，亦即祇是停留於境內，而未能到達境外。兩個方面，雙向進行；先天與後天，都大大加速其異化。

二十世紀三十年代，胡適、胡雲翼相繼推演，從意境之有意與境之區別，說到男性、女性以及豪放與婉約，將境界說異化爲風格論。這就是一個典型事例。其間，蘇聯的反映論，作爲馬列經典傳播中華，亦進一步爲境界說的異化提供理論依據。尤其是五十年代之後，反映論占居主導地位，境界說則遭到誤判，被當作推廣工具。論者說境界，多將物與我闡釋爲主客觀關係。物爲客體，我爲主體。主觀與客觀，情與景，二者互不相容。詞界講風格，不講境界，風格論被推向絕頂。以豪放、婉約「二分法」，替代三個層面的境界分析，半個世紀以來，境界說基本上都跑到哲學、美學那裏去了。

世紀末葉，詞界於鑒賞熱之後，出現闡釋熱。例如美學闡釋與文化闡釋。這在一定程度上，自覺或者不自覺地起了重返境界說的作用。值得注視。

回歸本位，返回境界說。必須回復到對於物我關係的正確認識上面來。爲此，我以爲，所謂回歸，似當留意下列二事：

第一，三層義界，以正名份。

王國維於傳統詞學本色論之外另立新說，具有較爲廣泛的適應性，無論詩學、詞學，一般文學、藝術，或者哲學、美學，都可於此找到自己的話題，也正因爲如此，其學説就更加容易被錯解，遭異化。因此，必須留意，其所創立，並非無的放矢，而乃十分自覺的行爲。亦即，其所確立名目，大都有其特殊意義，未可一般對待。比如三層義界，既有時空的維度，又有靈性的維度；須綜合進行考察，纔不致出現偏差。

第二，兩面立論，爲探其本。

境界説之被錯解，遭異化，上文所説兩個原因，先天與後天，乃從認識論的角度立論，如果就方法論的角度看，我以爲，主要是對於王國維兩面立論的特別構想缺乏認識所致。諸如有我之境與無我之境、優美與壯美（宏壯）以及隔與不隔等等，皆善作兩面觀，須細心加以排比，全面衡量，纔能真正體驗其立説原意。

（2）結構論的重寫

重寫，即轉换或者轉型。比如「從以前的方向轉到一個新的方向」（利奥塔語）。何謂新的方向？這同樣是值得認真加以辯證的一個問題。

文學活動，人在天地間的活動。從整體上看，主要是調和物我關係，包括物與我以及我與我諸多方面關係。物與我，我與我，諸多方面關係，從對立到統一，錯綜複雜，但歸結起來，祇是一種二元對立關係（Binary Opposition）。這是新變詞體結構論的立論依據。

二元之間，這在本色論和境界説，本來都有一致的追求。無論是作爲表象者的我，或者是我的表象，所謂天和人，都希望調和爲一。但是，二者的創造都有局限，那就是缺少中介。没有中介，無從聯繫，未能到達境外之「境」。

吴世昌將事作爲一個中介來調和物我，從而開始了境界説到結構論的轉化。這就是一種「新的方向」。

結構論的重寫，大致經歷以下三個步驟：①結構分析的典範；②生與無生的中介；③善入善出的指引。

三個步驟，從實踐中來，到實踐中去；條分縷析，指示門徑。對於「學詞」與「詞學」，皆頗有助益。（「學詞」與「詞學」，這是二十世紀三十年代，胡雲翼於《詞學ABC》所提出的。謂其所著乃「詞學」，而非「學詞」，不會告訴讀者應當怎麼「學詞」包括填詞一類問題。此説自五十年代至今，仍具影響。結構論的「重寫」，應有一定現實意義。）

第一步，歸納概括，確立典型。

二十世紀四十年代，吴世昌發表《論詞的讀法》一系列文章，倡導結構分析法。曰：

> 小令太短，章法也簡單，可是慢詞就不同了。不論寫景、抒情、叙事、議論，第一流的

作品都有謹嚴的章法。這些章法有的平鋪直敍，次序分明的。這是比較容易看出來的。有的卻回環曲折，前後錯綜。不僅粗心的讀者看不出來，甚至許多選家也莫名其妙，因此在他們的選集中往往「網漏吞舟」。

以爲第一流的作品都有謹嚴的章法，非無蹤迹可循，並依據自己的體驗，提出兩種不同的結構類型——「人面桃花型」及「西窗剪燭型」，以爲典範，以見其普遍意義。這是第一步，謹嚴章法的類型歸納。既針對老輩論詞「不願或不善傳授」之不足，亦爲創立新説，提供實際事例。已經提及説故事的問題，但尚未説明其中介作用。就理論建造看，乃有了「結構」而尚未有「論」。

第二步，滲入故事，萬象皆活。

二十世紀八十年代，吴世昌所刊發《周邦彦及其被錯解的詞》一文，以「以小詞説故事」，通過故事所構成有句、有篇的詞章爲典型事例，進行結構分析，並歸納、概括出這麼一條法則：「在情景之外，滲入故事：使無生變爲有生，有生者另有新境。」情景之外，滲入故事。物與我之間，有了中介。生與無生，主要看有無聯繫。有聯繫，即生；否則，便無。這是由宋人創作實踐中總結出來的一條法則。宋代填詞，承襲唐五代餘緒，衹是做花間式的抒情小令。

至柳永、張先，始有所變化。吳世昌指出：柳永、張先分筆寫江山之勝、遊宦之情，真能雙管齊下，但其缺點是，情景二者之間無「事」可以聯繫，情景並列如單頁畫幅。未能寓情於景，情景交融，使得萬象皆活。這是宋詞進一步發展的障礙。

故此，吳世昌曰：「救之之道，即在抒情寫景之際，滲入一個第三因素，即述事。必有故事，則所寫之景有所附麗，所抒之情有其來源。使這三者重新組合，造成另一境，以達到美學上的最高要求。」這就是從無生到有生的轉變。結構分析法，即以此爲依據。這是第二步，主要是中介的作用。至此，分析法之作爲一種「論」，基礎已得到奠定。

第三步，遊阿房宮，入兩宋門。

門徑問題，至關緊要。在有關論著中，吳世昌曾以遊阿房之宮作比，加以揭示。曰：

清真在北宋之末，入南宋之大門也。入清真之門，然後可讀白石、梅溪、夢窗、碧山諸家。學得清真之各種手法，然後讀南宋諸家皆有來歷，無所遁形矣。清真範圍廣，門户多，長調小令皆自成樓閣，絕不相似。如遊阿房之宮，五步一亭，十步一閣，莫可詰究，他人無此才力也。於短短小令中寫複雜故事，爲其獨創，當時無人能及。後世亦少有敢企及者。

以遊阿房之宫作比，説明如何入清真之門以及如何由清真而入兩宋之門。而其間種種，則以於短短小令中寫複雜故事爲中介。可見，無論單一作家，或者全部宋詞，以事爲中介的結構分析法，都可以派上用場。這是在創造過程中，對於結構分析法之上升爲「論」的一種實證。

從二十世紀四十年代到八十年代，大約經歷了五十年。吴世昌於去國、歸國的過程中，將東方與西方，傳統與現代，融合爲一，以推動傳統文化的現代化進程。其中，最爲要緊的是，於物與我兩個單元之間加上個事，吴以爲第三者。二元對立關係，人類最基本的思維活動模式。二元之間，相關、相對、相反。事的加入，等如一種催化劑。令其調和或者分解。而且，隨著第三者的加入，物與我之間所構成的錯綜複雜關係，其脉絡即清楚地顯示出來，調和或者分解，更加有了可探尋的蹤迹。因此，老輩論詞之不足也就有效地得以彌補。這是詞體結構論所以成爲批評模式的一個重要環節。

以下，試以李白三首《清平調》加以説明。李詞曰：

雲想衣裳花想容，春風拂檻露華濃。若非群玉山頭見，會向瑶臺月下逢。

一枝紅豔露凝香，雲雨巫山枉斷腸。借問漢宫誰得似，可憐飛燕倚新妝。

名花傾國兩相歡，長得君王帶笑看。解釋春風無限恨，沉香亭北倚闌干。

第一首，「雲想衣裳花想容」。名爲詠花，實則如何？似花還是非花？誰也分不清楚，似乎亦無須分清。

第二首詠貴妃，不僅直接面對，而且借助於漢宮飛燕加以映襯。或此，或彼，則分得清清楚楚。

第三首，「常得君王帶笑看」。不説「常使」，而説「常得」。十分謹慎小心。其時，宿酒未醒，而人已醒。未敢説錯半句話。至此，名花、傾國以及君王，三個方面得失利害關係已被擺平。三個方面，已被服侍得舒舒服服。作爲一名等候使喚的翰林供奉，算已非常盡責。但這並非真正的李白。直到後面兩句，其面目纔顯露出來。其中，「解釋春風無限恨」，應讀作「春風解釋無限恨」。非春風有恨，乃春風將恨解釋出來。解釋，就是解放，或者釋放。世間的恨，由春風所釋放。因而，正在沉香亭北倚闌干的李白，静觀一切，纔爲之下了這麼一個結論。謂：不僅名花有恨，傾國有恨，君王亦有恨，大家都有恨。不能高興得太早。所謂花不常開，月不常圓，人不長好，這條定律，不僅放之四海而皆準，而且千古不變。這一道理，既爲春風所解釋，亦爲李白於沉香亭北倚闌干時思考之所得。此時此景，李白已超脱現實，升華至天上。李白之成爲李白，其獨特之處，就在於此。而這一切，都因沉香亭北倚闌干時所引起。這就是第三者加入所發揮的催化作用。

又，李煜《虞美人》：

春花秋月何時了。往事知多少。小樓昨夜又東風。故國不堪回首月明中。雕闌玉砌今猶在。祇是珠顏改。問君能有幾多愁。恰似一江春水向東流。

往事、今事，究竟指的是什麽呢？一般都以爲故國、雕闌玉砌。那麽，月明中的故國以及改變珠顔的雕闌玉砌，是往事還是今事？似乎有點不易分辨。而加入中介——小樓昨夜，卻什麽都清楚了。因此中介，由人間到達天上。説明，往事並非故國或者雕闌玉砌，而乃春花秋月。亦即像春花秋月一般美好的東西。非一時一事，亦非僅限於一人之偶然事件，而乃由貫通人天所造成之另一新世界。這就是由無生到生的另一新世界。

又，蘇軾《臨江仙》：

夜飲東坡醒復醉，歸來彷彿三更。家童鼻息已雷鳴。敲門都不應，倚杖聽江聲。

長恨此身非我有，何時忘卻營營。夜闌風静縠紋平。小舟從此逝，江海寄餘生。

由醒到醉，從此身到江海；由杖到舟，從現實世界到超現實世界。亦即，由有限到無限，從瞬間到永恒。一切都自倚杖之時所引起。倚杖聽江聲，這是個具體事件。這一事件，將兩個原本相互對立的單元組合在一起。兩個、兩個單元，從互不關聯，到互相關聯。亦即從無生到生。這也就是詞章所創造的另一新世界。

以上事例，是我對於業師之所創立的説明及推廣。相對於傳統詞學本色論以及現代詞學境界説，新變詞體結構論至今儘管仍缺少認同，但我相信，隨著時序推移，尤其是新生代的崛起，詞體結構論之作爲一種新興批評模式，終將被納入議題，提上議程。

（三）小結

中國詞學史上三個階段的劃分以及兩個方向的體認，這是個不斷推進的過程：由傳統文化向現代化的推進以及由現代化向傳統文化的推進。從詞學層面上看，兩種推進過程，由本色論到境界説，一千年及一百年，由境界説到結構論，一百年及一千年。方向轉換，方法、模式也隨著轉換。如從哲學層面上看，其所推進，由此岸世界到彼岸世界，由此岸的存在到彼岸的體驗，或者由變動不居的表象到永恒不變的實在——乃由多到一的歸納，以及由一到多的演繹。既合又分，既分又合。其間轉換，體現出一種歷史的必然。我將自己的命題——三碑之説，放在這麽一個背景下進行觀察與思考，既有學科自身的理由，亦爲著驗證這一道理。

總之，我今天所講的關鍵詞，乃物、我、事三者。能够在詞學，乃至哲學層面上，將其相互間的位置及關係弄清楚，也就明白自己應當做些什麽以及應當怎麽做。所有這一些，相信並不十分複雜。

第三個問題。餘論：學科與科學。

關於二十一世紀中國詞學學的建造問題，這是個嶄新的課題。在傳統詞學當中，詞學學這一概念是找不到的。正如自然科學之有技術而没有科學一般，傳統中的人文科學亦有科而無學。因而，自然也就不可能有詞學學這麽一回事。而就目前狀況看，學界所通行的詩學及詞學，似乎亦存在著問題，尤其是詞學。主要是觀念的失落，以及由此所造成的誤區與盲點。例如，關於詞學是什麽這一問題，幾十年來，似乎都不曾弄清楚。不知道詞學究竟在哪裏，亦不知道詞學究竟爲何物。風格論登峰造極，做不下去了，做「體」的問題。有一部專著説詞體，一開列就是幾十種（體）。屯田爲一體，柳永亦爲一體。自説自話，許多提法都極其混亂。没有一定的規則，缺乏可靠的依據。自己不知所謂，别人亦無所適從。有鑒於此，對於諸多事體，有必要做一番清理。

以下，擬就三個問題説説自己的意見。

(一) 學科與學科建造

這是有關學科對象問題。上文所説，中國詞學學是一門研究詞學自身的存在及其形式體現的專門學科。於學之上再加個學，謂爲研究之研究，似乎比較容易理解；而對於自身的存在及其形式體現，則有點摸不著頭腦。個個都以爲自己做的就是詞學。實際上又如何呢？我見過某些著作，厚厚一大本，裏面許多「學」，諸如文化學、美學等等，應有盡有，可偏偏就是没有詞學，因所有關於詞的事情，包括作家、作品，都被用作「學」的例證去了。這是一種偏向，叫做有「學」而無詞。而另一種偏向，則執著於數據，主要看出現次數，不斷地以數字進行類比，衹是在字面（詞語）上用工夫。這叫做有「詞」而無學，乃詞語的「詞」。兩種偏向，兩種極端，兩種結果。或者以一層層的玄學包裝，令詞學變成爲顯學；或者將韻文當作語文看待，令詞學走向歪門邪道。這就是我所説誤區與盲點，因觀念失落所造成的誤區與盲點。

觀念，就是一種 idea，可解釋爲認識或者理解。觀念失落，没有正確的認識或者理解，對於自己的研究對象，不能够切實地把握；正如寫文章没有主題思想，舉止行爲没有靈魂一般。這是造成誤區與盲點的原因之所在。建造新學科，須要令觀念歸正。就詞學學而言，則須要爲學科自身正名，並爲學科對象正名，弄清楚自己所作到底是個什麼東西？是艷科，還是聲學？有關種種，都須要有個正確的判斷。這就是個觀念問題。

觀念歸正，什麼問題都容易解決，包括學科對象問題。而就我考察所得，對於一千年及一百年以及對於目前狀況的考察，我以爲：詞學學對象，應當確定爲詞中六藝及詞學史上用作里程標志的三種批評模式——本色論、境界説以及詞體結構論。詞中六藝，包括詞集、詞譜、詞韻、詞評、詞史、詞樂，這是趙尊嶽爲饒宗頤《詞籍考》撰寫序文所提出命題。對於一般所説詞學，六個方面，大致可窺全豹。這是一種面的展示。而三種批評模式，爲靈魂，亦綱領，乃綫的貫穿。以六藝、三碑爲學科對象，展示、貫穿，詞學學之「詞」以及「學」，也就有了著落，諸如「在哪裏」以及「爲何物」一類問題，自是不難於此找到答案。因而，目前所見兩種偏向，相信亦能够得到糾正。這是我的一種設想。

（二）形式與形式體現

這是有關學科規範問題，乃學科對象確定後的進一步部署，主要是展示與貫穿的規範問題。目前所見兩種偏向，其中有「學」而無詞，指的是偏離主題的外部研究；而有「詞」而無學，除了繁複的詞語統計，還表現爲一種没有目的的羅列與鋪排。確定學科對象，標榜六藝與三碑，這是有一定針對性的。而目的，乃在於回歸本位，立足本體，將研究工作從外部往内部拉，令其從不自覺走向自覺。但是，必須看到，詞中六藝，六個方面，分了科，並未爲「學」，正如孔門四科——德行、言語、政事、文學一般，歷來都不曾將其當獨立學科看待。在一般情況下，光有展示，尤其是不完全的展示，並非自覺的行爲。光有展示，詞的六個方面，或許都牽涉到了，但祇是面的鋪排。即使將面與面連結在一起，令其構成史或者其他什麽物事，仍然還是一種鋪排，一種不須要怎麽費腦筋的鋪排。亦即，就事論事，體現不出識見來。例如，祇是將若干事項歸併，作簡單的分類，或者依朝代之先後次序，將詞論家以及詞論家之有關詞論著作編排在一起，就叫做中國詞學史。這種羅列與鋪排，有如吴世昌所説，論人脱不了點鬼簿習氣，論詞簡直是衙門中的公文摘由（《論詞的章法》）；實在難爲解除困惑。所以，六藝的展示，三碑的貫穿，其規範問題，對於學科建造，顯得十分重要。

就不同批評模式在各個不同門類的運用情況看，所謂綱舉目張，詞的各個的門類各種情狀，亦即其存在及存在的形式體現，也就充分顯露出來。因此，展示與貫穿的規範問題，就當於各種情狀著手。對於不同門類，各自發生、發展狀況以及各自存在及存在的形式體現，既當留意其獨特之處，又不能够忽視其共通之處。進而在這一基礎之上，掌握其帶有規律性的東西。這是一般的邏輯推理以及理論升華，也就是規範。建造詞學學，應以此爲依據。當然，這種規範也並不那麽簡單，有關工作尚待進一步展開，這祇是個提示而已。

（三）排列與排列組合

這是學科方法問題。通常所説可操作或者不可操作問題，亦屬於這一範疇。既是種方法，又是個過程，批評模式運用過程。

中國詞學史上三種批評模式，三個里程標志，因操斧伐柯，分期分類而得之。這是一種史的判斷與劃分。三種批評模式，批評標準不同，批評方法不同，不能互相替代，亦没有哪個優哪個劣的問題。其間，詞體結構論的出現，並無排他效應。從横的方向看，這是不同批評模式的一種綜合，而從縱的方向看，也可以説是一種新的本色論，可以言傳的傳統詞學本色論。三種批評模式，三種理論建樹，各有開闢之功，也各有其局限。所有這一切，都已成爲過去。目前所面臨的問題是，信息社會的挑戰：三種批評模式，看其能否與時俱進，加入先進文化的行列當中去。

數位時代，信息社會，各種各樣的網絡，深入人類生活的各個角落。什麽都可以聯繫在一起，什麽都可以操作；什麽都可能被取代，包括人腦。看起來，五顔六色，令人眼花繚亂；實際上，登入、登出，剪下、貼上，確定（yes）、取消（no），開啓、另存——也並不怎麽複雜。我們老祖宗的那一套，「道生一，一生二。二生三，三生萬物」（老子《道德經》），與之相比，似乎還要複雜一些。問題的關鍵是，怎麽爲我所用。亦即，數位時代，歌詞世界，究竟如何銜接？

三種批評模式——本色論、境界説以及詞體結構論，祇是看言傳形式，我以爲，當以詞體結構論最便銜接。諸如：上片、下片，佈景、説情；二元對立，相關、相對、相反；還有，第三者的介入。這一切，經過千百年的實驗，已形成一整套特殊的排列組合方法以及方式。如果付諸實踐，也許産生出人意料的效果。這種銜接，不僅有利於新變詞體結構論自身的建設，而且對於詞學本體研究，亦將發揮一定促進效用。不過，當其發展到極致，返璞歸真，也可能出現另一情況。那個時候，三種批評模式，究竟哪一種最能發揮效用？應當不太容易推斷。而就過去一千年的經驗看，我以爲，最能發揮效用的，可能還是傳統詞學本色論。因爲電腦、人腦，不斷發展、變化，到頭來一定還是人腦管用，還須要依靠感悟。但這是後數位時代的事，今暫且勿論。

二十一世紀學科建造，要能走出誤區，一切都將重新來過。其中包括批判與揚棄，當然亦須承繼；但重要的仍在於開闢。新的開拓期，寄希望於未來第三代，這就是上文所説的新生代。

今天的講話，特别是其中所提出的六藝以及三碑之説，對於新的開拓，希望有所助益，亦希望得到批評指正。謝謝大家。

注釋：

①施議對《百年詞通論》，《文學評論》一九八九年第五期。

②胡適《白話文學史》：「從此（指漢代——筆者）以後，中國的文學便分出了兩條路子：一條是那模仿的，沿襲的，没有生氣的古文文學；一條是那自然的，活潑潑的，表現人生的白話文學。向來的文學史衹認得那前一條路，不承認那後一條路。我們現在講的是活文學史，是白話文學史，正是那後一條路。」（臺北）遠流出版事業股份有限公司，一九八六年，上卷頁三十。

③王國維《人間詞話》手訂稿六十四則，最初發表於鄧枚秋（實）主編之《國粹學報》，分三期連載。自第一則至第二十一則載一九〇八年十一月十三日出版的該刊第四十七期；自第二十二則至第三十九則載一九〇九年一月十一日出版的該刊第四十九期；自第四十則至第六十四則載一九〇九年二月二十日出版的該刊第五十期。參見陳鴻祥《人間詞話三考》，姚柯夫編《〈人間詞話〉及評論彙編》，書目文獻出版社，一九八三年。

④施議對《今詞達變》，《施議對詞學論集》第二卷，澳門大學出版中心，一九九九年。

⑤胡適《詞選序》，《詞選》，商務印書館，一九二七年。

⑥繆鉞《詩詞散論》，上海古籍出版社，一九八二年，頁一〇七——一一二。

⑦繆鉞《繆鉞説詞》，上海古籍出版社，一九九九年，頁二四二——二六一。

⑧一世、百世之説，借用吴其昌語。吴世昌《吴世昌信六通》其一。耿雲志主編《胡適遺稿及秘藏書

信》第二十八册，黄山書社，一九九四年，頁三八三—三八七。施按：胡適秘藏書信《吴世昌信六通》其一，出自吴其昌手筆，編者誤以爲吴世昌所書。因借用以表達吴世昌的見解。

⑨ 吴世昌《論詞的章法》，《詞學論叢》（《羅音室學術論著》第二卷），中國文聯出版公司，一九九一年，頁五二一—五二八。

⑩ 沈義父《樂府指迷》，唐圭璋《詞話叢編》，中華書局，一九八六年。

⑪《論詞的章法》，《詞學論叢》，頁五八—六一。

⑫ 何休《春秋公羊傳·宣公十五年解詁》，《春秋公羊傳注疏》卷一六，上海古籍出版社，一九九〇年。

⑬《固庵詞》小引，《選堂詩詞集》，（臺北）新文豐出版股份有限公司，一九九三年，頁一一六五。

⑭《人間詞話平議》，《文轍——文學史論集》，（臺北）臺灣學生書局，一九九一年，頁七四一。

⑮ 施議對《饒宗頤形上詞訪談録》，《鏡報》（香港）一九九七年三—五月號。

⑯ 施議對《落想、設色、定型——饒宗頤「形而上」詞法試解》，（香港）《鏡報》一九九六年十一月、十二月號及一九九七年一至四月號。

⑰ 趙尊嶽將饒宗頤《詞籍考》所列詞集、詞譜、詞韻、詞評、詞史、詞樂六個門類與孔門六藝並舉，以爲詞中六藝，見《詞籍考序》。《詞籍考》，香港大學出版社，一九六三年。

⑱《喬大壯手批周邦彦片玉集》後記，《喬大壯手批周邦彦片玉集》，齊魯書社，一九八五年。

⑲ 葉嘉瑩《王國維及其文學批評》，河北教育出版社，一九九八年，頁一八五。

⑳葉嘉瑩《王國維對詞之特質的體認》,《中國詞學的現代觀》,(臺北)大安出版社,一九八八年,頁三一。
㉑葉嘉瑩《拆碎七寶樓臺——談夢窗詞之現代觀》,《迦陵論詞叢稿》,河北教育出版社,二〇〇〇年,頁五七。
㉒龍榆生《龍榆生詞學論文集》,上海古籍出版社,一九九七年,頁八七—一〇三。
㉓唐圭璋、金啓華《歷代詞學研究述略》,《詞學》第一輯,華東師範大學出版社,一九八一年。
㉔施議對《古代韻文讀與寫》,自一九九九年四月十八日起《澳門日報》「語林副刊」連載。《開場白:不學詩,無以言》,一九九九年四月十八日《澳門日報》「語林副刊」。又載澳門《中華詩詞學刊》二〇〇〇年第一期。
㉕〔日〕宇野直人《柳永論稿》,張海鷗、羊昭紅譯,上海古籍出版社,一九九八年,頁一—一二。
㉖胡適《詞選》序。
㉗胡雲翼《中國詞史大綱》,北新書局,一九三三年,頁一四一。
㉘胡雲翼《中國詞史大綱》,頁一四〇。
㉙同上。
㉚胡雲翼《詞學 ABC》,世界書局,一九三〇年。
㉛程千帆《宋詞賞析後記》,沈祖棻《宋詞賞析》,上海古籍出版社,一九八〇年。

㉜參見《詞體結構論簡説》，（臺北）《中國文哲研究通訊》第三卷第二期（一九九三年六月）。
㉝《人間詞話譯注》卷三，廣西教育出版社，一九九〇年。
㉞紀作亮《唐五代詞賞析》，安徽文藝出版社，一九八九年，頁二〇九—二一〇。
㉟潘慎主編《唐五代詞鑒賞辭典》，北京燕山出版社，一九九一年，頁三八四。
㊱徐培均《婉約詞三百首前言》，《婉約詞三百首》，浙江古籍出版社，一九九八年，頁四。
㊲谷聞《豪放詞代序》，《豪放詞》，西北大學出版社，一九九四年，頁五。
㊳《人間詞話譯注》卷一。
㊴鄭孟彤、王春煜、李儒炯《蘇東坡詩詞文譯釋》，黑龍江人民出版社，一九八四年，頁一五二—一五三。
㊵《蘇東坡詩詞文譯釋》，頁一五三。
㊶谷聞《豪放詞》，頁一六七。

第四章　詞學學科的現狀及前景

第一節　百年詞學通論

相對於千年詞學，百年詞學應可看作是今天所説的當代詞學，或者今代詞學、今詞學。這是在二十世紀產生並且發展成型的一門新學科。其所謂舊與新，或者古與今，應以一九〇八年爲分界綫。因爲這一年，王國維發表《人間詞話》，創立境界説，標志著中國新詞學的開始。而詞學學科之真正確立，則當以民國四大詞人之一龍榆生爲起點。本文依此判斷，將百年詞學，即今代詞學，或今詞學，劃分爲三個時期：開拓期、創造期，蜕變期。並將蜕變期詞學，劃分爲三個階段：批判繼承階段、再評價階段、反思探索階段。在這一基礎之上，本文提出建造中國詞學學的設想，並以詞學史上三大理論建樹，三種批評模式——傳統詞學本色論、現代詞學境界説、新變詞體結構論，以及三種言傳方式——似與非似、有與無有、生與無生，對其存在及存在的形式體現，逐一加以闡釋。此外，本文所附二十世紀詞學傳承圖，則以傳統籃球隊以及足球隊的組合方式，對於五代傳人，分別予以稱號、名謂，並作初步論定。

關於百年詞與百年詞學問題，我在二十世紀八十年代，曾有《百年詞通論》發表，此文著重説歌詞創作；於九十年代，所撰《中國當代詞學論綱》（原題《以批評模式看中國當代詞學——兼説史才三長中的「識」》），則説批評模式問題。於此二文，我曾提出百年詞、百年詞學以及今代詞、今代詞學諸命題。以爲：以百年詞或今代詞，對於二十世紀歌詞創作進行規範，相當於學界之所説當代詞，而又有所區分；至詞學的發生與發展，則以一九〇八年爲分界綫，將一部中國詞學史劃分爲兩大部分，古詞學與今詞學。對於百年詞與百年詞學，我與學界的分別，主要在分期分類上。自一九四九年起，學界以古代文學、近代文學、現代文學及當代文學，對於中國文學發展史進行規範，即以一九一九年爲界限，將中國文學劃分爲舊文學和新文學，或者古代文學和現代文學兩大部分。而詞與詞學，自然也糊裏糊塗地跟著走。我不贊同這麽一種劃分與判斷。我以爲，這是一種政治的劃分，非文學劃分，是沒有觀念的體現，也就是缺乏史才三長中的「識」的體現。新舊世紀之交，對於學界包括詞界這一狀況，我提曾在有關學術研討會上，予以揭示，並曾撰寫相關文章，從正、反兩個方面加以論列。我提議：以一九〇八年王國維發表《人間詞話》爲分界綫，對於千年詞學及百年詞學，重新加以論定。這是首先必須解決的正名問題。我以爲，關於百年詞與百年詞學問題，名正之後，其相關問題，也就容易説清楚。

一　詞學的自覺與自覺的詞學

應當説，自從有了今天所説「詞」的出現，就有今天所説「詞學」的存在。中國文學史上，舉凡有關詞的本事、詞作品的評判，或者曲調、歌腔一類記載，都在今天所説「詞學」範圍之内。諸如歐陽炯的《花間集叙》，晁補之、李清照之評本朝作家片段以及王灼《碧雞漫志》、張炎《詞源》等專門著述，都是寶貴的詞學文獻。其中，歐陽炯、李清照及張炎，其對於「豔」的特質的揭示，對於「知之者」與不知者的分辯，以及對於參究音律、精思詞章的發明，則不僅在認識上具啓示意義，而且，於藝術審美，亦有參考價值。其後，自元、明，而至於清，相關述作，更加層出不窮。不過，如從學科創置的角度看，多數論著，一般針對個案，衹是一種「多」的羅列，而非「一」的提升。在相當長的一段時間内，所謂詞學，實際仍未能獨立成學；衹是科目的科，而非學科的學。直到二十世紀三十年代，龍榆生創辦《詞學季刊》，撰著論文，有意識地設科、立學，中國詞學，方纔成爲一門獨立的學科，詞學研究，方纔進入自覺發展階段。這是首先必須明確的問題。

（一）龍榆生——中國詞學學的奠基人

詞學研究之自覺，或者非自覺，不在於是否出現過「詞學」二字，而在於有無學科意識。

用現在的話語講，這是一種研究之研究。而就方法論看，這是從「多」到「一」的歸納與概括。這當中有個提升過程，即將其加以規劃化、系統化，於哲學層面，實現由科目到學科提升的過程。

1. 如網在綱，有條不紊

二十世紀三十年代，龍榆生於《研究詞學之商榷》一文，首先爲「填詞」及「詞學」確立義界。謂：「取唐、宋以來之燕樂雜曲，依其節拍而實之以文字，謂之『填詞』。推求各曲調表情之緩急悲歡，與詞體之淵源流變，乃至各作者利病得失之所由，謂之『詞學』。」並指出：由於世異時移，遺聲闃寂，能够「歸納衆制，以尋求其一定之規律」者，非好學深思不辦。因據前輩業績，即從張炎以下，直至於清，各家鈎稽考索之所得，總結歸納爲五事：圖譜之學、詞樂之學、詞韻之學、詞史之學、校勘之學。並在這一基礎之上，增添三事，曰：聲調之學、批評之學、目録之學。合爲詞學八事。於是，原來零零散散的信息，經此總結歸納，便成爲有系統的專門之學。

2. 别出手眼，一明指歸

繼《研究詞學之商榷》之後，龍榆生並於《今日學詞應取之途徑》一文，就詞學與學詞，説與做的兩個方面，對詞學門徑展開討論。途徑問題，一般以周濟《宋四家詞選目録序論》之

「問塗碧山，歷夢窗、稼軒，以還清真之渾化」作爲入門指引。龍榆生立足於「今日」，對此指引作了修正。謂：「欲於浙、常二派之外，別建一宗。」即「以東坡爲開山，稼軒爲塚嗣，而輔之以晁補之、葉夢得、張元幹、張孝祥、陸游、劉克莊諸人」，「以清雄洗繁縟，以沉執去雕琢，以壯音變淒調，以淺語達深情，舉權奇磊落之懷，納諸鏜鞳鏗鍧之調」，爲「指出向上一路」，令「少有裨於當時」。

兩篇文章，全面把握，有意識地爲開法門，用度金針。這是龍氏詞學的綱領。此外，若干個案分析，包括二主、東坡、清真、漱玉諸叙論及綜論，以及多篇辨識字聲與韻譜的文章，則於上述八事，如批評之學、聲調之學以及詞樂之學諸事項之佈局與開發，進一步提供示範。當其之時，龍榆生之所述作，已爲詞學學的建造奠定基礎。

（二）詞學誤區——二十世紀詞學研究的死穴

言爲心聲，樂占世運。自《詞學季刊》之後，尤其是五十年代之後，百年詞學之是否步入誤區，確是值得探討的一個問題。一九九八年十一月，海甯召開「紀念吴世昌先生誕辰九十周年暨學術思想研討會」，發表《走出誤區——吴世昌與詞體結構論》，我曾提出這一問題。此文載北京《文學遺産》二〇〇二年第一期。進入新世紀，並有《倚聲與倚聲之學》一文，明確申明此義。指出：「二十世紀後半葉，進入蜕變期的中國詞學，基本上處在誤區當中，混沌未鑿；大量著述，究竟在門内或者在門外，有用或者無用，似乎都須要冷静地進行一番檢討。」此文載上海《詞學》第十六輯。或以爲：詞學誤區的提示，似有點駭人聽聞。一根竹竿打下去，就是一大片。不過，半個世紀的經歷，不容一誤再誤。傷及無辜，亦在所難免。

1. 觀念之誤與門徑之誤

觀念，可以説是一種認識。比如，對於詞與詞學自身的認識。乃平常所説「識」的體現。觀念之誤，表現在對於詞與詞學自身這一研究對象認識上的失誤。比如，詞爲豔科？或者聲學？應當將其當何物看待？其於認識上的失誤，就是衹看到詞之作爲豔科的一面，而無視其作爲聲學的另一面。衹是在題材上做文章，看看都寫些什麽，不重表現形式，忽略與音樂相關的格式問題；重情不重聲。這一失誤，遂令豔科發展成爲顯學，令聲學淪爲絶學。至於門徑，乃達至目標所採取的途徑，亦認識上的一種抉擇或取向。門徑之誤，即抉擇失誤，或者取向失誤。仍然是將詞與詞學當什麽看待的問題。比如，當韻文看待？或者當語文看待？其失誤，也是十分驚人的。

由於觀念之誤與門徑之誤，二十世紀五十年代以後，兩岸四地包括日本在内詞界所出現失誤，我曾以天上飛、地上爬、空中走三種狀態加以描述。三種狀態，具體表現爲：（1）脱離對象的評論，或者衹是對於評論的評論，缺乏實際的瞭解與感悟；（2）衹是執著於對象的字面特徵，將韻文當語文看待，而非當韻文看待；（3）前二者之折衷，但非並取其長，而乃兼收其短。三種狀態，衹是一種比喻，未必有所謂褒貶意思在。

事證之一：說詞說皮相，對於鱶科的錯解及偏廢。

這一事證，牽涉到門内及門外，當行與不當行問題。不過，我所說，衹是個角度或位置問題，相當於今日所謂體制内與體制外問題，非完全等同於當行與不當行。而且，門内及門外，二者之間並無明確界限，難以準確界定，亦無法據以論斷。至其所以誤者，亦非門内、門外自身之誤，而乃由於角度或位置之偏差所造成失誤。例如，胡寅與李清照之說蘇軾詞，或曰：「一洗綺羅香澤之態，擺脱綢繆宛轉之度，使人登高望遠，舉首而歌，而逸懷浩氣，超然乎塵垢之外」；或曰：「學際天人，作爲小歌詞，直如酌蠡水於大海，然皆句讀不葺之詩耳，又往往不協音律。」二氏在詞之作爲鱶科或者聲學的認識上，儘管各自有所偏重，一個偏向於鱶科，一個偏向於聲學，但其立論，各有各的角度或位置，似皆無可厚非。今日之失誤，乃因聲學與鱶科分離所招致。既與胡寅及李清照有所牽連，又不能完全歸咎於二氏。

首先，今日之失誤，體現在作家、作品的評賞上，主要是以外部形態描述替代内部特質發掘。

「文化大革命」之前，因爲聲學與豔科的分離，詞界出現以政治鑒定替代藝術批評，以豪放、婉約「二分法」替代體制、體式分析，將注意力引向詞外。「文化大革命」之後，相關論述儘管已加上若干新的元素，「二分法」變成爲多元論，其所作描述，與之前相比，似乎要周全得多，但實際也還是原來的一套。無非是，以豪放、婉約説詞，自古而然，有「史」可鑒。因此，無論之前或之後，一班論者，與評判關西大漢執鐵板，唱「大江東去」，和十七八女孩兒執紅牙拍板，唱「楊柳岸、曉風殘月」之幕士，似不相伯仲。蘇學士泉下有知，仍然當爲之絶倒。

至若感發聯想問題，詩可以興，詞須有想像，自不成問題，祇是其間，似亦有内部與外部之分，未可忽視。業師吴世昌教授的結構分析法，既通過内部聯繫，還原故事，又借助對於「含蓄在未表達的典故或成語中」的另外一個意思的體會，以體驗作者的「深心與苦心」，其想像並未離開本體；而另一種想像，從一座「小山」到另一座「小山」，没完没了，卻祇是在外部盤旋。兩種想像，兩種效果。例如，對於《花間集》，吴世昌以和凝、孫光憲「用小令來寫故事的本領」，將柳永、秦觀、周邦彦的繼承發展，和樂府民歌，乃至詩經寫故事之具體事例，聯繫在一起，令花間詞中這一藝術手法之來龍去脉有個清楚的交待。不僅有助花間詞的解讀，而且對於詞體結構論的構建亦提供實證。而借感發聯想以研究花間，從音樂、詩歌，到歷史環境，地域文化，四面八方大包抄，充分發揮想像，洋洋數十萬言，亦東方、亦西方，亦理論闡釋、亦數字統計，無所不用其極，卻還是佇立於門外，未見解決詞或詞學自身一個半個實際問題。其次，今日之失誤，體現在理論問題的探討上，主要是以玄學包裝替代本體理論的求索及說明。

誤區中的理論研究，其失誤，可歸納爲二：對於作家的社會活動及創作活動，包括與歌妓的交往，作一般社會學的說明；在形下層面，對於某一文學現象，作一般的道德、倫理評判。例如，柳永幾位女朋友——英英、瑶卿、瓊娥，還有心娘、佳娘、蟲娘、酥娘，論者一一將其請出，加以「文化」一番。既責問其交往之方式、內容、性質、作用，又責問其交往之複雜心態、情感與精神追求以及所獲創作動力。如此一般，便以爲「揭示了這一現象的文化意義和文學價值」。又例如《花間集》，叙稱：「鏤玉雕瓊，擬化工而迥巧；裁花剪葉，奪春豔以争鮮。」其所謂「豔」者，乃鮮豔之「豔」，可以與春天相媲美之「豔」；而非邪豔，或者浮豔。從藝術審美角度看，衹是一個「豔」字，已可以概括所有。而今之論者，經過四面八方大包抄，當其涉及豔科之時，儘管對於花間情詞，亦曾細心地加以歸類，並將其與中外許多複雜的文化現象聯繫在一起，詳加闡述，但對於「入骨豔思」，卻仍然停留在一般道德、倫理的層面上，進行一般的分析與批判。比如，真不真？善不善？香不香？弱不弱？等等。因而亦以爲，自己正進行著所謂美學闡釋和文化闡釋。

事證之二：填詞填字數，對於聲學的錯解及偏廢。詞與詩的區別，就格式看，有雜言與齊言之分。詞，或稱長短句。倚聲填詞，依其節拍而實之以文字，並非簡單地按字數多寡填製。在以往所撰多篇文章中，對於填詞填字數這一現象，我曾列舉事例加以揭示。例如，宋元之交，仇遠爲張炎《山中白雲》所撰序，對於三家村腐儒之依字數多寡填製，曾加以譏諷。謂：

陋邦腐儒、窮鄉村叟，每以詞爲易事。酒邊興豪即引紙揮筆，動以東坡、稼軒、龍洲自況。極其至四字《沁園春》、五字《水調》、七字《鷓鴣天》《步蟾宫》，拊几擊缶，同聲附和。如梵唄、如步虛，不知宫調爲何物，令老伶俊倡面稱好而背竊笑，是豈足與言詞哉。

「文化大革命」之前，主持《人民日報》工作的鄧拓，對於舊體格律詩作者曾提出忠告：

你最好不要採用舊的律詩、絶句和各種詞牌。例如，你用了《滿江紅》的詞牌，而又不是按照它的格律，那麽，最好另外起一個詞牌的名字，如《滿江黑》或其他，以便與《滿江紅》相區別。

仇遠及鄧拓所説狀況，由於文化水準的提升，今日也許不再出現。不過，詩壇、詞壇，大量應時、應事作品，有形骸而無靈魂，同樣也是一種堆砌，方塊字的堆砌，可以説，是一種變相的填詞填字數。從爲時、爲事，變而成爲應時、應事，簡單的數字遊戲，既是對於歌詩格律形式的錯解與失誤，也是歌詩創作的一種悲哀。

古往今來，學詞既曾出現此等情狀，那麼，以學詞作爲自己關注及研究對象的詞學，又是怎麽個情狀呢？新舊世紀之交，我曾一再爲文，以地上爬作比喻，對其進行描述。謂：論者將五代詩詞之所用詞語，進行分類、統計，指詩詞之間語言，可分爲詩用詞不用、詞用詩不用及詩詞皆用三部分，並通過表達方式及出現次數，説明詩詞皆用亦有異同，以證實「詩莊詞媚」以及「詩之境闊，詞之言長」這一論斷，乃將韻文當語文而不將韻文當韻文看待；另有論者，爲證實自己有關「撰寫詞史似應給長吉歌詩留有一席之地」這一假設，亦曾運用同樣方法，對李賀今存二百四十餘首歌詩中所用二千四百九十四個不同的字進行統計，指冷、凝、咽、啼、垂、寒、幽、死、淚、老，出現頻率較高，「花間」亦然，因證實長吉歌詩已明顯地具有詞境。至若詞史定位問題，有論者借助定量分析法，爲李清照定位。指出：從兩宋一千三百多名詞人中，提取三百人進行統計。在這三百人中，單就現存詞作數量而言，李清照排在第七十六名。而有關研究論著，截止一九九五年，已有九百多種，名次僅在辛棄疾之後，爲三百人中的第二名。因此得出這麽一個結論：「從第七十六名上升到第二名，雄辯地説明了《漱玉詞》的影響之大和受青睞的程度之高。」這同樣也是一種數字遊戲。

以上事證，所謂天上飛、地上爬，彼岸、此岸，確有其事。有關論者，似乎都正在進行著詞學研究，或者考訂，而實際情況又如何呢？學詞、詞學，究竟是真詞學？或者假詞學？確實須要查證。至於空中走，指日本學界，我曾有文章説及，此處暫不列述。

2. 文風之誤與學風之誤

詞學誤區的出現，除了觀念上的問題，還有文風與學風問題。「文化大革命」，提倡「假、大、空」，環境與語境，人人都在其包圍當中。四十多年過去，經過撥亂反正，仍然積重難返。人與人之間，不講信譽，不負責任；空疏、浮躁，舊習未除。例如，學界有「三不」現象：不讀書，不看報，不看别人的著述。各自閉門造車，互不牽連。既接不上源，亦斷了流。而詞界則頭不見天，腳不著地；不學詞，不問甘苦，照樣著書立説。之所以如此，其中奥秘，乃在於從本本到本本，從詞話到詞話；陳陳相因，不斷徵引。但祇是翻來覆去，往往前言搭不上後語，連自己也不知道，究竟從哪裏來將到哪裏去。有一本關於「審美理想」的書，論鈎勒與渾厚，既云渾厚之美爲何，於勾勒處見；又云勾勒之美爲何，於渾厚之處見。回環往復，糾纏不清，實際上衹是在「愈鈎勒愈渾厚」一句話打轉。這便是從本本到本本所慣用公式。在一定意義上講，以前有「半部論語治天下」這一説法，想不到，今日治詞，靠一本《詞話叢編索引》，也可以做出這麽多名堂來。

（三）走出誤區——二十一世紀詞學研究的生機

二十世紀三十年代之初，尊體派祖師爺朱祖謀仍健在。新、老二代詞家、詞論家，活躍於南北詞壇。一九三三年四月，《詞學季刊》（創刊號）出版。三、四年間，漚社、午社相繼成立。南北各大學都有詞學教授。南京中央大學吴梅、汪東、王易，廣州中山大學陳洵，湖北武漢大學劉永濟，北平北京大學趙萬里（二十年代尚有劉毓盤），杭州浙江大學儲皖峰、之江大學夏承燾，開封河南大學邵瑞彭、蔡楨、盧前，四川重慶大學周岸登，上海暨南大學龍榆生、易孺。以上諸教授，吴梅、盧前兼治南北曲，餘則專力爲詞（據《詞學季刊》創刊號）。《詞學季刊》的創辦，造就一代宗匠。詞學之作爲一門新的學科，已進入自覺發展的軌道。

自覺的詞學，與盲目的詞學相對應。自覺，是一種提升，認識上的提升及方法上的提升。於「一」的層面思考、求索，開闢與創造。不自覺，衹是隨大流，跟著「馬二先生」走。於「多」的層面敷陳、羅列，添加或減少。這裏，自覺、不自覺，相信並不難於分辨。近期所見「中國歷代詞研究史稿」，本來亦曾寄予厚望。誠如卷首二序所言，將有關研究文字，予以廣泛搜索、清晰評介，可爲彌補空缺，並爲將來撰寫詞學學術史奠定基礎。衹可惜，全稿仍停留於「多」的羅列，與一般所説的「史」，相距甚遠。不過，其所謂「通」和「全」，倒可爲從本本到本本，提供許多方便。以我之見，當前要務，在於走出誤區，返回龍榆生。從認識上講，必先調整觀念，端正立場，把握好著眼點。爲詞正名，爲詞學正名。對於豔科與聲學，兩個方面，作兩面觀；有所偏重，而無所偏廢。從方法上講，則須由詩歌到哲學的提升（吴宓語），劃清文化學與社會學，韻文與語文的界綫，在「一」的歸納與概括上下功夫，將詞學學科的規範化及中國詞學學的建造，進一步加以推行。

二　操斧伐柯與分期分類

自從盤古到於今，人類無論做什麼事情，都離不開一把斧頭。詞學之獨立成科、獨立成學，同樣需要一把開山巨斧。《詩經·豳風·伐柯》云：「伐柯如何，匪斧不克。取妻如何，匪媒不得。伐柯伐柯，其則不遠。我覯之子，籩豆有踐。」謂：伐柯要有斧頭，娶妻不能没有媒人。經過砍伐，一個得薪，一個得妻。而且，還有個共同法則：一個以柯爲依據，一個以媒爲憑藉。故此，陸機《文賦》云：「操斧伐柯，雖取則不遠，若夫隨手之變，良難以辭逮。」希望操斧者，砍與伐要有法則，不能隨意爲之。亦强調取則於柯。柯，就是斧頭柄（毛亨注）。即以其大小長短爲標準，進行砍伐。做學問亦同此理。《文賦》之所標榜，從《詩經》而來，乃先民智慧的引申。《詩經》與《文賦》，二者都將這種砍伐，看作爲詩、爲文之道。如卸下包裝，直截了當地説，這是一種分期與分類，而將其包裝起來，就是操斧伐柯。這是做學問的基本功，也是一種大本領，開闢與劃分。二十世紀兩位大學問家——王國維與胡適，以哲學家與歷史學家的睿智和氣魄，對於詞學學科進行開闢與劃分，頗值稱道。

（一）王國維與胡適的開闢與劃分

一九〇八年，王國維發表《人間詞話》，倡導境界説，爲中國詞學打開新的一頁。謂「詞以境界爲最上」，既是分期，又是分類。一部中國詞學史，以之爲分界綫，進行開闢與劃分。一九〇八年以前，爲古詞學或舊詞學；一九〇八年以後，爲今詞學或新詞學。以之爲標準，對於整體填詞作評判，則可分爲兩大類別：有境界與無境界。有境界，所以爲最上；無境界，等而下之，或者最下。評判過程，所謂闊大與深長，或者高下與厚薄，既可以現代科學方法測量，又可以現代科學語言表述，似乎都能落到實處。之前與之後相對照，何者爲古、何者爲今，何者爲舊、何者爲新，可以斷定得十分清楚。

二十世紀二十年代，胡適編撰白話《詞選》，掄起巨斧，將千年詞史，劈爲三個大時期：自然演變時期，曲子時期，模仿填詞時期。又將第一個大時期劈爲三段：歌者的詞，詩人的詞，詞匠的詞（見圖一）。

（二）古今詞學與百年詞學的開闢與劃分

數年前，撰寫《中國當代詞學史論綱》，曾借鏡王國維與胡適體現大胸襟、大智慧的開闢與劃分，嘗試以一九〇八年爲分界綫，將中國詞學一刀劈成二段：一段爲古，一段爲今；一段爲舊，一段爲新。同時將百年詞學劃分爲三個時期：開拓期、創造期、蜕變期。此外，又將蜕變期詞學，劃分爲三個階段：批判繼承階段、再評價階段、反思探索階段（見圖二）。所謂「大膽的設想，小心的求證」，以下試略加説明。

1. 開拓期

這段時間並不太長。從一九〇八年算起，大約十年。從一般政治鬥爭模式看，這一時期僅十年，仍屬於舊時代，舊民主主義革命時代。而且，當時詞壇，以復舊勢力占居主導地位，舊的批評模式——傳統詞學本色論依然盛行。但是，由於新的批評模式——現代詞學境界説的出現，有了新的批評標準與方法，這一時期已屬於詞學新時代。而作爲詞學新時代，其標志是，王國維《人間詞話》的發表。

圖一 千年詞史開闢圖

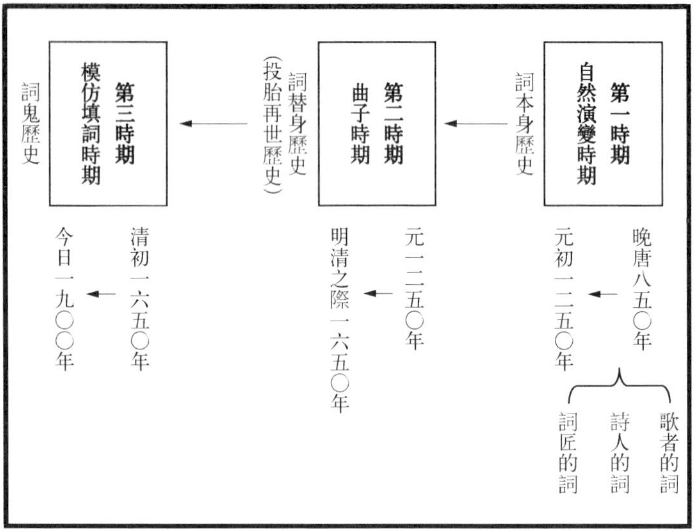
第一時期
自然演變時期
詞本身歷史
晚唐八五〇年
元初一二五〇年
歌者的詞
詩人的詞
詞匠的詞
第二時期
曲子時期
詞替身歷史
（投胎再世歷史）
元一二五〇年
明清之際一六五〇年
第三時期
模仿填詞時期
詞鬼歷史
清初一六五〇年
今日一九〇〇年

圖二 百年詞學開闢圖

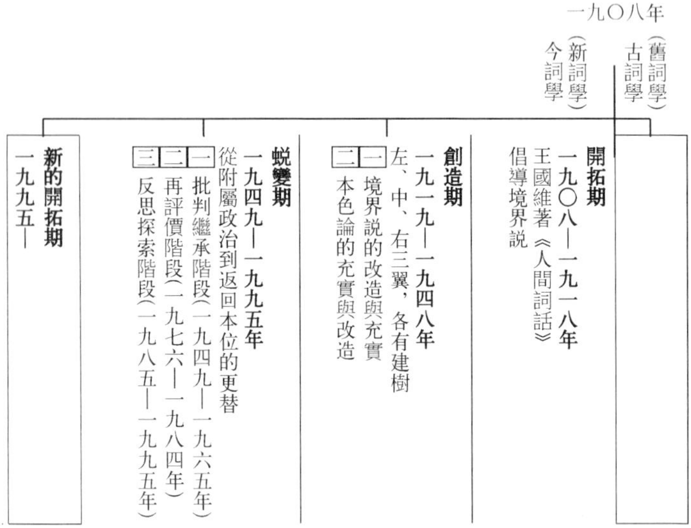
一九〇八年
（舊詞學）
古詞學
（新詞學）
今詞學
開拓期
一九〇八—一九一八年
王國維著《人間詞話》
倡導境界說
創造期
一九一九—一九四八年
左、中、右三翼，各有建樹
一 境界說的改造與充實
二 本色論的充實與改造
蛻變期
一九四九—一九九五年
從附屬政治到返回本位的更替
一 批判繼承階段（一九四九—一九六五年）
二 再評價階段（一九七六—一九八四年）
三 反思探索階段（一九八五—一九九五年）
新的開拓期
一九九五—

王國維《人間詞話》手定本六十四則，最初發表於鄧枚秋（實）主編之《國粹學報》，分三期連載。自第一則至第二十一則載一九〇八年十一月十三日出版的該刊第四十七期；自第二十二則至第三十九則載一九〇九年一月十一日出版的該刊第四十九期；自第四十則至第六十四則載一九〇九年二月二十日出版的該刊第五十期。其中，第六十三則「唐人絶句妙境」乃手稿所無，爲手定時所添加。

將王國維《人間詞話》的發表，作爲古與今或者舊與新的分界綫，主要依據是，詞之所以爲詞，究竟可言不可言，可傳不可傳？其言與傳的策略、手段又如何？先時，人們或許以爲：「道可道，非常道。名可名，非常名。」對於眼下之所謂詞，往往不太注重名分，自然也就不太注重言與傳。王國維指出：「詩之境闊，詞之言長。」其之所謂言與傳者，儘管不一定可見「常」的效果，即非絶對真理，但「闊大」與「深長」，可以科學方法計量，其對於詩與詞這兩種不同樂歌樣式的體認及把握，卻頗有助益。王國維的言與傳，足以當作另一起點。這就是我一再標榜王國維之所謂今或者新的用意。

這一時期，新一代詞人已産生，但詞壇新勢力十分微弱，尚未能與舊勢力相抗衡；新的批評模式——現代詞學境界説，亦缺乏相應的理論説明，尚未能取代舊的批評模式——傳統詞學本色論。這是今代詞學發展的準備階段。

2. 創造期

這段時間大約三十年，包括二十世紀二十年代、三十年代及四十年代。新舊批評模式，各自朝著不同方向發展，左、中、右三翼各自有所承繼，有所創造，令詞學的基業已初步奠定。與開拓期相比，新舊兩種批評模式，經過改造與充實，或者充實與改造，兩個方向推進，都曾產生較大變化。例如現代詞學境界説，於開拓期尚未見實質性的效應。之後，由於胡適、胡雲翼相繼推衍，逐步向左傾斜，以至演化爲風格論。這是一種改造。而顧隨、繆鉞，進一步給予添加及説明，則爲一種補充。改造與補充，令境界説這一新興批評模式於詞林占居一席地位。又如傳統詞學本色論，所謂充實與改造，功夫主要用在言傳上面。幾位代表人物——夏承燾、唐圭璋、龍榆生以及吴世昌，分别從詞學考訂、詞學論述、詞體結構諸多方面，現身説法，以斷定其確實存在。尤其是吴世昌，推行結構分析法，不僅爲本色論的言傳提供事實依據，而且亦爲詞體結構論的創立打下堅實的基礎。因而，作爲傳統批評模式——本色論，由開拓期進入創造期，其主導地位則更加穩固。詞家三翼，若將胡適、胡雲翼劃歸左翼，夏氏諸輩則爲右翼。左、右二翼各持己見，各自表述，皆有可觀的業績出現。

這是百年詞學發展的一重要時期，也是出大師、出經典的黄金時代。民國四大詞人——夏承燾、唐圭璋、龍榆生、詹安泰，於這一時期奠定基業；二十世紀，幾部經典著作，諸如《唐宋詞人年譜》《姜白石詞編年箋校》《全宋詞》《詞話叢編》以及《詞體之演進》《今日學詞應取之途徑》與《論寄托》等重要論述，都是這一時期的産物。此外，繆鉞《詩詞散論》一書及吴世昌《論詞的讀法》四章，也在這一時期問世。詞學各領域的建設，至此已具備一定規模。

3. 蜕變期

這段時間長達五十年，一直到新舊世紀之交。所謂蟬蜕龍變，自然與創造期的發展、變化有所不同。在某種意義上講，應當是異化的一種體現。

五十年時間，大致可劃分爲三個階段：

⑴ 批判繼承階段

這是「文化大革命」前十七年間所經歷階段。左翼詞學家當時得令。右翼詞學家除了將創造期舊作，從抽屜底下推出印行或加以翻新之外，暫且無有太大作爲。這一階段，學界出現批判繼承三段式：時代背景＋生平事迹＝歷史評價（地位）。一般文學史著作及研究論文，皆依此模式炮製。於詞界，由境界説推衍而成的風格論，逐漸占居主導地位；而且以風格論詞，逐漸升級爲以豪放、婉約「二分法」論詞。所謂重豪放、輕婉約及至以政治批判替代藝術研究，已是極其明顯的異化。乃文學異化爲政治的一種表現形式。

(2) 再評價階段

這是「文化大革命」後七、八年間所經歷階段。乃上一階段之反動，否定之否定，或者批判之批判。左翼詞學家逐漸失勢。與社會上所有平反昭雪、推翻冤假錯案做法一樣，右翼詞學家將過去一切推倒重來。表面上看褒揚與貶斥，互相掉換，一切都朝著相反方向發展；實際上換湯不換藥，所用批評模式仍舊是自己所否定與批判的「二分法」。這是文學異化爲政治的另一表現形式。

(3) 反思探索階段

這是一九八五年後十年所經歷階段。與以上兩個階段有所不同：以上所說，側重於大陸詞界；這一階段，除了大陸，還包括大陸以外詞界。這是一九八五所謂「方法年」後所出現的狀況。詞家三翼，進行重新組合；詞學批評模式亦經過一番調整與變換。三翼人馬，形成三支隊伍：以胡適、胡雲翼爲代表的左翼詞學家，變豪放、婉約「二分法」爲各種風格並存共榮的「多元論」，爲瀕臨絶境的風格論尋求生路；以繆鉞、葉嘉瑩爲代表的中翼詞學家，竭力引進、添加，爲重返境界説帶來生機；以吴世昌、萬雲駿爲代表的右翼詞學家，提倡結構論，爲本色論的繼續發展指示門徑。三翼人馬，各有開闢。但是，蟬蜕龍變，實際並未終止。

三個時期，以及第三個時期的三個階段，已將今詞學發展的百年歷史粗略勾畫出來。作爲詞學學，其自身的存在及存在形式，相信已不難把握。

三　存在的形式及形式的體現

存在的形式及形式的體現，這是有關研究對象的一種表述方式。意在回答：詞學與詞學學究竟爲何物？以何種形式表示其確實存在？二十世紀三十年代，龍榆生將詞學學科研究對象，歸結爲八事；五十年代，趙尊嶽説詞中六藝，將研究對象歸結爲六事；八十年代，唐圭璋將八事增添爲十事。從「多」到「一」的歸納，證實詞學的存在。那麽，詞學究竟在哪裏？詞學學之作爲詞學研究之研究，又當如何界定？這應是龍榆生、唐圭璋之後，詞界須要回答的問題。我將批評模式當作詞學的一種存在形式。前些年，撰寫《詞學的自覺與自覺的詞學——關於建造中國詞學學的設想》及《傳統文化的現代化與現代化的傳統文化——關於二十一世紀中國詞學學的建造問題》二文，曾提出：詞學學是研究詞學存在的形式及形式的體現的一門新的學科。問題尚未充分展開。爲便於研討，以下嘗試進一步加以説明。

（一）批評模式——詞學的存在形式

和其他樂歌樣式一樣，在過往的時間裏，詞的鑒賞、批評，大多衹是注重「情」與「景」二項。亦情亦景，情景交融，即爲其終極追求。王國維《人間詞話》，於「情」與「景」二項，加上個

「言」，因「言有盡而意無窮」，生發出「境界説」來。詩與詞的鑒賞與批評，因此有了更加廣闊的天地。中國詞學史上三座里程碑——傳統詞學本色論、現代詞學境界説以及新變詞體結構論的確立，乃詞學存在的標志。詞學在哪裏？應當於此找到答案。

1. 傳統詞學本色論

在中國詞學史上，傳統詞學本色論，乃最古老的一種批評模式。其所經歷千年歷史，大致可劃分爲三個階段。

第一階段，從陳師道、李清照，到沈義父、張炎，爲奠基階段。

陳師道《後山詩話》論蘇軾有云：「退之以文爲詩，子瞻以詩爲詞，如教坊雷大使之舞，雖極天下之工，要非本色。今代詞人唯秦七、黄九爾，唐諸人不迨也。」雷大使，教坊舞蹈教練。天下所有本領、技巧，都集其一身。蘇子瞻似之，卻非本色。所指乃詞之本色，而非舞之本色。判斷標準，似與非似，不須説出許多道理。這就是以本色論詞的一個典型。我將其歸結爲陳師道定律。四個字，「似與非似」。作爲一種批評模式，其要點，諸如批評標準、批評方法以及言傳形式，大體上已經具備。在這一基礎之上，李清照著《詞論》，標舉「別是一家」説，將「似與非似」四個字，增添爲八個字——「別是一家，知之者少」。主要在於，識音理與知辨別。陳師道的不確定，因此得到確定。其後，沈義父與張炎，一個著《樂府指迷》，載論詞四標準，爲子弟輩立法；一個以「音律所當參究，詞章先要精思」(《詞源·雜論》)，爲揭示創造準則。四個標準及兩條原則，令李清照的目標更加明確。以本色論詞之作爲一種批評模式，至此已具備確定性的標準。

第二階段，從浙西派到常州派，爲充實、發展階段。宋以後，樂府、歌詞歷經元、明兩代，至於清之所謂復興，爲本色論的創造發明提供了有利條件。二百八十年間，以本色論詞，依據似與非似進行創作，既多流弊，亦富姿彩。論者各執一端，各有褒貶。對於歷史及現狀，不同見解，各自加以表述。反對什麽，提倡什麽，皆充滿自信。因之，正與反亦即似與非似的兩個方面，各家的闡發，也就越來越趨於明晰。

第三階段，從後常州派到晚清四大家，爲集成階段。常州派之後，詞界人馬分作兩路：一路承接對於聲音與文字的體認，一路承接對於情致的體認。兩支隊伍，各有側重，各有偏頗。至清末五大家之朱祖謀及況周頤，或號稱「律博士」，或被推尊爲「廣大教主」，其於聲音、文字及情致諸多方面，均曾進行綜合考察，以爲救與補。傳統詞學本色論，至此已臻完善。

一千年歷史，三個發展階段，三個步驟：首先於聲音、文字以及情致之種種限制、裁量以及正反兩個方面的比對褒貶，辨識其「別是一家」的特質；其次於言和意兩個基本構成要素所具性能，由外到内，並由内到外，考察作爲歌詞之詞的題中無窮包蘊及題外遥遠寄意；最後歸納總結，令推向極致。

2. 現代詞學境界説

王國維作爲中國當代詞學之父，其主要功績，在於創立新的批評模式，即其第一個用境界作標準創立模式，並且運用於詞學批評。境界説的發生、發展大致經歷三個階段。

第一階段，境界説之出現，乃滋生階段。

這一階段，主要在開拓期。就批評模式的變换看，王國維對於詞學發展的貢獻，主要是對於傳統批評模式的革新。這就是上文所説，於「情」與「景」之間，加上個「言」。這一個「言」字，並不祇限於言辭的「言」，而乃包括與「意」相對應的「言」，如「言有盡而意無窮」。這一個「言」字，可以理解爲一種載體，或者容器，能够承載「意」的載體，或者容器，例如「境」。因此，所謂「言外之意」，也就是「境外之境」。這裏，王國維所説的「言」，已從一般的工具、媒介，上升爲載體，或者容器，能够體現時空容量的載體，或者容器。這就是王國維賦予「言」的詩學意義。但是，在滋生階段，此義尚未得以充分闡發。

第二階段，境界説之演變，乃異化階段。

這一階段，包括整個創造期及蜕變期的第一的階段——再評價階段。演變，乃至異化，其過程，大約五十年。

一九二六年二月，俞平伯標點《人間詞話》六十四則，由北京樸社出版單行本。這是《人間詞話》最早刊本。王國維逝世後，門人趙萬里將其未刊部分於《小説月報》十九卷三號發表。接著，陸陸續續地輯其遺佚，便有所謂删稿、遺稿入編。這一切，儘管不一定與作者立論原意相符合，但畢竟令得王氏學説，逐漸引起注視。其時，若干尊體派人物對之也許不以爲然，而一班以新學爲標榜的學者，無論其自覺，或不自覺，卻已將王氏學説當作持論的出發點。上文所説改造與充實，兩個方向，對之闡釋與推廣，即爲王氏學説被引申的事證。兩個方面的人物：胡適、胡雲翼，以及顧隨、繆鉞。其對於境界説的認識及運用，各有不同把握，效果也不一樣。一個方面，胡適與胡雲翼，既將「詞以境界爲最上」，轉換爲詞以天才和感情爲最上，令王氏新説向左傾斜，又將詞體劃分爲女性和男性兩種，將詞風劃分爲淒婉綽約及豪放悲壯二類。於是，王國維的境界説即被推衍爲風格論。另一方面，顧隨與繆鉞，或者對於王國維所提出若干重要命題，諸如境界、神韻、高致等，尤其是高致，從思想、文化層面，作兩面觀，以體察其「上下牀之别」（見手稿），或者將叔本華關於内忘其生活之欲，外忘物之一切關係，以領略其永恒，與王國維以物觀物，遺其關係、限制之處，聯繫在一起，以體察其通貫之處，都令得王國維的境界説更加富有詩學依據。兩個方面，改造與充實，對於王氏新説的探研與傳播，起了一定推動作用。從創造期到蛻變期的第一個階段，即「文化大革命」之前，學界對於王國維境界說的論述，已從詞學，拓展至美學、文化之各領域。不過，整個創造期，傳統詞學本色論仍然占居統治地位。衹是進入蛻變期，風格論方纔逐漸被推舉，並於詞界大行其道，但這已是境界說的變種。

第三階段，境界說之回歸，乃再造階段。

謂之回歸，或者再造，意即重返境界說。其再造工程，大致出現在二十世紀最後二十年。表現於實際運用，諸如風格論的自我調整以及美學闡釋與文化闡釋之所作引進及添加，對於被異化的境界說，都是一種再造。前者將豪放、婉約「二分法」，變而成爲各種風格並存的多元論。從「朝三暮四」，到「朝四暮三」。這是蛻變期再評價階段一班風格論者所採取的策略。對於境界說的再造，儘管未必產生正面效用，但其調整自身，卻表示，由境界說推衍而成的風格論，已經不合時宜。後者的引進及添加，實際上是一種對照與提升。如將王國維有關成就大事業、大學問所必經三種之境界，和尼采通向智慧之路的三個必經階段，加以對照，或從人類精神方式的類別角度，將王國維所説闊大雋永的藝術氣象，升華爲人類體悟生命厄運時的一般詩哲符號。在某種程度上看，引進及添加，都令得境界説更加顯示其恒久價值及魅力。

三個階段，自一九〇八年而至於今，境界説之經過異化、再造，最終又回到原來的位置。整整一百年，似將重新來過。

3. 新變詞體結構論

在詩與詞長期的發展過程，「情」與「景」，「我」與「物」，一直是主要關注對象。王國維於二者之間，加上一個「言」字，爲創造境界。吴世昌將「事」作爲中介，調和「情」與「景」、「我」與「物」，促進境界説向結構論的轉化。

由境界説向結構論的轉化，大致以下三個步驟：

第一步，歸納概括，確立典型。

二十世紀四十年代，吴世昌發表《論詞的讀法》一系列文章，倡導結構分析法。以爲，第一流的作品都有謹嚴的章法，非無蹤迹可循，並依據自己的體驗，提出兩種不同的結構類型——「人面桃花型」及「西窗剪燭型」。從而，以此爲典範，爲見普遍意義。即以時間次序與空間位置的推移及變换，兩個角度，進行歸納與概括。兩種類型，展現古今樂歌結構成篇的三種方法及途徑，亦即樂歌造境的三種方法及途徑。包括拓展時空容量，以表達無窮之意；推移變换時間次序及空間位置，以表達無窮之意；時間空間化與空間時間化，以表達無窮之意。三種方法及途徑，概括萬有。構造典型，以爲典範，可令一通百通。所謂普遍意義，即體現於此。

第二步，滲入故事，萬象皆活。

八十年代，吴世昌刊發《周邦彦及其被錯解的詞》一文，以「以小詞説故事」，通過故事所構成有句、有篇的詞章爲典型事例，進行結構分析，並歸納、概括出這麽一條法則：「在情景之外，滲入故事：使無生變爲有生，有生者另有新境。」於「情」與「景」之外，滲入「事」，「我」與「物」之間有了中介，即萬象皆活，新境出現。就傳統説法，這一藝術表現手段，叫做鈎勒。而與西方結構主義相比對，這就是以二元對立關係爲依據，所創立的一種批評模式——新變詞體結構論。其於「我」與「物」之間，滲入的「事」，等如一種催化劑。因此中介，通過調和或者分解，令「我」與「物」所構成錯綜複雜關係，脉絡清楚顯現。

第三步，遊阿房宫，入兩宋門。

吴世昌以遊阿房之宫作比，説明如何入清真之門以及如何由清真而入兩宋之門。自從周濟爲開門徑，後來者多遵照其途轍，將清真看作終極目標。吴世昌卻不以爲然。不將清真當成結果，而以爲一種過程，必當以之爲起點。謂：「入清真之門，然後可讀白石、梅溪、夢窗、碧山諸家。學得清真之各種手法，然後讀南宋諸家皆有來歷，無所遁形矣。」那麽，怎樣纔能達至這一目標呢？周濟説得十分模糊。吴世昌以遊阿房之宫作比，則説得非常精確。其謂：「清真範圍廣，門户多，長調小令，皆自成樓閣，絶不相似。如遊阿房之宫，五步一亭，十步一閣，莫可詰究，他人無此才力也。於短短小令中寫複雜故事，爲其獨創，當時無人能及。後世亦少有敢企及者。《浣溪沙》直追『花間』，而又異乎『花間』，南宋各家無有能及者。《點絳唇》亦非他家可比。其方面之廣，真集詞家之大成也。」既真切形容其令人困惑之處，又明白揭示其奥秘。謂關鍵問題，乃在於以「事」爲中介的結構方法。以爲，這一方法，無論單一作家，或者全部宋詞，都可以派上用場。

從四十年代，到八十年代，吴世昌的結構分析法，既有帶普遍意義的結構類型歸納，又有具獨特個性的個案分析。三個步驟，於具體運用過程，所謂結構分析，亦逐漸實現由「法」到「論」的提升。時至今日，新變詞體結構論之作爲一種詞學批評模式，其主要因素（條件），包括標準及基本原理，方法及實際運用，我看已經具備。

（二）言傳形式——詞學存在的形式體現

中國詞學史上，傳統詞學本色論、現代詞學境界説以及新變詞體結構論，三大理論建樹，三種批評模式，既是詞學存在的一種形式，也是詞學存在之自身。何謂詞學？詞學在哪裏？都可由此找到明確的答案。而言傳形式，其作爲詞學存在的形式體現，既是不同批評模式的形式標志，同樣也是批評模式的存在標志。其之所指，乃文學作品説情、叙事、造理，所採取的工具以及策略及方式。包括語言、動作一類符號或者媒介，對於歌詞創作及傳播所採取的策略及方式。一般講，歌詩與歌詞，各自有不同的言傳形式。從「情」與「景」互相交融，「我」與「物」合而爲一，到「情」與「景」，即「我」與「物」之間，加上個「言」，或者加上個「事」，言傳形式不斷變化及演進。

以下所説，乃三種批評模式所採取三種主要的策略及方式。

1. 似與非似，傳統詞學本色論的言傳形式

似與非似，傳統詞學本色論的最高法則，包括標準及方法。似，本色；非似，非本色。祇須意會，不必言傳。一切取決於主觀上的「悟」。我認爲本色就本色，認爲非本色就非本色。看似無有標準、無有方法，實則不然。如於二者之間，作兩面看，持兩點論，自能悟入。一般講，凡所謂似者，即本色，其所傳播，乃一種感覺，一種印象。否則，非似，非本色。而感覺、印象，又與認識不同。新鮮熱辣，一見鍾情，就是一種感覺，一種印象。祇憑感官，無須用腦，等不得思考。倚聲填詞，凡所謂本色當行者也，大多擅長於此；所謂善入與善出者，亦本乎此。

「記得小蘋初見，兩重心字羅衣。」這是第一印象及當時的感覺。「去年春恨却來時」，恨的是什麼？是憎恨？或者懊惱？也還是一種印象，「獨立」與「雙飛」，仍在感覺層面。

而「兩情若是久長時，又豈在朝朝暮暮」，則有所不同。因爲是一種假設，已到達邏輯層面，牽涉理路。乃詞才的表現，而非詞心。不關死生，未必觸及於靈魂。周邦彦《解連環》亦然。

至若李清照與辛棄疾之賞菊，其層面亦不同。前者從「半夜涼初透」，到「人比黄花瘦」，由感覺（「涼」），到印象（「瘦」），呈現一種精神及姿態；後者從「人好花堪笑」（花比人老），到「人世因緣了」，由一種體驗（「老」），上升爲認識（「了」），表達一種意志及願望。其似與非似，本色或非本色，已不難分辨。

似與非似，其策略、方式的區分，表現在賦、比、興三種傳統方法的運用上，主要看其有無依傍，是否需要中介。大體上講，凡本色，一般多採用賦，較少借助比興；擅長白描，衹是直敘。於「我」與「物」之間，不需要「言」，有時衹是「物」與「物」。至非本色則反之。

2. 有與無有，現代詞學境界説的言傳形式

有與無有。有，有境界，就是好詞；無有，無有境界，就不是好的詞。既提供標準，又有達至目標的方法。因所謂境界，至少有一個空間在，有長、寬、高，有深淺與厚薄，可以用現代科學的方法加以測量，並用現代科學語言進行表述。感覺得到，接受得到。比起似與非似，以境界説詞，應更有定準。似與非似，依賴於感悟，具有較大的不確定性。有與無有，可測

量，可言説，相對較爲確定。

有與無有，其於言傳的策略及方式，主要體現於「言」。在「情」與「景」，即「我」與「物」之間，加上個「言」。加上「言」之後，究竟著不著痕迹，將出現兩種不同效果。因而，其所造境界，也就有形下與形上之分別。

「莫聽穿林打葉聲」，「也無風雨也無晴」。體現心境。將自然界的風雨和人世間的風雨聯繫在一起，令其「坦蕩之懷，任天而動」（鄭文焯語）。以爲：祇要心中無風雨，就不怕外間風和雨。但是，仍然執著於風雨之有與無的實際體驗，爲留下蹤迹。「夜飲東坡醒復醉」，「倚杖聽江聲」。對於退（醉）與進（醒）以及永恒（江海）與瞬間（此身）的思考。「小舟從此逝，江海寄餘生」，需要憑藉（杖和小舟），也是一種蹤迹。

縹緲孤鴻，寂寞沙洲；疏星暗度，玉繩低轉。鏗然一葉，黯黯夢魂驚斷；不知天上宫闕，今夕是何年。飄然而來，忽然而去；天馬行空，不可羈勒（趙翼評李白語）。若遠若近，可喻不可喻，超象外而得環中。

二者相比較，王國維將後者看作自己所追求的理想境界。

3. 生與無生，新變詞體結構論的言傳形式

生與無生，就看其有無聯繫。有聯繫，即生；否則，無生。例如，「情」與「景」，或者「我」

與「物」，當其作爲一般佈景（背景），很可能祇是「情景並列如單頁畫幅」。吴世昌曾據以批評柳永及周邦彦。指柳「未能寓情於景，情景交融，使得萬象皆活」；而周之滲入故事，則與之不同。因提出：「救之之道，即在抒情寫景之際，滲入一個第三因素，即述事。必有故事，則所寫之景有所附麗，所抒之情有其來源。使這三者重新配合，造成另一境界，以達到美學上的最高要求。」從而實現從無生到有生的轉變。這一手段，吴世昌以周濟所説鈎勒加以描述。謂：「即述事以事爲鈎，勒住前情後景，則新境界自然湧現。既湧現矣，再加鈎勒，則眉嫵畢露，毫髮可見，故曰：『愈鈎勒愈渾厚』。」

「長亭路，年去歲來，應折柔條過千尺。」謂古今來隋堤上折柳送客之衆。吴世昌以爲泛論，非特指。此情事佈置在前。「月榭携手，露橋聞笛。」乃沉思中之前事。屬專指，非泛論。此情事追述於後。前後二情事，一古一今，彼此並無牽連。是爲無生。通過離會預愁（或預想）這一當下情事，鈎而勒之，令三者重新配合，即古之一般別離情事、今之個別別離情事及當下獨自尋覓之情事，三者構成新的關係，新的組合。是爲有生。由無所牽連到互相牽連，由無生到有生，其轉變，關鍵在於故事。因此之故，解讀周邦彦《蘭陵王》，吴世昌特爲揭示：「『閒尋』以下十四字是全詞結構中樞紐。一『愁』字又是十四字的樞紐。」

生與無生，聯繫或者無有聯繫。看得到，摸得著。可以理解，便於操作。詞之言傳，因此有了具體、切實的策略及方式。

四　餘論：籃球隊與足球隊

有人説，現在是找不到大師的年代，但歷史的論定，卻是後來者的責任。無論哪一門學科，都需要以嚴謹的態度，對於以往的人和事，進行科學的論定。在學科建設層面上講，這種論定，也是一種開闢與劃分。不僅於對象自身，而且對後來者，都深具意義。近代以來，汪辟疆、錢仲聯氏，均有「點將録」之作。以武藝擬詩藝（詞藝），用水滸人物，擬配詩界（詞界）人物。而朱祖謀（覺諦山人）之《清詞壇點將録》，則專以論詞。「借説部狡獪之筆，爲記室評品之文。」這原是有益之舉，可當文學批評看待，但畢竟是遊戲之作，未必當真。後世效顰，缺乏遊戲心態。網上文章指，似有藉以謀私之嫌。記得錢仲聯生前，亦曾告我：某氏點將録，以夏承燾爲宋江，排第一位，毛潤之往哪裏擺？還有陳毅、葉劍英幾位元帥。可知，武林、詩林（詞林），各有將帥，要「點」得恰如其分，並非易事。同時，亦可見論定之難。

數年前，胡明《一百年來的詞學研究：詮釋與思考》一文，以體制内派和體制外派，對於三十年代詞界兩隊人馬進行判斷與劃分，六個字，幾乎一網打盡。此事令我想起胡適。他的半部哲學史和半部文學史，今天也許被取代，而其有關做學問的十字要訣——「大膽的設想，小心的求證」，在中國學術史上，卻無法被取代。新舊世紀之交，在有關學術研討會上，我曾一再申明這一意思。體制內與體制外，早已確實存在。二者不必要明確界定，也不一定是體制內比體制外在行。相反，詞學史上對於某些關節問題的探討，往往是體制外在前，體制內隨後。如沈括、朱熹之和聲説與泛聲説，千百年過去，今日探討詞源，仍然離不開這一話題。而且，探討進程，還是梁啓超、胡適一班體制外人物在前，夏承燾、唐圭璋、龍榆生一班體制內人物隨後。這應是歷史的宿命(karma)。

績溪一脉，終有傳承。我十分贊賞老胡及小胡的宏觀論定。同時，我也嘗試以另一種方式——籃球隊與足球隊的組合，對於二十世紀詞學的五代傳人進行排比(見圖三)。未曾標榜宗師，亦非點將，而衹説傳人。這是從劉再復那裏借來的一個命題。或謂傳人，意在傳習與傳承；有傳人在，就有詞學在。我看合適，也就用上了。總之，也跟著玩玩。不妥之處，尚待批評指正。

圖三：二十世紀詞學傳承圖

第一代	第二代	第三代	第三代	第四代	第四代	第五代
朱孝臧	王國維	夏承燾	施蟄存	邱世友	葉嘉瑩	
王鵬運	劉毓盤	顧　隨	胡雲翼	劉逸生	陶爾夫	
文廷式	冒廣生	趙尊嶽	吴世昌	羅忼烈	錢鴻瑛	
鄭文焯	張爾田	張伯駒	錢仲聯	陳邦炎	黄拔荊	
況周頤	夏敬觀	沈軼劉	神田喜一郎	霍松林	邱燮友	
	吴眉孫	馮沅君	沈祖棻	顧易生	王水照	
	葉恭綽	唐圭璋	盛　配	馬興榮	嚴迪昌	
	吴　梅	龍榆生	萬雲駿	劉若愚	高友工	
	胡　適	詹安泰	吴則虞	徐培均	吴熊和	
	劉永濟	繆　鉞	黄墨谷	村上哲見	（暫缺）	
	蔡嵩雲	宛敏灝	饒宗頤	劉乃昌	謝桃坊	

（一）二十世紀的五代傳人

傳承圖的排列，大致以二十年爲一代。籃球隊、足球隊，其組成，人數皆有一定。第一代，一支籃球隊；第二代，一支足球隊。第三代、第四代，各爲兩支足球隊，甲隊和乙隊。第五代暫不排列。這是依據時序推移所進行的排列。

各代傳人，以生年爲序排列，表示代代相互承接。領銜一名，爲隊長。同一類别，衹推舉一名，或數名爲代表，不一定全數上榜。滄海遺珠，在所難免。

依照我的理解，作爲一代宗師，於義理、考據、辭章，三個方面，都須有所提供，而祇限義理一項，則於觀念(Idea)、方法(Method)、模式(Model)和語彙系統(System of Vocabulary)，亦應自成家數。而傳人，既未必可稱大師，亦未必就是詞人。即使不曾填詞，當亦無妨。體制内與體制外，都有這種不曾填詞的傳人。

第一代，舊詞學的終結。這一代傳人，一八五五年之後出生。由清季五大家所組成。而究竟是四大？或者是五大？詞界説法，則未曾規範。事緣一九三〇年十二月，龍榆生撰著《清季四大詞人》，斷推王鵬運、文廷式、鄭文焯、况周頤爲清季四大家。時，朱祖謀仍健在，未具於編。其後，號稱研究詞學者流，大多據以立論，又往往誤將朱祖謀取代文廷式。時至今日，仍然未曾排列停當。二十世紀八十年代，唐圭璋有五大詞人之議，即將龍氏所列四大，加上朱祖謀(據唐圭璋《與施議對論詞書》)。我贊同唐氏提議，將五大家，列歸第一代。五大家當中，朱祖謀「領袖晚清民初詞壇，世有定論」(錢仲聯《近百年詞壇點將録》)。即謂爲「詞學之大結穴」(葉恭綽《廣篋中詞》)。五大家的詞業建樹，主要在於繼往。而其活動年代，除文廷式、王鵬運外，鄭文焯、朱祖謀、况周頤三氏皆進入民國。

第二代，舊詞學到新詞學的過渡。這一代傳人，一八七五年後出生。乃百年詞學發展的第一次過渡。兩位關鍵人物——王國維與胡適，其詞學建樹，同樣在於承前啓後，但做法不盡相同。一個著眼於意和境，以有盡、無窮，評定優劣、高下；一個著眼於人和事，以匠手、天才，評定高下、優劣。前者以治哲學方法治詞，能寫、能觀，善入、善出，充滿睿智；後者以治史學方法治詞，設想、求證，選擇、去取，代表識見。中國詞學之由舊到新的推進，亦即由傳統向現代化的推進，王、胡二氏，已在理論和實踐兩個方面，爲作充分準備。

第三代，百年詞業之中堅力量。這一代傳人，一八九五年之後出生。這是出大師的年代。就二十世紀而言，無論依據什麼準則，進行怎麼樣的劃分與排列，凡大師級人物，都應在這一代尋找。例如，八十年代編纂《當代詞綜》，推舉十大詞人——徐行恭、陳聲聰、張伯駒、夏承燾、唐圭璋、龍榆生、丁甯、詹安泰、李祁、沈祖棻，屬於這一代；九十年代結撰《今詞達變》，爲七家定位，七家之王國維、胡適、夏承燾、繆鉞、吴世昌、沈祖棻、饒宗頤，亦歸這一代。此外，民國四大詞人所推舉，夏承燾、唐圭璋、龍榆生、詹安泰，也在這一代。民國四大詞人，唐、龍、詹三氏，其於中國詞學學、中國詞學文獻學以及中國詞學文化學，三大詞學學科的建樹，均具開創之功。而夏承燾之作爲一代詞的綜合，亦可於各種劃分與排列中看出。兩支足球隊，夏承燾爲甲隊領銜。乙隊領銜施蟄存。施蟄存氏於詞學的特別貢獻，亦無可取代。不僅僅一個人打兩份工，而且活到一百歲，一世等如二世。既有「四窗」之設，自己承傳，又辦刊物，組織別人承傳。詞學第三代，名家輩出，高手如林，乃時代所造成，亦千年詞學發展之必然。

第四代，百年詞學發展的第二次過渡。這一代傳人，一九一五年之後出生。二十世紀，兩個過渡年代，各有各的使命，各有各的承擔。在傳統文化與現代化或現代化與傳統文化這一問題上，第二代中的王國維與第四代中的若干人氏，頗有某些共通認識，但取向不同。王國維將西方哲思引進詞學，倡導境界説，這是傳統文化的現代化；若干人氏，尤其是葉嘉瑩，從西方文論看中國詞學，發現頗有暗合之處，這是現代文化之傳統化（詳參《中國詞學的現代觀》）。第一次過渡，標志著中國新詞學的開始；第二次過渡，尚無有明確的標志。兩支足球隊，甲隊與乙隊。兩名領銜人物，邱世友與葉嘉瑩。其於理論探研及藝術鑒賞，各自有所擅長。其所承傳，亦有不同偏向。

第五代，於傳承圖，暫付闕如。這一代傳人，一九三五年之後出生。崛起於二十世紀之最後二十年。由於時代所賦予，包括物質與精神，這一代既大大優越於前輩，其開闢與創造，自然比前輩優勝。對於百年詞學，這是充滿希望的一代。但是，在一定程度上講，因先天不足，後天補救不得力，或者不得法，這一代，也可能讓人感到失望，或者困惑。既是大有作爲的一代，亦可能是垮掉的一代。

（二）二十一世紀新一代傳人

自一九五五年之後出生，爲新世紀的第一代傳人。這一代傳人，於一九九五年之後，新的開拓期，陸續登場。一九九五年，對於中國詞學發展，無疑是極其關鍵的一年。將近半個世紀，蛻變期的詞學處在誤區當中。新世紀的第一代傳人，由清代詞與清代詞學，打開缺口，脱穎而出。如果歷史還能够重演的話，那麽，新的一代，將有新的王、文、鄭、朱、況出現。不過，照以往的經驗，這一代，還不是出現夏、唐、龍、詹一班大師級人物的年代。也許，這也是歷史發展的必然。

思想不能複製，經驗可以複製。孔夫子稱：「述而不作，信而好古。」朱熹注云：「述，傳舊而已，作則創始。」傳舊，應當包括以前的經驗。至於述，歸納、概括以外，應當包括比較。懂得認真與辨僞，方纔能够在舊有的基礎之上，進一步加以補足與延伸。千年詞學，百年詞學，纔能一代一代往下傳。

戊子霜降前三日（二〇〇八年十月二十日）於濠上之赤豹書屋

第二節　歷史的論定：二十世紀詞學傳人

歷史的論定，就是通常所説的蓋棺論定。一般講，棺未蓋，論是不大好定的。比如，一九三〇年，龍榆生論「清季四大詞人」，斷推王（鵬運）、文（廷式）、鄭（文焯）、況（周頤）四子，爲一代首領，而不包括朱祖謀，因朱祖謀當時仍健在，故不具於編。應當説，蓋棺而後論定，這是極平常的一件事。不過，除此以外，另有兩種情況亦曾出現。一種是，論了定而不能蓋棺；另一種是，蓋了棺而不能論定。論了定而不能蓋棺。這一情況，大家知道嗎？十幾年前有個傳説，陳獨秀的墓，上面是敞開著的，一直没蓋上。他家鄉的老百姓，不願意把棺蓋上。老百姓對他另有論定。如果真的是這麼個樣子，那就是論定而不能蓋棺。我没親自去看過。這是一種情況。另一情況，蓋棺而不能論定，或者蓋棺而尚未論定。這一情況，可能較爲普遍。總之，無論哪種情況，都是後來者的責任。後來者拖欠歷史的一筆賬。當然，事情也並不那麼複雜。説得直接一些，無非就是對於以往的人和事，給個説法罷了。但包裝起來，就叫論定。那麼，究竟應當怎麼論定呢？最爲關鍵的問題是史識，就是歷史的見識。要有歷史的見識，纔能有效把握對象，正確論定。

在座各位，正準備撰寫碩、博士學位論文。須要學會論定。有關研究對象，研究題目，怎麽來選擇呢？籠統地看，茫無邊際。比如，唐、宋、元、明、清，這麽下來，許多文體，許多個案，似頗難入手。當中的文體和個案，有的已經有了定論，有的還没有。究竟應當如何面對？

今天，我所講的人和事，並不那麽遥遠，主要在二十世紀。而就詞學範圍講，就是對於二十世紀五代傳人的論定。看一看，五代詞學傳人在對待詞與詞學以及詞學與詞學學一系列問題上，各持怎樣的態度？有何業績？並且在詞學發展史上，給予合適的評價及位置。希望能爲大家的思考與寫作，提供有益的參考。

一　分期分類與史的識見

爲什麽將注意力特别放在二十世紀呢？這是一個比較麻煩的世紀。在這之前，唐、宋、元、明、清，一路下來，清清楚楚。進入二十世紀，發生許多變化。辛亥革命之後，尤其是中華人民共和國成立之後，没有了王朝，既不用民國紀年，也不用共和紀年。真有點讓人無所適從。特别是文學領域，幾十年來，基本上没有自己的主意，也就是没有觀念。一九九七年，黑龍江大學和北京《文學遺産》編輯部聯合舉辦一個學術研討會。主事者給安排在開幕式上發言。我曾經這麼説：我們的文學研究，到現在爲止，還没有自己的觀念。當時在座的一百多名代表，都是教授一級的專家學者。我這麼説，等同於直接提出，在座各位都没有觀念。那時也是够大膽的。事後，韓式鵬教授撰寫會議綜述，把我的這句話也寫了進去。

二十世紀的文學研究，爲什麼没有觀念呢？這是針對近代文學、現代文學、當代文學的劃分而提出的。我以爲：二十世紀的這一劃分，所依據的不是文學事件，而是政治事件；所採用的觀念，是政治學家的觀念，歷史學家的觀念。文學研究者自身，没有自己的主意，没有自己的觀念。比如，近代文學確立的時間，一八四〇年，這一年發生鴉片戰爭；現代文學，一九一九年，這一年，爆發「五四」新文化運動；當代文學，一九四九年，這一年，中華人民共和國誕生。三個年份所發生的事件，都是重大的政治歷史事件，而不是文學事件。所以説，文學研究自身没有主意，没有觀念。

一九九七年，已經過去十三年。現在，我們的文學研究有没有觀念呢？從兩岸四地相關著述以及所採用的文學教科書看，可以説，現在還是没有觀念。

文學研究没有觀念，詞學研究又如何呢？在當時的研討會上，我説，詞學研究有觀念。指的是，我用一九〇八年作爲分界綫，將中國詞學劃分爲二段。一九〇八年以前，爲舊詞學，古詞學；一九〇八以後，爲新詞學，今詞學。這就是一種觀念，也可以説是一種看法。我的這一劃分以什麽爲依據呢？以王國維發表《人間詞話》爲依據。這是個什麽事件呢？是文學事件，不是政治事件。所以，詞學研究有觀念。這也就是説，有識見。是史識的一種表現。

爲了説明識見問題，須要將視野進一步展開，説一説，二十世紀世界的劃分問題。二十世紀世界，一百年當中，有幾個年份相當重要。比如，一九一四年至一九一八年，第一次世界大戰；一九三九年至一九四五年，第二次世界大戰。兩次世界大戰，是熱戰。第二次世界大戰以後，熱戰變爲冷戰。一九八九年，柏林牆被推倒；一九九一年，蘇聯解體。蘇聯解體，冷戰結束，進入另外一個時代。冷戰、熱戰，不同的戰争類别。鬥争模式又怎麽樣呢？首先是你死我活。跟我們「文化大革命」的鬥争模式一樣。冷戰結束，全球一體化，變而爲你活我也活。即所謂雙贏或多贏局面。二〇〇一年九月十一日，兩座世貿大廈給炸毁。變而成爲你死我也死。兩種戰争類别，三種鬥争模式。這是對於二十世紀世界的劃分及判斷。我講這一些的目的，在於説明，所謂史識，實際也很簡單，就是你要懂得分期、分類。戰争分成兩種類别：冷戰、熱戰。分期呢？就是幾個關鍵年份的把握。做到這一步，就能够體現史識。當然，對於世界的看法及劃分，這是政治學家的事情，歷史學家的事情。美國哈佛大學有位教授叫薩繆爾・亨廷頓(Samuel P. Huntington),他的一部著作《文明的衝突》(The Clash of Civilizations)説及這一問題。我對於二十世紀世界的劃分和判斷,就是從他那裏學習得來的。

總而言之,文學的劃分和判斷,詞學的劃分和判斷,以及二十世紀世界的劃分和判斷,就是一種識見,一種歷史的論定。這種劃分和判斷,看起來,似乎有點複雜,不太容易把握,但拆開包裝,就衹有四個字:分期、分類。

分期、分類,就像盤古一樣,開天闢地,是非常了不起的一件事。在各種學術研討會上,我曾多次説過,二十世紀衹有兩位大學問家懂得分期、分類。一位王國維,一位胡適。王國維且不説,衹説胡適。他將漢以後的中國文學劃分爲兩大類別:死文學和活文學。又將中國一千年詞的歷史,劃分爲三個大時期,三段歷史:詞的「本身」的歷史,詞的「替身」的歷史,詞的「鬼」的歷史。胡適的劃分,究竟採用什麼準則呢?是不是朝代?不完全是朝代。是人類的一種生成狀態。死的,還是活的。本身,還是替身。已經「投胎再世」,或者還是孤魂野鬼。就是這麼一些。這是我給他概括出來的。謂其爲人類的一種生成狀態。具體地説,自晚唐到元初,也就是趙宋王朝這一段歷史,爲詞的自然演變時期。這一時期的詞,是自然生成的詞,相當於現在所説自然人。自元到明清之際,也就是金元和朱明,爲曲子時期。這一時期的詞，已經不是詞的本身，而是替身，或者已另投胎。比如，已經變而爲牛、羊，或者豬、狗。但這不一定帶有貶義，祇是説變而成爲另外一種物類。至有清一代，爲模仿填詞的時期。這時候，所謂詞的「鬼」的歷史，説明已經不是自然的人，不是自然生成的詞。這是胡適的劃分。他的準則，不是政治事件，也不是以帝王將相爲核心的朝代，而是生命生成的一種狀態。人活著仍爲其人，死後還有靈魂。有替身，亦可投胎再世。這是極普通的話題，大家都這麼講。胡適用以體現他的一種歷史的見解。極普通，變得不普通。這就是識見。

胡適的劃分和判斷，究竟有没有道理呢？有的人也許不以爲然。但無論有没有道理，到現在爲止，還是没有人能够推翻他。所以，我就接著講。他講一千年，我講一百年。我將一九〇八年以後一百年詞學，劃分爲三個時期。第一個時期，一九〇八年至一九一八年，爲開拓期；第二個時期，一九一九年至一九四八年，爲創造期；第三個時期，一九四九年至一九九五年，爲蜕變期。我的劃分，儘管與現代文學的劃分有點交叉，但我的判斷，並不太一樣。就詞學的發展看，第一個時期，相對於以往的詞學，是一個新的開拓。第二個時期，包括二十年代、三十年代及四十年代，也就是民國年代，情況就大不一樣。這一時期，爲中華詞學創造了一代輝煌。而第三個時期，所謂龍蜕蛇變，説明已不是原來的樣子。這是我對於一九〇八年以後一百年詞學的總觀感。

接下來，說二十世紀詞學傳人。看看一百年當中的人和事，究竟應當怎麽進行規劃？也就是說，每一代的開始與終結，應當如何斷限？這也是一種分期與分類，同樣牽涉到識見問題。

最近二三十年，學界出現多種詞總集，不少僅依據作者姓氏筆畫，將各人作品輯録在一起。這樣的編排方法，和一般辭書並無兩樣。看不出編撰者有何特別的意思，也就是歷史的見解。有一部以二十世紀爲標榜的詞總集，未曾發凡立例，但因題目已明白揭示，也就從一九〇〇年開始，依次進行編排。但是，當中領銜作者，出生於一八二〇年（清嘉慶二十五年），在二十世紀生活僅四年；壓卷作者，出生於一九八二年，到二十世紀終結，尚未滿二十歲。其起止的斷限，似與常規不合。而且，籠統地以二十世紀作爲一部總集的歸屬，也衹是一個框架而已。在這個框架裏面，相關人和事衹有先後的區別，看不出各自的歷史位置及職責，因而也就頗難體現編撰者個人的觀點。

我說一百年中的五代詞學傳人，不依時下做法，從一九〇〇年開始，依次往下排列，直到一九九九年。而依《當代詞綜》斷限進行規範，但其中略有變化。二十世紀七八十年代，編纂《當代詞綜》，我曾通過發凡立例，提出個大當代概念。謂：「本編題爲《當代詞綜》。

名曰『當代』，雖已超出一般意義上所謂『當代』範圍，例如編中作者最早出生於一八六二年（清同治元年），離清王朝滅亡還有整整半個世紀，似不宜以『當代』相概括，然以作者活動年代論，編中作者出生於清同治年間（一八六二年至一八七四年）者，部分進入二十世紀五十年代、六十年代，出生於清光緒年間（一八七五年至一九〇八年）者，許多人目前（一九八八年）仍健在。即，編中作者絕大多數都在一般意義上所謂當代社會中生活，其創作活動及詞業建樹均屬於今天。因此名之爲《當代詞綜》，正是爲突出『今天』，體現其時代精神。」①《當代詞綜》的編纂，以一八六二年（清同治元年）進行斷限。自此以後出生作者，屬於當代，此前則非當代。爲表示「新」與「舊」的區别，此前出生作者，例如王鵬運、文廷式、鄭文焯、朱祖謀、況周頤，他們的作品，概不闌入。參照《當代詞綜》的斷限，我將二十世紀詞學傳人劃分爲五代。所謂代，相當於輩分。非一生、一世，或者一個時代。作者的出生年份，非以單個人計，而是以代計。因此，一百年的五代，不是從一八六二年（清同治元年）起，而是從一八五五年（清咸豐五年）起。清季五大詞人於這一年的稍前或者稍後出生。這是一代人的共同標志。一代二十年，就從這一年開始。編纂《當代詞綜》，將五大詞人作爲舊時代的人物而排除在外；叙説二十世紀詞學傳人，五大詞人儘管仍然是舊時代的人物，卻將其作爲第一代的代表而列居榜首。因爲二十世紀這一概念，與我所界定大當代的概念，並不完全相同。大當代的概念，著眼於「新」，二十世紀既是個「新」與「舊」互相交替的世紀，又是個「新」與「舊」並容的世紀。故此，敘説五代傳人，必須從舊的一代開始。

以下是我對於二十世紀五代詞學傳人所作劃分：

第一代，一八五五年（清咸豐五年）至一八七五年（清光緒元年）期間出生的作者。就單個作者而言，時間的起止，十分明確；就一代人而言，開始的年份，則較難確定。比如，王鵬運、文廷式、鄭文焯、朱祖謀、況周頤諸輩，就並非都出生於一八五五年（清咸豐五年）。但以代計，卻必須説個整齊劃一的年份。而後依次往下推算。這是須要特別説明的。因此，以下各代，亦當同樣看待。這是第一代。第二代，一八七五年（清光緒元年）至一八九五年（清光緒二十一年）期間出生的作者；第三代，一八九五年（清光緒二十一年）至一九一五年期間出生的作者；第四代，一九一五年至一九三五年期間出生的作者；第五代，一九三五年至一九五五年期間出生的作者。

經過五代劃分，明確時間斷限，而後將各代表人物列居其中，便構成二十世紀詞學傳承圖（見下圖）。

第一代	朱孝臧　王鵬運　文廷式　鄭文焯　況周頤
第二代	王國維　劉毓盤　冒廣生　張爾田　夏敬觀　吳眉孫　葉恭綽　吳　梅　胡　適　劉永濟　蔡嵩雲
第三代	夏承燾　顧　隨　趙尊嶽　張伯駒　沈軼劉　馮沅君　唐圭璋　龍榆生　詹安泰　繆　鉞　宛敏灝
	施蟄存　胡雲翼　吳世昌　錢仲聯　神田喜一郎　沈祖棻　盛　配　萬雲駿　吳則虞　黃墨谷　饒宗頤
第四代	邱世友　劉逸生　羅慷烈　陳邦炎　霍松林　顧易生　馬興榮　劉若愚　徐培均　村上哲見　劉乃昌
	葉嘉瑩　陶爾夫　錢鴻瑛　黃拔荊　邱燮友　王水照　嚴迪昌　高友工　吳熊和　（暫缺）　謝桃坊
第五代	

傳承圖所開列，計作者五十九名。包括中國大陸、香港、臺灣作者、旅居北美的華人作者以及日本二位詞學家。第五代暫未具名。

二　歷史的位置與職責

以上説史識，如用四個字加以概括，就是分期、分類。這是第一個問題。第二個問題，説史迹。主要説二十世紀五代詞學傳人，看看他們在詞學發展史上，各自占居何等位置，承擔何種職責。具體地講，即看其於所處年代，對於二十世紀的詞與詞學以及詞學與詞學學，究竟有何建樹。

詞與詞學以及詞學與詞學學。三個關鍵詞：詞、詞學、詞學學。這是我們的研究對象。這裏，著重説詞與詞學問題。詞學與詞學學，留待下文另行加以説明。

詞，就是填詞，指作品自身。而對於詞的觀念，包括認識與説明，則屬於詞學的範圍。詞學史上，最爲重要的問題，究竟是什麽呢？就是對於詞體的論定。看看我們現在所説的詞，究竟是個什麽物事。

中國填詞史上，第一位專業作家是温庭筠。《舊唐書·温庭筠傳》謂其「能逐弦吹之音，爲側艷之詞」。《舊唐書》是五代人修纂的，兩句話代表五代人的觀念。五代人對於詞究竟是怎麽看待的呢？很簡單，就是兩句話：既認同其爲聲學，亦認同其爲艷科。這是一個問題的兩個方面。非常明顯，側，就是不正，或者偏。比如，正門以外，還有側門和偏門。温庭筠的詞，被稱爲側艷，説明並非正艷。孔夫子主張「思無邪」，用他的觀點看，確實是偏了一點。是不是我們現在所説的邪艷、妖艷呢？有一點點這個意思，又不完全一樣。那麽，真正的艷又是怎麽個樣子呢？「花間」十八名作者之一歐陽炯撰寫《花間集叙》，開篇二句即云：「鏤玉雕瓊，擬化工而迥巧；裁花剪葉，奪春艷以争鮮。」兩句話既概括花間集所有内容，也爲詞爲艷科之所謂「艷」正名。其曰「奪春艷以争鮮」，明白指出，他所説的「艷」是春天的艷。春天的艷有什麽特點呢？鮮艷。像春天一樣鮮艷好不好呢？好的。那就太好了，太美了。這就是花間詞。所以説，一部《花間集》，它所呈現的就是一艷字。這是鮮艷的艷，既包括温庭筠的側艷，又不完全等同於側艷。這是問題的一個方面。另一方面，對於聲學，又當如何論定呢？《舊唐書》的兩句話，同樣爲此提供答案。即其所謂「逐」與「爲」者，已爲温庭筠之如何以文辭的詞，追逐樂曲的音，作了明確的表述。文辭的詞，就是語言文字的字，或者詞彙。温庭筠以之追逐弦吹之音，即將音樂轉移到語言文字。令聲律與音律聯繫在一起。或者説，由音律過渡到聲律②。這就是詞爲聲學的全部内容。兩個方面合在一起，艷科和聲學，就是完整的詞學。這是對於詞與詞學的最初認識，也就是本來面目。

上述所提出觀念，詞爲聲學以及詞爲艷科，聲學與艷科並重。就今天的立場上看，這一觀念，既是立論的前提，也是判斷是否獲得真傳的重要依據。兩個方面，何者爲輕，何者爲重，表現在認識上以及具體的創作和研究的實踐過程，向來存在著較大的差距，但這一問題，卻是歷代倚聲家所共同關注的問題。進入二十世紀，亦復如此。

依據我對於詞體的把握以及有關千年詞史、百年詞學史的初步認識，對於二十世紀詞學傳人在詞學史上的位置及職責，且作描述如下：

第一代，出生於一八五五年（清咸豐五年）以後。代表人物，包括王鵬運、文廷式、鄭文焯、朱祖謀、況周頤。五位作者，合稱清季五大詞人。就「新」與「舊」的劃分講，仍屬於「舊」的那一邊。其中，朱祖謀乃核心人物。論者謂其「集清季詞學之大成」，「爲詞學之一大結穴」（葉恭綽《廣篋中詞》），可作定論，但未見相關論述。如從聲學與艷科的立場看，所謂集大成及結穴，應當就是重、拙、大三個字。這是五人治詞的共同目標。那麽，對於重、拙、大，究竟應當怎樣加以詮釋呢？我在《中國詞學文化學的奠基人——民國四大詞人之四：詹安泰（四）》一文，曾探討過這一問題。我以爲：重、拙、大，或者輕、巧、小，都是一個整體，不能將其分割開來，逐一進行評判。如追溯其淵源，可以這麽説，李清照所説典重與情致，是重拙大；張炎所説騷雅與清空，是重拙大；周濟所説渾化或渾厚，是重拙大。反之，就是輕巧小。這也就是説，重、拙、大三個字，其實衹是講了一個意思。由此，亦可證實，五大詞人對於詞體的認識，尚未曾有所偏廢。其職責在於秉承復興詞業的宗旨，試圖將詞提高到與詩同等的位置之上，仍偏向於繼往。

第二代，出生於一八七五年（清光緒元年）以後。上述傳承圖列舉十一名，包括王國維、胡適以及吴梅、劉永濟諸輩。這是過渡的一代。由「舊」到「新」的過渡。説得時髦一點，就是由古典向現代化的推進。其間，王國維發表《人間詞話》，倡導境界説，爲新詞學之一重大標志。所謂「詞以境界爲最上」，既將詞劃分爲兩個類别，最上和最下，其對於聲學與艷科的理解，亦有所偏重。胡適提倡「詩人的詞」，主張用詞體作新詩（《詞選序》），更將聲學排在次要位置。王國維與胡適，偏重意境，偏重思想内容，即偏重豔科，在一定程度上，其對於詞體的認識，已向左傾斜。而吴梅仍堅持傳統詞學本色論。聲學與艷科並重。其於强調發意的同時，兼顧用字。既求其高，亦講究其協。他將沈義父《樂府指迷》中的四句話，即：「音律欲其協，不協，則成長短之詩。下字欲其雅，不雅，則近乎纏令之體。用字不可太露，露，則直突而無深長之味。發意不可太高，高，則狂怪而失柔婉之意。」推尊爲詞學之指南（吴梅《詞學通論》）。總的看來，這一代，「新」與「舊」交匯在一起。所謂過渡，或者説，由古典向現代化的推進，雖已起步，但傳統的勢力仍然深深地植根於整個詞學園地。

第三代，出生於一八九五年（清光緒二十一年）以後。百年詞業之中堅力量。代表作者，二十二人。這一代，處於百年詞學的創造期。這是出大師的年代。其職責，主要是對於詞學觀念以及詞學批評模式的修正與改造。相關業績，主要體現在民國四大詞人身上。民國四大詞人——夏承燾、唐圭璋、龍榆生、詹安泰，出生於庚子年間，與世紀同齡。並於二十世紀三十年代，先後登上詞壇，代表二十世紀詞學研究的總成就。四大詞人之首夏承燾，世稱一代詞宗，亦一代詞的綜合。在詞的創作、詞學考訂以及詞學論述幾個方面，皆建造卓著業績。二十世紀，講詞與詞學，夏承燾一個人全都可以包括。其餘三位，唐圭璋、龍榆生、詹安泰，則於中國詞學文獻學、中國詞學學以及中國詞學文化學幾個方面，均具開創之功，爲百年詞業建設，發揮奠基作用。以四大詞人爲中心，這一代倚聲家，已突破「新」與「舊」的種種局限，爲中華詞學創造了一代輝煌。其間，兩位領袖人物，夏承燾與施蟄存，夏氏的地位，早已確定，而施氏則未也。但作爲詞學的傳人，施蟄存繼龍榆生之後，創辦《詞學》刊物，並主持全國規模的詞學討論會，於詞學蜕變期，發揮特殊的組織、領導作用。所謂挽狂瀾於既倒，扶大廈之將傾，詞界應不會忘記。這是須要特别加以説明的。

第四代，一九一五年以後。百年詞學發展的第二次過渡。代表作者，也是二十二人。和第一次過渡相比較，第二次過渡究竟有何特别之處？我在《百年詞學通論》一文曾指出：第一次過渡，是傳統文化的現代化；第二次過渡，是現代文化的傳統化。取向各不相同。這是一種總體描述。必欲落到實處，似乎亦非易事。比如，第一次過渡，王國維將西方哲思中國化，可以落實到叔本華的「欲」，謂將其引進，放入一定的疆界，將其中國化，令成爲意境。這是構建境界説之一重要步驟。但第二次過渡，儘管亦講引進，什麽符號學、闡釋學，卻很難找到具體的例證。大多衹是聞其聲，而未見其影。這是就中西文化大背景所進行的觀察。如果將著眼點，集中在對於詞體的認識上，這一代作者，對於百年詞學的發展演變，其所謂過渡，應當還包含由正到變的轉換。這就是説，百年詞學之由第三代傳到第四代，其對於聲學與艷科的把握，已出現偏頗。在詞的創作、詞學考訂以及詞學論述三個方面，這一代作者，較爲突出的貢獻，主要是詞學考訂。進入詞學蜕變期，由於觀念之誤以及文風之誤，其相關論述，大多停留在詞體的外部，尤其是對於豪放、婉約「二分法」的推廣及流行，這一代作者，負有一定歷史責任。這一點，在許多問題上，可由第五代作者爲提供例證。兩位領袖人物，邱世友和葉嘉瑩，著力於論述與評賞。過渡期間，其正和變，導向並不完全一致，讀者宜細察之。

第五代，一九三五年以後。其代表作者及座次，以上傳承圖未作編排。這一代作者，崛起於二十世紀之最後二十年。是共和國自己培養的一代。依據對於之前幾代作者所作論定，這應當是出大師的一代。不過，我在《百年詞學通論》中曾提出：「在一定程度上講，因先天不足，後天補救不得力，或者不得法，這一代，也可能讓人感到失望，或者困惑。既是大有作爲的一代，亦可能是垮掉的一代。」先天不足，指的是師承問題。後天補救，主要是觀念問題和文風問題。有關種種，留待新一代作者給予論定。

以上是我對於二十世紀五代詞學傳人有關詞學史位置及職責的初步描述。説得貼近一些，我和劉敬圻教授都屬於第五代。陶爾夫教授屬於第四代，葉嘉瑩教授也是第四代。我的老師夏承燾、吴世昌教授是第三代。這是二十世紀的事情。至胡元翎教授，則已經是二十一世紀的第一代。這是一九五五年以後出生的作者。這一代，就是新世紀的王（鵬運）、文（廷式）、鄭（文焯）、朱（祖謀）、況（周頤）。二十一世紀的第二代，一九七五年以後出生。在座的可能都是這一代。即時下所説七零後和八零後。至於一九九五年，此後所出生，乃屬於二十一世紀的第三代。這將又是出大師的一代。希望大家一起努力。

三　詞學觀念與方法問題

詞學觀念，指的是對於詞體的認識，包括對於聲學與艷科的把握。方法問題，指的是一種入門的途徑，有關詞學真傳的入門途徑。二者所涉及範圍都較爲廣泛，内容也較爲抽象，頗難在一次講話中説得明白、説得透徹。這裏，擬就以下三個問題，試加探測，看看對於觀念與方法，能否得以較爲切實的瞭解。

（一）關於二十世紀詞學傳承圖問題

上文所説分期、分類，從觀念上看，是識見的一種體現；而就方法論，則爲一種具體的時間斷限。二十世紀詞學傳承圖，五代傳人，其起始年份斷自一八五五年（清咸豐五年）。乃以生年計，而非卒年。這是一條重要的斷限原則。唐圭璋編纂《全宋詞》，其所立條例云：「凡宋亡時年滿二十者，俱以爲宋人；僅入元仕爲高官如趙孟頫等者除外。」③這是易代之際的朝代斷限。於條例之内，亦以生年計算。時賢論説詞學現代化進程，或以一九三一年爲分界綫。即於此前及此後，將中國詞學劃分爲古典時期和現代時期兩個片段。其依據是，這一年，朱祖謀離世。朱祖謀之作爲過去一個時代的集大成者，他的離世，代表一個時代的終結，似亦言之成理。然以之作爲另一時代的開始，卻難以自圓其説。因朱祖謀離世，終年七十四。如再活十年、二十年，不過纔八十、九十。但中國詞學的現代化進程，能不能因爲朱祖謀仍健在，而推後一二十年呢？相比之下，兩種斷限方法，應當還是以生年爲妥。這是有關時間斷限的確立問題。

時間斷限確立之後，五代傳人當中，五十九名作者的劃分與排列，同樣也是識見的一種體現。用現代的話語講，就是一種觀念的體現。因此，在具體操作上，我不取「點將録」的序列方法，以之比附於天罡、地煞星座，而用籃球隊與足球隊的組合方式，對其加以編排。這一抉擇，不取，而用，是經過一番考量的。近代以來，汪辟疆、錢仲聯諸輩，均有「點將録」之作，朱祖謀亦以覺諦山人名義，撰著《清詞壇點將録》，但因時過境遷，在目前情況下，後之效顰者，似當亦有難處。此事，錢仲聯生前曾説及。我在《百年詞學通論》中，也已作了交待。二十世紀詞學傳承圖，依籃球隊與足球隊的組合方式，編排座次。第一代，五名作者。一支籃球隊。隊長朱祖謀。第二代，十一名作者。一支足球隊。隊長是王國維。第三代，二十二名作者。兩支足球隊，甲隊和乙隊。甲隊隊長夏承燾，乙隊隊長施蟄存。第四代，二十二名作者。兩支足球隊，甲隊和乙隊。甲隊隊長邱世友，乙隊隊長葉嘉瑩。第五代，暫未編排。圖中作者，稱詞學傳人，不稱詞學大師，亦不稱詞人，這是對於單個作者的歷史定位。每一代的領銜作者稱隊長，乃每一代的標志人物。

傳承圖的製作，和「點將録」一樣，儘管也是一種遊戲筆墨（錢仲聯語），未必當真，卻並非信口開河，喜歡誰就擡舉誰。正如詞界某友好所説，各人有各人心目中的隊長，無論採用什麼方式及方法，對於相關人和事進行劃分與判斷，都必須獲得認同，經得起檢驗。

（二）關於從詩歌到哲學的提升問題

在關於二十世紀詞學傳人歷史位置及職責的描述中，説及詞與詞學問題，詞學與詞學學，還來不及加以説明。詞與詞學，包括兩個方面，學詞與詞學，也就是做與説的問題。單就詞而論，指的是詞的文本，或者文本的提供。籠統地説，就是詞的創作。單就詞學講，指的是對於詞的文本的研究，也就是詞的創作的研究。籠統地説，就是詞學論述。而詞學與詞學學，於「學」之上再加個「學」，説明是一種研究之研究。亦即詞學之學。民國四大詞人之一龍榆生，二十世紀三十年代發表《研究詞學之商榷》一文，爲填詞及詞學確立義界，並爲詞學專門學科的創設開列事項。填詞及詞學，也就是學詞與詞學。前者屬於做，後者是說。胡雲翼將二者分割開來，謂衹要詞學而不要學詞（填詞）；龍榆生兼顧二者，做與說並重，學詞與詞學同等看待。龍榆生並具十分明確的學科意識。他將前輩治詞業績，歸納爲五事：圖譜之學、詞樂之學、詞韻之學、詞史之學、校勘之學。並在這一基礎之上，增添三事，曰：聲調之學、批評之學、目録之學，合爲詞學八事。我在《百年詞學通論》一文中指出：經過龍榆生的總結歸納，原來零零散散的信息，便成爲有系統的專門之學。這就是説，在中國倚聲填詞的發展歷史上，詞學之獨立成科，乃始自龍榆生。此後，趙尊嶽叙説詞中六藝，將龍榆生的八事，歸結爲六事，唐圭璋列述歷代詞學，又將八事增添爲十事，所謂詞學，其基礎即更加堅實。就哲學的意義上講，這是從「多」到「一」的歸納與提升；而就詞學自身的發展、演變看，這是自覺學科意識的一種體現④。在民國四大詞人中，我將其推尊爲中國詞學學的奠基人，主要依據就在於此。

二十世紀詞學，尤其是進入蜕變期的詞學，我説誤區，所謂觀念之誤以及學風之誤，如從詞與詞學的層面講，似應包括由説與做所引申的兩種狀況，衹説不做，或者衹做不説兩種狀況；而從詞學與詞學學的層面講，則應包括有詞無學及有學無詞兩種狀況。相關狀況，體現在學科建設上，就是一種盲目的行爲。見到什麼做什麼，没有一個明確的目標，難以構成系列，或者體系。體現於方法論，則往往表現爲一種數量的堆砌。比如，對於某個朝代或者某個時期相關人和事的評論，衹是作平面的描述，包括生平事迹介紹、主要著作介紹，而未作縱深的探究，没有一個明確的判斷。兩個方面的體現，學科建設上的問題以及方法論的問題，用一句較爲普通的哲學話語講，就是一種「多」的堆砌，没有「一」的歸納與提升。

吴宓説，他要將平生經驗教給學生。他的經驗，就是這種歸納和提升。從「多」到「一」的歸納和提升。吴宓稱之爲從詩歌到哲學的提升。研究詞學，作爲一代詞學傳人，同樣應當承擔起這一責任。

（三）關於讀書閱人問題

二十世紀詞學，五代傳人，代表五個不同的年代或者輩分。相關人物，尤其是第四代的大部分，以及第三代的個别作者，至今仍健在。給予論定，似乎不太方便。不過，就時間推移看，千年詞業，到二十世紀，已告一段落；二十世紀的詞學傳人，從第一代到第五代，其開始與終結，也已構成一完整過程。這也就是説，隨著時間推移，相關人物之所屬世代或者輩分，實際已經終結。在這一意義上講，可以説，時代的棺已蓋上，論定的條件具備。這應當也是本文立論的依據。

中華詞學，千秋功業，並非任何一代，包括二十世紀的五代，可以完成。進入新世紀，所謂論定，既是經驗總結，也是學術上的承接。上文所列舉，分期、分類以及從詩歌到哲學的提升，兩條經驗，對於體現識見，進行形上之思，相信仍可以爲借鏡。

我在《新四家詞説》的視頻演講中，第一句話即指出：思想不能複製，經驗可以複製。以下謹以個人的兩條意見，爲複製經驗提供參考，並爲本文作結。

第一，回歸文本，認認真真，從學詞開始。

回歸文本，讀原料書，這是吴世昌先生所提出的。二十世紀四十年代，在《論詞的讀法》中，吴世昌説：「讀書的最徹底辦法是讀原料書，直接與作者交涉。最好少讀或不讀選集和别人對於某集的討論之類。」謂，唯有如此，纔不至於上當受騙。祇有回歸文本，用死功夫，自己去摸索，非待人嚼飯而哺，纔能嘗到真實滋味，因而，也纔能登堂入室。

第二，讀書閲人，通過具代表性的人物，展示詞學入門途徑。

我説民國四大詞人，就詞學研究領域看，四大詞人，代表百年詞學的最高成就，是二十世紀的四部大書。四部大書，逐一披覽，展現領域，進入其世界，方纔有希望，再創一代輝煌。中國當代詞學的三大塊，創作一塊，可暫且擱置勿論，誤不誤，就看考訂和論述。考訂不必多説，比如詞籍整理、詞學資料校核及彙編，等等，較少有所謂誤不誤問題，也擱置一邊。我所説誤區，主要指詞學論述，有時候，作品鑒賞也包括在內。《百年詞學通論》中，我説誤區之誤，曾爲揭示兩個方面的表現：觀念之誤與門徑之誤以及文風之誤與學風之誤。觀念與門徑之誤，指的是對於詞體認識所出現的偏差以及方法上的失誤。比如，衹是將歌詞當豔科看待，忽略聲學。並且，對於相關問題的處理，亦未能得其要領。而文風與學風之誤，是個態度問題。一般所見，比如避難就易，衹是於詞體的外部用工夫，未作深入細緻探研，等等。具體事例，文中已爲舉證，此不贅述。誤區的出現，誤人誤己。

二十世紀詞學傳人，我將其劃分爲五代。其中第三代，出生於一八九五年以後，生當世紀詞學的創作期，爲世紀詞學的中堅力量，曾爲中華詞學創作一代輝煌。於第三代的稍前及稍後，世紀詞學出現兩次過渡。第一次，由古到今的過渡；第二次，由正到變的過渡。中華詞學的現代化進程，從第二代開始；世紀詞學的蜕變，從第四代開始。誤區的出現，與第四代的誤導，頗有牽連；在一定程度上講，第五代的推波助瀾，也擺脱不了干係。

傳承上的問題，迷途知返，新世紀的第一代、第二代，一九五五年以後及一九七五年以後出生的新一代傳人，生當這麽一個時代，究竟應當如何抉擇？從整體上講，應當跨越第五代、第四代，直接第三代；從個體上講，應當返回民國四大詞人，夏承燾、唐圭璋、龍榆生和詹安泰，承接他們的事業，進一步加以發揚光大。中華填詞與詞學之有無未來，就看新一代的王

（鵬運）、文（廷式）、鄭（文焯）、朱（祖謀）、況（周頤）以及夏（承燾）、唐（圭璋）、龍（榆生）、詹（安泰）。這是我的個人意見，不妥之處，敬請批評指正。

第三節　立足文本，走出誤區

——新世紀詞學研究之我見

新世紀相對於舊世紀，兩個不同時段的詞學研究，舊世紀已於一九九五年完成其歷史使命，新世紀自一九九五年至今，仍然處於開拓階段。本文以三個時期，兩次過渡，對於舊世紀詞學作一個概括描述，而以否定之否定，展示新世紀詞學的走向。以爲：新世紀詞學祇有糾正舊世紀詞學的失誤，實現由變到正的轉換，纔能走上繼續發展的道路。因爲舊世紀詞學，從開拓期、創造期到蛻變期，三個時期的發展、變化，既經歷由古到今的過渡，又經歷由正到變的過渡。舊世紀詞學的蛻變，乃時代風氣之使然，亦詞學與學詞分離的結果。要詞學而不要學詞，離開文本，好爲空論，足足貽誤了兩代人。所謂否定之否定，處於新的開拓期的新世紀詞學，應當牢牢記取這一教訓。

有關詞學研究問題，於新舊世紀之交，本人已有一系列文章表達觀感。但這一問題，各有所見，各有堅持，仍非幾篇文章能够説得清楚，並讓别人認同自己的看法。因借助A君和B君於濠上對談，再次申述自己的見解，以供討論與批判。

一 詞學觀念問題

A：新世紀的詞學研究，從一九九五年算起，至今已經歷十七個年頭。依據你在《百年詞學通論》中的論述，這應是新世紀的另一個開拓期。這一時期，隨著二十世紀詞學蜕變的終結，五代傳人的歷史使命已經完成；新世紀，新的開拓期，新一代王（鵬運）、文（廷式）、鄭（文焯）、朱（祖謀）、況（周頤），相繼登場。以你之見，新與舊相比較，不知應如何評判？

B：就歷史發展進程看，二十世紀詞學，由晚清而民國，由民國而共和，統共經歷三個時期，兩次過渡。三個時期，分别是開拓期、創造期及蜕變期；兩次過渡，包括由古到今的過渡以及由正到變的過渡。進入新世紀所面臨的問題，首先應當是，如何由變到正的過渡問題。在很大程度上講，這一過渡，就是對於舊世紀詞學蜕變的反動，或者説一種否定之否定。把握新世紀詞學研究路向，似應著眼於此。

A：對於二十世紀詞學，你以三個時期，兩次過渡，進行歸納與總結。其中，所謂古與今、正與變，乃至肯定與否定，説明對於歷史，對於以往的人和事，必須持分析的態度。否則，祇是往好的一個方面聯想，以爲開拓、發展，接下來必定是昌盛、繁榮，這就可能產生誤導。有褒、有貶，既説好聽的話，又説不好聽的話，纔能明白真相。爲此，很想聽聽你的不同意見。

B：正面和反面，事物存在的必然體現。詞學也不例外。三個時期，兩次過渡，既有推動詞學發展的一面，又有阻礙詞學發展的另一面。比如，第一次過渡，由古到今的過渡。這是中國詞學現代化進程的開始。代表人物，王國維；時間，一九〇八年至一九一九年。由於這次過渡，二十世紀詞學方纔從開拓期進入創造期，爲中國詞學創造一代輝煌。在這一意義上講，創造期的詞學是詞學現代化進程中的正。代表人物，民國四大詞人——夏承燾、唐圭璋、龍榆生、詹安泰；時間，自二十年代至四十年代。之後，由正到變，就是第二次過渡。代表人物，第四代的詞學傳人；時間，一九四九年以後。經此過渡，加上第五代的推波助瀾，至一九九五年，這是蜕變期的詞學。從整體上看，三個時期的發展、變化，開拓、創造之後，並非昌盛與繁榮，而乃詞學的蜕變。這是詞學現代化進程中的變，是對於創造期的否定。所以，新世紀的詞學，就當將此翻轉過來，進行由變到正的過渡。這就是我所説的反動，或者否定之否定。

A：從新舊世紀詞學發展的大背景看，舊世紀是新世紀的一面鏡子；而從具體的課題看，過去的人和事，對於今日的詞學研究，應當也有可參照之處。正如孔夫子所説，「温故而知新，可以爲師矣」（《論語・爲政》），有志於此道者，不知應當如何從中獲取經驗與教訓？

B：二十世紀五代詞學傳人，在三個時期所處位置不同，所發揮的作用也不一樣。不過，就他們所做的事情看，總括起來無非兩個方面，學詞與詞學或者填詞與詞學。這是二十世紀三十年代胡雲翼和龍榆生所作的論斷。就研究對象而言，兩人説法，大致與事實相合，但其對於學詞與詞學或者填詞與詞學兩個方面所採取的態度，卻各不相同。因而，其所産生結果，也不一樣。胡雲翼説學詞與詞學，將二者區分開來，明白宣稱，要「詞學」，不要「學詞」；龍榆生説填詞與詞學，二者並重，既要詞學，也要填詞。兩人的説法，或分或合，態度各異。在詞學創造期，均未見有何影響，及至蜕變期，情況纔發生變化。一方面，龍榆生的説法，甚少有人提及，其對於詞學的發展，仍未見有何推進作用；另一方面，胡雲翼的説法，隨著他所編纂《宋詞選》的出版，越行越遠，足足影響了兩代人，第四代和第五代。二十世紀詞學的蜕變，與胡雲翼的説法，頗有牽連。因此，所謂温故而知新，這是今日從事詞學研究所當特別記取的。

二　詞學文本問題

A：上文所説龍榆生對於填詞與詞學的論斷，見《研究詞學之商榷》。文載《詞學季刊》

第一卷第四號(一九三四年四月出版)。其曰:

取唐、宋以來之燕樂雜曲,依其節拍而實之以文字,謂之「填詞」。推求各曲調表情之緩急悲歡,與詞體之淵源流變,乃至各作者利病得失之所由,謂之「詞學」。

在這篇文章中,龍榆生既對填詞與詞學作了明晰的界定,並且提出詞學八事,對詞學研究進一步加以規劃。此後,唐圭璋的十事以及趙尊嶽的六事,或增或減,皆未曾超出龍榆生的範圍。在相關文章中,你將諸前輩所説,概括爲三事:詞的創作,詞的考訂以及詞的論述。所謂「禦繁以簡,常得無事」(沈約《宋書·江秉之傳》),若依此部署,事情似乎好辦得多,但不知應當如何著手?

B:中國填詞之作爲衆多文體中的一體,相關研究,首先必須接觸到文本問題。這是研究的對象。以此衡之,我所説詞學三事,實際上衹是二事。即文本與文本的説明。但文本有二,古之文本以外,仍包括今之文本。因而,如從這一角度看,文本與文本的説明,仍然是三件事:今之文本的創造與提供,古、今文本的考訂以及説明。三件事合而觀之,就是龍榆生所説填詞與詞學。這一問題,説得淺白一些就是,研究詞學的人,必須能説能做;能説能做,方纔稱得上倚聲填詞的當行作家。事情就這麼簡單，不過，實現這一目標，並非易事。

A：照理説，能説詞也能填詞，應當並不是一件難事。過去一個世紀，五代傳人中的第一代、第二代，都未見所謂衹説不做的倚聲家（舊時，填詞稱倚聲，並無專門的詞學家之稱）。至第三代，胡雲翼將學詞與詞學分隔開來，提出要「詞學」，不要「學詞」，當時没有人受其影響。五十年代以後，詞學蜕變，某些詞學家，以胡雲翼爲標榜，衹説不做問題方纔產生效用。衹説不做，面對詞界所出現種種現象，一位老前輩如是説：「聲家不會倚聲，爲天下奇談。」但見怪不怪，偶然的事情已成爲必然。進入新世紀，新的一代似乎較難解除因爲衹説不做所產生的困惑。

B：説與做，二者得以兼顧，自然較爲理想。從民國到共和，能説能做，能研究、能創作的人士，亦並非絶無僅有。例如，上述民國四大詞人夏、唐、龍、詹，以及共和國四大詞壇飛將——繆鉞、吴世昌、萬雲駿、黄墨谷，在研究與創作兩個方面，都留下傳世文本。除此以外，有關歌詞作者，分佈於社會的各個階層，從事各種行業，爲時、爲事，倚聲填詞，亦有大量提供。就眼下情勢看，對於説與做，似乎都不應説得過於絶對。也就是説，説與做，其對象儘管同樣都是詞，但二者畢竟有所區別。既未必能説就能做，亦未必能做就能説。而且，即使能做也能説，當未必就佳；而能説不能做，亦未必就不佳。能説能做，有關詞的研究可能做得更好一些；但不一定非得等到能够填詞，纔能參與詞的研究。今日重提這一話題，衹是希望後來者有所警覺，而不至重蹈故轍，即上一代之所謂「先天不足，後天補救不得力」者也。

A：看起來，所謂先天與後天，足與不足，如從學詞與詞學或者填詞與詞學的立場看，關鍵問題應當是做的問題，也就是對於創作的態度問題。這一問題，既影響今之文本的提供，亦影響對於古之文本的説明。最近一段時間，學界對此亦頗爲關注。新文學界一位學者提出舊體詩詞研究中的實證精神，主張從詩詞名家個案、詩詞流派社團以及詩詞編年做起，爲宏觀研究提供依托（李遇春《二十世紀舊體詩詞研究亟需實證精神》。文載湘潭《中國韻文學刊》二〇一一年第三期）。舊文學界一位學者依據總集、别集的歸類，對百年詞的經眼文獻，加以梳理及評判，謂「文獻是理論建構之基石」，相關工作做比不做好，早做比晚做好（馬大勇《近百年詞經眼文獻概説》。文載《新文學評論》二〇一二年第二期）。二位學者所説，基本上是一種文本的叙述。相信對於後天的補救，有一定助益。對於這一問題，你曾有過觀察與實驗。有一回接受訪問，你説：没有文本的基礎，衹是論述，非常危險。如果一輩子都做論述，就更加危險。並説：在自己的述作中，《當代詞綜》比《詞與音樂關係研究》，似乎更顯得重要。希望説一説你的體驗。

B：文本問題，創作是關鍵。有位朋友問我，不會創作怎麽辦？要不要也試著寫詩填詞。我勸這位朋友不用試，安心做自己的教授好啦。因爲這位朋友，已經十分專注地做了幾十年的學問。我説：學會寫詩填詞，固然可爲提供研究的對象，亦有助於領會詩詞的聲情與辭情，有助於評賞與研究，而就目前狀況看，寫詩填詞的人幾乎比閱讀詩詞的人來得多，似不宜大力提倡爲好。目前詩詞創作隊伍，魚龍混雜；詩詞作品，泥沙俱下。即使學會寫詩填詞，一年一本小册子，所拿出來的，也不一定就是合格的詩詞作品。目前狀況，關鍵在於學會分辨好與壞，懂得鑒别高下優劣。不會寫詩填詞，誰也不敢説你不會，不必要跟著製造文化垃圾。這是我對於今之文本所作評估。正如有學者所提倡，邊做文獻（文本），邊做理論歸納。不必等待文獻齊全，纔作「通論性質的、文學史性質的」宏觀描述。我贊同這一意見。

三　詞學論述問題

A：一九九八年十一月，浙江海甯舉辦「紀念吴世昌先生誕辰九十周年暨學術思想研討會」。你提交論文，題稱：《走出誤區——吴世昌與詞體結構論》。第一次提出詞學誤區問題。二〇〇六年一月，你在上海《詞學》發表《倚聲與倚聲之學》一文，指出：「二十世紀後半葉，進入蜕變期的中國詞學，基本上處在誤區當中，混沌未鑿；大量著述，究竟在門内或者在門外，有用或者無用，似乎都須要冷静地進行一番檢討。」對於蜕變期的詞學，作了概括的描述。以爲處在誤區當中，其所謂誤者，既有失誤的意思，也包括誤導，或者貽誤。你對於這一時期的詞學論述，並不看好。二〇〇九年三月，你在北京《文學評論》發表《百年詞學通論》一文，評説誤區，指出兩個方面的失誤。觀念之誤與門徑之誤以及文風之誤與學風之誤。十幾年來，一而再，再而三，力圖爲新世紀詞學點化「死穴」、尋求「生機」，用心良苦。當下詞界，不知應如何面對？

B：我所説兩個方面的失誤，觀念與門徑，屬於立場問題；文風與學風，屬於態度問題。立場有問題，理解出偏差；態度有問題，説法靠不住。指的都是對於文本的把握問題。就目前看，相關問題實際並未解決。例如觀念與門徑問題，這是對於詞體本身的認識問題。是將詞當聲學看待，還是當豔科看待？這是一個問題的兩個方面。在這一問題上，立場之所謂失誤者，就在於認識上的偏廢。衹是看到其作爲豔科的一面，忽視作爲聲學的另一面。或者説衹重側豔之詞，忽略弦吹之音。由於理解上的偏差，反映到論述，必然出現衹是在題材上做文章，不重表現形式一類現象。亦即忽略與音樂相關的格式問題，忽略歌詞的作法。衹是在外部進行評賞，從一座小山到另一座小山，未能真正接觸到本體。這是立場上的失誤。另一方面，態度方面的失誤，主要表現爲從本本到本本，人云亦云，不斷徵引。但所謂本本，非作品文本，而乃詩話，或者詞話之本本。這一做法，和新文學界有關學者所説某些裝腔作勢的宏文做法差不多，乃假作真時真亦假，都是大革命時期假、大、空的騙人伎倆（參見李遇春《二十世紀舊體詩詞研究亟需實證精神》)。對此,目前學界,似已引起注意。新世紀詞學之所謂否定之否定,似當於此取得突破。

A: 就文本與文本的說明看,詞學論述就是對於文本的說明,包括研究與評賞。而就立場、態度看,蛻變期所出現失誤,研究與評賞都不能免。大致講,研究中的失誤,主要是空論,從本本到本本的空論。由於各有所本,也就各不相讓。因而出現兩種情形:跟隨與不跟隨。跟隨者也,唯本本是依,有個公式大家用,比如豪放、婉約「二分法」;不跟隨者也,自以爲是,自說自話,看誰會寫文章,公式套用得好。而其結果是,所有的論述都派不上用場。寫了等於白寫,說了等於白說。大家互不相干,都當看不見。尤其是今之本本,即使被用作爲參考文獻,或者引用書目,也是做個樣子,壓根兒就不關自己著述的事。不需要任何參考,照樣著書立說。大家都自食其果。這就是說,大量著述,都不會有人細心地加以閱讀和保存。至於評賞,和新文學界一樣,同有「標題黨」的嫌疑。例如,愛國主義、人民性,還有豪放與婉約,等等。不管合適不合適,妥貼不妥貼,標貼上去再說。新文學界學者揭示這麽一個事例:對於某一首詩詞作品的把玩,衹是把老祖宗留下的古典詩學概念玩弄於股掌之間,如什麽清新俊逸,什麽婉約豪放,什麽沖淡清空之類,一律黏貼在所談論的詩詞作品上。學者稱:表面上很尊重自己的閱讀感受,且美其名曰感悟鑒賞,實際上不過是盜賣古董,變著法子拾前人的唾餘罷了(李遇春《二十世紀舊體詩詞研究亟需實證精神》)。這裏所説,是對於今之文本的評賞問題,對於古之文本,一樣亦多失誤。例如,李煜《虞美人》:

春花秋月何時了。往事知多少。小樓昨夜又東風。故國不堪回首月明中。雕闌玉砌應猶在。祇是朱顔改。問君能有幾多愁。恰似一江春水向東流。

同樣一首詞,貼上豪放與婉約兩種不同標籤,列歸《豪放詞》與《婉約詞》兩個不同的選本系列。列歸《豪放詞》者,謂之悲壯剛健;列歸《婉約詞》者,謂之淒婉感愴。這就是對於古典詩學概念的把玩。論者稱這類所謂微觀的文章和某些宏觀的文章一樣,充滿騙人的藝術。但無論宏觀或者微觀,也無論跟隨或者不跟隨,其對於本本的利用,都是一種盲目的行爲。誤區中的詞學,這一狀況不知應當如何改變?你既列舉事例,指證誤區的存在,又依循事理,提出三碑之説,這對於蜕變期諸多失誤的補救,有何實際效用?

B:「詩可以興。」古訓如此,似未當質疑。諸如感發聯想,從一座小山到另一座小山,亦皆持之有故。無論研究,或者評賞,道理都一樣。祇是憑藉不同而已。一般講,兩種辦法:或者依靠感悟,或者依靠本本?傳統的本色論,祇可意會,不可言傳,靠的是一個悟字;不讀作品，不會創作，不知道怎麼去領悟，就祇好依賴於本本。論述詩詞文本的本本。大家都這麼做，都這麼説，也就構成一種盲目的行爲。我説本色論，將其作爲詞學史上第一座里程標志，著重説明這一個悟字。以爲，所悟者爲何，必須説得出來。這一問題，既非常抽象，又不怎麼抽象。我用四個字——似與非似，加以概括。既是追尋的目標，又是達至目標的方法與方式。這是古典式的一種批評模式。步入現代社會，對於詞體的認識，既須入乎其内以體驗其生氣，又須出乎其外以領略其高致。我説境界説，將其作爲詞學史上第二座里程標志，著重説明一個言字。以爲，言有盡而意無窮，説的是一種空間以及這一空間的容量問題。這就是王國維所説境界。其長、寬、高，可以現代科學方法加以測量，可以現代科學語言加以表述。其作爲一種批評模式，我以四個字——有與無有，加以歸納。即有境界的詞，爲最上的詞，無境界的詞，爲最下的詞。中國詞學的現代化進程，由此開始。至於新變詞體結構論，乃由吴世昌的結構分析法推演而成。我將其作爲詞學史上第三座里程標志。著重説一個「事」字。事情的事。這是情與景之間的一個中介。我以生與無生四個字，説明情與景和中介物（事）之間的關係。情與景，兩個既互相對立，又互相依賴的單元，由於「事」的介入，經過分解或者化合，以另造新境。生，表示聯繫。有聯繫，就是生命力。這是吴世昌所理解的勾勒，也是二元對立定律在唐宋詞解讀中的運用。三座里程標志，三大理論建樹，三個批評模式。三位代表人物，各領風騷，各自占居一個歷史地段。李清照一千年，王國維一百年，吴世昌則可能是未來的一千年。對於未來，仍然充滿信心和希望。

A：誤區問題，破與立，兩個方面都一樣重要。在列述失誤、確立三碑的基礎之上，不妨進一步思考個問題。比如，蜕變期的詞學，衹説不做，好爲空論，這一風氣爲何如此盛行？「標題黨」的那一套，爲什麽這麽有市場？根源何在？新世紀詞界，有無辦法加以根治？

B：二十世紀詞學蜕變期誤區的出現，除了詞界自身存在問題，還因理論上的失誤所造成。自身問題，有些較易看明白。比如，脱離文本，缺乏實際的聲情體驗；盲目跟從，没有自覺的學科意識，等等。我曾一再加以説明，此暫勿論。有關理論上的失誤，則須從王國維説起。王國維發表《人間詞話》，倡導境界説，開創新詞學，功不可没。但所立論，於意與境之間較偏重於意，已經向左傾斜。其後，胡適、胡雲翼進一步加碼，促使其左轉，並將其推演爲風格論。這一過程，我在相關文章中，曾予揭示。兹摘録兩個片段，爲供參考。

其一云：

相對於本色論，境界説之作爲現代化的一種批評模式，已經有了更大的可操作性。這是境界説優勝於本色論的地方。但是，由於王國維學説自身所産生的誤導以及讀者理解上的問題，在很短時間內，境界説即被異化。先由境界異化爲意境，再異化爲風格論。這是由兩個方面的原因所造成的。一方面，王所説意境，在三個步驟，三個層面之間，原來就是一種過渡，其與此前之疆界以及此後之境界，並無明確分野，易於給人造成誤會；另一方面，由於大家的理解，衹到第一、第二兩個層面，未到第三層面，衹是將境界二字當名詞看待，就概念及其内涵大做文章，亦即衹是停留於境内，而未能到達境外。兩個方面，雙向進行；先天與後天，都大大加速其異化。

其二云：

二十世紀三十年代，胡適、胡雲翼相繼推演，從意境之有意與境之區别，説到男性、女性以及豪放與婉約，將境界説異化爲風格論。這就是一個典型事例。其間，前蘇聯的反映論，作爲馬列經典傳播中華，亦進一步爲境界説的異化提供理論依據。尤其是五十年代之後，反映論占居主導地位，境界説則遭到誤判，被當作推廣工具。論者説境界，多將物與我闡釋爲主客觀關係。物爲客體，我爲主體。主觀與客觀，情與景，二者互不相容。詞界講風格，不講境界，風格論被推向絶頂。以豪放、婉約「二分法」，替代三個層面的境界分析，半個世紀以來，境界説基本上都跑到哲學、美學那裏去了。

兩段話見《傳統文化的現代化與現代化的傳統文化——關於二十一世紀中國詞學學的建造問題》一文。這是二〇〇三年九月二十一日在中國社會科學院研究生院演講的文字稿。（原載《新文學》第四輯。大象出版社，二〇〇五年六月鄭州第一版。又載《葉嘉瑩教授八十華誕暨國際詞學研討會紀念文集》。南開大學出版社，二〇〇五年十二月天津第一版。）

大體上講，境界説之被異化，即被推演爲風格論，乃自胡適起，至胡雲翼基本完成。進入蜕變期，風格論一統天下，迅猛發展，直至於登峰造極。二十世紀五代詞學傳人，第四代、第五代當中，某些詞論家曾宣稱，自己是看著胡雲翼的書長大的。胡氏學説，影響深遠。餘波所及，新世紀的第一代，甚至第二代，應當仍難以倖免。因此，所謂根治者也，恐怕還得從自我的反省開始。

四　小結：但開風氣不爲師

A：二十世紀詞學，經由開拓期、創造期，以至於蜕變期，已走完自己的路程。三個時期，究竟爲後世留下些什麽呢？依據詞學三事，必當包括詞的創作、詞的考訂以及詞的論述三個項目。開拓期、創造期，偏重於前二項，創作與考訂；蛻變期偏重於後一項，詞的論述。前二項所留下文本之能否傳世，較易於預計；後一項所留下述作，其是否具永久參考價值，則較難判斷。有關詞的論述，你曾將其概括爲八大議題，曰：詞體發生、發展，詞體個性、特質，豔科與聲學以及詞樂分合、體制體式、境界創造、風格流變和詞學批評。八個方面，由於不完全是蛻變期間的產物，而且，即使是產生於蛻變期間，也未必都在誤區當中。新世紀開局，撥亂反正，是否可從中找到自己的突破口？

B：「河汾房杜有人疑，名位千秋處士卑。一事平生無齮齕，但開風氣不爲師。」這是龔自珍的一首絕句。見《己亥雜詩》。因王通事迹，而生發議論。謂名位卑微，未必培養不出聲名顯赫的學生。爲著開導風氣，無須擔心自己之是否招來非議。二十世紀五代詞學傳人，其所留下述作，或正、或變，或有用、或無用，都須經過時間的檢驗。八大議題，祇是對於討論對象及範圍的一種歸納與概括，即就議題自身而言，並無所謂誤與不誤的問題。我所説誤區，指的是述作者的失誤及因此失誤所産生的誤導。新的一代，須有所承繼，纔能有所開拓。但也不必爲尊者諱。作爲一代明主李世民，曾經説過這麽一段話：「以銅爲鑒，可以正衣冠；以人爲鑒，可以知得失；以史爲鑒，可以知興替。」（《新唐書》卷一一〇《魏徵傳》）新世紀新的一代，具有多種參照系，相信可以找到自己合適的位置。

第四節　二十一世紀詞學的「前世」與「今生」

黑格爾和馬克思都説過，巨大的歷史事變和人物，經常兩度出現。歷史上這一現象，體現在二十一世紀詞壇人物身上，既是巧合，也是一種文化上的身份認同。由「今生」追溯「前世」，以「前世」見證「今生」。牽涉到史觀、史識和方法論問題，亦牽涉到新世紀詞學開拓與創造問題。認識「前世」，將有助於詞學本體研究以及詞學傳人自身對於未來的思考。

話説「前世」與「今生」，乍一看，好像有點玄。這是港澳同胞喜歡談論的一個話題。此等事在内地也許會被看作是一種迷信活動，特别是在國家的開放、改革之前，而港澳則美其名曰：命理學。我没學過四柱、六爻，不識占卜、筮法，在此也並非宣揚之，衹是想借用這一話題，説説自己對於二十一世紀詞學的觀感。

佛家説「三生」，亦説當下。有「前生」、「今生」和「來生」。白居易《贈張處士山人》云：「世説三生如不謬，共疑巢許是前身。」俗世也講三生，比如「未卜三生願，頻添一段愁」（《紅樓夢》第一回）。許多人喜歡問前程，預測未來，而較少過問「前世」，對於「今生」，有時候反而也忽略了。現在，我嘗試由「今生」追溯「前世」，以「前世」見證「今生」，屬於一種大膽的設想，須要小心的求證。這麼做到底有没有用處，等一等再加以測試。至於未來，我對於二十一世紀中國詩歌的發展曾做過一番預測。曾指出：一九一六年，胡適發表第一首新體白話詩，宣告中國古典詩歌爲半死的文學（半死的詩詞）。這對於古典詩歌，算是給判了死刑。到了一九七六年，中國古典詩歌死而復生，重新變回一條巨龍。這是中國古典詩歌所經歷的一個甲子。一九七六年以後到二〇三六年六十年，中國古典詩歌的第二個甲子，會不會從死而復生變而爲生而復死呢？當然這個死不是説完全消滅，可能是一種重生。這是我對中國古典詩歌未來的預測，信不信就不一定了，但我是相信的。而今，二十一世紀詞學就在眼前，也就是現在的這一刻。比如佛家所説當下。這是很短的一刻，也是很長的一刻；短至於一瞬間，長至於永恒。而所有的設想，就從這一刻開始。

一　以史爲鑒的古今經驗

欲知有無「前世」，亦即對於前身的追認，這就牽涉到一個重大問題，歷史上的人物和事件，到底會不會重複的問題。李澤厚撰寫三卷本《中國近代思想史》，於中卷後記曾説：

> 黑格爾和馬克思都説過，巨大的歷史事變和人物，經常兩度出現。令後人驚嘆不已

的是，歷史竟可以有如此之多的相似處。有的相似處衹是外在形式，有的則是因爲同一或類似的本質規律在起作用的緣故。

這段話説明，追溯「前世」，是有一定事實依據的。「前世」與「今生」，有的相似處衹是外在形式，有的可能牽涉到本質規律問題。這是遠處的事證。而在眼前，被稱爲超級國學大師的饒宗頤，對於這種事情，他就很相信，他説他的「前世」就是一名和尚。宋元豐年間真定府十方洪濟禪院住持傳法慈覺大師宗頤。他説，少年時候發現有一名和尚跟自己同名，他很高興，對於這個叫宗頤的和尚，特别敬重。對於這和尚所寫的文章也特别欣賞。到了中年的時候，他就想，到底自己的「前世」是不是這名和尚呢？自己怎麼會跟他同名呢？問題就出來了，他爲此做了「字説」。謂「前生有無因緣不易知，然名之偶合，亦非偶然，因識之以俟知者」。五十以後知天命，到了六十以後，他説我就是他了，我就是這名和尚。他發現，這名和尚寫的文章思路、文風，都是跟自己一模一樣，我就是他。這個是饒宗頤的例子。迷信不迷信呢？這就很難講。對此，饒宗頤似亦頗當一回事。他曾讓人爲自己刻下一方圖章。曰：十方真定是前身。饒宗頤以外，我的老師夏承燾先生也有過同樣的夢想。當他三十歲的時候，曾做了一個夢，説他就是「前世」某高人，醒來特意寫下來。這就是説，我們的老前輩頗屬意於這種因緣際會之事。

二　朝代、世代與史觀、史識

二十一世紀詞學究竟有没有「前世」呢？這個「前世」又當怎麽認定？正如黑格爾和馬克思所説，巨大的歷史事變和人物，經常兩度出現，欲知二十一世紀詞學，似當從二十世紀曾經出現過的那個前度説起。由「今生」追溯「前世」，以「前世」見證「今生」。一百年前，一百年後，追溯、見證，相信能够追尋得到其蹤迹。那麽，對於過去一百年的詞學蹤迹，應當怎麽追尋呢？兩種辦法：一以朝代進行追尋，從唐、宋、元、明、清，一直到民國、共和；一以世代進行追尋，自第一代、第二代、第三代，一直到第五代。朝代與世代，同樣包括一定的時空及時空當中的人物和事件，代表一定的歷史進程。但各有不同的追尋方法。朝代有始有終，其起始與終結，由事件的成敗所決定，人物次之；世代以年份計，二十年爲一代，以人物活動爲主，事件次之。以朝代論史，人物依事件的開始與終結確定其歸屬；以世代論史，事件依人物的活動決定其性質。看待一個歷史階段的詞學，無論以朝代爲依歸，還是以世代爲依歸，都牽涉到史觀、史識和方法論問題。須具備一定的眼力，一定識見，纔能切實把握。

唐圭璋編纂《全宋詞》，從朝代的更替看，人物依事件的開始與終結確定其歸屬，宋存屬於宋人，宋亡則非宋人，並不難判斷，但異代之際，就較難裁奪。其將張炎劃歸於宋，宋亡之時張炎三十一歲，入元後還生活了四十一年，在元時間長過在宋，爲何不算元人呢？趙孟頫出身於宋朝宗室（宋太祖第十一世孫），宋亡時已二十五歲，辭官返回故鄉吴興閒居，又爲何將其當作元人呢？其間，人物歸屬是否有待商榷？唐圭璋通過卷首凡例，説明了自己的做法。曰：

是編斷限，上繼《全唐詩》中之五代詞，下及一二七六年南宋之亡。凡唐五代詞人入宋者，俱以爲唐五代人。凡宋亡時年滿二十者，俱以爲宋人。僅入元仕爲高官者如趙孟頫等者除外。無確切年代可考，如《樂府補題》中作者，元鳳林書院輯本《草堂詩餘》中多數作者，亦姑仍舊説，以爲宋人。

就事件的性質看，一二七六年是個關鍵年份。其爲宋、爲元，於此可作論定。但對於人物，怎麽判斷其屬宋抑或屬元，就不能祇是依據事件，仍須依據人物自身的活動加以論定。唐圭璋以二十歲爲界限進行劃分，滿二十歲是宋朝的人，不滿二十歲是元朝的人。並以入元後是否仕爲高官作爲參照，對於滿二十者作例外安排。論定其爲宋抑或爲元，是分期也是分類。看起來很簡單，實際運用並不簡單。這是一定史觀、史識的體現，並非個個都做得到。

唐圭璋的事證説明，分期分類，這是著書立説的前提。没有分期分類，體現不了史觀與史識，難以自成一家之言。我看過一部二十世紀的詞總集，没有發凡立例，一開篇就是作家作品的羅列。從一九〇〇年起，到一九九九年止。領銜作者於本世紀生活僅四年，殿後作者於本世紀結束前尚未滿二十歲。不知立論依據，不便進一步加以評賞。

演説二十世紀詞學，撰構《二十世紀詞學傳承圖》，我將世紀人物劃分爲五代，以爲世代論史的一種嘗試。依世代而不依朝代，主要是對於人物活動所進行的分期與分類。但不從一九〇〇年起，因爲一個人不可能一生下來就會填詞，而從一八五五年（清咸豐五年）起。這是依循人物活動蹤迹所追尋得到的一個年份。我將這一年份確定爲不同世代不同詞學的劃分界限。即以生年計，將這一年之後出生的人士，劃歸二十世紀詞學傳人的第一代。之前出生人士，另作別論。這就是説，二十世紀詞學，從這一世代的人物説起。而後，依此類推，將一八七五年（清光緒元年）之後出生的人士，劃歸第二代；將一八九五年（清光緒二十一年）之後出生的人士，劃歸第三代；將一九一五年（民國四年）之後出生的作者，劃歸第四代；將一九三五年（民國二十四年）之後出生的人士，劃歸第五代。如此以往，一代一代加以確定，便構成一個世紀詞學傳人的世代譜系（詳見《二十世紀詞學傳承圖》）。這是我對於二十世紀詞學的世代劃分。由第一代到第五代，没有第六代⑤。因爲作爲一個世紀的詞學創造，到一九九五年，五代詞學傳人的歷史使命已經完成。接下來是二十一世紀詞學傳人的第一代。具體情況如何，下文另敘。

附録：二十世紀詞學傳承圖

世代	領銜	傳人
第一代	朱孝臧	王鵬運　文廷式　鄭文焯　況周頤
第二代	王國維	劉毓盤　冒廣生　張爾田　夏敬觀　吴眉孫　葉恭綽　吴　梅　胡　適　劉永濟　蔡嵩雲
第三代	夏承燾	顧　隨　趙尊嶽　張伯駒　沈軼劉　馮沅君　唐圭璋　龍榆生　詹安泰　繆　鉞　宛敏灝
	施蟄存	胡雲翼　吴世昌　錢仲聯　神田喜一郎　沈祖棻　盛　配　萬雲駿　吴則虞　黄墨谷　饒宗頤
第四代	邱世友	劉逸生　羅慷烈　陳邦炎　霍松林　顧易生　馬興榮　劉若愚　徐培均　村上哲見　劉乃昌
	葉嘉瑩	陶爾夫　錢鴻瑛　黄拔荆　邱燮友　王水照　嚴迪昌　高友工　吴熊和　（暫缺）　謝桃坊
第五代		

三　五代劃分與歷史論定

演説二十世紀詞學，這是一個大標題。在這一大標題之下，對於五代傳人進行歷史論定。這是以人物世代所進行的劃分。相對於朝代劃分法，世代劃分法，主要看人物的活動。一個世代，二十年，其間，人物之歸屬以及事件的性質，一般不會出現太大變化。但二十世紀第一個世代，人物及事件，比諸其他世代的變化似乎大一些。因爲這一世代，處於世紀之初，在新舊交替之際，其人物活動，包括古與今兩個部分。這一世代當中，兩條界限，必須弄清楚。一條界限，一八五五年（清咸豐五年），這是第一個世代的起點，表示二十世紀詞學由這一年份之後出生人士的詞學活動開始。爲古代部分。清季五大詞人王鵬運、文廷式、鄭文焯、朱祖謀、況周頤⑥，屬於這一部分。另一條界限，一八六二年（清同治元年），《當代詞綜》所標舉「大當代」的開始，凡於這一年之後出生作者，均進入「大當代」行列。爲今代部分。中國今詞、今詞學，從這一年説起。

兩條界限，兩部分人物，由於背景不一樣，活動範圍不一樣，人物與事件「關係與限制之處」（王國維《人間詞話》語）不一樣，人物活動及其所賦予事件的性質也不一樣。當中，其爲古爲今，也就有較大的區別。《當代詞綜》之作爲「當代」的一部詞總集，著眼於今天；二十世紀詞學其於今天以外，還包括昨天。故之，演説二十世紀詞學，仍將昨天與今天，亦即古與今兩個部分合在一起。二十世紀第一代詞學傳人，除了一八六二年（清同治元年）之後出生人士，還包括一八五五年（清咸豐五年）之後出生人士。

二十世紀詞學第一代的兩個組成部分，亦古亦今，但其活動人物，仍以清季五大詞人王（鵬運）、文（廷式）、鄭（文焯）、朱（祖謀）、況（周頤）爲代表。古爲主導力量。五大詞人對於詞學，目標在於繼往，是古詞學的終結，而非今詞學的開始。這一代傳人之於詞學，倚聲填詞之外，主要在於詞學校訂及詞學論述。王（鵬運）、文（廷式）、鄭（文焯）、朱（祖謀）、況（周頤），五人當中，朱祖謀擅校勘，被稱爲律博士；況周頤擅論述，被稱爲廣大教主。在二十世紀，五大詞人代表過去的一個時代。撰構《二十世紀詞學傳承圖》，將五大詞人組成一支籃球隊，以朱祖謀爲隊長。這是一百年前的狀況。

返回現在，二十一世紀的詞學，又處於何種狀況呢？欲知其「今生」，仍須追溯其「前世」。即從二〇一四年，倒退到一九一四年，看看那個時候，詞界究竟是個怎樣的狀況。一九一四年，那個時候，沈祖棻還在幼兒園，龍榆生小學還没畢業。清季五大詞人王（鵬運）、文（廷式）、鄭（文焯）、朱（祖謀）、況（周頤），於詞壇居領導地位。現在，你們留意一下，五大詞人以及相關的人物及事件，在新世紀的第一代，是不是已經重複出現？新世紀的第一代，一九五五五年以後出生的人士，其中，有没有王、文、鄭、朱、況？在座幾位朋友，張宏生、孫克强、朱惠國、沈松勤、曾大興以及王兆鵬，都是一九五五年之後出生人士。在他們身上，能不能找到王、文、鄭、朱、況的影子？兩個世紀，兩個第一個世代，所謂「前世」與「今生」，究竟有無相似之處？前度的兩項工作，詞學校訂及詞學論述，此刻仍堅持不懈。就人物和事件看，在詞學考訂上，眼前兩個朱祖謀，似乎已經出現：一個在雲端，一個在地面。兩個朱祖謀，兩個團隊，在不同的崗位上，或利用互聯網技術作數位時代的詞學文獻考訂，或堅持以傳統方法作詞學文獻的整理及刊正。無論在綫，或者離綫，所做是同樣的工作。這就是事件。朱祖謀以外，二十一世紀的王、文、鄭、況，看看似乎也已經出場。諸位不妨對號入座，看看自己所處位置如何？據我所見，文、鄭較少出現，王、況已經到位。這是新世紀的新一代。與舊世紀相比，人物相似，事件相似，但事件的性質仍不盡相似。前者爲逝去的年代做總結，是舊時代的結穴；後者則屬於新時代。因爲對於二十世紀而言，詞學的發展演變，到達一九九五年，即告一段落。二十一世紀第一代詞學傳人，已步入新的開拓期。新一代詞學傳人，儘管亦依循舊時的門徑導入，但很快就轉移陣地，另外打開新的局面。例如：孫克强。一九九九年八月，曾有《唐宋人詞話》行世，但他自己卻不做唐宋詞研究，很快就轉移到清代詞論當中來。一九九五年，這又是一個關鍵年份。自這一年起，一直到新舊世紀之交，新一代詞學傳人，紛紛從前輩所堅守的唐宋陣地，轉移到清代。其時，新一代詞學傳人跟他們的「前世」不一樣。所謂新的開拓，乃朝前看、向前進，而非向後退。新一代詞學傳人，包括兩個年代，五十年代和六十年代。這一代詞學傳人，除了上文所說諸位人士，尚有六十年代出生的彭玉平。他以朱祖謀研究而登上詞壇，又以王國維研究將二十一世紀詞學之由開拓期到創造期向前推進一步。這是需要特别説及的。

二〇一五年，彭玉平《王國維詞學與學緣研究》出版，告訴學界，新世紀詞學新的創造期已經開始。這個時候，出生於一九七五年之後的新世紀第二代詞學傳人，也已登上詞壇。新世紀第二代詞學傳人，其「前世」就是王國維、胡適和吴梅一班人士。在《二十世紀詞學傳承圖》中，我曾推舉十一人作爲二十世紀第二代詞學傳人的代表。十一人，組成一支足球隊。隊長王國維。這是過渡的一代。乃由舊到新、由古到今的過渡，亦由清朝到民國的過渡。而就詞學自身而言，這一代相對於第一代，其所謂過渡，説明衹是一種準備，還不到出大師的時候。但是，這一代，也是開天闢地的一代。其對於詞學天地的開闢，以一九〇八年王國維《人間詞話》的發表爲標志。王國維發表《人間詞話》，倡導境界説，爲古詞學與今詞學劃分界限。這個時候，二十世紀詞學進入開拓期。此後，經由創造期、蜕變期，直到一九九五年，二十一世紀新一代詞學傳人，從二十世紀詞學之蜕變期中脱穎而出，另外爲自己打開一片廣闊的天地。經過新一代詞學傳人的開闢，二十一世紀的王國維、胡適以及吴梅，可能已經坐在這個大廳的座位上。大家看看，你自己是不是王國維、胡適，或者吴梅？你的周圍有没有王國維、胡適，或者吴梅？這是新世紀的第二代。這一代詞學傳人，和他們的「前世」雖同屬過渡的一代，但由於詞學自身發展的推進，新世紀的詞學已經由新的開拓期進入新的創造期，這個時候，第二代詞學傳人的所謂過渡，已不是詞學發展之新與舊的過渡，而是人物出現之先與後的過渡。二十一世紀詞學之由新的開拓期進入新的創造期，事件的性質未變，相對於二十世紀詞學，同爲新詞學，但人物則有所變换，即由第一代詞學傳人到第二代詞學傳人。第一代、第二代，兩個世代，其前景如何，不易評估，但與他們的「前世」相比較，可以想像，距離出現大師的年代，皆應未晚。這可能就是所謂後與先的問題。

這些年，演説二十世紀詞學，對於五代傳人的劃分，往往將注意力集中在一八九五年（清光緒二十一年）以後出生的第三代人物身上，以爲出大師的一代。對於二十一世紀詞學，也以爲一九九五年以後出生的第三代是另一出大師的一代。目前，這一代還在大學本科。將來可能成爲二十一世紀詞學的第三代傳人。其前景如何，仍未能知。在座的第一代、第二代，所處時代背景與學術背景，已與「前世」有别。一百年前，第二代傳人承擔著新舊交替、今古交替的歷史使命；一百年後，第二代傳人對於世紀詞學的承續，表現爲梯隊交接，而非舊與新的交替。因此，新一代的詞學大師，未必等候第三代。不過，有關第三代的「前世」，仍然須要加以追尋。二十世紀第三代詞學傳人，爲詞學創造期的中堅力量。在《二十世紀詞學傳承圖》中，我曾推舉二十二人作爲這一代詞學傳人的代表。二十二人，組成兩支足球隊。甲隊和乙隊。甲隊隊長夏承燾，乙隊隊長施蟄存。一個是一代詞宗，也是一代詞的綜合，一個則一人打兩份工，一世幹兩世活。又於二十二人中，推舉夏承燾、唐圭璋、龍榆生、詹安泰爲民國四大詞人。其於中國詞學學、中國詞學文獻學以及中國詞學文化學，爲中國今詞、今詞史的學科建設奠定基礎。這是第三代。

再接下來，說第四代。二十一世紀的第四代，二〇一五年，剛剛出生。須看其「前世」，纔能預知其未來的變化。其「前世」，二十世紀詞學第四代傳人，出生於一九一五年（民國四年）之後，是葉嘉瑩的這一代。在《二十世紀詞學傳承圖》中，我曾推舉二十二人作爲這一代詞學傳人的代表。二十二人，組成兩支足球隊。甲隊和乙隊。甲隊隊長邱世友，乙隊隊長葉嘉瑩。和第二代一樣，這是過渡的一代。怎麼個過渡呢？第二代，古與今的過渡。以一九〇八年（清光緒三十四年）爲分界綫劃分古代與今代，這一年之前是古詞學，這一年之後是今詞學。這是二十世紀詞學的第一次過渡。至邱世友與葉嘉瑩的這一代，爲二十世紀詞學的第二次過渡。就朝代講，這是由民國到共和的過渡；而就詞學本身講，這是由詞學創造期到詞學蛻變期的過渡。主要是兩個方面的轉變，一爲詞體性質的轉變，一爲學風、文風的轉變。民國時期的詞學包括兩個方面，聲學與豔科，是完整的詞學；到了共和，祇講豔科，不講聲學，詞學變得殘缺不全。民國時期，大學講堂上有詩選、詞選，學詞與詞學合在一起；到了共和，祇有文學史，不講學詞，不講詞的創作，學詞與詞學分開。兩個方面的轉變，所謂蟬蛻龍變，變得令詞學祇剩下豪放、婉約兩派。這是二十世紀詞學的第四代。

至於第五代，一九三五年（民國二十四年）以後出生的一代詞學傳人，我在《二十世紀詞學傳承圖》中不予羅列。我本人就屬於這一代。這是大有希望的一代，也可能是垮掉的一代。這一代詞學傳人於共和國經受各種鍛煉，既富創造精神，有自己的見解，又往往隨大流，對於蛻變期詞學的蛻變，發揮推波助瀾作用，令詞學的蛻變，變得更加厲害。這是二十世紀詞學的最後一代。

以上所說，有關二十一世紀詞學的「前世」與「今生」，大致屬於大膽的設想，但你們看看，實際上是不是就這麼一種狀況。

四　經驗與教訓

二十一世紀詞學的「前世」與「今生」，經過確認、見證，可知歷史上事變和人物的再度出現，是一種巧合，但也並非衹是巧合，而是由事變和人物同一或類似本質規律所確定的一種必然。從二十世紀到二十一世紀，一百年過去，一代又一代，人物不斷變換，事件亦依其固有規律向前推進。二十世紀詞學，五代傳人，三個發展時期，包括開拓期、創造期及蜕變期，歷經生、住、易、滅的全過程；一九九五年之後，新舊世紀之交，二十一世紀詞學於易和滅的狀態下重生。後來者通過兩度出現的相似之處，追尋自己的「前世」，既實現文化上的一種認同，也對詞學本體以及詞學傳人自身，未來的發展、變化進行思考與探索。

新世紀新一代、新二代詞學傳人，承接上一個世紀，於今詞壇，業績初成。面對世紀詞學兩度出現的種種相似之處，有如面對自己的過去，其所採取態度，無論是肯定之肯定，或者是否定之否定，看起來都必須首先弄清楚詞學的正變問題。

何謂詞學之正？又何謂詞學之變？必須弄清詞學之作爲一門學科，究竟包含哪些內容？這是詞學的正名，但也牽涉到詞的正名問題。依據李清照的《詞論》，我將今天所説的詞正名爲樂府，這是與聲詩相對應的一個名稱。李清照倡「别是一家」説，將樂府與聲詩並提，以爲樂府有别於聲詩。知道詞的正名，仍須知道其內涵。因而，也纔能知道詞學包含哪些內容。此二項，我曾依據《舊唐書·温庭筠傳》的一句話加以推斷。其曰：（温庭筠）「能逐弦吹之音，爲側艷之詞」。這裏説兩件事，一件指聲學，一件指豔科。合而觀之，即可概括詞的內涵以及詞學的内容。這就是我爲詞學究竟爲何物這一問題所提供答案。既爲詞與詞學正名，亦可回答何謂詞學之正這一問題。聲學與豔科，一個問題的兩個方面。二者並重，謂之爲正；二者有所偏重，謂之爲變。自温庭筠起，歷來如此。例如，李清照之論柳永，既謂其「變舊聲作新聲」，「大得聲稱於世」，又謂其「雖協音律，而詞語塵下」，於聲學與艷科，二者兼到，是爲詞學之正。其論蘇軾，既贊賞其人，謂「學際天人，作爲小歌詞，直如酌蠡水於大海」，並非難事，又批評其不協音律，同樣能够兼及聲學與艷科這兩個方面。這就是詞學之正。至於詞學之變，簡單的講就是因爲對聲學與豔科二者有所偏重所出現的變化。例如，柳永爲著於歌臺舞席，競賭新聲，所採用詞調，多爲宋代始創，有的尚未經過規範化，未合樂曲之正；蘇軾以詞爲詩之裔，祇管説自己的話，言自己的志，毫不經意，亦未合歌詞之正。二人的修正，論者每有微詞，尤其是蘇軾，其所作曾被視爲「詞之變體」（王世貞《藝苑巵言》）。類似情形，古代詞學中常見。但就整體而言，對於聲學與豔科，歷來儘管仍有所偏重，卻無所偏廢。詞學史上，自温庭筠以後，大都堅守這一原則。到了二十世紀，自一九一九年（民國八年）至一九四九年（民國三十八年），大約三十年時間，世紀詞學處於創造期，亦未曾背離這一原則。之後，世紀詞學之進入蜕變期，對於聲學與豔科，方纔由有所偏重變而爲有所偏廢。其時，作爲艷科的詞學被演化爲顯學，作爲聲學的詞學無人問津而淪爲絶學。這就是詞學之變。

生當二十一世紀，詞學傳人中新的第一代、第二代，對於詞學的現狀，包括詞學的未來，究竟如何從詞學之變返回詞學之正，看來仍須進行一番檢討。這是本文追尋「前世」、見證「今生」所想達至的意願。凡我同仁，其共勉之。

（據燕鑫桐記録整理）

丙申驚蟄後二日於濠上之赤豹書屋

第五節　千年詞學通論

——中國倚聲填詞的「前世」與「今生」

「前世」與「今生」，指某個有機體在一定歷史背景下所呈現動作行爲及其狀況。有機體包括人物和其他動物，人物有「前世」與「今生」，其他動物有「前世」與「今生」；人物和其他動物在一定歷史背景下所呈現動作行爲及狀況，亦有「前世」與「今生」。倚聲填詞，就是人物在一定歷史背景下所呈現動作行爲及狀況。從整體上看，全部倚聲填詞有其「前世」與「今生」；從個體上看，某一時間段的倚聲填詞亦有其「前世」與「今生」。整體由個體所組成，個體包括在整體當中。但其時間上的起止有所不同。比如，我有一文題稱：《二十一世紀詞學的「前世」與「今生」》，説的就是某一時間段倚聲填詞所呈現的動作行爲及狀況。祇説二十一世紀，其所當追溯的「前世」，與今天所説整體倚聲填詞的「前世」，其時間上的起止就不一樣。以下將另行説明。

「前世」與「今生」，這是個時間概念。佛家説三生，有「前生」、「今生」和「來生」。白居易《贈張處士山人》云：「世説三生如不謬，共疑巢許是前身。」俗世也講三生，比如「未卜三生願，頻添一段愁」（《紅樓夢》第一回）。本文藉以演説中國倚聲填詞的「前世」與「今生」，同樣將其當作一個時間概念。不過，這仍需要一個前提，先得看看，何謂倚聲填詞？爲之確立義界，知道其確實存在，方纔能够斷定其「前世」與「今生」。現在，爲著便於叙述，就先説結論，而後再作論證。即先爲倚聲填詞確立義界，看看這究竟是怎麼一回事。這一問題，如不加以包裝，我以爲：倚聲填詞這一概念，包括兩個方面之所指。一方面，凡是今日所説的詞，無論其具有多少個別名，諸如樂章、樂府以及長短句等等，都可統稱之爲倚聲填詞；另一方面，所謂倚聲填詞，指的是依據樂曲樂音所填製的歌詞，例如温庭筠之所謂「能逐弦吹之音，爲側豔之詞」⑦，其以文辭（側豔之詞）的字聲，追逐樂曲的樂音（弦吹之音），就是倚聲填詞。兩個方面之所指，一個包括所有，較爲籠統；一個有其專指，具特别意義，説明這是中國倚聲填詞的標志。倚聲填詞，這是温庭筠的創造。演説倚聲填詞，斷定中國倚聲填詞的「前世」與「今生」，當以之爲標志。有此標志，即可斷言：温庭筠之前，爲中國倚聲填詞的「前世」，自温庭筠起，爲中國倚聲填詞的「今生」。當今之下，中國倚聲填詞的「前世」已經過去，而「今生」仍在延續當中。中國倚聲填詞的「前世」與「今生」這一時間概念，其内涵及外延，既相對固定，又依據倚聲填詞自身的發展、演變，不斷充實與延伸。這是演説今天的課題所當説明的問題，也就是剛剛所説的結論。

以下準備論述三個問題：一、中國倚聲填詞的「前世」因緣；二、中國倚聲填詞的「今生」際遇；三、中國倚聲填詞的當下急務及來世懷想。

一　中國倚聲填詞的「前世」因緣

先説温庭筠及其作爲倚聲填詞標志的問題。温庭筠生當大唐帝國的最後三十七年，號稱晚唐。往上推移，一直到隋，將近三百年，是爲中國倚聲填詞的「前世」。這是中國倚聲填詞發生、發展的一個時間段。這一時間段，情況較爲複雜。許多問題，至今仍然存有異議。現暫不説温庭筠作爲中國倚聲填詞標志的理由，而先説其作爲中國倚聲填詞標志所具有的特別意義，即温庭筠出現，對於詞體生成問題、詞學觀念問題以及詞學科目確立問題的探討所提供啓示。

（一）史觀：詞體生成的三個階段

詞體生成問題，包括詞體發生、發展及定型等問題，頭緒紛繁，頗難把握。尤其是初成之時應當如何斷定，處於何種狀況，更是不易追尋。以下依據歌詞合樂過程歌詞作者處理詞與樂關係的方式、方法及模式，試將詞體生成歸納爲三個階段：虛聲填實階段、依曲拍爲句階段、以字聲追逐樂音階段。

1. 虛聲填實階段

沈括《夢溪筆談》（卷五）云：「詩之外又有和聲，則所謂曲也。古樂府皆有聲有詞，連屬書之曰賀賀賀，何何何之類，皆和聲也。今管弦之中纏聲，亦其遺法也。唐人乃以詞填入曲中，不復用和聲。」[8]朱熹《朱子語類》（論文下）云：「古樂府祇是詩，中間卻添許多泛聲，後來人怕失了那泛聲，逐一聲添個實字，遂成長短句。今曲子便是。」[9]沈括説和聲，謂乃詩以外所添加的聲音，亦即樂府歌詩樂曲中復疊演唱的聲音。此復疊演唱聲音，如賀賀賀、何何何之類，乃詩之外之所添加，祇表示聲音，未有實際意義。朱熹説泛聲，謂古樂府祇是詩，其聲亦演唱時之所添加，同樣也祇表音，並未表意。沈括、朱熹所説，指明詩之外添加和聲或泛聲，乃樂府演唱的方法。唐時歌詩合樂，沿用此法。而當唐人直接以字詞填入曲中，即逐一聲給添個實字，就不再使用和聲了。這是中國倚聲填詞發生、演變的第一個階段。一般文學史家説詞的起源大多於此立論。但是，這一時間段究竟應當如何斷限？所謂古樂府與今曲子又是如何推演？當中仍有一些狀況未能獲知。尤其是虛聲填實的實際事例以及樂府遺法的規則及運用等問題，至今仍缺乏直接的事證。爲見證從古樂府到今曲子演變的這段歷史，掌握從和聲、泛聲的添加到逐一聲添個實字的狀況，以下以《漢鐃歌》《江南弄》及《竹枝》爲例，對於這段時間歌詞合樂狀況試加推斷。

（1）從《漢鐃歌》到《江南弄》，看樂府演唱的方式、方法與模式

由於時序遞嬗，人事更迭，今傳樂府文本，大多僅存其辭而無其聲。例如郭茂倩《樂府詩集》（卷十六）所載《漢鐃歌》十八曲，除《有所思》仍保留「妃呼狶」這一可能兼帶表音功用的詞語外，其於歌詩之外被稱作疊字散聲的字詞，包括樂工記語等等，多已不見蹤迹。但相對於《漢鐃歌》，蕭衍《江南弄》的年代並不那麽久遠，其於表演之時所運用疊字散聲狀況，亦即辭與聲的配搭方式、方法與模式，卻有較爲完整的記録。《漢鐃歌》和《江南弄》，同爲樂府歌詩，相對而言，一古一今；探知今之《江南弄》合樂演唱狀況，必將有助於瞭解古之《漢鐃歌》合樂演唱狀況，因據《樂府詩集》所載，試將《江南弄》七曲辭與聲的文本格式標識如下：

江南弄

《古今樂録》曰：「《江南弄》（三洲韻）和云：『陽春路，娉婷出綺羅。』」衆花雜色滿上林。舒芳耀緑垂輕陰。聯手躞蹀舞春心。舞春心。臨歲腴。中人望，獨踟躕。

龍笛曲

《古今樂録》曰：「《龍笛曲》和云：『江南音，一唱直千金。』」美人綿眇在雲堂。雕金鏤竹眠玉床。婉愛寥亮繞紅梁。繞紅梁。流月臺。駐狂風，鬱徘徊。

採蓮曲

《古今樂録》曰：「《採蓮曲》和云：『採蓮渚，窈窕舞佳人。』」遊戲五湖採蓮歸。發花田葉芳襲衣。爲君豔歌世所希。世所希。有如玉。江南弄，採蓮曲。

鳳笙曲

《古今樂録》曰：「《鳳笙曲》和云：『弦吹席，長袖善留客。』」緑耀克碧雕管笙。朱唇玉指學鳳鳴。流速參差飛且停。飛且停。在鳳樓。弄嬌轡，間清謳。

採菱曲

《古今樂録》曰：「《採菱曲》和云：『菱歌女，解佩戲江陽。』」

江南稚女珠腕繩。金翠摇首紅顔興。桂棹容與歌採菱。歌採菱。心未怡。翳羅袖，望所思。

遊女曲

《古今樂録》曰：「《遊女曲》和云：『當年少，歌舞承酒笑。』」

氛氲蘭麝體芳滑。容色玉耀眉如月。珠佩婐姽戲金闕。戲金闕。遊紫庭。舞飛閣。歌長生。

朝雲曲

《古今樂録》曰：「《朝雲曲》和云：『徙倚折耀華。』」

張樂陽臺歌上謁。如寢如興芳晻曖。容光既豔復還没。復還没。望不來。巫山高，心徘徊。

上録蕭衍《江南弄》七曲，每曲皆有和聲及疊字。和聲隨聲應合，長短有節。除《朝雲曲》

外，皆爲三、五言句。如《江南弄》(三洲韻)和聲有云：「陽春路，娉婷出綺羅。」疊字互相勾連，前後呼應。諸如：《江南弄》之「舞春心。舞春心」；《採蓮曲》之「世所希。世所希」；《採菱曲》之「歌採菱。歌採菱」；《鳳笙曲》之「飛且停。飛且停」；《龍笛曲》之「繞紅梁。繞紅梁」以及《朝雲曲》之「復還没。復還没」。從整體結構上看，七曲每篇三個七言句，四個三言句。七言句，句句押韻，三言句轉韻。齊整中的不齊整，不齊整中的齊整，錯落有致。從局部組合上看，每篇第三個七言句爲全篇中的單句，如「聯手躞蹀舞春心」，其以「舞春心」收，所接三言句「舞春心」以頂真格相疊，並領起下文。全篇的和聲與疊字，其排列及組合，皆有規範。既整齊劃一，又精密銜接。樂府歌詩合樂演唱已形成固定的方式、方法與模式。

(2) 從《江南弄》到《竹枝》詞，看歌詞合樂的方式、方法與模式

從時序遞嬗看，《漢鐃歌》與《江南弄》，其所謂古與今，相對於其後興起的合樂歌詞例如《竹枝》，即皆爲古。以今證古，由今之樂府見證古之樂府；援古證今，由古之樂府探知今之樂府的演進軌迹。以下以皇甫松、孫光憲《竹枝》爲例，對於這一軌迹加以探尋。

竹枝，唐教坊曲名。又名巴渝辭、竹枝詞、竹枝子。單調。十四字，二句，二平韻。又一體：單調。二十八字，四句，三平韻。萬樹《詞律》收録皇甫松及孫光憲所作十四字體及二十八字體。

皇甫松《竹枝》曰：

芙蓉並蒂竹枝一心連女兒
花侵隔子竹枝眼應穿女兒

孫光憲《竹枝》曰：

門前春水竹枝白蘋花女兒
岸上無人竹枝小艇斜女兒
商女經過竹枝江欲暮女兒
撒抛殘食竹枝飼神鴉女兒

《詞律》（卷一）云：

竹枝之音，起於巴蜀。唐人所作，皆詠蜀中風景。後人因效其體，於各地爲之。非古也。如白樂天、劉夢得等作本七言絶句，皇甫子奇亦有四句體。所用竹枝、女兒乃歌時羣相隨和之聲，猶採蓮曲之有舉棹、年少等字。他人集中作詩，故未注此四字。此作詞體，故加入也。

竹枝之音，指巴渝一帶民歌。表演時以笛、鼓伴奏，歌者揚袂睢舞，以曲多者爲賢。所注「竹枝」、「女兒」，「枝」與「兒」叶韻，乃歌時群相隨和之聲，是爲和聲。大致一人唱「門前春水」，衆和「竹枝」；又唱「白蘋花」，衆和「女兒」。乃於齊整七言句所加和聲，不僅應合樂曲樂音，而且在字面上，亦互相取叶。皇甫松另一《採蓮曲》之有「舉棹」、「年少」，「棹」與「少」叶韻，亦同此例。即其「舉棹」、「年少」，皆和聲也。採蓮時，女伴甚多，一人唱「菡萏香蓮十頃陂」，餘人齊唱「舉棹」和之（參見劉永濟《唐五代兩宋詞簡析》）。

從《江南弄》到《竹枝》詞，由古到今的演進，合樂演唱的方式、方法與模式，一脈相承。這是倚聲填詞發生、發展的第一階段，詞體生成階段。這一階段，聲家依據合樂歌詞之是否兼備長短句法以及是否帶有和聲看作詞與非詞的標志，是耶？非耶？留待下文進一步加以辨證。

2. 依曲拍爲句階段

唐文宗（李昂）開成三年（八三八年），白居易爲太子少傅分司東都，劉禹錫爲太子賓客亦分司東都。劉禹錫《憶江南》題稱：「和樂天春詞，依《憶江南》曲拍爲句。」《憶江南》，原名《謝秋娘》，傳乃李德裕爲亡妓謝秋娘所作（據段安節《樂府雜録》），後因白居易有「能不憶江南」句而改名。單調。二十七字，五句、三平韻。中間七言二句，宜對仗。入宋加一疊，成五十六字體。其句法、韻叶，包括平仄組合，均有定格。乃一形式格律完全定型的詞調。白居易《憶江南》三首，以江南春色爲主題，表達其留連光景的心情。劉禹錫和樂天，非步其韻，乃和其意。即藉江南春色叙寫其惋惜春去之意。依曲拍爲句，表示以文句應合樂句。和虛聲填實一樣，劉、白所作也是歌詞與樂曲的一種配搭。但此時，歌詞與樂曲的配搭，乃以句爲單位，而非以篇。以篇爲單位，如《竹枝》詞，無論十四字體或二十八字體，用以合樂，七言句仍然爲七言句，祇是加上和聲而已；以句爲單位，乃一句一拍，徑自入樂，相對於虛聲填實，其配搭已無留下外部協調印記。依曲拍爲句，歌詞由齊整（齊言）到不齊整（雜言），句法變化，歌法亦跟隨著變化。如此前以和聲、泛聲方式行之，此時則不用借助和聲與泛聲。龍榆生利用齊言、雜言句法變換原則，將劉、白所作看作是五、七言律、絶拆散後的重組。如原有五、七言律、絶，合樂時保留其兩個七言對句，其餘拆爲三言、五言，而後仍運用歌詞原來的平仄安排加以重組。重組後的歌詞，句法改變，平仄組合規則未變。龍榆生曾指出：「這樣解散五七言律絶的整齊形式，而又運用它的平仄安排，變化它的韻位，就爲後來『倚聲填詞』家打開了無數法門，把文字上的音樂性和音樂曲調上的節奏緊密結合起來，促進了長短句歌詞的發展。」[10]並曾斷言,《憶江南》這一詞調「除起爲三字句外,實割五、七言絶句之半爲之。」[11]龍榆生的推斷,在字格上,從無形到有形的推斷,便於理解。但將問題説得過於絶對,將事情坐實,便顯得不可行。因任何一首絶句,四句話、二十八個字,割取其半,無論如何都成不了一首其中有一七言對句的《憶江南》。何況劉、白之時,詞體新形式已經創立。歌詞合樂,既無用依傍,亦無需在現成的五、七言律、絶中討生活。較之虛聲填實階段,此時歌詞創作,始創多於傳舊。合樂應歌,既可以胡夷里巷之曲直接入樂,其歌法亦隨著句法變化而發生變化。這就是由歌詩之法向歌詞之法的轉變。這一轉變,在歌詞之外有無和聲,成爲辨别其是否乃倚聲所填的詞的標志。但所謂歌詞之法並非自劉、白之時起,亦並非以歌詞之法取代歌詩之法。合樂應歌過程,兩種歌法並用。並且可以斷言:歌詩之法與歌詞之法,二者的分别,至劉、白之時,方纔清楚顯現。或者説,歌詞之法,至劉、白而確立。這是倚聲填詞發生、發展的第二階段,是爲詞體定型階段。

3. 以字聲追逐樂音階段

經由第一階段、第二階段,歌詞合樂的方式、方法以及歌詞的來源及途徑,既多變化,亦相對穩定。詞體之由不定聲到定聲,由不定型到定型,已漸形成固定格式。但仍未與近體律、絶脱離干係。亦即此時,合樂歌詞仍然與詩同科。直至温庭筠出現,詞之爲詞,方纔與詩異途。

温庭筠，「士行塵雜，不修邊幅。能逐弦吹之音，爲側艷之詞」。其以文辭（側艷之詞）的字聲，追逐樂曲樂音（弦吹之音），亦即以文字的語言應合音樂的語言。這是以字爲單位元的合樂方式，將樂曲的樂音構成，落實到字格上。中國文學史上，詞之所謂填者，自此開始。温庭筠出，中國倚聲填詞方纔獨立成科，在文學史上，與歌詩處於對等地位。這是温庭筠之作爲中國倚聲填詞標志的依據。

以字聲應合樂音，這是中國倚聲填詞發生、發展的第三階段。

（二）史識：詞的起源、詞學觀念以及詞學科目的確立問題

通過以上三個階段的描述，中國倚聲填詞之作爲一有機體的生成狀態，亦即其發生、發展及定型，脉絡已較清晰地得以呈現。但三個階段之第一、第二兩個階段，並無絶對的先後次序，古與今的界限亦非截然分開。這是站在今天立場，憑藉今天的想像，推斷以往的人物及事件。相關推斷，牽涉到詞的起源、詞學觀念以及詞學科目的確立問題，須進一步加以探研。

1. 詞的起源問題

詞的起源問題，這是千百年來無法回避的一個話題。但衆説紛紜，莫衷一是。到底今天

所説的詞，是怎麽産生的呢？論者從六朝、隋末，一直説到唐朝的初、盛、中、晚。各有各的理由。到目前爲止，仍很難推導出一個可以作爲定論的意見來。相關討論，以時代論，有六朝説、隋末説、初唐説、盛唐説、中唐説、晚唐説；以作者論有民間説、文人説；以文體論，有樂府説、詩餘説；以詞樂關係論，有和聲説、泛聲説。等等。種種説法，對於詞體的産生，似乎皆未能論定。

二十世紀八十年代，撰著《詞與音樂關係研究》，我曾大膽地作出獨家論斷，提出以「兩個標志，一個長過程」爲原則，探測詞的起源問題。兩個標志，一個是句法的標志，一個是歌法的標志。一個長過程，指詞體的發生、發展，需要一個實踐的過程。依據這一原則，通過一系列論證，我將詞體發生的時代，斷定於初盛唐間。大約經過二十年，二千年來到，我的這一説法被劃歸爲初盛唐間説。有學者稱：「詞起於初盛唐間説，此説以鄭振鐸、葉鼎彝、陰法魯、施議對等人爲代表，是本世紀關於詞的起源問題影響最大的一種説法。」[12]這是學界有關詞起源問題的論斷，可供參考。

依據上文所述，有關詞的起源問題，尚有二事須提出討論。一是關於《江南弄》與《竹枝》詞之是否合適進入詞林問題，另一是《漁歌子》之是否應當被排除於詞林之外問題。以下試以「兩個標志，一個長過程」爲原則，嘗試加以探討。

（1）《江南弄》與《竹枝》詞的身份認同

沈括、朱熹依據古樂府合樂演唱之遺法，以虚聲填實説詞體的生成，詞學史上主張這一説法者，稱其爲樂府起源説，或者和聲説與泛聲説。相關論者或依據句法、句式，將《江南弄》定性爲詞；或依據和聲之有與無有，將不帶和聲的《竹枝》詞，排除於詞林之外。先説句法、句式，再説和聲的運用問題。

楊慎云：

梁武帝《江南弄》云：「衆花雜色滿上林。舒芳耀彩垂輕陰。連手躞蹀舞春心。舞春心。臨歲腴。中人望，獨踟躕。」此詞絶妙。填詞起於唐人，而六朝已濫觴矣。其餘若美人聯錦、江南稚女諸篇皆是。樂府具載，不盡録也。⑬

楊慎説《江南弄》，謂乃絶妙好詞。既全篇照録，並特别指出，其餘各篇如「美人聯錦」（别作「美人綿眇」）、「江南稚女」皆是，謂即與首章同一格式。所作定性，顯然以句法、句式爲依據。這是楊慎主張詞體起源於六朝樂府的憑證。

梁啓超説《江南弄》，爲其定性，同樣著眼於句法、句式。如曰：「凡屬於《江南弄》之調，皆以七字三句、三字四句組織成篇。七字三句，句句押韻。三字四句，隔句押韻。」並且斷言：「似此嚴格的一字一句，按譜製調，實與唐末之倚聲新詞無異。」⑭楊慎、梁啓超均依句法、句式，爲《江南弄》之作爲詞中一員提供依據。認定六朝時代所出現《江南弄》，已具備作爲詞體身份的條件。

至於和聲運用問題，其有與無有，在不同時間段，不同語境，具有不同意義。如在虛聲填實階段，和聲是歌詞合樂的憑據，也是合樂生成歌詞究竟爲詩或者爲詞的一個辨別標志；而在依曲拍爲句階段，和聲則成爲辨別歌詩之法與歌詞之法的標志。

例如《竹枝》與《竹枝詞》，白居易、劉禹錫均有所作，並多爲七言四句的齊言歌詩。同樣的標題，同樣的句法、句式，卻有不同的身份認同。《詞律》《詞譜》收録皇甫松、孫光憲二人所作《竹枝》，並以之爲正體，而劉禹錫、白居易所作《竹枝》詞，《詞律》《詞譜》均未收録。《詞律》稱「原無和聲」，《詞譜》指「俱拗體七言絶句」。皆不認同其詞體身份。這是以和聲之有與無有作爲標志，對於合樂生成歌詞究竟爲詩或者爲詞所作的判斷。即：有和聲，是爲詞；無和聲，則非也。但是，在依曲拍爲句階段，以句爲單位，直接合樂，和聲之有與無有，表示依傍或者無依傍，對於合樂生成歌詞的身份卻有不同的判斷。即：有和聲，非爲詞；無和聲，是爲詞。

以上論者，一以形式格律，證實《江南弄》的詞體身份，謂不止一篇，其餘諸篇句法、句式及韻叶都歸一律，已具備作爲倚聲新詞的條件；一以辭之外添加和聲，證實《竹枝》詞的演唱，符合古樂府遺法，符合歌詞身份。二者論斷，各有依據，但都未必盡合詞體生成的實際狀況。就格式看，《江南弄》和《竹枝》詞，「字之多寡有定數，句之長短有定式，韻之平仄有定聲」⑮，將其定性爲詞，無可厚非，但這僅僅是一個標志，句法的標志，判斷合樂生成歌詞之究竟爲詩或者爲詞，於格式之外，還得看歌法，看其是歌詩之法，還是歌詞之法，這是判斷合樂生成歌詞究竟爲詩或者爲詞的另一標志，歌法的標志。以兩個標志，爲《江南弄》和《竹枝》詞定性，二者均不合詞體身份，並非嚴格意義上倚聲所填的詞。這就是説，在虛聲填實階段，《江南弄》和《竹枝》詞，雖具詞的格式，並曾合樂應歌，但其所施行，仍爲歌詩之法，尚未能認同其詞體身份。

那麽，從《江南弄》到《竹枝》詞，所謂虛聲填實，又當如何理解呢？這一時間段，向上可推至於隋，向下延長至中、晚唐，屬於虛聲填實階段。上文以《江南弄》和《竹枝》詞爲例，對於這一時間段詞體的生成狀況作了一番描述。《江南弄》和《竹枝》詞，一爲早起事證，一爲晚起事證，二者雖並非完全合符詞體的身份，但其合樂歌唱的事實和經驗，相信有助於對這一段歷史的理解。這是依「兩個標志，一個長過程」的原則，對於合樂歌詞的詞體身份所作驗證。

(2)《漁歌子》的身份認同

唐大曆九年(七七四年)秋,張志和到湖州拜訪顏真卿。大約於此時,張志和有《漁歌子》五首之作。五首體調如一,可以參校。進入詞林,又名《漁父》《漁父歌》或《漁父樂》。單調。二十七字,五句四平韻。中間三言兩句,例用對偶。雙調五十字,仄聲韻。張志和所作爲單調。不帶和聲,而於每首最後一句中的第五個字用「不」字。這一個「不」字,入聲,讀作去聲。這是以吳地民歌直接入樂之一事證。

其曰:

西塞山前白鷺飛。桃花流水鱖魚肥。青箬笠,綠蓑衣。斜風細雨不須歸。

釣臺漁父褐爲裘。兩兩三三舴艋舟。能縱棹,慣乘流。長江白浪不曾憂。

霅溪灣裏釣漁翁。舴艋爲家西復東。江上雪,浦邊風。笑著荷衣不嘆窮。

松江蟹舍主人歡。菰飯蓴羹亦共餐。楓葉落,荻花乾。醉宿漁舟不覺寒。

青草湖中月正圓。巴陵漁父棹歌連。釣車子,橛頭船。樂在風波不用仙。

上列《漁歌子》五首。一爲仄句起、平句結,「西塞山前」是也;一爲平句起、仄句結,「霅溪灣裏」及「松江蟹舍」二首是也；其餘二首，則一爲平句起、平句結，一爲仄句起、仄句結。一調四體，乃不變中的變。但無論仄句起、平句結，還是平句起、仄句結，千變萬化，其中仍有一個固定字眼不變，這就是每首最後一句中的第五個字。這一個字，一般宜用去聲。這又是變中的不變。就形式格律而言，自張志和起，《漁歌子》一調在句法上已形成一定的格式規範。

依據《漁歌子》的形式規範，現將張志和所作五首中第一首格式標識如下：

□□○○□□○◎
○○□□□○○◎
○□□，□○○
○○□□□○○◎

張志和《漁歌子》，因顔真卿等人的推廣，一時應和者衆。不僅在本邦，而且在他邦，凡所應和，均依其形式規範行事。宋代坊間所刊《金奩集》收録《漁歌子》十五首，未著作者名姓。其中，結句第五字用「不」字的有五首。

其曰：

五嶺風煙絶四鄰。滿川凫雁是交親。風觸岸，浪摇身。青草燈深不見人。

極浦遥看兩岸花。碧波微影弄晴霞。孤艇小，信横斜。那個汀洲不是家。

洞庭湖上曉風生。風觸湖心一葉横。蘭棹快，草衣輕。祗釣鱸魚不釣名。

舴艋爲船力幾多。江頭雷雨半相和。珍重意，下長波。半夜潮生不奈何。

偶然香餌得長鱏。魚大船輕力不任。隨遠近，共浮沉。事事從輕不要深。

以上《漁歌子》和作五首，「五嶺風煙」、「極浦遥看」及「舴艋爲船」，仄句起、仄句結，依「青草湖中」一體；「洞庭湖上」及「偶然香餌」，平句起、仄句結，依「霅溪灣裏」、「松江蟹舍」一體。宋以後所作，多依「西塞山前」一體。

弘仁十四年（八二三年），日本嵯峨天皇以張志和《漁歌子》爲藍本所作《漁歌子》五首，於歌詞最後一句第五個字用「帶」字（去聲），與原唱之用「不」字，爲其奇處相合。

其曰：

江水渡頭柳亂絲。漁翁上船煙景遲。乘春興，無厭時。求魚不得帶風吹。

漁人不記歲月流。淹泊沿洄老棹舟。心自效，常狎鷗。桃花春水帶浪遊。

青春林下度江橋。湖水翩翩入雲霄。煙波客，釣舟遥。往來無定**帶**落潮。
溪邊垂釣奈樂何。世上無家水宿多。閒釣醉，獨棹歌。洪蕩飄飄**帶**滄波。
寒江春曉片雲晴。兩岸花飛夜更明。鱸魚膾，蓴菜羹。餐罷酣歌**帶**月行。

嵯峨天皇和作，「江水渡頭」一首，仄句起、平句結，依「西塞山前」一體；「漁人不記」及「青春林下」，平句起、平句結，依「釣臺漁父」一體；「溪邊垂釣」及「寒江春曉」，平句起、仄句結，依「霅溪灣裏」及「松江蟹舍」一體。

此外，有智子内親王和作《漁歌子》二首，於歌詞的同一位置，用「送」字（去聲），亦與原唱的奇處相合。

其曰：

白頭不覺何人老，明時不仕釣江濱。飯香稻，苞紫鱗。不欲榮華**送**吾真。
春水洋洋滄浪清。漁翁從此獨濯纓。何鄉里，何姓名。潭裏閒歌**送**太平。

有智子和作，一平句起、仄句結，依「霅溪灣裏」及「松江蟹舍」體；一仄句起、仄句結，依

「青草湖中」一體。均有依據，唯一首首句不用韻，與原唱及諸和作有異。

又，滋野貞主和作五首，雖有「窅瀝之處」，但每首結句的同一位置，用「入」字（作去聲用），同樣亦與原唱相合。

其曰：

漁父本自愛春灣。鬢髮皎然骨性閒。水澤畔，蘆葉間。拏音遠去入江邊。

微花一點釣翁舟。不倦游魚自曉流。濤似馬，湍如牛。芳菲霽後入花洲。

潺湲緑水與年深。棹歌波聲不厭心。砂巷嘯，蛟浦吟。山風吹嘯入單衿。

長江萬里接雲倪。水事心在浦不迷。昔山住，今水棲。孤竿釣影入春溪。

水泛經年逢一清。舟中暗識聖人生。無思慮，任時明。不罷長歌入曉聲。

滋野貞主和作，「漁父本自」一首，仄句起、平句結，依「西塞山前」一體；「水泛經年」一首，仄句起、仄句結，依「青草湖中」一體；其餘三首，平句起、平句結，依「釣臺漁父」一體。

從形式格律上看，《漁歌子》之原唱與和作，一調四體，無論哪一種體式，其中的變換，都未曾突破原有的格式規範。例如「西塞山前」體與「霅溪灣裏」體，一仄句起、平句結（仄仄平平仄仄平，平平仄仄仄平平），一平句起、仄句結（平平仄仄仄平平，仄仄平平仄仄平），兩兩相較，格式全反，但這祇是兩種體式之間，起句與結句位置互换，《詞律》稱「數位互用」⑯，起句與結句自身固有平仄組合規則並未曾變。亦即祇是句法改變，句式未變。句法、句式，二者不能混淆。句有百法，句式祇有兩種：律式句和非律式句。律式句詩詞共用，非律式句詞用詩不能用。和五、七言律、絶一樣，《漁歌子》的句式，七言或三言，皆爲律式句。就句法而言，其變與不變，既與五、七言律、絶無異，亦與按譜填詞所形成格式無異。説明《漁歌子》形式格律已符合按譜填詞的格式規範。這是從句法上對於《漁歌子》身份認同的驗證。

以下説歌法，即其合樂應歌的方法、方式及模式問題。就目前情況看，《漁歌子》之合樂應歌，儘管仍缺少一定的文獻依據，但有兩個方面的事例仍可提供研討。一爲《漁歌子》本身帶有歌腔，這是合樂應歌的憑藉；另一爲《漁歌子》最後一句第五個字爲固定字眼，這是合樂應歌所留下的音樂印記。由於帶有歌腔，張志和《漁歌子》流傳日邦，嵯峨天皇及其臣子，遂有應和之作；而流傳本邦，則因曲度不傳，蘇軾一班文士，祇好沿用《漁歌子》成句，添字擴作《浣溪沙》或者《鷓鴣天》，以相應和⑰。這是《漁歌子》曾經合樂應歌的外證。由於留下印記，即其最後一句第五個字用去聲，表示樂曲格式需要强調的地方，也就是樂曲音律吃緊之處。這是《漁歌子》曾經合樂應歌的内證。以此爲前提，進而看其合樂應歌的方法、方式及模式，所謂不帶和聲，無復依傍，説明《漁歌子》合樂，其所施行已非歌詩之法，而乃歌詞之法。由歌詞之法，推斷《漁歌子》已是一般意義上所説倚聲新詞。這是從歌法上對於《漁歌子》身份認同的驗證。

（3）辨僞與認真

以上依句法標志與歌法標志，從辨僞與認真兩個不同角度，對於《江南弄》《竹枝》詞以及《漁歌子》的詞體身份加以驗證。説明《江南弄》與《竹枝》詞，儘管在格式上已與一般意義上所説倚聲新詞無異，但因其合樂所施行爲歌詩之法，而非歌詞之法，仍非嚴格意義上的倚聲新詞；而《漁歌子》既具倚聲新詞的格式規範，其合樂所推行又爲歌詞之法，乃嚴格意義上的倚聲新詞，不應被排除於詞林之外。這是以「兩個標志，一個長過程」爲原則所作論斷。

2. 詞學觀念問題

詞學觀念問題，是對於詞的看法、態度問題，包括對於詞的質性的認識和判斷。是史觀和史識的一種體現，同時也是一種評價標準。例如詞爲豔科，就是一種看法、態度，一種認識和判斷，也就是一種觀念。我在夏承燾先生門下學詞，先生就曾説及宋人對於詞的態度問題。當時還不怎麽明白，這就是觀念問題，是學詞的一種指導思想；而且也没追究，宋人以詞爲豔科這句話究竟出自何典。數年前，我在大學階段的一位授業導師陳祥耀先生曾囑咐，查一查這句話的來歷。後來，從謝桃坊先生著作中獲知，這是二十世紀的人講的話，並非出自宋人之口。但我一直以爲，詞爲艷科仍然是宋人的觀念。這是自温庭筠起就確立的觀念。

（1）聲學與艷科，千年詞學的兩個關鍵詞

《舊唐書》温庭筠傳稱：（温庭筠）「能逐弦吹之音，爲側豔之詞」。兩句話，説明温庭筠的創造包括兩個方面——聲學與艷科；也説明倚聲填詞乃由體現格律形式的聲學與體現思想内容的艷科所構成。温庭筠之逐弦吹之音，指的是歌詞文辭與樂曲樂音的配搭，表示詞之所謂填者，自温庭筠起。這是在聲學上的創造，以文辭字聲加以體現。至其所作側豔之詞，指的是思想内容方面的創造，以艷之質性加以體現。而此處之所謂豔者，其質性乃以一個側字加以限定。謂其爲側艷，側者，旁也，不正曰仄，不中曰側，説明是一種不正的豔。比如鄭衛之音，相對於華夏正聲，温庭筠詞所體現的豔，依孔夫子所見，當爲邪豔。側與正，或者邪與正，向被用作考量作者品級的一個尺度。自詩三百以來皆如是。就詩教傳統看，所謂「士行塵雜，不修邊幅」，温庭筠當時之被視作異類，應與所作側艷之詞有關；而就文體創造看，所謂「同能不如獨勝」⑱，在文學史上，温庭筠卻因此而成爲花間之首，成爲中國倚聲填詞史上一位標志性人物。這應是温庭筠當時所想像不到的。因此，聲學與艷科，便成爲千年詞學的兩個關鍵詞。

（2）樂府與聲詩，宋人對於倚聲填詞的理解及態度

大致而言，温庭筠在聲學與艷科兩個方面的創造，對於倚聲填詞質性的確定以及後來者觀念的確立，都曾發揮決定性的作用。入宋，詞的質性並無改變，中國倚聲填詞仍然由聲學與艷科所構成。但宋人對於詞的觀念，亦即對於倚聲填詞所採取的態度，卻經常處在矛盾的狀態當中。記得三十年前，我在自己的著作中曾説：宋代道學空氣極其濃厚，宋代詞人往往表現出雙重人格。即：戴上面具作載道之文、言志之詩，卸下面具寫言情之詞⑲。可見宋人對於作爲艷科的詞，雖有共同的喜好，卻仍然持以不同的態度。例如，柳永奉歌兒舞女的芳旨填詞（吴世昌語），以「白衣卿相」自命，天下歌之；蘇軾將詞看作詩之裔，又未嘗短於情，衹好將填詞當作餘事之餘事。此類言論與行爲，就是不同觀念、不同態度的體現。宋之後，所謂小道、末技，亦當作如是觀。

李清照著《詞論》，提出兩個概念：樂府與聲詩。以之代表兩種不同的樂歌品種。即盛行於唐開元、天寶間的歌詞（樂府）與歌詩（聲詩）。其謂「别是一家，知之者少」，既爲歌詞正名，謂其乃新時代的樂府，並以之與聲詩對舉，揭示其有别之處。其有别之處，兩個方面，協音律與主情致，既是對於歌詞有别於歌詩的説明，亦表示對於聲學與艷科的理解。

以上説觀念問題，表示對於倚聲填詞的看法和態度，也表示對於倚聲填詞質性的認識和

判斷。聲學與艶科,兩個方面,是倚聲填詞在内容和形式兩個方面特性的體現,兩個方面的組成,爲千年詞學的確立奠定基石。千百年來,但凡言詞者,皆不能離開這一話題。

3. 詞學科目確立問題

科目的確立,既是分期、分類的結果,又是辨别源與流的體現。但科目並不等同於學科。從科目的確立到學科的創置,是從詞學的自覺到自覺的詞學的一個行程。温庭筠的出現,方纔爲行程的開始。其時,詞學已經自覺,亦即已與詩歌分離,但自覺的詞學仍未出現。就温庭筠而言,他對於中國倚聲填詞的貢獻,除了上文所説詞體質性的確認和詞學觀念的確立,還在於他的出現,令得原來與詩同科的詞終於獨立成科。也正因爲如此,中國倚聲填詞方纔以一種獨立的文體在中國文學史上占居一定的位置。

(1) 多爲拗句,嚴於依聲

由詞與詩同科,到另立一體,倚聲填詞的這一秘密,是由夏承燾先生揭示出來的。夏承燾先生《唐宋詞字聲之演變》⑳一文稱:

詞之初起,若劉、白之《竹枝》、《望江南》,王建之《三臺》、《調笑》,本蜕自唐絶,與詩同科。至飛卿以側豔之體,逐管弦之音,始多爲拗句,嚴於依聲。往往有同調數首,字字從同；凡在詩句中可不拘平仄者，温詞皆一律謹守不渝。

温庭筠之前將近三百年，從隋末一直到晚唐，詞之所以爲詞，界限未明。樂府與聲詩，尚無明確的劃分。温庭筠「以側豔之體，逐管弦之音」，究竟如何將歌詞從歌詩中分離出來？在這段論述中，夏承燾先生明確指出，是在同一詞調、同一位置，通過字聲的運用及變化以及句式的運用及變化，將歌詞從歌詩中分離出來。從而，令其成爲中國詩歌的另一品種，亦即另一獨立文體。

例如，温庭筠《定西番》（三首）：

漢使昔年離別，攀弱柳，折寒梅。上高臺。　千里玉關春雪，雁來人不來。羌笛一聲愁絶，月徘徊。

海燕欲飛調羽，萱草緑，杏花紅。隔簾櫳。　雙鬢翠霞金縷，一枝春豔濃。樓上月明三五，瑣窗中。

細雨曉鶯春晚，人似玉，柳如眉。正相思。　羅幕翠簾初捲，鏡中花一枝。腸斷塞門消息，雁來稀。

夏承燾先生指出：《定西番》三首共一百五十字，無一字平仄不合。而且，三首當中，每首八句，拗句占其四。夏承燾先生的舉證，説明温庭筠已分平仄，而且多用拗句。這是歌詞有别於歌詩並從歌詩中分離出來的事證。

夏承燾先生將温庭筠歌詞中的這種事證，概括爲二：一指字聲，謂其無一字平仄不合，這是以文辭的字聲應合樂曲樂音的意思；另一指句式，謂其「多爲拗句，嚴於依聲」，而且同調數首，一律謹守不渝，這是詞中拗句的運用。此二者即爲歌詞獨立成科的標志。夏承燾先生的論斷，是一種識見的體現。兩個方面，有迹可循，有案可考，並非泛泛之談。二十世紀五代詞學傳人中，具有這一識見，並爲之明確揭示者，應祇有夏承燾先生一人。不過，在《唐宋詞字聲之演變》一文，夏承燾先生以爲温庭筠所辨字聲僅在平仄，猶未嘗有上去之分，亦尚有可斟酌之處。如謂温庭筠《菩薩蠻》十五首之兩結，四聲錯出，未能一律，説明尚未從通變這一關節上立論。

(2) 以一聲變多聲，爲詞調定律

盛配先生以夏承燾先生陽上作去、入派三聲之説爲指導考訂詞律，編纂《詞調詞律大典》。於詞律考訂過程，盛配先生發現，唐宋詞字聲，除陽上可以作去、入可分派平上去三聲外，尚有可通變之處。比如上陰去作上，入作陽平轉去，上可代平，平可代上，其可替代範圍非常寬廣。因此，盛配先生發明四聲通變原則。以一聲變多聲，爲詞調定律。例如，温庭筠《菩薩蠻》十五首之兩結處，並非如夏承燾先生所説，四聲錯出，未能一律，而是兩結皆用拗，並且一律以「去平平去平」格式出現。

以下是温庭筠《菩薩蠻》十五首的其中四首。

其一：

小山重疊金明滅。鬢雲欲度香腮雪。懶起畫蛾眉。**弄**（**去**）妝梳**洗**（**非去聲**）遲。

照花前後鏡。花面交相映。新帖繡羅襦。**雙**（**非去聲**）雙金**鷓**（**去**）鴣。

其二：

水精簾裏頗黎枕。暖香惹夢鴛鴦錦。江上柳如煙。**雁**（**去**）飛殘**月**（**作去**）天。

藕絲秋色淺。人勝參差剪。霜鬢隔香紅。**玉**（**作去**）釵頭**上**（**去**）風。

其三：

鳳凰相對盤金縷。牡丹一夜經微雨。明鏡照新妝。**鬢（去）**輕雙**臉（陽上作去）**長。畫樓相望久。欄外垂絲柳。音信不歸來。**社（去）**前雙**燕（去）**回。

其四：

牡丹花謝鶯聲歇。緑楊滿院中庭月。相憶夢難成。**背（去）**窗燈**半（去）**明。　翠鈿金靨臉。寂寞香閨掩。人遠淚闌干。**燕（去）**飛春**又（去）**殘。

據盛配先生所標識，温庭筠《菩薩蠻》前後兩結尾句中，六十個用去聲處（以黑體字顯示），二十四處爲去聲，如弄、鵰、雁、上、暫、信、送、夢、鏡、鬢、鬢、社、燕、背、半、燕、又、淚、繡、燕、杏、卧、鳳、畫；二十七處用以通變，如月（作去）、玉（作去）、別（作陽平轉去）、月（作去）、滿（陽上作去）、雨（陽上作去）、滿（陽上作去）、玉（作去）、馬（陽上作去）、緑（作去）、覺（作去）、臉（陽上作去）、不（作去）、驛（作去）、雨（陽上作去）、得（作陽平轉去）、落（作去）、無（陽平作去）、倚（陽上作去）、薄（作陽平轉去）、滿（陽上作去）、憑（陽平作去）、欲（作去）、緑（作去）、點（陽上作去）、晚（陽上作去）、羅（陽平作去）。僅九處非去聲，即洗、雙、曉、此、錦、曉、草、秋、此。用去聲處，包括通變，二十四加二十七，得百分之八十五。盛配先生的統計説明：温庭筠《菩薩蠻》前後兩結尾句五個字的字聲完全符合「去平平去平」格式規定的祇二十四處，未及其半，但加上通變，二十七處所謂作去、轉去者，計五十一處，占總數百分之八十五。這也就是説，温庭筠《菩薩蠻》前後兩結尾句五個字的字聲基本符合「去平平去平」格式規定。

（3）重要的發現，歷史的論定

盛配先生以四聲通變原則，證實温庭筠《菩薩蠻》十五首前後結尾句，皆可以「去平平去平」格式規定加以規範。這是一個重要發現。這一發現，是一歷史的論定。既爲夏承燾先生論温飛卿「多用拗句，嚴以依聲」提供實證，亦爲夏承燾先生所作詞至飛卿而獨立成科的歷史論斷提供依據。

4. 小結：史觀與史識

中國倚聲填詞之作爲一種有機體，其生成狀況，於不同時間段有著不同的呈現。對其整體的把握與觀照以及各個不同時間段的分析與判斷，乃一定史觀與史識的體現。第一階段，虛聲填實，大致依據沈括、朱熹的論斷進行推測，並且藉助兩個並非完全合符詞體身份的事證以爲事證。其起止時間未能斷限，在假定時間段亦未有合適事證可爲論定。在文獻資料尚未有足够提供的情況下，所謂大膽的假設，對於初起之時倚聲填詞生成狀況的瞭解應有所助益。第二階段，依曲拍爲句，其起止時間同樣未能斷限，並且與第一時間段，亦互相重叠，但其關鍵人物及重大事件已出現，歌詩之法與歌詞之法，已有明確的分野。歌詞合樂，基本已成定局。第三階段，以字聲追逐樂音，標志人物出現，倚聲填詞之作爲一種有機體，正式登場。

三個階段，人物與事件，構成倚聲填詞的生成歷史。就整體而言，或虛聲填實，或依曲拍爲句，皆爲體現詞與樂的配合；而就各個時間段而言，或以篇爲單位入樂，或以句爲單位入樂，各有不同的方法、方式與模式。

至此，中國倚聲填詞「前世」因緣的相關問題，包括起源、質性以及獨立成科諸問題，均已交待清楚。其來龍去脈，可以下列圖表加以展示（見圖一）。

圖一：倚聲填詞的標志及緣起

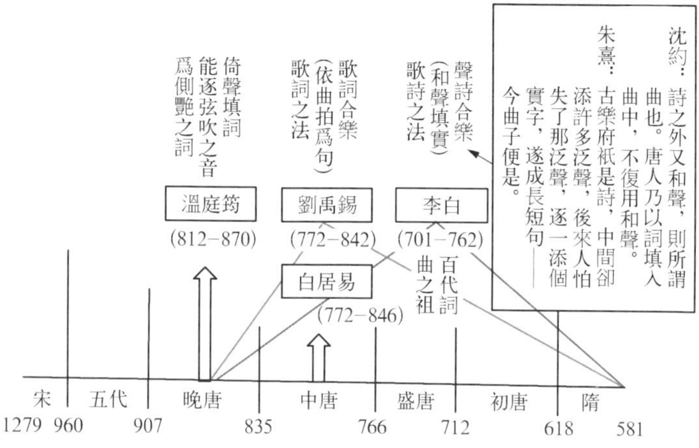

二　中國倚聲填詞的「今生」際遇

中國倚聲填詞的「前世」，屬於倚聲填詞發生、發展的第一個時間段。這一時間段，隋末至晚唐，大約三百年。中國倚聲填詞的「今生」，屬於倚聲填詞發生、發展的第二個時間段。這一時間段，自晚唐温庭筠起，至今千餘年而仍未終結。兩個時間段，第一個時間段可以論定；第二個時間段，有其始而無其終，有上限而尚未有下限，目前尚未能論定。爲著於當下立論，除第一個時間段大約三百年的劃分不變外，特將第二個時間段分作兩個小段落，分别加以叙説。第一個小段落，自晚唐至晚清，大約一千年；第二個小段落，自二十世紀之初至二十世紀之末，大約一百年。而後，於當下推斷之後的一千年。既延伸其「今生」，又預測其「來生」。從而，構造中國倚聲填詞的第三個時間段。當下，第一個時間段已經完結，第二個時間段仍在行進之中，第三個時間段尚未開始。三個時間段，合而觀之，即爲中國倚聲填詞的過去、現在及未來。這是依據王國維、胡適對於千年詞學的劃分所進行的劃分。

（一）劃分及斷限，開闢與創造

一九〇八年，王國維發表《人間詞話》，倡導境界説，開創中國今詞學。其謂「詞以境界爲最上」，即以有無境界爲標準，論定千年填詞。以有境界爲最上的詞，無境界爲最下。有境界與無境界，是分類，亦爲分期。即以王國維爲分界綫，將千年詞學劃分爲二段。此前爲古詞學，或舊詞學；此後爲今詞學，或新詞學。這是依據王國維的論斷，對於千年詞學所作劃分與斷限。

王國維之後，胡適依據文學表達工具，將漢以後中國文學劃分爲古文文學與白話文學二類。其所著《白話文學史》有云：「從此以後，中國的文學便分出了兩條路子：一條是那模仿的，沿襲的，没有生氣的古文文學；一條是那自然的，活潑潑的，表現人生的白話文學。向來的文學史衹認得那前一條路，不承認那後一條路。我們現在講的是活文學史，是白話文學史，正是那後一條路。」胡適將古文文學看作没有生氣的死文學，而將白話文學看作活潑潑的活文學。所作論斷，是分類，亦爲分期。既爲中國千年白話文學史開道，亦體現其作爲一位文學史家所具備史的觀念和識見。

至於千年填詞歷史，自晚唐而至於今日（一九〇〇年）。胡適依據人類生存狀態進行劃分，並以人與鬼的生成與變化，描述其生成與變化。在《詞選》序中，胡適將千年填詞歷史劃分爲三個大時期：自然演變時期，曲子時期，模仿填詞時期。並且將第一個大時期劃分爲三個小段落：歌者的詞，詩人的詞，詞匠的詞（詳見圖二：千年詞史開闢圖）。就倚聲填詞的歷史發展進程看，胡適的這種劃分，同樣也體現出一種史的觀念和識見。

對於千年填詞歷史，王國維、胡適的劃分及斷限，亦即分期與分類，乃「操斧伐柯」於文體設置與建造中的運用。對於千年詞學的開闢與創造，具劃時代意義。

（二）千年詞學的開闢與創造

晚唐至晚清，千年詞學的開闢與創造，包括以下三個方面問題：詞學學科的創立問題，治詞門徑的探尋問題以及詞學理論的建造問題。這是中國倚聲填詞第二個時間段的開闢與創造。以下試分別加以列述。

1. 詞學學科確立的原理及對象

探討詞學學科的確立問題，首先必須釐清兩個概念，詞學科目與詞學學科。兩個概念各有一定意涵，是千年詞學於演進過程不同階段體質及形態的體現。科目與學科不同，就文學而言，科目

圖二：千年詞史開闢圖

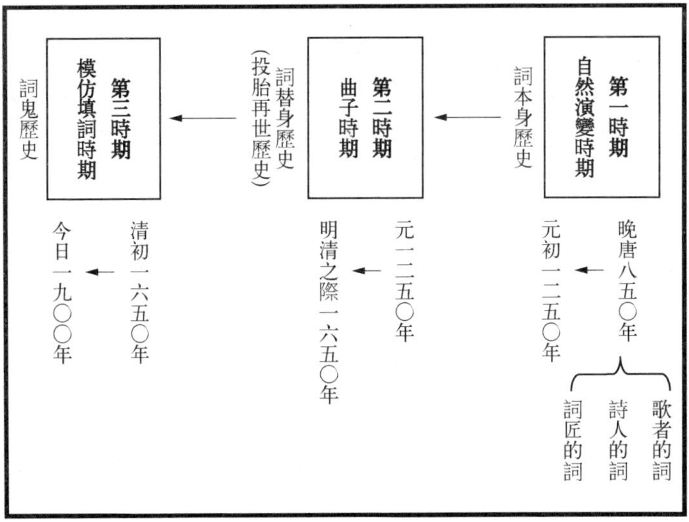

指依文章質性所劃分的文體類别；學科指依學問質性所劃分的學術科别。前者是文體的分類，後者是學術的分類。就中國倚聲填詞的發展歷史看，詞學科目的確立，以温庭筠爲標志。温庭筠「以側豔之體，逐管弦之音」，既令得歌詞獨立成科，亦令得倚聲填詞這一文體所特有的體質與形態有了一定的規範。這一進程，大約三百年，已如上文所述。這是科目的科，不是學科的科。

從科目的確立到學科的創置，對於倚聲填詞來説，仍須一個從詞學的自覺到自覺的詞學的演進過程。這一過程，大致包括三個階段。

第一階段，自温庭筠至張炎，從獨立之體到專門之學。

温庭筠出現，倚聲填詞之作爲文學中一獨立文體已經成型，但此時與倚聲填詞相關的事項，諸如詞的本事以及後來被稱作詞學的種種事項，仍然屬於一般意義上的學問（詞學），尚非專門屬於倚聲填詞的學問（詞學），亦即個别意義上的學問（詞學），如龍榆生所説「專門之學」。温庭筠之後，歷數百年，至張炎「嗟古音之寥寥，慮雅詞之落落」，因著《詞源》，將其先人倚聲填詞的經驗，包括昔時於先人侍側得聞楊守齋、毛敏仲、徐南溪諸公商榷音律的經驗記録在册㉑。而且，辨宫律、論作法，對於隋唐以來在長短句製作中有關古音及雅詞的創作經驗，也給予總結與歸納。全書二卷，已將屬於歌曲方面之事以及屬於填詞方面之事，包括通常所説聲學與豔科兩個方面的創造當作自己的研究對象。就宋代詞學的演進而言，可謂集大成之舉。因此之故，龍榆生探討中國千年詞學，就曾作出如下推斷。曰：「詞樂一綫之延，至宋季已不絶如縷。張叔夏氏，始著《詞源》一書，詞乃成爲專門之學。」龍榆生並且確認：「詞之有學，實起於張氏。」[22]説明其時的所謂詞學，已經由外而内，由一般到個別，集中到詞體自身的問題上面來。這就是詞學的自覺。但其所謂「學」者，並非學科的學，而仍爲學問的學。這是第一階段的狀況。

第二階段，自張炎至龍榆生，從一般經驗總結到學科構建。

如上所述，詞至張炎，有了「專門之學」，而仍未有專門之學科。因其時，尚未有構建學科的自覺意識。直至二十世紀三十年代，龍榆生主持《詞學季刊》，方纔具備這一自覺意識。例如，在《研究詞學之商榷》一文，龍榆生首先爲「填詞」與「詞學」作出界定。曰：「取唐宋以來之燕樂雜曲，依其節拍而實之以文字，謂之『填詞』。推求各曲調表情之緩急悲歡，與詞體之淵源流變，乃至各作者利病得失之所由，謂之『詞學』。」而後，在這一前提之下，龍榆生提出：通過填詞（學詞）與詞學，歸納衆制，尋求其一定之規律，與其盛衰轉變之情，舉千年之墜緒，以昭示來學[23]。簡短幾句話，概括説明，這種尋求與昭示是中國倚聲填詞的一項千秋功業。以此爲基調，即爲詞學學科的構建，確立明確的目標。

目標確立，龍榆生進一步闡釋構建學科的原理及對象。如曰：「詞雖脱離音樂，而要不能不承認其爲最富於音樂性之文學。即其句度之參差長短，與語調之疾徐輕重，叶韻之疏密清濁，比類而推求之，其曲中所表之聲情，必猶可覩。」[24]説明「音理不傳，字格俱在」[25]，即使大晟遺譜，蕩爲雲煙，不能規復宋人歌詞之舊，吾人今日仍可以諸大家之製作爲標準進行研究與創作，亦即依據歌詞自身「句度長短之數，聲韻平上之差」，以自抒其性靈懷抱。於字格求音理，這是詞學學科構建的依據與原理，爲學科創置的根本。以此爲指導，由填詞（學詞）而詞學，龍榆生通過歸納與概括以及抽象與提升，將詞學八事確定爲研究對象。曰：圖譜之學、音律之學、詞韻之學、詞史之學、校勘之學、聲調之學、批評之學、目録之學。並就自己所添加聲調之學、批評之學及目録之學三事作進一步探研。龍榆生從多到一的歸納與綜合，明確研究對象，這是學科構建的基礎。

龍榆生之後，有關學者之添加或者減少，仍然以八事爲依據。例如，趙尊嶽《饒宗頤〈詞籍考〉序》，將歷代詞籍内容概括爲詞中六藝。曰：詞集、詞譜、詞韻、詞評、詞史、詞樂。[26]唐圭璋、金啓華合撰《歷代詞學研究述略》於八事外，又平添二事。曰：詞集箋注與詞學輯佚[27]。等等。至於本人爲業師夏承燾先生所立傳，即將其簡化爲三。曰：論述之學，考訂之學，倚聲之學（詞的創作）。是爲倚聲三事[28]。同樣也是龍榆生歸納、概括的運用。

龍榆生詞學八事，就内容看，儘管不能與張炎《詞源》相比，但其規制，包括原理及運用，對於詞學學科創置，卻具一定指導意義。這是第二階段的狀況。

第三階段，自龍榆生而至於今，從詞學八事到六藝三碑。

文學史上，學科的創立是文學自覺的標志。詞學史上，學科的創立，同樣也是詞學自覺的標志。但詞學的自覺和自覺的詞學，二者仍有所區別。詞學的自覺，表示倚聲填詞之作爲文學中之一文體，已是獨立的存在，不需要依附於其他文體；自覺的詞學，表示倚聲填詞之作爲文學門類中之一門學科，不僅具有自足的體系，包括内在結構形式和外在結構形式，而且具有對於體系的説明，包括體系構成的原理及運用。詞學史上，温庭筠的出現，倚聲填詞獨立成科，體現詞學的自覺。由温庭筠到張炎，再由張炎到龍榆生，是由詞學的自覺向自覺的詞學推進的過程。就詞學自身的發展、演變看，如果説由温庭筠到張炎，一般意義上的詞學轉化爲詞的專門之學，那麽，由張炎到龍榆生，詞的專門之學即發展至詞的專門學科。再就詞學創造主體看，如果説由温庭筠到張炎，尚未有構建學科的自覺意識，那麽，由張炎到龍榆生，就是有意識的詞學學科構建。兩種自覺，詞學的自覺與自覺的詞學，表示兩種不同的存在狀態。

龍榆生有關詞學研究的商榷，爲中國詞學學科的確立及創置奠定基礎。依據龍榆生對於唐宋以來填詞（學詞）與詞學所作論斷，其於詞學學科的構建，大致做了以下兩個方面的工作：其一，爲詞學學科的構建確立目標；其二，對於構建詞學學科的原理及對象，作了明確的規範。

以上是龍榆生有關詞學學科構建的提議及規劃。當然，自二十世紀，尤其是二十世紀三十年代以來，以詞學爲標榜的專門著作已相繼問世。諸如梁啓勛《詞學》、吴梅《詞學通論》以及詹安泰《詞學研究》等，都有一定的宗旨與規範。其中，吴梅《詞學通論》，全編九章，前五章辨體，論平仄四聲、論韻、論音律、論作法；第六章以下詞史，列論唐五代以迄清季詞學之源流正變，與諸大家之利病得失[29]。其立學、立説，精心構建，應不能謂之無意。但就總體而言，無論龍榆生的歸納、概括，抽象、提升，或者吴梅的辨體及會通，均有待進一步加以充實與完善。尤其是史觀與史識問題，所謂「論人脱不了『點鬼簿』習氣，論詞簡直是衙門中的公文『摘由』」（借用吴世昌評吴梅《詞學通論》語[30]），則更加成爲學界的通病。

因此之故，本世紀之初，本人曾撰寫《詞學的自覺與自覺的詞學——關於建造中國詞學學的設想》一文，爲詞學學作界定，謂其乃「研究詞學自身存在及其形式體現的一門學科」[31]。並且於相關文章，以詞中六藝及詞學史上的三座里程碑，對學科自身的存在及其形式體現作一概括的描述。試圖以六藝、三碑爲基礎，接續龍榆生的詞學八事，爲中國詞學學的學科構建提供參考。這是第三階段的狀況。

2. 詞學入門途徑的探尋及提示

龍榆生説填詞與詞學，也説學詞與詞學，謂之原爲二事：一學詞者之事，一治詞學者之事。龍榆生既於《研究詞學之商榷》一文爲確立義界，又於《今日學詞應取之途徑》一文爲指明旨歸㉜。有關入門途徑問題，長期以來，備受關注。記得業師夏承燾先生嘗言，三十之前，苦無名師指點，頗爲困惑。後經龍榆生引薦，結識彊村老人，於此二事，始得漸窺門徑。在倚聲填詞史上，第一個有意教人如何學詞與填詞並且示人以入手之門者，應是周濟。周濟論詞主寄託，曾謂「初學詞，求有寄託。有寄託，則表裏相宜」㉝。編纂《宋四家詞選》，爲學詞者開示途徑，亦以寄託之有與無作爲立論的依據。其曰：「問途碧山，歷夢窗、稼軒以還清真之渾化。」㉞從尾巴算上來，依其品級遞升，以王沂孫、吴夢窗、辛棄疾、周邦彦四家爲領袖一代人物。既有一定目標，又有一定軌轍。例如王沂孫，其之被當作入門的開始，不僅因其詞工整雅正，堪爲典型，而且因其詞聲容調度，一一可循。謂初學詞者，於工雅處入手，就其對一花一木、一山一水的描寫，以求「詞外有詞」，其善入善出者也，即可望助其達至目標。説到底，就是善於借助他物，以引起所詠之辭。即所謂寄託者也。實際上，這就是傳統比興手法的運用。無論學詞者，或者治詞學者，都應明白這一道理。

如上所述，周濟説四家途徑，大致包括三個階段：取徑階段、歷經階段及集成階段。三個階段，實際上就是三個步驟，有其始，有其終，體現一完整過程。

第一階段，非寄托不入，專寄托不出。

周濟《宋四家詞選》「目録序論」有云：

夫詞，非寄托不入，專寄托不出。一物一事，引而伸之，觸類多通。驅心若遊絲之罥飛英，含毫如郢斤之斫蠅翼。以無厚入有間。既習已，意感偶生，假類畢達，閲載千百，謦咳弗達，斯入矣。賦情獨深，逐境必寤。醖釀日久，冥發妄中。雖鋪叙平淡，摹繢淺近，而萬感横集，五中無主。讀其篇者，臨淵窺魚，意爲魴鯉；中宵驚電，罔識東西。赤子隨母笑啼，鄉人緣劇喜怒，抑可謂能出矣。

這段話説寄托的入與出問題。從藝術創造角度看，一物一事，屬於個别的藝術形象，是用以引起所詠之辭的他物，或者用以比喻此物的彼物，謂非寄托不入，專寄托不出，其入與出，體現出藝術創造之如何從個别到一般進行醖釀的全過程。這一過程之所謂能入能出，既在其所刻畫事物，所塑造形象，精緻、準確，「這一個」就是「這一個」，具一定特殊意義，又在其所引發聯想，所形成意念，通脱、自如，能將與一事一物相類似的事物聯繫在一起，令具一定普遍意義和典型意義。因此，其所謂物和事，已非自然形態之物和事，而是經過藝術創造，「萬取一收」之物和事，也就是具有典型意義、普遍意義的物和事。謂其由個別到一般的歸納與概括以及從詩歌到哲學的提升，這是利用現代藝術創造理論所作説明。所謂能寄托者也，即立足於此。

大致而言，取徑階段之所創造，既「無一字無來歷」，又皆出自於文字之外。能入、能出，既有蹤迹可循，又往往找不到蹤迹。例如，王沂孫的詠物詞，托意隸事處，以意貫串，渾化無痕，周濟稱之爲碧山勝場[35]，這便是詞學入門的第一步。

第二階段，由北開南，由南追北：是詞家轉境。

歷經階段，稼軒與夢窗並提。著重説「詞家轉境」。轉，表示轉變或者回還。包括空與實、淺與深、淡與穠以及疏與密等各種狀態的轉變或者回還。正如周濟所説：「稼軒由北開南，夢窗由南追北：是詞家轉境。」[36]這就是北宋與南宋的一種轉變或者回還。周濟論辛棄疾，謂其「才情富艷，思力果鋭。南北兩朝，實無其匹」[37]；論吴文英，謂其「立意高，取逕遠，皆非餘子所及」[38]。大致將辛、吴二家排在同等位置。那麼，以之爲階段性的目標，初學詞者究竟應當如何進取？依據周濟提示，對於稼軒，因其才大，思力過人，往往鋒穎太露，但沈著痛快，有轍可循，如能斂雄心，抗高調，變溫婉，成悲涼，則未嘗無有可傳之衣鉢㊴；至於夢窗，乃奇思壯采，騰天潛淵㊵，其至高至精處，雖擬議形容之，未易得其神似，故以爲，勿輕言學夢窗也㊶。不過，論者仍以爲：稼軒與夢窗，取徑分途，易途同歸，或者説殊流而同源㊷，其於由北開南及由南追北的所謂「詞家轉境」，仍具一定的指標意義和參考價值。

由取徑階段到途經階段，話題從王沂孫一家拓展至兩宋百家，但所討論問題，如從景與情或者物與我的關係看，卻仍然是寄托之有與無亦即入與出問題。例如，周濟有云：

初學詞求空，空則靈氣往來。既成格調求實，實則精力彌滿。初學詞求有寄托，有寄托則表裏相宜，斐然成章。既成格調，求無寄托，無寄托，則指事類情，仁者見仁，知者見知。北宋詞，下者在南宋下，以其不能空，且不知寄托也；高者在南宋上，以其能實，且能無寄托也。南宋由下不犯北宋拙率之病，高不到北宋渾涵之詣。

周濟並云：

北宋詞，多就景叙情，故珠圓玉潤，四照玲瓏，至稼軒、白石一變而爲即事叙景，使深者反淺，曲者反直。[43]

以上兩段話，説空與實以及有寄托與無寄托問題。其中，景、情、事三大要素的排列與組合，諸如深淺曲直以及淡穠疏密所呈現空與實的狀態，構成不同藝術規範，體現不同的藝術追求及審美標準。歷經階段，百家之言，一家獨斷，其北與南的比較及論述，既有明確目標，又有具體路徑。這是歷經階段的經歷。

第三階段，還清真之渾化，集大成之所謂也。

集成階段，集大成者也。兩個關鍵詞，渾化與鈎勒，最得其中要義。一爲詞學追尋的最終目標，一爲方法與途徑。因此，周濟有云：

美成思力獨絶千古，如顔平原書，雖未臻兩晉，而唐初之法，至此大備，後有作者，莫能出其範圍矣。讀得清真詞多，覺他人所作，都不十分經意。鈎勒之妙，無如清真；他人一鈎勒便薄，清真愈鈎勒，愈渾厚。[44]

周濟論清真，於《宋四家詞選目録序論》稱渾化，此稱渾厚。一指取徑碧山、經歷夢窗、稼軒所達至目標，一指通過鈎勒所呈現效果。但二者的著眼點都在一個渾字上，祇是渾的狀態稍有不同而已。渾，從水，軍聲。本「水噴湧之聲也」（《玉篇》）。引申爲全，或者整個，如渾然一體。周濟説渾化，也説渾厚，兩個概念，其内涵與外延，皆頗難加以界定。就其所揭示四家門徑看，所謂渾化者，應是一種渾然化一、物我兩渾的狀態，如劉熙載所説「《檀弓》渾化，語疏而情密，天之全也」㊺；至於渾厚，我意當以張炎所説「美成詞祇當看他渾成處，於軟媚中有氣魄」㊻，似較爲恰當。前者側重於化，表示圓美流宕，渾然天成；後者側重於厚，表示沉著含蓄，委婉内斂。但二者都追尋一種思力與法度皆獨絶千古、至此大備的狀態。這就是周濟以四家爲門徑的進取目標。

周濟所説四家門徑，表示學詞的三個階段，三個步驟。四家門徑，皆有法度，别具性情。入門的關鍵問題，是寄托之入與出問題，亦即思與筆的配合問題。第一階段，以碧山爲入門階陛，思筆雙絶，其所謂善入善出，爲初學者展示途徑及軌迹。第二階段，北與南的轉變與回還，著重於内容的鍛煉及門徑的開啓。既以稼軒之才學思力，用婉曲之筆收斂雄心高調，又以夢窗密澀筆法，錘鍊法度，追摹北宋之濃摯。第三階段，集大成與規範化。達至終極目標，捨筏而登岸。

對於周濟所提示學詞經驗，長期以來被視作一種便利途徑，不二法門，而業師吴世昌先生則以爲不然。其曰：「我平生爲詞，不聽止庵之所謂問途碧山，而是取徑二晏以入清真、稼軒。」㊼吴世昌治詞主真情性，提倡讀原料書。他不信常州派的寄托説，不喜歡上綱上綫，强作解人，對於周濟之論稼軒、夢窗及所説鈎勒，亦有不同見解。尤其是鈎勒，吴世昌據周邦彦「在情景之外，滲入故事，使無生者變爲有生，有生者另有新境」這一事實，説明「所謂鈎勒，即述事以事爲鈎，勒住前情後景，則新境自然湧現」，更是將周濟論四家詞中的一個關鍵詞説得明明白白。不過，無論如何，就整體看，周濟教人如何學詞，一些重要關節，由於概念的模糊，也還是很難説得明白。因此，我將周濟所説確定爲「舊宋四家詞説」，而另行推出「新宋四家詞説」。其曰：「由屯田之家法，易安之『别是一家』，歷東坡、稼軒之變化，以還詞之似詞。」㊽取徑屯田，著眼其排列組合。上片佈景，下片説情。宋初體的基本特徵，柳永詞的公式。别是一家，詞之爲詞的最初規範。東坡之大、稼軒之奇，實現目標之所經歷。詞之似詞，非衆體之同能，乃一家之獨勝。既有其始，亦有其終。一個似字，包括所有。這就是我的「新宋四家詞説」，謹附録於此，以備參考。

3. 詞學理論創造的標榜及説明

一般講，理論相對於實踐，是實踐經驗的總結，或者對於總結出結論的説明與包裝。詞學理論，指的是倚聲家在學詞與詞學實踐中，將個别的經驗，經由一般化以及演繹、推理方法所概括、提升之具一定系統的結論。是抽象的抽象，也是一種研究的研究。其組成，亦即理論構造，大致包括三大要素：對象、方法、結論。

關於對象，指歌詞創作、研究以及閲讀、鑒賞所獲得經驗以及感覺和印象。這是構成理論的基礎，亦即理論創造的依據。

關於方法，指從個别到一般的歸納與概括以及從一般到個别的演繹與推理。這是從基礎到理論的一種提升。如將原來較爲分散的經驗，加以集中；或將原來屬於個别的經驗，加以推廣。

關於結論，指個别、具體、分散的經驗，經過分解、化合，重新組合，構成具一定觀念(Idea)、方法(Method)、模式(Model)以及語彙系統(System of Vocabulary)的法則、定律，或者符號及公式。

中國倚聲填詞，經過千年實踐，累積豐富，相關理論創造層出不窮。諸如沈括、朱熹的泛聲説、和聲説以及張炎及張炎之後倚聲家有關學詞與詞學的論述，都是可以構成理論的理論。當然，此所謂理論者也，並非在某一名詞之上加個説字或者論字就是一種理論，或者學説。依據上述所説理論構成的三大要素，對於相關理論創造，進行初步的歸納概括與抽象提升，我將其總括爲三大理論建樹，包括傳統詞學本色論、現代詞學境界説、新變詞體結構論。

三大理論建樹，三座里程碑，構成中國千年詞學史[49]。以下試逐一加以列述。

（1）傳統詞學本色論

傳統詞學本色論，創始人：陳師道、李清照。構成原理：本色與非本色。方法及運用：似與非似。建造過程，三個小階段：奠基階段，充實、發展階段，集成階段。

第一階段，從陳師道、李清照到沈義父、張炎，本色論奠基階段。

以本色、非本色論詞，本色，或者非本色，爲評價標準，亦即構成原理。似與非似，爲評價方法，或者依據。似即本色，非即非也。一切憑藉感悟。謂「子瞻填詞，如教坊雷大使之舞。雖極天下之工，要非本色」[50]。此爲以本色論詞之始作俑者。謂「別是一家，知之者少」[51]，將似與非似的判斷，落實爲對於樂府、聲詩的分別與判斷。從陳師道到李清照，本色，或者非本色，看其是否協音理與主情致；似與非似，落實到聲音、文字以及情致之上；聲學與豔科之作爲本色詞在形式與內容兩個方面的構成以及特質體現，因此有了一定的規範。之後，沈義父與張炎，仍於聲音、文字以及情致，亦即聲學與豔科，作兩面觀，持兩點論。和李清照一樣，都在一個「別」字上下功夫，將似與非似的兩個方面，亦即本色與非本色的兩個方面，進一步呈現，令其成爲便於分別與判斷的詞學批評模式。這就是傳統詞學本色論的奠基階段。

第二階段，從浙西派到常州派，本色論充實、發展階段。

承接前一階段對於詞體所作兩面觀、兩點論，這一階段，或將本色與非本色，推廣至雅與不雅（俗）之間，謂「盡洗鉛華，獨有本色」[52]，以「通之於離騷、變雅之義」[53]；或將本色與非本色，拓展至有寄托與無寄托之間，謂「意内而言外謂之詞」[54]，凡是能够承載微言大義的合樂歌詞，都必須包括意内、言外或者音内、言外兩層意思。相對於李清照之協音律、主情致，其對於音理（音符）與意旨（意符），儘管較爲側重於意旨（意符），但對於音理（音符），亦不曾偏廢。這一階段對於歌詞的認識已漸爲深刻，觀念也較爲成熟。所謂「言情造端，興於微言，以相感動」，其寄托之有與無以及本色與非本色，已落實到「變風之義，騷人之歌」的創造當中來[55]。這是對於第一階段的充實及發展。

第三階段，從後常州派到晚清五大家，本色論集成階段。後常州派，指張惠言、周濟之後，萬樹、淩廷堪、戈載以及謝章鋌、譚獻、馮煦等一班人馬。因其延續常州派餘緒，仍於意内、言外或者音内、言外兩層意思，作兩面觀、持兩點論，故以稱之。相關倚聲家，兵分兩路，朝著兩條路綫行進。一條朝向協音律，著重於聲音與文字，包括律典、樂事、韻學諸多方面，勉力「爲詞宗護法」[56]；一條朝向主情致，著重於修辭立誠、托志睠懷以及謬悠顯晦諸多方面，將「意在筆先，神餘言外」[57]的藝術創造推向極致。兩支隊伍，各有側重，各有偏頗，但詞爲聲學[58]，仍在這一群體當中得以正名。經歷後常州派，及至清季五大詞人王鵬運、文廷式、鄭文焯、朱祖謀、況周頤，其於倚聲填詞三大版塊，詞學考訂、詞學論述以及詞的創作，凡所述作均曾出現集大成的趨勢；至有關重、拙、大之旨，亦爲李清照協音律、主情致之詞論組合，於情致一項之内在品格，作概括描述並加以充實與提高，因將傳統詞學本色論的理論建造，推向最後完成階段。這就是傳統詞學本色論的集成階段。

(2) 現代詞學境界説

現代詞學境界説，創始人：王國維。構成原理：有境界與無境界。方法及運用：有與無有。建造過程，三個小階段：創立階段、異化階段、再造階段。三個階段的發展、演變，與世紀詞學開拓期、創造期、蜕變期的發展、演變步劃相一致。

第一階段，自一九〇八年至一九一八年，世紀詞學的開拓期。

王國維《人間詞話》手訂本六十四則發表，境界説的標舉，表示中國今詞學的開始。作爲一種理論創造，王國維的境界説，既具一定構成原理，又有明確的運用方法。首先，境界二字是作爲批評模式而提出的，並非祇是一個概念；其次，相對於本色論，除了批評標準不一樣，還在於言傳方式，即所謂境界，乃具一定體積，一定長、寬、高，既可以丈量，又可以科學語言加以表述的評價尺度。概言之，乃意＋境＝意境，爲其構成原理，而丈量與表述，有與無的檢驗，即其方法運用。這一階段，境界説儘管尚未引起注視，但作爲一種理論創造，其所具劃時代意義，卻不能抹煞。

第二階段，自一九一九年至一九四八年，世紀詞學的創造期。詞界左、中、右三翼，對於境界説持以不同立場和態度。胡適、胡雲翼，就境界説中意和境兩個方面所包涵的意思加以發揮。既以創造「新體詩」爲目標，將王國維的兩宋詞説延伸爲蘇、辛詞説，又以男性與女性的區别，將王國維以意與境構成的境界説推演爲以豪放與婉約爲標志的風格論。唐圭璋、吴徵鑄，對於境界説皆有不同看法。一個從批評標準著手，謂其未能會通；一個從藝術創造著手，謂其自相矛盾。謂有偏頗之處，無法論定。顧隨、繆鉞對境界説作了改造與補充。顧以爲，王國維所説境界祇能作爲學詩的階石和門徑，不能奉爲最高目標，曾另行提出高致一説加以改造；繆從要眇宜修角度看詞體特性，以爲對於詞的瞭解，當於内質求之，乃於情味和意境，對王國維所説真性情、真境界作補充。左、中、右三翼人馬，從三個不同角度，對於境界説分别加以闡釋，但詞界之所施行，仍然是傳統詞學本色論，而非境界説。

第三階段，自一九四九年至一九九五年，世紀詞學的蜕變期。由民國到共和，批判地繼承文化遺産，境界説進一步被異化，第一階段由境界説推演而成的風格論一統天下，「詞以境界爲最上」，變而成爲「詞以豪放爲最上」。同時，由於認識論的推廣，我與物、意與境，被闡釋爲主客觀關係，從説意境到意境説，原來的境界説，於哲學、美學範疇進行重構與再造，便被當作意境説看待。相對於第一階段境界説之被異化，這是二度異化。一九八五年，學界的方法年。所謂反思探索，一方面以中西文論的比較，對於由境界説所推演的風格論進行修正，一方面以中西理念的比較，對於被推演而異化的境界説重新加以認識及再造。在中學與西學互相融合的語境下，對於王國維的境界説重新進行闡釋。至一九九五年，世紀詞學的蜕變期結束，境界説的異化及再造，暫告一個段落。

王國維以境界説詞，强調「言近旨遠」。對於我與物，言是個載體，也是種媒介。乃溝通我與物的媒介，亦即進入表象世界與意志世界的媒介。王國維於我與物之外加上個言，這是境界説之成爲現代詞學批評模式的一個重要因素。王國維標舉境界説，於闊大與修長兩個維度把握「要眇宜修」的詞體特徵，追尋「言有盡而意無窮」的境外之境，於傳統詞學本色論之外，建造現代詞學境界説。這是王國維對於詞學理論建造的一大貢獻。但其對於倚聲填詞的本體存在並無全面的把握，對於倚聲填詞聲學與艷科兩個組成因素的把握亦有所偏頗。其學説自身仍有缺陷。

（3）新變詞體結構論

新變詞體結構論，創始人：吴世昌。構成原理：有生與無生。方法及運用：有與無有。

建造過程，三個步驟：結構分析的典範，生與無生的中介，善入善出的指引。其中，關鍵問題乃於情與景之外加上個事，以調和我與物的關係，進行境界說到結構論的轉化。以下是具體步驟：

第一步，歸納概括，確立典型。結構分析的典範。

二十世紀四十年代，吴世昌發表《論詞的讀法》一系列文章，倡導結構分析法。指出凡第一流的作品都有謹嚴的章法，非無蹤迹可循，並依據自己的體驗，概括提出兩種不同的結構類型——「人面桃花型」及「西窗剪燭型」，以爲章法典範。這是第一步，謹嚴章法的類型歸納。

第二步，滲入故事，萬象皆活。生與無生的中介。

二十世紀八十年代，吴世昌刊行《周邦彦及其被錯解的詞》一文，以「以小詞説故事」及通過故事所構成有句、有篇的詞章爲典型事例，進行結構分析，並且歸納、概括出這麽一條法則：「在情景之外，滲入故事：使無生變爲有生，有生者另有新境。」謂於情景之外滲入故事，令我與物之間有了中介而另出新景。生與無生，指有無聯繫。有聯繫，即生；否則，便無。從無生到有生的轉變，這是宋人創作實踐中總結出來的一條法則，也是詞體結構論所以構成的依據或原理。這是第二步，著重説中介的作用。

第三步，遊阿房宫，入兩宋門。善入善出的指引。

這是個門徑問題。吴世昌以遊阿房之宫作比，説明如何入清真之門以及如何由清真而入兩宋之門。所謂入乎其内，出乎其外，龔定庵以爲善入與善出，於個别外，仍然十分注重對於一般的推廣。因此，無論單一作家，或者全部宋詞，皆可用以事爲中介的結構分析法，導引入門。這是創造過程中，對於結構分析法之上升爲「論」的一個實證。

中國千年詞學史上的三大理論創造，傳統詞學本色論是最古老的一種創造，已有千年歷史；現代詞學境界説從寄托説、空實論演化而來，亦有百年歷史。相對於傳統詞學本色論以及現代詞學境界説，新變詞體結構論，就其方法運用看，相當於可以言傳的本色論，儘管至今仍然缺少認同，但我相信，在未來的時段，必將引起學界的注視並發揮其應有的效用。

（三）百年詞學的開闢與創造

經過劃分及斷限，上文將千年詞學與百年詞學對舉，謂乃中國倚聲填詞「今生」際遇所包含的兩個小段落。兩個小段落，包括過去的人物與事件以及對於相關人物、事件的記録、詮釋和研究。在一般文學史意義上講，千年詞學這一小段落，所謂唐、宋、元、明、清，一路下來，界限似較爲分明；而百年詞學，因其處於二十世紀這一特殊的時間段，則頗難依照舊例進行劃分及斷限。故之，下文擬以世代劃分替代朝代劃分，對於百年詞學這一小段落嘗試加以劃分及斷限，並就與之相關的三個問題，包括王國維境界説與中國今詞學的創立問題、二十世紀五代詞學傳人的世代歸屬及治詞業績問題以及百年詞學正與變的交替問題展開討論，以展示百年詞學的基本狀況。

以朝代更替爲依據進行劃分及斷限，或者以世代承續爲依據進行劃分及斷限，乃兩種不同的表述方法及方式。以朝代劃分及斷限，事件爲主，人物次之；以世代劃分及斷限，人物爲主，事件次之。當中所討論問題，一爲對於詞體的整體認識以及對於今詞學的論斷，一爲百年間的人物活動，一爲事件。三個問題，三個不同角度，說明：百年之間，人物有譜系，事件有正變，脉絡皆甚清晰。建造中國今詞學，當以此爲基準。

1. 王國維境界說與中國今詞學的創立問題

中國今詞學是相對於古詞學或舊詞學的一個概念，也是百年詞學的另一種提法。今詞學，或者百年詞學，兩個概念，表示對於中國倚聲填詞在某一狀況下有關人物、事件及其相互關係的理解，是不同語境下所作不同的斷限及規範。就古今轉換看，自一九〇八年至一九九五年，這是今詞學所屬時間段；就世代延續看，自一八九五年至一九九五年，這是百年詞學所屬時間段。今詞學與百年詞學，兩個概念的產生背景，基本上同在一個時間範圍之內。這一時間範圍，包括晚清、民國，亦包括中華人民共和國。這是我對於百年詞學開闢與創造所作斷限。

中國今詞學的創立以王國維境界說的發表爲標志。王國維境界說是中國倚聲填詞歷史上繼傳統詞學本色論之後另一理論建樹。其間，境界二字，如用作一般概念，即與疆界相當，表示一定時空範圍；而引以説詩，或者説詞，加上個「説」字，成爲境界説，其所包括即可延伸爲三層意涵。其一，這是一個疆界，一個有長、寬、高，可以測量的容器，或者載體；其二，這是一個意境，既包涵作爲承載物的「意」，又包涵作爲載體，用以容納、承載「意」的所謂「境」；其三，這是境外之境，不在境之内，而在境之外。三層意涵，代表對於一定狀況下有關人物、事件及其相互關係的理解。比如，「春花秋月何時了。往事知多少」，往事是什麼呢？往事是故國，是雕闌玉砌？非也。往事不是故國，不是雕欄玉砌；往事是春花秋月，是好像春花秋月一樣美好的人和事。這就是境外之境。三層意涵，合而觀之，可以斷言：王國維所説境界，是一個承載「意」（從叔本華那裏借鑒而來的「意」），包括承載情和景的載體。承載物與載體，共同構成王國維的境界説。

就百年詞學而言，王國維的這一理論建樹，體現出一定的現代性，是一種可以言傳的批評模式。至於境界説之要義，大體上講，可以《人間詞話》中的三句話加以概括。其曰：「詞之爲體，要眇宜修。能言詩之所不能言，而不能盡詩之所能言。詩之境闊，詞之言長。」三句話，一説其形態，一説其功能，一説其特徵。以言與意的創造立論，頗能體現詞這一特殊詩歌樣式在藝術表現上的特別之處。但對於詞體自身的存在及構成則有所忽略。三句話所針對衹是詞之作爲一種文體是個怎麽樣的文體、有何功能和特徵；並未回答詞之作爲一種文體究竟是個什麽物事，存在於何處，由什麽對象所構成。亦即對於倚聲填詞的本體存在及體現本體存在的基礎物件和物件類型並未涉及。如從聲學與艷科的創造看，王國維對於倚聲填詞在形式格律及思想内容這兩個組成因素，衹是注重作爲思想内容體現的艷科而廢棄作爲形式格律體現的聲學。王國維三句話，明顯將詞學研究的內容減去一半。

一百年來，尤其是世紀詞學進入蜕變期以來，學界對於王國維這三句話，減了又減，最終衹留下一句話。謂：「詞之爲體，要眇宜修。」一句話，八個字，不斷地説，反復地説，接下去就没話了。迄今爲止，最具代表性的話語，可能就是屈原版的「要眇宜修」四個字。論者以爲，這就是詞體的特質。詞體的内在美及外在美，皆爲這四個字所概括。至於能言不能言以及闊大與修長等相關問題，則甚少顧及。

大致而言，王國維倡導境界説，對於中國今詞學的創立既有開拓之功，其對於詞學蜕變亦産生一定推動作用。所謂今詞百年，自有公論。

2. 二十世紀五代詞學傳人的世代歸屬及治詞業績問題

二十世紀詞學傳人，依世代計，可劃分爲五代。第一代，自一八五五年至一八七五年間出生作者；第二代，自一八七五年至一八九五年間出生作者；第三代，自一八九五年至一九一五年間出生作者；第四代，自一九一五年至一九三五年間出生作者；第五代，自一九三五年至一九五五年間出生作者。這是借用二十世紀這一時間概念所作劃分。詳見圖三。

圖三：二十世紀詞學傳承圖（籃球隊與足球隊）

第一代	朱孝臧	王鵬運　文廷式　鄭文焯　況周頤
第二代	王國維	劉毓盤　冒廣生　張爾田　夏敬觀　吳眉孫　葉恭綽　吳　梅　胡　適　劉永濟　蔡嵩雲
第三代	夏承燾	顧　隨　趙尊嶽　張伯駒　沈軼劉　馮沅君　唐圭璋　龍榆生　詹安泰　繆　鉞　宛敏灝
	施蟄存	胡雲翼　吳世昌　錢仲聯　神田喜一郎　沈祖棻　盛　配　萬雲駿　吳則虞　黃墨谷　饒宗頤
第四代	邱世友	劉逸生　羅慷烈　陳邦炎　霍松林　顧易生　馬興榮　劉若愚　徐培均　村上哲見　劉乃昌
	葉嘉瑩	陶爾夫　錢鴻瑛　黃拔荊　邱燮友　王水照　嚴迪昌　高友工　（暫缺）　吳熊和　謝桃坊
第五代		

五代詞學傳人，各有歸屬，各有一定業績表現。這是百年詞學在一定時空範圍內人物活動的記錄。

第一代，以清季五大詞人朱孝臧、王鵬運、文廷式、鄭文焯、況周頤爲代表。乃於趙宋而後，浙常以來，集其成績的一代。除了在創作上，以重、拙、大爲標榜，推行其詞學主張，還在校勘及批評兩個方面，具精深造詣，「爲詞壇作一光榮之結局」㊾。就整體上看，仍歸屬於古詞學或舊詞學，爲傳舊之一代。

第二代，以王國維、吴梅爲代表。或立足於「真」，試圖以「語語如在目前」的真境界，替代鏡花、水月的「假」；或立足於古與舊，試圖於前人成作的矩矱之中，尋找倚聲填詞的今和新。前者以「詞以境界爲最上」，概括詞體創造的追求目標；後者以「音理不傳，字格俱在」八個字，揭示詞學真傳之所在。其啓後與承先，雖各有不同取向，卻同樣發揮一定的領導作用。這是始創的一代，同時也是傳舊的一代。不僅在於自身的創造，而且引領「當代十大詞人」登場，爲創造期詞學的進步做好準備。於世紀詞學而言，這是過渡的一代。

第三代，以夏承燾、施蟄存爲代表。富於創造的一代。倚聲填詞的三大板塊，詞的創作、詞學考訂以及詞學論述，均得以長足的發展。以夏承燾爲首，包括徐行恭、陳聲聰、張伯駒、唐圭璋、龍榆生、丁甯、詹安泰、李祁、沈祖棻諸輩，號稱「當代十大詞人」，領袖一代，爲詞壇中堅力量。於詞學創造期，各有奠基之作存世。至於施蟄存，雖非全力爲詞，但其於詞學蜕變期，繼龍榆生之後，創辦《詞學》刊物，發揮一定的組織領導作用。夏承燾與施蟄存，一以「一代詞宗」進而成爲「一代詞的綜合」，一以一人做二人事，一世等二世[60]，皆爲世紀詞學做出特別貢獻。此外，饒宗頤創造形上詞，用詞體原型再現形而上旨意，亦對於倚聲填詞之所添加。

第四代，生當世紀詞學蜕變期。兩位領軍人物，邱世友和葉嘉瑩。邱世友知音律，主情致，於詞學聲學研究有著切實的體驗和述作；葉嘉瑩知感發，擅聯想，於詞學豔科評賞有著豐富的經歷與著作。二人對於聲學與艷科，各有堅守，對於詞學蜕變，産生一定救弊補偏作用，但仍未能挽狂瀾於既倒。就總的趨勢看，二十世紀五代詞學傳人，相較之下，應是第四代最爲薄弱。至於兩位領軍人物，爲何特別推舉邱世友，一個理由，乃爲著標榜詞學之正。尤其在二十世紀的後半葉，邱世友有多篇詞學聲學文章發表。這是對於詞學蜕變的一種抗衡。此外，另一堅持詞學聲學研究的是謝桃坊。邱世友和謝桃坊，一位領其先，一位殿其後，皆於聲學研究而樹幟於詞壇。於世紀詞學而言，這也是過渡的一代。

第五代，暫時未作排列。這一代，繼第四代之後，仍處於世紀詞學的蜕變期。如何於變中求變，探討詞學之正，這是關鍵的一代，其閱歷及成果仍有許多可供借鑒之處。

3. 百年詞學正與變的交替問題

簡而言之，倚聲填詞的一千年，從整體上看，是爲詞學的正。進入二十世紀，經過五個世代的承傳，兩次過渡，其正與變的交替，推進詞體變易。這一變易體現在對於詞爲聲學以及詞爲艷科這一傳統觀念的調整以及有關批評方法、方式及模式的變換。其間，大略包括三個時期：開拓期、創造期及蛻變期。詳見圖四。

（1）開拓期（一九〇八——一九一八），世紀詞學之變

開拓期，世紀詞學之變。這是中國今詞學創立所出現的變易。表示由古到今、由舊到新的過渡。而所謂古、所謂舊，其所針對是以朱祖謀爲首清季五大詞人之正。這是五代、北宋以來的詞學之正。開拓期的變易，就是對於此所謂正的突破與超越。正如王國維所云：「余之於詞，雖所作尚不及百闋，然自南宋以後，除一、二人外，尚未有能及余者，則平日所自信也。雖比之五代、北宋之大詞人，余愧有所不如，然此等詞人，亦未始無不及余之處。」既看到余之不如人處，又看到人之不及

圖四：百年詞學開闢圖

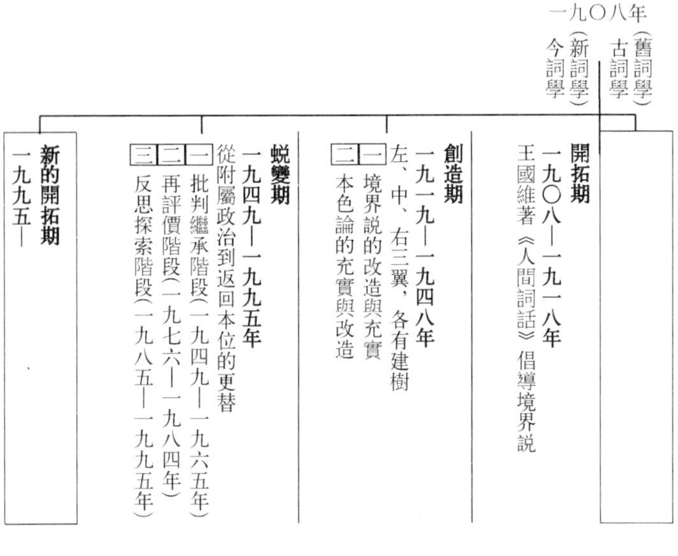

余處。其所謂如與不如，及與不及，主要體現在意與境的創造上，即看其以境勝，或者是以意勝。這是王國維對於古與今的獨特見解。而就藝術形式與思想内容的構成看，王國維主意境兩渾，他對於倚聲填詞在聲學與艷科兩個方面的構成因素必然有所偏重。比如，重艷科而忽略聲學。這是王國維學説自身所存在的一種「左」的傾向。其後，胡適、胡雲翼之重豪放、輕婉約以及學界之重思想、輕藝術，以政治批判替代藝術研究，應當都可以在王國維這裏找到出處。但就詞體總的發展趨勢看，王國維倡導境界説，對於革新詞體，增强詞的體質，以及對於言傳功能的增進，仍然産生一定的促進作用。這就是王國維對於中國今詞學的開拓之功。

（2）創造期（一九一九—一九四八），世紀詞學之正

創造期，世紀詞學之正。乃由變而回復於正。三十年間，三翼人馬。大致由世紀詞學傳人的第三代所組成。其中，胡適與胡雲翼，代表左的一翼。主張「詩詞曲一體」，反對生當今日而學爲填詞。接續王國維「左」的傾向，將境界説推衍爲風格論。爲詞中的解放派。民國四大詞人夏承燾、唐圭璋、龍榆生、詹安泰，代表右的一翼。四人與清季五大詞人，於倚聲填詞均有直接或者間接的關係。堅守傳統詞學本色論的立場及言傳方式。聲學與豔科並重，學詞與詞學兼行。爲詞中的尊體派。顧隨與繆鉞，代表中間一翼。二人學兼文史，精通詞

業。對於詞體有全面的認識及把握，既擅長述作，又擅長填詞。對於王國維以治哲學的方法治詞學頗有心得，於境界説被異化過程堅持爲之再造。爲詞中的折中派。左、中、右三翼人馬，對於倚聲填詞，各有自己的見識，各有自己的建樹。三派當中，胡適與胡雲翼，其「左」的言論，影響不在當代；顧隨與繆鉞，相關述作，尚未得以推廣。三十年業績，以尊體派最爲卓越。其有關中國詞學文獻學、中國詞學學以及中國詞學文化學的奠基之作，均産生在這一時期。四大詞人的影響，不止於當代，而且已跨越世代，在詞學觀念以及詞學批評爲新世紀倚聲填詞，提供一整套方法、方式及模式。創造期的三十年，爲回復千年詞學之正樹立典型。

創造期的三十年，乃百年最佳時段，亦千年詞學的一個黄金時段。

（3）蜕變期（一九四九—一九九五），世紀詞學之變

蜕變期，世紀詞學之變。半個世紀，三個階段：批判繼承階段（一九四九—一九六五）、再評價階段（一九七六—一九八四）、反思探索階段（一九八五—一九九五）。三個階段的推進，表示由正到變的過渡。其所謂正，指的是觀念的正以及方法、模式的正。但自批判地繼承文化遺産以來，政治標準第一，藝術標準第二，詞學研究的觀念、方法及模式，即已出現偏差，這就是一種蜕變。其中，胡雲翼接續胡適對於詞的歷史見解，重豔科而廢棄聲學，標榜祇要詞學，不要學詞[61]，將王國維「詞以境界爲最上」改换成「詞以豪放爲最上」。胡適、胡雲翼

的詞學觀念，在世紀詞學的創造期沒造成影響，進入蛻變期，當時得令，卻迅速得以推廣。在蛻變期的第一個階段，重豪放、輕婉約，將豪放、婉約「二分法」替代作家、作品分析與鑒賞。聲學與艷科，有所偏廢。詞學研究，偏離本體。多數祇是在豔科上面做文章，將豔科變作顯學，而令聲學淪爲絶學。詞學研究陷入誤區當中。倚聲填詞的三大版塊，創作孤芳自賞，考訂不受重視，論述脱離文本。第二階段，反其道而行之，將重豪放、輕婉約，變作重婉約、輕豪放，卻仍然是豪放、婉約「二分法」。進入第三階段，反思、探索。十年期間，兩股力量，於變中求正，爲呈現生機。一爲世紀詞學第三代傳人中的繆鉞、吴世昌、萬雲駿、黄墨谷，以推尊詞體爲己任，相繼發表一系列文章及著作，進行撥亂反正；一爲世紀詞學第五代傳人，初登詞壇，初露鋒芒，爲詞業進步展開局面。前者堪稱二十世紀詞壇四大飛將，後者亦爲二十世紀詞學蛻變作一「光榮之結局」。這是後話。

三　餘論：中國倚聲填詞的當下急務及來世懷想

一九九五年，二十世紀詞學蛻變期結束，二十一世紀新一代詞學傳人登場。新世紀新的詞學傳人，第一代，一九五五年至一九七五年間出生；第二代，一九七五年至一九九五年間出生。新世紀第三代，一九九五年之後出生，目前在研究生課讀階段。自一九九五年起，新世紀詞學，展開其新的開拓期。經過二十年，至二〇一五年，新世紀詞學進入新的創造期。以下説一説，中國倚聲填詞的當下急務及來世懷想。這仍然是倚聲填詞之作爲一種有機體的一個組成部分。先説文化身份認同問題，再説急務及懷想。

(一) 詞體自身及個人自身文化身份認同問題

二十世紀詞學，自一九〇八年起，經歷開拓期、創造期、蜕變期，正與佛家所謂生、住、異、滅四個階段相合。一九九五年，新舊交替的一個重要年份。這一年，既是舊的結束，又是新的開始。中國倚聲填詞的「今生」際遇並未完結。

李澤厚三卷本《中國近代思想史》中卷後記云：

> 黑格爾和馬克思都説過，巨大的歷史事變和人物，經常兩度出現。令後人驚嘆不已的是，歷史竟可以有如此之多的相似處。有的相似處祇是外在形式，有的則是因爲同一或類似的本質規律在起作用的緣故。

反顧千年歷史，中國倚聲填詞之作爲一種有機體，其間具相似處的人物及事件，是否也曾兩度出現？這是值得探討的一個問題。比如，往前推移一百年，過去的人物和事件，能否經由當下的人物和事件得以驗證？前段時間，曾與新世紀第一代傳人及第二代傳人中的二三子討論過這一問題。言談中幾乎都認同黑格爾和馬克思所作論斷，以爲當下詞界狀況正與二十世紀詞學之由開拓期進入創造期的狀況相類似。那麼，如就五個世代的承傳以及詞體自身正與變的轉換看，百年之間，過去的人物和事件，尤其是巨大事變和人物，是否已曾或者即將再度出現？比如，一百年前，世紀詞學由開拓期進入創造期，正當其時，詞界兩股勢力，古與今，亦即舊與新，互相交替，一百年後，在歷史這面鏡子面前，能否認知詞體自身的身份？認知個人自身的身份？從而也認知在新的歷史背景下，自己應當充當怎樣的一種角色。因此，下文擬從本體存在與外緣情境二者關係的角度探討詞學自身身份以及個人自身身份的認同問題。

1. 本體的存在及文本的構成：詞體自身身份的認同問題

倚聲填詞之作爲一種有機體，究竟怎麼斷定其確實的存在？通常所說，詞學的本體究竟是怎麼一回事呢？相關問題，似當從本體存在及外緣情景兩個方面加以體認。在一般意義上講，倚聲填詞的本體存在，大致包括兩個要素：一爲體現個體存在的基礎物件和體現群體存在的物件類型，例如詞調及詞調類型；另一爲物件及物件類型所可能具有的屬性、特徵、特性、特點和參數以及類型與個體之間的彼此關聯所可能具有的方式。說明詞體自身的本體存在，由詞調及詞調類型所體現，詞調及詞調類型所具有特徵及存在方式，決定詞的本質特徵。這是倚聲填詞本體存在的本緣因素。至於外緣情景，指的是詞體發生、演變的歷史文化背景，屬於倚聲填詞本體存在的外緣因素。本體存在與外緣情境，本緣與外緣，一内一外，構成詞學自身所賴以存在的文本。

以上藉助一般意義上有關本體這一概念的闡釋，對於詞學本體及詞學文本作一説明。可知所謂文本，除了白紙黑字的記録之外，還有本緣及外緣的因素。讀者對於文本，猶如面向岩中花樹，「你未看此花時，此花與汝心同歸於寂。你來看此花時，則此花顔色一時明白起來。便知此花不在你的心外」[62]。説明文本與花，本身皆並非離心而獨自存在的境。當心與境相合之時，心與花自能相印。反之，當心與境相隔之時，就聞不到花香。平常所説，忽略本體，或者脱離本體，可能也包括這種隔閡。

馬里揚《内美的鑲邊：宋詞的文本形態與歷史考證》[63]一書，以鑲邊自居，對於宋詞文本的形態及形態的歷史構成作細緻而周詳的考察與呈現。其所提供文本形態，對於瞭解倚聲填詞的本體存在、認識詞體自身的身份頗有助益。因其著眼點在於外，志在鑲邊，對於内美，則採用詞界目前較爲流行的一種説法，如「要眇宜修」云云。不過，「要眇宜修」四個字，無論從字源、詞源上發掘其意涵，或者自屈原《離騷》中尋找其寓意，皆未能與體現詞學本體存在的詞調及詞調類型聯繫得上。這是詞界當下所面臨的困境。通過詞學文本形態的還原及對於詞學本體存在的體驗，希望能突破這一困境。

2. 傳舊與始創：個人自身身份的認同問題

每一歷史進程，每一個人，都有自己的身份及職責。回顧過去，展望未來，或者以今證古，或者以古證今，實現一種文化身份的認同。既可通過兩度出現具相似處的人物和事件，追尋自己的「前世」，驗證自己的「今生」，亦可藉助「前世」，對於未來的發展、變化，進行思考與探索。因此，對於詞學自身身份及個人自身身份的認同問題，同樣關係到對於中國倚聲填詞當下急務及來世懷想的思考與探索。

據我的觀察，一百年前，世紀詞學的開拓期，朱祖謀和王國維，兩位標志性人物，一爲二十世紀第一代詞學傳人，一爲二十世紀第二代詞學傳人。一古一今，分別編纂《彊邨叢書》及撰著《人間詞話》，推進世紀詞學由古到今的過渡。朱祖謀被公推爲二十世紀正統詞學尊體派的祖師爺，二十世紀第三代詞學傳人、民國四大詞人之首夏承燾年輕時曾發願讀完《彊邨叢書》。朱祖謀的事業，經由二十世紀第三代詞學傳人唐圭璋、程千帆的承接，一百年後，正當目下這一時間段，朱祖謀以綫上、綫下兩種身份再度出現。綫上朱祖謀爲唐圭璋弟子王兆鵬，其以最新科技將詞學文本數碼化；綫下朱祖謀爲程千帆弟子張宏生，其以傳統方法將詞學文本系統化。二人均爲二十一世紀第一代詞學傳人，並爲二十一世紀詞學的開拓、創造奠定基礎。朱祖謀而外，另一標志性人物王國維，一百年前，其境界説儘管尚未獲得普遍認同，詞界所通行仍爲傳統詞學本色論，但作爲中國今詞學的標志，王國維對於中國倚聲填詞卻有開拓之功。一百年後，經過異化、重造的境界説，對於二十一世紀詞學，其影響程度終將如何尚未可知，但具相似處的人物和事件的出現卻能引發思考。例如，二〇一五年，新世紀第一代詞學傳人彭玉平《王國維詞學與學緣研究》出版，我將其當作新世紀詞學由開拓期進入創造期的開始，則著眼其相似之處。

一百年間，具相似處人物和事件的再度出現，既是一種偶然現象，也是倚聲填詞發展演變的必然結果。治史者當於其中吸取經驗與教訓。

(二) 倚聲填詞的當下急務及來世懷想

中國倚聲填詞發展至今日，經已進入二十一世紀詞學的創造期，但二十世紀後半葉詞學蜕變所遺留問題，諸如對於詞學本體存在的忽略以及對於詞學正變的誤判等等，都需要進行一番梳理。需要藉助文化身份的認同以及詞體正變的辨證，進而認清詞的本質及詞學真傳問題，並藉以展示當下急務及來世懷想。以下試逐一加以探尋。

1. 詞的本質及詞學真傳

在一般意義上講，事物的本質是事物所具有最基本且永久不變的性質。就詞體發生、發展的歷史進程看，詞的本質，即其最基本且永久不變的性質，應當就是一千年前温庭筠倚聲填詞所具有的性質。所謂「能逐弦吹之音，爲側豔之詞」，兩句話，兩個方面，爲詞定性。兩個方面，既表示倚聲填詞乃由體現格律形式的聲學與體現思想内容的艷科所構成，又爲辨識詞與其他詩歌樣式的區別提供標準與依據。從此以後，對於詞是什麽？怎麽體現其存在？種種問題，都能正面回答。例如：詞爲聲學，或者詞爲艷科，都有出處可以查考。這就是詞的本質。進入二十世紀，王國維以「要眇宜修」三句話，從形態、功能、特徵三個方面，展現詞之作爲一種特殊詩歌樣式與一般詩歌的有別之處，但又模糊了詞的内在本質與外在特徵的界限。詞的本質意涵未能確定。

爲著探尋途徑，獲得真知，時至今日，對於詞的本質，有必要重新加以審視，以達至深入一步的認識。總而言之，大致兩個步驟：首先必須掌握體現詞的本體存在的詞調及詞調類型。這是表示詞之爲詞的實際依托或者承載。其次必須弄清詞之爲體所具備的本質特徵或者特性。這是表示詞之作爲一種特殊詩歌樣式的標準與依據。兩個步驟，以詞體基礎物件詞調的體認爲先，對於詞調及詞調類型，包括小令、中調、長調組合方式作一般研究，而後再由一般到個別，落實到對於各種各樣的體式以及結構類型，進一步對其特徵及存在方式加以體驗。探尋詞的本質，方法與途徑多種多樣。其中，把握詞調，是最重要的起步點。學詞與詞學，都應立足於此。

以上説詞的本質及對於本質的認識，與之相關聯，就是真傳與門徑問題。二十世紀第二代傳人中的吴梅，生當世紀詞學的開拓期，所著《詞學通論》，曾以歌詞與音樂的關係對「音理不傳，字格俱在」八字真言作進一步的説明。謂前人製腔造譜，别具匠心，儘管音理已經失傳，仍然可以依仿舊作，掌握其規則。這部著作最早由東南大學於一九一二年刊行鉛印本，一九三二年由商務印書館正式出版。所謂揭示真傳，爲學詞與詞學提供登岸之筏，堪稱世紀詞學由古到今創造的奠基之作。二〇一八年，二十一世紀第二代詞學傳人馬里揚出版《内美的鑲邊：宋詞的文本形態與歷史考證》，將紮實的外緣研究與脱離本體的外部研究嚴格區分開來，從多個角度，多種因素，尋找探測詞體内美的方法及途徑，相信亦將爲新世紀詞學之由變到正過渡所進行新的創造提供登岸之筏。吴梅與馬里揚，相隔百餘年，其對於詞的本質及詞學真傳所作求索的相似處猶可想見。

2. 當下急務及來世懷想

二十世紀詞學蜕變所遺留問題，除了對於詞學本體存在的忽略，還在於對詞學正變的誤判。在一般意義上講，文學創作有正與變之區分，詞學亦然。正與變，既與政教得失相關聯，亦與文章體類、思想内容及藝術表達方式的變革相關聯。二十世紀詞學發展演變進程所出現兩次過渡，與上述這兩個方面，政教得失與文體變革均頗有關聯。兩次過渡，體現古與今以及正與變的轉换，對於當下及來世倚聲填詞的發展、變化，均可提供借鏡。

二十世紀詞學第一次過渡，自一九〇八年至一九一八年。處於世紀詞學的開拓期。人物：以王國維、吴梅爲代表的第二代詞學傳人。事件：由古到今的過渡。從倚聲填詞的歷史發展看，所謂過渡，實際上是一次變革。變革對象，以清季五大詞人爲代表的晚清詞學。這是依據五大詞人於清朝、民國易代之際，對於文學與政治以及聲學與艷科所持立場、觀點及踐行業績所作論斷。五大詞人於詞學考訂、詞籍整理對千年詞學既有集成之功，其創作及論述亦有諸多弊端。例如拘泥四聲，以守律掩蓋其忽略體格鍛煉的偏向。這是晚清詞學對於千年詞學的變。因此，所謂由古到今的過渡，在一定意義上，亦帶有由變到正過渡的意思。但從總的趨勢看，所謂由古到今的過渡，今的創始儘管已打出旗號，古的傳舊卻仍然持之以恒。第二代傳人的變革，對於倚聲填詞的發展、變化，仍具一定推動作用。這就是世紀詞學創造期的出現。

第二次過渡，自一九四九年至一九九五年。處於世紀詞學的蜕變期。人物：以邱世友和葉嘉瑩爲代表的第四代詞學傳人。事件：由正到變的過渡。由於詞學蜕變延續半個世紀，進入這一時期的人物，除了第四代，還包括以民國四大詞人爲代表的第三代詞學傳人，亦包括於接近世紀之末方纔登場的第五代詞學傳人。三個世代，無意之中構成一老、中、青相結合的格局。但老的一代，雖延續自晚清、民國以來的詞學正脉，卻已接近尾聲；少的一代，雖自大師跟前經過，但其傳舊與創始的銜接亦未盡完善。老、少二代，均未足與詞學蜕變相抗衡。這裏著重説中間一代。但對其如何於蜕變期發揮引導作用，則須具體加以分析。如上文所説兩位領軍人物，葉嘉瑩和邱世友，葉在中國大陸發表的第一篇文章《拆碎七寶樓臺——談夢窗詞之現代觀》，載天津《南開學報》一九八〇年第一期及第二期；邱於北京《文學評論》發表文章，也遲至二十世紀七八十年代之間。二人在世紀詞學蜕變期的活動，均在詞學蜕變之後的二三十年間，蜕變之前將近三十年，大陸詞界對於葉、邱二人，仍甚少有人知曉。世紀詞學蜕變之前將近三十年，影響中國大陸詞壇的人物，不是葉嘉瑩與邱世友，而是胡適與胡雲翼。胡適與胡雲翼於詞學創造期，將王國維的境界説推衍爲風格論，正當其時，詞界並無響應者。但一九四九年以後，批判地繼承文化遺産，由境界説演變而成的風格論進而被推衍爲豪放、婉約「二分法」。倚聲家説詞，不説聲學與艷科，衹説豪放與婉約。蜕變期的三個階段，先是重豪放、輕婉約，凡豪放，一切皆好，凡婉約，一切皆不好；再是替婉約派翻案，掉了個頭，回轉來，還是「二分法」。這是第一次過渡所謂由正到變的結果。

大致而言，二十世紀詞學所出現兩次過渡，結果不一樣，其對於詞體變革所産生的促進作用也不一樣。第一次過渡，以境界説開先，本色論爲主導。十年時間，爲世紀詞學第三代傳人提供步入創造期的階梯。第二次過渡，本色論退位，風格論領先，王國維「要眇宜修」四個字代表倚聲填詞的最高目標。以半個世紀的異化，否定三十年的業績創造。這是兩次過渡爲當下及來世倚聲填詞發展、變化所留下的經驗與教訓。

3. 走出誤區，回歸正道

承接上文所述，可知二十世紀後半葉詞學的變，是對於二十世紀創造期詞學之正的否定；二十一世紀詞學開拓期詞學的變，是對於二十世紀後半葉所作否定之否定。如從一般正與變轉換的角度看，所謂肯定與否定或者否定之否定，衹是呈現一種狀態而已，並不表示好與壞，或者優與劣，不一定帶有功利目的。不過，既已陷入誤區，所謂肯定與否定，也就牽涉到立場、觀點問題。這就是説，二十世紀後半葉詞學之所以蜕變爲誤區中的詞學，其所謂誤者，不在倚聲填詞自身，而在倚聲家的指導思想，亦即倚聲家的觀念、方法與模式。故之，必欲走出誤區，就得端正立場，改變導向，回到詞的本體上面來。這是當下所面臨的問題，也是將來所當解決的問題。

事實證明，所謂觀念、方法與模式以及端正或者不端正、本體或者非本體等話題，皆並非不著邊際的空談。例如，詞之爲體，究竟爲何？亦即詞之作爲一種文體，究竟是何種物事？

存在於何處？以這一問題請教温庭筠，答案必定是：詞就是聲學，詞就是艷科，詞存在於應合管弦樂音的歌曲字詞之上。但王國維則未必然，如以之請教，必曰：「詞之爲體，要眇宜修。能言詩之所不能言，而不能盡言詩之所能言。詩之境闊，詞之言長。」兩種答案，兩種不同導向。温庭筠明白告知，詞是什麽，詞在那裏，可由之直接進入其本體；王國維説詞是怎麽樣的一種形態，有何功能，具什麽特點，並未正面告知，詞是什麽物事，怎麽纔觸摸得到。兩種不同的導向，必然導致兩種不同的結果。

温庭筠以詞爲聲學，以詞爲艷科，聲學與艷科，成爲倚聲填詞在形式格律及思想内容兩個組成部分的體現；聲學與艷科，確定了詞之作爲一種特殊詩歌樣式的性質。温庭筠而後，正與變的轉换，詞的性質未曾變。倚聲家對於聲學與艷科，有所偏重，而無所偏廢。在一定意義上講，這是千年詞學之正。王國維三句話，祇説艷科，不説聲學；祇表示怎麽樣，而不知是什麽。既將倚聲填詞的兩個組成部分減去一半，又讓站在外圍觀賞。二十世紀後半葉詞學誤區的問題，根源就在王國維的錯誤導向。

走出誤區，回歸正道。當今之世，仍然存在兩種不同的導向。是一個詞調、一個詞調，通過體現詞學本體存在的基礎物件，探尋倚聲填詞的千年之秘，還是從一座小山到另一座小山，通過「要眇宜修」的藝術想像，觀賞其各種各樣的姿態之美？行文至此，未能作出抉擇。

忽然想起新世紀到來之際，應約於報刊撰文，對於新世紀詩壇進行兩項預測。其一，出版讀物；其二，領袖人物。領袖人物一項，説及王海寧與吴海寧。當中一段話與今日話題相關，特轉録於下，以供參考。其曰：

> 王國維倡導境界説。此前爲本色論，以似與非似爲標準，進行判斷與衡量。似即爲本色，非似即非本色。所謂祇可意會、不可言傳，不一定都要落到實處。是爲舊詞學。以境界説詞，有一個實際範圍在。其大小、深淺、厚薄，可以科學方法進行測量，亦可以科學語言進行表述。是爲新詞學。王國維堪稱中國當代詞學之父。胡適、胡雲翼將境界説推演爲風格論，使之向左傾斜。詞學研究於是步入誤區。吴世昌標舉詞體結構論，以結構分析方法研究詞學，重新確立詞學本體理論。這是詞學史上之兩個海寧。拙文《吴世昌與詞體結構論》提出：二十世紀爲王海寧時代，二十一世紀將爲吴海寧時代。相信並非虚擬。[64]

這段話提及中國詞學史上三大理論建樹：傳統詞學本色論、現代詞學境界説及新變詞體結構論。説明中國倚聲填詞的發展演變，除了上述兩種不同的導向以外，還有第三種選擇。這就是吴世昌和他的結構論。並且大膽地假設,二十一世紀必將成爲吴海寧時代。千年詞學必將於未來取得更加豐碩的成果。因將這段話作爲本文的結束語,以與讀者諸君共勉之。

己亥驚蟄(二〇一九年三月六日)於濠上之赤豹書屋

注釋:

① 施議對《當代詞綜》卷首,海峽文藝出版社,二〇〇二年。

② 施議對《詞與音樂——以柳、蘇〈八聲甘州〉爲例》,《詞學》第二十四輯,華東師範大學出版社,二〇一〇年。

③ 唐圭璋《全宋詞》卷首,中華書局,一九八〇年。

④ 施議對《百年詞學通論》,《文學評論》二〇〇九年第二期。

⑤ 網上有文,題稱《中國現代學術五代人或當今學術界之真實描繪》(鄧程)。文曰:現代學術以來,中國到目前爲止,大概産生了五代人。曰:按正常的規律,二三十年一代人,但高壓之下,第六代至今尚未出現。並曰:二十年後,第六代人纔會正式出現。文中將出生於一八六〇年(清咸豐五

年）左右人士劃歸第一代，與二十世紀詞學傳人第一代的年代劃分相差僅二年，但第六代的劃分則不同，應屬於另一世紀的世代。

⑥ 龍榆生斷推王鵬運、文廷式、鄭文焯、況周頤四子爲清季四大詞人，朱祖謀仍健在，不具於篇。現在有人説四大，往往將朱祖謀包括進去，並不符合龍榆生立論的原意。如將朱祖謀包括進去，就當稱作五大。唐圭璋就這麽稱呼。他説五大詞人，指王鵬運、文廷式、鄭文焯、朱祖謀、況周頤。本文依唐圭璋所説。

⑦ 劉昫等《舊唐書·温庭筠傳》，中華書局，一九七五年點校本，頁五〇九七。

⑧ 沈括《夢溪筆談·樂律一》。據胡道静《夢溪筆談校證》（上），中華書局，一九八七年，頁二三二。

⑨ 朱熹《朱子語類》卷一百四十。據黎靖德編《朱子語類》（第八册），中華書局，一九八六年，頁三三三三。

⑩ 龍榆生《詞曲概論》第二章，上海古籍出版社，一九八〇年，頁一七。

⑪ 龍榆生《令詞之聲韻組織》。《制言》一八三七年第三十七期，《龍榆生詞學論文集》，上海古籍出版社，一九九七年，頁一六六。

⑫ 杜曉勤《二十世紀唐五代詞研究概述》。《二十世紀中國文學研究》，北京出版社，二〇〇一年，頁一二九七。

⑬ 楊慎《詞品》卷一。唐圭璋《詞話叢編》本。

⑭梁啓超《中國之美文及其歷史》。《飲冰室合集》專集之七十四。中華書局，一九八九年，頁一七八。

⑮《御製詞譜》序：「夫詞寄於調，字之多寡有定數，句之長短有定式，韻之平仄有定聲，杪忽無差，始能諧合。」《欽定詞譜》，中國書店，一九八三年，頁五。

⑯萬樹《詞律》（發凡）：「今雖音理失傳，而詞格具在，學者但宜依仿舊作，字字恪遵，庶不失其中矩矱。舊譜不知此理，將古詞逐字臆斷，平謂可仄，仄謂可平。夫一調之中，豈無數位可以互用，然必無通篇皆隨意通融之理。」據清康熙刊本。

⑰徐俯《鷓鴣天》詞跋，見《樂府雅詞》卷中。據《四部叢刊》本。

⑱馮金伯《詞話萃編》卷二：「温李齊名，然温實不及李。李不作詞，而温爲花間鼻祖，豈亦同能不如獨勝之意耶。」據唐圭璋《詞話叢編》本。

⑲施議對《詞與音樂關係研究》。中華書局，二〇〇八年，頁一四三—一四五。

⑳夏承燾《唐宋詞字聲之演變》。《夏承燾集》（第二册），浙江古籍出版社，一九九七年，頁五一三—五一四。

㉑張炎《詞源》序。唐圭璋《詞話叢編》本。

㉒龍榆生《研究詞學之商榷》。原載《詞學季刊》第一卷第四號（一九三四年四月）。

㉓龍榆生《研究詞學之商榷》。

㉔龍榆生《研究詞學之商榷》。

㉕吴梅《詞學通論》。（上海）商務印書館，一九三二年。

㉖趙尊嶽：《饒宗頤〈詞籍考〉序》。鄭煒明編《論饒宗頤》。三聯書店（香港）有限公司，一九九九年。

㉗唐圭璋、金啓華《歷代詞學研究述略》。《詞學》第一輯。華東師範大學出版社，一九八一年。

㉘施議對《夏承燾與中國當代詞學》。北京《文學遺産》一九九二年第四期。

㉙《詞籍介紹》。原載《詞學季刊》第一卷第二期（一九三三年六月）。

㉚吴世昌《論詞的章法》。一九四六年十二月三十一日南京《中央日報》文史週刊三十三期。《羅音室學術論著》第二卷《詞學論叢》，頁五五。

㉛施議對《詞學的自覺與自覺的詞學——關於建造中國詞學學的設想》。《詞法解賞》，澳門大學出版中心，二〇〇六年，頁一一八。

㉜龍榆生《今日學詞應取之途徑》。原載《詞學季刊》第二卷第二號（一九三五年一月）。

㉝周濟《介存齋論詞雜著》。唐圭璋《詞話叢編》本。

㉞周濟《宋四家詞選》序論。古典文學出版社，一九五八年。

㉟周濟《介存齋論詞雜著》。

㊱周濟《介存齋論詞雜著》。

㊲同上。

㊳同上。

㊴同上。

㊵同上。

㊶況周頤：《蕙風詞話》(卷二)。唐圭璋《詞話叢編》本。

㊷同上。

㊸周濟《介存齋論詞雜著》。

㊹同上。

㊺劉熙載《藝概·文概》。上海古籍出版社，一九七八年，頁四。

㊻張炎《詞源》。唐圭璋《詞話叢編》本。

㊼吴世昌《我的學詞經歷》。《文史知識》一九八七年第七期。

㊽施議對《新宋四家詞説》。上海《詞學》第二十三輯。華東師範大學出版社，二〇一〇年六月。

㊾施議對《傳統文化的現代化與現代化的傳統文化——關於二十一世紀中國詞學學的建造問題》。原載《新文學》第四輯。大象出版社，二〇〇五年十二月。

㊿陳師道語轉引自《苕溪漁隱叢話》前集卷第四十九。

51 李清照《詞論》。載胡仔《苕溪漁隱叢話》後集卷第三十三及魏慶之《詩人玉屑》第二十一卷。

52 朱彝尊《秋屏詞題辭》云：「花間、尊前而後，言詞者多主曾端伯所録《樂府雅詞》。今江淮以北稱倚聲者輒曰雅詞，甚矣，詞之當合乎雅矣。自草堂選本行，不善學者流而俗不可醫。讀《秋屏詞》，盡洗鉛華，獨有本色，居然高竹屋、范石湖遺音，此有井水飲處所必歌也。」

53 朱彝尊《陳緯雲〈紅鹽詞〉序》。朱彝尊《曝書亭集》卷四十，文淵閣《四庫全書》本。

54 張惠言《詞選》序。清道光十年（一八八〇年）刊本。

55 張惠言《詞選》序。

56 吴衡照評萬樹語，《蓮子居詞話》卷一。唐圭璋《詞話叢編》本。

57 陳廷焯《白雨齋詞話》卷一。唐圭璋《詞話叢編》本。

58 劉熙載《藝概·詞曲概》。上海古籍出版社，一九七八年。

59 龍榆生《清季四大詞人》。《龍榆生詞學論文集》，上海古籍出版社，一九九七年，頁四三七。

60 施議對《淵明矢夙願，沾衣付一笑——與宗伯舍翁施蟄存教授的最後一次筆談》。原載北京《新文學史料》二〇〇六年第四期。

61 胡雲翼《本書的主旨》。《詞學ABC》。（上海）世界書局，一九二六年，頁二。

62 王陽明《傳習録》卷下。作家出版社，二〇一六年。

63 馬里揚《内美的鑲邊：宋詞的文本形態與歷史考證》。上海古籍出版社，二〇一八年。

64 原載一九九九年十二月三十一日（星期五）香港《大公報》藝林副刊。

附録：本書各章節原載報刊索引

緒論《倚聲與倚聲之學——關於文體因革以及科目創置問題》：中國古代文體史與文體學國際學術研討會論文（二〇〇四年十一月二十一日，中國·廣州）。原載上海《詞學》第十六輯。華東師範大學出版社，二〇〇六年一月上海第一版。

第一章第一節《同源與分途——從詞體的發生、發展看中國詩歌的古今演變》：首屆「中華詩詞古今演變」學術研討會論文（二〇一五年六月十三日至十四日，中國·上海）。原載吉林《社會科學戰綫》二〇一六年第二期。又載《新華文摘》二〇一六年第二十一期。

第一章第二節《聲成文，謂之音——倚聲填詞中的音律與聲律問題》：原載上海《詞學》第三十一輯（華東師範大學出版社，二〇一四年六月上海第一版）。又載香港《嶺南學報》復刊第五號（上海古籍出版社，二〇一六年三月上海第一版）。

第一章第三節《易學與詞學——排列組合與數位解碼》：第十届文學與美學暨第二届中國文藝思想學術研討會論文（二〇〇七年六月二十一日至二十二日，中國·臺北）。原載廣州《學術研究》二〇〇七年第二期。又載《中國易學》（紀念文集合編）。海峽出版發行集團福建教育出版社，二〇一〇年六月福州第一版。又載《詞法解賞》（《施議對詞學論集》第三卷）。澳門大學出版中心，二〇〇六年九月澳門初版。

第二章第一節《詞體結構論簡説》：國際詞學研討會論文（一九九〇年六月，美國·緬因）。原載臺北《中國文哲研究通訊》第三卷第二期（一九九三年六月）。又載四川大學歷史系編《冰繭彩絲集》（紀念繆鉞教授九十壽辰暨從教七十年論文集）。成都出版社，一九九四年九月第一版。又載《宋詞正體》。澳門大學出版中心，一九九六年十二月澳門第一版。

第二章第二節《關於批評模式的思考》：原載《中國詩學》第一輯（南京大學出版社，一九九一年十二月南京第一版）。又載《宋詞正體》。澳門大學出版中心，一九九六年十二月澳門第一版。

第二章第三節《以批評模式看中國當代詞學》：二十世紀中國古典文學研究回顧與前瞻國際研討會學術論文。一九九七年八月，中國·哈爾濱·牡丹江。原載澳門《文化雜志》中文版第二十五期（一九九五年冬季）。又載《百年學科沉思録：二十世紀古典文學研究回顧與前瞻》。人民文學出版社，一九九八年九月北京第一版。又載一九九七年六月二十日、七月二十五日，一九九八年二月十三日、六月二十六日、八月二十一日、十二月十一日及一九九九年一月十五日、二月十九日香港《大公報》藝林副刊。又載《今詞達變》（《施議對詞學論集》

第二卷》。澳門大學出版中心，一九九九年九月澳門第一版。又載上海《中華文史論叢》總第七十八輯。上海古籍出版社，二〇〇四年十月出版。

第二章第四節《以批評模式看宋代文學研究》：二〇〇〇年四月在中國首屆宋代文學國際研討會閉幕式講話。原載上海《新宋學》第一輯。上海辭書出版社，二〇〇一年十月上海第一版。又載《詞法解賞》。澳門大學出版中心，二〇〇六年九月澳門初版。

第二章第五節《中國詞學史上的三座里程碑》：在北京師範大學一百周年校慶的演講，二〇〇二年九月六日，中國·北京。原載《學術研究》二〇〇四年第八期。發表時略有删節，此爲原稿。又載《詞法解賞》（《施議對詞學論集》第三卷）。澳門大學出版中心，二〇〇六年九月澳門初版。

第三章第一節《詞學的自覺與自覺的詞學——關於建造中國詞學學的設想》：原載《詞法解賞》（《施議對詞學論集》第三卷）。澳門：澳門大學出版中心，二〇〇六年九月。又載上海《詞學》第十七輯。上海：華東師範大學出版社，二〇〇六年十一月。

第三章第二節《傳統文化的現代化與現代化的傳統文化——關於二十一世紀中國詞學的建造問題》：二〇〇三年九月二十一日在中國社會科學院研究生院演講，據黄麗莎記録整理。原載《新文學》第四輯。大象出版社，二〇〇五年十二月天津第一版。又載《葉嘉瑩教授八十華誕暨國際詞學研究會紀念文集》，南開大學出版社，二〇〇五年十二月天津第一版。有删節，此爲原稿。又載《詞法解賞》(《施議對詞學論集》第三卷)。澳門大學出版中心，二〇〇六年九月澳門初版。

第四章第一節《百年詞學通論》：原載《文學評論》二〇〇九年第二期。又載《新聲與絶響——施議對當代詩詞論集》。華中師範大學出版社，二〇一五年十一月武漢第一版。

第四章第二節《歷史的論定：二十世紀詞學傳人》：二〇一〇年十二月二十四日在黑龍江大學文學院演講，據金春媛記録整理。原載上海《詞學》第二十六輯。華東師範大學出版社，二〇一一年十二月上海第一版。又載黄霖、周興陸主編《視角與方法》(復旦大學第三屆中國文論國際學術研討會論文集)。鳳凰出版社，二〇一三年八月南京第一版。

第四章第三節《立足文本，走出誤區——新世紀詞學研究之我見》：原載《吉林大學社會科學學報》二〇一二年第六期。又載《新聲與絶響——施議對當代詩詞論集》。華中師範大學出版社，二〇一五年十一月武漢第一版。

第四章第四節《二十一世紀詞學的「前世」與「今生」》：在「二〇一四・中國詞學國際學術研討會」發言。原載《詞學》第三十五輯。華東師範大學出版社，二〇一六年六月上海第一版。